## Zu diesem Buch

Durch die Not der Arbeitslosigkeit wird ein Mädchen aus kleinbürgerlichen Verhältnissen die Geliebte eines Handlungsreisenden. Sie gibt ihn jedoch auf, um seinen reichen Freund zu heiraten, der ihretwegen Familie und Vermögen im Stich läßt. Während ihr Mann sozial Stufe um Stufe sinkt und schließlich im Nachtasyl endet, rettet Carrie sich aus dem Zusammenbruch in eine Karriere als Schauspielerin. – Mit seiner unerschrockenen und wahrhaftigen Darstellung von wilder Ehe und Scheidung schockierte der große amerikanische Erzähler eine puritanische Öffentlichkeit. Die Verfilmung mit Jennifer Jones und Lawrence Olivier ist unvergessen.

Theodore Dreiser, geboren am 27. August 1871 als zwölftes von dreizehn Kindern eines Hüttenverwalters in Terre Haute/Indiana, leitete mit seinem 1900 erschienenen Roman «Schwester Carrie» das 20. Jahrhundert der amerikanischen Literatur ein. Die naturalistische Wahrhaftigkeit des Werkes, das die Grundbegriffe einer puritanischen Moral erschütterte, empörte die Öffentlichkeit so sehr, daß der Verleger sich gezwungen sah, es jahrelang zurückzuziehen. Auch sein elf Jahre später erschienener Roman «Jennie Gerhardt» schildert ein Frauenschicksal im Kampf mit einer brutalen, eigennützigen, auf äußeren Schein und Dünkel gegründeten Gesellschaftsordnung, und die folgenden Werke «Der Finanzier» (1912) und «Der Titan» (1914) üben ebenfalls schärfste Sozialkritik. Den 1915 erschienenen Maler-Roman «Das Genie» ließ die «Gesellschaft zur Unterdrückung des Lasters» verbieten, und jahrzehntelang hatte dieser große Erzähler die Kritik gegen sich. Erst die 1925 erschienene, nach einem wirklichen Mordfall gestaltete «Amerikanische Tragödie» (rororo Nr. 4166), die H. G. Wells als «einen der größten Romane unseres Jahrhunderts» bezeichnete, gewann ihm Weltruhm. Der Film bemächtigte sich sofort dieses gewaltigen Stoffes, der unter dem Titel «Ein Platz an der Sonne» mit Montgomery Clift und Elizabeth Taylor in den Hauptrollen nicht minder erfolgreich wurde.

Inzwischen gilt Dreiser, der in der «Geschichte meiner selbst» eine auf mehrere Bände angelegte fragmentarische Autobiographie schrieb, als der bedeutendste Vertreter des dokumentarischen Realismus und einer der größten Romanciers seiner Zeit. Theodore Dreiser starb am 28. Dezember 1945 in Hollywood.

Theodore Dreiser

# Schwester Carrie

rororo

Rowohlt

Die Originalausgabe erschien unter dem Titel «Sister Carrie»
Aus dem Englischen übertragen von Anna Nußbaum
Umschlagentwurf Werner Rebhuhn
(Szenenfoto mit Jennifer Jones und Lawrence Olivier
aus dem von William Wyler nach diesem Buch
inszenierten Paramount-Film «Carrie» /
Deutsches Institut für Filmkunde)

1.– 50. Tausend Februar 1953
51.– 75. Tausend Oktober 1953
76.– 88. Tausend März 1955
89.–100. Tausend März 1956
101.–115. Tausend Juli 1978

Veröffentlicht im Rowohlt Taschenbuch Verlag GmbH,
Hamburg, Februar 1953

Satz Garamond (Linotron 505 C)
Gesamtherstellung Clausen & Bosse, Leck/Schleswig
Printed in Germany
780-ISBN 3 499 14231 7

# Der Magnet: Ein hilfloses Wesen, den Lebenskräften preisgegeben

Als Caroline Meeber in den Zug nach Chicago einstieg, bestand ihr ganzes Gepäck aus einem Köfferchen, einer Handtasche aus billigem imitiertem Krokodilleder, einem bescheidenen Frühstück in einer Pappschachtel und der gelben Lederbörse, die ihre Bahnkarte, einen Papierstreifen mit der Anschrift ihrer Schwester, van Burenstraße, und vier Dollar enthielt. Es war im August 1889. Carrie war achtzehn Jahre alt, aufgeweckt, schüchtern, von den Traumbildern der Unwissenheit und Jugend beseelt. Hatte sie beim Abschied irgendwie Schmerzliches empfunden, so gewiß nicht um der Vorteile willen, die sie aufgeben mußte. Als die Mutter sie zum Abschied küßte, schluchzte sie; es würgte sie im Hals, da sie an der Mühle vorbeifuhr, wo ihr Vater im Taglohn arbeitete; das vertraute Grün rings um das Dorf, das sie zum letztenmal sah, entlockte ihr einen Seufzer – und damit waren die Bande, die sie so lose mit der Mädchenzeit und ihrem Heim verknüpften, unwiderruflich zerrissen.

Freilich gab's da noch immer die nächste Haltestelle, wo man aussteigen, umkehren konnte. Und eben durch diese täglich verkehrenden Züge wurde die große Stadt doch viel näher gerückt. Columbia war nicht so sehr weit – selbst wenn Carrie sich dann in Chicago befand. Was bedeuten denn ein paar Stunden – ein paar hundert Meilen? Sie blickte auf den Papierstreifen mit der Adresse ihrer Schwester und fragte sich, wie alles werden würde. Betrachtete die grüne, rasch vorüberziehende Landschaft, bis ihre rascher fliegenden Gedanken diese Eindrücke durch unbestimmte Vorstellungen von Chicago ersetzten.

Wenn ein Mädchen ihr Heim mit achtzehn Jahren verläßt, gibt es zwei Möglichkeiten. Entweder sie findet Schutz bei Freunden und wird besser, oder sie nimmt rasch den Tugendmaßstab der Großstadt an und wird schlechter. Keine Zwischenstufe unter solchen Umständen, die Gleichgewicht hielte. Die Stadt hat ihre schlauen Kniffe, nicht weniger als der unendlich kleinere und menschlichere Versucher. Gewaltige Kräfte locken mit all der Empfindungsstärke, die dem kultiviertesten menschlichen Geiste zu Gebote stehen. Das Schimmern von Tausenden von Lichtern ist oft ebenso wirkungsvoll wie das berückende Aufleuchten eines werbenden Auges. Die unerfahrenen und erdverbundenen Menschen werden zur Hälfte durch ganz übernatürliche Kräfte ins Verderben gestürzt. Aufrauschende Klänge, der Tumult des Lebens, die weitläufige Ansiedlung der Menschenbienen drängen sich den erstaunten Sinnen in fragwürdiger Weise auf. Ist nicht ein warnender, erklärender Berater zur Stelle – welch falsche Einflüsterungen können sich des unbewahrten Gemüts bemächtigen! Da sie nicht als das erkannt werden, was sie wirklich sind, bricht ihre Schönheit, wie Musik, zuerst allen Widerstand, macht schwach, um schließlich die schlichtere Einsicht zu verdrehen.

Caroline oder Schwester Carrie – so wurde sie fast zärtlich von der Familie genannt – war schlichten Sinnes, besaß nicht die Gabe analysierender Beobachtung. Auf ihr Wohl bedacht, aber nicht allzusehr. Trotzdem war dies ihre hervorstechende Charaktereigenschaft. Glühend von Jugendphantastereien, hübsch – die noch ausdruckslose Hübschheit der Entwicklungszeit – eine Gestalt, die versprach, Wohlgeformtheit zu gewinnen, in den Augen eine gewisse eingeborene Klugheit –, stellte sie ein bezeichnendes Beispiel dar der amerikanischen Mittelklasse, zwei Generationen nach der Einwanderung. Das Lesen guter Bücher ging über ihr Interessengebiet hinaus – Wissen war ihr ein verschlossenes Buch. Unmittelbar wirkende Grazie war ihr noch nicht verliehen. Sie vermochte kaum ihren Kopf anmutig zu neigen. Ihre Hände übten noch keine Wirkung aus. Die kleinen Füße setzte sie kindlich-flach auf den Boden. Und doch beschäftigten sie ihre Gaben, rasch faßte sie auf, was das Leben an kräftigen Freuden bot, und hatte den Ehrgeiz, materielle Güter zu erringen. Ein schlecht gerüsteter kleiner Ritter, der sich auf Kundschaft in die geheimnisvolle Stadt wagte. Carrie träumte wilde Träume von einer dunklen, weitentfernten Macht, die ihr die Stadt als Beute zu Füßen warf, als demütig vor dem Pantoffel einer Frau kriechenden Büßer.

«Dies», sagte ihr eine Stimme ins Ohr, «ist einer der schönsten Badeorte Wisconsins.»

«So?» erwiderte sie nervös.

Der Zug rollte eben aus Waukesha hinaus. Schon seit einer Weile war sie sich der Anwesenheit eines Mannes bewußt. Sie fühlte, daß er ihr reiches Haar bewunderte. Er rückte auf seinem Platz unruhig hin und her – sie spürte sofort seine wachsende Teilnahme. Ihre mädchenhafte Zurückhaltung und ein gewisser Sinn für das der Sitte gemäß in diesem Falle Passende rieten ihr, im voraus jede Vertraulichkeit abzuwehren. Doch die Keckheit und magnetische Kraft des Mannes, gewonnen aus Erfahrungen und Siegen, waren stärker. Sie antwortete.

Er lehnte sich vor, legte die Ellbogen auf die Rückenlehne ihres Sitzes, gewillt, sich durch Beredsamkeit angenehm zu machen.

«Ja, das ist ein großer Badeort für die Leute aus Chicago. Prachtvolle Hotels. Sie kennen diesen Teil des Landes wohl nicht?»

«O doch», sagte Carrie. «Das heißt, ich wohne in Columbia. Bin hier noch nie vorbeigefahren.»

«Und das ist also Ihr erster Besuch in Chicago», bemerkte er.

Die ganze Zeit über drängten sich ihr gewisse Züge auf – sie blickte ihn nur von der Seite an. Frische, stark gefärbte Wangen, ein blonder Schnurrbart, ein weicher grauer Filzhut. Jetzt wendete sie sich, schaute ihm in die Augen. Instinkt des Selbstschutzes und Koketterie spielten verwirrt in ihrem Kopfe.

«Das habe ich nicht gesagt», meinte sie.

«Oh», erwiderte er sehr freundlich und mit der Miene, sich geirrt zu haben, «ich dachte».

Der Mann war der Typus des Geschäftsreisenden – eine Klasse, die der Modejargon jener Zeit «Commis voyageur» nannte. Er fiel auch unter eine noch neuere Bezeichnung, die im Jahre 1880 in Amerika allgemein gebraucht wurde und abkürzend ausdrückte: einer, der durch Kleidung und Manieren die Bewunderung empfindsamer junger Frauen erregen will – ein «Nachsteiger». Sein Anzug aus braunem Tuch wies das gekreuzte Streifenmuster auf, das, damals neu, seither die Kleidung des Geschäftsmannes kennzeichnet. Der tiefe Westenausschnitt enthüllte eine steife Hemdbrust mit weißen und rosafarbenen Streifen. Aus den Rockärmeln guckten ein Paar gleichgemusterte Leinenmanschetten hervor. Große goldene Knöpfe mit gewöhnlichen gelben Achaten, als Katzenaugen bekannt, bildeten den Verschluß. An seinen Fingern trug er mehrere Ringe – einer davon der ewig haltbare schwere Siegelring. Über der Weste schaukelte eine stattliche goldene Uhrkette, und an ihr hingen die geheimen Abzeichen der «Elk»-Vereinigung. Der Anzug saß knapp. Filzhut. Er war, im Rahmen seines Intelligenzgrades, anziehend, und was ihm als Empfehlung dienen konnte, war an Carrie beim ersten Blick nicht verschwendet.

Für den Fall, daß diese Menschengattung dauernd verschwinden sollte, möchte ich einige eigenartige Züge ihres erfolgreichen Verfahrens festhalten. Die Hauptsache natürlich: elegante Kleidung – ohne die war der Mann nichts. Dann: ein kräftiger Körper, von starkem Begehren dem Weiblichen zugetrieben. Ein Geist, dem es fernliegt, über die Probleme oder wirkenden Kräfte der Welt nachzudenken – ihn jagte nicht häßliche Gier, aber eine unersättliche Leidenschaft für wechselnde Vergnügungen. Seine Methode war immer einfach. Ihr Hauptelement: Kühnheit, durch sein Begehren und die Bewunderung für das weibliche Geschlecht unterstützt. Begegnet er einmal einer jungen Frau, pflegt er sich ihr mit freundlicher Vertraulichkeit zu nähern, in die sich etwas wie Bitte mischt – meistens führt dies zu nachsichtigem Gewähren. Zeigt sie Neigung zu Koketterie, dann wagt er, ihr die Schleife am Halsausschnitt zu richten oder, wenn sie auf ihn «fliegt», sie bei ihrem Taufnamen zu nennen. Spricht er in einem Geschäft vor, lehnt er sich gemütlich über den Ladentisch, stellt die notwendigen Fragen. In höheren Kreisen, in der Eisenbahn oder auf Haltestellen geht er vorsichtiger zu Werke. Sobald eine anscheinend verwundbare Person auftaucht, ist er ganz Aufmerksamkeit – ergeht sich in den zur

Zeit beliebten Komplimenten, führt sie in das Salonabteil, trägt ihre Handtasche oder, ist dies nicht möglich, setzt er sich neben sie, in der Hoffnung, ihr bis zum Reiseziel den Hof machen zu dürfen. Kissen, Bücher, ein Fußschemel, Lampenschirm herunterziehen – das alles liegt im Bereich seines Könnens. Langt sie an ihrem Ziele an und er steigt nicht mit ihr aus, um ihr beim Tragen des Gepäcks zu helfen, so geschieht es nur, weil er, seiner eigenen Meinung nach, klar versagt hat.

Eine Frau sollte eines Tages eine ausführliche Philosophie der Kleider schreiben. Wenn sie auch noch so jung ist – da kennt sie sich aus. In der Kleidung eines Mannes gibt es ein unbeschreibliches Etwas, das für die Frau häufig die ansehenswerten Leute von den anderen trennt. Hat ein Mann einmal die Grenze nach abwärts überschritten – sie würdigt ihn keines Blickes! Dann bewirkt etwas in der Männerkleidung auch, daß die Frau ihre eigene Toilette genauer prüft. Der Mann, der an Carries Seite saß, übte eine solche Wirkung aus. Sie wurde sich der Ungleichheit bewußt. Ihr einfaches blaues Kleid mit den schwarzen Schnurverzierungen erschien ihr jetzt schäbig. Sie fühlte, daß ihre Schuhe abgetragen waren.

«Nun, ich kenne ja eine ganze Menge Leute in Ihrer Stadt. Den Kleiderhändler Morgenroth und den Tuchhändler Gibson.»

«Oh, wirklich?» Und in ihr erwachte die Erinnerung an Wünsche, die sie vor den Schaufenstern dieser Kaufleute empfunden.

Jetzt hatte er endlich das Stichwort und ließ sich geschickt von ihm leiten. In wenigen Minuten saß er dicht neben ihr. Schwatzte von Gelegenheitskäufen in der Kleiderbranche, seinen Reisen, Chicago und den Unterhaltungen dieser Stadt.

«Sie werden sich großartig amüsieren. Haben Sie dort Verwandte?»

«Ich fahre zu meiner Schwester auf Besuch», erklärte sie.

«Sie müssen in den Lincolnpark und auf den Michiganboulevard gehen. Da stellen sie jetzt große Gebäude hin. Ein zweites New York – grandios! So viel zu sehen – Theater, die Menschenmenge, schöne Häuser –, oh, es wird Ihnen schon gefallen.»

Als sie seine Beschreibung hörte, gab es ihr einen kleinen Stich. Dunkel fühlte sie ihre Bedeutungslosigkeit angesichts solcher Pracht. Sie wußte, daß ihr Leben nicht ein Kreislauf toller Freuden sein werde. Und doch lag in dem Bilde, das er vor ihr entrollte, etwas Verheißungsvolles. Es mußte sie doch freuen, die Aufmerksamkeit dieses schöngekleideten Herrn erregt zu haben. Als er ihr von einer beliebten Schauspielerin erzählte, an die sie ihn erinnere, lächelte sie. Sie war nicht dumm. Aber Aufmerksamkeiten solcher Art besaßen schon einigen Wert.

«Sie bleiben doch eine Zeitlang in Chicago?» bemerkte er bei einer Wendung des nun leicht dahinfließenden Gesprächs.

«Ich weiß nicht», sagte Carrie unsicher. – Sie dachte an die Möglichkeit, keine Arbeit zu finden.

«Doch gewiß einige Wochen», sagte er und blickte ihr gerade in die Augen.

Zwischen ihnen war jetzt schon viel mehr, als die Worte andeuteten. Er erkannte das Unbeschreibliche ihrer Anziehungskraft und Schönheit. Sie wurde sich klar, daß sie ihm gefiel – von dem einen Gesichtspunkt aus, der eine Frau zugleich entzückt und in Angst versetzt.

Sie war aus dem Grunde einfach, weil sie die vielen kleinen Kunstgriffe noch nicht gelernt hatte, mit deren Hilfe die Frauen ihre wahren Empfindungen verbergen. Manches, was sie tat, wirkte kühn. Eine kluge Freundin – hätte sie je eine besessen – würde sie davor gewarnt haben, einem Manne so fest und gerade ins Auge zu schauen.

«Weshalb fragen Sie?»

«Nun, ich werde mich da einige Wochen aufhalten. Will unser Warenlager gründlich kennenlernen und neue Muster holen. Ich könnte Ihnen die Stadt zeigen.»

«Ich weiß nicht, ob Sie – ob ich das annehmen darf. Ich werde bei meiner Schwester wohnen und –»

«Na, wenn sie was dagegen hat – das wollen wir schon in Ordnung bringen.»

Er zog einen Bleistift und Notizbuch hervor, als wäre alles abgemacht.

«Wie ist Ihre Adresse?»

Sie nestelte an ihrer Börse. Er holte eine fette Brieftasche hervor. Sie war mit Papierzetteln, einigen Eisenbahnführern, einer Rolle grüner Dollarnoten angefüllt und machte auf Carrie tiefen Eindruck. Keiner, der ihr bisher Höflichkeit erwiesen, hatte so eine Brieftasche besessen. Ein so erfahrener Reisender, ein so gewandter Weltmann war ihr noch nie nahegekommen. Die Brieftasche, die glänzendbraunen Schuhe, der fesche neue Anzug – die Art, mit der er alles tat – zauberten ihr in noch unklaren Umrissen eine Welt behaglichen Glücks vor, deren Mittelpunkt er bildete. Deshalb fühlte sie sich allem, was er unternehmen mochte, von vornherein freundlich abwartend geneigt.

Er zeigte ihr eine nette Geschäftskarte, auf der stand: Bartlett, Caryoe und Co., und in der linken Ecke Chas. H. Drouet.

«Das bin ich», sagte er, deutete auf den Namen und gab ihr die Karte in die Hand. «Wird ausgesprochen: Dru-eh. Unsere Familie war väterlicherseits französischer Abstammung.»

Sie blickte darauf, während er die Brieftasche einsteckte. Dann entnahm er einem Häufchen von Schriftstücken aus seinem Rocke einen Brief.

«Das ist die Firma, für die ich reise», er zeigte ihr eine Abbildung, «an der Ecke zwischen Staats- und Seestraße.» Aus seiner Stimme hörte man Stolz. Er fühlte: es heißt schon was, mit solch einem Haus in

Verbindung zu stehen. Und er ließ das Mädchen auch so fühlen.

«Ihre Adresse?» begann er von neuem, mit gezücktem Bleistift.

Sie schaute auf seine Hand. «Carrie Meeber», sagte sie langsam. «Dreihundertvierundfünfzig West van Burenstraße, bei S. C. Hanson.»

Er schrieb es sorgfältig nieder. «Werden Sie zu Hause sein, wenn ich Montag abend komme?»

«Ich denke schon.»

Wie wahr ist es, daß Worte nur die Schatten dessen sind, was sie bedeuten. Kleine hörbare Bande – sie ketten große unhörbare Empfindungen und Absichten aneinander. Da waren diese zwei Menschen, tauschten kurze Sätze, zogen Brieftaschen, schauten Karten an – beide unbewußt, wie wenig sie damit ihren wirklichen Gefühlen Ausdruck verliehen. Keiner von ihnen war klug genug, zu erraten, was im Geist des andern vorging. Er konnte nicht sagen, wie weit seine Verlockung von Erfolg begleitet war. Sie erkannte nicht, daß sie ihm zutrieb – bis er ihre Anschrift hatte. Da fühlte sie, daß sie etwas hatte – er, daß er einen Sieg errungen. Schon empfanden sich beide als irgendwie verbunden. Schon war er es, der das Gespräch lenkte. Seine Worte plätscherten fröhlich. Ihre Haltung war die wohligen Geschehenlassens.

Sie näherten sich Chicago. Überall zahlreiche Geschäftsreklamen. Züge blitzten vorüber. Auf weiten Strecken flachen offenen Landes sahen sie Telegraphenstangen über Wiesen der großen Stadt zueilen. Weithin Anzeichen von Vororten – dichte Rauchschwaden, die sich hoch in die Luft aufwälzten.

Oft standen zweistöckige Blockhäuser im offenen Felde, ohne Einzäunung, ohne Baumschutz – einsame Vorposten der nahenden Häuserarmee.

Dem Kinde, dem mit Einbildungskraft begabten Genie, oder dem Menschen, der noch nie gereist ist, bedeutet die erste Annäherung an eine große Stadt etwas Wunderbares. Besonders gegen Abend – der geheimnisvollen Zeit zwischen Licht und Dunkel der Welt –, wenn das Leben aus einer Sphäre oder einem Zustand in einen andern übergeht. Oh, Verheißung der Nacht! Was ist sie dem Müden! Welch alter, ewig-erneuter Hoffnungswahn! Die Seele des müden Arbeiters sagt sich: bald werde ich frei sein. Auf den Wegen der Fröhlichen werde ich wandeln, in ihrer Gästeschar weilen. Die Straßen, die Lichter, das hell beleuchtete Zimmer, in dem der Tisch gedeckt ist – alles für mich. Theater, Hotelhallen, Gesellschaft – Stätten der Muße und sangdurchwobene Pfade – mein in der Nacht. Obgleich die ganze Menschheit noch in den Geschäften eingeschlossen ist, dringt Erregung schon nach außen. Sie liegt in der Luft. Selbst die Abgestumpftesten fühlen etwas, was sie nicht immer auszudrücken oder zu beschreiben vermögen. Die Bürde wird leichter.

Schwester Carrie blickte aus dem Fenster. Ihrem Gefährten, der von ihrem Staunen gerührt war – so ansteckend sind Gefühle –, erschien die Stadt in neuem Reiz und er zeigte Carrie ihre Wunder.

«Das ist Nordwest Chicago. Dort der Strom», und er wies ihr ein schlammiges Flüßchen, auf dem Wanderer aus fernen Gewässern mit gewaltigen Masten dem Ufer hinter schwarzen Pfosten zustrebten. Ein Schnauben, Rasseln, Schienenklappern, und es war vorüber. «Chicago wird eine große Stadt», fuhr er fort. «Ein Wunder. Sie werden eine Menge zu sehen finden.»

Sie hörte es kaum. Angst verwirrte sie. Nun fühlte sie erst, daß sie sich allein, fern von der Heimat, in ein Meer von Leben und Wagnis stürzte. Der Atem stockte – ihr wurde ganz schwach, so heftig klopfte ihr Herz. Sie schloß die Augen halb, versuchte zu denken, es sei nichts – Columbia war ja gar nicht so entfernt.

«Chicago! Chicago!» rief der Schaffner und riß die Tür auf. Nun fuhren sie in eine vom Klang und Geräusch des Lebens, von vielen Menschen erfüllte Halle ein. Carrie ergriff ihre arme kleine Tasche, schloß die Hand fest um die Börse. Drouet erhob sich, reckte die Beine, um die Hosen gerade zu richten, und packte sein sauberes gelbes Lederköfferchen.

«Ihre Verwandten werden Sie wohl erwarten? Darf ich Ihre Tasche tragen?»

«O nein. Bitte nicht. Es wäre mir lieber, meine Schwester erblickte Sie nicht an meiner Seite.»

«Schön», meinte er gutmütig. «Doch ich will in der Nähe bleiben – für den Fall, daß sie nicht da ist – und Sie dann hinausbegleiten.»

«Sie sind so freundlich», sagte Carrie. Sie empfand wohltuend seine Aufmerksamkeit in ihrer seltsamen Lage.

«Chicago!» rief der Schaffner langgezogen. Sie befanden sich unter einem großen, schattenspendenden Perrondach. Schon begannen die Lampen aufzuleuchten, überall standen Waggons, der Zug fuhr im Schneckentempo. Die Reisenden drängten an die Türen.

«Na – da wären wir ja», sagte Drouet. «Auf Wiedersehen, am Montag.»

«Leben Sie wohl», sagte sie und drückte die ihr gereichte Hand.

«Und vergessen Sie nicht: ich werde aufpassen, bis Sie Ihre Schwester finden.»

Sie lächelte ihm in die Augen. Sie gingen hinaus; er tat, als beachte er sie nicht. Eine recht gewöhnlich aussehende Frau mit magerem Gesicht eilte Carrie auf dem Bahnsteig entgegen.

«Da bist du ja, Schwester Carrie!» Und die übliche Begrüßungsumarmung.

Carrie fühlte sofort, wie sehr sich die zärtliche Stimmung um sie gewandelt hatte. Inmitten des Lärmes, all des Neuen, faßte die kalte Wirklichkeit sie an der Hand. Nicht eine Welt von Licht und Vergnügen. Keine Freudenrunde. Ihre Schwester schleppte die Härte von Müh und Arbeit mit sich.

«Wie geht's daheim? Vater – Mutter?» Carrie antwortete, aber sah von der Schwester fort. Rückwärts in der Halle, nahe am Gitter, das zum Warteraum und der Straße führte, stand Drouet. Er schaute zurück. Als er merkte, daß sie ihn erblickt hatte, nun bei ihrer Schwester untergebracht, wendete er sich zum Gehen und spendete ihr den Schatten eines Lächelns. Nur Carrie sah es. Als er fort war, schien ihr, sie hätte etwas verloren.

Sie empfand seine Abwesenheit im Innersten. Mit ihrer Schwester war sie sehr allein, ein einsames Wesen auf wildbewegter, gleichgültiger See.

## Was Armut androht: Granit und Messing

Minnies Wohnung lag in einem Teil der West van Burenstraße, der von Arbeiter- und Beamtenfamilien bewohnt wurde, von Leuten, die mit der um beiläufig 50000 jährlich steigenden Einwohnerzahl gekommen waren und immer noch kamen. Die Wohnung lag im dritten Stock, die Vorderfenster gingen auf die Straße, wo am Abend die Lichter der Lebensmittelläden leuchteten und Kinder spielten. Carrie dünkte das ertönende und verhallende Klingeln der Pferdebahnglöckchen ebenso hübsch wie neu. Als Minnie sie in das Vorderzimmer führte, blickte sie auf die erhellte Straße hinunter, staunte über all die Geräusche, die Bewegung, das Summen der gewaltigen Stadt, die sich in jeder Richtung Meilen und Meilen weit erstreckte.

Nach Erledigung der ersten Begrüßungsworte gab Frau Hanson Carrie das Kind und begann das Abendmahl zu bereiten. Ihr Mann hatte einige Fragen gestellt, setzte sich dann, seine Zeitung zu lesen. Ein schweigsamer Mann, in Amerika geboren; sein Vater war Schwede. Seine Arbeit bestand jetzt darin, die Kühlwagen auf dem Viehmarkt zu reinigen. Ob die Schwester seiner Frau da war oder nicht, war ihm gleich. Ihr Äußeres machte auf ihn keinen wie immer gearteten Eindruck. Seine einzige Bemerkung zur Sache bezog sich auf die Möglichkeit, in Chicago Arbeit zu finden.

«Eine große Stadt», sagte er. «In ein paar Tagen kannst du schon etwas finden. Jeder kann das.»

Ohne viel Worte wurde vorausgesetzt, daß Carrie arbeiten und ihre Unterkunft und Nahrung zahlen werde. Der Mann war ehrlich, moralisch sauber, sparsam und hatte bereits eine Anzahl von Monatsraten auf zwei Grundstücke weit draußen im Westen erlegt. Sein Ehrgeiz ging dahin, eines Tages dort ein Haus zu bauen.

Während der Zubereitung des Mahles hatte Carrie Zeit, die Wohnung genau anzusehen. Sie hatte die Fähigkeit, die jeder Frau in so reichem Maße eignet: intuitive Beobachtungsgabe. Im Heim ihrer Schwester spürte sie den öden Kreislauf eines kärglichen und engbegrenzten Daseins. Die Tapeten stimmten nicht zueinander. Die Zimmerböden waren mit Strohmatten bedeckt, in der Halle lag ein dünner, verschlissener Teppich. Die Möbel gehörten offenbar zu jener armseligen, hastig zusammengestellten Art, wie sie auf Raten verkauft wird.

Sie saß mit Minnie in der Küche und hielt das Kind, bis es zu weinen anfing. Dann ging sie mit ihm auf und ab, sang ihm vor. Hanson, der im Lesen gestört wurde, trat hinzu und nahm es ihr ab. Ein angenehmer Zug seines Charakters kam zum Vorschein: er war geduldig. Hatte sein Kind wohl sehr gern.

«Su, Su», machte er im Gehen, «Su, Su», und in seiner Stimme lag etwas wie ein schwedischer Akzent.

«Wirst dir wohl zuerst die Stadt ansehen wollen, nicht?» sagte Minnie beim Essen. «Na, am Sonntag wollen wir in den Lincolnpark.»

Carrie bemerkte, daß Hanson sich nicht dazu äußerte. Es war, als dächte er an etwas anderes.

«Ja», meinte Carrie, «ich will mich morgen ein wenig umtun. Habe ja Freitag und Sonnabend vor mir – es wird nicht schwer für mich sein. Wie kommt man in das Geschäftsviertel?»

Minnie begann zu erklären, doch ihr Mann zog das Gespräch an sich.

«In dieser Richtung», sagte er, nach Osten weisend. Dann erging er sich in der längsten Rede, die er bis jetzt gehalten, und schilderte die Lage von Chicago. «Du wirst gut tun, in den großen Geschäftshäusern an der Franklinstraße und am anderen Flußufer nachzufragen. Masse Mädel arbeiten dort. Kannst von dort auch leicht heimfahren. Es ist nicht sehr weit.»

Carrie nickte und fragte ihre Schwester über die Nachbarn aus. Minnie sprach jetzt leise, erzählte das Wenige, was sie wußte, während Hanson sich mit dem Kinde beschäftigte. Schließlich sprang er auf, übergab das Kind seiner Frau.

«Ich muß früh morgen aufstehen, deshalb will ich nun zu Bett gehen», und verschwand für die Nacht in dem kleinen dunklen Schlafzimmer hinter der Halle.

«Er arbeitet ziemlich weit von hier, auf dem Viehmarkt», erklärte Minnie, «deshalb muß er um halb sechs aufstehen.»

«Wann stehst du auf, das Frühstück zu machen?» fragte Carrie.

«Etwa zwanzig Minuten vor fünf.»

Sie beendeten gemeinsam die Tagesarbeit, Carrie wusch die Teller, Minnie zog das Kind aus, brachte es zu Bett. Sie zeigte in ihrem Gehaben geübten Fleiß und Carrie erkannte, daß ständige Arbeit ihr

Leben ausmachte.

Sie sah auch ein, daß sie auf ihre Beziehung zu Drouet werde verzichten müssen. Hier konnte er sie nicht besuchen. Aus Hansons Betragen, der gedämpften Art von Minnie, aus der ganzen Atmosphäre der Wohnung schloß sie auf entschiedenen Widerstand gegen alles, was nicht der hergebrachte Arbeitstrott war.

Wenn Hanson jeden Abend im Vorderzimmer saß und seine Zeitung las, um neun Uhr, Minnie etwas später zu Bett ging – was würden sie von ihr erwarten? Sie begriff, daß sie zuerst werde Arbeit finden, sich als zahlungsfähig werde erweisen müssen, ehe sie an Gesellschaft irgendeiner Art denken durfte. Ihr kleiner Flirt mit Drouet schien ihr jetzt etwas Unangemessenes.

«Nein», sagte sie sich, «hierher darf er nicht kommen.»

Sie bat Minnie um Tinte und Papier, die auf dem Kaminsims im Eßzimmer lagen, und als Minnie um zehn schlafen gegangen war, zog Carrie Drouets Karte hervor und schrieb ihm.

«Sie dürfen mich nicht hier besuchen. Müssen warten, bis Sie wieder von mir hören. Die Wohnung meiner Schwester ist so klein.»

Nun grübelte sie, was sie noch hinzufügen sollte. Gerne hätte sie eine Anspielung auf ihr Gespräch im Zug gemacht, war aber zu schüchtern dazu. Sie schloß, indem sie ihm ungeschickt für seine Güte dankte. Die Endformel bereitete ihr Kopfzerbrechen – schließlich entschied sie sich für ein würdevolles «mit besten Empfehlungen», das sie dann in «freundliche Grüße» umwandelte. Sie siegelte den Brief, schrieb die Adresse, ging in das Vorderzimmer, in dessen Nische ihr Bett stand, zog den einzigen, kleinen Schaukelstuhl an das offene Fenster und saß da, schaute in wachsendem Staunen in die Nacht, auf die Straße hinaus. Zuletzt ermüdete sie das Nachdenken, wurde ihr auch ein wenig langweilig, und da sie schläfrig war, entkleidete sie sich und ging zur Ruhe.

Als sie am nächsten Morgen um acht erwachte, hatte Hanson sich schon zur Arbeit begeben. Ihre Schwester nähte im Eßzimmer, das zugleich Wohnzimmer war. Nachdem Carrie sich angekleidet hatte, bereitete sie ein bescheidenes Frühstück, dann fragte sie Minnie um Rat, wohin sie sich zuerst wenden sollte, Minnie hatte sich sehr verändert, seitdem Carrie sie zuletzt gesehen. Jetzt war sie eine zarte, wenn auch kräftige Frau von siebenundzwanzig Jahren. Die Ideen ihres Gatten färbten auf ihre Lebensanschauungen ab. Härter geworden, hatte sie eine enger begrenzte Auffassung von Vergnügen und Pflicht, als je in ihrer so bedrückten Jugend. Sie lud Carrie nicht ein, weil sie sich nach ihr sehnte, sondern weil Carrie daheim unzufrieden war, hier wahrscheinlich Arbeit finden und Pension zahlen konnte. Gewiß freute sie sich auch über die Anwesenheit der Schwester. Doch was die Arbeit anlangte, teilte sie ganz die Meinung ihres Mannes. Alles war gut genug, solange es etwas – sagen wir anfangs fünf Dollar die Woche – eintrug.

«Ladenmädchen», dies Schicksal wurde für Carrie in Aussicht genommen. Sie sollte in eines der großen Geschäftshäuser eintreten, dort würde es ihr ganz gut gehen, bis – nun, bis sich etwas ereignete. Keiner von ihnen wußte genau, was eigentlich. Sie dachten nicht an eine Verbesserung. Zählten nicht gerade auf eine Heirat. Die Dinge würden so – irgendwie – weitergehen – bis zufällig das Bessere eintreten und Carrie für ihr Kommen und ihren Fleiß in der Stadt belohnt würde. Unter solch verheißungsvollen Umständen machte sie sich am Morgen auf die Suche.

Ehe wir ihr folgen, wollen wir einen Blick auf die Umgebung werfen, in der sich ihre Zukunft abspielen sollte. Im Jahre 1889 hatte Chicago die dem Anwachsen eigentümlichen Eigenschaften, die so abenteuerliche Pilgerfahrten selbst ganz junger Mädchen erklären. Die zahlreichen, immer zunehmenden geschäftlichen Möglichkeiten erwarben der Stadt einen bis in die Ferne dringenden Ruhm, der sie zu einem Riesenmagnet machte – von allen Seiten zog er die Menschen an. Hoffnungsvolle, Hoffnungslose – die ihr Glück erst noch suchen mußten und solche, deren Schicksal und Geschäfte schon irgendwo anders gestrandet waren. Eine Stadt von über fünfhunderttausend Einwohnern mit dem Ehrgeiz, dem Wagemut, der Arbeitskraft einer Millionenstadt. Straßen und Häuser waren schon über ein Gebiet von fünfundsiebzig Quadratmeilen verstreut. Die Bevölkerung wurde nicht so sehr durch den schon bestehenden Handel, als vielmehr durch jene Industrien wohlhabend, die die Ankunft neuer Einwohner vorbereiteten. Überall erklangen die Hämmer bei der Errichtung neuer Gebäude. Gewaltige Betriebe entstanden. Die riesigen Eisenbahngesellschaften, die schon lange vorher die günstigen Aussichten der Stadt erkannt hatten, bemächtigten sich großer Strecken zur Überführung und Verladung von Waren. Straßenbahnlinien wurden weit in das offene Land hinausgeführt, da man ein rasches Anwachsen der Stadt voraussah. Meilen und Meilen von Straßen und Kanälen legte man durch Gebiete, in denen vielleicht ein einziges Haus allein dastand – Pionier für die zahlreiche kommende Einwohnerschaft. Es gab offene, dem Sturmwind und Regen preisgegebene Gebiete, die nachts noch durch lange im Winde flackernde Gaslampenreihe erleuchtet wurden. Schmale Brettersteige zogen sich hier vor einem Hause hin, da vor einem Geschäft, in weiten Zwischenräumen, und endeten manchmal auf offenen Grasflächen.

Im Mittelpunkt der Stadt befand sich der Engroshandel und das Geschäftsviertel, wohin der nicht eingeweihte Arbeitsuchende gewöhnlich zuerst verschlagen wurde. Damals war es ein für Chicago bezeichnendes, anderen Städten gewöhnlich fehlendes Merkmal, daß bedeutendere Firmen eigene Gebäude innehatten. Es war möglich, da es so viel Platz gab, und verlieh den meisten Engrosgeschäften, deren Bureaus zu ebener Erde lagen und von der Straße aus gesehen werden konnten, ein stattliches Aussehen. Die großen, jetzt so bekannten Spiegelfenster kamen damals rasch in Gebrauch. Die Bureaus im Untergeschoß machten deshalb einen vornehmen und wohlhabenden Eindruck. Der Wanderer konnte im Vorbeischreiten eine elegante Einrichtung, viel mattes Glas, fleißig arbeitende Angestellte, noble Kaufleute in ebenso noblen Anzügen und sauberer Wäsche sehen, die herumlungerten oder in Gruppen zusammensaßen. Glänzende Messing- oder Nickelplatten an dem viereckigen Steintor kündigten in höflichen und zurückhaltenden Worten die Firma und die Art des Geschäftes an. Das ganze Zentrum sah hochmütig und vornehm aus, berechnet, dem gewöhnlichen Bittsteller Angst einzujagen, ihn ganz klein zu machen, die Kluft zwischen Armut und Erfolg weit und tief erscheinen zu lassen.

In dieses wichtige Geschäftsquartier wagte sich die schüchterne Carrie vor. Sie ging die van Burenstraße in östlicher Richtung entlang, durch eine weniger bemerkenswerte Gegend, die in eine Masse von Blockhäusern und Kohlenhöfen ausläuft und schließlich am Fluß aufhört. Tapfer schritt Carrie vorwärts. Es trieb sie der ehrliche Wunsch, Arbeit zu finden. Doch bei jedem Schritte mußte sie stehenbleiben, eine Szene zu betrachten, die sie besonders anzog, und inmitten von so viel offensichtlicher Macht, die sie nicht begriff, überkam sie ein Gefühl der Hilflosigkeit. Was waren das für große Gebäude? Diese seltsam gewaltigen Interessen und Kräfte – welchem Zwecke dienten sie? Sie hätte den Sinn einer Steinschneidewerkstätte in Columbia begreifen können, in der kleine Marmorstücke zu persönlichem Gebrauch zerschnitten werden. Doch als die Arbeitsplätze irgendeiner ungeheuren Steinwarengesellschaft in Sicht kamen, voller Geleise und Waggons, flußwärts von Docks durchschnitten, auf denen sich gewaltig rollende Krane aus Holz und Stahl in die Luft reckten – da verlor dies in ihrer kleinen Welt jede Bedeutung.

So ging es ihr mit den großen Rangierbahnhöfen, den dichten Massen von Schiffen auf dem Flusse, den riesigen Fabrikanlagen jenseits der Straße, am Wasser entlang. Durch die offenen Fenster konnte sie die Gestalten von Männern und Frauen in Arbeitsschürzen erblicken, die geschäftig ab und zu eilten. Die breiten Straßen schienen ihr ummauerte Geheimnisse, die großen Bürohäuser Labyrinthe, die nur ein paar wichtige Menschen angingen, irgendwo. Die Leute, die damit zu tun hatten, konnte sie sich nur so vorstellen: Geld zählend, prachtvoll gekleidet, in Wagen fahrend. Womit sie handelten, wie und wozu sie arbeiteten – davon hatte sie nur eine ganz dunkle Vorstellung. Es war alles wundervoll, alles gewaltig, alles sehr weit von ihr, und im Innersten fühlte sie sich entmutigt. Das Herz klopfte ihr ängstlich, wenn sie daran dachte, irgendeines dieser mächtigen Gebäude zu betreten und dort um Arbeit zu bitten – um etwas, was sie tun konnte – irgend etwas.

## Wir fordern vom Schicksal: Vier Dollar fünfzig die Woche

Als sie nun über den Fluß in das Engrosviertel gelangte, blickte sie um sich – an welche Tür sollte sie pochen? Sie betrachtete die großen Fenster und achtunggebietenden Schilder und ihr wurde bewußt, daß man sie ansah; erkannte, was sie war – ein Lohnsklave. Noch nie vorher hatte sie das getan, der Mut fehlte ihr. Um einer gewissen unerklärlichen Demütigung zu entgehen, da sie dabei ertappt wurde, nach einer Stellung auszulugen, beschleunigte sie ihre Schritte, nahm eine gleichgültige Miene an, wie sie scheinbar jenen eignet, die irgendeine Besorgung machen. Auf diese Weise ging sie an zahlreichen Engroshäusern und -geschäften vorüber, ohne auch nur einen Blick hineinzuwerfen. Doch nachdem sie einige Blocks weit gegangen, fühlte sie, daß dies nicht das richtige sei, und begann von neuem Umschau zu halten, ohne ihren Schritt zu verlangsamen. Etwas weiter erblickte sie eine große Tür, die aus irgendeinem Grunde ihre Aufmerksamkeit erregte. Sie war mit einer schmalen Messingplatte geschmückt und schien der Eingang zu einem gewaltigen Bienenstock von sechs oder sieben Stockwerken zu sein. Vielleicht, dachte Carrie, können die mich brauchen, und überquerte die Straße, um einzutreten. Etwa zwanzig Schritte von dem ersehnten Ziel entfernt, sah sie durch das Fenster einen jungen Mann in einem grauen, schachbrett-gemusterten Anzug. Sie hätte nicht zu sagen vermocht, ob er irgendwie mit der Firma verbunden war, doch da er zufällig in ihre Richtung schaute, ließ ihr schwaches Herz sie im Stich – sie lief davon, zu überwältigt von Scham, um einzutreten. Gegenüber stand ein großes, sechs Stock hohes Gebäude, mit dem Schild «Storm und King», das sie von Hoffnung belebt anblickte. Ein Engros-Kleidergeschäft, das Frauen anstellte. Carrie konnte sie im oberen Stockwerk auf und ab eilen sehen. Hier wollte sie eintreten – um jeden Preis! Sie schritt über die Straße, gerade auf den Eingang zu. In diesem Augenblick traten zwei Männer heraus, machten an der Tür halt. Ein blaugekleideter Telegrammbote flitzte an ihr vorüber, die wenigen Stufen zum Eingang hinauf, verschwand. Einige Leute aus der hastenden Menge, die die Fußbahn füllte, eilten an der Zögernden vorüber. Hilflos blickte sie um sich, wich zurück, da sie sich beobachtet fühlte. Die Aufgabe war zu schwer. Sie konnte nicht an den Leuten vorüber.

Diese Niederlage griff ihre Nerven furchtbar an. Mechanisch schleppte sie sich vorwärts. Jeder Schritt Teil einer Flucht, die sie erleichterten Herzens unternahm. Ein Häuserblock nach dem andern. Auf Straßenlaternen, an den verschiedenen Ecken las sie Namen: Madison, Monroe, La Salle, Clark, Dearborn, State – und ging weiter. Ihre Füße ermüdeten auf dem holprigen Steinpflaster. Aber wenigstens freuten sie die hellen, sauber gehaltenen Straßen. Die mit stetig wachsender Wärme scheinende Morgensonne ließ die Schattenseite angenehm kühl empfinden. Carrie blickte zum blauen Himmel empor, er dünkte sie schöner als je zuvor.

Sie ärgerte sich jetzt ein wenig über ihre Feigheit. Kehrte um, entschlossen, Storm und King aufzusuchen, in das Gebäude einzutreten. Auf dem Wege gelangte sie an ein Engros-Schuhwarengeschäft. Durch die großen Spiegelfenster sah sie, abgeschlossen, hinter matten Glasscheiben verborgen, das Geschäftsbüro. Außerhalb der Einfriedung, gerade neben der Tür, saß ein grauhaariger Herr an einem kleinen Tisch, ein großes Hauptbuch offen vor sich. Mehrere Male schritt sie zögernd an dem Haus vorbei, als sie aber merkte, daß sie niemand beobachtete, stolperte sie durch die Gittertür, stand bescheiden-wartend da.

«Na, junges Fräulein,» meinte der alte Herr und sah sie nicht ohne Güte an, «was wünschen Sie?»

«Ich bin – das heißt – haben Sie – ich meine, brauchen Sie irgendeine Hilfskraft?» stammelte Carrie.

«Im Augenblick nicht», erwiderte er lächelnd. «Kommen Sie doch mal nächste Woche. Gelegentlich brauchen wir schon jemanden.»

Sie empfing die Antwort schweigend, schob ungeschickt hinaus. Sie war ein wenig erstaunt über den freundlichen Empfang. Hatte es sich schwieriger gedacht – gedacht, man werde ihr etwas Kaltes, Hartes sagen – sie wußte selbst nicht was. Es war doch schon viel, daß man sie nicht beschämt, sie nicht ihre traurige Stellung hatte fühlen lassen.

Irgendwie ermutigt, wagte sie sich in ein anderes großes Gebäude. Eine Kleiderfirma – mehr Leute – gutgekleidete, etwa vierzigjährige Männer – von Messinggeländern umgeben.

Ein Bürojunge näherte sich ihr.

«Wen wünschen Sie zu sprechen?»

«Ich möchte den Geschäftsführer . . .»

Der Junge lief fort, meldete es einem Herrn, der sich mit zwei andern unterhielt. Einer von ihnen trat auf sie zu.

«Ja?» fragte er kalt. Die Begrüßung brachte sie sofort um allen Mut.

«Brauchen Sie eine Hilfskraft?» stammelte sie.

«Nein», erwiderte er kurz, drehte sich auf den Absätzen um. Wie betäubt ging sie hinaus, der Bürojunge riß beflissen die Tür vor ihr auf. Erleichtert tauchte sie in die Menge zurück, die sie verbarg. Ein heftiger Rückfall nach ihrer vor kurzem erst so fröhlichen Stimmung.

Jetzt schlenderte sie eine Zeitlang ziellos dahin, wendete sich nach der, nach jener Seite, erblickte eine große Firma nach der andern, hatte aber nicht die Kraft, ihre Nachforschung fortzusetzen. Später Mittag; sie war hungrig. Entdeckte ein anspruchsloses Gasthaus und trat ein, geriet aber in Verwirrung, als sie die für ihre Verhältnisse übertrieben hohen Preise bemerkte. Ein Teller Suppe war alles, was sie sich leisten konnte. Nachdem sie ihn rasch geleert, ging sie wieder hinaus. Die Suppe hatte ihre Kräfte doch etwas hergestellt, ihr Kühnheit eingeflößt, die Suche von neuem aufzunehmen.

Als sie einige Blocks weiter ging, um an irgendeiner passend scheinenden Stelle haltzumachen, traf sie wieder auf die Firma Storm und King. Und diesmal zwang sie sich, einzutreten. In ihrer Nähe plauderten einige Herren miteinander, beachteten sie nicht. Man ließ sie stehen. Nervös blickte sie zu Boden. Schon hatte sie die Grenze der Verzweiflung fast erreicht – da winkte ihr von einem der zahlreichen Pulte innerhalb der Schranke ein Mann zu.

«Wen wünschen Sie zu sprechen?»

«Irgend jemanden, bitte», erwiderte sie; «ich suche Arbeit.»

«Oh, dann ist's Herr McManus. Nehmen Sie Platz.» Und er deutete auf einen Stuhl an der Wand. Gelassen schrieb er weiter, bis nach einer Weile ein gedrungener Herr von der Straße eintrat.

«Herr McManus», rief der Mann am Pult, «das junge Fräulein da wünscht Sie zu sprechen.»

Der korpulente Herr wandte sich Carrie zu. Sie stand auf, kam ihm entgegen.

«Was kann ich für Sie tun, Fräulein?» fragte er, blickte sie neugierig an.

«Ich möchte wissen, ob ich hier eine Stellung finden kann.»

«Als was?»

«Nichts Bestimmtes», stotterte sie.

«Haben Sie je in der Engros-Kleiderbranche gearbeitet?»

«Nein.»

«Können Sie stenographieren und maschineschreiben?»

«Nein.»

«Na, dann haben wir nichts», sagte er. «Wir verwenden nur geübte Hilfskräfte.»

Schon wollte sie rücklings zur Tür, da zog ihn etwas in ihrem kläglichen Gesicht an.

«Haben Sie schon vorher gearbeitet?» fragte er.

«Nein», sagte Carrie.

«Es ist wohl kaum möglich, daß Sie in einem Engros-Hause dieser Art Beschäftigung finden. Haben Sie's schon in einem Warenhaus versucht?»

Carrie mußte verneinen.

«Also, wenn ich Sie wäre», sagte er und schaute besonders nett drein, «würde ich es da probieren. Warenhäuser verwenden oft junge Frauen.»

«Danke», sagte sie. Durch diesen Funken freundlichen Interesses fühlte sie sich im Innersten erwärmt und ermutigt.

«Ja», meinte er, als sie der Tür zuschritt, «versuchen Sie's mal in einem Warenhaus.» Damit ging er.

Zu jener Zeit befanden sich die Warenhäuser noch am Anfang ihres erfolgreichen Wirkens und es gab nicht viele. Die ersten drei, die um 1884 in Amerika eröffnet wurden, waren in Chicago. Carrie kannte die Namen einiger aus Anzeigen in den «Täglichen Nachrichten» und machte sich jetzt auf, sie zu suchen. Die Worte des Herrn McManus hatten ihr irgendwie den tief gesunkenen Mut zurückgegeben, und sie wagte zu hoffen, daß sie in jenem Bereich etwas finden werde. Eine Weile verbrachte sie mit Auf- und Abgehen, glaubte die Gebäude zufällig finden zu können. So leicht läßt sich der Mensch, der im Begriff steht, eine harte, aber notwendige Aufgabe zu erfüllen, durch jene Selbsttäuschung beruhigen, die ihm eine scheinbare Suche gewährt, ohne daß sie zu wirklichem Ziel führt. Schließlich erkundigte sie sich bei einem Polizisten und wurde zwei Blocks weiter zum «Basar» gewiesen.

Sollten diese weitläufigen Detailgeschäfte je verschwinden – sie werden ein interessantes Kapitel in der Handelsgeschichte unserer Nation bilden. Noch nie vorher war die Welt Augenzeuge eines ähnlichen Aufblühens aus bescheidenen Anfängen gewesen. Sie waren im Stil wirksamster Unternehmungen aus Hunderten von Läden zusammengefaßt und auf einer imponierenden wirtschaftlichen Grundlage errichtet. Schöne, geräuschvolle, erfolgreiche Geschäfte mit einem Heer von Angestellten, Schwärmen von Chefs.

Carrie schritt durch die von rastloser Arbeit erfüllten Räumen. Die ausgestellten Waren, Zier- und Bekleidungsgegenstände, Papierwaren, Juwelen, entzückten sie. In jeder Abteilung eine verwirrend-lockende Schau. Ihr war, als habe jedes Schmuckstück ein Anrecht auf sie, und doch blieb sie nicht stehen. Nichts, was sie nicht hätte gut brauchen können – nichts, nach dessen Besitz sie sich nicht schon seit langem sehnte. Die zierlichen Schuhe und Strümpfe, die feingefältelten Röcke und Jupons, Spitzen, Bänder, Steckkämme, Börsen – jedes einzelne Stück erregte ihren Wunsch, und sie empfand es bitter, daß sie keines dieser Dinge zu kaufen vermochte. Sie war eine Arbeitsucherin, eine Ausgestoßene ohne Beschäftigung, die jeder beliebige Angestellte auf den ersten Blick als arm und arbeitsbedürftig erkennen konnte.

Man darf Carrie nicht etwa für eine nervöse, reizbare, hochgespannte Natur halten, die ungerechterweise in eine kalte, berechnende, unpoetische Welt geworfen war. So war sie gewiß nicht. Aber Frauen sind in bezug auf ihre äußere Erscheinung sehr empfindlich.

Carrie fühlte nicht nur drängende Sehnsucht nach allem Neuen und Schönen in der Frauenmode, sie bemerkte auch mit leisem Herzweh die feinen Damen, die sie voll gespannter Aufmerksamkeit für die ausgestellten Waren streiften, ohne sie zu beachten, an ihr vorüberrauschten, als wäre sie nicht vorhanden. Carrie hatte bis jetzt ihre glücklicheren

Schwestern nicht kennengelernt. Kannte auch nicht die Natur und das Äußere der Ladenmädchen, mit denen sie keinen Vergleich aushielt. Die meisten waren sehr hübsch, trugen eine Miene der Unabhängigkeit und Gleichgültigkeit zur Schau, die den Begünstigteren eine gewisse Pikanterie verlieh. Ihre Kleider waren nett, manchmal elegant, und so oft Carrie dem Blick einer von ihnen begegnete, fand sie darin scharfes, prüfendes Durchschauen ihrer eigenen Stellung. Durchschauen der Mängel in ihrer Kleidung und jenes Schattens in ihren «Manieren», der ihr wohl anhaften und allen offenbaren mußte, wer und was sie war. Flamme des Neides loderte in ihrem Herzen empor. Sie erkannte dunkel, wie viel die Stadt enthielt – Reichtum, Mode, Frohsinn – alle Zierde für Frauen, und von ganzer Seele sehnte sie sich nach prachtvollen Gewändern und Schönheit.

Im zweiten Stock lagen die Büros der Geschäftsleitung, in die man sie auf ihre Frage hin wies. Da fand sie schon andere Mädchen, die vor ihr gekommen waren, Stellungsuchende wie sie, aber selbstzufriedener, unabhängiger – Folge der Stadterfahrung; die Mädchen sahen sie so an, daß es sie kränkte. Nachdem sie etwa drei Viertelstunden lang gewartet, wurde sie gerufen.

«Nun», sagte ein gescheit aussehender Jude von raschen Bewegungen, der an einem Rollpult neben dem Fenster saß, «haben Sie schon früher in einem Warenhaus gearbeitet?»

«Nein», sagte Carrie.

«Oh, nicht?» Er blickte sie scharf an.

«Nein.»

«Na, gerade jetzt ziehen wir Mädchen mit einiger Erfahrung vor. Ich glaube, wir haben keine Verwendung für Sie.»

Carrie wartete einen Augenblick, nicht ganz sicher, ob die Unterredung zu Ende sei.

«Warten Sie nicht!» rief er aus. «Sie müssen bedenken, wir haben hier sehr viel zu tun.»

Carrie wollte rasch der Tür zueilen.

«Halt! Geben Sie mir Ihren Namen und Ihre Anschrift. Gelegentlich brauchen wir schon jemanden.»

Als sie glücklich wieder auf der Straße war, konnte sie kaum ihre Tränen zurückhalten. Nicht gerade um der erlittenen Zurückweisung willen – auf ihr lastete die Erniedrigung des ganzen Tages. Sie hatte nicht mehr die Absicht, es in den anderen Warenhäusern zu versuchen, und wanderte weiter, empfand eine gewisse Sicherheit und Erleichterung, sich unter die Menge zu mischen.

Als sie so gleichgültig dahinschlenderte, gelangte sie in die Jacksonstraße, nicht weit vom Flusse, und ging dann an der Südseite dieser stattlichen Straße entlang. Da erregte ein mit Zeichentinte beschriebenes und an eine Tür geheftetes Stück Packpapier ihre Aufmerksamkeit. «Hilfsarbeiterinnen, Packerinnen und Näherinnen gesucht.» Sie zögerte einen Augenblick, trat dann ein.

Die Firma Speigelheim und Co., Fabrikant von Knabenmützen, nahm ein fünfzig Fuß breites und etwa achtzig Fuß langes Stockwerk des Gebäudes ein. Das Geschäft war spärlich beleuchtet, in den dunkelsten Teilen, dort, wo Maschinen und Arbeitstische standen, brannte Gas. Ein ganzes Regiment von Mädchen und einige Männer arbeiteten an den Tischen. Die Mädchen sahen nachlässig aus, die Gesichter waren von Öl und Staub beschmutzt. Sie trugen dünne, formlose, baumwollene Kleider und mehr oder weniger abgenutzte Schuhe. Viele hatten die Ärmel aufgerollt und manche, der Hitze wegen, das Kleid am Halse geöffnet. Der Durchschnittstypus der niedersten Klasse von Ladenmädchen – unordentlich und blaß, weil sie doch immer in der Zimmerluft hocken, linkisch, aber nicht schüchtern, brennend-neugierig, wagemutig und mit losen Zungen.

Carrie blickte um sich, sehr verwirrt und überzeugt, daß sie hier nicht arbeiten könne. Niemand widmete ihr die geringste Aufmerksamkeit – nur spähende Seitenblicke bestärkten sie in ihrer peinlichen Empfindung. Sie wartete, bis die ganze Abteilung ihre Anwesenheit bemerkt hatte. Dann wurde Botschaft geschickt, und ein Vorarbeiter in Schürze und bis zur Schulter aufgerollten Hemdsärmeln kam auf sie zu.

«Wünschen Sie mit mir zu sprechen?» fragte er.

«Brauchen Sie irgendeine Hilfskraft?» fragte Carrie, die schon gelernt hatte, sich knapp auszudrücken.

«Können Sie Mützen nähen?»

«Nein.»

«Haben Sie noch nie daran gearbeitet?»

Sie erwiderte, daß das nicht der Fall war.

«Na», meinte der Vorarbeiter und kratzte sich nachdenklich am Ohr, «wir brauchen eine Näherin. Natürlich stellen wir lieber erfahrene Hilfskräfte an. Haben keine Zeit, Leute erst anzulernen.» Er machte eine Pause, blickte von ihr weg, aus dem Fenster. «Wir können Sie vielleicht beim Fertigmachen verwenden», schloß er nach einiger Überlegung.

«Wieviel zahlen Sie die Woche?» wagte Carrie zu fragen, durch eine gewisse Sanftmut in der Art des Mannes und sein einfaches Sprechen ermutigt.

«Drei und einen halben Dollar.»

«Oh!» wollte sie gerade ausrufen, hielt sich aber zurück und unterdrückte ihre Gedanken.

«Nicht, daß wir jemand dringend brauchen», fuhr er fort und sah sie prüfend von Kopf zu Fuß an, als wäre sie ein Paket. «Aber Sie können Montag morgen antreten», fügte er hinzu, «und ich will Sie in die Arbeit einführen.»

«Danke», sagte Carrie mit schwacher Stimme.

«Wenn Sie kommen, bringen Sie sich eine Schürze mit.»

Er ging. Sie blieb am Aufzug stehen. Er hatte sie nicht einmal nach ihrem Namen gefragt.

Das Aussehen des Geschäftes, der wöchentliche Arbeitslohn wirkten niederschmetternd auf Carries Phantasie. Aber daß ihr, nach den harten Erfahrungen, überhaupt irgendeine Arbeit vorgeschlagen wurde, schien ihr tröstlich. So bescheiden auch ihre Ansprüche waren, konnte sie doch noch immer nicht glauben, daß sie die Stelle wirklich annehmen werde. Ihre Natur, die anderes erfahren, an das Dasein in freier Luft, auf dem Lande gewöhnt war, empörte sich. Unter Schmutz hatte sie nie leiden müssen. Die Wohnung ihrer Schwester war sauber. Hier kam ihr alles schmierig und gering vor, die Mädchen nachlässig, abgestumpft. Sie meinte, sie müßten auch an Herz und Geist böse sein. Doch: eine Stelle wurde ihr angeboten. Gewiß war Chicago nicht so schlimm, wenn sie dort in einem Tag hatte Arbeit finden können. Vielleicht traf sie's später anders und besser.

Ihre folgenden Erfahrungen waren aber nicht dazu angetan, ihre Ruhe und Sicherheit zu verstärken. In hübscheren oder wohlhabenderen Geschäften wies man sie mit erkältender Förmlichkeit ab. In anderen verlangte man nur erfahrene Hilfskräfte. Sie erlitt manche kränkende Zurückweisung, die kränkendste in einem Mantelgeschäft, wo sie bis in den vierten Stock herumfragen mußte.

«Nein, nein», sagte der Vorarbeiter, ein grober, schwerfälliger Kerl, der in einer elend beleuchteten Werkstatt Aufsicht führte. «Wir brauchen niemanden. Kommen Sie nur nicht her.»

Als der Nachmittag dem Abend zusank, schwanden ihr Hoffnung, Mut und Kraft. Sie war erstaunlich ausdauernd gewesen. So ernstlicher Eifer hätte besseren Lohn verdient. Ihren ermatteten Sinnen schien, als wüchse rings um sie das große Geschäftsquartier empor, größer, härter, in dumpfe Gleichgültigkeit gebannt. Als schließe sich alles vor ihr ab, als sei das Ringen zu furchtbar – sie mußte die Hoffnung aufgeben, überhaupt Arbeit zu finden. Männer und Frauen eilten in langen wogenden Reihen an ihr vorüber. Sie fühlte die ansteigende Flut von Bemühen und Interessen, fühlte ihre eigene Hilflosigkeit, ohne sich ganz klar zu werden, welch schwankendes Irrlicht sie selbst darin war. Vergeblich hielt sie nach einem Platz Umschau, wo sie etwa noch anfragen könne – sie fand keine Tür, in die sie einzutreten wagte. Es würde nur wieder dasselbe sein. Erniedrigende Bitte, Versagen in kurzen harten Worten. An Herz und Körper tief ermüdet, wendete sie sich gegen Westen, in die Richtung von Minnies Wohnung, die sie nun im Geiste vor sich sah, und begann den traurigen, enttäuschten Rückzug, den der Arbeitsuchende bei Einbruch der Nacht so oft geht. Als sie an der Südseite, in der Richtung der van Burenstraße, durch die fünfte

Avenue kam, wo sie eine Trambahn nehmen wollte, schritt sie an der Tür eines Engros-Schuhwarenhauses vorüber. Durch die Spiegelscheiben erblickte sie einen Mann mittleren Alters, der an einem kleinen Pult saß. Einer jener ziellosen Impulse, wie sie oft aus der feststehenden Erkenntnis der Niederlage entstehen, letztes Nachsprießen geknickten und aus der Erde gerissenen Wachstums, bemächtigte sich ihrer. Entschlossen ging sie durch die Tür auf den Mann zu, der ihr mit teilweise erwachter Anteilnahme in das müde Gesicht blickte.

«Was ist's?» fragte er.

«Können Sie mir etwas zu tun geben?»

«Nun, ich weiß wirklich nicht», meinte er gütig. «Was für eine Arbeit möchten Sie denn? – Nicht Schreibmaschine?»

«O nein.»

«Wir verwenden hier nur Buchhalter und Maschinenschreiber. Vielleicht gehen Sie durch den Seiteneingang hinauf und fragen da nach. Sie haben vor einigen Tagen oben Hilfe gebraucht. Fragen Sie nach Herrn Brown.»

Sie eilte dem Seiteneingang zu, fuhr mit dem Aufzug in den vierten Stock.

«Ruf mal Herrn Brown, Willy», sagte der Aufzugmann zu einem in der Nähe stehenden Jungen.

Willy lief, kehrte gleich mit der Bestellung zurück, Herr Brown habe gesagt, sie möge nur Platz nehmen, er werde bald kommen.

Carrie befand sich in einem Teil des Warenlagers, der den eigentlichen Charakter des Ortes nicht erkennen ließ, und sie vermochte sich über die Art der Beschäftigung keine Meinung zu bilden.

«Also, Sie wollen Arbeit», sagte Brown, nachdem er es von ihr erfahren. «Sind Sie je vorher in einer Schuhfabrik angestellt gewesen?»

«Nein», sagte Carrie.

«Wie heißen Sie? – Na, ich weiß nicht, ob ich was für Sie habe. Würden Sie um vier und einen halben Dollar die Woche arbeiten?»

Carrie war durch ihre früheren Niederlagen zu erschöpft, um nicht zu fühlen, daß dieses Anerbieten in Betracht zu ziehen sei. Sie hatte nicht erwartet, daß er ihr weniger als sechs Dollar bieten werde. Doch nahm sie an. Er notierte ihren Namen und die Anschrift.

«Also», meinte er schließlich, «Montag morgen um acht Uhr kommen Sie mal her. Ich glaube, ich werde was für Sie zu tun finden.»

Sie blieb neu belebt durch den Gedanken an die Möglichkeit zurück. Nun war sie sicher, hatte doch etwas gefunden. Ihr Blut floß wärmer. Die nervöse Spannung ließ nach. Sie ging auf die geschäftige Straße hinaus und entdeckte eine neue Atmosphäre. Siehe da – die Menge bewegte sich mit beschwingten Schritten. Sie bemerkte das Lächeln der Frauen und Männer. Abgerissene Bruchstücke von Gesprächen und Lachen fluteten bis zu ihr hin. Die Luft war leicht und klar. Schon strömten die Leute aus den Gebäuden, ihre Tagesarbeit war beendet. Sie sahen vergnügt aus. Carrie dachte an das Heim der Schwester, das wartende Mahl, und der Gedanke trieb sie vorwärts. Sie lief, wohl müde, aber nicht mehr mit versagenden Füßen. Was würde Minnie sagen! Oh, der lange Winter in Chicago – Licht, Menschen, Vergnügen! Wenn man es recht bedachte – eine große, schöne Stadt. Ihre neue Firma war eine ordentliche Unternehmung. Die Spiegelscheiben! Gewiß würde es ihr da gut ergehen. Sie dachte auch wieder an Drouet – an die Dinge, von denen er ihr erzählt hatte. Nun fühlte sie, daß das Leben schöner, lebendiger, fröhlicher war. Vergnügt stieg sie in die Straßenbahn, noch immer rauschte ihr das Blut kräftig durch die Adern. Immer wieder sagte sie sich: nun werde ich in Chicago leben. Besser als je zuvor – ich werde glücklich sein.

## Die Phantasie gaukelt vor: grinsende Antwort der Wirklichkeit

An den folgenden zwei Tagen überließ sich Carrie den hochfliegendsten Plänen.

Ihre Phantasie zauberte ihr hemmungslos Vergnügungen vor, die ihr eher zugestanden, wäre sie als Kind wohlhabender Leute aufgewachsen. Bereitwillig, mit leichter und anmutiger Handbewegung verschwendete sie im Geiste ihren armseligen Wochenlohn von vier Dollar fünfzig für die Freuden ihrer Wahl. Wahrhaftig, wenn sie vor dem Schlafengehen abends im Schaukelstuhl saß, auf die hell erleuchtete Straße hinunterblickte, bahnte ihr dieses Geld den Weg zu jeder Lust, zu jedem glänzenden Spielzeug, das das Herz einer Frau ersehnen konnte. Sie dachte: herrlich werde ich's haben.

Schwester Minnie wußte nichts von diesen wilden Gespinsten der Phantasie, die alle Fülle des Entzückens erschöpften. Sie hatte zu viel zu tun; mußte die Holzgegenstände in der Küche scheuern, die Kaufkraft von achtzig Cents für das Abendessen am Sonntag erwägen. Als Carrie glühend vor Freude über ihren Erfolg heimkam und trotz ihrer Müdigkeit bereit war, die Geschehnisse zu besprechen, die zur Erfüllung geführt – lächelte Minnie nur zustimmend und fragte, ob sie etwas von ihrem Lohn für die Straßenbahnfahrten werde ausgeben müssen. Daran hatte Carrie noch gar nicht gedacht, und die Erwägung dämpfte ihre Begeisterung auch nicht lange. Sie war noch in der Stimmung, auf jener vagen Grundlage zu rechnen, die es gestattet, eine Summe von der andern ohne sichtbare Verringerung abzuziehen, und fühlte sich daher vollkommen glücklich.

Kehrte Hanson um sieben Uhr heim, so war er gern etwas mürrisch –

sein gewöhnliches Verhalten vor dem Abendessen. Dies zeigte sich nicht so sehr in dem, was er sagte, als in einer gewissen Feierlichkeit und dem Schweigen, in dem er herumschlurfte. Er besaß ein paar gelbe gestickte Pantoffeln, die er zu tragen liebte und die er sofort gegen seine schweren Straßenschuhe vertauschte. Dies und das Waschen seines Gesichtes mit gewöhnlicher Seife, bis er rot glänzte, war seine einzige Vorbereitung für die Mahlzeit. Dann pflegte er die Abendzeitung vorzunehmen und schweigend zu lesen.

Für einen jungen Mann eine etwas sonderbare Charakteranlage, und so dünkte es auch Carrie. Wie es zu geschehen pflegt, hatte es auf die ganze Heimstimmung Einfluß, gab es seiner Frau ihre gedämpfte und taktvolle Art, ängstlich einem Schweigen als einziger Antwort auszuweichen. Als Carrie die gute Nachricht verkündete, wurde er etwas fröhlicher.

«Hast keine Zeit verloren, was?» fragte er mit leisem Lächeln.

«Nein», erwiderte Carrie, nicht ohne Stolz.

Dann stellte er noch ein oder zwei Fragen, spielte mit dem Kind, ließ den Gesprächsgegenstand fallen, bis Minnie ihn bei Tisch wieder aufs Tapet brachte.

Carrie aber wollte sich nicht auf die gewöhnliche Gesprächsform, die bei ihrer Schwester Sitte war, beschränken.

«Es scheint eine so bedeutende Firma zu sein!» sagte sie. «Große Spiegelfenster und Massen von Angestellten. Der Mann, mit dem ich sprach, sagte, daß sie viele Leute beschäftigen.»

«Es ist jetzt nicht schwer, Arbeit zu finden», warf Hanson ein, «wenn man sich nur richtig umsieht.»

Unter dem wärmenden Einfluß von Carries guter Laune und ihres Gatten einigermaßen gesprächiger Anwandlung, begann Minnie ihrer Schwester von bekannten Dingen zu erzählen, die man sehen mußte und deren man sich kostenlos erfreuen durfte.

«Die Michiganavenue wird dir Spaß machen. Prachtvolle Häuser! Was für eine großartige Straße!»

«Wo ist H. R. Jacobs Theater?» unterbrach sie Carrie. Dies war eines der Theater, die zu jener Zeit Melodramen spielten.

«Oh, nicht sehr weit von hier», erwiderte Minnie. «In der Halsteadstraße.»

«Wie gerne möchte ich hingehen! Bin heute dort vorbeigekommen, nicht?»

Unmerkliche Pause, ehe die Antwort erfolgte. Gedanken übertragen sich mit seltsamer Kraft. Als Carrie den Theaterbesuch vorschlug, wandelte dunkle Mißbilligung, eine schattenhafte Empfindung, die zuerst in Hanson, dann in Minnie aufstieg, irgendwie die Stimmung am Tisch, ohne daß Worte geäußert wurden. Wie kann man sich Dinge wünschen, die Geld kosten!

Minnie erwiderte «Ja», doch Carrie fühlte, daß solche Zerstreuungen hier nicht beliebt waren. Man sprach nicht mehr davon, bis Hanson, nach beendeter Mahlzeit, seine Zeitung ergriff und in das Vorderzimmer ging.

Als die Schwestern allein waren, begannen sie etwas ungezwungener zu plaudern. Carrie summte von Zeit zu Zeit ein Liedchen, während sie die Teller wusch.

«Ich möchte mir gerne die Halsteadstraße ansehen», sagte sie nach einer Weile. «Könnten wir nicht heute abend ins Theater gehen?»

«Oh, ich glaube nicht, daß Sven es gern täte. Er muß so früh aufstehen.»

«Könnte ihm nicht schaden – er würde sich schon unterhalten», meinte Carrie.

«Nein, er geht nicht sehr oft aus.»

«Na, ich möchte so furchtbar gern. Komm, wir wollen beide losziehen.»

Minnie überlegte eine Zeitlang – nicht, ob sie gehen sollte oder nicht – das stand schon in verneinendem Sinne bei ihr fest –, aber wie sie die Gedanken der Schwester auf einen andern Gesprächsgegenstand hinlenken könnte.

«Ein andermal», sagte sie schließlich, da sie keine andere Ausrede bereit hatte.

Carrie erkannte sofort die letzten Gründe des Widerspruchs.

«Ich habe etwas Geld», sagte sie. «Komm mit mir.» Minnie schüttelte den Kopf.

«Er könnte uns begleiten», meinte Carrie.

«Nein», erwiderte Minnie sanft und klapperte mit den Tellern. «Er wird nicht wollen.»

Es waren schon einige Jahre her, seit Minnie ihre Schwester gesehen, und in dieser Zeit hatte sich deren Charakter entwickelt. Carrie war von Natur in allem schüchtern, was sich auf ihr Fortkommen bezog. Besonders, wenn sie sich machtlos, ohne Hilfsmittel fühlte – aber ihr Wunsch nach Vergnügen brannte so heftig, daß er zum einzig Feststehenden in ihrer Natur wurde. So still sie auch sonst sein mochte – dafür fand sie Worte.

«Frag ihn doch», bat sie.

Minnie überlegte, wie viel Carries Kostgeld im Haushalt helfen werde. Davon konnte sie die Miete zahlen – auch sonst wäre es dann leichter, mit dem Gatten über Ausgaben zu sprechen. Doch wenn Carrie schon von Beginn an Herumrennen dachte, würde es irgendwie nicht klappen. Unterwirft sich Carrie nicht einem ernsten Arbeitsleben und sieht nicht die Notwendigkeit harten Schaffens ein, ohne sich nach Spiel und Theater zu sehnen – was kann ihr dann der Aufenthalt in der Stadt nützen? Dies waren nicht die Gedanken einer kalten, harten

Natur. Nur die ernsthaften Erwägungen einer Frau, die sich beständig, ohne zu klagen, der Umgebung anpaßte, wie sie durch ihre Arbeit sie eben haben konnte.

Schließlich gab sie so weit nach, Hanson zu fragen. Sie tat es mit halbem Herzen, ohne den geringsten Wunsch nach Erfüllung.

«Carrie möchte, daß wir sie ins Theater begleiten», sagte sie und schaute in das Zimmer zu ihrem Gatten hinein. Hanson sah von der Zeitung auf, sie wechselten einen mildverweisenden Blick, der deutlich ausdrückte: das ist nicht, was wir erwartet haben.

«Ich mag nicht», erwiderte er. «Was möchte sie sich denn ansehen?»

«H. R. Jacob», sagte Minnie.

Er schaute auf seine Zeitung hinunter und schüttelte verneinend den Kopf.

Als Carrie merkte, wie sie ihren Vorschlag auffaßten, wurde ihr erst ihr ganzes Dasein klar. Es drückte sie nieder. Noch fand sie aber nicht die Kraft zu bestimmtem Widerspruch.

«Ich denke, ich gehe ein wenig in den Hausflur hinunter», sagte sie nachher.

Minnie hatte nichts dagegen, Carrie setzte ihren Hut auf, eilte die Treppe hinab.

«Wo ist Carrie hin?» fragte Hanson. Als die Tür ins Schloß fiel, war er in das Speisezimmer zurückgekommen.

«Sie sagte, sie geht hinunter», erwiderte Minnie. «Wahrscheinlich will sie sich nur ein wenig umschauen.»

«Sie sollte nicht schon jetzt daran denken, ihr Geld für Theater auszugeben, was meinst du?» fragte er.

«Sie ist eben ein wenig neugierig», erlaubte sich Minnie zu äußern. «Alles ist ihr noch so fremd.»

«Na – ich weiß nicht», sagte Hanson und ging mit leicht gerunzelter Stirn zum Kind.

Er malte sich ein üppiges Leben der Eitelkeit und Verschwendung aus, dem sich ein junges Mädchen hingeben kann, und war erstaunt, daß Carrie so etwas zu wünschen wagte, wenn sie doch vorläufig noch so wenig besaß, sich das zu leisten.

Am Sonnabend ging Carrie allein aus – zuerst an den Fluß, der sie lockte, und dann zurück, die damals von hübschen Häusern und Gartenwiesen eingesäumte Jacksonstraße entlang – später schuf man sie deshalb zu einem Boulevard um. Der sichtliche Reichtum machte auf Carrie starken Eindruck, obgleich vielleicht nicht eine Person auf der Straße mehr als hunderttausend Dollar im Vermögen hatte. Sie war glücklich, dem Heim der Schwester entronnen zu sein, denn schon merkte sie, daß es engbeschränkt und langweilig war, Reiz und Freude anderswo lockten. Ihr Sinnen nahm einen freieren Flug. Was wohl Drouet jetzt machte? Sie war dessen nicht gewiß – aber vielleicht würde er sie doch Montag abend besuchen, und wenn sie sich auch in Gedanken an diese Möglichkeit etwas verwirrt fühlte, wünschte sie doch insgeheim, er möge es tun.

Am Montag stand sie früh auf und traf ihre Vorbereitungen, um an die Arbeit zu gehen. Sie zog eine abgetragene blaugetupfte Perkalbluse an und einen etwas verschossenen Rock aus hellbrauner Serge. Setzte einen kleinen Strohhut auf, den sie schon den ganzen Sommer über in Columbia getragen. Ihre Schuhe waren alt und ihre Halsschleife durch langen Gebrauch plattgedrückt. Sie hätte, ohne ihre Gesichtszüge, wie das landläufige Ladenmädchen ausgesehen. Die waren jedoch regelmäßiger als es die Regel ist und gaben ihr ein anmutiges, zurückhaltendes und gefälliges Äußere.

Es ist nicht leicht, früh morgens aufzustehen, wenn man, wie Carrie daheim, bis sieben oder acht Uhr zu schlafen gewohnt war. Als sie, noch halb im Traum, um sechs in das Speisezimmer schaute und Hanson schweigend sein Frühstück beenden sah, erhielt sie einen kleinen Einblick in sein Leben. Nachdem sie sich angekleidet hatte, war er auch schon fort, und Carrie, Minnie und das Kind aßen gemeinsam. Das Kleine war gerade groß genug, um in einem hohen Kinderstuhl zu sitzen und mit einem Löffel zwischen den Tellern herumzuwirtschaften. Carrie fühlte sich jetzt recht niedergeschlagen, da sie ihr unbekannte, nie vorher geübte Verpflichtungen auf sich nehmen sollte. Von all ihren schönen Träumen blieb nur die Asche übrig – doch barg sie noch einige rote Hoffnungsfunken. In steigender Nervosität aß sie, ohne ein Wort zu sagen. Sie stellte sich die Schuhfirma, ihre Arbeit, das Benehmen ihres Chefs vor. Dunkel fühlte sie, daß sie mit den großen Inhabern der Firma in Berührung kommen und ihre Arbeit manchmal unter den Blicken ernster, elegant gekleideter Männer vor sich gehen werde.

«Nun, viel Glück», sagte Minnie, als sie fertig war. Sie hatten besprochen, daß es wenigstens heute morgen am besten sei, zu Fuß zu gehen – um zu sehen, ob sie es dann täglich werde tun können –, unter solchen Umständen sind sechzig Cent Fahrgeld in der Woche schon ein gewichtiger Posten.

«Heute abend erzähle ich dir dann, was ich erlebt habe», sagte Carrie.

Draußen auf der sonnigen Straße wurde Carrie etwas sicherer und ruhiger. Arbeiter eilten an ihr vorüber, die Pferdebahnen waren so voll, daß die Leute, Angestellte und Hilfsarbeiter der großen Warenhäuser, auf den Trittbrettern stehen mußten. Männer und Frauen kamen aus den Häusern und zerstreuten sich in die benachbarten Straßen. Welche Ängste, außer tiefster Verzweiflung, können wohl einen Menschen unter einem weiten blauen Himmel bedrücken, wenn ein frischer, belebender Wind weht? Nachts oder auch tagsüber in düsteren Stuben erstarken Qualen und Besorgnisse, doch im Sonnenlicht hört, wenigstens für eine Zeitlang, sogar die Todesfurcht auf.

Carrie ging geradeaus, bis sie den Fluß überquerte, wendete sich dann in die Fünfte Avenue. Die Straße glich an dieser Stelle einer von braunen Steinen und dunkelroten Ziegeln eingefaßten Schlucht. Die großen Fenster glänzten vor Sauberkeit. Immer mehr Lastwagen rollten vorüber; Männer und Frauen, Mädchen und Jungen bewegten sich in allen Richtungen. Carrie begegnete Mädchen ihres Alters, die sie ansahen, als verachteten sie sie um ihrer Schüchternheit willen. Sie staunte über die Größe dieses Lebens, staunte, wie wichtig es war, viel zu können, um darin überhaupt etwas anzufangen. Furcht überkam sie wegen ihrer Unfähigkeit. Sie wird nicht wissen, wie es anzustellen, wird nicht flink genug sein. Wurde sie nicht an allen anderen Stellen abgewiesen, weil sie das eine oder andere nicht gewußt? Man würde sie vielleicht schelten, schimpflich entlassen.

Mit zitternden Knien und fast atemlos langte sie bei der großen Schuhfirma in der Adams- und Fünften Avenue an, trat in den Aufzug. Als sie im vierten Stock ausstieg, war niemand zu sehen. Nur hohe, bis zur Decke aufgestapelte Reihen von Schachteln. Sie stand sehr ängstlich da, wartete auf jemanden.

In dem Augenblick kam Herr Brown an. Er schien sie nicht zu erkennen.

«Was wünschen Sie?» fragte er.

Carries Mut sank.

«Sie sagten, ich solle heute morgen nach Arbeit fragen.»

«Oh», unterbrach er sie, «hm – ja. Wie heißen Sie?»

«Carrie Meeber.»

«Ja», sagte er. «Kommen Sie mit mir.»

Er ging mit ihr durch dunkle, von Schachteln gesäumte Korridore, in denen es nach neuen Schuhen roch, bis sie eine eiserne Tür erreichten, die in die eigentliche Fabrik führte. Ein großer Raum mit niederer Decke. Rasselnde Maschinen, an denen Männer in weißen Hemdärmeln und blauen Kattunschürzen arbeiteten. Schüchtern errötend und gesenkten Blickes folgte ihm Carrie mitten durch die Reihen klappernder Apparate. Sie gingen in einen Winkel hinüber und nahmen den Aufzug zum sechsten Stock. Herr Brown rief einen Vorarbeiter zwischen den Maschinen und Arbeitstischen heraus.

«Dies ist das Mädchen», sagte er, und zu Carrie gewendet: «Gehen Sie mit ihm.» Dann kehrte er zurück und Carrie folgte ihrem neuen Vorgesetzten an einen kleinen Tisch in einer Ecke, den er als eine Art Büro benutzte.

«Sie haben noch nie etwas Ähnliches gemacht?» fragte er etwas streng.

«Nein», erwiderte sie.

Es schien ihm unangenehm, sich mit einer solchen Hilfskraft plagen zu müssen, aber er schrieb ihren Namen ein, führte sie dann zu einer

Reihe von Mädchen, die vor klappernden Maschinen saßen. Einem Mädchen, das mit Hilfe einer Maschine Senkellöcher in ein Stück Oberleder knipste, legte er die Hand auf die Schulter:

«Zeigen Sie dem Mädchen da, was Sie arbeiten. Wenn Sie fertig sind, kommen Sie zu mir.»

Das Mädchen stand sofort auf, gab Carrie ihren Platz.

«Es ist nicht schwer», sagte sie und neigte sich vor. «Sie nehmen das so, befestigen es mit der Klammer und setzen die Maschine in Gang.»

Dem Worte ließ sie die Tat folgen, befestigte das Stück Leder, das später die rechte Hälfte des Oberteils eines Männerschuhs bilden sollte, mit kleinen verschiebbaren Klammern und stieß ein kleines Stahlrad an der Seite der Maschine an. Die Maschine schnitt, scharf-schnappend, runde Stücke Leder aus dem Oberteil. So entstanden die Löcher, die die Senkel halten sollten. Das Mädchen sah Carrie eine Weile zu, gestattete ihr dann, allein zu arbeiten. Als sie merkte, daß Carrie es ganz ordentlich traf, ging sie fort.

Carrie erhielt die Lederstücke von dem Mädchen an der Maschine zu ihrer Rechten und reichte sie dem Mädchen zu ihrer Linken. Sie sah gleich ein, daß eine Durchschnittsgeschwindigkeit erlangt werden mußte – sonst würde sich die Arbeit vor ihr anhäufen und all die anderen aufhalten. Sie hatte keine Zeit, um sich zu blicken, beugte sich ängstlich über ihr Werk. Die Mädchen rechts und links ahnten schon, wie ihr zumute war, und versuchten, ihr, soweit sie es wagten, zu helfen, indem sie langsamer arbeiteten.

So schaffte sie eine Zeitlang. Ihre nervösen Ängste und Einbildungen wurden durch die öde mechanische Bewegung der Maschine beruhigt. Als die Minuten vorüberzogen, fühlte sie, daß der Raum nicht sehr licht war. Der schwere Geruch von frischem Leder störte sie nicht. Aber die zweite Hilfsarbeiterin schaute sie an – das verwirrte sie ganz. Vielleicht arbeitete sie nicht schnell genug?

Einmal – sie tappte gerade an der kleinen Klammer herum, da sie das Leder nicht richtig angesetzt – erschien vor ihren Augen eine große Hand und befestigte die Klammer für sie. Der Vorarbeiter. Ihr Herz klopfte so, daß sie kaum weiter konnte.

«Vorwärts, vorwärts», sagte er. «Lassen Sie die andern nicht warten.»

Dies brachte sie wieder zu sich, aufgeregt, kaum atmend, setzte sie die Arbeit fort, bis der Schatten hinter ihr verschwand. Dann schöpfte sie tief Atem.

Je mehr der Morgen vorrückte, desto heißer wurde es im Zimmer. Carrie hätte gern etwas frische Luft, einen Trunk Wasser gehabt – aber sie war zu schüchtern, um sich zu rühren. Ihr Stuhl hatte keine Lehne, ein Schemel war nicht vorhanden – sie begann sich sehr unbehaglich zu fühlen. Nach einer Weile tat ihr der Rücken weh. Sie nahm bald die eine, bald die andere Stellung ein, doch erleichterte sie das nicht für lange. Sie wurde müde.

«Warum stehen Sie nicht auf?» fragte sie das Mädchen rechts, ohne weitere Vorstellung. «Dagegen haben die Leute nichts.»

Carrie schaute sie dankbar an. «Ja, das will ich tun.»

Sie erhob sich, arbeitete eine Zeitlang so, doch diese Stellung war schwieriger. Vom Niederbeugen schmerzten sie Hals und Schultern.

Der hier herrschende Geist machte sich ihr in roher Weise bemerkbar. Sie wagte nicht, um sich zu blicken, doch über das Rasseln der Maschinen hinweg vermochte sie hie und da Bemerkungen aufzufangen. Erkannte auch einiges mit scheuem Seitenspähen.

«Hast du gestern abend Harry gesehen?» fragte das Mädchen links ihre Nachbarin.

«Nein.»

«Na, seine Krawatte hättest du anschauen sollen. Herrgott, war der nobel!»

«Pst», sagte die andere und neigte sich über die Arbeit. Die zu Schweigen ermahnte Sprecherin zog sofort ein feierliches Gesicht. Der Vorarbeiter schritt langsam vorüber, betrachtete jeden Arbeiter aufmerksam. Kaum war er fort, hob das Getratsch von neuem an.

«Höre, was meinst du, hat er gesagt», begann die zur Linken.

«Weiß nicht.»

«Er sagte, daß er uns gestern abend mit Eddie Harris bei Martin gesehen hat.»

«Nein!» Beide kicherten.

Ein Jüngling mit lohfarbenem Haar, das schon dringend hätte gestutzt werden müssen, schlurfte zwischen den Maschinen heran. Er trug einen Korb mit Lederresten unter dem linken Arm, drückte ihn gegen seinen Leib. In Carries Nähe streckte er die rechte Hand aus und griff einem Mädchen in die Achselhöhle.

«He, laß los,» rief sie ärgerlich, «Tölpel.»

Er antwortete mit einem breiten Grinsen.

«Quatschliese!» rief er zurück, als sie ihm nachblickte. Galant war er nicht.

Schließlich vermochte Carrie kaum mehr still zu sitzen. Ihre Beine fingen an wehzutun, sie wäre gern aufgestanden, hätte sich gereckt. Wollte die Mittagsstunde gar nicht schlagen? Ihr schien, als hätte sie einen ganzen Tag gearbeitet. Sie war gar nicht hungrig, doch schwach, und ihre Augen waren müde, nachdem sie so angespannt auf den einen Punkt gestarrt, wo die Lochmaschine eingriff. Das Mädchen zur Rechten merkte, wie sie sich krümmte und wand. Carrie tat ihr leid. Sie konzentrierte sich zu völlig – ihre Arbeit erforderte wirklich weniger geistige und körperliche Anspannung. Aber da konnte man nichts machen. Die Hälften der Oberleder fielen stetig in Haufen herab.

Carries Hände schmerzten an den Gelenken, an den Fingern, und gegen Ende der Arbeitszeit schien sie nur eine Masse von abgestumpften, leidenden, in einer Stellung festgebannten Muskeln. Sie führten eine einzige mechanische, immer widerwärtigere Bewegung aus, bis es Carrie schließlich fast übel wurde. Gerade als sie sich fragte, ob die Marter überhaupt je enden würde, ertönte von irgendwo her, einen Aufzugsschacht herab, ein dumpfes Glockenzeichen und die Befreiung kam. Im Nu gab es ein Durcheinander von Plaudern und Bewegung. Alle Mädchen verließen ihre Werkstühle und eilten in einen Nebenraum, Männer traten aus einer Abteilung zur Rechten. Die kreisenden Räder begannen in stetig abnehmenden Tönen zu singen, bis sie schließlich in leisem Summen stehenblieben. Die Stille wurde fast hörbar. Die Menschenstimme klang seltsam darin.

Carrie stand auf und suchte ihre Frühstücksbüchse. Sie war steif, ein wenig betäubt und sehr durstig. Auf dem Weg zu dem kleinen, durch Holzhaufen abgeteilten Raum, wo alle Mäntel und das Essen aufbewahrt wurden, begegnete sie dem Vorarbeiter, der sie scharf anblickte.

«Na,» sagte er, «sind Sie gut damit fertig geworden?»

«Ich glaube», erwiderte sie sehr achtungsvoll.

«Hum», sagte er, weil ihm nichts Gescheiteres einfiel, und ging weiter. Unter besseren materiellen Umständen würde diese Art von Arbeit nicht so anstrengend gewesen sein, aber der Sozialismus, der für die Angestellten angenehme Arbeitsbedingungen anstrebt, hatte damals noch keinen Einfluß auf die Fabriksgesellschaften.

Der Ort roch nach Maschinenöl und neuem Leder – eine Mischung, die zusammen mit dem schalen Hausgeruch nicht einmal in kaltem Wetter erträglich war. Obgleich der Boden jeden Abend gefegt wurde, war er bedeckt mit Resten. Für die Bequemlichkeit der Angestellten hatte man nicht im geringsten Sorge getragen. Der Gedanke herrschte vor, daß man etwas dabei gewann, wenn man ihnen so wenig als möglich bot, die Arbeit so hart und so wenig lohnend als möglich gestaltete. Was wir heute kennen, Fußschemel, Drehstühle mit Rückenlehne, Eßräume für die Mädchen, reine Schürzen und Brennscheren zur Verfügung und ein anständiger Ankleideraum – galt damals noch als etwas Unerhörtes. Die Waschräume waren unbehaglich, schlecht eingerichtet, wenn nicht schmierig, und die ganze Atmosphäre war armselig.

Carrie trank einen Becher Wasser aus einem in einer Ecke stehenden Kübel und blickte um sich, wo sie sitzen und essen konnte. Die anderen Mädchen setzten sich an den Fenstern zueinander oder auf die Werkbänke jener Arbeiter, die hinausgegangen waren. Carrie sah keinen Platz, an dem nicht zwei oder mehrere Mädchen saßen, und da sie sich nicht aufdrängen wollte, setzte sie sich auf ihr Stühlchen vor der Maschine, legte ihr Essen auf den Schoß. So saß sie da, lauschte dem Geplauder, den Bemerkungen rings um sie. Es war zum größten Teil töricht und durch gebräuchlichen Jargon nicht anmutiger. Mehrere Männer riefen den Mädchen von weitem Scherze zu.

«Höre, Kitty», rief einer einem Mädchen zu, das auf einem kleinen Raum vor den Fenstern einige Walzerschritte probierte, «gehst mit mir auf den Ball?»

«Paß auf, Kitty», rief ein anderer, «spring nur nicht so viel, daß dir dein Haarknoten nicht runterfällt.»

«Weg, du Schwätzer!» war ihre einzige Antwort.

Als Carrie diesen und ähnlichen vertraulichen Späßen zwischen den Männern und Mädchen lauschte, zog sie sich instinktiv in sich selbst zurück. Sie war an diese Art nicht gewöhnt und fühlte das Rohe und Niedrige darin. Fürchtete, daß die jungen Burschen solche Bemerkungen auch an sie richten könnten. Burschen, die ihr, mit Drouet verglichen, ungeschliffen und lächerlich vorkamen. Wie viele Frauen, machte sie die landläufige Unterscheidung zwischen Kleidern, steckte Wert, Güte und gutes Betragen in einen Frackanzug und hatte für alle unliebenswürdigen Eigenschaften und jene, die einer Beachtung überhaupt nicht wert waren, nur Overall und Arbeitsjacke.

Sie freute sich, als die kurze halbe Stunde vorüber war und die Räder wieder zu surren anfingen. Wenn sie sich auch müde fühlte – wenigstens würde sie nicht auffallen. Diese Hoffnung wurde zunichte, als ein junger Mann den Gang entlang lief und sie gleichgültig mit dem Daumen in die Rippen stupste. Sie wendete sich um, ihre Augen blitzten vor Empörung, aber er war schon fort und blickte nur einmal zurück, um sie anzugrinsen. Sie vermochte kaum die Tränen zu unterdrücken.

Ihre Nachbarin bemerkte ihre Stimmung. «Mach dir nichts draus», sagte sie. «Er ist auch zu frech.»

Carrie erwiderte nichts, beugte sich über ihre Arbeit. Ihr war, als könnte sie ein solches Leben kaum ertragen. Sie faßte die Arbeit so ganz anders auf. Den ganzen Nachmittag lang dachte sie an die Stadt draußen, ihre großartigen Schauspiele, Menschenmengen und schönen Gebäude. Sie erinnerte sich Columbias und der freundlicheren Geschehnisse ihres Lebens daheim. Um drei Uhr glaubte sie bestimmt, es sei sechs, um vier, die Leute hätten vergessen, auf die Uhr zu sehen und ließen sie über die Zeit arbeiten. Der Vorarbeiter wurde zum fortwährend herumspionierenden Oger, der sie an ihre elende Arbeit fesselte. Was sie an Gesprächen rings um sich hörte, bestärkte sie in ihrem Entschluß, sich mit niemandem zu befreunden.

Um sechs hastete sie erleichtert, mit wehen Armen und steifgesessenen Gliedern, fort.

Als sie in der Halle ihren Hut holte, nahm sich ein junger Maschinenarbeiter, dem sie gefiel, heraus, mit ihr zu scherzen.

«Hör mal, Maggie», rief er, «wenn du wartest, will ich mit dir gehen.»

Die Worte wurden ihr ins Gesicht geschleudert, so daß sie wußte, wer damit gemeint war, aber sie schenkte dem Jungen nicht einmal einen Blick.

Im überfüllten Aufzug versuchte ein anderer, staubiger, von der Arbeit schmutziger Jüngling, Eindruck auf sie zu machen, indem er ihr zuzwinkerte.

Ein junger Mensch, der draußen auf ein Mädchen wartete, grinste sie an, als sie vorüberschritt.

«Gehst nicht in meiner Richtung?» fragte er lustig.

Carrie wendete sich bedrückten Herzens westwärts. Als sie um die Ecke bog, erblickte sie durch die großen glänzenden Fenster den kleinen Tisch, an dem sie sich gemeldet hatte. Da draußen waren die Massen, die in einem einzigen Surren und wie getragen von Begeisterung vorübereilten. Sie empfand eine gewisse Erleichterung – aber nur um ihrer Flucht willen. Wenn sie schöner gekleidete Mädchen sah, fühlte sie sich beschämt. Auch ihr müßte es besser gehen! Und ihr Herz war voll Empörung.

## Eine schimmernde Nachtblume: Nutzen eines Namens

Drouet kam nicht an diesem Abend. Nachdem er den Brief empfangen, gab er vorläufig jeden Gedanken an Carrie auf, ließ sich vom Leben treiben und genoß, was er «eine fröhliche Zeit» nannte. An diesem Abend speiste er im Restaurant Rektor, das in Chicago ziemlich bekannt war und ein Untergeschoß zwischen der Clark- und Monroestraße einnahm. Dann besuchte er das Lokal von Fitzgerald und Moy in der Adamsstraße, gegenüber dem staatlichen Bundesgebäude. Hier lehnte er sich über den glänzenden Bartisch, stürzte ein Glas einfachen Whisky hinunter und kaufte zwei Zigarren, von denen er sich eine ansteckte. Dies bedeutete ihm einen Teil des guten Lebens, ein Pröbchen von dem, was das Ganze sein mußte.

Drouet trank nicht übermäßig. Er hatte nicht viel Geld. Begehrte nur nach dem Besten, wie er es sich eben vorstellte, und solche Dinge gehörten nach seiner Meinung mit zum Besten. Rektors Restaurant mit seinen glatten Marmorwänden und Böden, dem Überfluß an Licht, der Schaustellung von Porzellan und Silber, und vor allem, seinem Ruf als Stelldichein für Schauspieler und Künstler, dünkte ihn der Ort, den ein erfolgreicher Mann aufsuchen mußte. Er hatte eine Schwäche für schöne Kleider, gutes Essen und besonders für die Gesellschaft der Erfolgreichen. Wenn er hier speiste, war es ihm eine Quelle hoher Befriedigung zu wissen, daß der Schauspieler Joseph Jefferson herzukommen pflegte oder daß Henry E. Dixie, ein anderer beliebter Darsteller, nur einige Tische von ihm entfernt saß. Bei Rektor war es ihm immer möglich, sich diese Genugtuung zu verschaffen, denn hier konnte man Politiker, Börsenmakler, Schauspieler, reiche junge Lebeleute aus der Stadt treffen, die alle inmitten des Summens alltäglicher Gespräche aßen und tranken.

«Da ist Herr Soundso», sagten dann wohl die Leute untereinander, besonders jene, die die strahlenden Höhen noch nicht erreicht hatten, aber zu erreichen hofften. Die Höhen des Geldes, für das man hier üppig essen konnte.

«Was Sie sagen!»

«Natürlich – wissen Sie das denn nicht? Er ist doch Manager der Großen Oper.»

Hörte Drouet solche Worte, dann reckte er sich noch höher und aß mit größerer Behaglichkeit. War er ein wenig eitel – durch solche Geschehnisse wurde er es noch mehr. Sie regten seinen Ehrgeiz an, wenn er überhaupt welchen besaß. Auch er wird eines Tages imstande sein, mit einer Rolle von grünen Banknoten zu prunken! Vorläufig konnte er wenigstens in demselben Lokal speisen wie *sie.*

Seine Vorliebe für Fitzgerald und Moy in der Adamsstraße hatte den gleichen Grund. Vom Standpunkt Chicagos war dies wirklich eine prächtige Weinstube. Wie in Rektors Restaurant strahlten Glühlampen in schönen Kandelabern. Die Böden waren mit hellfarbigen Kacheln bedeckt, die Wände eine Zusammenstellung von farbigen Stukkaturen und kostbarem dunklem, poliertem Holz, in dem sich die Lampen widerspiegelten. Die lange Bar glitzerte hell von Licht, poliertem Holz, farbigem und geschliffenem Glas und vielen phantastisch geformten Flaschen und Krügen. Wirklich, eine großartige Trinkstube mit reich dekorierten Schiebewänden, Luxusweinen und einer Reihe von Bargetränken, die im Lande für unübertrefflich gehalten wurden.

Bei Rektor hatte Drouet G.W. Hurstwood, den Geschäftsführer von Fitzgerald und Moy, kennengelernt. Er galt als sehr erfolgreicher und in der Gesellschaft beliebter Mann und sah danach aus. Zählte noch nicht vierzig Jahre, war kräftig gebaut, lebhaft, hatte im ganzen etwas Solides, Gehaltvolles an sich, das zum Teil in feinen Kleidern, sauberer Wäsche, Juwelen und vor allem in seiner eigenen Überzeugung von seiner Wichtigkeit bestand. Drouet merkte in ihm sofort jemanden, den zu kennen sich der Mühe lohnte, freute sich, ihm vorgestellt zu werden und später die Bar in der Adamsstraße zu besuchen, sooft er etwas trinken oder eine Zigarre rauchen wollte.

In seiner Art war Hurstwood ein anziehender Charakter. Listig und klug in vielen kleinen Dingen, fähig, einen guten Eindruck hervorzurufen. Seine Stellung im Geschäft war ziemlich bedeutend – etwas wie ein Bedienungschef, der den Leuten Achtung einflößte, obgleich Hurstwood die Geldgebarung nicht überwachte. Durch Ausdauer, Fleiß und eine lange Dienstzeit war er von der Stellung eines Barmannes in einer gewöhnlichen Kneipe zu seiner jetzigen Höhe emporgeklommen. Er besaß ein elegantes kleines Büro aus poliertem und geschnitztem Kirschbaumholz, wo er, in einem Schreibtisch mit Rolldecke, die einfachen Verrechnungen über bestellte und notwendige Vorräte aufbewahrte. Die hauptsächliche Leitung und geldliche Handhabung waren den Besitzern, Fitzgerald und Moy, und einem Kassierer vorbehalten, der die Einnahmen beaufsichtigte.

Gewöhnlich schlenderte Hurstwood in einem erstklassigen Anzug aus ausländischem Stoff unter den Gästen herum. Er trug einen Solitär, einen schönen blauen Diamanten in seiner Krawatte, eine auffallende modisch-gemusterte Weste, eine Uhrkette aus solidem Gold mit einem reichverzierten Amulett und eine Uhr neuester Form und Gravierung. Kannte Hunderte von Schauspielern, Kaufleuten, Politikern beim Namen, durfte sie und andere bekannte Stadtexistenzen persönlich mit einem «Wie geht's, alter Junge» begrüßen, dies gehörte mit zu seinem Erfolg. Er verfügte über feine Schattierungen von Formlosigkeit und Freundschaft. Sie stiegen von dem lässigen «Wie geht's», mit dem er die Genießer eines Fünfzehn-Dollar-Wochenlohnes, die schon lange herkamen und seine Stellung schätzten, bedachte, bis zu dem herzlichen «Nun wie *geht* es Ihnen?», das er jenen berühmten oder reichen Persönlichkeiten gönnte, die ihn kannten und geneigt waren, freundlich zu sein. Doch gab es eine zu reiche, zu berühmte Klasse, bei der er sich keinerlei vertrauliche Anrede gestatten durfte. Diesen Leuten gegenüber zeigte er berufsmäßigen Takt, Ernst und Würde, zollte ihnen die Achtung, die ihm ihre freundlichen Gefühle gewann, ohne sich etwas in seiner eigenen Haltung und in seinen Meinungen zu vergeben. Und schließlich waren da noch ein paar brave Gesellen, weder reich noch arm, bekannt, doch nicht besonders erfolgreich, mit denen er gut kameradschaftlich verkehrte. Mit diesen Leuten pflegte er am längsten und eingehendsten zu plaudern. Er ging gerne aus, tat sich hie und da gütlich, besuchte die Wettrennen, das Theater, die Sportveranstaltungen irgendeines Klubs. Hielt ein Pferd und ein nettes Wägelchen, hatte Frau und zwei Kinder, die in einem stattlichen Haus an der Nordseite des Lincolnparks bequem untergebracht waren – alles in allem ein sehr annehmbares Einzelwesen unserer großen amerikanischen Oberklasse – der ersten Stufe unterhalb der Gewaltig-Reichen.

Hurstwood hatte Drouet, dessen fröhliche Natur und hübsch gekleidetes Äußere ihm gefielen, sehr gern. Er wußte, daß Drouet nur ein Geschäftsreisender war – und nicht einmal seit langem –, aber die Firma Bartlett, Caryoe und Cie. war ein großes Haus, das glänzende Geschäfte machte, und Drouet erfreute sich dort einer guten Stellung. Hurstwood kannte Caryoe auch persönlich, trank mit ihm hie und da, in Gesellschaft von andern, wenn das Gespräch allgemein wurde, ein Glas Wein. Drouet besaß, was ihm in seinem Beruf sehr nützte, Sinn für Humor, konnte, sobald sich die Gelegenheit ergab, eine lustige Geschichte erzählen. Mit Hurstwood sprach er von den Rennen, erzählte fesselnde eigene Erlebnisse, seine Erfahrungen mit Frauen, berichtete vom Stand der Geschäfte in den Städten, die er besuchte, und so gelang es ihm fast immer, sich beliebt zu machen. Heute abend war er besonders guter Laune, da sein Bericht von der Firma sehr wohlwollend beurteilt worden war, er seine neuen Muster zufriedenstellend ausgewählt und seine Reise für die nächsten sechs Wochen festgesetzt hatte.

«Hallo, Charlie, alter Knabe», sagte Hurstwood, als Drouet um etwa acht Uhr abends in die Bar eintrat. «Wie steht's?» Der Raum war überfüllt.

Drouet schüttelte ihm die Hand, strahlte Gutmütigkeit und sie schlenderten auf die Bar zu.

«Oh, ganz gut.»

«Hab Sie ja seit sechs Wochen nicht gesehen. Wann sind Sie zurückgekehrt?»

«Freitag», sagte Drouet. «Eine schöne Reise.»

«Freut mich», sagte Hurstwood und in seinen schwarzen Augen leuchtete eine Wärme, die die kalt erheuchelte Freundlichkeit, die sonst in ihnen zu sehen war, fast verdrängte. «Was werden Sie nehmen?» fügte er hinzu, als der Barmann in schneeweißer Jacke und Krawatte sich über den Tisch neigte.

«Alten Pfeffer», sagte Drouet.

«Ein wenig davon auch für mich», meinte Hurstwood.

«Wie lange bleiben Sie diesmal in der Stadt?» erkundigte sich Hurstwood.

«Nur bis Mittwoch. Ich fahre nach St. Paul hinauf.»

«George Evans sagte mir am Sonnabend, er habe Sie letzte Woche in Milwaukee gesehen.»

«Ja, ich habe George getroffen», erwiderte Drouet. «Prächtiger alter Junge, nicht? Haben zusammen unseren Spaß gehabt.»

Der Barmann stellte Gläser und Flasche vor sie hin und sie schenkten während des Sprechens ein. Drouet füllte, wie es sich gehörte, sein Glas zu einem Drittel, Hurstwood nahm nur eine Spur Whisky und milderte ihn mit Selterswasser.

«Was ist mit Caryoe los?» bemerkte Hurstwood. «Ich habe ihn seit zwei Wochen nicht hier gesehen.»

«Krank, sagt man. Leidet an der Gicht.»

«Na, hat seinerzeit ein tüchtiges Stück Geld gemacht, nicht?»

«Ja, haufenweise», erwiderte Drouet. «Er wird nicht mehr lange leben. Kommt jetzt kaum mehr ins Geschäft hinunter.»

«Hat nur einen Jungen, was?» fragte Hurstwood.

«Ja, und der ist ein Windhund», sagte Drouet lachend.

«Ich glaube, dem Geschäft kann er nicht viel schaden, wo doch die andern Teilnehmer da sind.»

«Nein, das kann er wohl nicht.» Hurstwood stand da, mit offenem Rock, Daumen in den Taschen. Das Glitzern seiner Juwelen und Ringe machte die Hände angenehm bemerkbar. Ein Anblick verwöhnter Behaglichkeit.

Einem ernster gesinnten Menschen, der keine Neigung zum Trinken hat, muß solch ein hellerleuchteter Raum, in dem viele Leute ab- und zugehen, schwatzen und lärmen, absonderlich scheinen, eine seltsame Deutung von Natur und Leben. Hierher fliegen die Motten in endlosem Zuge, um sich an der Flamme zu wärmen. Die Gespräche, die man erlauschen könnte, würden den Aufenthalt nicht aus geistigen Gründen empfehlen. Es ist klar, daß Plänemacher abgeschlossenere Orte wählen, um ihre Vorhaben zu besprechen; Politiker würden sich nicht hier, wo scharfe Ohren hören können, versammeln, um irgend etwas anderes als Unwesentliches zu erörtern. Es ließe sich auch nicht auf Durst zurückführen, denn die Mehrheit von jenen, die diese stattlichen Lokale aufsuchen, sind nicht aufs Trinken aus. Doch muß die Tatsache, daß sich Männer hier vereinigen, schwatzen, gerne der Geselligkeit pflegen, irgendwie erklärt werden. Nur eine seltsame Häufung von Leidenschaften und dunklen Begierden kann eine so merkwürdige soziale Einrichtung hervorrufen, sonst würde sie nicht vorhanden sein.

Drouet zog seine Vergnügungssucht hierher und sein Bestreben, mit Höherstehenden zusammenzusein. Die vielen Bekannten, die er traf, waren hier, weil sie, vielleicht nur im Unterbewußtsein, die Gesellschaft, den Glanz, die Atmosphäre begehrten, die sie hier fanden. Man darf es schließlich als ein Zeichen der besseren sozialen Ordnung ansehen, denn was sie hier befriedigte, war, wenn auch sinnlicher Art, doch nicht an sich schlecht. Aus dem Betrachten eines kostbar eingerichteten Raumes kann nichts Böses entstehen. Das schlimmste Ergebnis wäre vielleicht, daß es in den materiell Gesinnten den Ehrgeiz erregt, ihr Dasein auf ähnlich prächtiger Grundlage aufzubauen. Und letzten Endes konnte die Schuld daran kaum der Ausstattung, eher der eingeborenen Gedankenrichtung zugeschoben werden. Daß ein solcher Anblick die weniger gut Gekleideten aufstachelt, mit den kostbar Gekleideten zu wetteifern, kann doch wohl nichts anderem zur Last gelegt werden als dem falschen Ehrgeiz der davon Betroffenen. Entfernte man das Element, über das so viel Klage geführt wird – den Alkohol –, dann fände wohl niemand etwas gegen die hübschen Dinge einzuwenden, die das Auge entzücken. Das Vergnügen, das wir an unseren eleganten modernen Restaurants empfinden, ist ein Beweis dieser Behauptung.

Doch hier ist die Tatsache des beleuchteten Raumes, der auffallend gekleideten, gierigen Gesellschaft, der geringen eigensüchtigen Gespräche, einer ungeordnet-ziellos schweifenden Geistigkeit – mit ihrer Vorliebe für Licht, Schaustellung und Putz, die einem Außenseiter unter dem milden Schein der ewigen Sterne seltsam, hohl glitzernd vorkommen mag. Welch eine Lampenblume muß dies unter den Sternen, im stürmenden nächtlichen Wind zur Reife bringen – eine sonderbar schimmernde, stark duftende, insektenanlockende Nachtblume, eine von Insekten angestochene Rose des Vergnügens.

«Sehen Sie den Mann, der eben hereinkommt?» fragte Hurstwood und blickte auf einen Zylinderherrn im Prinz-Albert-Rock, der jetzt eintrat. Seine fetten Wangen waren rot und aufgeblasen, wie von allzu gutem Essen.

«Nein, wo denn?» fragte Drouet.

«Da», sagte Hurstwood und blinzelte in die Richtung, «der Mann mit dem Seidenhut.»

«O ja», sagte Drouet und tat, als sähe er. «Wer ist das?»

«Jules Wallace, der Spiritist.»

Drouet blickte ihm interessiert nach.

«Na, schaut nicht gerade wie ein Mann aus, der Geister sieht, was?» sagte Drouet.

«Oh, ich weiß nicht», erwiderte Hurstwood. «Geld hat er jedenfalls genug», und er zwinkerte verständnisvoll.

«Hab für die Dinge nicht sehr viel übrig. Und Sie?» fragte Drouet.

«Na – nichts Gewisses weiß man nicht. Vielleicht steckt was dahinter. Ich für meinen Teil würde mich nicht viel darum kümmern. Übrigens – gehen Sie heute abend irgendwohin?»

«Zum ‹Loch im Boden›», sagte Drouet und nannte damit die beliebte Tageskomödie.

«Na – dann sollten Sie aufbrechen. Es ist schon halb neun», und er zog seine Uhr.

Die Menge wurde erheblich spärlicher – einige gingen in die Theater, andere in ihre Klubs und wieder andere zu dem bezauberndsten aller Vergnügen – den Damen.

«Ja, das will ich tun», sagte Drouet.

«Kommen Sie nach dem Theater herüber. Ich möchte Ihnen etwas zeigen», meinte Hurstwood.

«Gerne», sagte Drouet erfreut.

«Haben Sie heute sonst noch etwas vor?» fügte Hurstwood hinzu.

«Nicht das geringste.»

«Dann kommen Sie nur rüber.»

«Hab da Freitag im Zug ein reizendes kleines Ding getroffen», bemerkte Drouet, als er sich empfahl. «Herrgott, ich muß sie doch besuchen, ehe ich abreise.»

«Oh, wohl nicht so wichtig.»

«Doch, wirklich, sie war entzückend», fuhr Drouet vertraulich fort, bemüht, auf seinen Freund Eindruck zu machen.

«Um zwölf», sagte Hurstwood.

«Ganz recht», sagte Drouet und ging.

So wurde mit Carries Namen an einem der frivolsten und lustigsten Plätze Chicagos gespielt und dies um die Zeit, als die kleine Arbeiterin ihr dürftiges Los beklagte, das von der ersten Entwicklungsstufe ihres sich entfaltenden Schicksals fast unzertrennlich war.

## Die Maschine und das Mädchen: ein Ritter von heute

An diesem Abend glaubte Carrie in der Wohnung ihrer Schwester eine andere Stimmung wahrzunehmen. Die Tatsache, daß sie unverändert war, während Carries Gefühle sich gewandelt hatten, hob für sie die Veränderung erst recht hervor. Nach der guten Laune, die Carrie zuerst gezeigt, erwartete Minnie einen guten Bericht. Hanson setzte voraus, das Carrie befriedigt sein würde.

«Na», sagte er, als er in seinen Arbeitskleidern aus der Halle hereinkam und Carrie durch die Tür des Eßzimmers anblickte, «wie ist's dir ergangen?»

«Oh», meinte Carrie, «es ist recht harte Arbeit. Ich mag's nicht.»

Über ihr lag etwas, was deutlicher als Worte zeigte, wie müde und enttäuscht sie war.

«Was für eine Arbeit ist es denn?» fragte er und verweilte noch einen Augenblick, ehe er ins Badezimmer eintrat.

«An einer Maschine», erwiderte Carrie.

Offenbar ging ihm die Sache nur insofern nahe, als sie eine Verbesserung in seinem Haushalt betraf. Er war etwas ärgerlich, daß der Zufall nicht gewollt hatte, Carrie zufriedenzustellen.

Minnie arbeitete weniger fröhlich als vor Carries Heimkehr. Das Brutzeln des bratenden Fleisches schien jetzt nicht mehr so behaglich, da Carrie ihre Unzufriedenheit geäußert. Der einzige Trost nach dem Tage wäre für Carrie ein hübsches Heim, ein teilnehmender Empfang, ein schöngedeckter Abendtisch gewesen und jemand, der ihr sagte: ‹Na, halt noch ein wenig aus. Wirst bald was Besseres finden.› Aber das hier war Asche. Sie sah ein, daß ihre Verwandten ihre Klage für unberechtigt hielten, erwarteten, sie würde ohne ein Wort weiterschuften. Wußte, daß sie für Wohnung und Essen vier Dollar werde zahlen müssen, und nun empfand sie das Leben mit diesen Menschen als ein furchtbar ödes Einerlei.

Minnie war keine Gefährtin für ihre Schwester – sie war zu alt. Ihre

Nüchternheit paßte sich würdig den Umständen an. Wenn Hanson je fröhliche Gedanken oder beglückte Gefühle empfand, so verbarg er sie. Es schien, als könnte seine gedankliche Betätigung ohne körperliche Zeichen auskommen. Er war so still wie ein verlassenes Zimmer. In Carrie strömte das Blut der Jugend, sie hatte Phantasie. Ihre Liebestage und die Geheimnisse des Umworbenseins lagen noch vor ihr. Sie konnte an Dinge denken, die sie gern tun, Kleider, die sie gern tragen, Orte, die sie gern besuchen wollte. Ihr war, als stieße sie fortwährend auf Widerspruch, da sie hier niemanden fand, der ihre Empfindungen schürte oder sie erwiderte.

Während sie von ihren Erlebnissen erzählte, hatte sie vergessen, daß Drouet sie besuchen könne. Nun, als sie sah, wie wenig Anteilnahme die beiden ihr entgegenbrachten, hoffte sie, er würde nicht kommen. Sie wußte nicht genau, was sie tun, was Drouet sagen sollte, wenn er käme. Nach dem Abendessen kleidete sie sich um. Nett angezogen, war sie ganz reizend, ein liebes kleines Ding mit großen Augen und einem traurigen Munde. Ihr Gesicht drückte die Erwartung, Unzufriedenheit und Niedergeschlagenheit aus, die sie erfüllte. Nach dem Abräumen der Teller trödelte sie noch ein wenig herum, sprach mit Minnie und entschloß sich dann hinunterzugehen und an der Haustüre zu stehen. Käme Drouet, würde sie ihn hier treffen. Als sie den Hut aufsetzte, lag über ihrem Gesicht ein Schimmer von Glück.

«Ich glaube, Carrie gefällt ihre Arbeit nicht», sagte Minnie zu ihrem Gatten, als er, Zeitung in der Hand, herauskam, um einige Minuten im Eßzimmer zu sitzen.

«Trotzdem sollte sie eine Weile dort bleiben», sagte Hanson. «Ist sie wieder hinunter?»

«Ja», sagte Minnie.

«An deiner Stelle würde ich ihr raten, auszuhalten. Es kann Wochen dauern, bis sie eine andere Beschäftigung findet.»

Minnie versprach es und Hanson las in seiner Zeitung.

«An deiner Stelle», sagte er dann, «würde ich sie nicht so an der Haustür stehen lassen. Es sieht nicht gut aus.»

«Ich will es ihr sagen», meinte Minnie.

Das Leben auf der Straße zog Carrie noch lange an. Sie wurde niemals müde, sich zu fragen, wohin die Leute in den Wagen fahren, worin ihre Vergnügungen bestanden. Ihre Einbildungskraft bewegte sich in engem Kreise, nur geweckt, wo es sich um Geld, Aussehen, Kleider oder Vergnügen handelte. Von Zeit zu Zeit mußte sie ein wenig an Columbia denken, Erregung über die Erfahrungen des heutigen Tages rauschte in ihr auf, aber im ganzen nahm die kleine Welt um sie völlig ihre Aufmerksamkeit gefangen.

Das erste Stockwerk des Gebäudes, in dessen drittem Hansons Wohnung lag, wurde von einer Bäckerei eingenommen und dahin kam nun

Hanson, ein Laib Brot zu kaufen, während Carrie unten stand. Sie wurde sich seiner Anwesenheit erst bewußt, als er an sie herantrat.

«Ich hole Brot», war alles, was er ihr im Vorbeigehen sagte.

Hier zeigte sich deutlich, wie ansteckend Gedanken sind. Hanson wollte wirklich Brot holen, aber doch auch sehen, was Carrie machte. Kaum näherte er sich ihr mit diesem Gedanken, als sie ihn auch fühlte. Natürlich begriff sie nicht, was sie darauf brachte, doch erweckte es in ihr den ersten Schatten einer wirklichen Abneigung gegen den Schwager. Jetzt wußte sie, daß sie ihn nicht leiden konnte. Er war mißtrauisch.

Ein Gedanke kann eine Welt für uns in neue Farben tauchen. Der Strom von Carries Sinnen war getrübt worden, und bald, nachdem Hanson hinaufgegangen, folgte sie ihm. Als die Viertelstunden schwanden, sah sie ein, daß Drouet nicht kommen würde, und irgendwie nahm sie dies ein wenig übel, als wäre sie verlassen worden – wäre nicht gut genug für ihn. Oben war alles still. Minnie nähte beim Schein einer Tischlampe. Hanson hatte sich schon zur Nachtruhe zurückgezogen. In ihrer Müdigkeit und Enttäuschung sagte Carrie nur, daß sie zu Bett gehe.

«Ja, du tust gut daran», erwiderte Minnie. «Du weißt, daß du früh aufstehen mußt.»

Der Morgen war nicht besser. Hanson war eben im Begriff, die Türschwelle zu überschreiten, als Carrie aus ihrem Zimmer trat. Minnie versuchte, mit ihr beim Frühstück zu plaudern, aber sie hatten nicht viel Gemeinsames. Wie am Morgen vorher ging Carrie stadtwärts, denn jetzt begriff sie, daß ihre vier Dollar fünfzig, nach Bezahlen ihrer Pension, ihr nicht einmal gestatten würden, mit der Straßenbahn zu fahren. Ein elendes Ergebnis von so viel Arbeit. Aber das Morgenlicht fegte die ersten Tagessorgen hinweg, wie es gewöhnlich zu geschehen pflegt.

In der Schuhfabrik mußte sie einen langen Tag überstehen, vielleicht nicht so ermüdend wie der vorhergehende, doch beträchtlich weniger neu. Der erste Vorarbeiter blieb, auf einem Rundgang, an ihrer Maschine stehen.

«Woher sind Sie?» fragte er.

«Herr Brown hat mich aufgenommen», erwiderte sie.

«Oh – hat er –» und dann: «Na schaun Sie nur zu, daß Sie die Maschine in Gang halten.»

Die Maschinenarbeiterinnen machten auf sie einen noch schlechteren Eindruck. Sie schienen mit ihrem Schicksal zufrieden und waren recht gewöhnlich. Ihren Jargon verstand sie nicht. Carrie besaß mehr Einbildungskraft als sie. Ihr angeborener Geschmack war feiner. Sie mochte nicht ihrer Nachbarin zuhören, die durch Erfahrungen abgestumpft war.

«Ich werde meine Arbeit hier aufgeben», hörte Carrie sie zu einem Mädchen sagen. «Bei diesem Lohn – und das Spätaufbleiben – das hält meine Gesundheit nicht aus.»

Die Mädchen waren in ihrem Benehmen mit den anwesenden alten und jungen Männern sehr ungezwungen, trieben derbe Späße, die Carrie im Innersten mißfielen. Sie bemerkte, daß man sie für gleichen Schlages hielt und demgemäß ansprach.

«Hallo», sagte einer der handfesten Sohlenarbeiter mittags zu ihr, «du bist ein netter Käfer.» Er erwartete das übliche: Ah – pack dich, zu hören und fühlte sich genügend beschämt, um verlegen zu grinsen, als Carrie sich schweigend zurückzog.

Abends war sie vielleicht noch einsamer – es wurde immer schwerer, die Öde zu ertragen. Hansons empfingen selten oder niemals Leute bei sich. Als sie wieder einmal an der Haustür stand, wagte sie sich ein kleines Stück weiter vor. Ihr anmutiger Gang, ihr müßiges Gehaben erregten die Aufmerksamkeit unternehmender Männer. Sie war überrascht, als ein gutgekleideter, etwa dreißigjähriger Mann sie im Vorübergehen ansah, seine Schritte verlangsamte, sich umwendete und fragte:

«Kleiner Abendspaziergang, was?»

Carrie blickte ihn verblüfft an, hatte genug Geistesgegenwart, um zu sagen: «Aber ich kenne Sie ja gar nicht», und zurückzuweichen.

«Oh, das macht nichts», meinte er freundlich.

Sie ließ sich nicht weiter mit ihm ein, eilte fort und erreichte atemlos ihre Tür. In dem Blick des Mannes hatte etwas gelegen, was sie erschreckte.

Während der übrigen Woche war es so ziemlich dasselbe. An ein oder zwei Abenden fühlte sie sich zu müde, um heimzugehen, und gab Geld für die Straßenbahn aus. Sie war nicht sehr kräftig, das tagelange Sitzen griff ihren Rücken an. Eines Abends legte sie sich früher als Hanson zu Bett.

Überpflanzen tut Mädchen und Blumen nicht immer gut. Es bedarf manchmal eines fruchtbareren Bodens, einer gesünderen Atmosphäre, damit das natürliche Wachstum nicht gehemmt werde. Es wäre vorteilhafter gewesen, wenn Carrie sich allmählich, unter weniger harten Bedingungen hätte einleben können. Besser für sie, wenn sie nicht so rasch eine Stellung gefunden, mehr von der Stadt gesehen hätte, die sie so gern kennenlernen wollte.

Am ersten Regenmorgen bemerkte sie, daß sie keinen Schirm hatte. Minnie lieh ihr einen von den ihrigen, der abgetragen und verschossen war. Carries Eitelkeit gehörte zu der Art, die sich durch so etwas verletzt fühlt. Sie ging in ein großes Warenhaus und kaufte einen Schirm, gab einen und einen viertel Dollar von ihren Ersparnissen dafür aus.

«Wozu hast du das gemacht, Carrie?» fragte Minnie.

«Oh, ich brauche einen Schirm», sagte Carrie.

«Dummes Ding.»

Carrie nahm dies übel, obgleich sie nicht antwortete. Sie wollte kein gewöhnliches Ladenmädchen sein, das sollten sie sich nur nicht einbilden.

Am ersten Samstagabend zahlte Carrie vier Dollar für ihre Pension. Minnie fühlte so etwas wie Gewissensbisse, als sie das Geld empfing, doch wußte sie nicht, wie sie es Hanson erklären sollte, wenn sie sich mit weniger begnügte. Der Brave gab mit einem Lächeln der Genugtuung gerade vier Dollar weniger Haushaltungsgeld. Er gedachte, seine Raten auf einen Bauplatz zu erhöhen. Carrie aber grübelte über das Problem nach, wie sie Kleidung und Vergnügen für fünfzig Cents die Woche beschaffen sollte. Grübelte, bis Empörung in ihr brannte.

Nach dem Abendessen sagte sie: «Ich gehe die Straße hinauf spazieren.»

«Nicht allein?» fragte Hanson.

«Doch», erwiderte Carrie.

«Das täte ich nicht», warf Minnie ein.

«Ich möchte etwas sehen», sagte Carrie, und an der Betonung merkten die beiden zum erstenmal, daß sie sich bei ihnen nicht wohlfühlte.

«Was ist denn in sie gefahren?» fragte Hanson, als sie sich ihren Hut aus dem Vorzimmer holte.

«Ich weiß nicht», sagte Minnie.

«Na, sie sollte sich schämen, allein ausgehen zu wollen.»

Schließlich ging Carrie nicht weit. Sie kehrte zurück und stand an der Tür. Am nächsten Morgen besuchte sie den Garfieldpark, aber das freute sie nicht. Sie sah nicht hübsch genug aus. Im Geschäft hörte sie die Mädchen von ihren Unterhaltungen farbige Schilderungen entwerfen. Sie waren glücklich. An einigen Tagen regnete es und Carrie mußte mit der Straßenbahn fahren. Als sie eines Abends den Wagen in der van Burenstraße erreichen wollte, wurde sie durch und durch naß. Diesen ganzen Abend lang saß sie allein im Vorderzimmer, blickte auf die Straße hinaus, wo die Lichter sich in dem feuchten Pflaster spiegelten, dachte nach. Sie besaß Einbildungskraft genug, um verstimmt zu sein.

Am Samstag zahlte sie wieder vier Dollar, steckte verzweifelt die fünfzig Cents ein. Einige der Mädchen kannte sie nun schon so gut, daß sie miteinander plauderten, und so erfuhr Carrie, daß die Mädchen von ihrem Lohn mehr für sich selbst verwenden konnten als sie. Sie waren mit jungen Männern von der Art befreundet, über die sich Carrie, seit ihrer Begegnung mit Drouet, erhaben fühlte. Die Jungens führten die Mädchen aus. Carrie begann die törichten jungen Burschen im Geschäft unerträglich zu finden. Nicht einer unter ihnen hatte etwas Feineres an sich. Sie sah nur ihr Werktagsgehaben.

Dann kam ein Tag, an dem der erste warnende Winterwind über die Stadt wehte. Er trieb die Schafwölkchen am Himmel vor sich her, zog lange, dünne Rauchschwaden aus den hohen Schornsteinen, brauste in scharfen plötzlichen Stößen durch die Straßen, um die Ecken, Carrie mußte jetzt das Problem der Winterkleider lösen. Was sollte sie tun? Sie besaß keine warme Jacke, keinen Hut, keine Schuhe. Es war schwer, mit Minnie davon zu sprechen, doch schließlich fand sie den Mut dazu.

«Ich weiß nicht, was ich wegen der Kleider machen soll», sagte sie eines Abends, als sie zusammensaßen. «Ich brauche einen Hut.»

Minnie schaute ernst drein.

«Warum behältst du nicht einen Teil deines Lohnes und kaufst dir einen?» schlug sie vor, innerlich voll Sorgen über die Lage, die durch das Fehlen von Carries Geld entstehen würde.

«Gern täte ich's, eine Woche etwa, wenn du nichts dagegen hast», wagte Carrie zu sagen.

«Könntest du zwei Dollar zahlen?» fragte Minnie.

Bereitwillig stimmte Carrie zu, froh, der Unannehmlichkeit zu entrinnen, und jetzt, da sie einen Ausweg sah, freigebig gesinnt. Sie wurde ganz vergnügt und begann gleich mit dem Ausrechnen. Vor allem brauchte sie einen Hut. Niemals erfuhr sie, wie Minnie ihrem Mann die Sache beigebracht. Er äußerte sich nicht, aber Gedanken, die einen peinlichen Eindruck hinterließen, lagen in der Luft.

Die neue Abmachung hätte sich bewähren können, wäre nicht Krankheit dazwischengetreten. Nach einem Regen blies eines Nachmittags ein schärferer Wind und Carrie hatte noch immer keine Jacke. Um sechs Uhr kam sie aus der geheizten Werkstatt hinaus, als sie der Sturm packte. Am Morgen nieste sie, und da sie zur Arbeit ging, wurde es natürlich schlimmer. Die Knochen, der Kopf taten ihr weh. Gegen Abend fühlte sie sich sehr krank und hatte bei der Heimkehr keinen Hunger. Minnie bemerkte, wie matt sie war, und fragte, was ihr fehle.

«Ich weiß nicht», sagte Carrie. «Ich fühle mich wirklich schlecht.»

Sie hockte neben dem Ofen, bekam Schüttelfrost und ging krank zu Bett. Am nächsten Morgen hatte sie hohes Fieber.

Minnie war darüber aufrichtig gekränkt, bewahrte aber eine freundliche Haltung. Hanson meinte, Carrie täte vielleicht besser, für eine Zeitlang heimzufahren. Als sie nach drei Tagen aufstand, wurde es als sicher angenommen, daß sie ihre Stelle verloren hatte. Der Winter stand vor der Tür, sie besaß keine Kleider und jetzt war sie arbeitslos.

«Ich will Montag in die Stadt, schauen, ob ich etwas finden kann», sagte Carrie.

Ihre Bemühungen wurden bei diesem Versuch wenn möglich noch geringer belohnt, als bei dem vorhergehenden. Ihre Kleider schickten sich nicht mehr für den späten Herbst. Ihr letztes Geld hatte sie für einen Hut ausgegeben. Drei Tage lang wanderte sie tiefbetrübt herum.

Im Hause der Schwester wurde die Stimmung unerträglich. Sie haßte es, jeden Abend dahin zurückkehren zu müssen. Hanson war so kühl. Sie wußte: lange konnte es nicht mehr so fortgehen. In Kürze würde sie es aufgeben, heimreisen müssen.

Am vierten Tage blieb sie bis zum Abend in der Stadt, für das Mittagessen hatte sie zehn Cents von Minnie geborgt. Erfolglos sprach sie an den bescheidensten Orten vor. Sie bot sich sogar als Kellnerin in einem kleinen Gasthaus an, wo sie einen Zettel im Fenster gesehen; aber die Leute wollten eine erfahrene Hilfskraft. Carrie schob völlig niedergeschlagen durch die dichte Masse der Fremden. Plötzlich ergriff eine Hand ihren Arm, zwang sie, sich umzuwenden.

«Na, so was!» sagte eine Stimme. Beim ersten Blick erkannte sie Drouet. Er hatte nicht nur rosige Wangen – er strahlte. War Sonnenschein und gute Laune selbst. «Wie geht es Ihnen, Carrie?» fragte er. «Sie sind mir die rechte! Wo sind Sie denn gewesen?»

Carrie lächelte, als seine unwiderstehliche Freundlichkeit sie überflutete.

«Daheim», sagte sie.

«Ich hab Sie da von der gegenüberliegenden Straßenseite erblickt. Dachte mir gleich, daß Sie es sind. Wollte Sie gerade besuchen. Also, wie geht's?»

«Ganz gut», sagte Carrie lächelnd.

Drouet schaute sie prüfend an und bemerkte etwas anderes.

«Na», sagte er. «Ich möchte mit Ihnen sprechen. Sie haben doch nichts Besonderes vor?»

«Nicht jetzt.»

«Da wollen wir mal hier hineingehen und etwas essen. Herrgott! Ich freue mich, Sie wieder zu sehen.»

Sie fühlte sich durch seine sonnige Gegenwart so erleichtert, so umsorgt und betreut, daß sie fröhlich zustimmte, obgleich sie doch ein wenig auf ihrer Hut war.

«Nun», sagte er, als er ihren Arm ergriff – und in dem Wort lag eine solche Überfülle von guter Kameradschaft, daß es ihr das Herz im Innersten erwärmte.

Sie gingen durch die Monroestraße in das alte Windsor-Gasthaus, damals ein großes, behagliches Lokal mit ausgezeichneter Küche. Drouet wählte einen Tisch nahe dem Fenster, von wo sie das geschäftige Straßentreiben überblicken konnten. Er liebte das wechselnde Schauspiel – liebte es, beim Speisen gesehen zu werden.

«Nun», sagte er, nachdem er und Carrie gemütlich Platz genommen, «was möchten Sie haben?»

Carrie blickte auf die lange Speisekarte, die ihr der Kellner reichte, tatsächlich, ohne sie zu sehen. Sie war sehr hungrig, und die angeführten Speisen erregten den Wunsch, aber die hohen Preise schreckten sie ab. Ein halbes gebratenes Frühlingshuhn – fünfundsiebzig Cents. Nierenbraten mit Champignons – ein Dollar fünfundzwanzig Cents. Von solchen Dingen hatte sie wohl gehört, aber es dünkte sie seltsam, daß sie sie nun bestellen sollte.

«Das will ich besorgen», sagte Drouet. «He, Kellner!»

Der Beköstigungsbeamte, ein Neger mit breiter Brust und rundem Gesicht, näherte sich und neigte sein ohr.

«Nierenbraten mit Champignons. Gefüllte Tomaten.»

«Ja, Herr», stimmte der Neger kopfnickend zu.

«Gebräuntes Kartoffelhachée.»

«Ja, Herr.»

«Spargel.»

«Ja, Herr.»

«Und Kaffee.»

Drouet wendete sich zu Carrie. «Ich habe seit dem Frühstück nichts gegessen. Bin eben von Rock-Island zurückgekehrt und wollte gerade essen gehen, als ich Sie erblickte.»

Carrie lächelte, lächelte.

«Was haben Sie die Zeit über angefangen?» fuhr er fort. «Erzählen Sie mir alles. Wie geht es Ihrer Schwester?»

«Es geht ihr gut», erwiderte Carrie auf die letzte Frage.

Er blickte sie forschend an.

«Hören Sie mal», sagte er. «Sie sind doch nicht etwa krank gewesen?»

Carrie nickte.

«Na, das ist doch 'ne Affenschande! Sie schauen nicht gut aus. Ich dachte gleich, Sie seien ein wenig blaß. Was haben Sie gemacht?»

«Gearbeitet», sagte Carrie.

«Was Sie sagen! Und was denn?»

Sie erzählte.

«Rhodes, Morgenthau und Scott – ich kenne die Firma. Auf der Fünften Avenue, nicht? Geizhälse. Was hat Sie hingeführt?»

«Ich konnte nichts anderes finden», sagte Carrie aufrichtig.

«Das ist ja furchtbar! Für diese Leute sollten Sie nicht arbeiten. Die Fabrik liegt gleich hinter dem Geschäft, was?»

«Ja.»

«Das ist keine gute Firma», meinte Drouet. «Im übrigen – Sie wollen doch gewiß nicht dergleichen Arbeit verrichten.»

Er schwatzte mit Volldampf, stellte Fragen, erzählte manches aus seinem eigenen Leben, sagte ihr, was für ein feines Restaurant dies sei, bis der Kellner mit einer ungeheuren Platte zurückkehrte, auf der die heißen, fein zubereiteten Speisen standen. Beim Vorlegen zeichnete Drouet sich geradezu aus. Der Rahmen stand ihm vortrefflich: das weiße Tischtuch, die Silberplatten. Mit geschickten Bewegungen handhabte er Messer und Gabel. Als er das Fleisch zerschnitt, redeten seine

Ringe förmlich. Sein neuer Anzug krachte, als er sich streckte, die Platte zu erreichen, das Brot zu brechen, den Kaffee einzuschenken. Er setzte Carrie einen tüchtigen Teller voll vor und teilte ihr seine Körperwärme mit, bis sie sich als neuen Menschen fühlte. Ein Prachtjunge in dem richtigen volkstümlichen Sinne. Carrie war einfach weg.

Die kleine Glückssucherin nahm die gute Wendung dankbar und leichten Herzens an. Sie fühlte sich nicht ganz auf dem richtigen Platze, aber der große Raum beruhigte sie auch und der Anblick der draußen vorüberwogenden gutgekleideten Menge schien ihr herrlich. Ach, Geld, Geld! Was das heißt, hierher kommen, hier essen zu können! Drouet war gewiß reich. Er fuhr so oft mit der Eisenbahn, trug so hübsche Kleider, war so stark, speiste an so noblen Orten. Er schien ihr ein ganzer Mann und sie fragte sich, ob er wirklich Freundschaft und Achtung für sie empfinde.

«Also, Sie haben Ihre Stelle verloren, weil Sie krank wurden, was?» fragte er. «Und was werden Sie jetzt anfangen?»

«Mich umsehen», sagte sie. Der Gedanke an die Not, die sich draußen vor dem Restaurant gleich einem hungrigen Hund an ihre Fersen heften würde, flackerte in ihren Augen.

«O nein», sagte Drouet. «Das geht nicht. Wie lange haben Sie sich schon so ‹umgesehen›?»

«Vier Tage.»

«Denk mal an!» sagte er, als wendete er sich an irgendein problematisches Wesen. «Sowas sollten Sie nicht tun. Diese Mädchen», in seiner wehenden Handbewegung schloß er alle Laden- und Fabrikmädchen ein, «diese Mädchen kriegen gar nichts. Sie können doch nicht davon leben, was?»

Er gab sich ganz brüderlich. Nachdem er sie über diese Art Arbeit aufgeklärt, verfolgte er eine andere Fährte. Carrie war wirklich sehr hübsch. Sogar jetzt, in ihrem billigen Kleidchen, machte ihre Gestalt einen guten Eindruck, ihre Augen waren groß und sanft. Drouet blickte sie an und seine Gedanken fanden Widerhall. Sie fühlte seine Bewunderung, die durch seine Freigebigkeit und seine Gutmütigkeit kräftig unterstützt wurde. Fühlte, daß sie ihn gern hatte – ihn immer gern haben könnte. Und etwas Innigeres erfüllte sie. Alle Augenblicke begegneten ihre Augen den seinigen und so wurde der Wechselstrom der Gefühle geschlossen.

«Bleiben Sie doch in der Stadt und begleiten Sie mich ins Theater», sagte er und rückte seinen Stuhl näher. Der Tisch war nicht sehr breit.

«Oh, das kann ich nicht.»

«Was machen Sie heute abend?»

«Nichts», sagte sie traurig.

«Sie sind nicht gerne bei Ihrer Schwester?»

«Oh, ich weiß nicht.»

«Was werden Sie anfangen, wenn Sie keine Arbeit finden?»

«Heimfahren, glaube ich.»

Ihre Stimme zitterte ein wenig bei diesen Worten. Doch der Einfluß, den Drouet auf sie ausübte, war mächtig. Ohne Worte gelangten sie zu gegenseitigem Verständnis – er erkannte ihre Lage, sie, daß er es tat.

«Nein», sagte er, «das dürfen Sie nicht.» Aufrichtige Teilnahme bewegte ihn jetzt. «Gestatten Sie mir, daß ich Ihnen helfe. Nehmen Sie ein wenig Geld von mir an.»

«O nein», sagte sie und lehnte sich zurück.

«Also – was werden Sie tun?»

Sie saß, dachte nach, schüttelte nur den Kopf.

So zärtlich, als es seiner Natur möglich war, blickte er sie an. Einige grüne Scheine steckten lose in seiner Westentasche. Sie waren weich, knisterten nicht, er preßte sie in seiner Hand zusammen.

«Schaun Sie», sagte er, «ich will Ihnen durchhelfen. Kaufen Sie sich Kleider.»

Es war die erste derartige Anspielung. Jetzt wurde ihr bewußt, wie schlecht sie ausgestattet war. In seiner deutlichen Art hatte er den richtigen Ton angeschlagen. Ihre Lippen zitterten.

Ihre Hand lag vor ihr auf dem Tisch. Sie waren in der Ecke ganz allein, er legte seine große warme Hand über die ihrige.

«Also, Carrie», sagte er, «was können Sie denn allein machen? Lassen Sie mich helfen.»

Er drückte sanft ihre Finger und sie versuchte, sie ihm zu entziehen. Da hielt er sie fest und sie widerstrebte nicht mehr. Dann ließ er die Banknoten in ihre Hand gleiten, und als sie zu widersprechen begann, flüsterte er:

«Ich leihe sie Ihnen – alles in Ordnung. Nur leihen.»

Er zwang ihr das Geld auf. Jetzt fühlte sie sich an ihn durch ein seltsam-zärtliches Band gefesselt. Sie gingen hinaus, und immer schwatzend begleitete er sie südwärts bis an die Polkstraße.

Zerstreut fragte er sie einmal: «Sie wollen also nicht bei Ihren Verwandten bleiben?» – Carrie hörte es, doch machte es keinen besonderen Eindruck auf sie.

«Treffen Sie mich morgen in der Stadt», sagte er, «und wir wollen zu einer Nachmittagsvorstellung gehen, ja?»

Einen Augenblick lang sträubte sich Carrie, nahm dann an.

«Sie arbeiten ja jetzt nicht. Kaufen Sie sich ein Paar hübsche Schuhe und eine Jacke.»

Vorläufig dachte sie noch gar nicht an die Schwierigkeit, die ihr nach seinem Fortgehen Sorge bereiten würde. In seiner Gegenwart war sie wie er, hoffnungsvoll und zuversichtlich.

«Kränken Sie sich nicht über diese Leute», sagte er beim Abschied. «Ich werde Ihnen helfen.»

Carrie verließ ihn, hatte die Empfindung, als schiebe ein starker Arm allen Kummer von ihr fort. Das Geld, das sie angenommen, bestand aus zwei netten, weichen, grünen Zehn-Dollarnoten.

## Lockende Dinge: Schönheit spricht für sich selbst

Die wirkliche Bedeutung des Geldes muß noch volkstümlich erklärt und begriffen werden. Sobald jedes Einzelwesen sich klarmacht, daß das Geld ursprünglich als etwas gedacht ist, was uns moralisch gebührt und nur so angenommen werden dürfte – daß es als ehrlich aufgespeicherte Energie bezahlt werden und nicht als ungerecht angeeignetes Privileg gelten sollte – werden viele unserer sozialen, religiösen und politischen Nöte verschwunden sein. Carrie verstand von der moralischen Bedeutung des Geldes ebensoviel wie alle Leute, nicht mehr. Die alte Erklärung: Geld, etwas, was jeder andere hat und ich kriegen muß, würde ihren Begriff davon vollständig ausgedrückt haben. Ein wenig hielt sie nun in der Hand – zwei weiche grüne Zehn-Dollarnoten – und sie fühlte, um wieviel besser sie jetzt daran war, weil sie sie besaß. Es war Macht an sich. Ein Mensch ihrer Geistesart würde zufrieden sein, sich auf einer öden Insel mit einem Haufen Geldes ausgesetzt zu sehen, und nur die langdauernde Hungerqual würde ihn die Wertlosigkeit des Geldes unter gewissen Umständen lehren. Selbst dann hätte Carrie keinen Begriff von dem relativen Wert der Sache, ihr einziger Gedanke wäre zweifellos: wie schade, so viel Macht, und keine Möglichkeit, sie auszunutzen.

Das arme Mädel zitterte vor Freude, als sie von Drouet fortging. Schämte sich auch, weil sie so schwach gewesen, das Geld anzunehmen; aber ihre Not war so bitter, daß sie doch froh war. Jetzt würde sie eine hübsche, neue Jacke haben! Jetzt würde sie sich ein paar nette Knöpfschuhe kaufen! Auch Strümpfe und einen Rock und – bis sie in ihrer Begierde die Kaufkraft ihrer Banknoten um das Doppelte überschritten hatte – wie damals, als sie von ihrem zukünftigen Lohn träumte.

Sie empfand ehrliche Achtung vor Drouet. Ihr – wie aller Welt – schien er ein braver, gutmütiger Mann. In dem Menschen war kein Falsch. Aus seinem guten Herzen heraus gab er ihr das Geld – weil er ihre Wünsche erkannte. Er hätte die gleiche Summe einem armen jungen Manne nicht gegeben – aber wir dürfen nicht vergessen, daß natürlicherweise ein armer junger Mann ihn nicht so hätte rühren können wie ein armes junges Mädchen. Weiblichkeit hatte Einfluß auf seine Gefühle. Er war einem eingeborenen Sehnen unterworfen. Doch hätte er sicher keinen Bettler sehen und sein «O Gott Herr, ich verhungere» überhören können – gerne hätte er ihm gespendet, was landläufig als schickliche Gabe galt, ohne weiter daran zu denken. Ohne Überlegung, ohne Philosophieren. Er schien keiner geistigen Betätigung fähig, die einer dieser Bezeichnungen würdig gewesen wäre. In seinen hübschen Kleidern, seiner Gesundheit, war er eine fröhlich-gedankenlose Motte. Seiner Stellung beraubt, von einigen der verwirrenden Kräfte, die manchmal mit dem Menschen ihr Spiel treiben, zu Boden geschlagen, wäre er so hilflos wie Carrie gewesen – so hilflos, so unverstehend, so bemitleidenswert wie sie.

Mit seiner Jagd auf Frauen hatte er nichts Böses im Sinn, weil er die erhoffte Beziehung nicht für verderblich hielt. Er umwarb die Frauen gerne, liebte es, wenn sie seinen Reizen unterlagen, nicht weil er ein kaltblütiger, finster-planender Schurke war, sondern weil die ihm eingeborene Begierde ihn dazu als der höchsten Freude trieb. Er war eitel, prahlte gern, ließ sich durch hübsche Kleider ebenso narren wie irgendein törichtes Mädchen. Ein richtiger schwarzer Schurke hätte ihn ebenso unterkriegen, wie er ein hübsches Ladenmädchen durch Schmeicheleien betören können. Sein Erfolg als Verkäufer beruhte auf seiner Liebenswürdigkeit und dem durchaus achtunggebietenden Ruf seiner Firma. So flitzte er, von Lebenslust strotzend, unter den Menschen herum – besaß keine Kraft, die die Bezeichnung Intellekt verdient hätte, keine des Wortes «edel» würdigen Eigenschaften, keine Gefühle von langer Dauer. Eine Sappho hätte ihn ein Schwein genannt; Shakespeare ihn «mein lustiger Geselle» genannt; der alte Trinker Caryoe hielt ihn für einen klugen, erfolgreichen Kaufmann. Kurz, er war so gut, wie sein Verstand es zuließ.

Der beste Beweis, daß dem Mann etwas Offenherziges, Vertrauenerweckendes eignete, war, daß Carrie das Geld angenommen hatte. Eine verschlagene, böswillige Seele hätte ihr unter der Maske der Freundschaft nicht fünfzehn Cents anbieten dürfen. Die Unintelligenten sind nicht so hilflos. Die Natur hat die Tiere des Feldes zu fliehen gelehrt, wenn irgendeine unvorhergesehene Gefahr droht. Sie hat in das dumme Köpfchen des Eichhörnchens die natürliche Furcht vor Gift gesenkt. Der Bibelspruch: «Er bewahrt seine Geschöpfe in ihrer Gänze» – gilt nicht nur für die Tiere. Carrie war töricht, und deshalb, den törichten Schafen gleich, an Ahnungen reich. Der in solchen Naturen immer starke Instinkt des Selbstschutzes regte sich, wenn überhaupt, nur schwach, als Drouet sich ihr näherte.

Als Carrie gegangen, wünschte er sich Glück, ihr Vertrauen gewonnen zu haben. Teufel, es war eine Schande, daß junge Mädchen im Leben so herumgestoßen wurden. Winterkälte und keine Kleider! Schlimm! Jetzt wollte er zu Fitzgerald und Moy, sich eine Zigarre holen. Wenn er an das Mädchen dachte, lief er noch einmal so schnell.

Carrie kam in vorzüglicher Laune heim, die sie kaum verbergen konnte. Doch ihre neue Habe bereitete ihr ernstlich Sorge. Wie konnte sie sich Kleider kaufen, wo doch Minnie wußte, daß sie kein Geld besaß! Kaum hatte sie die Wohnung betreten, als ihr Entschluß auch schon feststand. Sie konnte es nicht tun. Ihr fiel keine Erklärung ein.

«Wie ist es dir ergangen?» fragte Minnie.

Carrie gehörte nicht zu den jämmerlichen Heuchlern, die das Gegenteil von dem zu sagen vermögen, was sie empfinden. Sie konnte Ausflüchte gebrauchen, doch nur in Übereinstimmung mit ihren Gefühlen. Deshalb klagte sie nicht, da sie sich so glücklich fühlte, und sagte nur:

«Ich habe Aussicht auf etwas.»

«Wo?»

«Im Boston-Warenhaus.»

«Ist es dir sicher versprochen worden?» fragte Minnie.

«Ich werde es morgen erfahren», erwiderte Carrie. Sie mochte die Lüge nicht weiter als nötig ausspinnen.

Minnie fühlte die gute Stimmung, die Carrie mitbrachte. Jetzt war der Augenblick, Carrie mitzuteilen, wie Hanson über ihre ganze Chicagoer Unternehmung dachte.

«Wenn du die Stellung nicht bekämest», hier stockte sie schon, suchte verwirrt nach einer passenden Form.

«Wenn ich nicht sehr bald etwas finde, werde ich wohl heimfahren.»

Minnie ersah die günstige Gelegenheit.

«Sven denkt, es wäre jedenfalls über den Winter das beste.»

Blitzartig erkannte Carrie ihre Lage. Sie wollten sie, da sie arbeitslos war, nicht länger behalten. Sie war Minnie nicht böse, nahm es auch Hanson nicht besonders übel. Jetzt, als sie dasaß und die Bemerkung verdaute, freute sie sich über Drouets Geld.

«Ja», sagte sie nach einer Weile, «ich hatte auch diese Absicht.»

Sie gestand nicht, daß dieser Vorschlag Minnies die ganze Empörung ihrer Natur wachrief. Columbia – was erwartete sie dort? Sie kannte das öde Lebenseinerlei in der Heimat auswendig. Hier war die große geheimnisvolle Stadt für sie noch immer ein Magnet. Was sie gesehen, ließ sie ihre Möglichkeiten nur ahnen. Jetzt heimzukehren – das kleinliche Dasein dort draußen ertragen wie früher –, fast hätte sie vor Zorn aufgeschrien.

Sie war zeitig heimgekehrt und ging in das Vorderzimmer, um nachzudenken. Was sollte sie tun? Sie konnte nicht neue Schuhe kaufen und sie hier tragen. Eigentlich müßte sie einen Teil der zwanzig Dollar für die Heimreise sparen. Wollte nicht bei Minnie borgen. Und trotzdem – wie sollte sie erklären, daß sie auch nur dieses Geld besaß?

Immer wieder versuchte sie, den Knoten zu lösen. Morgen würde Drouet sie in einer neuen Jacke bewundern wollen. Das durfte nicht sein. Die Hansons erwarten von ihr, daß sie heimfahre, sie wollte das auch und dann doch wieder nicht. Wenn sie überlegte, wie sie ihren

Geldbesitz beurteilen würden – hatte sie sich ihn doch nicht erarbeitet! –, schien ihr furchtbar, daß sie Drouet nachgegeben. Sie begann, sich zu schämen. Ihre ganze Lage bedrückte sie. In Drouets Gesellschaft war ihr alles so einfach und klar vorgekommen. Jetzt war alles verwirrt, hoffnungslos – viel ärger als vorher, denn nun hatte sie scheinbar Hilfe bei der Hand, die sie nicht nutzen konnte.

Ihre Stimmung verschlechterte sich so, daß Minnie beim Abendessen fühlte, Carrie müsse wieder einen harten Tag hinter sich haben. Zuletzt beschloß Carrie, das Geld zurückzugeben. Sie hätte es gar nicht nehmen dürfen. Morgen wollte sie wieder in die Stadt auf Arbeitsuche. Zu Mittag, wie verabredet, Drouet treffen und ihm alles sagen. Nach diesem Entschluß schwand ihr ganzer Mut, bis sie wieder die alte verzweifelte Carrie war.

Komisch: sie konnte das Geld nicht in der Hand halten, ohne eine gewisse Erleichterung zu empfinden. Selbst nach ihren niederdrückenden Erwägungen vermochte sie es, alle Gedanken darüber zu verjagen, und dann schienen ihr die zwanzig Dollar etwas Wunderbares, Köstliches. Ach, Geld, Geld, Geld! Was das bedeutet, es zu besitzen. Wie würden Haufen davon alle Sorgen verscheuchen.

Am Morgen brach sie zeitig auf. Ihr Entschluß, Arbeit zu suchen, stand nicht ganz fest, aber nachdem sie sich so über das Geld in ihrer Tasche geängstigt, machte es ihr die Arbeitsfrage doch etwas weniger schrecklich. Sie ging in den Bezirk der Engrosfirmen, aber als sie im Vorbeigehen dachte, sie werde irgendwo anfragen müssen, preßte sich ihr das Herz zusammen. Wie feige sie war! Und doch hatte sie sich schon so oft vorgestellt. Es würde die gleiche alte Geschichte sein. So ging und ging sie, und schließlich wagte sie sich irgendwo hinein – mit dem früheren Ergebnis. Als sie heraustrat, fühlte sie, daß sie kein Glück damit hatte. Es war zwecklos.

Ohne viel zu überlegen, erreichte sie die Dearbornstraße. Der große Basar mit seinen vielen Lieferwagen vor der Tür, seinen langen, prunkenden Fensterreihen, der Käufermenge, brachte sie rasch auf andere Gedanken – sie war ihrer so müde. Hier hatte sie ihre neuen Sachen kaufen wollen. Nur um ihre Verzweiflung loszuwerden, dachte sie nun: ich will hineingehen und mich umtun. Sie wollte die Jacken nur ansehen.

Nichts in der Welt ist angenehmer als die schwankende geistige Verfassung, in der wir uns manchmal befinden. Wir besitzen die nötigen Mittel, die Sehnsucht lockt und doch halten uns Gewissen oder Mangel an Entschlußfähigkeit zurück. Als Carrie im Geschäft unter den schönen Dingen herumzuwandern begann, fühlte sie sich in dieser Stimmung. Sie war schon einmal hier gewesen und hatte alles sehr bewundert. Jetzt blieb sie vor jedem einzelnen Stück stehen, wo sie früher vorbeigehastet. Ihr Frauenherz wurde ganz warm von Wünschen. Wie würde sie in dem da ausschauen, wie reizend würde sie das kleiden! Sie gelangte in die Miederabteilung, stand sinnend vor den zarten farbigen Kunstwerken aus Spitzen. Könnte sie sich nur entschließen – sie wäre im Besitz einer der Köstlichkeiten. Lange verweilte sie bei den Juwelen. Sah die Ohrgehänge, die Armbänder, die Nadeln, die Ketten. Was hätte sie darum gegeben, sie alle zu haben! Wie schön wäre sie dann!

Die Jacken erregten ihre größte Aufmerksamkeit. Als sie das Geschäft betrat, hing ihr Herz schon an einem bestimmten lohfarbenen Jäckchen mit großen Perlmutterknöpfen – die große Herbstmode. Doch machte es ihr Vergnügen, sich immer wieder vorzusagen, daß sie kein anderes lieber hätte. Sie ging zwischen den Glaskästen und Kleiderrechen, wo die Sachen hingen, herum, und es schien ihr eine Befriedigung, festzustellen, daß ihre Wahl die einzig richtige war. Die ganze Zeit über schwankte sie. Bald redete sie sich ein, daß sie die Jacke sofort kaufen konnte, wenn sie wollte, bald erinnerte sie sich an die tatsächliche Lage. Schließlich rückte die Mittagsstunde beängstigend näher und sie hatte nichts vollbracht. Jetzt mußte sie gehen und das Geld zurückgeben . . .

Drouet stand schon an der Ecke.

«Hallo», sagte er, «wo ist die Jacke und», niederblickend, «wo sind die Schuhe?»

Carrie hatte sich vorgenommen, ihren Entschluß durch eine kluge Vorrede einzuleiten, aber diese Worte wuschen alles Ausgetüftelte über Bord.

«Ich bin gekommen, Ihnen zu sagen, daß – daß ich das Geld nicht nehmen kann.»

«Oh, so steht die Sache?» erwiderte er. «Na, kommen Sie nur mit mir. Wir wollen zu Partridge hinüber.»

Carrie ging mit ihm. Und siehe! Das ganze Gebäude von Zweifeln und Unmöglichkeiten, das sie sich im Geist aufgebaut, brach zusammen. Die einzelnen Punkte, die ihr so wichtig erschienen, die sie ihm hatte erklären wollen – alles war ihrem Gedächtnis entschwunden.

«Haben Sie schon zu Mittag gegessen? Natürlich nicht. Wir wollen da hinein», und Drouet trat in eines der hübsch eingerichteten Restaurants hinter der Statestraße in Monroe.

«Ich darf das Geld nicht nehmen», sagte Carrie, als sie in einer gemütlichen Ecke saßen und Drouet bestellt hatte. «Ich kann die Sachen dort nicht tragen. Sie – sie würden nicht wissen, woher ich sie habe.»

«Was also wollen Sie tun?» fragte er lächelnd. «Sich ohne Kleider behelfen?»

«Ich glaube, ich werde heimfahren», sagte sie müde.

«Oh», meinte er, «Sie haben es sich zu lange überlegt. Ich will Ihnen sagen, was Sie tun sollen. Sie können die Sachen nicht tragen, solange Sie bei Ihren Verwandten wohnen? Weshalb mieten Sie nicht ein möbliertes Zimmer und lassen sie – sagen wir, für eine Woche – dort?»

Carrie schüttelte den Kopf. Wie alle Frauen, war sie da, um zu widersprechen und sich überzeugen zu lassen. Seine Aufgabe war es, die Zweifel wegzufegen und den Pfad freizulegen, wenn er es vermochte.

«Warum wollen Sie heimreisen?» fragte er.

«Hier kann ich keine Arbeit finden.»

«Ihre Verwandten wollen Sie nicht behalten?» fragte er in sofortiger Erkenntnis.

«Sie können es nicht.»

«Wissen Sie, was Sie tun sollen? Kommen Sie mit mir. Ich will für Sie Sorge tragen.»

Ganz willenlos hörte Carrie zu. Die eigentümliche Stimmung, in der sie sich befand, bewirkte, daß die Worte sie wie willkommen frische Luft durch eine offene Tür her überströmten – Drouet schien ihres Geistes zu sein, die gleichen Wünsche zu hegen. Er war sauber, gut angezogen und teilnehmend. Seine Stimme klang wie die eines Freundes.

«Was können Sie denn dort hinten in Columbia anfangen?» fuhr er fort und erweckte mit diesen Worten in Carries Geist die öde Welt, die sie verlassen. – «Dort ist nichts los. Chicago ist der richtige Ort. Hier können Sie sich ein nettes Zimmer nehmen, Kleider kaufen, und dann arbeiten.»

Carrie blickte durch das Fenster auf die geschäftige Straße. Da war sie, die wunderbare große Stadt, so schön für den, der nicht arm war. Ein eleganter, von zwei stolzen Braunen gezogener Wagen fuhr vorüber. In den weichen Kissen lehnte eine junge Dame.

«Was werden Sie davon haben, wenn Sie heimfahren?» fragte Drouet. Dieser Frage lag keinerlei Spitzfindigkeit zugrunde. Er dachte wirklich, ihr würde dann nichts von den Dingen zuteil, die ihm erstrebenswert schienen.

Carrie saß still, blickte hinaus. Sie fragte sich, was sie tun sollte. Ihre Verwandten erwarteten, daß sie diese Woche heimreise.

Drouet wendete sich nun der Kleiderfrage zu.

«Warum sollen Sie nicht ein hübsches Jäckchen kaufen? Sie müssen es haben. Ich werde Ihnen das Geld borgen. Sorgen Sie sich nicht darüber, daß Sie es annehmen. Sie können sich dann ein nettes Zimmer mieten, ganz für sich allein. Ich werde Ihnen nichts zuleide tun.»

Carrie erkannte, wohin sie trieb, versuchte aber nicht, ihre Gedanken auszudrücken. Mehr als je fühlte sie die Hoffnungslosigkeit ihrer Lage.

«Wenn ich nur Arbeit finden könnte», sagte sie.

«Vielleicht geht's», fuhr Drouet fort, «wenn Sie hierbleiben. Unmöglich ist es, wenn Sie abreisen. Ihren Verwandten sind Sie nicht mehr willkommen. Warum wollen Sie mir nicht gestatten, Ihnen ein hübsches Zimmer zu verschaffen? Ich werde Ihnen nicht zur Last fallen – keine Angst! Wenn Sie dann eingerichtet sind, finden Sie vielleicht auch passende Arbeit.»

Er schaute ihr ins Gesicht und ihre Schönheit weckte neue Geisteskräfte in ihm. Ein süßes kleines Geschöpf – zweifellos. Ihren Handlungen schien Kraft zugrunde zu liegen. Sie war nicht das gewöhnliche Ladenmädchen. Nicht dumm.

In Wahrheit hatte Carrie mehr Einbildungskraft als er – mehr Geschmack. Eine zartere Geistesanlage bewirkte, daß sie sich bedrückt und einsam fühlte. Ihre armseligen Kleider waren sauber, und ohne es zu wissen, trug sie ihren Kopf anmutig.

«Glauben Sie, ich könnte etwas finden?» fragte sie.

«Sicher», sagte Drouet und schenkte ihr Tee ein. «Ich werde Ihnen helfen.»

Sie blickte ihn an, und er lachte beruhigend.

«Also: jetzt gehen wir zu Partridge und Sie wählen, was Sie wünschen. Dann suchen wir ein Zimmer. Dort können Sie die Sachen lassen. Am Abend besuchen wie ein Theater.»

Carrie schüttelte den Kopf.

«Schön, dann nicht. Sie kehren also zu Ihren Leuten zurück. Brauchen in dem Zimmer nicht zu bleiben. Mieten Sie es nur und lassen Sie Ihre Einkäufe dort.»

Bis zum Ende der Mahlzeit hatte sie noch keinen Entschluß gefaßt.

«Jetzt wollen wir uns die Jacken ansehen», sagte er.

Im Geschäft empfing sie jener Glanz und das Rascheln neuer Sachen, die Carries Herz sofort bezauberten. Unter dem Einfluß eines guten Mittagessens und Drouets strahlender Gegenwart schien der Plan ausführbar. Sie blickte um sich und wählte eine Jacke, jener ähnlich, die sie im Basar bewundert hatte. In der Hand schien sie noch um vieles hübscher. Die Verkäuferin half ihr, hineinzuschlüpfen, und zufällig paßte sie ausgezeichnet. Drouets Gesicht erhellte sich, als er merkte, um wieviel besser Carrie jetzt aussah.

«Das ist das Richtige», sagte er.

Carrie drehte sich vor dem Spiegel. Sie mußte vergnügt sein, als sie sich anblickte. Ein warmes Glühen stieg ihr in die Wangen.

«Das ist das Richtige. Jetzt zahlen Sie.»

«Es kostet neun Dollar.»

«Ganz recht – nehmen Sie es», sagte Drouet. Sie suchte aus ihrer Börse eine der Noten hervor. Die Frau fragte, ob sie die Jacke anbehalte, und eilte davon. In wenigen Minuten kam sie zurück und der Kauf war vollzogen.

Von Partridge gingen sie in ein Schuhgeschäft, wo Carrie Schuhe anprobierte. Drouet stand daneben, und als er sah, wie hübsch sie am Fuße saßen, sagte er: «Behalten Sie sie an.» Carrie schüttelte den Kopf. Sie wollte doch zu Minnie heimkehren. Er kaufte ihr noch eine Börse und ein Paar Handschuhe. Strümpfe durfte sie sich selbst besorgen.

«Morgen», sagte er, «kommen Sie her und kaufen sich einen Rock.»

Bei allem, was Carrie tat, war sie nicht ohne Angst. Je tiefer sie in das Netz versank, desto mehr bildete sie sich ein, alles hänge von dem wenigen ab, was sie noch nicht gewährt. Da sie dies nicht getan, gab es noch einen Ausweg.

Drouet kannte ein Haus in der Wabashavenue, wo Zimmer vermietet wurden. Er zeigte es Carrie von außen und sagte ihr: «Jetzt sind Sie meine Schwester.» Besichtigen, Wählen, Kritiküben und endgültige Meinung abgeben – er führte alles mit größter Gewandheit durch: «In einigen Tagen kommt ihr Koffer», sagte er der Wirtin, die sehr zufrieden war.

Als sie im Zimmer allein blieben, änderte Drouet sein Verhalten nicht im geringsten. Plauderte ebenso unbefangen von gleichgültigen Dingen wie auf der Straße. Carrie ließ ihre Sachen zurück.

«Nun», sagte Drouet, «warum nicht heute abend einziehen?»

«Oh, das kann ich nicht.»

«Warum nicht?»

«Ich möchte sie nicht so verlassen.»

Als sie die Avenue entlang schritten, kam er darauf zurück.

Es war ein warmer Nachmittag. Die Sonne schien, der Wind hatte aufgehört. Im Gespräch mit Carrie gewann er einen genauen Einblick in Minnies Heim.

«Machen Sie sich los», sagte er. «Es wird Ihren Verwandten nichts daranliegen. Ich werde Ihnen weiterhelfen.»

Sie lauschte ihm, bis alle ihre Sorgen schwanden. Er wollte ihr ein wenig die Stadt zeigen und ihr dann zu Arbeit verhelfen. Glaubte wirklich, daß er es tun würde. Dann würde er auf seine Geschäftsreisen, sie in Arbeit gehen.

«Nun also», sagte er, «fahren Sie heim und holen Sie sich Ihr Gepäck.»

Lange dachte sie darüber nach. Schließlich stimmte sie zu. Er wollte sie bis zur Peoriastraße begleiten und dort erwarten. Um halb neun sollte sie ihn treffen. Um halb sechs kam sie heim und um sechs stand ihr Entschluß fest.

«So hast du's also nicht gekriegt?» fragte Minnie und dachte dabei an Carries Geschichte vom Boston-Warenhaus.

Carrie sah sie von der Seite an. «Nein», erwiderte sie.

«Ich glaube nicht, daß es gut wäre, es noch weiter in diesem Herbst zu versuchen», meinte Minnie.

Carrie sagte nichts.

Als Hanson heimkam, trug er noch immer die gleiche Unergründlichkeit zur Schau. Wusch sich schweigend und ging seine Zeitung lesen. Beim Abendessen war Carrie etwas nervös. Die Anspannung, Folge ihrer geheimen Pläne, lastete auf ihr. Sie hatte die starke Empfindung, hier nicht willkommen zu sein.

«Hast nichts gefunden, was?» fragte Hanson.

«Nein.»

Er wendete sich wieder dem Essen zu, dachte, daß ihre Anwesenheit beginne, lästig zu werden. Na, sie muß einfach heim – das ist alles. Ist sie einmal zu Hause, wird es im Frühling keine Wiederkehr geben.

Carrie ängstigte sich vor dem, was sie zu tun vorhatte, und fühlte sich doch erleichtert, daß der Zustand hier ein Ende nehmen sollte. Es würde ihnen wirklich gleichgültig sein. Hanson besonders wäre froh, wenn sie ginge. Dann würde er sich nicht mehr um sie kümmern.

Nach dem Abendessen ging sie in das Badezimmer, wo sie sie nicht stören konnten, und schrieb einige Zeilen auf einen Zettel.

«Leb wohl, Minnie», lauteten sie. «Ich fahre nicht nach Hause. Werde jetzt noch eine Weile in Chicago bleiben und Arbeit suchen. Sorge nicht. Alles wird gutgehen.»

Im Vorderzimmer las Hanson seine Zeitung. Wie gewöhnlich half Carrie der Schwester abräumen und ordnen. Dann sagte sie:

«Ich will mich noch ein wenig unten an die Haustür stellen.» Sie konnte kaum verhindern, daß ihre Stimme bebte.

Minnie erinnerte sich an Hansons Tadel.

«Sven meint, es sehe nicht gut aus, wenn du so unten stehst», sagte sie.

«Oh, meint er das?» fragte Carrie. «Nachher werde ich's nicht mehr tun.»

Sie setzte ihren Hut auf, machte sich an dem Tisch in dem kleinen Schlafzimmer zu schaffen, wußte nicht, wo sie den Zettel hinlegen sollte. Schließlich steckte sie ihn unter Minnies Haarbürste.

Als sie die Hallentür hinter sich geschlossen, blieb sie einen Augenblick lang stehen. Was würden sie denken? Das Seltsame ihres Tuns kam ihr nun doch zum Bewußtsein. Langsam stieg sie die Treppen hinab. Blickte in die beleuchtete Halle zurück, tat, als wollte sie die Straße hinaufschlendern. Als sie die Ecke erreichte, beschleunigte sie ihren Schritt . . .

Während sie weiterhastete, trat Hanson auf seine Frau zu.

«Ist Carrie wieder unten an der Tür?» fragte er.

«Ja», sagte Minnie, «aber sie versicherte, daß sie's später nicht mehr tun werde.»

Er ging zum Kind, das auf dem Boden spielte, und begann es zum Spaß mit dem Finger zu pieken.

Drouet wartete an der Ecke in glänzender Laune.

«Hallo, Carrie», sagte er, als sich ihm eine Mädchengestalt schattenhaft näherte. «Glücklich entronnen? Na, wir wollen die Straßenbahn nehmen.»

## Was der Winter ahnen lässt: ein Gesandter wird zu Hilfe gerufen

In dem stürmischen Spiel der Weltallkräfte ist der ungeleitete Mensch wie ein Rohr im Winde. Unsere Zivilisation ist noch auf einer mittleren Entwicklungsstufe, nicht mehr tierhaft, da sie nicht mehr einzig vom Instinkt geleitet wird; noch kaum menschlich – denn noch wird sie nicht einzig von der Vernunft geführt. Der Tiger kann nicht zur Verantwortung gezogen werden. Die Natur hat ihn den Lebenskräften gleichgestellt – er ist in ihre Hut hineingewachsen und wird auf diese Weise, ohne zu denken, beschützt. Wir sehen, daß der Mensch dem Dschungellager entronnen ist; aber seine eingeborenen Instinkte wurden durch sein Bemühen um einen freien Willen abgestumpft, während sein freier Wille noch nicht genügend entwickelt ist, um seine Instinkte zu ersetzen und ihm sichere Führung zu gewähren. Er wird allmählich zu klug, um seinen Wünschen und Begierden immer Gehör zu schenken; ist noch zu schwach, als daß er den Sieg über sie davontragen könnte. Als Tier haben ihn die Lebenskräfte den Tieren angeglichen; als Mensch hat er es noch nicht ganz gelernt, es mit den Kräften aufzunehmen. Auf dieser Zwischenstufe schwankt er – seine Instinkte setzen ihn nicht in Einklang mit der Natur, noch vermag er mit Hilfe seines eigenen freien Willens sich selbst mit ihr in Einklang zu setzen. Wie ein Irrlicht im Wind wird er von jedem Leidenschaftssturm getrieben, handelt bald auf Grund seines Willens, bald auf Grund seiner Instinkte, irrt in dem einen, macht es durch das andere gut, fällt durch das eine, wird durch das andere emporgehoben – ein Geschöpf von unberechenbarer Wandlungsfähigkeit. Unser Trost: wir wissen, daß die Entwicklung in ständiger Tätigkeit, das Ideal ein Licht ist, das nicht versagen kann. Nicht für ewig wird er so zwischen Gut und Böse schwanken. Sobald der schrille Mißklang zwischen freiem Willen und Instinkt schwindet, vollkommenes Verstehen dem Willen Macht verliehen, den Instinkt ganz zu ersetzen, wird der Mensch nicht mehr taumeln. Die Kompaßnadel des Verstehens wird stet und ohne Schwanken auf den fernen Pol der Wahrheit hinweisen.

In Carrie – wie in vielen unserer Weltkinder – kämpften Instinkt und Verstand, Begierde und Einsicht um die Vorherrschaft. Sie ging, wohin ihr Sehnen sie trieb. Noch wurde sie mehr gezogen, als daß sie selbst zog.

Als Minnie am nächsten Morgen, nach einer Nacht voll Staunen und

Angst, doch nicht gerade von Sehnsucht, Sorge und Liebe bewegt, den Zettel fand, rief sie aus: «Na, was sagst du dazu?»

«Wozu?»

«Schwester Carrie ist fort, um anderswo zu wohnen.»

Hanson sprang mit außergewöhnlicher Schnelligkeit aus dem Bette und schaute den Zettel an. Seine Gedanken äußerten sich nur in einem leichten Zungenschnalzen; demselben Laut, mit dem manche Leute ein Pferd antreiben.

«Was meinst du – wohin mag sie gegangen sein?» fragte Minnie ganz aufgeregt.

«Ich weiß nicht» – etwas Zynisches blitzte in seinen Augen auf. «Nun ist sie fort und hat's getan.»

Minnie schüttelte verwirrt den Kopf.

«Oh, oh», sagte sie, «sie weiß nicht, was sie getan hat.»

«Na», sagte Hanson nach einer Weile und streckte die Hände vor sich aus, «was kannst du da machen?»

Minnies Frauennatur war von höherer Art. Sie malte sich die Möglichkeiten in solchen Fällen aus.

«Oh», sagte sie endlich, «arme Schwester Carrie! . . .»

Um die Zeit, da dies Gespräch stattfand, fünf Uhr morgens, lag Carrie in unruhigem Schlaf, allein in ihrem Zimmer.

Carries neue Lebensumstände schienen deshalb bedeutungsvoll, weil sie künftige Verbesserung ahnen ließen. Carrie war nicht sinnlich, sehnte sich nicht, im Schoße des Luxus dahinzudämmern. Sie überdachte alles, ängstigte sich über ihr Wagnis, war ihres Entrinnens froh, fragte sich, ob sie Arbeit finden und was Drouet tun würde. Dieser brave Mann hatte seine Zukunft über jeden Zweifel erhaben festgelegt. Er mußte durchführen, was er plante. Konnte nicht klar genug sehen, um anders handeln zu wollen. Eingeborene Begierde jagte ihn, die ewige Verfolgerrolle zu spielen. Er mußte seine Lust an Carrie haben, wie er es nötig hatte, sein reichliches Frühstück zu essen. Vielleicht litt er unter verkümmerten Ansätzen zu Gewissensbissen und insofern war er böse und ein Sünder. Aber diese Gewissensbisse würden nur Ansätze bleiben – darauf durfte man sich verlassen.

Am nächsten Tage besuchte er Carrie und sie empfing ihn in ihrem Zimmer. Er war wie immer belebend guter Laune.

«Oh», sagte er, «weshalb sind Sie so verstimmt? Kommen Sie mit mir zum Frühstück. Sie müssen sich heute die übrigen Kleider besorgen.»

Carrie blickte ihn an und in ihren großen Augen trieben und wechselten ihre Gedanken.

«Ich möchte Arbeit finden», sagte sie.

«Werden Sie schon», meinte Drouet. «Was nützt es, sich jetzt zu sorgen? Richten Sie sich ein wenig ein. Lernen Sie die Stadt kennen. Ich werde Ihnen nichts zuleide tun.»

«Ich weiß», sagte sie, und dies war fast die Wahrheit.

«Die neuen Schuhe angelegt, was? Herzeigen! Herrgott, die sehen fein aus! Ziehen Sie Ihre Jacke an.»

Carrie gehorchte.

«Das paßt, was?» sagte er, prüfte mit den Händen den Sitz an der Taille, trat einige Schritte zurück und betrachtete Carrie mit wirklichem Vergnügen. «Jetzt brauchen Sie noch einen neuen Rock. Doch zuvor wollen wir Frühstück essen.»

Carrie setzte den Hut auf.

«Wo sind die Handschuhe?» fragte er.

«Hier», sagte sie und nahm sie aus der Kommodenlade.

«Nun, kommen Sie!» sagte er.

So wurde die Besorgnis der ersten Stunde mit wenigen Worten verscheucht.

Und dann bei jeder Gelegenheit. Drouet ließ sie nicht viel allein. Sie hatte Zeit für einige einsame Spaziergänge, aber gewöhnlich füllte er ihre Stunden mit dem Besichtigen der Stadt aus. Er kaufte ihr ein hübsches Kleid. Mit seinem Geld erstand sie noch viele notwendige Toilettengegenstände, bis sie ein ganz anderes Mädchen war. Der Spiegel überzeugte sie von einigem, das sie schon seit langem geahnt. Sie war hübsch, ja wahrhaftig! Wie gut ihr der Hut stand und ihre Augen – waren die nicht wirklich schön? Sie zog ihre roten Lippen durch die Zähne und empfand zum erstenmal, erschauernd, die Gewißheit ihrer Macht. Drouet war so gut.

Eines Abends gingen sie, den «Mikado» zu hören, eine Oper, die sich damals fröhlicher Beliebtheit erfreute. Vorher wollten sie in das Windsor-Restaurant, das ziemlich weit von Carries Wohnung in der Dearbornstraße lag. Es wehte ein kalter Wind und aus ihrem Fenster konnte Carrie den westlichen Himmel sehen, noch rosenfarben vom schwindenden Licht, doch stahlblau am Rande, wo die Dunkelheit anhob. Eine lange, dünne, rosenfarbene Wolke, gleich einer Insel auf weiter See, hing dazwischen. Dürre, im Winde schwankende Äste riefen in ihr irgendwie das Bild wach, das sie so gut kannte, wenn sie daheim an Dezembertagen aus dem Vorderfenster blickte.

Sie blieb stehen und rang die Hände.

«Was ist los?» fragte Drouet.

«Oh, ich weiß nicht», sagte sie mit zitternden Lippen.

Er ahnte etwas, legte den Arm um ihre Schultern, klopfte ihr begütigend auf den Arm.

«Kommen Sie», sagte er sanft, «es ist alles in Ordnung.»

Sie wendete sich, um in ihre Jacke zu schlüpfen.

«Legen Sie sich heut abend die Boa um – das wird besser sein.»

Sie gingen die Wabashavenue nordwärts bis zur Adamsstraße und dann gegen Westen. Schon strömte aus den Geschäften das Licht in goldfarbenen Wellen. Über den Menschen sprühten die Bogenlampen und hoch oben leuchteten die Fenster der Geschäftshäuser. Der eiskalte Wind stürmte durch die Straßen. Die Menge, die um sechs Uhr ihre Arbeit beendet, schob und drängte heimwärts. Die Kragen leichter Oberröcke wurden hochgeschlagen, Hüte in die Stirn gezogen. Zu zweit, zu vieren flatterten kleine Ladenmädchen, plaudernd, lachend, vorbei. Es war ein Schauspiel warmblütiger Menschheit.

Plötzlich begegneten zwei Augen denen Carries, erkannten sie. Sie blickten aus einer Gruppe ärmlich gekleideter Mädchen hervor. Die Kleider der Mädchen waren verschossen und hingen lose um ihre Körper, sie trugen alte Jacken, waren im ganzen schäbig.

Carrie erkannte den Blick und das Mädchen. Eines von jenen, die in der Schuhfabrik an den Maschinen gearbeitet hatten. Das Mädchen schaute, als wäre sie nicht ganz sicher, wendete ihren Kopf und schaute wieder. Carrie war's, als brandete zwischen ihnen eine Flut auf. Das alte Kleid und die alte Maschine! Sie fuhr zurück. Drouet bemerkte es erst, als sie gegen einen Vorübergehenden prallte.

«Sie sind in Gedanken», sagte er.

Sie speisten und gingen ins Theater. Das Stück gefiel Carrie sehr. Sie konnte den Blick nicht von all der Farbe, der Anmut wenden. Träumte dunkel von Stellung und Macht, fernen Ländern und herrlichen Menschen. Als es vorüber war, riß sie das Rasseln der Wagen, die Menge der prächtig gekleideten Damen aus ihren Phantasien.

«Warten Sie einen Augenblick», sagte Drouet und hielt sie in dem prunkvollen Foyer zurück, wo Damen und Herren der Gesellschaft miteinander plauderten, spitzenbedeckte Köpfe nickten, weiße Zähne zwischen halbgeöffneten Lippen blitzten, «wollen uns die Sache mal ansehen.»

«Siebenundsechzig», sagte der Wagenrufer und erhob dann seine Stimme zu einer Art melodischem Ruf, «siebenundsechzig!»

«Ist es nicht schön?» sagte Carrie.

«Großartig», meinte Drouet.

Die Schaustellung von Eleganz und Frohsinn machte auf ihn ebenso wie auf Carrie Eindruck. Warm preßte er ihren Arm an sich. Einmal blickte sie auf, ihre gleichmäßigen Zähne schimmerten hinter den lächelnden Lippen hervor, ihre Augen leuchteten. Im Hinausgehen flüsterte er ihr zu: «Sie sehen reizend aus.» Sie standen an dem Platze, wo der Wagenrufer gerade eine Kutschentür aufriß und zwei Damen beim Einsteigen half.

«Halten Sie sich an mich und wir werden einen Wagen kriegen», sagte Drouet lachend.

Carrie hörte es kaum, so sehr war ihr Kopf vom Wirbel des Lebens erfüllt.

In einem kleinen Restaurant nahmen sie einen leichten Imbiß. Der

Gedanke an die späte Stunde huschte Carrie durch den Sinn, aber nun gab's kein Hausgesetz mehr, das sie beherrschte. Wenn Gewohnheiten je Zeit gehabt hätten, sich in ihr festzusetzen, würden sie jetzt gewirkt haben. Gewohnheiten sind seltsame Dinge. Sie pflegen den Nichtgläubigen aus dem Bette zu treiben, damit er ein Gebet verrichte, das nur Brauch, nicht Andacht ist. Wenn das Opfer das Gewohnte verabsäumt hat, fühlt es ein zartes Kratzen im Gehirn, eine leichte Erregung darüber, aus dem Geleise zu sein, und der Mensch hält dies für Gewissensbisse, die stille sanfte Stimme, die ihn immer auf den Weg des Gerechten weist. Bei ausnahmsweisem Abweichen macht sich das Drängen der Gewohnheit stark genug geltend, um ihr Opfer zu zwingen, daß es umkehrt und schön seine bedeutungslose Geste vollführt. «Nun, Gott sei Dank», sagt so einer, «ich habe meine Pflicht getan» – wenn er doch tatsächlich nur seinen alten unabänderlichen Trick wieder einmal ausgeführt hat.

Man hatte Carrie daheim keine guten Grundsätze eingeprägt. Sonst wäre sie jetzt tiefer, bewußter unglücklich gewesen. Das Mahl verlief sehr fröhlich. Unter dem Einfluß der verschiedenen Erlebnisse, der warmen Leidenschaft, die von Drouet auf sie überströmte, des Essens, der noch ungewohnten Pracht, wurde sie weicher, hörte mit offenen Ohren. Wieder stand sie ganz unter dem hypnotischen Zauber der Stadt.

«Na», sagte Drouet schließlich. «Jetzt müssen wir wohl gehen.»

Sie hatten sich während des Essens Zeit gelassen, ihre Augen waren einander oft begegnet. Carrie mußte die schwingende Kraft hinter seinem Blick fühlen, die sein Blick selbst war. Er hatte die Eigenheit, ihre Hand zu berühren, um ihr etwas zu erklären, als wollte er ihr eine Tatsache zum Bewußtsein bringen. Während er von der Heimkehr sprach, berührte er die Hand wieder.

Sie erhoben sich, traten auf die Straße hinaus. Der zur Stadt führende Teil war jetzt leer, nur einige Nachtschwärmer schlenderten pfeifend vorüber, Wagen rollten und aus den noch geöffneten Vergnügungsstätten glänzten die Fenster. Sie gingen gemächlich auf die Wabashavenue hinaus, Drouet schwatzte unentwegt, deutete und besprach Tagesereignisse. Er hielt Carries Arm eng an sich gedrückt. Manchmal, nach einem besonders guten Witz, blickte er wohl auf sie hinunter und seine Augen tauchten in die ihrigen. Endlich gelangten sie an ihr Haus. Carrie stand auf der ersten Treppenstufe, ihr Kopf war in gleicher Höhe wie der Drouets. Er faßte ihre Hand und hielt sie zärtlich fest. Schaute ihr gerade ins Gesicht, während sie sinnend um sich blickte.

Um diese Stunde etwa schlief Minnie fest, nach einem langen Abend voll quälender Gedanken. Ihr Ellbogen lag ungeschickt unter ihrem Körper. Die so gespannten Muskeln erregten einige Nerven und den schlafenden Geist überkam eine dunkle Vision. Ihr war, als seien Carrie und sie irgendwo in der Nähe eines alten Kohlenbergwerkes. Sie konnte die ansteigende Kohlenbahn sehen, die Erd- und Kohlenhaufen, die hinausgeworfen wurden. Es war dort eine tiefe Grube, in die die Schwestern hineinblickten; wo die Mauer in dunklen Schatten verschwand, konnten sie eigentümliche, feuchte Steine wahrnehmen. Ein alter Korb, der zum Hinabfahren diente, hing an einem abgenützten Strick.

«Laß uns einsteigen», sagte Carrie.

«O nein», meinte Minnie.

«Doch, komm nur», sagte Carrie.

Sie begann den Korb an sich zu ziehen, und trotz aller Widerrede schwang sie sich hinein und fuhr in die Tiefe.

«Carrie», rief Minnie, «Carrie – zurück!»

Aber Carrie war schon weit unten und die Schatten hatten sie ganz aufgesogen.

Sie winkte mit der Hand.

Nun wandelte sich die geheimnisvolle Szenerie – sie befanden sich am Ufer eines Gewässers, das sie nie gesehen.

Auf irgendeiner Planke oder sonst einem festen Grunde, der weit hinausreichte, und am Ende davon stand Carrie. Sie blickten um sich und nun sank die Unterlage und Minnie hörte das leise Gurgeln des eindringenden Wassers.

«Komm, Carrie», rief sie – aber Carrie strebte weiter hinaus. Sie schien zurückzuweichen, und es war jetzt schwierig, sie zu rufen.

«Carrie,» rief Minnie, «Carrie» – doch ihre eigene Stimme klang weit entfernt und die fremdartigen Fluten ließen alles in Dunst verschwimmen.

Tiefbetrübt ging sie davon, als hätte sie etwas verloren. Unsagbar traurig, trauriger, als sie je vorher gewesen.

So schwirrten, in vielfachen Wandlungen des ermüdeten Gehirns, diese merkwürdigen Traumbilder durcheinander, vermischten seltsame Szenen. Die letzte löste einen Schrei in Minnie aus, denn Carrie glitt irgendwo einen Felsen hinab, ihre Finger verloren den Halt und Minnie sah sie fallen . . .

«Minnie! Was ist los? Wach auf», sagte Hanson, aus dem Schlaf geweckt, und rüttelte sie an der Schulter.

«Wa – was ist denn?» fragte Minnie schläfrig.

«Wach auf», sagte er, «leg dich auf die andere Seite. Du sprichst im Schlaf.»

Etwa eine Woche später schlenderte Drouet zu Fitzgerald und Moy hinein, flott in Kleidung und Haltung.

«Hallo, Charlie», sagte Hurstwood und blickte aus der Tür seines Bureaus.

Drouet sah hinein – der Geschäftsführer saß an seinem Schreibtisch.

«Wann gehen Sie wieder auf die Reise?» fragte Hurstwood.
«Sehr bald», erwiderte Drouet.
«Diesmal hab ich nicht viel von Ihnen gehabt.»
«Ich bin beschäftigt gewesen.»
Einige Minuten lang sprachen sie über Allgemeines.
«Hören Sie», sagte Drouet, als fiele ihm plötzlich etwas ein, «ich möchte, daß Sie mich an einem Abend besuchen.»
«Wo?»
«In meinem Haus natürlich», sagte Drouet lächelnd.
Hurstwood blickte spöttisch auf, Schatten eines Lächelns auf den Lippen. In seiner klugen Art studierte er Drouets Gesicht, und dann sagte er, mit der Haltung eines Gentleman:
«Sehr gerne.»
«Wir wollen eine lustige Kartenpartie machen.»
«Darf ich eine Flasche Sekt mitbringen?» fragte Hurstwood.
«Gewiß», sagte Drouet. «Ich werde Sie meiner Frau vorstellen.»

## Der Zunder der Konvention: das eifersüchtige Auge

Hurstwoods Haus lag auf der Nordseite in der Nähe des Lincolnparks. Ein dreistöckiger Ziegelbau von der Art, wie sie damals sehr beliebt war. Das Untergeschoß lag etwas tiefer als die Straße. Aus dem zweiten Stock sprang ein großes Nischenfenster vor. Die Fassade des Hauses entlang zog sich ein fünfundzwanzig Fuß breiter und zehn Fuß langer Rasenfleck. Rückwärts war ein kleiner, durch die Umzäunungen der Nachbarn eingefriedeter Hof. Hier stand der Stall, wo Hurstwood Pferd und Wagen hielt.

Die zehn Räume des Hauses wurden von ihm, seiner Frau Julia, seinem Sohn George junior und seiner Tochter Jessika bewohnt. Außerdem lebte hier noch ein Hausmädchen, immer wieder aus einem anderen Ort gekommen. Es schien nicht leicht, Frau Hurstwood zufriedenzustellen.

«George, ich habe gestern Mary entlassen», lautete häufig die Begrüßung bei der Abendmahlzeit.

«Schön», gab er nur zur Antwort. Er war es schon seit langem müde, einen Gesprächsstoff zu behandeln, der so viel Erbitterung auslöste.

Eine freundliche Stimmung im Heim ist eine der Blumen der Welt – nichts ist zarter, nichts sanfter, nichts mehr geeignet, die in ihr aufgezogenen Naturen stark und gerecht zu machen. Die Menschen, denen solch wohltuender Einfluß nie zuteil geworden, werden nicht begreifen, warum einem beim Hören einer seltsam-lieblichen Melodie die

Tränen aufsteigen. Die geheimnisvollen Saiten, die das Herz der Nation bannen und erregen, werden sie nie kennenlernen.

Man konnte kaum behaupten, daß Hurstwoods Heim von diesem Geist beseelt war. Es entbehrte jener Duldung und gegenseitigen Achtung, ohne die es nichts ist. Da standen schöne Möbel, so harmonisch angeordnet, wie die künstlerische Einsicht der Bewohner gestattete. Weiche Teppiche, prunkvolle, weichgepolsterte Stühle und Sofas, ein großes Klavier, die Marmorstatue einer unbekannten Venus von einem unbekannten Künstler und eine Anzahl kleiner, Gott weiß woher zusammengeklaubter Bronzen, die aber gewöhnlich von den großen Möbelfirmen zusammen mit allem andern, was ein «vollständig eingerichtetes Haus» erfordert, geliefert werden.

Im Eßzimmer stand ein Büfett, beladen mit blinkenden Karaffen und anderen nützlichen und hübschen Dingen aus Glas, an deren Anordnung nichts auszusetzen war. Darauf verstand sich Hurstwood. Jahrelang hatte er es in seinem Geschäft studiert. Es gewährte ihm nicht geringe Befriedigung, jeder Mary kurz nach Eintritt zu sagen, welche Pflege die künstlerische Eigenart eines jeden Gegenstandes erforderte. Er war keineswegs geschwätzig. Im Gegenteil; in allem, was die wirtschaftliche Verwaltung seines Lebens anlangte, bewies er eine feine Zurückhaltung – was man gewöhnlich in der Bezeichnung «nobel» zusammenfaßt. Er pflegte nicht zu streiten, nicht starke Ausdrücke zu gebrauchen. Hatte etwas vom Dogmatiker. Was er nicht verbessern konnte, wünschte er zu übersehen. Er neigte dazu, sich von unmöglichen Dingen zurückzuziehen.

Es hatte eine Zeit gegeben, wo er seine Tochter sehr liebte, besonders als er jünger und erfolgreicher war. Nun, in ihrem siebzehnten Jahr, entwickelte Jessika ein gewisses Maß von Unabhängigkeit, das nicht gerade zu überschwenglichen Äußerungen der Vaterliebe einlud. Sie besuchte eine höhere Mädchenschule und huldigte Lebensanschauungen, die entschieden «aristokratisch» genannt werden mußten. Hübsche Kleider gefielen ihr und sie forderte immer neue. Ihr Kopf war von Gedanken an Liebe und vornehme Gestaltung ihres persönlichen Daseins erfüllt. In der Schule verkehrte sie mit Mädchen, deren Eltern wirklich reich waren, deren Väter als Teilnehmer oder Besitzer solider Geschäftshäuser in Chicago Ansehen besaßen. Diese Mädchen benahmen sich, wie es der Wohlhabenheit entsprach, aus der sie stammten. Sie waren die einzigen aus der Schule, um die sich Jessika kümmerte.

Hurstwood junior stand im zwanzigsten Lebensjahr und bekleidete schon eine vielversprechende Stellung in einer großen Realitätenfirma. Er trug zu den häuslichen Ausgaben der Familie nichts bei, doch glaubte man, er spare sein Geld, um es in Landkäufen anzulegen. Er war gewandt, sehr eitel und neigte zu Vergnügungssucht, die seine Pflichten, was immer sie auch sein mochten, bis jetzt nicht beeinträchtigte. Er kam und ging, mit seinen eigenen Plänen und Träumen beschäftigt, gelegentlich sprach er einige Worte mit seiner Mutter, erzählte dem Vater irgendein kleines Erlebnis, aber meistenteils beschränkte er sich auf jene Allgemeinheiten, die Gesprächsinhalt zu sein pflegen. Er eröffnete niemandem seine geheimen Wünsche. Und fand auch niemanden im Hause, dem besonders daran gelegen wäre, sie kennenzulernen.

Frau Hurstwood war der Typus der Frau, die sich immer bemüht zu glänzen, und mehr oder weniger gekränkt ist, sobald sie merkt, daß jemand anderer höhere Eignung dazu zeigt. Ihre Lebenskenntnis erstreckte sich nur auf den herkömmlichen Gesellschaftskreis, zu dem sie – trotz aller Sehnsucht – nicht gehörte. Sie machte es sich schon klar, daß dies, wenigstens für sie, unmöglich war. Für ihre Tochter erhoffte sie Besseres. Durch Jessika würde vielleicht auch sie höher klimmen können. Mit Hilfe eines möglichen Erfolges von George junior würde sie vielleicht für sich selbst das Vorrecht erringen, stolz aus der Menge hervorzuragen. Sogar Hurstwood ging es ja ganz gut und sie war ängstlich besorgt, daß die kleinen Landkäufe, die er wagte, Gewinn brachten. Sein Besitz war noch gering, aber sein Einkommen zufriedenstellend, seine Stellung bei Fitzgerald und Moy beständig. Beide Herren standen zu ihm in freundschaftlich-ungezwungenen Beziehungen.

Die Atmosphäre, die solche Wesen um sich verbreiten, muß allen offenbar werden. Sie wirkt sich in tausend kleinen, immer gleichen Gesprächen aus.

«Ich fahre morgen nach dem Fox-See», kündigte George junior eines Freitagabends beim Nachtmahl an.

«Was wird dort los sein?» fragte Frau Hurstwood.

«Eddie Farway hat ein neues Dampfboot gekriegt und will, daß ich sehe, wie es funktioniert.»

«Wieviel hat es ihn gekostet?» fragte seine Mutter.

«Oh, über zweitausend Dollar. Er sagt, es ist sehr hübsch.»

«Der alte Farway muß tüchtig verdienen», schob Hurstwood ein.

«Ich glaube schon. Jack hat mir erzählt, daß sie jetzt ‹Vega-Cura› nach Australien exportieren – sagte, sie hätten letzte Woche eine ganze Kiste nach Capetown geschickt.»

«Denk mal an», sagte Frau Hurstwood, «und vor vier Jahren hatten sie dies Geschäft im Untergeschoß in der Madisonstraße.»

«Jack erzählte mir, sie wollten nächsten Frühling ein sechs Stock hohes Gebäude in der Robeystraße aufführen.»

«Denk mal an», sagte Jessika.

An diesem Abend wünschte Hurstwood, früh fortzugehen.

«Ich will in die Stadt hinunter», bemerkte er im Aufstehen.

«Besuchen wir Montag die McVickers?» fragte Julia, ohne sich von ihrem Platz zu erheben.

«Ja», sagte er gleichgültig.

Während er hinaufging, sich Hut und Mantel zu holen, setzten sie die Mahlzeit fort. Bald darauf fiel die Haustür ins Schloß.

«Ich glaube, der Vater ist fort», sagte Jessika.

Die Schulneuigkeiten, die sie vorbrachte, waren besonderer Art.

«Sie werden oben im Lyzeumtheater eine Vorstellung geben», erzählte sie eines Tages, «und ich soll mitwirken.»

«So?» fragte die Mutter.

«Ja, und ich werde ein neues Kleid haben müssen. Einige der nettesten Mädchen aus der Schule sind auch dabei. Fräulein Palmer wird die Portia spielen.»

«Wirklich?»

«Wieder haben sie diese Martha Griswold eingeladen. Sie glaubt, sie kann spielen.»

«Mit ihrer Familie ist's nicht weit her, nicht wahr?» fragte Frau Hurstwood voll Teilnahme. «Sie haben nichts, was?»

«Nein», erwiderte Jessika, «sie sind arm wie Kirchenmäuse.»

Sie machte sorgfältige Unterschiede zwischen den jungen Burschen in der Schule, deren viele von ihrer Schönheit angezogen wurden.

«Denk dir», sagte sie ihrer Mutter eines Abends, «dieser Herbert Crane hat versucht, sich mit mir zu befreunden.»

«Wer ist er, meine Liebe?» fragte Frau Hurstwood.

«Oh, niemand», sagte Jessika mit verächtlich geschürzten Lippen. «Ein Student. Hat gar nichts.»

Etwas anderes war's, als der junge Blyford, Sohn des Seidenfabrikanten Blyford, mit ihr heimging. Frau Hurstwood saß in einem Zimmer des dritten Stocks in einem Schaukelstuhl, las und blickte zufällig aus dem Fenster.

«Wer war das, Jessika, der mit dir ging?» fragte sie, als die Tochter eintrat.

«Herr Blyford, Mutter.»

«So?»

«Ja – und er bittet mich, mit ihm in den Park hinüberzugehen», erklärte Jessika; ihre Wangen waren vom Hinaufrennen ein wenig gerötet.

«Gut, mein Kind», sagte Frau Hurstwood. «Bleib nicht zu lang aus.»

Als die beiden die Straße hinabschritten, schaute sie interessiert aus dem Fenster. Ein äußerst befriedigender Anblick, wirklich – äußerst befriedigend.

In dieser Atmosphäre hatte Hurstwood eine Anzahl von Jahren gelebt, ohne tiefer darüber nachzudenken. Es lag nicht in seiner Natur, sich um Besseres Sorge zu machen, wenn dieses nicht sofort und scharf gegensätzlich in Erscheinung trat. Er empfing und er gab, manchmal gereizt durch die Schaustellung selbstsüchtiger Gleichgültigkeit, manchmal erfreut, wenn man ihm etwas besonders Hübsches zeigte, was offenbar Würde und soziale Vornehmheit bedeutete. Sein eigentliches Leben spielte sich im Geschäft ab. Hier verbrachte er den größten Teil seiner Zeit. Kehrte er abends heim, so fand er das Haus sehr behaglich. Mit seltenen Ausnahmen waren die Mahlzeiten erträglich, wie sie eine gewöhnliche Köchin eben zustande bringt. Das Geplauder seines Sohnes und seiner Tochter, die immer reizend aussah, hörte er gern. Aus Eitelkeit putzte sich Julia stets etwas auffällig heraus, aber Hurstwood mochte dies eher als einfache Häßlichkeit. Überflüssige Liebe gab es zwischen ihnen nicht. Auch kein starkes Unzufriedenheitsgefühl. Ihre Meinungen waren nicht aufregend. Sie sprachen miteinander nicht lange genug, um irgend etwas auf den Grund zu kommen. Wie man zu sagen pflegt: sie hatte ihre Ideen, er hatte die seinigen. Hin und wieder begegnete er einer Frau, deren Jugend, Lebhaftigkeit und Humor Julias Mängel stärker hervortreten ließen – aber der zeitweiligen Unzufriedenheit, die eine solche Begegnung in ihm etwa wachrief, wurde durch seine soziale Stellung und eine gewisse Diplomatie das Gegengewicht gehalten. Er wünschte keine Verwicklungen in seinem häuslichen Leben, weil dies Einfluß auf seine Beziehungen zu seinen Arbeitgebern haben konnte. Sie mochten keine Skandale. Der Mann, der seine Stellung behalten wollte, mußte ein würdiges Auftreten, einen unantastbaren Ruf, einen geachteten häuslichen Hafen besitzen. Deshalb war Hurstwood vorsichtig, und so oft er sich nachmittags an Sonntagen in der Öffentlichkeit zeigte, geschah es in Gesellschaft seiner Frau und manchmal seiner Kinder. Er pflegte die Badeorte Chicagos oder die benachbarten in Wisconsin aufzusuchen und dort einige steife, glattpolierte Tage zu verbringen, indem er an den üblichen Orten Übliches tat. Er wußte, daß dies notwendig war.

Wenn irgendeiner der vielen wohlhabenden Mittelklassemenschen, die er kannte, in Schwierigkeiten geriet, pflegte er den Kopf zu schütteln. Es tat nicht gut, über solche Dinge zu sprechen. Wurde es unter ihm anscheinend nahestehenden Freunden erörtert, mißbilligte er es als eine Tollheit. – Er hatte ganz recht, es zu tun – alle tun's –, aber warum war er nicht vorsichtig? Man kann nicht zu vorsichtig sein. – Er verlor jede Teilnahme an einem Mann, der einen Fehler begangen hatte und erwischt worden war.

Also nahm er sich noch immer die Zeit, seine Frau auszuführen – die Stunden wären aber wohl für ihn verloren gewesen, hätte er nicht Bekannte getroffen, kleine Freuden genossen, die von der An- oder Abwesenheit Julias nicht abhingen. Manchmal beobachtete er sie mit ziemlicher Neugierde, denn sie war in ihrer Art noch anziehend und die Männer schenkten ihr Aufmerksamkeit. Sie war freundlich, eitel, Schmeicheleien zugänglich, und diese Mischung – das wußte er wohl – konnte bei einer Frau in ihrer Stellung zu einer Tragödie führen. Seiner geistigen Veranlagung gemäß war sein Vertrauen zu dem schönen Geschlecht nicht besonders groß. Seine Frau besaß keineswegs die Tugenden, die das Vertrauen und die Achtung eines Mannes seiner Art zu gewinnen vermochten. Solange sie ihn innig liebte, schien ihm Vertrauen möglich, aber wenn dies nicht mehr das fesselnde Band war – na, dann konnte was passieren.

Während der letzten zwei Jahre schienen die Ausgaben der Familie sehr bedeutend zu sein.

Jessika begehrte schöne Kleider, und Frau Hurstwood erneuerte auch oft ihre Ausstattung, um nicht von der Tochter ganz in den Schatten gestellt zu werden. Früher hatte Hurstwood sich nie darüber geäußert, aber eines Tages murrte er.

«Jessika muß in diesem Monat ein neues Kleid haben», sagte Julia eines Morgens.

Hurstwood legte gerade vor dem Spiegel eine seiner wunderschönen Westen an.

«Ich glaubte, sie habe sich eben erst eines gekauft», sagte er.

«Das war etwas für den Abend», erwiderte seine Frau gemächlich.

«Mir kommt vor», sagte Hurstwood, «sie gibt seit neuester Zeit ziemlich viel für Kleider aus.»

«Na, sie geht auch mehr in Gesellschaft», schloß seine Frau, aber in dem Ton seiner Stimme glaubte sie etwas zu erkennen, was sie vorher noch nicht vernommen.

Er gehörte nicht zu den Menschen, die viel reisen, aber wenn er es tat, pflegte er seine Frau mitzunehmen. Vor kurzem war ein Ratsherrenfest veranstaltet worden, zu dessen Feier man für zehn Tage nach Philadelphia fahren wollte. Hurstwood war eingeladen worden.

«Niemand kennt uns dort unten», sagte einer seiner Freunde, dessen Gesichtszüge krasse Unwissenheit und Sinnlichkeit nur leicht verbargen. Er trug immer einen Zylinder von achtunggebietenden Maßen. «Wir können unseren Spaß haben.» Sein linkes Auge verzog sich fast zu einem Blinzeln. «Du mußt mitkommen, George.»

Am nächsten Tage eröffnete Hurstwood seiner Frau seinen Entschluß.

«Julia, ich verreise für einige Tage.»

«Wohin?»

«Geschäftlich, nach Philadelphia.»

Sie blickte ihn selbstbewußt an, als erwartete sie noch etwas.

«Diesmal muß ich dich daheimlassen.»

«Schon gut», erwiderte sie, aber er konnte merken, daß sie es sonderbar fand. Ehe er abreiste, stellte sie ihm noch einige Fragen und dies reizte ihn. Er begann sie als unangenehmes Anhängsel zu empfinden.

Auf dieser Reise unterhielt er sich ausgezeichnet, und als alles vorüber war, tat es ihm leid, heimzukehren. Er gebrauchte nicht gerne

Ausflüchte und haßte es, Erklärungen abgeben zu müssen. Der ganze Vorfall wurde mit einigen allgemeinen Redensarten abgetan, doch Julia dachte über die Sache ernstlich nach. Um sich schadlos zu halten, fuhr sie häufiger aus, kleidete sich besser und ging öfter ins Theater.

Eine solche Atmospäre kann man kaum als häusliches Leben bezeichnen. Es floß dahin, aus Gewohnheit, aus Rücksicht auf die hergebrachte Anschauung. Mit der Zeit mußte es immer mehr verdorren – mußte es schließlich zu Zunder werden, der leicht entflammt und vernichtet werden kann.

## Winters Rat: Der Bote des Glückes klopft an

Wenn man die Ansicht der Welt über die Frau und ihre Pflichten in Erwägung zieht, verdient Carries geistiges Verhalten Beachtung. Eine Handlungsweise wie ihre wird ungerecht bewertet. Die Gesellschaft hat einen hergebrachten Maßstab, nach dem sie alles richtet. Alle Männer sollten gut, alle Frauen tugendhaft sein. Warum, Schurke, hast du gefehlt?

Trotz der freisinnigen Seelenforschung Spencers und unserer modernen Naturphilosophen sind unsere Moralanschauungen kindlich. In dem Thema liegt mehr als bloße Angleichung an ein Entwicklungsgesetz. Es ist tiefgründiger aufzufassen, nicht nur als Anpassung an das Leben. Verwickelter, als wir zu erkennen vermögen. Antworte zuerst, warum das Herz erbebt, erkläre, weshalb ein ewiger Klagelaut die Welt durchzieht, erschließe uns die feine Alchimie der Rose, die ihre rotglühende Leuchte in Sonnenschein und Regen entfaltet. Auf dem Wesentlichen dieser Tatsachen beruhen die ersten Grundsätze der Moral.

«Oh», dachte Drouet, «wie entzückend ist, was ich erobert habe.»

«Oh», dachte Carrie in trüben Zweifeln, «was ist's, das ich verlor?»

Vor diesem Geschehen, das so alt ist wie die Welt, stehen wir ernst, verwirrt, voll Anteilnahme; versuchen die wahre Theorie der Moral, die wahre Erkenntnis, was recht ist, zu entwickeln.

Nach der Ansicht einer gewissen Gesellschaftsschicht war Carries Stellung eine behagliche – den Hungernden, die von jedem Windstoß und Regenschauer gepeitscht werden, schien sie in einem halkyonischen Hafen, heil und sicher. Drouet mietete drei möblierte Zimmer auf dem Ogdenplatz, gegenüber dem Unionpark, an der Westseite. Ein kleiner, wiesengrüner luftiger Winkel; es gibt heute keinen schöneren in Chicago. Das Haus hatte eine sehr hübsche Aussicht. Aus dem Fenster der guten Stube sah man auf die Parkwiesen, jetzt dürr und braun, in die sich ein kleiner See einbettete. Über die kahlen, im

Winterwind wehenden Äste grüßten der Turm der Unionkirche und weiter die Türme einiger anderer Kirchen.

Die Zimmer waren ganz nett eingerichtet. Den Boden bedeckte ein guter Brüsseler Teppich, von kräftigen mattroten und zitronengelben Farben. Große Vasen mit prächtigen unmöglichen Blumen waren auf ihm dargestellt. Zwischen den beiden Fenstern stand ein hoher Pfeilerspiegel. In einer Ecke eine breite weiche, mit grünem Samt bezogene Sitzgelegenheit, mehrere Schaukelstühle. Einige Bilder, kleinere Teppiche, Nippessachen, und das war alles.

Im Schlafzimmer hinter dem Vorderraum stand Carries Koffer, den Drouet gekauft hatte, und in dem eingebauten Wandschrank hing eine ganze Reihe von geschmackvoll gemusterten Kleidern – mehr als sie je vorher besessen. In einem dritten Raum, der als Küche benutzt werden konnte, hatten Drouet und Carrie einen kleinen tragbaren Gasofen aufstellen lassen, um hier das Frühstück, Austern, heißes Käsegebäck, das er sehr gerne aß, und dergleichen bereiten zu können; schließlich ein Badezimmer. Die ganze Wohnung war gemütlich, hatte Gasbeleuchtung und Zentralheizung, es gab auch einen Kamin mit Asbestfüllung, eine Methode, gemütliche Wärme zu spenden, die damals zuerst in Gebrauch kam. Da Carrie fleißig war, von Natur die Ordnung liebte, diese Eigenschaften jetzt immer mehr entwickelte, blieb dem Platz seine höchst erfreuliche Stimmung bewahrt.

Da lebte nun Carrie, gut untergebracht, von den Schwierigkeiten befreit, die sie so verhängnisvoll bedroht hatten, von vielen neuen seelischer Art belastet, und im ganzen, in all ihren Beziehungen zur Wirklichkeit so umgewandelt, als wäre sie ein neues und völlig anderes Wesen. Sie sah in ihren Spiegel und erblickte hier eine hübschere Carrie, als sie je zuvor gesehen; sie blickte in sich, den Spiegel ihrer eigenen Meinung und der der Welt, und erkannte eine schlimmere Carrie. Sie schwankte zwischen den beiden Bildern, wußte nicht, welchem sie Glauben schenken sollte.

«Aber, du bist ja eine kleine Schönheit», pflegte Drouet auszurufen.

Sie sah ihn mit großen beglückten Augen an.

«Du weißt es doch, nicht?» fuhr er fort.

«Oh, ich weiß nicht», erwiderte sie, empfand Entzücken darüber, daß jemand so denken sollte, zauderte aber zu glauben, daß sie selbst eitel genug sei, so viel von sich zu halten.

Aber ihr Gewissen war kein Drouet, in dessen Interesse es lag, zu loben. Hier hörte sie eine andere Stimme, mit der sie stritt, vor der sie sich verantwortete. Im letzten Grunde kein gerechter und weiser Ratgeber. Nur ein gewöhnliches kleines Gewissen, ein Ding, das die Welt, ihre frühere Umgebung, Gewohnheit, Sitte, in verwirrten Umrissen darstellte. Da war nun Volkes Stimme wahrlich Gottes Stimme.

«Oh, du Sünderin», sagte die Stimme.

«Warum?» fragte sie.

«Blick um dich», kam die geflüsterte Antwort. «Blick auf jene, die gut sind. Sie würden verschmähen zu tun, was du getan hast. Schau auf die braven Mädchen; wie werden sie vor dir zurückweichen, sobald sie erfahren, daß du schwach warst. Du hattest nichts versucht, bevor du versagtest.»

Wenn Carrie allein war, über den Park hinblickte, pflegte sie dieser Stimme zu lauschen. Sie erklang nicht oft – nur wenn nichts anderes dazwischentrat, die angenehme Seite des Lebens nicht zu sichtbar wurde, Drouet nicht anwesend war. Anfangs sprach sie klar, doch niemals ganz überzeugend. Immer fand sich eine Erwiderung: immer drohten die Dezembertage. Carrie war allein; voller Wünsche; hatte Angst vor dem pfeifenden Wind. Die Stimme der Not antwortete für sie.

Sobald die Sommertage vorüber sind, nimmt die Stadt das dunkelgraue Gewand an, in das sie sich während ihrer langen Wintermühen hüllt. Ihre zahllosen Gebäude sehen grau aus, ihr Himmel, ihre Straßen sind dunkel gefärbt; die zerstreuten, blattleeren Bäume, vom Wind getriebene Staubwolken und Papierfetzen vervollständigen das feierlich eintönige Farbenbild. In den eiskalten Windstößen, die durch die langen engen Gassen fegen, scheint etwas zu liegen, was traurige Gedanken weckt. Nicht nur Dichter, Künstler, oder jene geistig höher Gearteten, die alle zarteren Empfindungen für sich in Anspruch nehmen, fühlen dies – auch Hunde und alle Menschen. Sie empfinden ebenso stark wie der Dichter, wenn ihnen auch nicht gleiche Ausdrucksfähigkeit eignet. Der Sperling auf dem Telegrafendraht, die Katze auf der Türschwelle, der Karrengaul, der seine öde Last schleppt – sie fühlen die langen scharfen Atemzüge des Winters. Die treffen alles Dasein, beseeltes und unbeseeltes, bis ins Herz. Erstrahlten nicht die künstlichen Freudenfeuer, brauste nicht der gewinnsuchende Handel und das lustverkaufende Vergnügen; gelänge es den Geschäften nicht, drinnen und draußen die gewohnten Schaustellungen zu bieten; wären unsere Straßen, in denen sich hastende Käufer drängen, nicht von prächtig-farbigen Reklamen durchzogen – wir würden rasch wahrnehmen, wie fest die eisige Hand des Winters unser Herz umklammert hält und wie niederdrückend die Tage sind, an denen die Sonne uns unseren Anteil an Licht und Wärme verweigert. Wir hängen von diesen Dingen mehr ab, als man denkt. Wir sind Insekten, die von der Hitze erzeugt werden, und gehen ohne sie zu Grunde.

An den traurig schleichenden grauen Tagen pflegte sich die geheime Stimme zu behaupten, schwach und immer schwächer.

Solch innerer Zwiespalt hielt nicht immer vor. Carrie war keineswegs düster veranlagt. Mehr: sie vermochte nicht, ein für allemal an einer bestimmten Wahrheit festzuhalten. Konnte sie aus den Irrgängen falscher Logik nicht mehr herausfinden, so wendete sie sich ganz davon ab.

Drouet benahm sich, für einen Menschen seiner Art, die ganze Zeit über musterhaft. Er führte sie viel aus, verschwendete Geld für sie, nahm sie auf Reisen mit. Manchmal, wenn er kürzere Geschäftsfahrten machte, blieb sie zwei oder drei Tage allein, aber gewöhnlich waren sie viel beisammen.

«Höre, Carrie», sagte er eines Morgens, kurz nachdem sie sich eingerichtet. «Ich habe meinen Freund Hurstwood eingeladen, einen Abend mit uns zu verbringen.»

«Wer ist das?» fragte Carrie bedenklich.

«Oh, ein netter Mann. Geschäftsführer bei Fitzgerald und Moy.»

«Was ist das?»

«Das feinste Lokal der Stadt. Nur für ganz vornehme Leute.»

Carrie war einen Augenblick lang verwirrt. Fragte sich, was Drouet ihm erzählt hatte, welche Haltung sie annehmen sollte.

«Alles in Ordnung», erklärte Drouet, der ihre Gedanken fühlte. «Er weiß nichts. Du bist jetzt Frau Drouet.»

Etwas darin fiel Carrie als unbedacht auf. Sie konnte merken, daß Drouet nicht besonders zart empfand.

«Warum heiraten wir nicht?» fragte sie und dachte an seine wortreichen Versprechungen.

«Gewiß, werden schon», sagte er, «sobald ich das kleine Geschäft da abgeschlossen.»

Er spielte auf irgendeinen Landbesitz an, den er zu haben vorgab und der so viel Aufmerksamkeit, Sorgfalt und was noch erforderte, daß er immer irgendwie die Freiheit seiner moralischen und persönlichen Handlungen einengte.

«Sobald ich im Januar von meiner Reise aus Denver zurückkehre, werden wir es tun.»

Carrie nahm dies als Grundlage einer Hoffnung an – Balsam für ihr Gewissen, ein angenehmer Ausweg. Auf diese Weise käme alles ins Gleichgewicht. Ihre Handlungsweise würde gerechtfertigt werden.

Sie war wirklich nicht in Drouet verliebt. Sie war klüger als er. Dunkel begann sie seine Mängel zu erkennen. Hätte sie dies nicht gekonnt, wäre sie nicht fähig gewesen, ihn abzumessen und zu beurteilen, dann wäre es ihr schlimmer ergangen. Sie hätte ihn angebetet. Furcht, seine Liebe nicht zu gewinnen, sein Interesse zu verlieren, hätte sie tief unglücklich gemacht – entwurzelt zu werden, ohne Ankerplatz zu bleiben. Wie es nun stand, zweifelte sie ein wenig, war anfangs etwas ängstlich, darauf bedacht, ihn ganz an sich zu fesseln, wartete dann ruhig. Nicht völlig sicher, was sie von ihm dachte – was sie tun wollte.

In Hurstwood lernte sie einen Mann kennen, der in hundert Beziehungen klüger als Drouet war. Er zeigte Frauen jene besondere Ergebenheit, die jede schätzt. War nicht zu scheu, nicht zu keck. Sein großer Reiz lag in seiner Aufmerksamkeit. Geschult, auch unter Männern Vögel glänzenden Gefieders für sich zu gewinnen, die Kaufleute und Künstler, die sein Lokal besuchten, konnte er noch größeren Takt aufwenden, wenn ihm daran lag, sich jemandem angenehm zu erweisen, der ihn bezauberte. Eine hübsche, edler empfindende Frau regte ihn an. Er war sanft, ruhig, selbstsicher, machte den Eindruck, daß er nur dienstbar sein – etwas tun wolle, was der Dame Vergnügen bereitete.

Drouet war darin auch nicht ungeschickt, wenn das Spiel der Mühe lohnte, doch zu selbstsüchtig, um den feinen Schliff Hurstwoods zu erlangen. Zu stürmisch, zu sehr erfüllt von frischfarbigem Leben, seiner Sache zu gewiß. Bei vielen in der Kunst der Liebe nicht sehr erfahrenen Frauen hatte er Erfolg. Versagte kläglich, wenn die Frau etwas Erfahrung, eingeborenes Feingefühl besaß. In Carrie fand er solch ein Wesen – aber sie war jung und unschuldig. Ein Glück für ihn, daß sich ihm die Gelegenheit damals günstig gezeigt. Ein paar Jahre später, sobald Carrie ein wenig mehr Weltwissen, etwas mehr Anerkennung gehabt hätte, wäre es ihm nicht möglich gewesen, sich ihr überhaupt zu nähern.

«Sie sollten hier ein Klavier haben, Drouet», sagte Hurstwood und lächelte Carrie zu, «damit Ihre Frau spielen kann.»

Drouet hatte nicht daran gedacht.

«Freilich sollten wir», sagte er bereitwillig.

«Oh, ich spiele nicht», meinte Carrie.

«Es ist nicht sehr schwer», erwiderte Hurstwood. «In wenigen Wochen würden Sie es schon sehr hübsch treffen.»

An diesem Abend war er in seiner besten Amüsierlaune. Sein Anzug sah besonders neu und stattlich aus. Die Rockumschläge standen mit der mäßigen Steifheit ab, die den erstklassigen Schneider verrät. Die Weste war aus einem bunten schottischen Tuch mit einer doppelten Reihe von runden Perlmutterknöpfen besetzt. Seine Krawatte, eine schimmernde Mischung von Seidenfäden – nicht zu auffallend, aber doch wohltuend bemerkbar. Was er trug, stach nicht so ins Auge wie Drouets Kleidung, aber Carrie erkannte die Eleganz des verwendeten Stoffes. Hurstwoods Schuhe waren aus weichem schwarzem Kalbleder, nur mattglänzend. Drouet trug Glanzlederschuhe, doch Carrie mußte einsehen, daß weiches Leder bei sonst so gewählter Kleidung vorzuziehen war. Diese Dinge bemerkte sie fast unbewußt. Sie ergaben sich natürlich aus der Situation. An Drouets Aussehen war sie schon gewöhnt.

«Wollen wir ein Spielchen machen?» schlug Hurstwood vor, nachdem sie ein wenig geplaudert. Geschickt vermied er alles, was sein Wissen um Carries Vergangenheit hätte verraten können. Enthielt sich überhaupt persönlicher Anspielungen und beschränkte sich auf Dinge, die nicht Einzelwesen betrafen. Durch seine Haltung befreite er Carrie von Befangenheit, mit seinen achtungsvollen Späßen unterhielt er sie. Er gab vor, sich ernstlich für alles zu interessieren, was sie sagte.

«Ich kann nicht spielen», erklärte Carrie.

«Charlie, Sie verabsäumen einen Teil Ihrer Pflichten», bemerkte Hurstwood heiter zu Drouet. «Wir beide werden es Ihnen schon zeigen.»

Taktvoll weckte er in Drouet die Empfindung, daß er seine Wahl bewundere. Etwas in seinem Benehmen offenbarte, wie gerne er hier war. Drouet fühlte sich ihm wirklich mehr verbunden als je vorher. Es flößte ihm auch mehr Achtung vor Carrie ein. Durch Hurstwoods Bewunderung erschien sie ihm in einem neuen Licht. Die Unterhaltung wurde sehr angeregt.

«Nun, wollen mal sehen», sagte Hurstwood und blickte, sehr achtungsvoll, über Carries Schulter. «Was haben Sie?» Er prüfte die Karten einen Augenblick lang. «Das ist ganz gut», sagte er.

«Sie haben Glück. Jetzt will ich Ihnen zeigen, wie Sie gegen Ihren Gatten den Trumpf ausspielen. Folgen Sie meinem Rat.»

«Hört mal», sagte Drouet, «wenn Ihr beide zusammen Pläne schmieden werdet, hab ich nicht die geringste Aussicht. Hurstwood ist ein ganz Gerissener.»

«Nein, Ihre Frau ist's. Sie bringt mir Glück. Warum sollte sie nicht gewinnen?»

Carrie blickte Hurstwood dankbar an, lächelte Drouet zu. Hurstwood gab sich als Freund – nichts anderes. War nur hier, um sich zu unterhalten. Alles, was Carrie tat, machte ihm Freude – nichts mehr.

«Da», sagte er, hielt eine seiner guten Karten zurück und gab damit Carrie Gelegenheit zu einem Stich. «Ich finde, das heißt für einen Anfänger gescheit gespielt.»

Carrie lachte fröhlich, als sie sah, daß sie gewann. Sie dünkte sich unbesieglich, wenn Hurstwood ihr half.

Er blickte sie nicht oft an. Tat er's, dann schimmerte ein sanftes Licht in seinen Augen. Nicht ein Schatten von etwas anderem als Freundlichkeit und Güte. Er unterdrückte den klug-wechselnden glänzenden Blick, ersetzte ihn durch einen ganz harmlosen. Carrie konnte nicht ahnen, daß es ihm vor allem ein Vergnügen war. Glaubte, daß er sie für sehr geschickt halte.

«Es ist nicht recht, so gutes Spiel ohne Gewinn zu lassen», sagte er nach einer Weile und steckte den Finger in das Münzentäschchen seines Rockes. «Wir wollen um zehn Cents spielen.»

«Gut», sagte Drouet und fischte nach Banknoten. Hurstwood machte es rascher. Seine Hände waren voll von neuen Zehn-Centstücken. «Da», sagte er und versorgte jeden mit einem Häufchen.

«Oh, richtiges Hasardspiel», meinte Carrie lächelnd, «das ist schlimm.»

«Nein», sagte Drouet, «nur Spaß. Wenn du nie um mehr spielst, kommst du in den Himmel.»

«Moralisieren Sie nicht», sagte Hurstwood lustig zu Carrie, «ehe Sie sehen, was mit Ihrem Geld geschieht.»

Drouet lächelte.

«Wenn Ihr Gatte es kriegt, wird er Ihnen sagen, wie schlimm das ist.»

Drouet lachte laut.

Aus Hurstwoods Stimme klang ein so bezwingender Ton, die Schmeichelei wurde so deutlich, daß sogar Carrie von der Fröhlichkeit angesteckt wurde.

«Wann reisen Sie ab?» fragte Hurstwood.

«Mittwoch», erwiderte Drouet.

«Es ist wohl recht hart für Sie, wenn Ihr Gatte so herumfährt», wendete sich Hurstwood an Carrie.

«Diesmal fährt sie mit», sagte Drouet.

«Vor der Abreise müssen Sie beide einmal mit mir ins Theater gehen.»

«Gerne», sagte Drouet. «Was, Carrie?»

«Ich möchte furchtbar gerne», erwiderte sie.

Hurstwood tat sein möglichstes, damit Carrie gewinne. Er freute sich an ihrem Erfolg, zählte ihren Gewinn immer wieder, schob ihn schließlich zusammen und in ihre offene Hand. Sie nahmen einen leichten Imbiß, zu dem er den Wein beisteuerte. Taktvoll zog er sich dann bald zurück.

«Also», sagte er und blickte zuerst Carrie, dann Drouet an. «Um sieben Uhr dreißig müßt ihr fertig sein. Ich werde euch abholen.»

Sie begleiteten ihn an das Haustor. Hier wartete sein Wagen. Die roten Laternen blinkten fröhlich durch die Dunkelheit.

«Nun», sagte er zu Drouet im Ton guter Kameradschaft, «wenn Sie Ihre Frau allein lassen, müssen Sie mir gestatten, sie ein wenig auszuführen. Es wird ihre Einsamkeit angenehm unterbrechen.»

«Gewiß», sagte Drouet, erfreut über die ihm bewiesene Aufmerksamkeit.

«Sie sind so freundlich», sagte Carrie.

«Gar nicht», meinte Hurstwood. «Ich würde wünschen, daß Ihr Gatte dasselbe für mich tut.»

Er lächelte und ging leichten Schrittes auf den Wagen zu. Carrie hatte einen tiefen Eindruck empfangen. Noch nie war sie solcher Anmut begegnet. Auch Drouet war sehr vergnügt.

«Ein netter Mann», sagte er zu Carrie, als sie in ihre behagliche Wohnung zurückkehrten, «und einer meiner guten Freunde.»

«Er scheint es zu sein», sagte Carrie.

## Überzeugungskraft der Mode: Man überwacht seinen Besitz

Carrie erlernte rasch die Äußerlichkeiten, die die Wohlhabenheit mit sich brachte. Wenn sie etwas sah, fragte sie sich gleich, wie sie sich damit machen würde. Gewiß ist dies kein feines Gefühl, weise ist es eben nicht. Die größten Geister halten sich davon frei; und die tiefststehende Sinnesart wird dadurch nicht in Verwirrung gebracht. Schöne Kleider übten ungewöhnliche Anziehungskraft auf sie aus; sprachen sanft-jesuitisch für sich selbst. Wenn Carrie ihrem lockenden Ruf in Hörweite kam, lauschte sie gerne. Die Stimme des sogenannt Unbelebten! Wer wird uns die Sprache der Steine übersetzen?

«Liebste», sagte der Spitzenkragen, den sie bei Partridge gekauft, «ich stehe dir ausgezeichnet – laß mich nicht liegen.»

«Ah, die kleinen Füße», sagte das Leder der weichen neuen Schuhe, «wie gut kleide ich sie. Es wäre schade, wenn sie mich je entbehren müßten.»

Befanden sich diese Dinge einmal in ihrer Hand, auf ihrer Person, so träumte sie wohl von einem Verzicht; das Mittel, mit dessen Hilfe sie sie erhielt, mochte sich ihr so zwingend aufdrängen, daß sie sich danach sehnte, den Gedanken an sie loszuwerden – aber sie konnte sie nicht aufgeben. «Leg die alten Kleider – die zerrissenen Schuhe an!» rief ihr ihr Gewissen vergeblich zu. Sie hätte die Angst vor Hunger bezwingen und zu Minnie gehen, sich unter äußerstem Gewissensdruck an die Vorstellung harter Arbeit und eines leidbegrenzten Lebens gewöhnen können; doch ihre Erscheinung verderben? In alten Kleidern ärmlich ausschauen? – Niemals!

Drouet bestärkte Carrie in ihrer Meinung darüber und über Ähnliches so sehr, daß es ihre Fähigkeit schwächte, dem Einfluß Widerstand zu leisten. Es ist so leicht, etwas zu tun, wenn das Betreffende mit unseren eigenen Wünschen übereinstimmt. In seiner herzhaften Art bestand er auf ihrer eleganten Kleidung. Er sah sie bewundernd an, und sie war sich darüber klar, was es ihr bedeutete. Unter diesen Umständen brauchte sie gar nicht das Auftreten anderer hübscher Frauen anzunehmen. Rasch erlernte sie das von selbst. Drouet hatte die seiner Art eigentümliche Gewohnheit, reizenden, gut angezogenen Frauen auf der Straße nachzusehen und Bemerkungen über sie zu machen. Ihm eignete gerade genug von der weiblichen Vorliebe für Putz, um ein guter Richter zu sein – nicht was den Verstand, nur was die Kleider betrifft. Er bemerkte, wie die Frauen ihre Füße setzten, ihr Kinn trugen, ob sie sich leicht und geschmeidig bewegten. Das graziöse, selbstbewußte Hüftenschwingen einer Frau lockte ihn, wie funkelnder Wein den Säufer. Er pflegte dann kehrtzumachen, der verschwindenden Erscheinung nachzublicken. Einem Kinde gleich erschauerte er in der hemmungslosen lebendigen Leidenschaft. Er liebte, was die Frauen selbst an sich lieben – Anmut. Vor diesem ihrem eigenen Altar kniete er mit ihnen – ein inbrünstiger Beter.

«Hast du die Frau gesehen, die eben vorüberging?» fragte er Carrie am ersten Tag auf einem gemeinsamen Spazierweg. «Graziös, nicht?»

Carrie schaute und anerkannte den bewunderten Liebreiz.

«Ja», erwiderte sie und in ihr erwachte die leise Ahnung eines möglichen eigenen Mangels. Wenn das wirklich so hübsch ist, muß sie es sich genauer ansehen. Instinktiv empfand sie den Wunsch, es nachzuahmen. Gewiß, das konnte sie auch.

Wenn eine Frau ihrer Geistesanlage merkt, daß auf etwas großes Gewicht gelegt, daß es bewundert wird, so zieht sie den logischen Schluß und bringt ihn zur Anwendung. Drouet war nicht klug genug, um zu sehen, daß er nicht taktvoll war. Es wäre vernünftiger gewesen, in ihr die Empfindung zu wecken, daß sie nur mit sich selbst, nicht mit anderen, besseren, zu wetteifern habe. Das begriff er nicht. Bei einer älteren, erfahreneren Frau hätte er es nicht gewagt – doch in Carrie sah er nur die Anfängerin. Weniger gescheit als sie, war er von Natur unfähig, ihre Empfindlichkeit zu verstehen. So fuhr er fort, sie zu erziehen und zu verletzen. Ein törichtes Beginnen, denn seine Bewunderung für seinen Schüler, sein Opfer, mußte ja mit der Zeit wachsen.

Carrie nahm seine Lehren freundlich auf. Sie begriff, was Drouet gern hatte; dunkel erkannte sie, wo er schwach war. Wird einer Frau offenbar, daß der Mann seine Anerkennung so direkt und so auch nach allen Seiten hin spendet, dann verringert dies ihre gute Meinung von ihm. Denn ihr scheint nur ein Gegenstand in der Welt höchsten Lobes wert – sie selbst. Wenn ein Mann bei vielen Frauen Erfolg haben will, muß er jeder alles sein.

In dem Hause, das Carrie bewohnte, sah sie manches, das sie in ähnlicher Weise belehrte.

Hier lebte ein Herr Frank A. Hale, Geschäftsführer des Standardtheaters, mit seiner Frau, einer hübschen Brünetten von fünfunddreißig Jahren. Sie waren Leute, wie es ihrer heute viele in Amerika gibt – lebten äußerst respektabel von der Hand in den Mund. Hale hatte fünfundvierzig Dollar Wochengehalt. Seine sehr anziehende Frau heuchelte jugendliche Empfindungen und wehrte sich gegen jenes häusliche Leben, das Sorge um eine Wirtschaft und Aufziehen einer Familie bedeutet. Wie Drouet und Carrie, bewohnten sie drei Räume im oberen Stockwerk.

Bald nach Carries Einzug knüpfte Frau Hale freundliche Beziehungen mit ihr an und sie gingen zusammen aus. Lange Zeit war das Carries einzige Gesellschaft, und sie sah die Welt nur durch den Tratsch, den ihr Frau Hale erzählte. Banalitäten, das Lob des Reichtums, der landläufige Moralbegriff, wie er sich im Kopf dieses willenlosen Geschöpfes darstellte, überströmten Carrie und verwirrten sie für den Augenblick.

Doch hatten ihre eigenen Gefühle läuternden Einfluß. Der dauernde Trieb nach etwas Höherem konnte nicht geleugnet werden. Immer wieder wurde sie durch Dinge, die das Herz ergreifen, gemahnt. In der Wohnung über dem Flur wohnten ein junges Mädchen und ihre Mutter. Sie stammten aus Evansville, Indiana, Frau und Tochter des Zahlmeisters einer Eisenbahngesellschaft. Die Tochter studierte hier Musik, die Mutter leistete ihr Gesellschaft.

Carrie lernte sie nicht kennen, aber sie sah die Tochter, wenn sie kam und ging. Ein paarmal hatte sie sie an ihrem Klavier im Wohnzimmer erblickt und häufig hörte sie sie spielen. Das junge Mädchen war für ihre Lebensstellung sehr elegant gekleidet und trug Ringe, deren Steine an ihren Fingern blitzten, wenn sie über die Tasten glitten.

Auf Carrie wirkte die Musik. Ihr Nervensystem reagierte auf gewisse Töne, wie manche Harfensaiten erzittern, sobald die entsprechende Taste auf dem Klavier angeschlagen wird. Ihre Empfindungen waren zart, und bestimmte traurige Töne versenkten sie in dunkles Sinnen. Weckten ihre Sehnsucht nach dem, was sie nicht besaß. Bewirkten, daß sie sich fester an das schloß, was ihr eigen war. Ein kleines Lied spielte das Mädchen mit besonders seelenvollem und zärtlichem Ausdruck. Carrie hörte es, denn die Tür des Wohnzimmers unten stand offen. Es war um die Stunde zwischen Nachmittag und Abend, wenn dem Müßigen, dem Wanderer das Umgebende in nachdenklicher Besinnlichkeit erscheint. Der Geist zieht auf weite Fahrt aus und kehrt mit Überresten verdorrter Freuden zurück. Carrie saß am Fenster und blickte hinaus. Seit zehn Uhr morgens befand sich Drouet außer Haus. Sie hatte versucht, sich auf einem Spaziergang zu zerstreuen, auch mit einem Buch von Bertha M. Clay, das Drouet ihr gelassen, obgleich es sie nicht sehr freute. Dann kleidete sie sich für den Abend um. Nun saß sie da und schaute auf den Park hinaus, dachte nach und war so bedrückt, wie eine Wechsel und Leben begehrende Natur unter solchen Umständen eben sein muß. Als sie ihr neues Dasein erwog, stahlen sich die Töne von unten zu ihr hinauf. Sie färbten auf ihre Gedanken ab, verstrickten sie. Carrie dachte an das, was innerhalb der engen Grenzen ihrer Erfahrung das Beste und Traurigste war. Reue wandelte sie an.

In dieser Stimmung traf Drouet sie und verbreitete sofort eine ganz andere Atmosphäre. Es war dunkel und Carrie hatte es versäumt, die Lampe anzuzünden. Auch das Feuer im Kamin war fast niedergebrannt.

«Wo bist du, Cad?» sagte er und bediente sich des Kosenamens, den er ihr gegeben.

«Hier», erwiderte sie.

In ihrer Stimme lag etwas Zartes und Einsames, aber er war nicht fähig, es zu hören. Ihm fehlte die poetische Gabe, die Derartiges in

Frauen ahnt, sie über die Tragödie des Lebens zu trösten vermag. Er strich ein Zündholz an und machte Licht.

«Hallo», rief er, «du hast geweint.»

Ihre Augen waren noch von Tränen feucht.

«Pah», sagte er, «das sollst du nicht.»

Er faßte ihre Hand, glaubte in seiner gutmütigen Selbstsucht, daß sie sich wegen seiner Abwesenheit so einsam gefühlt.

«Nun», fuhr er fort, «ist alles in Ordnung. Komm, wir wollen nach dieser Musik einen Walzer tanzen.»

Er hätte keinen unpassenderen Vorschlag machen können. Es wurde Carrie klar, daß er nicht mit ihr fühlen konnte. Sie hätte ihre Gedanken, die seinen Mangel ausdrückten, den Unterschied zwischen ihnen beiden deutlich aufzeigten, nicht zu äußern vermocht. Aber sie fühlte sie. Es war sein erster großer Fehler.

Aus Drouets Bemerkungen über die Anmut des Mädchens schloß Carrie auf den Wert jener Modemanieren, die Frauen sich aneignen, sobald sie etwas vorstellen wollen. Sie blickte in den Spiegel, schürzte ihre Lippen, warf den Kopf ein wenig zurück, wie sie es an dem Mädchen bemerkt. Raffte ihr Kleid mit gewissem Schwung – hatte Drouet an ihr und anderen nicht eben das bewundert? – Carrie war von Natur aus im Nachahmen geschickt. Sie hatte bald den «Schmiß» in Kleinigkeiten heraus, den die hübsche, eitle Frau unweigerlich annimmt. Vermehrte ihr Wissen um Liebreiz, und damit änderte sich ihr ganzes Aussehen. Sie bekam einen sehr guten Geschmack.

Drouet bemerkte es. Er sah die neue Schleife in ihrem Haar und die Art, wie sie eines Morgens ihre Locken anordnete.

«Das steht dir gut, Cad», bemerkte er.

«Ja?» fragte sie freundlich. Noch am selben Tage versuchte sie sich in neuen Wirkungen.

Im Bemühen, den Gang der jungen Nachbarin nachzuahmen, setzte sie ihre Füße leichter. Wie groß der Einfluß war, läßt sich schwer sagen. Aber infolge all dieser Dinge hatte Hurstwood bei seinem Besuch eine junge Frau kennengelernt, die viel mehr war als die Carrie, die Drouet angesprochen hatte. Die ursprünglichen Mängel in Kleidung und Haltung verschwanden. Carrie war hübsch, graziös; schüchtern, weil sie sich noch unsicher fühlte. Das Kindliche in ihren großen Augen nahm diesen förmlichen Poseur gefangen. Die alte Anziehung, die das Frische auf das Schale, Abgestandene ausübt. Wenn in ihm noch ein Funken von Anerkennung für Blüte und Unschuld, für den Reiz der Jugend, lebte, jetzt entbrannte er von neuem. Er blickte in ihr Gesicht und fühlte die zarten Wellen jungen Lebens davon ausstrahlen. In diesen Augen vermochte er nichts zu sehen, was seine verlebte Natur als List hätte erkennen können. Selbst wenn er ihre bescheidene Eitelkeit gemerkt hätte, sie würde ihm gefallen haben.

«Ich frag mich nur», sagte Hurstwood, als er fortfuhr, «wie es Drouet gelungen ist, sie zu gewinnen.»

Beim ersten Blick hatte er erkannt, daß ihre Gefühle höherer Art waren als die Drouets.

Der Wagen polterte zwischen den an beiden Seiten weit zurückweichenden Reihen von Gaslampen einher. Hurstwood faltete seine behandschuhten Hände, sah nur das erleuchtete Zimmer und Carries Antlitz. Sann über den Zauber jugendlicher Schönheit nach.

«Ich werde ihr einen Blumenstrauß bringen», dachte er. «Drouet wird wohl nichts dagegen haben.»

Er verhehlte sich nicht einen Augenblick, daß Carrie ihn anzog. Über Drouets Vorrecht machte er sich keine Sorgen. Er spann bloß die zarten Spätsommerfäden der Gedanken, die, gleich Spinnweben – so hoffte er – irgendwo festen Halt finden würden. Er wußte nichts über das Ergebnis, konnte es nicht vorausahnen.

Einige Wochen später traf Drouet, als er gerade von einer kurzen Geschäftsreise aus Oklahoma zurückkehrte, eine der gutgekleideten Damen seiner Bekanntschaft. Er hatte die Absicht gehabt, rasch auf den Ogdenplatz zu fahren und Carrie zu überraschen, doch jetzt vertiefte er sich in ein anregendes Gespräch und änderte bald seinen ursprünglichen Plan.

«Wollen wir zusammen speisen?» fragte er und ängstigte sich weiter nicht, zufällig einem Spielverderber zu begegnen.

«Gern», sagte seine Gefährtin.

Sie gingen in eines der besseren Restaurants auf ein Plauderstündchen. Es war fünf Uhr nachmittags, als sie einander trafen; halb acht, ehe der letzte Bissen genossen.

Drouet beendete soeben eine kleine Erzählung und sein Gesicht verzog sich zu einem Lächeln, als er Hurstwood bemerkte. Der war mit einigen Freunden eingetreten, und da er Drouet in Gesellschaft einer Frau sah, die nicht Carrie war, zog er seine Schlüsse.

«Oh, der Schlingel», dachte er, mit einem Anflug redlicher Teilnahme, «das ist doch zu arg für das kleine Mädchen.»

Drouet sprang gerade von einem fröhlichen Gedanken zum andern, als er Hurstwoods Blick sah. Anfangs hegte er nur geringe Besorgnis, bis er erkannte, daß Hurstwood vorsichtig tat, als sähe er ihn nicht. Dann erst zwang sich Drouet etwas von dem Eindruck auf, den Hurstwood wahrscheinlich empfangen. Teufel, das würde er ihm erklären müssen. Solch eine zufällige halbe Stunde mit einer alten Freundin durfte nicht wichtiger genommen werden, als sie's wirklich verdiente.

Zum erstenmal fühlte er sich verwirrt. Hier war eine moralische Verwicklung, deren Ende er nicht gut voraussehen konnte. Hurstwood würde ihn als wankelmütigen Kerl verlachen. Er würde mit Hurstwood lachen, Carrie nie etwas davon hören, seine Tischgefährtin es nie erfahren; und doch mußte er fühlen, daß die Sache übel für ihn stand – irgend ein leichter Makel blieb an ihm haften. Und dabei war er gar nicht schuldig. Er machte der Mahlzeit ein Ende, indem er langweilig wurde, und begleitete die Dame zu ihrem Wagen. Dann ging er heim.

«Er hat mir nichts von späteren Flammen erzählt», dachte Hurstwood. «Glaubt, ich glaube, daß er die Frau liebt, mit der er lebt.»

«Er sollte doch nicht denken, daß ich ein lockeres Leben führe, wo ich ihn erst kürzlich in mein Haus eingeführt habe», dachte Drouet.

«Ich habe Sie gesehen», meinte Hurstwood lustig, als Drouet das nächste Mal in seinem eleganten Lokal erschien, dem er nicht lange fernbleiben konnte. Er hob warnend den Zeigefinger, wie Eltern es mit Kindern tun.

«Eine alte Bekannte, der ich gerade begegnete, als ich vom Bahnhof kam», erklärte Drouet. «Früher war sie geradezu eine Schönheit.»

«Noch immer ein wenig verführerisch, was?» erwiderte der andere und tat, als scherze er.

«O nein», sagte Drouet, «konnte ihr diesmal einfach nicht entrinnen.»

«Wie lange bleiben Sie hier?» fragte Hurstwood.

«Nur ein paar Tage.»

«Sie müssen das Mädel in die Stadt bringen und mit mir zu Abend essen. Ich fürchte, Sie halten sie da draußen eingesperrt. Ich werde eine Loge zu Joe Jefferson nehmen.»

«Einsperren – nee, das tu ich nicht», erwiderte der Reisende. «Wir werden gerne kommen.»

Hurstwood freute sich ungeheuer. Er glaubte nicht, daß Drouet überhaupt etwas für Carrie empfinde. Beneidete ihn, und als er jetzt den eleganten, munteren Kaufmann ansah, den er doch eigentlich gern hatte, glomm in seinen Augen das Nebenbuhlerfünkchen auf. Er begann den Witz, die Anziehungskraft Drouets abzuschätzen. Die Punkte aufzuspüren, an denen er verwundbar war. Es konnte nicht bestritten werden: wenn er ihn auch für einen guten Kerl hielt – als Liebhaber flößte er ihm eine gewisse Verachtung ein. Er konnte ihn leicht ausstechen. Wenn er Carrie nur so ein kleines Erlebnis wie das vom Donnerstag mitteilen wollte – das würde die Angelegenheit endgültig ordnen. So dachte er, fast jubelnd vor Genugtuung, lachte, plauderte – und Drouet fühlte nichts. Er besaß nicht die Fähigkeit, den Blick und die Stimmung eines Mannes wie Hurstwood zu durchdringen. Stand da, lächelte und nahm die Einladung an, während ihn sein Freund mit Habichtsaugen prüfte.

Der Gegenstand dieser eigentümlich verwickelten Komödie dachte an keinen von beiden. Sie war damit beschäftigt, ihre Gedanken und Empfindungen neuen Lebensbedingungen anzupassen, und lief nicht Gefahr, wegen des einen oder des anderen Mannes Qual der Verwirrung zu leiden.

Eines Abends überraschte Drouet sie, als sie sich gerade vor dem Spiegel ankleidete.

«Cad», sagte er und hielt sie fest, «ich glaube, du wirst eitel.»

«Keineswegs», erwiderte sie lächelnd.

«Na, du bist mächtig hübsch», fuhr er fort und legte den Arm um sie. «Zieh dein blaues Kleid an und ich werde dich ins Theater führen.»

«Oh, ich habe Frau Hale versprochen, heute mit ihr in die Ausstellung zu gehen», wandte sie ein.

«So?» fragte er gedankenlos. «Ich würde das nicht tun.»

«Ich weiß nicht», erwiderte Carrie unklar, doch machte sie nicht den Vorschlag, ihr Versprechen um seinetwillen zurückzuziehen.

Gerade in diesem Augenblick wurde an die Tür geklopft und die Hausgehilfin brachte einen Brief.

«Es wird auf Antwort gewartet», erklärte sie.

«Von Hurstwood», sagte Drouet, als er die Anschrift las und den Umschlag öffnete.

«Bitte, kommen Sie heute abend in die Stadt. Wir wollen uns zusammen Joe Jefferson ansehen», stand unter anderem darin. «Nun ist die Reihe an mir – wie wir es letzthin besprochen. Alles andere gilt nicht.»

«Was sagst du dazu», fragte Drouet ahnungslos, während in Carries Kopf günstige Antworten wie Bläschen aufstiegen.

«An dir ist es, zu entscheiden, Charlie», sagte sie zurückhaltend.

«Ich glaube, es ist besser, wir gehen», sagte Drouet, «wenn du deine Verabredung absagen kannst.»

«Oh, gewiß», sagte Carrie ohne nachzudenken.

Drouet nahm einen Briefbogen, und Carrie ging, sich umzukleiden. Sie erklärte es sich selbst kaum, warum diese Einladung sie so besonders freute.

«Soll ich mich wie gestern frisieren?» fragte sie, als sie mit verschiedenen Bekleidungsgegenständen in der Hand aus ihrem Zimmer trat.

«Gewiß», erwiderte er freundlich.

Es war ihr tröstlich, daß er nichts merkte. Sie ahnte nicht, wie sehr Hurstwood ihr gefiel. Die Verbindung: Hurstwood, Drouet und sie, schien bloß angenehmer als irgend etwas anderes, was vorgeschlagen worden. Sie kleidete sich sehr sorgfältig an, und nachdem sie sich bei Hales entschuldigt, gingen sie fort.

«Wahrhaftig», sagte Hurstwood, als sie in das Foyer traten, «wir sind heute abend sehr reizend.»

Carrie geriet unter seinem bewundernden Blick in Verwirrung.

Wenn es je irgendwo Kleiderpracht gab, war es hier. Die Personifizierung der alten Redensart «Tiptop».

«Haben Sie Jefferson schon einmal gesehen?» fragte Hurstwood, als er sich in der Loge zu Carrie hinüberneigte.

«Niemals.»

«Er ist entzückend, entzückend», fuhr er fort und gab das gewöhnliche Lob wieder, das solche Männer kennen. Er schickte Drouet um ein Programm und erzählte dann Carrie, was er von Jefferson gehört. Carrie war außer sich vor Freude, wirklich wie benommen von der Umgebung, der prächtig geschmückten Loge, der Eleganz ihres Gefährten. Mehrere Male trafen ihre Augen einander zufällig und aus den seinen überströmte Carrie ein so warmes Gefühl, wie es ihr noch nie vorher zuteil geworden. Sie konnte sich nicht gleich darüber klar werden, denn beim nächsten Blick, der nächsten Handbewegung schien er gleichgültig, doch immer freundlich und aufmerksam.

Drouet beteiligte sich am Gespräch, aber im Vergleich mit Hurstwood war er fast langweilig. Hurstwood unterhielt sie beide, und jetzt offenbarte sich Carrie seine höhere Bedeutung. Instinktiv fühlte sie, daß er männlicher, von vornehmerer Gesinnung und doch so einfach war. Am Ende des dritten Aktes hatte sie die Überzeugung, daß Drouet nur eine gute Seele genannt werden konnte, sonst viel zu wünschen übrig ließ. Durch den Vergleich sank er jeden Augenblick in ihrer Achtung.

«Ich hab einen so schönen Abend verlebt», sagte Carrie, als sie hinausgingen.

«Ja, wirklich», fügte Drouet hinzu, der, des ausgefochtenen Kampfes unbewußt, nicht merkte, daß seinem Verteidigungsposten Gefahr drohte. Er war wie der König von China, der dasaß und sich in seinem Ruhme sonnte, ohne zu wissen, daß ihm seine schönsten Provinzen entrissen wurden.

«Sie haben mich vor einem öden Abend gerettet», erwiderte Hurstwood. «Gute Nacht.»

Er ergriff Carries Hand und tiefe Empfindung strömte von einem zum andern.

«Ich bin so müde», sagte Carrie und lehnte sich in der Straßenbahn zurück, als Drouet zu plaudern begann.

«Na, ruh dich ein wenig aus, während ich rauche», meinte er, stand auf, ging, töricht genug, auf die vordere Plattform und ließ das Spiel, wie es stand.

## Die Lichter der Paläste: Überzeugende Botschaft

Julia Hurstwood wußte nicht, ob ihr Gatte ihr je untreu gewesen, obgleich sie seine Neigung dazu, die sie gut verstand, wohl argwöhnte. Sie war eine Frau, die, gereizt, unberechenbar zu handeln vermochte. Hurstwood hatte niemals die leiseste Ahnung, was sie in gewisser Lage zu tun imstande war. Er hatte sie nie völlig aufgebracht gesehen.

Tatsächlich eignete ihr nicht die Natur, in leidenschaftliche Erregung zu geraten. Ihr Glaube an die Menschen war zu gering, um nicht zu wissen, daß sie Verfehlungen begehen. Sie war zu berechnend, als daß sie irgendeinen Vorteil, den sie erschleichen konnte, durch nutzlos-aufgeregte Erörterungen verscherzt hätte. Ihre Wut pflegte sich an einem tödlichen Schlag zu befriedigen. Sie wartete, dachte nach, lernte die Einzelheiten kennen, ergänzte sie durch neue, bis ihre Macht ebenso groß wie ihre Rachgier war. Zugleich versäumte sie nicht, ihrem Opfer kleines oder größeres Übel zuzufügen, das ihn verwundete und ihn doch noch in bezug auf die Quelle des Bösen im unklaren ließ. Eine kalte, selbstsüchtige Frau, die vieles dachte, was nie, nicht einmal durch ein Augenfunkeln, zum Ausdruck gelangte.

Hurstwood ahnte etwas davon, obgleich er es nicht deutlich wahrnahm. Er lebte mit ihr in Eintracht, nicht unzufrieden. Fürchtete sie nicht im geringsten – warum auch? Sie war noch immer irgendwie stolz auf ihn, und diese Empfindung wurde durch den Wunsch verstärkt, ihre soziale Stellung unbeeinträchtigt zu genießen. Insgeheim freute sie sich, daß der größte Teil des Besitztums ihres Mannes auf ihren Namen verschrieben war, eine Vorsichtsmaßregel, die Hurstwood angewendet, als ihm sein Heim noch etwas verlockender dünkte als jetzt. Seine Frau hatte gar keinen Grund anzunehmen, daß es mit ihrem Heim je schiefgehen könne, und doch ließen ankündigende Schatten in ihr manchmal das Gefühl aufkommen, daß Hurstwoods Maßnahme für sie günstig gewesen sei. Jetzt war sie in der Lage, sich erfolgversprechend zu widersetzen, und Hurstwood benahm sich vorsichtig, weil er fühlte, daß er keiner Sache mehr sicher sein durfte, sobald sie einmal unzufrieden wurde.

Der Zufall wollte es, daß an dem Abend, wo Hurstwood, Carrie und Drouet sich in der Loge im McVickartheater befanden, George junior mit der Tochter H. B. Carmichaels, des dritten Teilhabers eines großen Kleiderwarenhauses von Chicago, in der sechsten Reihe Parkett saß. Hurstwood sah seinen Sohn nicht, denn er hatte, seiner Gewohnheit treu, weiter rückwärts Platz genommen, so daß er nur, wenn er sich vorbeugte, von den Leuten der ersten sechs Parkettreihen zum Teil gesehen werden konnte. Das tat er in jedem Theater, um seine Persönlichkeit so unauffällig als möglich zu machen, wenn das Gegenteil für ihn keinen Vorteil bedeutete.

Sobald die Gefahr drohte, daß sein Betragen falsch aufgefaßt oder unrichtig dargestellt werden konnte – unternahm er nichts, ohne sorgfältig Umschau zu halten, und berechnete die Kosten jedes Zolls für den Fall, daß er gesehen werden sollte.

Am nächsten Morgen sagte sein Sohn beim Frühstück:

«Gestern abend hab ich dich gesehen, Vater.»

«Warst du im McVickartheater?» fragte Hurstwood unbefangen.

«Ja», sagte George.

«Mit wem?»

«Mit Fräulein Carmichael.»

Julia richtete einen fragenden Blick auf ihren Gatten, konnte aber nach seinem Aussehen nicht beurteilen, ob es mehr als ein zufälliger kurzer Theaterbesuch gewesen.

«Wie war das Stück?» fragte sie.

«Sehr nett», bemerkte Hurstwood, «nur ist's noch immer dasselbe alte Zeug ‹Rip van Winkle›.»

«Mit wem warst du?» fragte seine Frau mit gespielter Gleichgültigkeit.

«Mit Charles Drouet und seiner Frau. Sie sind Moys Freunde und augenblicklich hier zu Besuch.»

Wegen der eigentümlichen Art seiner Stellung zog eine solche Eröffnung gewöhnlich weiter keine schwierigen Erörterungen nach sich. Julia hielt es für selbstverständlich, daß ihm sein Beruf soziale Verpflichtungen auferlegte, an denen sie nicht immer teilnehmen konnte. Aber seit kurzem hatte er mehrmals, wenn seine Frau ihn bat, sie zu Abendgesellschaften zu begleiten, berufliche Pflichten vorgeschützt.

«Ich dachte, du hättest jetzt sehr viel zu tun», sagte sie vorsichtig.

«Hab ich auch», rief er aus, «ich konnte mich gegen die Störung nicht wehren, habe es dann aber gutgemacht, indem ich bis zwei Uhr nachts arbeitete.»

Dies beendete die Unterredung für den Augenblick; zurück blieb ein peinlicher Rest vorgefaßter Meinung. Niemals hätten ihm die Forderungen seiner Frau ungelegener kommen können. Seit Jahren hatte er schon die ehelichen Zärtlichkeiten eingeschränkt, fand die Gesellschaft seiner Frau langweilig. Nun, da ein neues Licht am Horizont aufstrahlte, verblaßte die alte Leuchte im Westen. Es war ihm eben recht, sich ganz abzuwenden, und jeder Ruf, zurückzublicken, schien ihm lästig.

Doch sie war keineswegs geneigt, sich mit etwas anderem als mit der wörtlichen Erfüllung ihrer Beziehungen zufrieden zu geben, mochte auch der innere Gehalt fehlen.

«Wir fahren heute nachmittag in die Stadt», bemerkte sie einige Tage später. «Ich möchte, daß du zu Kinsleys kommst und dort Herrn und Frau Phillips triffst. Sie wohnen im Tremonthotel und wir werden ihnen ein wenig die Stadt zeigen.»

Nach dem Zwischenfall am Mittwoch durfte er es nicht gut abschlagen, obgleich die Phillips eitle, unwissende, wenig anziehende Leute waren. Er sagte zu, aber nicht besonders höflich. Ärgerlich verließ er das Haus.

«Dem will ich ein Ende machen», dachte er. «Werde mich nicht in meiner Arbeit stören lassen, um Besucher auszuführen.»

Nicht lange nachher rückte Julia mit einem ähnlichen Vorschlag heraus, doch war es diesmal eine Nachmittagsvorstellung.

«Meine Liebe», erwiderte er, «ich habe keine Zeit. Zuviel zu tun.»

«Na, findest doch Zeit, mit anderen Leuten auszugehen», erwiderte sie ziemlich erregt.

«Nichts dergleichen», sagte er. «Geschäftlichen Beziehungen kann ich nicht ausweichen, und das ist alles.»

«Auch gut», rief sie aus. Sie preßte die Lippen zusammen. Das Gefühl schweigender Gegnerschaft verschärfte sich.

Seine Empfindung für Drouets kleines Ladenmädchen wuchs dagegen in gleichmäßig ansteigender Linie. Auf die Anregung und unter dem Schutze ihres neuen Freundes veränderte sich die junge Frau sehr zu ihrem Vorteil. Ihr eignete die Geschicklichkeit des Ringers, der Befreiung sucht. Der Glanz eines reicheren Lebens verfehlte nicht seine Wirkung. Sie nahm nicht so sehr an Wissen zu, als daß ihre Begehrlichkeit geweckt wurde. Das fortwährende Gerede der Frau Hale über Reichtum und Stellung lehrte sie, zwischen den Graden von Reichtum zu unterscheiden.

Frau Hale fuhr gerne nachmittags aus, wenn es sonnig und schön war, und sättigte ihr Herz mit dem Betrachten jener Häuser und Gärten, die sie sich nicht leisten konnte. Den Nordkai entlang waren eine Anzahl prächtiger Gebäude errichtet worden. Die Mauer aus granitartigem Stein, gegen den See zu, die jetzt dasteht, war damals noch nicht vorhanden, aber die Straße war schon gut angelegt, die Wiesenflächen dazwischen sahen hübsch und die Häuser alle ganz neu und stattlich aus. Als nach dem Winter die ersten heiteren Frühlingstage kamen, mietete Frau Hale einen Wagen für einen Nachmittag und lud Carrie ein. Zuerst fuhren sie durch den Lincolnpark und weiter bis nach Evanston, kehrten um vier Uhr zurück und langten um fünf am Nordende des Kais an. Zu dieser Jahreszeit sind die Tage noch verhältnismäßig kurz, und die Abendschatten sanken schon allmählich über die große Stadt. Die Gaslampen begannen mit jenem gelben Schein zu leuchten, der dem Auge wässerig und fast durchsichtig vorkommt. In der Luft lag eine Weichheit, die mit unendlich zarter Empfindung auf Körper und Seele wirkt. Carrie fühlte, daß es ein herrlicher Tag war. Er reifte ihren Geist, eröffnete ihn neuen Eingebungen. Als sie so auf dem glatten Pflaster dahinfuhren, rollten viele Wagen an ihnen vorüber. Sie sah, wie einer anhielt; der Lakai stieg ab, öffnete einem Herrn, der gemächlich von irgend einem Nachmittagsvergnügen heimkehrte, den Wagenschlag. Über die weiten Rasenflächen hin, die jetzt zu erstem, frischem Grün erwachten, sah sie in kostbar eingerichteten Räumen Lampen aufglühen. Bald war's ein Stuhl, ein Tisch, bald eine schön geschmückte Ecke, die ihr Auge entzückten. Sie erregten ihre Wünsche, wie nichts anderes es je vermocht. Ihre kindlichen Träume von Feen und Königspalästen erneuerten sich. Ihr war, als gäbe es jenseits dieser reichgeschnitzten Tore, wo die Kristallkugeln der Lampen auf getäfelten Türen mit farbigen, bemalten Glasscheiben schienen, weder Sorgen noch unbefriedigte Wünsche. Sie war überzeugt, daß dort das Glück herrschte. Könnte sie nur den breiten Weg entlang wandeln, durch das prächtige Tor, schön wie Geschmeide, zu Besitz und Herrschaft aufschweben – oh, wie rasch entflöhe dann die Trauer; wie rasch, im Nu, hätte alles Herzeleid ein Ende! Sie schaute und schaute, staunend, entzückt, sehnsüchtig. Und die ganze Zeit über flüsterte ihr die Sirenenstimme der Unrast ins Ohr.

«Wenn wir solch ein Heim haben könnten», sagte Frau Hale traurig, «wie herrlich wäre das.»

«Und doch sagt man», meinte Carrie, «daß keiner jemals glücklich ist.»

Sie hatte soviel von der heuchlerischen Sauren-Trauben-Philosophie des Fuchses gehört.

«Ich konstatiere nur», sagte Frau Hale, «daß sich alle Menschen äußerst bemühen, ihr Elend in so einem Palast zu ertragen.»

Als Carrie in ihre Wohnung zurückkehrte, wurde ihr deutlich, wie relativ bescheiden die doch war. Zu übersehen, daß sie nur aus drei kleinen Zimmern in einer mäßig gut eingerichteten Familienpension bestand, wäre beschränkt gewesen. Sie verglich sie nicht mit dem, was sie früher besessen hatte, sondern mit dem soeben Gesehenen. Noch funkelten die Palasttüren vor ihren Augen, sie hörte noch das Rollen der Wagen mit den weichgepolsterten Sitzen. Was war Drouet schließlich? Was war sie? In ihrem Schaukelstuhl am Fenster wippend überlegte sie alles und blickte über den beleuchteten Park hinüber auf die beleuchteten Häuser der Warren- und Ashlandavenue. Sie war zu aufgewühlt, um zum Essen hinunterzugehen, zu nachdenklich, um etwas anderes zu tun als zu schaukeln und zu singen. Alte Lieder drängten sich ihr auf die Lippen, und als sie sie sang, tat ihr das Herz weh. Sie sehnte und sehnte sich. Bald nach ihrem Zimmer im alten Häuschen in Columbia, bald nach dem Palast auf dem Kai, dem schönen Kleid irgendeiner Dame, der Pracht irgendeiner Szene. Sie war sehr traurig und doch ungewiß, voll von Wünschen und Träumen. Schließlich erschien sie sich einsam und ganz verlassen und konnte nicht verhindern, daß ihre Lippen zitterten. Sie summte und die Zeit verstrich, sie saß im Schatten am Fenster und war dabei so glücklich, als sie je sein konnte – wenn sie es auch nicht wußte.

Während sich Carrie noch in dieser Stimmung befand, kam das Hausmädchen mit der Meldung, Herr Hurstwood wünsche Herrn und Frau Drouet zu sprechen.

«Ich glaube, er weiß nicht, daß Charles verreist ist», dachte Carrie.

Den Winter über hatte sie den Geschäftsführer verhältnismäßig wenig gesehen, doch dies oder das rief ihn ihr beständig ins Gedächtnis zurück – vor allem der starke Eindruck, den sie von ihm empfangen. Sie war etwas verwirrt, als sie an ihr Aussehen dachte, beruhigte sich aber bald durch einen Blick in den Spiegel und ging hinunter.

Hurstwood war wie gewöhnlich sehr in Form. Er hatte nicht gewußt, daß Drouet nicht in der Stadt sei. Die Nachricht berührte ihn nicht sehr, und er begann von allgemeinen Dingen zu plaudern, die Carrie fesseln konnten. Führte das Gespräch mit überraschender Leichtigkeit. Benahm sich wie jeder Mann, der den Vorteil der Übung hat und weiß, daß er auf Teilnahme zählen darf. Er wußte, daß Carrie ihm mit Vergnügen zuhörte, und ohne die geringste Mühe erging er sich in Betrachtungen, die ihre Einbildungskraft gefangennahmen. Er schob seinen Stuhl näher und modulierte seine Stimme so, daß alles, was er sagte, vertraulich klang. Beschränkte sich fast ausschließlich auf seine Beobachtungen von Menschen und Vergnügungen. Er war da und dort gewesen, hatte dies und das gesehen. Irgendwie flößte er Carrie den Wunsch ein, Ähnliches zu erleben, und brachte ihr sich selbst zum Bewußtsein. Nicht einen Augenblick konnte sie sich dem Einfluß seiner Persönlichkeit und Gegenwart entziehen. Er hob die Augen langsam zu ihr empor, um etwas lächelnd mit besonderem Nachdruck zu sagen, und seine magnetische Kraft hielt Carrie festgebannt. Mit größter Anmut erzwang er ihre Zustimmung. Im Eifer berührte er einmal ihre Hand, und sie lächelte nur. Er schien etwas auszustrahlen, was ihr ganzes Wesen durchströmte. Nicht eine Minute lang war er langweilig, und sie hielt sich für klüger als sonst. Unter diesem Einfluß wurde sie heiterer, zeigte sich von ihrer besten Seite. Sie fühlte, daß sie in seiner Gesellschaft geistreicher war als in der anderer Leute. Wenigstens fand er so vieles an ihr, dem er Beifall zollte. Ohne die leiseste Begönnerung. Drouet war davon erfüllt.

Etwas so Persönliches, so Zartes schwebte bei jeder Begegnung zwischen ihnen, ob Drouet anwesend war oder nicht, daß Carrie es nur schwer in Worten hätte ausdrücken können. Sie war nicht gesprächig, vermochte niemals ihre Gedanken in fließender Rede zu äußern. Aber immer war das Gefühl in ihr stark und tief. Nie sagten sie etwas Bedeutsames, was sie hätte anführen können. Und welche Frau würde Blicke und Empfindungen verraten. Derartiges hatte es zwischen Drouet und ihr nie gegeben. Es war gar nicht möglich. Als sie sich ihm schenkte, beherrschte sie Verzweiflung und dann das beglückende Gefühl der Befreiung, die ihr Drouet in jenem Augenblick verkörperte. Jetzt trieben sie geheimströmende Empfindungen, die Drouet nie begriffen hätte. Hurstwoods Blicke wirkten wie gesprochene Liebesworte. Mehr. Sie forderten nicht sofortigen Entschluß und konnten nicht erwidert werden.

Die Menschen legen gewöhnlich den Worten zu große Bedeutung bei. Sind in dem Wahn befangen, daß Sprechen zu großen Ergebnissen führe. Tatsächlich sind Worte in der Regel der geringste Teil der ganzen Auseinandersetzung. Sie verwirklichen nur dunkel die aufrauschenden Gefühle und Begierden, die sich darunter verbergen. Wenn die Zunge nicht mehr ablenkt, lauscht das Herz.

In diesem Gespräch hörte Carrie statt seiner Worte die Stimmen der Dinge, die er ihr bot. Wie einschmeichelnd seine Erscheinung! Wie warm überzeugte seine höhere Position! Sein wachsendes Begehren lag über ihrem Geist wie eine sanfte Hand. Sie brauchte gar nicht zu zittern, denn es war unsichtbar. Brauchte sich nicht zu sorgen, was andere Leute sagen würden – was sie selbst sagen würde –, denn es war nicht greifbar. Sie wurde angefleht, gedrängt, veranlaßt, alte Rechte zu leugnen und sich neuen zu unterwerfen – und doch fehlten die Worte, die es bewiesen. Ihr Gespräch stand zu ihren seelischen Handlungen in dem gleichen Verhältnis wie die leise Orchestermusik zu den dramatischen Vorgängen auf der Bühne, die sie zu übertönen pflegt.

«Haben Sie schon die Häuser auf dem Nordkai gesehen?» fragte Hurstwood.

«Ich war gerade heute nachmittag mit Frau Hale dort. Sind sie nicht wunderschön?»

«Sehr schön.»

«Oh», sagte Carrie nachdenklich. «Ich wollte, ich könnte in so einem Hause leben.»

«Sie sind nicht glücklich», sagte Hurstwood langsam, nach kurzer Pause.

Er hob feierlich die Augen und blickte in die ihrigen. Nahm an, daß er sie tief getroffen habe. Jetzt war vielleicht eine Gelegenheit, etwas zu eigenen Gunsten vorzubringen. Er lehnte sich ruhig zu ihr hinüber und fuhr fort, ihr gerade in die Augen zu blicken. Fühlte die Wichtigkeit des Augenblicks. Vergeblich bemühte sie sich, von ihm fortzurücken. Die ganze Kraft seiner männlichen Natur war in Tätigkeit. Ein allmächtiger Grund trieb ihn an. Er schaute und schaute, und je länger die Situation dauerte, um so schwieriger wurde sie. Das kleine Ladenmädchen kam in Bedrängnis. Sie ließ es geschehen, daß ihre geringen Stützen weit von ihr wegschwammen.

«Oh», sagte sie endlich, «so dürfen Sie mich nicht ansehen.»

«Ich kann nicht anders.»

Sie duldete es und gab ihm damit neue Kraft.

«Sie sind mit dem Leben nicht zufrieden?»

«Nein», sagte sie leise.

Er sah, daß er die Lage beherrschte – empfand es. Neigte sich zu ihr und berührte ihre Hand.

«Das dürfen Sie nicht», rief sie und sprang auf.

«Ich hatte nicht die Absicht», sagte er leichthin.

Sie lief nicht fort, wie sie gekonnt hätte. Machte dem Besuch kein

Ende, aber Hurstwood schwenkte bereitwillig auf einen erfreulichen Gesprächsgegenstand ab. Bald darauf erhob er sich, und sie fühlte, daß sie in seiner Macht war.

«Sie dürfen nicht traurig sein», sagte er gütig, «mit der Zeit wird alles zurechtkommen.»

Sie antwortete nicht, da ihr nichts einfiel.

«Gut Freund?» fragte er und streckte ihr die Hand entgegen.

«Ja.»

«Kein Wort also, bis ich Sie wiedersehe.» Er hielt ihre Hand fest.

«Ich kann nichts versprechen», meinte sie zweifelnd.

«Sie müssen kühner sein», sagte er, so einfach, daß es sie rührte.

«Wir wollen nicht mehr darüber reden», erwiderte sie.

«Gut», sagte er heiter.

Er ging die Treppe hinab, bestieg seinen Wagen. Carrie schloß die Haustür und eilte in ihr Zimmer hinauf. Vor dem Spiegel legte sie den breiten Spitzenkragen und den hübschen Gürtel aus Krokodilleder ab, den sie kürzlich gekauft hatte.

«Ich werde schrecklich», sagte sie, von einem Gefühl der Scham und Verwirrung ehrlich bewegt. «Es scheint, als täte ich nichts Rechtes mehr.»

Nach einer Weile löste sie ihr Haar und ließ es in braunen Wellen niederhängen. Sie überdachte die Ereignisse des Abends.

«Ich weiß nicht», sagte sie schließlich, «was ich tun soll.»

«Na», sagte Hurstwood im Fortfahren, «sie kann mich ganz gut leiden. Das steht fest.»

Der erregte Geschäftsführer pfiff – etwa vier Meilen weit bis zu seinem Geschäft – vergnügt eine alte Melodie, an die er sich fünfzehn Jahre hindurch nicht mehr erinnert hatte.

## Das Beglaubigungsschreiben des Gesandten wird angenommen: Babel der Sprache

Etwa zwei Tage nach dem Gespräch zwischen Hurstwood und Carrie erschien er wieder bei ihr. Er hatte fast ununterbrochen an sie gedacht. Ihre Nachgiebigkeit entflammte ihn noch mehr. Er fühlte, daß er bei ihr Erfolg haben müsse, und zwar rasch.

Seine Zuneigung, um nicht Bezauberung zu sagen, hatte einen tieferen Grund als bloßes Begehren. Es war ein Verströmen von Gefühlen, die lange Jahre im trockenen und fast unfruchtbaren Boden versickerten. Wahrscheinlich gehörte Carrie zu einer höheren Frauenart, als sie ihn je vorher angezogen. Seit seiner Liebesgeschichte, die ihren Höhepunkt in der Heirat fand, hatte er nichts mehr empfunden, und seit damals hatten Zeit und Welt ihn gelehrt, wie unerfahren und irrig sein ursprüngliches Urteil gewesen. So oft er daran dachte, sagte er sich, daß er nie eine solche Frau heiraten würde – wenn er es noch einmal zu tun hätte. Zugleich verringerten gewisse Erlebnisse seine Achtung vor dem weiblichen Geschlecht. Sein Zynismus gründete sich auf zahlreichen Erfahrungen. Die Frauen, die er gekannt, gehörten fast alle zum gleichen selbstsüchtigen, unwissenden, unlauteren Typus. Es lockte ihn nicht, die Gattinnen seiner Freunde anzusehen. Seine eigene Frau hatte sich zu einer kalten, gewöhnlichen Natur entwickelt, die ihm keineswegs angenehm war. Was er von jener Unterwelt wußte, wo die Tier-Menschen der Gesellschaft herumkriechen (und er wußte viel), verhärtete seine Natur. Er betrachtete alle Frauen mit Mißtrauen – mit einem Blick für die Nützlichkeit von Schönheit und Kleidung. Sah ihnen mit scharfen zwingenden Blicken nach. Doch war er nicht so abgestumpft, daß nicht eine gute Frau seine Achtung gewinnen konnte. Er selbst versuchte nicht, das Wunderbare an einer edlen Frau zu erklären. Zog den Hut, gebot in ihrer Gegenwart den losen Zungen und den Lasterhaften Schweigen – wie etwa der irische Barwirt sich vor der Barmherzigen Schwester demütigt und mit willig-andächtiger Hand der Wohltätigkeit seinen Zoll entrichtet. Aber er denkt nicht viel darüber nach, weshalb er es tut.

Ein Mann in Hurstwoods Lage, der nach einer langen Reihe von wertlosen oder verhärtenden Erlebnissen eine junge unerfahrene, unschuldige Seele antrifft, hält sich ihr, im Gefühl großer Verschiedenheit, fern oder er nähert sich, wird von seiner Entdeckung bezaubert und hingerissen. Nur auf Umwegen vermögen derlei Männer solchen Mädchen nahe zu kommen. Sie haben keine Methode, kein Verständnis, wie sie die Gunst der Jugend erringen sollen, außer wenn sie die Tugend schon umgarnt finden. Hat sich die Fliege zu ihrem Unglück in den Maschen verfangen, dann kann die Spinne vorwärts kriechen und ihre Bedingungen stellen. Wenn junge Mädchen in den Schmutz der Stadt untergetaucht sind, sich innerhalb des verhängnisvollen Kreises befinden – wäre es auch nur am äußersten Rande –, dann können die Lebemänner hervortreten und ihre Lockkünste spielen lassen.

Hurstwood war Drouets Einladung gefolgt, um eine neue «leichte Person» – hübsche Kleider, hübsches Gesicht – kennenzulernen. Als er eintrat, erwartete er das Vergnügen eines fröhlich-spaßhaften Abends – dann würde er die Spur des Neuankömmlings für immer verlieren. Nun fand er eine Frau, deren Jugend und Schönheit ihn anzogen. In Carries sanft-leuchtenden Augen lag nichts von Berechnung der Mätresse. In ihrer schüchternen Art nichts von der Kunst der Kurtisane. Er sah sofort, daß hier ein Fehler begangen worden, irgendwelche Schwierigkeiten dies verzweifelte Wesen in seine Gegenwart getrieben – und seine Teilnahme war ihr gewonnen. Mitgefühl kam zu Hilfe, doch war es nicht frei von Selbstsucht. Er wollte Carrie erringen, weil er dachte, ihr Los würde sich für sie besser gestalten, wenn sie mit ihm statt mit Drouet vereint wäre. Er neidete dem Reisenden seine Eroberung, wie er noch nie, solange er Erfahrungen sammelte, einen Mann beneidet hatte.

Carrie war sicher besser als dieser Mann, wie sie seelisch auch höher stand als Drouet. Sie kam frisch aus der Dorfluft, das Licht der freien Natur leuchtete noch in ihren Augen. In ihr war weder List noch Habgier. Leichte, nur verblaßte Spuren davon besaß sie durch Vererbung. Zu sehr erfüllten sie Staunen und Sehnsucht, als daß sie hätte gierig sein können. Noch blickte sie um sich, auf den großen Irrgarten der Stadt, ohne recht zu begreifen. Hurstwood empfand ihre Blüte und Jugend. Er pflückte sie wie eine frische Frucht vom Baume. In ihrer Gegenwart war ihm zumute wie jemandem, der nach Sommergluten von dem ersten kühlen Frühlingsatem erfrischt wird.

Als Carrie nach ihrem Erlebnis mit Hurstwood alleinblieb, ohne jemanden zu haben, mit dem sie hätte Rates pflegen können, wanderte sie zuerst im Geiste von einer seltsamen Schlußfolgerung zur andern, bis sie es, zuletzt müde geworden, aufgab. Sie glaubte, Drouet etwas zu schulden. Erst gestern schien er ihr geholfen zu haben, als sie voll Sorgen, in Verzweiflung war. Sie hegte die freundlichsten Gefühle für ihn. Hielt ihm sein Aussehen, seine Generosität zugute und konnte sich, in seiner Abwesenheit, kaum seiner Selbstsucht erinnern; aber sie vermochte nicht, irgendeinen bindenden Einfluß zu fühlen, der sie für ihn gegen alle andern bewahren sollte. Tatsächlich hatte so ein Gedanke keinerlei Berechtigung, nicht einmal in Drouets Wünschen.

Die Wahrheit ist, daß die lustige Art und unstete Phantasie dieses braven Gesellen das Verhängnis aller dauernden Beziehungen bedeutete. Er eilte fröhlich vorwärts, überzeugt, daß er alle Menschen bezauberte, zärtliche Liebe seiner Spur folgte und die Dinge zu seinem Vergnügen unverändert währen würden. Vermißte er ein altbekanntes Gesicht, fand er eine Tür endgültig verschlossen, so betrübte es ihn nicht allzu sehr. Er war zu jung, zu erfolgreich. So würde er im Geiste jung bleiben – bis er tot war.

Hurstwood lebte mit seinen Gedanken und Empfindungen in Carrie. Er faßte keine bestimmten Pläne, war aber entschlossen, ihr ein Geständnis zu erpressen. In ihren gesenkten oder scheuen Blicken, ihrem Schwanken, glaubte er die Anzeichen einer aufknospenden Leidenschaft zu erkennen. Wünschte, neben ihr zu stehen, sie zu bewegen, ihre Hand in die seinige zu legen – wünschte, herauszufinden, was ihr nächster Schritt, das nächste Anzeichen eines Gefühls für ihn sein werde. Solch liebende Angst, solche Begeisterung hatte er schon seit Jahren nicht empfunden. An Gefühlen war er wieder ein Jüngling – ein tatenfroher Ritter.

Seine Stellung bot ihm günstige Gelegenheit, die Abende auswärts zu verbringen. Gewöhnlich war er ein pflichtgetreuer Arbeiter und ein Mann, der in bezug auf seine Zeiteinteilung das Vertrauen seiner Vorgesetzten besaß. Er konnte ausbleiben, wann er wollte, denn man wußte wohl, daß er seine Pflichten als Geschäftsführer mit Erfolg erfüllte, wann immer er es auch tat. Sein Takt, sein gepflegtes Äußere verliehen dem Lokal Ansehen; auf Grund seiner langen Erfahrung konnte er ausgezeichnet beurteilen, was er an Vorräten brauchte. Barmänner und Gehilfen mochten, einzeln oder in Gruppen, kommen und gehen; aber solange er anwesend war, würden die Scharen der alten Kunden kaum eine Veränderung bemerken. Er verlieh dem Ort die Stimmung, an die sie gewöhnt waren. Daher bestimmte er seine Geschäftszeit ganz nach eigenem Belieben, machte sich bald an einem Nachmittag, bald an einem Abend frei, kehrte aber immer zwischen elf und zwölf zurück, um den letzten Stunden des Tagesverkehrs als Zeuge beizuwohnen und die Schlußeinzelheiten zu überprüfen.

«Schau, daß alle Dinge in Ordnung und alle Angestellten aus dem Hause sind, wenn du heimgehst, George», hatte Moy einmal zu ihm bemerkt, und nicht ein einziges Mal während seines langen Dienstes hatte er das verabsäumt. Seit Jahren war keiner der Besitzer jemals nach fünf Uhr nachmittags in der Bar geblieben, und doch erfüllte der Geschäftsführer diese Forderung so gewissenhaft, als wären sie stets da, um ihn zu beobachten.

An diesem Freitag nachmittag, kaum zwei Tage nach seinem früheren Besuch, entschloß er sich, zu Carrie zu gehen. Er konnte ihr nicht länger fernbleiben.

«Evans», sagte er zum Oberbarmann, «wenn jemand kommt – ich werde zwischen vier und fünf zurück sein.»

Er eilte in die Madisonstraße und nahm die Pferdebahn, die ihn in einer halben Stunde auf den Ogdenplatz brachte.

Carrie wollte einen Spaziergang machen und hatte ein lichtgraues Wollkleid mit einer flotten doppelreihigen Jacke angezogen. Hut und Handschuhe lagen schon bereit, und sie befestigte eben einen weißen Spitzenkragen am Halse, als das Hausmädchen ihr meldete, Herr Hurstwood wünsche sie zu sprechen.

Sie zuckte zusammen, sagte aber dem Mädchen, sie werde gleich unten sein, und beeeilte sich, fertig zu werden.

In diesem Augenblick hätte sich Carrie nicht zu sagen vermocht, ob sie froh oder traurig war darüber, daß Hurstwood sie erwartete. Sie war verwirrt. Ihre Wangen röteten sich, doch eher vor Nervosität, als vor Angst oder Freude. Sie versuchte nicht einmal, sich den Inhalt des Gespräches vorzustellen. Fühlte nur, daß sie vorsichtig sein mußte und daß Hurstwood sie unerklärlich fesselte. Dann ordnete sie noch rasch ein letztes Mal ihre Schleife und eilte hinunter.

Hurstwood selbst war nervös gespannt; er kannte seine Aufgabe. Fühlte, daß er bei dieser Gelegenheit kühn spielen mußte; doch jetzt, da die Stunde gekommen und er Carries Schritt auf der Treppe hörte, verließ ihn die Kraft. Seine Entschlossenheit sank um ein weniges, denn schließlich war er ihrer Meinung nicht so sicher.

Als sie den Raum betrat, flößte ihm ihr Anblick Mut ein. Sie sah einfach und reizend genug aus, um die Kühnheit jedes Liebhabers zu erhöhen. Ihre sichtbare Nervosität befreite ihn von der seinigen.

«Wie geht es Ihnen?» fragte er freundlich. «Ich konnte nicht der Versuchung widerstehen, heute nachmittag zu kommen – es ist so schönes Wetter.»

«Ja», sagte Carrie und blieb vor ihm stehen, «ich machte mich gerade bereit, spazierenzugehen.»

«So?» sagte er. «Wie wäre es, Sie nähmen Ihren Hut und wir gingen zusammen?»

Sie schritten durch den Park, westwärts, den Washingtonboulevard entlang, der mit seiner breiten Asphaltstraße, den großen, vom Gehsteig zurückweichenden Häusern so schön ist. Hier wohnten mehrere wohlhabende Leute, und Hurstwood wurde nervös, weil er fürchtete, gesehen zu werden. Sie waren kaum einige Blocks weit gegangen, als das Schild eines Mietstalles in einer der Nebengassen die Schwierigkeit für ihn löste. Er wollte Carrie zu einer Fahrt auf den Neuen Boulevard einladen.

Der Boulevard war zu jener Zeit nicht viel mehr als eine Landstraße. Der Teil, den Hurstwood ihr zeigen wollte, lag weiter an der Westseite, wo kaum ein Haus stand. Er verband den Douglaspark mit dem Washington- oder Südpark und war nur eine gut angelegte Straße, die sich etwa fünf Meilen südwärts und ostwärts über eine offene Wiesenfläche hinzog. Auf dem größeren Teil des Weges sah man nirgends ein Haus und das Gespräch würde so ohne Unterbrechung sehr angenehm geführt werden können.

Im Mietstall wählte er ein sanftes Pferd, und bald waren sie der Hör- und Sehweite der Menschen entrückt.

«Können Sie kutschieren?» fragte er nach einer Weile.

«Ich habe es noch nie versucht», sagte Carrie.

Er legte die Zügel in ihre Hände und verschränkte die Arme.

«Sie sehen, es ist nicht viel dran», sagte er lächelnd.

«Nicht, wenn man ein sanftes Pferd hat», meinte Carrie.

«Mit ein wenig Übung können Sie ein Pferd ebensogut lenken wie irgendein anderer», fügte er ermutigend hinzu.

Schon seit einer Weile bemühte er sich, eine Pause im Gespräch herbeizuführen, um ihm eine ernstere Wendung zu geben. Ein- oder zweimal hatte er in der Hoffnung geschwiegen, daß ihre Gedanken während der Stille die seinigen erraten würden, aber sie hatte leichthin weitergeplaudert. Nun beherrschte sein Schweigen doch die Stimmung, Carrie mußte fühlen, was er dachte. Ohne etwas Besonderes ins Auge zu fassen, blickte er starr vor sich hin, als dächte er an Dinge, die sie gar nicht angingen. Aber seine Gedanken waren nicht verschwiegen. Ihr wurde bewußt, daß eine Entscheidung bevorstehe.

«Wissen Sie», sagte er, «daß ich in Ihrer Gesellschaft die glücklichsten Abende – seit Jahren – verbracht habe?»

«So?» fragte sie mit geheuchelter Munterkeit, aber doch durch die Überzeugungskraft seiner Stimme erregt.

«Ich wollte es Ihnen schon letzthin sagen, aber der günstige Augenblick entschlüpfte irgendwie.»

Carrie lauschte, ohne eine Erwiderung zu versuchen. Es fiel ihr nichts Nennenswertes ein. Obgleich sie seit ihrer letzten Begegnung mit ihm der Gedanke an Recht und Unrecht dunkel verwirrte, war sie jetzt wieder sehr zu seinen Gunsten beeinflußt.

«Ich bin heute zu Ihnen gekommen», fuhr er feierlich fort, «um Ihnen zu gestehen, wie ich fühle – zu sehen, ob Sie mir nicht zuhören würden.»

Hurstwood hatte etwas vom Romantiker. Er war starker – oft poetischer – Gefühle fähig, und unter dem Antrieb eines Begehrens, wie jetzt, konnte er beredt werden. Das heißt, seine Gefühle, seine Stimme drückten jene anscheinende Zurückhaltung, jenes Pathos aus, das das Wesentliche der Beredsamkeit ist.

«Wissen Sie», sagte er, legte seine Hand auf ihren Arm und suchte lange, schweigend, Worte zu formen, «daß ich Sie liebe?»

Carrie rührte sich nicht. Sie war völlig im Banne des Mannes. Er wünschte ein Schweigen wie in der Kirche, um seine Gefühle zu äußern, und sie bewahrte es. Sie wendete ihre Augen nicht von der freien Ebene vor sich ab. Hurstwood wartete einige Augenblicke und wiederholte dann die Worte.

«Das dürfen Sie nicht sagen», flüsterte sie.

Es klang gar nicht überzeugend. Ergebnis des schwachen Gedankens, daß etwas gesagt werden mußte. Er beachtete es nicht weiter.

«Carrie», sagte er und gebrauchte ihren Taufnamen mit zärtlicher Vertraulichkeit, «ich möchte, daß Sie mich lieben. Sie wissen gar nicht, wie dringend ich jemanden brauche, der ein wenig Zärtlichkeit auf mich verschwendet. Ich bin in Wirklichkeit allein. Es gibt in meinem Leben nichts Erfreuliches. Nur Arbeit und Sorgen, von Leuten umdrängt, die mich nichts kümmern.»

Als Hurstwood dies sagte, bildete er sich wirklich ein, seine Lage sei bemitleidenswert. Er besaß die Fähigkeit, sich selbst aus einer gewissen Entfernung objektiv betrachten zu können – in dem, was sein Leben ausmachte, nur das zu sehen, was er sehen wollte. Als er jetzt sprach, zitterte seine Stimme eigentümlich, wie es bei großer Bewegung zu geschehen pflegt. Sie traf seine Begleiterin bis ins Herz.

«Aber ich sollte doch denken», sagte sie und blickte ihn mit ihren großen gefühlvollen Augen an, «daß Sie glücklich sein müssen. Sie wissen so viel von der Welt.»

«Das ist's ja», sagte er und senkte seine Stimme, «ich weiß zu viel von der Welt.»

Carrie empfand es als bedeutsames Erlebnis, einen mächtigen, gutgestellten Mann so sprechen zu hören. Seltsam. Wie war es gekommen, daß in so kurzer Zeit das engbegrenzte Landleben von ihr glitt gleich einem abgetragenen Gewand, und die Stadt, mit all ihrem Geheimnis, an seine Stelle trat? Hier war dies tiefste Mysterium, der reiche Geschäftsmann, der neben ihr saß, sie um Hilfe bat. Siehe, er hatte Reichtum und Behaglichkeit, seine Kraft war groß, seine Stellung bedeutend, seine Kleidung prächtig und doch wendete er sich an sie. Sie vermochte nicht, einen rechten und guten Gedanken zu fassen. Wollte sich auch nicht mehr darüber Sorge machen. Sonnte sich nur in der Wärme seines Gefühls, das sie wie frohe Flamme dem Frierenden dünkte. Hurstwood entbrannte an seiner eigenen Innigkeit, und die Glut seiner Leidenschaft ließ die Gewissensskrupel seiner Gefährtin dahinschmelzen.

«Sie glauben», sagte er, «daß ich glücklich bin und mich nicht beklagen darf? Wenn Sie täglich mit Leuten zu verkehren hätten, denen Sie vollständig gleichgültig sind, Tag um Tag an einen Platz gehen müßten, wo nichts als ein leerer Prunk, – wenn unter all denen, die Sie kennen, auch nicht eine Person wäre, von der Sie Teilnahme erhoffen, zu der Sie mit Vergnügen sprechen könnten – vielleicht wären Sie dann auch unglücklich.»

Jetzt hatte er eine Saite angeschlagen, die in ihr widerklang. Sie wußte, was es hieß, mit gleichgültigen Menschen zu verkehren, unter den vielen, die sich gar nicht um einen kümmerten, allein seines Weges zu gehen. Und sie? War sie in diesem Augenblick nicht ganz allein? An wen unter all ihren Bekannten hätte sie sich in Seelennot wenden dürfen? Sie war auf sich selbst angewiesen, zu sinnen, zu staunen.

«Ich könnte zufrieden sein», fuhr Hurstwood fort, «wenn Sie mich lieben wollten, ich zu Ihnen kommen, Sie zur Gefährtin haben könnte. Wie es nun ist, bewege ich mich einfach ohne jede Befriedigung von Ort zu Ort. Schwer lasten die Stunden auf meinen Schultern. Ehe Sie in mein Leben traten, habe ich nur gefaulenzt und trieb allem zu, was sich eben darbot. Seitdem ich Sie kenne – nun – da habe ich Sie, an die ich denken kann.»

Der alte Wahn, daß hier jemand ihre Hilfe brauchte, bemächtigte sich Carries. Ehrliches Mitleid mit diesem traurigen, einsamen Mann bewegte sie. War das auszudenken? All sein stattliches Leben so fruchtlos vor Sehnsucht nach ihr, daß er sie zu Hilfe rufen mußte, wo sie doch selbst einsam, ankerlos war. Zu traurig!

«Ich bin kein schlechter Kerl», sagte er entschuldigend, als hätte sie auf eine Erklärung Anspruch. «Sie glauben wahrscheinlich, ich strolche herum und begehe alles mögliche? Bin schon etwas unbedacht gewesen, aber ich könnte mich leicht bessern. Sie brauche ich, um zu mir zurückzufinden – wenn mein Leben noch irgendeinen Wert haben soll.»

Carrie blickte ihn mit jener Zärtlichkeit an, die die Tugend immer empfindet, wenn sie hofft, das Laster zu retten. Wie konnte solch ein Mann Rettung brauchen? Was waren seine Fehler, daß sie sie bessern sollte? Sie konnten nur gering sein, wo alles an ihm so schön war. Im schlimmsten Falle vergoldete sie Liebenswürdigkeit, und mit welcher Milde werden solche Fehler beurteilt!

Er schilderte sich selbst so einsam, daß es sie tief rührte.

«Ist es wirklich so?» grübelte sie.

Er legte seinen Arm um sie und sie hatte nicht das Herz, abzurücken. Mit seiner freien Hand ergriff er ihre Finger. Weiche Frühlingsluft wehte über die Straße und wirbelte einige braune Zweiglein des vergangenen Herbstes vor sich hin. Das ungeleitete Pferd trottete gemächlich.

«Sag mir», sagte er sanft, «daß du mich liebst.»

Sie senkte die Augen.

«Sag es, Liebste. Nicht wahr, du liebst mich?»

Sie erwiderte nichts, doch er fühlte seinen Sieg.

«Sag es», und er zog sie so nah an sich, daß ihre Lippen einander fast berührten. Er drückte ihre Hand und gab sie dann frei, um ihre Wange zu liebkosen.

«Nicht?» fragte er und drückte seine Lippen auf die ihrigen.

Ihre Lippen gaben Antwort.

«Nun bist du mein Mädchen», sagte er glücklich und seine Augen strahlten.

Ihr Kopf lag an seiner Schulter – mehr bedurfte es nicht.

## Augen, die nicht sehen: Ein Einfluß verblaßt

An diesem Abend war Carrie geistig und seelisch von schöner Glut erfüllt. Sie freute sich tiefinnerlich über ihre Zuneigung zu Hurstwood und seine Liebe und malte sich schon ihr nächstes Zusammentreffen am Sonntagabend in hellen Farben aus. Sie hatten, ohne das Gefühl aufgezwungener Heimlichkeit, besprochen, daß sie in die Stadt kommen und ihn treffen sollte, obgleich im Grunde nur sein Begehren die treibende Kraft war.

Frau Hale sah von ihrem Fenster im oberen Stockwerk Carrie heimkehren.

«Hm», dachte sie, «sie fährt mit einem andern Mann aus, wenn ihr Gatte nicht in der Stadt ist. Er sollte besser auf sie aufpassen.»

In Wahrheit war Frau Hale nicht die einzige, die sich darüber Gedanken machte. Das Hausmädchen, das Hurstwood empfangen hatte, war gleichfalls im Bilde. Sie mochte Carrie, die sie für kalt und unfreundlich hielt, nicht besonders leiden. Zugleich schwärmte sie für den fröhlichen und höflichen Drouet, der ihr hie und da eine scherzende Bemerkung vergönnte und ihr auch sonst jene Aufmerksamkeit erwies, die er auf alle Frauen ausdehnte. Hurstwood war zurückhaltender, abweisender. Er gefiel der Hausgehilfin nicht so gut. Sie wunderte sich, daß er so oft kam, daß Frau Drouet mit ihm in Abwesenheit ihres Gatten nachmittags ausging. Ihre Ansichten teilte sie der Köchin mit. Ergebnis: das Tratschgesumm war in Gang und schlich mit jener Heimlichkeit um das Haus, wie sie dem Tratsch eben eigen ist.

Da Carrie Hurstwood so weit nachgegeben hatte, ihre Neigung zu bekennen, sorgte sie sich nicht mehr um ihre Haltung ihm gegenüber. Im Augenblick dachte sie überhaupt nicht an Drouet, nur an die Würde und Güte ihres Freundes, seine Liebe für sie. Am ersten Abend tat sie wenig mehr, als daß sie die Geschehnisse des Nachmittags überlegte. Zum erstenmal war ihr Mitgefühl so stark geweckt worden, und es warf ein neues Licht auf ihr Wesen. Anregungen, die bis jetzt in ihr geschlummert, begannen sich auszuwirken. Sie prüfte ihre Lage einsichtiger, erkannte den Ausweg. Hurstwood schien ihr ein Schritt vorwärts auf dem Wege der Ehre. Ihre Empfindungen waren äußerst achtbar, da sie aus den letzten Entwicklungsstufen etwas aufzubauen suchte, was Befreiung aus Unehre bedeutete. Sie wußte nicht, was Hurstwoods nächstes Wort sein würde. Hielt nur seine Liebe für etwas sehr Schönes und fügte aus eigenem bessere, großmütigere Ergebnisse hinzu.

Bis jetzt dachte Hurstwood nur an Vergnügen ohne Verantwortlichkeit. Er hatte nicht die Empfindung, daß er etwas unternahm, was Verwicklungen in sein Leben bringen könnte. Seine Stellung war gefestigt, sein häusliches Dasein, wenn nicht befriedigend, so doch wenigstens ungestört, seine persönliche Freiheit fast ungehemmt. Carries Liebe bedeutete nur einen Zusatz an Vergnügen. Er wollte diese neue Gabe über das ihm gewährte Maß von Freude hinaus genießen. Mit ihr glücklich sein, und seine eigenen Geschäfte sollten, wie bisher, ihren ungestörten Lauf nehmen.

Sonntag abend speiste Carrie mit ihm in einem Restaurant in der Ost Adamsstraße, das er gewählt hatte, und dann fuhren sie in ein damals beliebtes Unterhaltungslokal auf der Cottage Grove Avenue, nahe der Neununddreißigsten Straße. Im Verlauf seiner Werbung erkannte Hurstwood, daß Carrie seine Leidenschaft höher einschätzte, als er gedacht. Ernst und würdig hielt sie ihn in gewisser Entfernung und gestattete nur Zärtlichkeitsbeweise, wie sie eher dem unerfahrenen

Liebhaber ziemen. Hurstwood sah ein, daß sie sich nicht auf bloßen Wunsch schenken werde, und drang nicht in sie.

Da er vorgab, an ihre Ehe zu glauben, mußte er seine Rolle weiterspielen. Sein Sieg dünkte ihn noch fern. Wie weit, vermochte er nicht zu erraten.

Als sie im Wagen auf den Ogdenplatz zurückkehrten, fragte er sie:

«Wann werde ich Sie wiedersehen?»

«Ich weiß nicht», erwiderte sie. Sie fragte es sich selbst.

«Wollen Sie nicht nächsten Dienstag in den Basar hinunterkommen?» schlug er vor.

Sie schüttelte den Kopf.

«Nicht so bald.»

«Ich weiß, was ich machen werde. Ich werde Ihnen postlagernd Westpost schreiben. Können Sie sich den Brief nächsten Dienstag holen?»

Carrie bejahte.

Der Wagen hielt, Hurstwoods Weisung gemäß, vor dem Haus, das neben dem Carries lag.

«Gute Nacht», flüsterte er, als sich der Wagen in Bewegung setzte.

Für den ruhigen Verlauf der Geschichte war es nicht günstig, daß Drouet zurückkehrte. Hurstwood saß am folgenden Nachmittag in seinem Büro, als er Drouet eintreten sah.

«Hallo, Charles», rief er freundlich, «wieder daheim?»

«Ja», sagte Drouet lächelnd, näherte sich und blickte durch die Tür.

Hurstwood erhob sich. «Na», sagte er und schaute den Reisenden von Kopf zu Fuß an. «Rosig wie immer, was?»

Sie begannen von Leuten zu sprechen, die sie kannten, und Dingen, die sich ereignet hatten.

«Schon daheim gewesen?» fragte schließlich Hurstwood.

«Nein, ich bin eben im Begriffe, hinauszufahren.»

«Ich hab das kleine Mädchen draußen nicht vergessen», sagte Hurstwood, «und hab sie einmal besucht. Dachte mir, Sie würden es nicht gerne sehen, sie ganz allein zu wissen.»

«Da haben Sie recht», stimmte Drouet zu. «Wie geht es ihr?»

«Sehr gut», sagte Hurstwood. «Etwas ängstlich Ihretwegen. Gehen Sie nur gleich nach Hause und heitern Sie sie auf.»

«Das will ich tun», sagte Drouet lächelnd.

«Ich möchte, daß ihr beide Mittwoch mit mir ins Theater kommt», schloß Hurstwood beim Abschied.

«Danke, alter Junge», sagte sein Freund. «Will mal sehen, was Carrie sagt, und Sie dann wissen lassen.»

Sie nahmen herzlich voneinander Abschied.

«Ein netter Kerl», dachte Drouet, als er in der Richtung von Madison um die Ecke bog.

«Braver Junge, dieser Drouet», dachte Hurstwood, als er in sein Büro zurückging, «aber kein Mann für Carrie.»

Der Gedanke an sie versetzte ihn in ausgezeichnete Stimmung, und er fragte sich nur, wie er den Geschäftsreisenden überrennen sollte.

Als Drouet zu Carrie kam, schloß er sie wie gewöhnlich in seine Arme, aber sie erwiderte seinen Kuß mit zitterndem Widerstreben.

«Ich hab eine großartige Reise gehabt.»

«Ja? Wie ist es dir mit dem Mann aus La Crosse ergangen, von dem du mir erzählt hast?»

«Fein. Verkaufte ihm meinen ganzen Vorrat. Es war noch ein anderer Kerl da, der Vertreter Burnsteins, so eine richtige jüdische Hakennase, aber es gelang ihm nicht. Neben mir hat er nach gar nichts ausgesehen.»

Während er seinen Kragen ablegte und die Hemdknöpfe öffnete, um sich zu waschen und dann umzukleiden, erzählte er weiter. Carrie mußte seinen lebendigen Beschreibungen mit Vergnügen lauschen.

«Ich sag dir – die Leute im Geschäft hab ich einfach verblüfft. In diesem letzten Vierteljahr hab ich mehr Waren verkauft als irgendein anderer Reisender der Firma. In La Crosse für dreitausend Dollar.»

Er tauchte sein Gesicht in eine Schüssel voll Wasser, pustete und schnaufte, als er sich Hals und Ohren rieb. Carrie sah ihn mit gemischten Gefühlen an – Erinnerung und gegenwärtiges Urteil. Er trocknete sich noch ab, als er fortfuhr:

«Im Juni will ich eine Erhöhung verlangen. Sie können es sich schon leisten, wo ich ihnen so gute Geschäfte tätige. Werde sie auch kriegen, das darfst du mir glauben.»

«Hoffentlich», sagte Carrie.

«Und wenn das kleine Realitätengeschäft, das ich vorhabe, glückt, heiraten wir», sagte er mit größtem Aufwand von Ernst, stellte sich vor den Spiegel und begann sich das Haar zu bürsten.

«Ich glaube nicht, Charlie, daß du die Absicht hast», sagte Carrie traurig. Die kürzlich gehörten Beteuerungen Hurstwoods gaben ihr Mut zu diesen Worten.

«O doch – natürlich – was bringt dich auf diesen Gedanken?»

Er hörte jetzt mit dem Schönmachen auf und trat zu ihr. Zum erstenmal empfand Carrie, als müßte sie vor ihm zurückweichen.

«Aber du sagst das ja schon seit langem», meinte sie und hob ihr Gesicht zu ihm empor.

«Jawohl, und ich meine es auch, aber zum Leben, wie ich's verstehe, braucht's Geld. Wenn ich jetzt die Erhöhung kriege, kann ich schon die Sache einigermaßen deichseln, und ich will's tun. Sorg dich nicht, Mädel.»

Er klopfte ihr beruhigend auf die Schulter, aber Carrie fühlte, wie wertlos ihre Hoffnungen im Grunde gewesen. Nun konnte sie klar sehen, daß er in seinem Leichtsinn nichts für sie zu tun gedenke. Er ließ die Dinge einfach gehen, weil er die Freiheit seines jetzigen Daseins irgendeinem gesetzlichen Band vorzog.

Hurstwood aber schien stark und aufrichtig. Er hatte nicht diese leichtfertige Art, sie hinzuhalten. Zeigte Teilnahme und brachte ihr ihren wirklichen Wert zum Bewußtsein. Er brauchte sie, Drouet machte sich nicht so viel aus ihr.

«O nein», sagte sie voll Reue, und in ihrem Ton klang etwas von ihrem eigenen Erfolg und noch mehr von ihrer Hilflosigkeit, «du wirst es nie tun.»

«Na, warte nur ein Weilchen, dann wirst du sehen», schloß er. «Werde dich schon richtig heiraten.»

Carrie blickte ihn an und fühlte sich gerechtfertigt. Sie suchte etwas, was ihr Gewissen beruhigen konnte, und hier war's – die leichtfertige, oberflächliche Mißachtung ihrer Ansprüche auf seine Gerechtigkeit. Er hatte ihr beteuert, daß er sie heiraten werde, und so erfüllte er seinen Schwur!

«Hör mal», meinte er, nachdem er seiner Ansicht nach die Ehefrage scherzhaft erledigt, «ich habe Hurstwood heute gesehen und er wünscht, daß wir mit ihm ins Theater gehen.»

Carrie fuhr zusammen, als sie den Namen hörte, faßte sich aber rasch, so daß Drouet nichts merkte.

«Wann?» fragte sie mit gespielter Gleichgültigkeit.

«Mittwoch. Wir wollen doch, nicht?»

«Wenn du meinst», erwiderte sie. Sie war so gezwungen-zurückhaltend, daß es fast verdächtig wurde. Drouet bemerkte etwas, dachte aber, sie sei noch wegen der Heiratserörterung gekränkt.

«Er erzählte mir, daß er dich einmal besucht hat.»

«Ja», sagte Carrie, «Sonntag abend.»

«So? Aus seinen Worten glaubte ich zu entnehmen, daß es vor etwa einer Woche geschah.»

«Ja, auch», erwiderte Carrie, die nicht wußte, was ihre Freunde miteinander gesprochen. Sie fühlte sich in Gedanken ganz verloren, fürchtete eine Verwicklung, die sich aus einer etwaigen Antwort ergeben könnte.

«Oh, also ist er zweimal dagewesen?» sagte Drouet und der erste Schatten des Nichtverstehens verdunkelte sein Gesicht.

«Ja», sagte Carrie unschuldig und fühlte jetzt, daß Hurstwood wahrscheinlich nur einen Besuch erwähnt hatte.

Drouet bildete sich ein, daß er seinen Freund wohl mißverstanden habe. Im übrigen legte er der Sache keine besondere Bedeutung bei.

«Was wollte er denn?» fragte er, doch etwas neugierig geworden.

«Er sagte, er sei gekommen, weil er mich einsam glaubte. Du warst so lange nicht bei ihm, daß er sich schon wunderte, was mit dir geschehen sei.»

«George ist ein netter Junge», sagte Drouet und fühlte sich geschmeichelt, daß der Geschäftsführer augenscheinlich solches Interesse an ihm nahm. «Komm, wir wollen auswärts speisen.»

Als Hurstwood sah, daß Drouet heimgekehrt war, schrieb er Carrie sofort.

Ich sagte ihm, Liebste, daß ich Dich in seiner Abwesenheit besucht habe. Nicht wie oft, aber er hat wahrscheinlich gedacht, einmal. Laß mich wissen, was Du ihm mitgeteilt. Antworte mir durch einen besonderen Boten, sobald Du dies in Händen hast und – Liebchen – ich muß Dich sehen. Gib mir Nachricht, ob Du mich Mittwoch nachmittag um zwei Uhr an der Ecke der Jackson- und Throopstraße treffen kannst. Ich möchte vor dem Theaterbesuch mit Dir sprechen.

Carrie erhielt die Nachricht am Dienstag morgen, als sie an der Westpost nachfragte, und antwortete gleich.

«Ich sagte ihm, Sie hätten mich zweimal besucht», schrieb sie. «Er schien nichts daran zu finden. Ich will versuchen, in der Throopstraße zu sein, wenn nichts dazwischen kommt. Es scheint, ich werde sehr schlecht. Ich weiß, es ist nicht recht, so zu handeln.»

Als Hurstwood sie traf, beruhigte er sie.

«Du darfst dich nicht sorgen, mein Herz. Sobald er wieder auf Reisen geht, werden wir die Sache ordnen. Und derart, daß du dann niemanden mehr wirst täuschen müssen.»

Carrie glaubte, er werde sie sofort heiraten, obgleich er es nicht geradezu sagte, und ihre Lebensgeister erstarkten. Sie beschloß, die Sache so gut zu nehmen, als es ging, bis Drouet wieder wegfuhr.

«Zeige nicht größeres Interesse für mich als früher», riet ihr Hurstwood für den Theaterabend.

«Dann dürfen Sie mich nicht beständig ansehen», erwiderte sie und dachte an die Macht seiner Augen.

«Ich werde es nicht tun», sagte er, drückte ihre Hand zum Abschied und sah sie gerade mit dem Blick an, vor dem sie ihn gewarnt.

«Da», sagte sie scherzhaft mit ausgestrecktem Finger.

«Das Stück hat ja noch nicht begonnen», erwiderte er.

Mir zärtlicher Sorge blickte er ihr nach. So viel Jugend und Schönheit berauschten ihn mehr als Wein.

Im Theater verlief alles zu Hurstwoods Gunsten.

Hatte er Carrie vorher gefallen – um wie viel mehr jetzt! Seine Liebenswürdigkeit schien wirkungsvoller, weil Carrie selbst aufnahmefähiger war. Sie beobachtete jede seiner Bewegungen mit Freude. Vergaß fast den armen Drouet, der weiterplapperte, als sei er der Gastgeber.

Hurstwood war zu klug, um seine Haltung auch nur im geringsten zu verändern. Wenn möglich, zeigte er sich seinem alten Freunde gegenüber noch aufmerksamer als sonst und machte ihn doch keineswegs auf versteckte Weise lächerlich, wie es ein begünstigter Liebhaber vor der Herrin seines Herzens wohl sonst zu tun pflegt. Irgendwie empfand er die Ungerechtigkeit des Spieles und war nicht gering genug, um ihr in Gedanken auch nur die leiseste Verletzung zuzufügen.

Das Stück führte eine ironische Situation herbei, an der Drouet allein Schuld trug.

Es wurde «Der Bund» gespielt und während einer Szene lauschte die Frau der Stimme des Verführers in Abwesenheit des Gatten.

«Geschieht ihm recht», sagte Drouet nachher, selbst als die Frau ihren Fehler tief büßte. «Ich habe nicht das geringste Mitleid mit einem Mann, der so ein Klotz ist.»

«Na, man kann nie wissen», meinte Hurstwood freundlich. «Er dachte wahrscheinlich, recht zu handeln.»

«Ein Mann muß seiner Frau mehr Aufmerksamkeit schenken, wenn er sie behalten will.»

Sie traten aus dem Foyer hinaus und versuchten, sich einen Weg durch die glänzende Menge am Eingang zu bahnen.

«Herr», erklang eine Stimme an Hurstwoods Seite, «möchten Sie mir nicht etwas für eine Schlafstelle geben?»

Hurstwood plauderte gerade angeregt mit Carrie.

«Wahrhaftigen Gotts, Herr, ich habe keinen Platz zum Schlafen.»

Die Bitte kam von einem verhungert aussehenden Mann in den Dreißigerjahren, dem Not und Elend im Gesicht geschrieben standen. Drouet erblickte ihn als erster. Mitleid wallte in ihm auf und er gab dem Mann zehn Cents. Hurstwood bemerkte den Zwischenfall kaum. Carrie vergaß ihn rasch.

## Die alten Bande werden lästig: Zauber der Jugend

Als Hurstwood Carrie immer lieber gewann, begann er sein Heim vollständig zu vernachlässigen. Gewohnheitsmäßig erfüllte er seine Familienpflichten. Saß mit Frau und Kindern beim Frühstück, in seine Träume versponnen, die sich weit über das hinaus erstreckten, was die Seinigen betraf. Las seine Zeitung mit um so größerem Interesse, je leerer die Gespräche waren, die Sohn und Tochter miteinander führten. Ihn und seine Frau trennte ein Strom von Gleichgültigkeit.

Jetzt, da Carrie in sein Leben getreten war, befand er sich auf dem besten Wege, wieder glücklich zu werden. Es freute ihn, abends in die Stadt zu gehen. Wenn er während der kurzen Tage dahinwanderte, blinzelten ihm die Straßenlampen fröhlich zu. Von neuem empfand er jenes längst vergessene Gefühl, das die Füße des Liebenden beschleunigt. Sah er seine feinen Kleider an, war's mit ihren Augen – und ihre Augen waren jung.

Wenn er im Aufklingen solcher Empfindungen die Stimme seiner Frau hörte, dann riefen ihn die fortwährenden ehelichen Forderungen aus den Träumen in die schale Wirklichkeit zurück – wie weh das tat! Dann erkannte er die Kette, die ihn fesselte.

«George», sagte Julia in jenem Ton, den er schon seit langem mit Forderungen in Zusammenhang brachte, «wir möchten, daß du uns eine Saisonkarte für die Rennen kaufst.»

«Willst du denn zu allen gehen?» fragte er mit etwas erhobener Stimme.

«Ja.»

Die Rennen sollten in Kürze im Washingtonpark an der Südseite eröffnet werden und galten in jenen Kreisen, die nicht religiöse Korrektheit und konservative Gesinnung heuchelten, als gesellschaftliche Ereignisse. Noch nie vorher hatte Julia eine Saisonkarte verlangt, aber dieses Jahr bestimmten sie gewisse Erwägungen, eine Loge zu nehmen. Vor allem: ihre Nachbarn taten es. Herr und Frau Ramsey, die in Kohle viel Geld gemacht hatten. Dann war ihr von ihrem Lieblingsarzt, Dr. Beale, einem Mann, der Pferde und Wetten liebte, von seiner Absicht erzählt worden, einen Zweijährigen im Derby laufen zu lassen. Drittens wünschte sie Jessika auszuführen, die an Reife und Schönheit zunahm. Sie hoffte, sie an einen wohlhabenden Mann zu verheiraten. Ihr eigener Wunsch, bei solchen Gelegenheiten mitzutun und unter ihren Bekannten und der gewöhnlichen Menge zu stolzieren, war ein ebenso starker Ansporn wie das übrige.

Hurstwood überlegte den Vorschlag einige Augenblicke, ohne zu antworten. Sie befanden sich im Wohnzimmer im zweiten Stock und warteten auf das Essen. Es war der Abend, an dem er mit Carrie und Drouet zu dem Theaterbesuch verabredet war. Er wollte nur zu Hause etwas an seiner Kleidung ändern.

«Bist du sicher, daß Einzelkarten nicht genügen werden?» fragte er zögernd, um nicht etwas Abweisendes zu sagen.

«Nein», erwiderte sie ungeduldig.

«Na», sagte er, durch ihre Haltung verletzt, «du brauchst nicht gleich wütend zu werden. Ich frage ja nur.»

«Ich bin nicht wütend», schnappte sie. «Ich habe dich nur um eine Saisonkarte ersucht.»

«Und ich sage dir», erwiderte er und sah sie klar und fest an, «es ist nicht leicht, sie zu bekommen. Ich weiß nicht, ob der Manager sie mir geben wird.»

Die ganze Zeit über dachte er an seinen Streit mit den Rennmagnaten.

«Dann können wir sie kaufen», rief sie scharf.

«Du hast leicht reden», sagte er. «Eine Familiensaisonkarte kostet hundertfünfzig Dollar.»

«Ich habe keine Lust, mit dir zu streiten», erwiderte sie entschieden. «Ich will die Karte haben, und damit ist die Sache erledigt.»

Sie erhob sich und ging ärgerlich aus dem Zimmer.

«Dann kauf sie dir», sagte er grimmig, wenn auch in gemäßigtem Ton.

Wie gewöhnlich fehlte an diesem Abend einer bei Tisch.

Am nächsten Morgen war er beträchtlich abgekühlt und später wurde die Karte pflichtschuldig besorgt, was aber das Verhältnis nicht besserte. Er wollte seiner Familie gerne den ihr gebührenden Anteil an seinem Verdienst gewähren, konnte es aber nicht ausstehen, gegen seinen Willen dazu gezwungen zu werden.

«Hast du gewußt, Mutter», sagte Jessika an einem andern Tage, «daß die Spencers zur Abreise rüsten?»

«Nein, wohin fahren sie denn?»

«Nach Europa», sagte Jessika. «Gestern bin ich Georgina begegnet, und sie hat mir's erzählt. Sie war gleich noch einmal so eingebildet.»

«Sagte sie, wann sie abreisen?»

«Ich glaube, am Montag. Sie werden es wieder in der Zeitung ankündigen – das tun sie ja immer.»

«Macht nichts», meinte Frau Hurstwood tröstend, «wir werden auch eines Tages fahren.»

Hurstwood hob seine Augen langsam über die Zeitung empor, sagte aber nichts.

«Wir werden uns von New York nach Liverpool einschiffen», rief Jessika aus, indem sie spöttisch ihre Freundin nachahmte. «Den größten Teil des Sommers werden wir wahrscheinlich in Frankreich verbringen – eitler Fratz. Als ob das schon so was wäre, nach Europa zu fahren!»

«Es muß wohl sein, wenn du sie so sehr beneidest», schob Hurstwood ein.

Es ärgerte ihn, daß seine Tochter so reagierte.

«Kränk dich nicht darüber», sagte Frau Hurstwood.

«Ist George fort?» fragte Jessika ein anderes Mal ihre Mutter und offenbarte so etwas, wovon Hurstwood nichts gehört.

«Wohin ist er gefahren?» fragte er aufblickend. Noch nie vorher hatte man ihm eine Abreise verschwiegen.

«Er wollte nach Wheaton», sagte Jessika und merkte nicht die dem Vater angetane Verletzung.

«Was ist dort los?» fragte er, im Innersten erregt und gekränkt, daß er die Auskunft so erpressen mußte.

«Ein Tennismatch», sagte Jessika.

«Er hat mir nichts davon erzählt», schloß Hurstwood und beherrschte sich mit Mühe, um nicht bitter zu werden.

«Er wird es vergessen haben», meinte seine Frau sanft.

Früher hatte er immer eine gewisse Achtung, Mischung von Anerkennung und Ehrfurcht, eingeflößt. Hatte sich immer bemüht, die zwischen ihm und seiner Tochter zum Teil noch vorhandene Vertraulichkeit aufrechtzuerhalten. Jetzt war Jessika manchmal etwas anmaßend in Worten. Der Ton blieb aber stets bescheiden. Was immer auch gewesen sein mochte, es hatte an Zärtlichkeit gefehlt, und nun sah er, daß er über das Tun der Seinigen nicht mehr auf dem laufenden gehalten wurde. Er wußte nicht mehr, was in ihnen vorging. Manchmal sah er sie bei Tische, manchmal auch nicht. Gelegentlich erfuhr er, was sie unternahmen, öfters nicht. An manchen Tagen verstand er gar nicht, worüber sie sprachen – Dinge, die sie tun wollten oder in seiner Abwesenheit getan hatten. Tiefer schmerzte es ihn, daß kleine Ereignisse vor sich gingen, von denen er nicht mehr in Kenntnis gesetzt wurde. Jessika begann zu empfinden, daß ihre Erlebnisse nur sie allein betrafen; George junior tat, als sei er ganz erwachsen und müsse natürlich Privatangelegenheiten haben. Das alles konnte Hurstwood bemerken, und es weckte eine bittere Empfindung in ihm. Denn er war – wenigstens in seinem Geschäft – an Achtung gewöhnt und fand es unrecht, daß sein Ansehen gerade daheim schwinden sollte. Um das Bild noch mehr zu verdunkeln: dieselbe Gleichgültigkeit und Unabhängigkeit sah er in seiner Frau wachsen, während er zuschaute und die Rechnungen zahlte.

Er tröstete sich nur mit dem Gedanken, daß seinem Dasein Zärtlichkeit nicht völlig fehlte. Mochten die Dinge in seinem Hause gehen wie sie wollten – draußen hatte er Carrie. Mit seinem geistigen Auge blickte er in ihr behaglich eingerichtetes Zimmer auf dem Ogdenplatz, wo er so angenehme Abende verbrachte. Wie reizend, wenn man erst Drouet ganz losgeworden sein wird und sie ihn abends in irgendeinem gemütlichen kleinen Nest erwartet! Er hoffte, Drouet werde keinen Anlaß haben, Carrie von seiner Ehe zu erzählen. Die Dinge entwickelten sich so reibungslos, daß er glaubte, es werde alles so weitergehen. In Kürze würde er Carrie überreden und alles werde gut sein.

Am Tage nach ihrem Theaterbesuch begann er ihr regelmäßig zu schreiben – jeden Morgen einen Brief – und bat sie, das gleiche für ihn zu tun. Er war keineswegs literarisch begabt, aber seine Welterfahrung und seine Liebe verhalfen ihm zu so etwas wie einem Stil. Den übte er in langem Nachdenken an seinem Schreibtisch. Er kaufte eine Schachtel zartgetöntes und parfümiertes Briefpapier mit Monogramm, das er in einer der Laden verschlossen hielt. Seine Freunde wunderten sich, wie amtlich sich seine Tätigkeit nun ausnahm. Die fünf Barmänner bekamen großen Respekt vor den Pflichten, die einen Mann zu so viel

Büroarbeit und Federwerk nötigten.

Hurstwood war selbst erstaunt, wie flüssig er sich ausdrücken konnte. Dem Naturgesetz entsprechend, das jede Bemühung beherrscht, wurde er von dem verwandelt, was er schrieb. Er begann die zarten Dinge zu empfinden, die er in Worte zu fassen versuchte. Mit jeder neuen Wendung kam tiefere Empfindung. Die inneren Ausströmungen, die hier Worte fanden, nahmen ihn gefangen. Er dachte, Carrie sei all der Liebe würdig, die er in Worte kleiden wollte.

Wenn Jugend und Anmut in ihrer Blüte Anspruch erheben dürfen, vom Leben so belohnt zu werden – dann war es Carrie wirklich wert, daß man sie liebte. Erfahrungen hatten sie noch nicht jener Geistesfrische beraubt, die auch körperlichen Reiz verleiht. Ihre sanften Augen in ihrem feuchten Glanz wußten nichts von Enttäuschung. Zweifel und Sehnsucht hatten sie oft verwirrt, aber keinen tieferen Eindruck hinterlassen, als in einer gewissen Besinnlichkeit von Blick und Rede erkannt werden mochte. Manchmal, beim Sprechen und auch in Ruhe, nahm ihr Mund einen Ausdruck an, als ob sie den Tränen nahe wäre. Nicht immer aus Kummer. Das Aussprechen gewisser Silben verlieh ihren Lippen diese eigentümliche Form – die so vieles ahnen läßt und rührend ist wie der Schmerz selbst.

In ihrer Art lag nichts Keckes. Das Leben hatte sie nicht Herrschen gelehrt, jene hochmütige Grazie, die die königliche Macht mancher Frauen bedeutet. Ihre Sehnsucht nach Achtung war nicht genügend stark, um sie zu Forderungen zu verleiten. Sogar jetzt entbehrte sie der Selbstsicherheit; aber das, was sie bereits erfahren, machte sie doch weniger schüchtern. Sie wünschte sich Vergnügen, wünschte soziale Stellung, und doch wußte sie nicht genau, worin diese Dinge bestünden. In jeder Stunde ließ das Kaleidoskop des menschlichen Getriebes irgend etwas in neuem Glanz erstrahlen, und deshalb wurde es für sie zum Ziel aller Wünsche. Dann drehte sich die Maschine, und etwas anderes schien ihr das Vollkommene.

Auch seelisch empfand sie tief, wie es bei einer solchen Natur zu geschehen pflegt. Vieles, was sie sah, bekümmerte sie; ohne zu urteilen, war sie betrübt, fühlte mit den Schwachen und Hilflosen. Der Anblick der blassen, zerlumpten Männer, die verzweifelt, gleichsam in schrecklichster Abgestumpftheit an ihr vorbeischoben, gereichte ihr zu ständiger Betrübnis. Sie bedauerte von ganzem Herzen die ärmlich gekleideten Ladenmädchen, die abends an ihren Fenstern vorbeitrieben und aus irgendeinem Geschäft im Westen heimeilten. Sie stand da, biß sich die Lippen wund, schüttelte den Kopf in schmerzlichem Staunen. Dachte: sie haben so wenig. Es war traurig, so arm und zerlumpt zu sein. Die lose hängenden, abgetragenen Kleider taten ihren Augen weh.

«Und sie müssen so schwer schaffen!» war alles, was sie sagen konnte.

Manchmal sah sie auf der Straße Männer arbeiten – Iren mit Haken und Kohlenschaufeln voll schwerer Ladung, Amerikaner, die irgend etwas taten, was nur kräftige Arme verlangte – und der Anblick ergriff sie. Jetzt, da sie von der Arbeit befreit war, schien sie ihr noch fürchterlicher, als da sie Teil daran hatte. Sie sah sie durch einen Nebelschleier ihrer Einbildungskraft – in einem blassen Dämmer, das aus dichterischem Empfinden aufstieg. Wenn sich an einem Fenster ein ähnliches Gesicht zeigte, mußte sie auch an ihren alten Vater in seinem mehlbestaubten Müllerkittel denken. Ein Schuhmacher, der vor Feierabend den letzten Schlag tat – ein Bläser, den sie durch ein enges Fenster in einer Kellerwerkstätte erblickte, wo Eisen geschmolzen wurde, – ein Arbeiter ohne Rock, mit aufgestülpten Ärmeln an der Werkbank hoch oben an irgendeinem Fenster – sie riefen in ihr Einzelheiten aus der Mühle wach. Sie machte sich darüber traurige Gedanken, wenn sie sie auch selten äußerte. Immer fühlte sie mit jener Unterwelt der Arbeit und Mühe, aus der sie vor kurzem aufgetaucht war und die sie am besten verstand.

Obgleich Hurstwood es nicht wußte, hatte er es mit einer Frau von zarten und feinen Gefühlen zu tun. Er wußte es nicht, aber das war es im Grunde, was ihn an ihr anzog. Er versuchte nie, sich die Art seiner Neigung zu erklären. Ihm genügte die Zärtlichkeit in ihren Augen, die Sanftmut ihrer Haltung, die Gutmütigkeit und Hoffnungsfreude ihrer Gedanken. Er näherte sich dieser Lilie, die ihre wächserne Schönheit, ihren Duft aus dem tiefen Untergrund des Wassers empfing, wohin er nie gedrungen war, aus Sumpf und Schlamm, den er nicht begreifen konnte. Er näherte sich ihr, weil sie schimmernd-blaß und frisch war. Das erhöhte und erleuchtete seine Gefühle. Es machte den Tag wert, gelebt zu werden.

Äußerlich hatte sich Carrie sehr zu ihrem Vorteil verändert. Sie verlor ihre Schüchternheit bis auf einen kleinen Rest, der ebenso lieblich wirkte wie vollendete Anmut. Ihre Schuhe mit hohen Absätzen saßen ihr schmuck an den Füßen. In Spitzen und Halskrägelchen, die die äußere Erscheinung einer Frau so verschönern, kannte sie sich gut aus. Ihre Gestalt war von reizender Fülle.

Eines Morgens schrieb ihr Hurstwood und bat sie, ihn im Jeffersonpark, in der Monroestraße, zu treffen. Er hielt es, selbst in Drouets Anwesenheit, nicht mehr für klug, sie zu besuchen.

Am folgenden Nachmittag um ein Uhr war er in dem hübschen kleinen Park und fand eine ländliche Bank unter dem grünen Laubdach eines Fliederbusches, der an einem der Pfade stand. Es war um die Jahreszeit, da die Blüte des Frühlings noch nicht ganz entschwunden ist. In der Nähe ließen sauber gekleidete Kinder auf einem kleinen See weiße Segelboote schwimmen. Im Schatten einer grünen Pagode saß ein Polizist in einer reich mit Knöpfen verzierten Uniform und verschränkte die Arme; sein Gummiknüppel ruhte im Gürtel. Ein alter Gärtner beschnitt einige Büsche auf der Wiese mit einer Baumschere. Hoch darüber spannte sich der helle blaue Himmel des jungen Sommers und in den dichten glänzenden Blättern der Bäume hüpften und zwitscherten die geschäftigen Sperlinge.

Als Hurstwood am Morgen sein Heim verließ, empfand er den immer gleichen alten Ärger. Im Geschäft war er müßig, da er nicht mehr zu schreiben brauchte. Hergekommen war er mit jener Sorglosigkeit, wie sie Menschen eignet, die alle Lebensqual hinter sich lassen wollen. Nun, im Schatten des kühlen grünen Gebüsches blickte er mit den Gedanken eines Liebenden um sich. Er hörte die Lastwagen auf den Nachbarstraßen poltern, aber sie waren weit entfernt – nur ein undeutliches Geräusch drang zu seinem Ohr. Das Summen der Stadt ringsum war schwach, der Klang einer Glocke hie und da kam ihm vor wie Musik. Er sah sich um und träumte einen neuen Freudentraum, der mit seinem jetzigen festgelegten Dasein gar nichts zu tun hatte. Sah sich als den alten Hurstwood, weder verheiratet noch sonst irgendwie im Leben verankert, wieder. Gedachte des Leichtsinnes, mit dem er einst den Mädchen nachgeblickt – wie er getanzt, sie heimbegleitet, an ihrer Türe gewartet hatte. Fast wünschte er sich die Zeit zurück – hier in dieser lieblichen Umgebung fühlte er sich ganz frei.

Um zwei Uhr kam Carrie, rosig und frisch, den Pfad geschritten. Sie hatte sich erst kürzlich einen Matrosenhut mit einem Band aus hübscher blauer, weißpunktierter Seide für den Frühling gekauft. Ihr Rock war aus einem schweren blauen Stoff, und ihre Bluse paßte dazu – auf schneeweißem Grund dünne blaue Streifen, Streifen so fein wie Haar. Unter dem Kleiderrand lugten die braunen Schuhe hervor. Ihre Handschuhe trug sie in der Hand.

Hurstwood sah sie voll Entzücken an.

«Bist du da, Liebste», sagte er heiß, stand auf und ergriff ihre Hand.

«Natürlich», erwiderte sie lächelnd. «Glaubten Sie, ich werde nicht kommen?»

«Ich wußte nicht.»

Er schaute auf ihre vom raschen Gehen feuchte Stirn. Dann nahm er eines seiner eigenen seidenen parfümierten Taschentücher und betupfte ihr Gesicht an einigen Stellen.

«So», sagte er zärtlich, «jetzt ist alles in Ordnung.»

Sie waren glücklich, einander nahe zu sein – einander in die Augen zu sehen. Als die freudige Aufwallung sich beschwichtigt hatte, sagte er:

«Wann fährt Charlie wieder fort?»

«Ich weiß nicht», erwiderte sie. «Er sagt, er hat jetzt einiges für die Firma zu besorgen.»

Hurstwood wurde ernst und versank in ruhiges Nachdenken. Nach einer Weile blickte er auf und sagte:

«Verlaß ihn.»

Er wendete seinen Blick den spielenden Jungen zu, als wäre seine Bitte von geringer Bedeutung.

«Wohin würden wir fahren?» fragte sie in der gleichen Art, rollte ihre Handschuhe, blickte in einen nahestehenden Baum auf.

«Wohin möchtest du?»

Etwas in seinem Ton ließ sie empfinden, als müßte sie von vornherein gegen eine Wohnstätte in Chicago sein.

«In Chicago können wir nicht bleiben», erwiderte sie.

Er hatte nicht gedacht, daß sie eine Ortsveränderung vorschlagen würde.

«Warum nicht?» fragte er sanft.

«Oh – weil», sagte sie. «Ich möchte es nicht.»

Er lauschte ihr und hatte nur ein dunkles Gefühl von dem, was die Worte eigentlich bedeuteten. Es klang nicht ernst. Die Frage war noch nicht zu sofortiger Entscheidung gediehen.

«Ich würde meine Stellung aufgeben müssen», sagte er.

Der Ton, in dem er es sagte, erweckte den Anschein, als verdiente die Sache nur geringe Beachtung. Carrie dachte eine Weile nach, erfreute sich an dem, was sie umgab.

«Ich möchte nicht in Chicago leben, solange er hier ist», sagte sie und dachte an Drouet.

«Es ist eine große Stadt, Liebste», erwiderte Hurstwood. «Wenn wir an die Südseite ziehen, ist es, als übersiedelten wir in einen anderen Teil des Landes.»

Er hatte diese Richtung als möglichst neutral genannt.

«Immerhin», meinte Carrie. «Ich möchte nicht heiraten, solange er hier ist. Möchte nicht von ihm davonlaufen.»

Die Andeutung der Heirat traf Hurstwood empfindlich. Er sah klar, daß sie nur daran dachte, fühlte, daß man darüber nicht leicht werde hinwegkommen können. Einen Augenblick blitzte es schattenhaft am Horizont seiner Gedanken auf – Bigamie! Er fragte sich, wie, um Himmels willen, das alles für ihn enden sollte. Bis jetzt hatte er ein Wachsen ihrer Neigung nicht merken können. Wenn er sie ansah, schien sie ihm bezaubernd. Herrlich, daß sie ihn liebte, wenn es auch Verwirrungen mit sich brachte! Gerade ihrer Weigerung wegen erhöhte sich ihr Wert in seinen Augen. Sie war würdig, daß man um sie kämpfte – so war es eben. Wie verschieden war sie von den Frauen, die sich so willig ergaben! Die tilgte er aus seiner Erinnerung.

«Und du weißt nicht, wann er wieder fortfährt?» fragte Hurstwood ruhig.

Sie schüttelte den Kopf.

Er seufzte.

«Bist ein entschlossenes kleines Mädchen, was?» sagte er nach einigen Augenblicken und blickte ihr in die Augen.

Sie fühlte sich von Empfindung überströmt. Stolz darüber, was ihr als seine Bewunderung erschien – Zärtlichkeit für den Mann, der so für sie fühlen konnte.

«Nein», sagte sie schüchtern, «aber was kann ich tun?»

Wieder verschränkte er seine Hände und blickte über die Wiese auf die Straße hinüber.

«Ich möchte», sagte er tiefernst, «du kämest zu mir. Ich ertrage es nicht, so von dir entfernt zu sein. Was nützt das Warten? Du bist darum nicht glücklicher, nicht wahr?»

«Glücklicher!» rief sie leise. «Sie wissen es wohl.»

«Na also», sagte er im gleichen Ton. «So vergeuden wir unsere Tage. Wenn du nicht glücklich bist – glaubst du, daß ich es bin? Da sitze ich und schreibe an dich – den größten Teil meiner Zeit. Ich will dir was sagen, Carrie», rief er und legte plötzlich Ausdruckskraft in seine Stimme, sah sie fest an: «Ich kann ohne dich nicht leben – so, jetzt weißt du's. Nun», schloß er und öffnete eine seiner Hände mit hilfloser, ganz verzweifelter Gebärde, «was soll ich tun?»

Es rührte Carrie, daß er die Last auf ihre Schultern schob. Der Schein der Last ohne Gewicht rührte das Herz der Frau.

«Können Sie nicht noch eine Zeitlang warten?» sagte sie sanft. «Ich will versuchen, herauszubringen, wann er fortfährt.»

«Was wird das nützen?» fragte er mit gleicher Empfindungsstärke.

«Nun, vielleicht können wir dann irgendwohin fortfahren.»

Sie sah wirklich nichts anderes klar vor sich, doch geriet sie in jene Stimmung, in der eine Frau aus Mitgefühl nachgibt.

Hurstwood begriff nicht. Er fragte sich, wie er sie überreden sollte – welche Worte sie bewegen könnten, Drouet zu verlassen. Fragte sie, wie weit ihre Neigung für ihn sie treiben würde. Dachte an eine Frage, die sie zu einem Geständnis zwänge.

Schließlich fiel ihm einer jener fragwürdigen Vorschläge ein, die oft unsere eigenen Wünsche verbergen, aber uns die Schwierigkeiten, die andere uns bereiten, verstehen und so einen Ausweg finden lassen. Es stand nicht im geringsten Zusammenhang mit etwas, was er wirklich plante – war aufs Geratewohl hingesprochen, ehe er es auch nur einen Augenblick lang ordentlich bedacht.

«Carrie», sagte er, schaute ihr mit einem ernsten Blick, den er nicht wirklich empfand, ins Gesicht, «gesetzt, ich käme nächste oder vielleicht diese Woche, sagen wir heute nacht – zu dir – sagte dir, ich müßte fort – könnte nicht eine Minute länger bleiben und würde nicht wiederkehren – würdest du mich begleiten?»

Sein Mädchen blickte ihn zärtlich an – ihre Antwort war bereit, ehe die Worte seinem Mund entflohen.

«Ja.»

«Du würdest nicht verhandeln oder versuchen, mich anders zu bestimmen?»

«Nicht, wenn Sie nicht warten können.»

Er lächelte, als er sah, daß sie ihn ernstnahm. Was für eine glänzende Gelegenheit zu einem Ausflug von ein bis zwei Wochen! Schon wollte er ihr sagen, daß er nur scherze, und ihren holden Ernst verscheuchen, aber der Erfolg entzückte ihn zu sehr. So ließ er es dabei.

«Gesetzt, wir hätten keine Zeit, hier zu heiraten?» fragte er, da ihm dies später einfiel.

«Wenn wir heiraten, sobald wir an unseren Bestimmungsort gelangen, ist alles in Ordnung.»

«Das meinte ich», sagte er.

«Ja.»

Jetzt kam ihm der Tag besonders heiter vor. Er wußte nicht, was ihm einen solchen Gedanken eingegeben hatte. So unmöglich er schien, er konnte nicht umhin, über den klugen Einfall zu lächeln. Er bewies ihm, wie sehr sie ihn liebte. Nun zweifelte er nicht mehr und würde schon einen Weg finden, sie zu gewinnen.

«So», sagte er scherzhaft, «eines Abends werde ich kommen und dich holen», und dann lachte er.

«Aber ich würde nicht bei Ihnen bleiben, wenn Sie mich nicht heiraten», sagte Carrie nachdenklich.

«Das sollst du auch nicht», sagte er liebevoll und faßte ihre Hand.

Nun, da sie begriffen, war sie außerordentlich glücklich. Sie liebte ihn um so mehr, weil er sie so gewaltsam befreien wollte. Er aber dachte nicht lange an die Heiratsbedingung, sondern glaubte, bei solcher Zuneigung könne es keine Schranke für sein Glück geben.

«Gehen wir ein wenig spazieren», sagte er fröhlich und blickte über den schönen Park hin.

«Gut», sagte Carrie.

Sie schritten an dem jungen Iren vorüber, der ihnen mit neidischen Augen nachsah.

«Ein schönes Paar», sagte er sich. «Sie müssen reich sein.»

## Ein unkluger Aladdin: Die Pforte der Welt

Während seines jetzigen Aufenthaltes in Chicago wendete Drouet der geheimen Verbindung, der er angehörte, einige Aufmerksamkeit zu. Auf seiner letzten Reise hatte er deren Bedeutung in einem neuen Licht gesehen.

«Ich sage Ihnen», meinte ein anderer Geschäftsreisender zu ihm, «es ist eine große Sache. Schauen Sie sich Hazenstab an. Er ist nicht so verteufelt gescheit. Natürlich – hinter ihm steht eine gute Firma, aber das würde nicht genügen. Ich sage Ihnen – es ist sein Titel. Er ist ein überzeugter Freimaurer und hat weitverzweigte Beziehungen. Sein Geheimzeichen besitzt Wert.»

Auf der Stelle beschloß Drouet, sich mehr für diese Dinge zu interessieren. Als er nach Chicago heimkehrte, ging er in das Hauptquartier seiner Verbindung.

«Hörn Sie mal, Drouet», sagte Harry Quincel, der im Elk-Orden eine bedeutende Stellung innehatte, «Sie sind der Mann, der uns aus der Patsche helfen kann.»

Es war nach einer Vereinsversammlung und man unterhielt sich geräuschvoll. Drouet eilte von einem zum andern, plauderte, lachte mit einem Dutzend Leuten, die er kannte.

«Worauf wollen Sie hinaus?» fragte er lustig und wendete seinem Geheimbruder ein lächelndes Gesicht zu.

«Wir wollen in vierzehn Tagen eine Theatervorstellung veranstalten und möchten Sie fragen, ob Sie nicht eine junge Dame wissen, die eine Rolle übernehmen könnte – eine leichte Rolle.»

«Gewiß», sagte Drouet. «Was ist es?»

Er gab sich nicht die Mühe zu denken, daß er niemanden kannte, an den er sich deshalb hätte wenden können. Seine eingeborene Gutmütigkeit schrieb ihm eine günstige Antwort vor.

«Nun also – ich will Ihnen sagen, was wir zu tun versuchen», fuhr Herr Quincel fort. «Wir wollen eine neue Möbelausstattung für unser Lokal anschaffen. Augenblicklich ist nicht genug Geld in der Kasse, da dachten wir, es durch eine kleine Veranstaltung vermehren zu können.»

«Freilich», unterbrach Drouet, «das ist eine gute Idee.»

«Einige der Burschen hier haben ein ganz hübsches Talent. Da ist Harry Burbeck, er spielt die Negerrollen herrlich; MacLewis ist im dramatischen Fach sehr gut. Haben Sie ihn schon je ‹Über den Hügeln› deklamieren hören?»

«Nein, nie.»

«Na, ich sag Ihnen, großartig.»

«Und Sie wünschen, daß ich Ihnen eine Dame für eine Rolle verschaffe?» fragte Drouet, der das Thema gern beenden und zu einem andern übergehn wollte. «Was werdet ihr spielen?»

«Unter dem Gaslicht», sagte Herr Quincel und nannte das berühmte Schauspiel Augustin Dalys, das sich aus einem großen Publikumserfolg zu einem Lieblingsstück für Dilettantenvorstellungen entwickelt hatte: schwieriger scheinendes Beiwerk war gestrichen, die Personenanzahl auf die kleinstmögliche Zahl herabgesetzt worden.

Drouet hatte das Stück vor Jahren einmal gesehen.

«Das ist das richtige», sagte er, «ein schönes Stück. Es wird schon

Erfolg haben. Eigentlich solltet ihr damit eine Masse Geld verdienen.»

«Wir hoffen es», erwiderte Herr Quincel. «Na also – vergessen Sie nicht», schloß er, da Drouet Zeichen von Ungeduld gab, «eine junge Dame für die Rolle der Laura.»

«Gewiß, ich werde mir Mühe geben.» Er ging und vergaß im Augenblick, da Herr Quincel zu sprechen aufgehört, fast alles. Nicht einmal daran gedacht hatte er, sich nach Zeit oder Ort zu erkundigen.

Etwa zwei Tage später wurde er durch einen Brief an sein Versprechen erinnert: die erste Probe war für den folgenden Freitag abend angesetzt, und man ersuchte ihn dringend, die Adresse der jungen Dame sofort bekanntzugeben, damit ihr die Rolle übersandt werden könne.

«Zum Teufel, wen kenne ich denn nur?» fragte sich Drouet nachdenklich und kratzte sich an seinem rosigen Ohr. «Niemanden, der irgend etwas von Dilettantentheater versteht.»

Im Geiste überflog er die Namen von einer Anzahl befreundeter Frauen, blieb schließlich bei einem, hauptsächlich, weil die Frau – sehr bequem für ihn – an der Westseite wohnte, und beschloß, sie noch heute abend aufzusuchen. Als er aber westwärts fuhr, hatte er es wieder vergessen und wurde an seine Unterlassung erst durch eine Notiz in den «Abendnachrichten» erinnert – bescheidene drei Zeilen in der Rubrik der Geheimgesellschaften. Darin wurde mitgeteilt, daß die General-Custer-Loge des Elkordens am Sechzehnten in der Averyhalle eine Theateraufführung veranstalten und «Unter dem Gaslicht» zur Darstellung bringen werde.

«Herrgott», rief Drouet, «ganz vergessen!»

«Was?» fragte Carrie.

Sie befanden sich an ihrem kleinen Tisch in dem Raum, der auch als Küche benützt werden konnte und wo Carrie gelegentlich eine Mahlzeit vorsetzte. Heute abend hatte sie wieder dazu Lust bekommen, und auf dem kleinen Tisch stand ein appetitlicher Imbiß.

«Na, die Aufführung in der Loge. Sie wollen ein Stück spielen und haben mich gebeten, ihnen eine junge Dame für eine Rolle zu verschaffen.»

«Was werden sie spielen?»

«‹Unter dem Gaslicht›.»

«Wann?»

«Am Sechzehnten.»

«Und warum tust du's nicht?» fragte Carrie.

«Ich weiß niemanden», erwiderte er.

Plötzlich blickte er auf.

«Hör mal», sagte er, «möchtest du nicht die Rolle übernehmen?»

«Ich?» fragte Carrie. «Ich kann nicht spielen.»

«Woher weißt du das?» fragte Drouet nachdenklich.

«Weil ich es noch nie versucht habe», erwiderte Carrie.

Trotzdem machte es ihr Freude, daß er sie fragte. Ihre Augen leuchteten auf, denn die Bühnenkunst zog sie besonders an.

Seiner Natur getreu, hielt Drouet an seiner Idee als an einem bequemen Ausweg fest.

«Das macht nichts. Was du dort brauchst, wirst du schon können.»

«Nein, ich kann nicht», sagte Carrie leise, in Versuchung geführt, aber doch ängstlich.

«Doch, doch. Na – also, warum sollst du nicht? Sie brauchen jemanden, und du wirst einen Hauptspaß haben.»

«O nein», meinte Carrie ganz ernst.

«Es wird dir gefallen. Ich weiß es. Ich hab doch gesehen, wie du hier herumgetanzt bist und Leute nachgeahmt hast – darum habe ich dich gefragt. Du bist ganz geschickt dazu.»

«Nein, ich bin's nicht», sagte Carrie schüchtern.

«Na, also ich will dir sagen, was du tun sollst. Du gehst mal hin und schaust dir die Sache an. Wirst daran Spaß haben. Der Rest der Gesellschaft taugt zu gar nichts. Sie haben gar keine Erfahrung. Was wissen sie vom Theater?»

Er runzelte die Stirn, als er an ihre Unwissenheit dachte.

«Gib mir den Kaffee», fügte er hinzu.

«Ich glaube nicht, Charlie, daß ich spielen könnte», meinte Carrie kleinlaut. «Glaubst du wirklich? . . .»

«Freilich. Blind. Wette, du hast einen Bombenerfolg. Na, du brennst darauf, hinzugehen – das weiß ich. Wußte es, als ich heimkam. Darum habe ich dich gefragt.»

«Wie sagtest du, heißt das Stück?»

«‹Unter dem Gaslicht›.»

«Welche Rolle soll ich da übernehmen?»

«Oh, eine der Heldinnen – ich weiß nichts Näheres.»

«Was für eine Art Stück ist das?»

«Na», sagte Drouet, der für solche Dinge kein besonders gutes Gedächtnis hatte, «es handelt von einem Mädchen, das von zwei Gaunern entführt wird – einem Mann und einer Frau, die im Elendsquartier leben. Sie hatte Geld oder sowas, und sie wollen es ihr nehmen. Weiß nicht genau, wie es weitergeht.»

«Weißt du nicht, welche Rolle ich spielen soll?»

«Nein – wahrhaftig, das weiß ich nicht.»

Er dachte einen Augenblick nach. «Doch – ja. Laura – die Laura sollst du spielen.»

«Und du kannst dich an die Rolle selbst nicht erinnern?»

«Gott helfe mir, Cad, ich kann's nicht», erwiderte er. «Freilich müßte ich's; hab das Stück oft genug gesehen. Da ist also ein Mädel drin, das als Kind gestohlen wurde – von der Straße weg oder so ähnlich

– und sie ist's eben, die von den zwei alten Verbrechern, von denen ich dir schon erzählte, gejagt wird.» Er machte eine Pause, die Gabel mit einem Bissen Pastete vor dem Gesicht. «Sie kommt in Gefahr zu ertrinken – nein, das ist nicht das. Also, weißt du, was ich tun werde», schloß er resigniert. «Ich will dir das Textbuch kaufen. Und gälte es mein Leben – ich kann mich nicht erinnern.»

«Na, ich weiß nicht», sagte Carrie, als er geendet. Ihr Interesse, ihr Wunsch, auf der Bühne zu glänzen, kämpften mit ihrer Schüchternheit.

«Ich würde vielleicht hingehen, wenn du dächtest, daß ich es recht machen könnte.»

«Natürlich wirst du», sagte Drouet, der im Bemühen, Carrie zu begeistern, jetzt selbst Feuer fing. «Glaubst du, ich käme her, würde in dich dringen – wenn ich nicht der Meinung wäre, du würdest Erfolg haben? Du kannst schon spielen. Es wird dir auch gut tun.»

«Wann muß ich hin?» fragte Carrie nachdenklich.

«Freitag abend ist die erste Probe. Heute abend will ich dir deine Rolle bringen.»

«Nun gut», sagte Carrie, in ihr Schicksal ergeben. «Ich will es tun, aber wenn ich mich dann blamiere, ist's deine Schuld.»

«Du wirst nicht», versicherte ihr Drouet. «Spiel nur so, wie du es hier zu tun pflegst. Sei natürlich. Wirst es schon treffen. Hab mir oft gedacht, du könntest eine ganz famose Schauspielerin sein.»

«Wirklich?»

«Sicher.»

Als er am Abend aus der Tür ging, ahnte er nicht, welch geheime Flamme er im Herzen des Mädchens entzündet hatte. Carrie hatte jenes mitfühlende, rasch empfängliche Wesen, das in seiner höchsten Vollendung stets den Ruhm der Bühne bedeutet. Sie war mit jener hinnehmenden Seele erschaffen worden, die immer der Spiegel der tätigen Welt ist. Besaß angeborenen Geschmack und nicht geringe Nachahmungsgabe. Selbst ohne Übung konnte sie manchmal dramatische Geschehnisse wiedergeben, die sie gesehen, indem sie vor dem Spiegel den Ausdruck der verschiedenen Gesichter reproduzierte, die an ihnen teilgenommen. Gerne modulierte sie ihre Stimme nach der bekannten Manier der verzweifelten Heldin und wiederholte leidenschaftlich-bewegte Stellen, die sie am tiefsten erschüttert hatten. Erst kürzlich, als sie in mehreren gut gemachten Stücken die zarte Anmut der Naiven bewunderte, trieb es sie, sie heimlich nachzuahmen, und zu Hause gefiel sie sich von Zeit zu Zeit darin, dramatische Bewegung auszudrücken. Öfters, wenn Drouet sie – wie er dachte – dabei ertappte, daß sie sich vor dem Spiegel bewunderte, tat sie nichts anderes, als sich irgendeinen anmutigen Ausdruck von Mund und Augen, den sie an jemand anderem bemerkt, ins Gedächtnis zu rufen. Als er sie im Scherz der Eitelkeit beschuldigte, hielt auch sie es dafür und nahm den Tadel mit dem dunklen Gefühl hin, einen Fehler begangen zu haben. Tatsächlich war es nichts anderes als erstes zartes Aufknospen einer künstlerischen Natur, die versuchte, irgendein sie besonders ansprechendes Stück Schönheit nachzubilden. Auf solchen leisen Ansätzen übrigens, Auswirkungen der Sehnsucht, das Leben wiederzugeben, beruht alle dramatische Kunst.

Als nun Carrie hörte, wie schmeichelhaft Drouet von ihren schauspielerischen Fähigkeiten dachte, empfand sie in allen Gliedern eine prickelnde Befriedigung. Der Flamme gleich, die lose Einzelteile zu fester Masse schweißt, einten seine Worte die flackernden Irrlichter ihrer Gefühle, die sie wohl empfunden, denen sie aber nie Glauben geschenkt, zu einer leuchtenden Hoffnung. Vielleicht hatte sie wirklich Talent! Wie alle menschlichen Wesen war sie nicht frei von Eitelkeit. Sie fühlte, daß sie etwas vollbringen konnte, wenn ihr Gelegenheit geboten wurde. Wie oft hatte sie die schön gekleideten Schauspielerinnen auf der Bühne betrachtet, sich staunend gefragt, wie sie selbst aussehen würde, wie glücklich sie an ihrer Stelle wäre. Der Glanz, die Spannung, die prächtigen Gewänder, der Beifall – all das hatte sie gelockt, bis sie fühlte, daß auch sie spielen, auch sie der Menge Anerkennung ihrer Macht entreißen könne. Nun sagte man ihr, daß sie es wirklich vermochte – daß die kleinen Versuche daheim selbst in Drouet das Bewußtsein ihres Könnens hervorgerufen. Es war eine beglückende Empfindung, solange sie währte.

Als Drouet gegangen, setzte sie sich nachdenklich in ihren Schaukelstuhl am Fenster. Wie gewöhnlich übertrieb ihre Einbildungskraft die ihr gebotenen Möglichkeiten. Es war, als hätte er ihr fünfzig Cents in die Hand gelegt, und sie würde sie im Geiste in tausend Dollar verwandeln. Sie sah sich selbst in unzähligen erschütternden Situationen, in denen sie eine zitternde Stimme und leidende Haltung annahm. Ihr Geist erfreute sich an prächtigen und vornehmen Szenen, in denen sie den Anziehungspunkt für alle Augen bildete und die Geschicke aller entschied. Während sie auf und ab wippte, empfand sie den furchtbaren Schmerz des Verlassenseins, stolzen Haß nach Täuschung, sanft duldendes Leid nach der Niederlage. Sie dachte an all die reizenden Frauen, die sie in Theaterstücken gesehen – jedes Phantasiebild, jeder holde Traum, der sich ihr mit dem Theater verknüpfte, stieg nun wieder in ihr auf – rückströmende Flut nach der Ebbe. So baute sie sich in Empfindungen und einen Entschluß hinein, die in gar keinem Verhältnis zum Tatsächlichen standen.

Als Drouet in die Stadt fuhr, machte er einen Sprung in die Loge und stolzierte mit gewichtiger Miene herum.

«Wo ist die junge Dame, die Sie uns verschaffen wollten?» fragte Quincel.

«Hab sie», sagte Drouet.

«So?» fragte Quincel, überrascht, daß er so rasch gehandelt. «Das ist recht. Wo wohnt sie?» und er zog sein Notizbuch, um ihre Anschrift einzuzeichnen.

«Wollen Sie ihr die Rolle zusenden?» fragte Drouet.

«Ja.»

«Ich will sie mitnehmen. Komme morgens an ihrem Hause vorüber.»

«Wie, sagten Sie, sei ihre Anschrift? Wir werden ihr vielleicht etwas mitteilen müssen.»

«Ogdenplatz 29.»

«Und der Name?»

«Carrie Madenda», sagte Drouet auf gut Glück. Die Logenmitglieder wußten, daß er Junggeselle war.

«Das klingt nach jemandem, der spielen kann, nicht?» sagte Quincel.

«Das glaub ich!»

Drouet übernahm die Rolle für Carrie und gab sie ihr mit der Miene eines Mannes, der eine Gnade verschenkt.

«Er sagt, es sei die beste Rolle. Glaubst du, daß du sie wirst spielen können?»

«Ich weiß nicht, bis ich sie durchgesehen habe. Jetzt, da ich zugesagt, bin ich doch ängstlich.»

«Unsinn. Wovor solltest du Angst haben? Es ist eine simple Truppe. Die übrigen sind nicht so begabt wie du.»

«Na, will mal sehen», sagte Carrie und freute sich, trotz all ihrer Befürchtungen, über die Rolle.

Er wandte sich ab und zog sich hastig um, ehe er sich zu seiner nächsten Bemerkung entschloß.

«Sie wollen schon die Programme drucken lassen», sagte er, «und so gab ich ihnen den Namen Madenda an. Ist dir das recht?»

«Ja, ich denke», sagte seine Freundin und blickte zu ihm auf. Sie fand es etwas seltsam.

«Für den Fall, daß du keinen großen Erfolg hast», fuhr er fort.

«O ja», erwiderte sie, ganz erfreut über seine Vorsicht. So viel Gescheitheit hatte sie nicht von ihm erwartet.

«Ich wollte dich nicht als meine Frau einführen, denn dann würdest du es schmerzlich empfinden, wenn es nicht gehen sollte. Sie kennen mich alle so gut. Aber es *wird* gut gehen. Im übrigen – du wirst wahrscheinlich keinem von ihnen je wieder begegnen.»

«Oh, mir liegt nichts daran», sagte Carrie mit dem Mute der Verzweiflung. Nun war sie entschlossen, das betörende Spiel zu wagen.

Drouet stieß einen Seufzer der Erleichterung aus. Er hatte sich davor gefürchtet, voreilig wieder ein Gespräch über die Heiratsfrage angeregt zu haben.

Nach erster Prüfung fand Carrie heraus, daß Lauras Rolle darin bestand, zu leiden und zu weinen. Der Dichter hatte sie den heiligsten

Überlieferungen des Melodramas getreu entworfen, so wie sie waren, als er sich ans Stückeschreiben machte. Die schmerzgebeugte Haltung, die tremolierende Musik, die langen, erklärenden, wortreichen Ansprachen – alles war da.

«Armer Kerl», las Carrie, blickte in den Text und ließ ihre Stimme schmerzlich anschwellen. «Martin, vergiß nicht, ihm ein Glas Wein zu reichen, ehe er geht.»

Sie war über die Kürze der Rolle überrascht, wußte nicht, daß sie auf der Bühne sein müsse, während andere sprachen und nicht nur da sein – auch mit der dramatischen Bewegung der Geschehnisse in Fühlung bleiben.

«Ich glaube, das werde ich schon fertigbringen», sagte sie schließlich.

Als Drouet am folgenden Abend kam, war sie mit ihrer Tagesarbeit sehr zufrieden.

«Wie geht's, Caddie?» fragte er.

«Gut», sagte sie lachend. «Ich glaube, ich kann es schon fast auswendig.»

«Das ist recht», sagte er. «Laß mich etwas davon hören.»

«Oh, ich weiß nicht, ob ich so einfach aufstehen und es hier sagen kann», meinte sie verschämt.

«Warum denn nicht? Es wird dir hier leichter fallen als dort.»

«Das weiß ich nicht.»

Schließlich spielte sie die Ballszene mit echter Empfindung, und als sie sich vertiefte, vergaß sie Drouet ganz und schwang sich zu einem starken Gefühlsausbruch empor.

«Gut», sagte Drouet, «prächtig! Ich sag dir, Caddie – ausgezeichnet!»

Ihr vorzügliches Spiel, der Anblick der erschütternden Gestalt, die schwankte und dann ohnmächtig zu Boden sank, bewegte ihn wirklich. Er sprang auf, sie zu fangen, und hielt sie jetzt lachend in den Armen.

«Hast du keine Angst, dir wehzutun?» fragte er.

«Kein bißchen.»

«Du bist wunderbar! Hör mal, das hab ich ja gar nicht gewußt, daß du so etwas machen könntest.»

«Ich auch nicht», sagte Carrie fröhlich und wurde vor Freude rot.

«Wetten, daß alles gut geht?» sagte Drouet. «Mein Wort darauf! Du wirst nicht versagen.»

# Ein Blick durch das Tor: Hoffnung gibt dem Auge Glanz

Die für Carrie so bedeutsame Theatervorstellung sollte in der Averyhalle unter Bedingungen stattfinden, die sie über Erwarten denkwürdig werden ließen. Die Jüngerin der dramatischen Kunst hatte Hurstwood noch an demselben Morgen, als sie ihre Rolle bekam, geschrieben, daß sie in einem Stück auftreten werde.

«Wahrhaftig», schrieb sie ihm, da sie fühlte, er könnte es für einen Witz halten. «Ich habe schon meine Rolle – auf Ehrenwort.»

Als Hurstwood das las, lächelte er vorsichtig.

«Was das wohl sein wird? Das will ich mir doch anschauen.» Er antwortete sofort, machte eine scherzhafte Anspielung auf ihre Begabung. «Ich zweifle nicht im geringsten, daß Du Erfolg haben wirst. Komm doch morgen vormittag in den Park und erzähle mir alles.»

Carrie folgte gern seinem Rufe und erklärte ihm die Einzelheiten der Veranstaltung, wie sie sie sich dachte.

«Na», sagte er, «das ist ja sehr schön. Freue mich, es zu hören. Natürlich wird es dir gelingen, du bist ja so gescheit.»

Noch nie hatte er Carrie so angeregt gesehen. Ihre Neigung, in allem etwas Trauriges zu entdecken, war für den Augenblick verschwunden. Während sie sprachen, leuchteten ihre Augen, ihre Wangen röteten sich. Sie strahlte die Freude aus, die ihr Vorhaben ihr einflößte. Trotz ihrer Sorgen – sie waren so zahlreich wie die Augenblicke des Tages – fühlte sie sich glücklich. Sie konnte ihr Entzücken nicht bemeistern, etwas tun zu dürfen, was dem gewöhnlichen Beobachter wohl von nur geringer Bedeutung schien.

Hurstwood freute sich, daß Carrie Talent hatte. Nichts im Leben ist so eindrucksvoll wie der Anblick eines berechtigten Ehrgeizes, mag er noch so sehr am Anfang stehen. Er verleiht Farbe, Kraft und Schönheit.

Carrie wurde jetzt von einem Hauch dieses göttlichen Impulses überströmt. Von ihren zwei Bewunderern erntete sie Lob, das sie noch nicht verdient hatte. Ihre Liebe zu Carrie erhöhte natürlich ihre günstige Meinung von dem, was sie zu tun versuchte, und steigerte ihren Beifall über das Vollbrachte. Carries eigene Unerfahrenheit ließ sie an übertriebenen Einbildungen festhalten, die sich an jeden Strohhalm günstiger Gelegenheit klammern, ihn zu einer goldenen Zauberrute umgestalten, mit deren Hilfe der Schatz des Lebens entdeckt werden muß.

«Laß mal sehen», meinte Hurstwood. «Ich muß doch ein paar von den Jungens in der Loge kennen. Ich bin ja selbst ein Elk.»

«Oh, Sie dürfen Drouet nicht zeigen, daß ich es Ihnen gesagt habe.»

«Schon recht», meinte Hurstwood.

«Ich möchte Sie ja gerne dabei haben, wenn Sie kommen wollen, aber ich weiß nicht, ob das möglich ist, wenn er Sie nicht einlädt.»

«Ich werde da sein», sagte Hurstwood zärtlich. «Kann es so einrichten, daß er nicht erfährt, du hast es mir gesagt. Überlaß das nur mir.

Die Anteilnahme Hurstwoods war für das Gelingen der Vorstellung sehr wichtig, denn er hatte bei den Elks großen Einfluß. Er dachte schon mit einigen Freunden eine Loge zu nehmen, Blumen für Carrie zu besorgen. Wollte daraus eine Frackangelegenheit machen und dem kleinen Mädchen eine Chance geben.

Nach zwei Tagen kam Drouet in das Lokal in der Adamsstraße und wurde sofort von Hurstwood erspäht. Es war fünf Uhr nachmittags und der Raum voll von Kaufleuten, Schauspielern, Managern, Politikern; eine stattliche Gesellschaft runder, rosiger Gesichter; Zylinderherren mit steifen Hemdbrüsten, beringt und mit Krawattennadeln geschmückt – einer Königin hätte es gefallen müssen. John L. Sullivan, der Boxmeister, stand an einem Ende der glitzernden Bar, umgeben von einer Gruppe Sportleute, die, in schreiende Farben gekleidet, ein lebhaftes Gespräch führten. Mit feierlichen Schritten kam Drouet daher, ein Paar neuer brauner Schuhe bezeugte knarrend seine Wohlhabenheit.

«Nun, da sind Sie ja», sagte Hurstwood. «Hab mich schon gewundert, wo Sie stecken. Dachte, Sie seien wieder fortgefahren.»

Drouet lachte.

«Wenn Sie nicht regelmäßiger kommen, werden wir Sie von der Liste streichen müssen.»

«Konnte nicht anders», sagte der Geschäftsreisende. «Hatte zu tun.»

Inmitten der lärmenden, auf- und abwogenden Schar bekannter Größen schlenderten sie an den Bartisch. Dreimal in ebensoviel Minuten schüttelte man dem eleganten Hurstwood die Hand.

«Ich habe gehört, daß Ihre Loge eine Vorstellung geben wird», bemerkte Hurstwood mit erheuchelter Nachlässigkeit.

«Ja, wer hat es Ihnen gesagt?»

«Niemand», sagte Hurstwood. «Man hat mir einfach zwei Karten zugeschickt, die ich für zwei Dollar haben könne. Wird es denn überhaupt etwas wert sein?»

«Ich weiß nicht», erwiderte Drouet. «Sie haben mich gepreßt, daß ich ihnen für eine Rolle eine Dame verschaffe.»

«Hatte nicht die Absicht, hinzugehen», sagte der Geschäftsführer leichthin. «Natürlich will ich die Karten nehmen. Wie geht es in der Loge?»

«Ganz gut. Sie werden die neue Einrichtung aus der Einnahme bestreiten.»

«Ich hoffe», sagte Hurstwood, «es gelingt ihnen. Noch einen?»

Er hatte nicht die Absicht, mehr zu sagen. Sollte er dann mit einigen

Freunden auf der Szene erscheinen, so konnte er behaupten, daß man ihn dringend darum ersucht hatte.

Drouet wünschte ein mögliches Mißverständnis aus dem Wege zu räumen.

«Ich glaube, mein Mädel wird eine Rolle darin spielen», sagte er plötzlich, nachdem er es sich überlegt.

«Was Sie sagen! Wie ist es dazu gekommen?»

«Sie waren in Verlegenheit und wollten, daß ich ihnen jemanden ausfindig mache. Ich erzählte es Carrie, und sie scheint einen Versuch wagen zu wollen.»

«Das wird ihr gut tun», meinte Hurstwood. «Wird sehr hübsch sein. Hat sie schon einige Erfahrung?»

«Nicht ein bißchen.»

«Na – 's ist ja nichts Ernstes.»

«Aber sie ist geschickt», sagte Drouet, jeden Zweifel an Carries Talent abweisend. «Lernt ihre Rolle sehr schnell.

«Was Sie sagen!»

«Jawohl. Neulich abends war ich ganz überrascht. Bei Gott – überrascht!»

«Wir müssen ihr Debut feiern», sagte Hurstwood. «Die Blumen sind meine Sache.»

Drouet lächelte erfreut über seine Aufmerksamkeit.

«Ich lade Sie zu einem kleinen Festmahl nach der Vorstellung ein.»

«Sie wird ihre Sache ganz ordentlich machen, glaub ich», sagte Drouet.

«Ich möchte sie gern sehen. Sie hat Talent genug. Wir werden sie schon anregen, gut zu spielen», und Hurstwood lächelte sein rasches, aufblitzendes Halblächeln, eine Mischung von Gutmütigkeit und Schlauheit.

Inzwischen nahm Carrie an der ersten Probe teil. Herr Quincel leitete sie, unterstützt von Herrn Millice, einem jungen Mann, den einige Erfahrung empfahl, ohne daß man Näheres darüber wußte. Doch er war so gewandt und geschäftstüchtig, daß er fast grob wurde – er vergaß, daß die Leute, die er unterweisen sollte, freiwillige Spieler und nicht bezahlte Untergebene waren.

«Fräulein Madenda», wendete er sich an Carrie, die an einer Stelle die begleitende Geste nicht traf, «so dürfen Sie nicht dastehen. Legen Sie Ausdruck in Ihr Gesicht. Denken Sie daran: Sie sind über das Eindringen des Fremdlings entsetzt. So müssen Sie gehen», und er schlurfte in gebeugter Haltung über die Bühne.

Carrie hatte sich das nicht ganz so vorgestellt, aber die neuartige Situation, die anwesenden mehr oder weniger nervösen Fremden, der Wunsch, eher alles zu versuchen als schlecht zu spielen, machten sie schüchtern. Dem Wunsch des Lehrers entsprechend schritt sie also über die Bühne und fühlte im Innersten, daß da etwas nicht klappte.

«Nun, Frau Morgan», sagte der Regisseur zu einer jungen verheirateten Frau, die die Rolle der Pearl spielte, «setzen Sie sich da her. Herr Bamberger, Sie stehen hier – so. Was haben Sie zu sagen?»

«Erkläre», sagte Herr Bamberger mit schwächlicher Stimme. Er spielte die Rolle von Ray, Lauras Liebhaber; einen Gesellschaftsherrn, der in seinen Heiratsabsichten schwankend wird, als er erfährt, daß sie eine Landstreicherin, von Geburt ein Nichts ist.

«Was? Was steht im Text?»

«Erkläre», wiederholte Herr Bamberger und blickte angespannt in sein Rollenbuch.

«Ja, aber da steht auch», bemerkte der Regisseur, «daß Sie entsetzt ausschauen müssen. Nun, sagen Sie es nochmals und sehen Sie zu, ob Sie nicht entsetzt blicken können.»

«Erkläre», forderte Herr Bamberger kräftig.

«Nein, nein, das geht so nicht! So müssen Sie's sagen: erkläre!»

«Erkläre», sagte Herr Bamberger mit veränderter Betonung.

«Das ist besser. Nun weiter.»

«Eines Abends», sagte Frau Morgan, die jetzt drankam, «wollten meine Eltern in die Oper gehen. Als sie den Broadway entlang schritten, sprach, wie gewöhnlich, eine Schar von Kindern sie um Almosen an.»

«Halt!» rief der Regisseur und stürzte mit ausgestrecktem Arm vor. «Legen Sie da mehr Gefühl hinein.»

Frau Morgan sah ihn an, als befürchte sie einen Angriff auf ihre Person. In ihren Augen blitzte Kränkung auf.

«Denken Sie daran, Frau Morgan», fügte er hinzu, indem er das Aufblitzen übersah, aber seine Manier etwas änderte, «denken Sie daran, daß Sie eine erschütternde Geschichte erzählen. Sie sollen jetzt etwas erzählen, was Ihnen Kummer bereitet. Das verlangt Gefühl, verhaltenes Gefühl, etwa so . . .»

«Schön», sagte Frau Morgan.

«Los!»

«Als meine Mutter in ihrer Tasche nach Kleingeld suchte, berührten ihre Finger eine kalte, zitternde Hand, die sich um ihre Börse klammerte.»

«Sehr schön», unterbrach der Regisseur und nickte anerkennend mit dem Kopf.

«Ein Dieb also!» rief Herr Bamberger die Zeile, mit der er nun dran war.

«Nein, nein, Herr Bamberger», sagte der Regisseur und trat näher. «Ein Dieb also?! Das ist die Idee.»

«Glauben Sie nicht», sagte Carrie schüchtern, «daß es besser wäre, wir würden unsere Rollen einmal durchgehen, um zu sehen, ob wir sie auswendig wissen? Wir könnten die einzelnen Stellen nachher wieder vornehmen.» Sie hatte nämlich bemerkt, daß es noch gar nicht bewiesen war, ob die Mitglieder der Gesellschaft ihre Rollen, geschweige denn Ausdruckseinzelheiten des Spieles beherrschten.

«Eine glänzende Idee, Fräulein Madenda», sagte Herr Quincel, der seitwärts auf der Bühne saß, gelassen zusah und manchmal seine Meinung zu äußern wagte, die der Regisseur nicht beachtete.

«Gut», sagte der, etwas betreten, «es wird vielleicht nicht schaden.» Dann heiterer, mit mehr Autoritätsaufwand: «Wir wollen also die Sache mal ganz durchklopfen und so viel Ausdruck hineinlegen, als wir können.»

«Richtig!» sagte Herr Quincel.

«Diese Hand», sagte Frau Morgan, zu Herrn Bamberger empor – und dann in ihr Textbuch hinunterblickend, «diese Hand schloß meine Mutter so fest in die ihrige, daß eine schwache Stimme einen Schmerzensruf ausstieß. Mutter blickte hinunter und sah ein kleines zerlumptes Mädchen an ihrer Seite stehen.»

«Sehr gut», bemerkte der Regisseur, der jetzt zu seiner Betrübnis gar nichts zu tun hatte.

«Der Dieb!» rief Herr Bamberger aus.

«Lauter», fiel der Regisseur ein, der es nicht aushielt, sich nicht einzumischen.

«Ja, aber ein Dieb, der kaum sechs Jahre zählte, mit einem Engelsantlitz. – Halt, sagte meine Mutter, was tust du da?»

«Ich versuche zu stehlen.»

«Weißt du nicht, daß es schlecht ist, so etwas zu tun», fragte mein Vater.

«Nein», sagte das Mädchen, «aber Hunger ist furchtbar.»

«Wer hieß dich stehlen?» fragte meine Mutter.

«Dort – die Frau –» sagte das Kind und wies auf eine schmutzige Person in einer Toreinfahrt gegenüber, die plötzlich die Straße hinabflüchtete. «Das ist die alte Judas.»

Frau Morgan las dies fast ausdruckslos, und der Regisseur war verzweifelt. Er lief nervös auf und ab, trat auf Herrn Quincel zu.

«Was halten Sie von ihnen?» fragte er.

«Oh, ich glaube, wir werden sie schon zureiten», sagte der mit der Miene des Starken, der Schwierigkeiten überwindet.

«Ich weiß nicht», meinte der Regisseur, «dieser Bamberger scheint mir ein armseliger Knabe zu sein für einen Liebhaber.»

«Wir haben keinen anderen», sagte Quincel und rollte die Augen. «Harrison hat mich in der letzten Minute sitzen lassen. Wen könnten wir sonst kriegen?»

«Das weiß ich nicht», sagte der Regisseur, «ich fürchte nur, er lernt es nie.»

In diesem Augenblick rief Bamberger aus: «Pearl, du treibst deinen Scherz mit mir.»

«Na, also, hören Sie sich das mal an», flüsterte der Regisseur, indem er die Hand vor den Mund hielt. «Guter Gott! Was soll man mit einem Menschen anfangen, der einen Satz so zerdehnt?»

«Sie tun eben, was Sie können», meinte Quincel tröstend.

So ging es weiter, bis Carrie-Laura ins Zimmer trat, um Ray alles zu erklären. Nachdem er Pearls Erzählung von ihrer Abstammung gehört, schrieb er ihr einen Absagebrief – übrigens ohne ihn abzugeben. Bamberger sagte gerade Rays abschließende Worte: «Ich muß gehen, ehe sie zurückkehrt. Ihr Schritt! Zu spät», und steckte den Brief in die Tasche, als sie mit süßer Stimme begann:

«Ray!»

«Fräulein – Fräulein Courtland», stammelte Bamberger. Carrie blickte ihn einen Augenblick lang an und vergaß dann dic Anwesenheit der Leute vollständig. Sie begann ihre Rolle zu empfinden – ein gleichgültiges Lächeln spielte auf ihren Lippen; wie vorgeschrieben, ging sie an das Fenster, als wäre er nicht da. Sie tat es mit bezaubernder Grazie.

«Wer ist die Dame?» fragte der Regisseur, der Carrie in ihrer kleinen Szene mit Bamberger beobachtete.

«Fräulein Madenda», sagte Quincel.

«Ich kenne ihren Namen», sagte der Regisseur, «aber was ist ihr Beruf?»

«Ich weiß nicht», sagte Quincel. «Die Freundin eines unserer Mitglieder.»

«Na, sie hat mehr Grütze im Kopf als irgend jemand von denen, die ich bisher gesehen – scheint sich für das zu interessieren, was sie macht.»

«Auch sehr hübsch, nicht?» sagte Quincel.

Der Regisseur verzog sich, ohne zu antworten.

In der zweiten Szene, wo sie der Gesellschaft im Ballsaal entgegenzutreten hat, spielte sie noch besser, errang sich ein Lächeln des Regisseurs, der sich, ganz bezaubert, so weit herabließ, auf sie zuzutreten und mit ihr zu reden.

«Waren Sie schon früher auf der Bühne?» fragte er mit gewinnender Stimme.

«Nein», sagte Carrie.

«Sie spielen so gut. Ich dachte, Sie hätten schon einige Übung.»

Carrie lächelte nur selbstbewußt.

Er ging fort, um Bamberger zuzuhören, der glühende Worte in verwässertem Pathos aufsagte.

Frau Morgan bemerkte, wie die Dinge standen, und blitzte Carrie mit neidischen, bösen schwarzen Augen an.

«Irgendeine kleine Schauspielerin», dachte sie zu eigener Genugtuung, und verabscheute und haßte sie nach Kräften.

Für heute war die Probe zu Ende, und Carrie ging mit dem Gefühl heim, daß sie ihre Aufgabe zufriedenstellend gelöst habe. Die Worte des Regisseurs klangen ihr noch in den Ohren, und sie sehnte sich, sie Hurstwood mitzuteilen. Wünschte, daß er wissen sollte, wie gut sie sich machte. Auch Drouet wollte sie sich anvertrauen. Sie konnte es kaum erwarten, bis er sie fragen würde, und doch war sie nicht eitel genug, um das Gespräch darauf hinzulenken. Der Reisende aber dachte an diesem Abend an andere Dinge, ihr kleines Erlebnis schien ihm nicht so wichtig. Er ließ das Gespräch fallen, hörte nur gerade zu, wenn sie ungebeten etwas erzählen wollte, und das war nicht Carries Art. Er hielt es für sicher, daß sie gut spielte und er sich keine Sorge mehr darüber zu machen brauche. So mußte Carrie sich zurückhalten, und dies kränkte sie. Sie empfand seine Gleichgültigkeit tief, sehnte sich nach Hurstwood. Er schien ihr jetzt der einzige Freund, den sie auf Erden besaß. Am nächsten Morgen zeigte Drouet wieder Anteilnahme, aber der Schaden war nicht mehr gutzumachen.

Von Hurstwood erhielt sie einen lieben Brief mit dem Bescheid, er wolle sie um die Zeit, so sie seine Nachricht empfing, im Park erwarten. Als sie kam, strahlte er sie an wie die Morgensonne.

«Nun, Liebste», fragte er, «wie ist es dir ergangen?»

«Ganz gut», sagte sie, noch durch ihre Erfahrung mit Drouet bedrückt.

«Also, erzähle mir alles. War es nett?»

Carrie berichtete, im Sprechen wärmer werdend, Einzelheiten der Probe.

«Das ist ja großartig», sagte Hurstwood. «Ich freue mich so. Muß dich sehen. Wann ist die nächste Probe?»

«Dienstag», sagte Carrie, «aber sie gestatten Fremden nicht den Eintritt.»

«Ich glaube, ich könnte schon hinein», sagte Hurstwood bedeutungsvoll.

Die zärtliche Beachtung, die sie bei ihm fand, heiterte sie ganz auf, aber sie ließ sich von ihm versprechen, nicht zu kommen.

«Also, du mußt mir zu Gefallen dein Bestes geben», sagte er ermutigend. «Denke daran, daß ich dir Erfolg wünsche. Wir wollen die Vorstellung zu einer großen Angelegenheit machen. Jetzt weißt du, was du zu tun hast.»

«Ich will es versuchen», sagte Carrie überströmend von Zärtlichkeit und Begeisterung.

«Bist ein braves Mädel!» sagte Hurstwood liebevoll. «Nun – denk daran» – und er drohte zärtlich mit dem Finger – «dein Bestes!»

«Das will ich», erwiderte sie, und erwiderte seinen Blick.

Die ganze Welt war an diesem Morgen in Sonne getaucht. Carrie eilte davon, der klare Himmel goß flüssiges Blau in ihre Seele. Oh, glücklich sind die Menschen, die sich bemühen – denn sie streben und sind voll Hoffnung. Und glücklich auch jene, die wissend lächeln und sie ermutigen.

## Einen Schritt über die Grenze: Willkommen und Abschied

Am Abend des Sechzehnten machte sich die zart vorsorgliche Hand Hurstwoods bemerkbar. Er hatte unter seinen zahlreichen und einflußreichen Freunden die Parole ausgegeben, daß sie der Veranstaltung Aufmerksamkeit schenken müßten, und deshalb verkaufte Herr Quincel im Namen der Loge sehr viele Eintrittskarten. In allen Tageszeitungen waren vierzeilige Notizen erschienen. Hurstwood hatte sie mit Hilfe Harry McGarrens, eines seiner Journalistenfreunde, Mitherausgeber der «Times», hineingebracht.

«Hör mal, Harry», sagte Hurstwood eines Abends, als er trinkend an der Bar stand, ehe er, später als gewöhnlich, den Heimweg antrat, «ich glaube, du kannst den Jungen einen Dienst erweisen.»

«Was ist es?» fragte McGarren, erfreut, von dem stattlichen Geschäftsführer zu Rate gezogen zu werden.

«Die General-Custer-Loge veranstaltet zu Unterstützungszwecken des Vereins eine Theateraufführung, und sie wünschen sich eine kleine Zeitungsnotiz. Du weißt, was ich meine – ein oder zwei Zeilen mit der Nachricht, daß die Vorstellung stattfindet.»

«Gewiß», sagte McGarren, «das kann ich schon für dich tun, George.»

Aber Hurstwood selbst hielt sich ganz im Hintergrund. Die Mitglieder der Custer-Loge konnten kaum begreifen, weshalb ihre kleine Unternehmung so viel Erfolg hatte. Harry Quincel wurde als erstklassige Kraft für dergleichen angesehen.

Zur bestimmten Zeit versammelten sich Hurstwoods Freunde wie Römer auf Befehl eines Senators. Von dem Augenblick an, da er Carrie zu unterstützen beschlossen, war ihr eine wohlwollende, von vornherein geneigte Zuhörerschaft sicher.

Carrie empfand selbst Genugtuung beim Einstudieren ihrer Rolle, obgleich sie noch immer um ihr Schicksal zitterte, wenn sie hinter den blendenden Rampenlichtern der Menge gegenüberstehen sollte. Sie versuchte, in dem Gedanken Trost zu finden, daß mit ihr noch ein Dutzend Männer und Frauen in gleicher Weise sich um den Erfolg ihrer Bemühungen ängstigten, aber sie vermochte nicht, die allgemeine Gefahr von ihrer persönlichen Verantwortlichkeit zu trennen. Fürchtete, sie würde ihre Rolle vergessen, nicht fähig sein, während des Spieles ihre Gefühle zu meistern. Manchmal wünschte sie, sie hätte die Sache nicht unternommen; dann wieder zitterte sie, daß sie vor Furcht gelähmt, blaß und atemlos dastehen, nicht wissen würde, was zu sagen, und so die ganze Vorstellung verderben könnte.

Herr Bamberger war aus der Gesellschaft verschwunden. Dieses hoffnungslose Exemplar fiel unter den kritischen Lanzenstößen des Regisseurs. Frau Morgan war noch da, neidisch und entschlossen, mindestens ebensogut wie Carrie zu spielen, wenn auch nur aus Verdruß. Für die Rolle des Ray hatte man einen arbeitslosen Schauspieler engagiert; einen geringen und unbeholfenen Kerl seiner Gattung – aber er wurde wenigstens nicht, wie die Leute, die sich noch niemals einer Zuhörerschaft gegenüber gesehen, von Skrupeln bedrückt. Er schwadronierte so selbstbewußt (obgleich man ihm bedeutet hatte, nichts von seiner Theatervergangenheit verlauten zu lassen), daß er einfach schon durch sein Gebaren seinen Beruf enthüllte.

«Es ist doch so leicht», sagte er mit der üblichen affektierten Bühnenstimme zu Frau Morgan. «Das Publikum wäre das letzte, was mich in Verwirrung bringen könnte. Der Geist der Rolle, wissen Sie, das ist das Schwierige.»

Carrie mochte sein Äußeres nicht, aber sie war zu sehr Schauspielerin, um nicht willig seine Eigenschaften in Kauf zu nehmen, da sie doch einen Abend lang seine erdichtete Liebe dulden mußte.

Um sechs war sie zum Gehen bereit. Alles, was sie zum Spielen brauchte, war reichlich für sie besorgt worden. Schon am Morgen hatte sie das Schminken versucht, Probe gehabt, um ein Uhr alles für den Abend zurechtgelegt. Dann ging sie nach Hause, ihre Rolle ein letztes Mal durchzusehen und auf den Abend zu warten.

Die Loge schickte ihr zu der feierlichen Gelegenheit einen Wagen. Drouet begleitete sie bis zur Tür und ging dann in eine Handlung in der Nähe, nach guten Zigarren Ausschau zu halten. Carrie eilte nervös in ihre Garderobe und begann – sich schon im voraus ängstigend – mit dem Schminken, das sie, ein einfaches Mädchen, in die Salonschönheit Laura verwandeln sollte.

Der grelle Schein der Gaslampen, die offenen Koffer, die an Reisen und Aufwand denken ließen, der zerstreute Inhalt der Theaterschachtel – Rouge, Perlpuder, Bleiweiß, angebrannter Kork zum Schwärzen, chinesische Tusche, Augenbrauenstifte, Perücken, Scheren, Operngläser, Tücher zum Drapieren – kurz, die unzähligen Kostümkleinigkeiten verbreiteten eine seltsame Atmosphäre. Viele Dinge hatten Carrie seit ihrer Ankunft in der Stadt beeinflußt, doch stets nur aus der Ferne. Diese neue Umgebung war freundlicher. Anders als die großen glänzenden Paläste, die sie kalt abwiesen, ihr nur Ehrfurcht und achtungsvolles Staunen gestatteten. Hier nahm alles sie gütig bei der Hand, wie jemand, der sagt: komm herein, Liebe. Es eröffnete sich ihr wie etwas

Verwandtem. Oft hatte sie über die großen Namen auf den Programmen, die langen Zeitungsberichte, die schönen Kleider auf der Bühne, die Atmosphäre von Wagen, Blumen, all dem vornehmen Glanz gestaunt. Das schien kein Trugbild. Hier war die offene Türe, durch die man all das sehen konnte. Sie war hierhergelangt wie jemand, der zufällig in einen Geheimgang hineinstolpert – und siehe, nun stand sie im Saal, der von Juwelen und Entzücken erglänzte.

Als sie sich in ihrer kleinen Garderobe hastig ankleidete, die Stimmen draußen hörte und sah, daß Herr Quincel eilig auf und ab lief, Frau Morgan und Frau Hoagland nervös ihre Vorbereitungen trafen, alle zwanzig Schauspieler in heftiger Aufregung den Erfolg erwarteten, da dachte sie, wie herrlich es wäre, wenn das andauern könnte; was für ein vollkommen glückliches Dasein, wenn sie ihre Aufgabe jetzt gut vollbringen und dann einmal eine Stellung als wirkliche Schauspielerin erlangen könnte. Der Gedanke nahm sie ganz gefangen. Klang ihr in die Ohren, wie die Melodie eines alten Liedes.

Draußen in dem kleinen Foyer spielte sich eine andere Szene ab. Ohne Hurstwoods Bemühungen wäre die kleine Halle nur mäßig voll gewesen, denn die Mitglieder der Loge interessierten sich nicht besonders für ihr Wohlergehen. Aber sein Wort hatte die Runde gemacht. Es sollte eine Veranstaltung in Festtoilette werden. Die vier Logen waren besetzt. Dr. Norman McNeill Hale und Frau besetzten die eine. Das war ein Trumpf. C. R. Walker, Inhaber eines Kleiderwarenhauses und eines Vermögens von mindestens zweihunderttausend Dollar, nahm eine zweite. Ein bekannter Kohlenhändler war bewogen worden, die dritte zu erstehen. Hurstwood und seine Freunde, darunter Drouet, befanden sich in der vierten. Die Leute, die hereinströmten, waren keine Berühmtheiten, nicht einmal Ortshonoratioren. Sie glänzten in einem gewissen Kreise im Bereich der kleinen Vermögen und Geheimorden-Vornehmheiten. Diese Elkherren kannten ihre gegenseitige Stellung. Sie achteten die Fähigkeit, mit Hilfe deren man ein kleines Vermögen erwerben, ein schönes Heim besitzen, sich vielleicht ein Kütschchen oder einen Wagen leisten, elegante Kleider tragen und eine gute kaufmännische Stellung aufrechterhalten konnte. Natürlich war hier Hurstwood, der sich über das Geistesniveau der anderen erhob, denen er als Beispiel diente, so etwas wie eine Persönlichkeit. Denn er war klug, benahm sich äußerst würdevoll und hatte eine einflußreiche, achtunggebietende Stellung. War bekannter als die meisten andern dieses Kreises und galt als ein Mann, dessen Zurückhaltung ungeheuren Einfluß und einen soliden finanziellen Erfolg in sich barg.

Heute abend war er in seinem Element. Er kam mit mehreren Freunden in einem Wagen, aus dem Rektor-Restaurant. Im Foyer traf er Drouet. Die fünf Männer begannen sich angeregt über die anwesende Gesellschaft und den Stand der Logenangelegenheiten zu unterhalten.

«Wer ist alles da?» fragte Hurstwood und trat in den eigentlichen Theatersaal ein, wo die Lampen angezündet wurden und eine Gesellschaft von Herren in dem freien Raume vor den Sitzen lachte und plauderte.

«Wie geht es Ihnen, Herr Hurstwood?» fragte der erste, den er erkannte.

«Freue mich, Sie zu sehen», erwiderte Hurstwood mit leichtem Händedruck.

«Schaut wie eine große Sache aus, was?»

«Wahrhaftig.»

«Custer scheint von seinen Mitgliedern unterstützt zu werden», bemerkte der Freund.

«So soll es auch sein», sagte Hurstwood, der eingeweiht war. «Freue mich darüber.»

«Halloh, George», sagte ein anderer rundlicher Bürger, dessen Embonpoint einen erschreckend großen Aufwand an gestärkter Hemdbrust erforderte, «wie geht's?»

«Ausgezeichnet.»

«Was bringt Sie her? Sie sind ja kein Custermitglied.»

«Gutmütigkeit», erwiderte Hurstwood. «Wollte gerne wieder mal die Jungens sehen.»

«Frau Gemahlin?»

«Konnte heute abend nicht kommen. Ist nicht wohl.»

«Tut mir leid – hoffentlich nichts Ernstliches.»

«O nein, eine leichte Unpäßlichkeit.»

«Ich erinnere mich an Frau Hurstwood, als sie mit Ihnen nach St. Joe reiste –» und der Neuankömmling stürzte sich in eine banale rückblikkende Erzählung, die durch die Ankunft anderer Bekannter beendet wurde.

«Was machen Sie, George?» fragte ein anderer freundlicher Politiker, ein Logenmitglied von der Westseite. «Na – ich freue mich, Sie mal wiederzusehen. Wie steht's?»

«Sehr gut; ich habe gehört, daß Sie zum Stadtrat ernannt worden sind.»

«Ja, habe die Leute dort ohne viel Mühe geschlagen.»

«Was, glauben Sie, wird Hennessy jetzt tun?»

«Oh, er wird zu seinem Ziegelgeschäft zurückkehren. Er hat eine Ziegelei, wissen Sie.»

«Ich wußte das nicht», sagte der Geschäftsführer. «Hat sich wohl sehr über seine Niederlage gekränkt?»

«Vielleicht», erwiderte der andere mit schlauem Augenzwinkern.

Einige seiner wohlhabenderen Freunde kamen nun im Wagen angerollt. Sie schoben mit großem Kleideraufwand und dem sichtbaren Gefühl von Befriedigung und Wichtigkeit hinein.

«Da wären wir also», sagte Hurstwood zu einem Herrn aus der Gruppe.

«Das ist recht», erwiderte der Angekommene, ein Mann von etwa fünfundvierzig Jahren. «Und hören Sie mal», flüsterte er scherzhaft in Hurstwoods Ohr, zu welchem Zwecke er ihn an der Schulter runddrehen mußte, «wenn es kein gutes Stück ist, kriegen Sie was ab!»

«Sie sollten schon dafür zahlen, Ihre alten Freunde wiederzusehen. Was liegt an der Vorstellung?»

Einem andern, der ihn fragte, ob es wirklich gut sein werde, erwiderte er: «Ich weiß nicht. Ich glaube kaum.» Dann, mit anmutiger Handbewegung: «Für die Loge.»

«Menge Jungens da, was?»

«Ja, schauen Sie sich nach Shanahan um. Er hat vor einem Augenblick nach Ihnen gefragt.»

So widerhallte das kleine Theater von einem Gewirr selbstbewußter Stimmen; Kleider rauschten, die gewöhnliche gute Laune machte sich breit – alles auf den Ruf dieses Mannes hin. Sooft man ihn während der halben Stunde vor dem Aufgehen des Vorhanges ansah, stand er mitten in einer beachtlichen Gruppe – fünf oder mehr Männer, deren stattliche Gestalten, breite weiße Hemdbrüste und strahlende Krawattennadeln ihren Erfolg ausdrückten. Die Herren, die ihre Gattinnen mitgebracht hatten, riefen ihn heraus, um ihm die Hand zu schütteln. Sitze klappten, die Theaterdiener verbeugten sich, während er freundlich beobachtete. Offensichtlich war er eine Leuchte unter ihnen, strahlte in seiner Persönlichkeit den Ehrgeiz jener wider, die ihn begrüßten. Er war anerkannt, man umschmeichelte ihn – so etwas wie der Löwe der Gesellschaft. Alles bestätigte die Stellung des Mannes. So wenig das auch sein mochte – in seiner Art war er eine Größe.

## Eine Stunde im Elfenland: Beifall, nur halb vernommen

Endlich war es soweit – der Vorhang konnte aufgehen. Die Einzelheiten der Kostümierung waren beendet und die Schauspieler bereit, als der Kapellmeister des kleinen gemieteten Orchesters bedeutsam mit seinem Stab auf das Pult klopfte und die sanfte Einleitungsmusik anhob. Hurstwood hörte zu plaudern auf und ging mit Drouet und seinem Freund Sagar Morrison in seine Loge.

«Na, nun wollen wir mal sehen, wie sich das kleine Mädchen aus der Affäre zieht», sagte er zu Drouet in einem Ton, den sonst niemand hören konnte.

Auf der Bühne standen schon sechs Personen des Stückes in der eröffnenden Salonszene. Drouet und Hurstwood sahen mit einem Blick, daß sich Carrie nicht unter ihnen befand, und fuhren fort, sich flüsternd zu unterhalten. Frau Morgan, Frau Hoagland und der Schauspieler, der Bambergers Stelle eingenommen, spielten die Hauptrollen in dieser Szene. Der Berufsschauspieler, Herr Patton, hatte außer seiner Selbstsicherheit nichts, was ihn besonders empfahl, aber auf die kam es im Augenblick besonders an. Frau Morgan als Pearl war vor Angst ganz steif. Frau Hoagland heiser. Die ganze Gesellschaft so knieweich, daß die Sätze eben nur gesprochen wurden. Die Zuhörerschaft bedurfte all ihrer Hoffnungsfreudigkeit, ihres Wohlwollens, um nicht ihr Mitleid durch jene Unruhe kundzugeben, die den Todeskampf des Mißerfolges einleitet.

Hurstwood war ganz gleichgültig. Es stand für ihn fest, daß die Sache nicht den geringsten Wert haben würde. Er wünschte sie nur erträglich, damit er dann wenigstens gratulieren könne.

Nach dem ersten Krampf der Angst aber überwanden die Schauspieler die Gefahr eines völligen Zusammenbruchs. Sie schoben unsicher vorwärts, verloren fast ganz den gewollten Ausdruck und machten das Ganze furchtbar langweilig, bis Carrie auftrat. Mit einem Blick auf sie erkannten Hurstwood und Drouet, daß auch sie Lampenfieber hatte. Sie schwankte über die Bühne und sagte:

«Und Sie, mein Herr; wir haben Sie seit acht Uhr erwartet», doch so farblos und mit so schwacher Stimme, daß es peinlich berührte.

«Sie hat Angst», flüsterte Drouet Hurstwood zu.

Der Geschäftsführer gab keine Antwort.

Jetzt mußte sie etwas sagen, was komisch wirken sollte.

«Das hieße ja soviel, als wäre ich eine Art von belebender Pille.»

Es kam so matt heraus, daß es ganz ins Wasser fiel. Drouet rückte nervös auf seinem Sitz herum. Hurstwood bewegte ein bißchen eine große Zehe.

Dann gab es eine andere Stelle, wo Laura in der Vorahnung kommenden Unheils aufstehen und traurig sagen mußte:

«Ich wollte, du hättest das nicht gesagt, Pearl. Du kennst das alte Sprichwort: ‹Nenne kein Ding beim falschen Namen›.»

Der Mangel an Empfindung wirkte hier lächerlich. Carrie traf den Ton gar nicht. Es schien, als spräche sie im Schlaf. Als wüßte sie bestimmt, daß sie kläglich versagen würde. Ihr Fall war hoffnungsloser als der Frau Morgans, die sich etwas erholt hatte und ihre Rolle jetzt wenigstens deutlich sprach. Drouet schaute von der Bühne weg, auf das Publikum. Das hielt schweigend aus, hoffte natürlich auf eine Änderung zum Besseren. Hurstwood blickte starr auf Carrie, als wollte er sie zu besserem Spiel hypnotisieren, etwas von seiner eigenen Entschlossenheit in sie hinüberströmen lassen. Sie tat ihm leid.

Einige Minuten später sollte sie den Brief lesen, den ihr ein fremder

Bösewicht gesendet. Das Publikum hatte sich während eines Gespräches zwischen dem Berufsschauspieler und einem gewissen Snorky, der von einem kleinen stämmigen Amerikaner gespielt wurde, ganz gut unterhalten. Als halbverrückter einarmiger Soldat, der, um seinen Lebensunterhalt zu erwerben, Bote geworden, entwickelte er wirklich etwas Humor. Schrie seine Sätze so trotzig hinaus, daß sie komisch wirkten, obwohl dies gar nicht beabsichtigt war. Als er die Bühne verließ, herrschte wieder Trauer, mit Carrie als Hauptperson. Sie erholte sich nicht. Wandelte so durch die ganze Szene zwischen ihr und dem Eindringling, setzte die Geduld des Publikums auf eine harte Probe und ging schließlich zu allgemeiner Erleichterung ab.

«Sie ist zu nervös», sagte Drouet, und während er diese milde Umschreibung gebrauchte, fühlte er, daß er log.

«Es wird vielleicht gut sein, wenn Sie zu ihr gehen und mit ihr reden.»

Drouet war froh, irgend etwas zu tun, um sich von dem Druck zu befreien. Er eilte zum Seiteneingang und wurde von dem freundlichen Türhüter eingelassen. Carrie stand in der Seitenkulisse, wartete zitternd auf das nächste Stichwort – sie hatte ganz den Mut verloren.

«Hör mal, Cad», sagte er und schaute sie an, «du darfst nicht nervös sein. Wach auf. Die Kerle da draußen sind doch überhaupt gar nichts. Wovor hast du Angst?»

«Ich weiß nicht», sagte Carrie. «Ich scheine ganz einfach nicht dazu zu taugen.»

Doch war sie Drouet für sein Kommen dankbar. Sie fand ihre Mitspieler so nervös, daß ihre eigene Kraft schwand.

«Komm», sagte Drouet, «nimm dich zusammen. Was fürchtest du? Geh jetzt hinaus und mach es ordentlich. Was hast du zu verlieren?»

Carrie belebte sich ein wenig unter dem Einfluß von Drouets elektrisierendem Wesen.

«Hab ich's so schlecht gemacht?»

«Keineswegs. Was du brauchst, ist ein bißchen mehr Pikanterie. Weißt du, wird den Kopf mal so zurück, wie kürzlich am Abend.»

Carrie erinnerte sich an den Triumph, den sie daheim gefeiert. Sie versuchte, sich zu überzeugen, daß sie es vollbringen könne.

«Was kommt jetzt?» fragte er und sah in ihre Rolle, die sie eben durchging.

«Die Szene zwischen Ralph und mir, wenn ich ihn abweise.»

«Na, also mach das recht lebendig», sagte Drouet. «Schneidig – weißt du. Spiel, als hättest du keine Angst.»

«Sie kommen dran, Fräulein Madenda», sagte der Souffleur.

«O Gott», seufzte Carrie.

«Du bist mir ein rechter Hasenfuß», sagte Drouet. «Reiß dich zusammen. Ich will dir von hier aus zuhören.»

«Ja?»

«Ja, nun raus. Fürchte dich nicht.»

Der Souffleur winkte ihr.

Sie trat auf, so verzagt wie früher – aber plötzlich bekam sie wieder Mut. Sie dachte an Drouet, der zusah.

«Ray», sagte sie sanft, mit viel ruhigerer Stimme als während ihres letzten Auftretens. Es war die Szene, die dem Regisseur bei der Probe so gut gefallen hatte.

«Sie ist unbefangener», dachte Hurstwood.

Sie spielte nicht wie auf der Probe, aber eindringlicher. Das Publikum wurde wenigstens nicht gereizt. Da alle Mitspieler jetzt tüchtigere Arbeit leisteten, wurde die Aufmerksamkeit ein wenig von ihr abgelenkt. Sie machten hübsche Fortschritte – jetzt hatte es den Anschein, als würde das Stück, mindestens an den weniger schwierigen Stellen, erträglich werden.

Erhitzt, nervös, trat Carrie ab.

«Nun», fragte sie und blickte Drouet an, «war es etwas besser?»

«Das will ich meinen! Das ist der richtige Weg. Bring Leben in die Sache. Das hast du schon um hundert Prozent freier gespielt als die frühere Szene. Jetzt geh und laß alle deine Minen springen. Du kannst es. Spiel sie in Grund und Boden.»

«War es wirklich besser?»

«Natürlich! Was kommt jetzt?»

«Die Ballszene.»

«Das kannst du doch vorzüglich.»

«Ich weiß nicht.»

«Menschenskind», rief er, «hast es mir ja vorgespielt! Jetzt geh mal raus und mach es ebenso. Ein Spaß für dich. Mach es so wie in unserem Zimmer. Wetten, daß du Erfolg hast? Worauf willst du wetten? Du kannst es.»

Gewöhnlich ließ sich Drouet im Sprechen von seiner feurigen gutmütigen Natur überrumpeln. Er glaubte wirklich, daß Carrie diese Szene besonders gelungen sei, und wünschte, daß sie sie so vor dem Publikum wiederhole. Seine Begeisterung entzündete sich am Augenblick.

Im entscheidenden Moment pulverte er Carrie erfolgreich auf. Begann in ihr die Empfindung zu wecken, daß sie sehr gut gespielt habe. Während er zu ihr sprach, überkam sie die alte Melancholie der Sehnsucht wieder, und als die Szene draußen fortschritt, war sie aufs tiefste bewegt.

«Ich glaub, ich werd es schaffen.»

«Sicher. Nun, vorwärts und nimm dich zusammen.»

Auf der Bühne erhob Frau van Dam ihre grausame Anklage gegen Laura.

Carrie lauschte und ihr war, als würde sie von etwas angesteckt –

wußte selbst nicht, wovon. Ihre Nasenflügel bebten.

«Das heißt», begann der Berufsschauspieler als Ray, «daß die Gesellschaft jeden Schimpf furchtbar rächt. Haben Sie schon je von den sibirischen Wölfen gehört? Wenn einer aus dem Rudel vor Schwäche zu Boden stürzt, verschlingen ihn die andern. Es ist kein schöner Vergleich – aber die Gesellschaft hat etwas Wölfisches an sich. Laura hat sich über eine ihrer Vortäuschungen lustig gemacht, und die Gesellschaft, die aus Vortäuschungen besteht, wird ihr den Spott bitter nachtragen.»

Die Gefühle der Ausgestoßenen durchdrangen sie. Sie schwebte auf den Flügeln ihrer Gedanken empor. Hörte kaum mehr etwas anderes als ihr eigenes rauschendes Blut.

«Mädchen», sagte Frau van Dam feierlich, «wir wollen nach unseren Sachen sehen. Nichts ist mehr sicher, wenn ein so geschickter Dieb ins Haus kommt.»

«Stichwort», sagte der Souffleur an Carries Seite, aber sie hörte nicht. Schon bewegte sie sich mit steter, erleuchteter Anmut vorwärts. Wie die Morgenröte erschien sie vor dem Publikum, schön und stolz, wandelte sich, als die Gesellschaftsmeute verächtlich von ihr zurückwich, zu einem kalten, blassen, hilflosen Ding.

Hurstwood zwinkerte mit den Augen und wurde mitgerissen. Wellen von Gefühl und Aufrichtigkeit stürmten gegen die Wände des Raumes. Zauber einer Leidenschaft, die die Welt zerstören könnte, war hier am Werke.

Die bisher zerstreute Aufmerksamkeit im Zuschauerraum wurde konzentriert, gebannt.

«Ray! Ray! Warum kehrst du nicht zu ihr zurück!» rief Pearl.

Aller Augen waren auf Carrie gerichtet, die noch stolz und verächtlich dastand. Folgten jeder ihrer Bewegungen. Augen hingen an Augen.

Frau Morgan – Pearl näherte sich ihr.

«Laß uns nach Hause gehen», sagte sie.

«Nein», erwiderte Carrie. Zum erstenmal hatte ihre Stimme durchdringende, vorher nicht gekannte Kraft. «Bleib bei ihm.»

Sie wies mit anklagender Hand auf ihren Liebhaber. Dann, von einem Schmerz erfüllt, der um seiner Einfachheit willen tief rührte: «Er soll nicht lange leiden.»

Hurstwood war sich bewußt, daß er ausgezeichnetes Spiel sah. Sein Gefühl wurde durch den Beifall, der nach dem Fallen des Vorhangs ertönte, und durch den Umstand, daß es sich um Carrie handelte, verstärkt. Wie schön war sie! Sie hatte etwas vollbracht, was über seine Sphäre hinausging. Er war entzückt, daß sie ihm gehörte.

«Herrlich», sagte er und dann, in plötzlichem Antrieb, stand er auf und eilte an die Bühnentür.

Als er zu Carrie kam, war Drouet noch bei ihr. Hurstwood überströmte von Gefühl, von ihrer Empfindung und Ausdruckskraft im

Innersten beglückt. Wollte ihr in überschwenglichem Liebesausbruch sein Lob spenden, aber da stand Drouet in neu belebter Zärtlichkeit. Er war, wenn möglich, noch mehr bezaubert als Hurstwood. Wenigstens nahm es, seiner Natur gemäß, kräftigere Form an.

«Na», sagte Drouet, «das hast du glänzend gemacht! Es war ganz einfach grandios. Ich wußte ja, daß du es konntest. Oh, du bist ein Schatz.»

Carries Augen strahlten vor Freude über das Geschaffene.

«War es recht?»

«Ob es recht war! Hast du nicht den Beifall gehört?»

Noch ertönte von draußen das verhallende Klatschen der Leute.

«Ich dachte schon, es sei mir ungefähr gelungen – ich fühlte es.»

In diesem Augenblick trat Hurstwood ein. Instinktiv fühlte er die Veränderung in Drouet. Sah, daß er ganz nahe bei Carrie stand, und Eifersucht flackerte in seinem Herzen auf. Wie dumm, daß er ihn zu ihr geschickt! Er haßte in ihm den Eindringling. Konnte sich kaum auf das geziemende Maß zurückschrauben, um Carrie freundschaftlich Glück zu wünschen. Dennoch bezwang er sich, und es war ein Triumph. Fast gelang es ihm, das alte schlaue Aufleuchten in seine Augen zu legen.

«Ich wollte doch herkommen und Ihnen sagen, Frau Drouet, wie gut Sie gespielt haben», sagte er und blickte sie an. «Es war prachtvoll.»

Carrie folgte seinem Stichwort und erwiderte:

«Oh, danke.»

«Grad hab ich ihr auch gesagt», meinte Drouet, von seinem Eigentum entzückt, «daß ich meine, sie hat es gut gemacht.»

«Ganz gewiß», sagte Hurstwood mit einem Blick, in dem Carrie mehr als Worte las.

Sie lachte fröhlich.

«Wenn Sie weiter so spielen, werden wir Sie für die geborene Schauspielerin halten müssen.»

Wieder lächelte Carrie. Sie empfand die schwierige Lage Hurstwoods, wünschte innig, mit ihm allein zu sein, begriff aber Drouets Veränderung nicht. Hurstwood sah ein, daß er in dieser Zwangslage nicht sprechen konnte, und mißgönnte Drouet jeden Augenblick. Schließlich dienerte er mit der Eleganz eines Faust hinaus. Draußen knirschte er vor Neid mit den Zähnen.

«Verflucht», sagte er, «wird er mir immer im Wege stehen?» Schlecht gelaunt ging er in die Loge zurück, konnte nicht plaudern, so sehr mußte er an seine unglückselige Lage denken.

Als der Vorhang für den nächsten Akt in die Höhe gezogen wurde, kam Drouet zurück. Viel angeregter, hätte er sich gerne flüsternd unterhalten, aber Hurstwood schützte Teilnahme für die Bühnengeschehnisse vor. Er hielt die Augen fest auf die Szene gerichtet, obgleich Carrie nicht da war, da ein Stück melodramatischer Komödie ihren

Auftritt einleitete. Doch sah er nicht, was sich ereignete. Hing seinen eigenen Gedanken nach und die waren traurig.

Die Entwicklung des Stückes brachte ihm keine Erleichterung. Von jetzt an stand Carrie im Mittelpunkt des Interesses. Die Zuhörerschaft, anfangs zu denken geneigt, daß nach dem ersten trüben Eindruck nichts mehr gut werden könne, ging nun in das andere Extrem über und sah Begabung, wo keine war. Die allgemeine Empfindung wirkte auf Carrie zurück. Sie spielte ihre Rolle gut, wenn auch nicht mehr mit der Innigkeit, die das Gefühl am Ende des ersten Aktes in ihr erweckt.

Hurstwood und Drouet blickten erregt auf ihre schöne Gestalt. Daß sich in Carrie solche Begabung offenbarte und daß sie sehen konnten, wie sie sich unter günstigen Umständen, in vergoldetem Rahmen, von Empfindung und Persönlichkeit durchleuchtet, auswirkte, das erhöhte für sie ihren Reiz. Drouet sah mehr in ihr als in der alten Carrie. Er sehnte sich, mit ihr daheim zu sein, um es ihr sagen zu können. Wartete ungeduldig auf das Ende, wo sie allein nach Hause gehen würden.

Hurstwood dagegen erkannte aus ihrer wachsenden Kraft die Tragweite seines eigenen Unglücks. Er hätte dem Mann an seiner Seite fluchen mögen. Bei Gott, er vermochte nicht einmal von Herzen Beifall zu klatschen. Mußte also diesmal heucheln, obgleich es ihm einen üblen Geschmack im Munde zurückließ.

Im letzten Akt wirkte Carrie am stärksten auf ihre Freunde.

Hurstwood lauschte, fragte sich, wann Carrie drankäme. Er brauchte nicht lange zu warten. Der Autor hatte den Kunstgriff benutzt, die ganze fröhliche Gesellschaft auf eine Ausfahrt zu schicken, und jetzt trat Carrie auf die Szene. Zum erstenmal konnte Hurstwood sie allein vor dem Publikum sehen, denn sonst war sie immer von Personen umgeben, die ihre Wirkung abschwächten. Als sie eintrat, fühlte er plötzlich, daß ihre alte Kraft – die Kraft, die ihn am Ende des ersten Aktes bezwungen – zurückgekehrt war. Es schien, als gewänne sie jetzt, da sich das Stück seinem Ende näherte und die Gelegenheit zu großem dramatischem Spiel vorüber war, an Empfindung.

«Arme Pearl», sagte sie in echtem Schmerz. «Es ist traurig, sich nach Glück zu sehnen, aber furchtbar, zu sehen, wie ein anderer blind danach tastet, wenn es doch in greifbarer Nähe ist.»

Jetzt blickte sie schmerzlich auf die offene See hinaus, ihr Arm ruhte lässig auf dem Türpfosten.

Hurstwood begann tiefes Mitleid mit ihr und mit sich selbst zu empfinden. Er konnte förmlich fühlen, daß sie zu ihm sprach. Infolge einer Verquickung von verwirrten Gefühlen, die wie eine erschütternde Melodie immer etwas Persönliches und Innerliches scheinen, ließ er sich fast täuschen. Tiefer Schmerz hat ja die Eigenheit, daß er sich immer an den Einzelnen zu wenden scheint.

«Und doch könnte sie mit ihm sehr glücklich sein», fuhr Carrie fort.

«Ihre sonnige Art, ihr fröhliches Gesicht, werden jedes Heim erhellen.»

Ohne zu sehen, kehrte sie sich langsam dem Publikum zu. In ihren Bewegungen lag so viel Einfachheit, als wäre sie ganz allein. Dann setzte sie sich an den Tisch, blätterte in einigen Büchern, in Gedanken bei Ray und Pearl.

«Ich sehne mich nach dem, was mir versagt ist» – schloß sie seufzend, «mein Dasein möge allen, außer diesen zweien in der weiten Welt, verborgen bleiben; die Freude dieses unschuldigen Mädchens, das bald seine Frau werden wird, soll die meinige sein.»

Hurstwood tat es leid, als eine Person des Stückes, unter dem Namen Pfirsichblüte bekannt, sie unterbrach. Er rückte gereizt auf seinem Sitze, denn er hätte gewünscht, Carrie solle fortfahren. War von dem blassen Antlitz der geschmeidigen Gestalt bezaubert, die in ein silbergraues Gewand gehüllt, eine kleine Perlenschnur um den Hals trug. Carrie sah müde und schutzbedürftig aus, und unter dem bezwingenden Zauber ihres Spiels stieg sein Empfinden, bis er sich bereit fühlte, sie zu seinem eigenen Glück aus ihrer Not zu befreien.

Bald war Carrie wieder allein und sagte lebhaft:

«Ich muß in die Stadt zurückkehren, gleichgültig, welche Gefahren mir da auflauern. Ich muß gehen, heimlich, wenn ich kann – offen, wenn ich muß.»

Von außen erklang Pferdegetrappel und dann Rays Stimme, der sagte:

«Nein, ich werde nicht mehr reiten. Stellen Sie das Pferd in den Stall.»

Er trat ein, und dann hob eine Szene an, die mit Hurstwoods Liebestragödie so viel zu tun hatte wie nur irgend etwas in seiner eigentümlichen und verwickelten Laufbahn. Denn Carrie war entschlossen, diese Szene zu etwas Besonderem zu gestalten, und jetzt, da das Stichwort erklang, ergriff es sie gewaltig. Hurstwood und Drouet bemerkten ihre steigende Empfindung, als sie fortfuhr.

«Ich dachte, Sie wären mit Pearl gefahren», sagte sie zu ihrem Freund.

«Nur einen Teil des Weges, aber ich habe die Gesellschaft etwa vor einer Meile auf der Straße verlassen.»

«Ihr habt doch nicht miteinander gestritten?»

«Nein – ja; das heißt – wir streiten ja immer. Unser Freundschaftsbarometer steht immer auf ‹wolkig› und ‹bedeckt›.»

«Und wessen Schuld ist es?» fragte sie leichthin.

«Nicht meine», erwiderte er mürrisch. «Ich weiß, ich tue alles, was ich kann. – Ich sage: alles was ich kann – aber sie –»

Patton brachte dies ziemlich ungeschickt, aber Carrie machte es durch ihren Liebreiz wieder gut.

«Aber sie ist Ihre Frau», sagte sie, wendete ihre ganze Aufmerksamkeit dem schweigenden Schauspieler zu und milderte den Ton ihrer

Stimme, bis sie wieder sanft und melodisch war. «Ray, lieber Freund, den Worten, mit denen um eine Frau geworben wird, entnimmt die ganze Predigt des Ehelebens ihre Themen. Lassen Sie es nicht zu, daß Ihres verfehlt und unglücklich werde.»

Sie faltete ihre Hände wie zu einer Bitte. Hurstwood schaute mit leichtgeöffneten Lippen hin. Drouet rückte auf seinem Stuhl vor Zufriedenheit.

«Sie wird meine Frau werden, ja», fuhr der Schauspieler in einer Art fort, die im Vergleich zum Partner schwächlich war, die zärtliche Stimmung aber, die Carrie geschaffen und aufrechterhielt, nicht mehr zerstören konnte. Sie schien nicht zu fühlen, daß er elend spielte. Würde es mit einem Holzklotz fast ebensogut getroffen haben. Die Hilfsmittel, die sie benötigte, lagen im Bereich ihrer eigenen Einbildungskraft. Das Spiel der andern konnte keinen Einfluß darauf nehmen.

«Und Sie bereuen schon?» fragte sie langsam.

«Ich hatte Sie verloren», sagte er und faßte ihre Hand, «war jedem gefallsüchtigen Mädchen ausgeliefert, dem es Spaß machte, mir einen einladenden Blick zu schenken. Ihre Schuld – Sie wissen es –, warum haben Sie mich verlassen?»

Carrie wendete sich langsam ab, als wollte sie schweigend eine Empfindung meistern. Dann kehrte sie sich ihm wieder zu.

«Ray», sagte sie, «das größte Glück, das ich je gefühlt, war der Gedanke, daß Ihre Liebe für ewig an eine tugendhafte Frau gefesselt war, Ihnen gleich an gesellschaftlicher Stellung, Reichtum und Begabung. Was offenbaren Sie mir da! Warum wehren Sie sich immer gegen Ihr Glück?»

Sie tat die letzte Frage mit solcher Einfachheit, daß sie dem Publikum und Ray wie etwas Persönliches klang.

Schließlich gelangten sie an die Stelle, wo er ausrief: «Seien Sie mir, was Sie mir früher gewesen!»

Carrie erwiderte mit ergreifender Sanftmut: «Das kann ich nicht, aber ich kann im Geiste der Laura sprechen, die für immer tot ist.»

«So sei es denn, wie Sie wollen.»

Hurstwood lehnte sich vor. Die ganze Zuhörerschaft war still und aufmerksam.

«Mag die Frau, die Sie lieben, klug oder töricht sein», sagte Carrie und sah traurig ihren Liebhaber an, der auf einen Stuhl gesunken war, «schön oder häßlich, reich oder arm: sie hat nur Eines, das sie Ihnen wirklich geben oder weigern kann – ihr Herz.»

Drouet mußte sich vor Rührung räuspern.

«Ihre Schönheit, ihren Geist, ihre Kenntnisse kann sie Ihnen verkaufen; aber ihre Liebe ist der Schatz, der um Geldeswert nicht zu haben ist.»

Hurstwood erbebte, als richteten sich die Worte an ihn. Ihm war, als seien sie allein, und vor Mitgefühl in der hoffnungslosen, traurigen und doch auch jetzt anmutigen und reizenden Frau, die er liebte, konnte er sich kaum der Tränen erwehren. Drouet war auch außer sich. Er beschloß, Carrie von nun ab zu sein, was er nie vorher gewesen. Er wird sie heiraten, bei Gott! Sie war es wert.

«Als Gegengabe fordert sie nur», sagte Carrie, die die wenigen Worte des Mannes kaum beachtete und sich noch mehr der klagenden Melodie anpaßte, die jetzt aus dem Orchester ertönte, «daß Ihre Augen Zuneigung ausdrücken, wenn Sie sie ansehen; daß Ihre Stimme sanft, liebevoll und gütig sei, wenn Sie zu ihr sprechen. Sie nicht verachten, weil sie nicht sofort Ihre hochfliegenden Gedanken und ehrgeizigen Pläne verstehen kann; wenn Unglück und Leid Ihre größten Vorsätze vernichten, bleibt Ihnen ihre Liebe, Sie zu trösten. Sie blicken auf die Bäume» fuhr sie fort, während Hurstwood seine Empfindungen nur mit größter Mühe unterdrückte, «um in ihnen Kraft und Größe zu finden; verachten Sie die Blumen nicht, weil Duft alles ist, was sie zu geben vermögen. Denken Sie daran», schloß sie gefühlvoll, «Liebe ist alles, was eine Frau geben kann», und sie legte in «alles» eine süße, seltsame Betonung, «aber es ist das einzige, was wir, nach Gottes Ratschluß, über das Grab hinaus bewahren können.»

Die beiden Männer wurden von zärtlichen Empfindungen durchschüttert. Hörten kaum die wenigen Worte, die die Szene beschlossen. Sahen nur ihr Ideal, das sich mit bezwingender Grazie bewegte, eine Kraft ausströmen, die ihnen Erleuchtung war.

Hurstwood und Drouet faßten tausend Entschlüsse. Sie nahmen an dem Beifallsausbruch teil, der Carrie hinausrief. Drouet klatschte in die Hände, bis sie ihm weh taten. Dann sprang er auf und lief hinaus. Jetzt trat Carrie auf die Bühne und wartete, als sie bemerkte, daß man ihr aus der Kulisse einen ungeheuren Blumenkorb brachte. Hurstwoods Blumen. Einen Augenblick sah sie zu seiner Loge empor, begegnete seinem Blick und lächelte. Er hätte hinausspringen und sie umarmen mögen. Vergaß, daß er verheiratet war und vorsichtig sein mußte. Vergaß fast, daß er Bekannte in seiner Loge hatte. Bei Gott, das reizende Mädchen mußte er haben, und gälte es alles, was er besaß. Er wird sofort handeln. Das soll Drouets Ende sein – darauf durfte man sich verlassen. Nicht einen Tag länger wollte er warten. Der Kerl sollte sie nicht behalten.

Er war so aufgeregt, daß er nicht in der Loge zu bleiben vermochte. Ging in das Foyer und dann auf die Straße, tief in Gedanken. Drouet kam nicht zurück. In wenigen Minuten war der letzte Akt zu Ende, und er wünschte dringend, mit Carrie allein zu sein. Verfluchte sein Schicksal, das ihn zu Lächeln, Verbeugungen zwang, wenn er doch so glühend begehrte, ihr seine Liebe zu gestehen, sie ihr allein zuzuflüstern. Als er die Aussichtslosigkeit seiner Hoffnungen einsah, stöhnte er auf. Er mußte weiter heucheln, sie mit Drouet zum Abendessen einladen. Endlich ging er hinter die Kulissen und fragte, wie weit sie mit dem Ankleiden sei. Die Schauspieler zogen sich alle an, sprachen, hasteten herum. Drouet schwatzte mit der Hemmungslosigkeit der Aufregung und Leidenschaft. Hurstwood konnte sich nur mit größter Mühe beherrschen.

«Wir gehen natürlich zusammen zum Abendessen», sagte er mit einer Stimme, die seines Herzens spottete.

«Oh, gewiß», erwiderte Carrie lächelnd.

Sie war in glänzender Laune. Nun begriff sie, was es heißt, verwöhnt zu werden. Jetzt war sie die Bewunderte, die Vielumworbene. Sie bekam einen Begriff von der Unabhängigkeit, die aus Erfolg resultiert. Nun hatte sich das Blatt gewendet. Sie blickte auf ihren Liebhaber eher herunter, als daß sie zu ihm aufsah. War sich über die Tatsache noch nicht ganz klar, strahlte aber eine gewisse unendlich reizvolle Herablassung aus. Als sie ihre Toilette beendet, stiegen sie in den wartenden Wagen und fuhren davon; nur einmal fand sie Gelegenheit, ihr Gefühl auszudrücken, als Hurstwood Drouet vorausging und sich neben sie in den Wagen setzte. Ehe Drouet einstieg, drückte sie Hurstwoods Hand in ausbrechender Zärtlichkeit. Hurstwood hätte seine Seele dahingeben mögen, um mit ihr allein zu sein. Welche Qual!

Drouet machte sich breit, dachte, er sei ihr alles. Das Abendessen wurde durch seine Begeisterung verdorben. Hurstwood ging mit der Empfindung heim, als müsse er sterben, wenn er nicht sein Liebesziel erreiche. Leidenschaftlich flüsterte er Carrie zu «Morgen», und sie verstand. Er verließ Drouet und dessen Beute mit dem Gefühl, als könne er den Mann ermorden, ohne es zu bereuen. Carrie empfand seine Qual mit.

«Gute Nacht», sagte er, oberflächliche Freundlichkeit heuchelnd.

«Gute Nacht», sagte Carrie zärtlich.

«Der Tölpel», sagte er. Jetzt haßte er Drouet. «Der Idiot! Ich will ihn schon ausstechen, und zwar rasch. Morgen – das werden wir schon sehen.»

«Na, wenn du kein Wunder bist», sagte Drouet selbstgefällig und drückte Carries Arm. «Das reizendste Mädchen auf der Welt.»

## Die Verlockung des Geistes: Das Fleisch auf der Jagd

Bei einem Mann wie Hurstwood nimmt die Leidenschaft kraftvolle Formen an. Nichts Sinnendes, Träumerisches. Kein Wunsch, vor dem Fenster der Dame zu singen – sich zu sehnen und angesichts von

Schwierigkeiten zu murren. Nachts konnte er lange nicht einschlafen, weil er zu viel denken mußte, und morgens wachte er früh auf, erfaßte den geliebten Gedanken mit frischem Mut und verfolgte ihn bis zu Ende. Geistig und körperlich war er aus den Fugen; entzückte ihn Carrie nicht auf ganz neue Art, stand ihm Drouet nicht im Wege? Nie wurde ein Mann mehr als er gepeinigt – seine Liebste in den Fesseln des übermütigen, aufdringlichen Kerls! Es schien ihm, als könnte er alles darum geben, die Verwicklung zu lösen – wenn Carrie einem Plan zustimmen wollte, der mit Drouet erfolgreich, für immer, aufräumte.

Was tun? Nachdenklich kleidete er sich an. Bewegte sich im selben Zimmer wie seine Frau, ohne ihre Gegenwart zu beachten.

Beim Frühstück hatte er keinen Appetit. Das Fleisch, das er sich vorlegte, blieb unberührt auf seinem Teller liegen. Sein Kaffee wurde kalt, während er gleichgültig die Zeitung überflog. Hie und da las er eine Kleinigkeit, erinnerte sich aber an nichts. Jessika war nicht herunter gekommen. Seine Frau saß am anderen Ende des Tisches, stillschweigend, in Brüten versunken. Vor kurzem hatte sie ein neues Hausmädchen aufgenommen, die Servietten aufzulegen vergaß. Deshalb unterbrach sie das Schweigen durch einen gereizten Tadel.

«Ich habe es Ihnen schon früher gesagt, Maggie. Noch einmal sage ich es Ihnen nicht.»

Hurstwood sah seine Frau an. Sie runzelte die Stirn. Gerade jetzt reizte sie ihn besonders. Ihre nächste Bemerkung galt ihm.

«Hast du schon einen Entschluß gefaßt, George, wann du auf Ferien gehen willst?»

Gewöhnlich besprachen sie um diese Jahreszeit die regelmäßige Sommerreise.

«Noch nicht», sagte er. «Ich bin jetzt sehr beschäftigt.»

«Du wirst dich bald entschließen müssen, nicht wahr, wenn wir überhaupt reisen wollen», erwiderte sie.

«Ich denke, wir haben noch ein paar Tage Zeit.»

«Hm», machte sie, «warte nur nicht, bis die Saison vorüber ist.»

Während des Sprechens rückte sie ärgerlich auf dem Stuhl.

«So bist du», bemerkte er. «Man könnte glauben, ich täte nie etwas.»

«Na, ich möchte es wissen», begann sie von neuem.

«Du hast noch ein paar Tage Zeit», beharrte er. «Wirst ja doch nicht eher fahren wollen, als bis die Rennen vorüber sind.»

Er war über das Gespräch gereizt, weil er seine Gedanken auf andere Vorhaben richten wollte.

«Vielleicht doch. Jessika wünscht nicht, auf das Ende der Rennen zu warten.»

«Wozu brauchst du dann eine Saisonkarte?»

«Uh!» sagte sie verächtlich. «Ich will nicht mit dir streiten.» Und stand vom Tisch auf.

«Höre mal», sagte er, erhob sich und legte einen so entschiedenen Ton in seine Stimme, daß er sie zu bleiben zwang, «was ist seit kurzem mit dir los? Kann ich mit dir überhaupt nicht mehr sprechen?»

«Gewiß kannst du mit mir sprechen», erwiderte sie, das letzte Wort betonend.

«Man sollte es nach deinem Benehmen nicht meinen. Du willst wissen, wann ich reisefertig sein werde? – Nicht vor einem Monat. Vielleicht nicht einmal dann.»

«Wir werden ohne dich fahren.»

«So?» höhnte er.

«Ja, das werden wir.»

Er staunte über die Entschiedenheit der Frau, aber sie brachte ihn nur noch mehr auf.

«Na, das wollen wir sehen. Ich habe den Eindruck, daß du dir seit einiger Zeit ziemlich viel anmaßt. Du sprichst, als könntest du meine Geschäfte für mich ordnen. Du kannst es nicht. Noch alles, was mich angeht, bestimmen. Wenn du fahren willst, so fahre, aber du kannst mich durch derlei Geschwätz nicht zur Eile antreiben.»

Jetzt war er tief erregt. Seine schwarzen Augen funkelten, und er knüllte die Zeitung zusammen, als er sie hinlegte. Julia sagte nichts mehr. Er war gerade im Begriff zu enden, als sie sich umdrehte, in die Halle und dann die Treppe hinaufging. Er hielt einen Augenblick an, als zögerte er, dann setzte er sich, trank ein wenig Kaffee, erhob sich hierauf und holte Hut und Handschuhe.

Julia hatte tatsächlich einen derartigen Streit nicht vorausgesehen. Als sie zum Frühstück herunterkam, war sie mit sich selbst nicht einig und wälzte einen Plan in ihrem Kopf. Jessika hatte sie auf die Tatsache aufmerksam gemacht, daß die Rennen nicht mehr das waren, als was sie galten. Die gesellschaftlichen Vorteile würden dieses Jahr nicht so bedeutend sein. Das schöne Mädchen fand es langweilig, jeden Tag hinzufahren. Früher als sonst reisten heuer die Leute, die etwas auf sich hielten, in die Badeorte und nach Europa. Aus ihrem eigenen Bekanntenkreis befanden sich mehrere junge Männer, für die sie sich interessierte, in Waukesha. Sie wollte auch gerne hin, und ihre Mutter stimmte ihr zu.

Deshalb entschloß sich Julia, davon zu sprechen. Als sie zu Tische kam, überlegte sie sich's gerade, aber irgendwie war die Stimmung nicht die richtige. Nachdem alles vorüber war, wußte sie nicht mehr genau, wie der Streit begonnen hatte. Doch wußte sie jetzt, daß ihr Gatte ein Rohling war und daß sie das unter keinen Umständen ungestraft lassen durfte. Sie würde es schon durchsetzen, höflicher behandelt zu werden, oder den Grund erfahren, warum es nicht geschehe.

Hurstwood aber bedrückte die Sorge wegen dieser neuen Schwierigkeit, bis er in sein Büro kam und von da aufbrach, um Carrie zu treffen.

Dann ergriffen die andern Verwicklungen – Liebe, Sehnsucht und Widerstand – von ihm Besitz. Seine Gedanken entschwebten ihm auf Adlerschwingen. Er konnte es kaum erwarten, Carrie gegenüberzustehen. Was war die Nacht, der Tag ohne sie? Sie mußte, sie sollte sein werden.

Seit Carrie ihn am Abend vorher verlassen, hatte sie eine Welt von Träumen und Gefühlen durchlebt. Hatte Drouets begeistertem Geschwätz gelauscht und das, was sie betaf, sehr beachtet, weniger dasjenige, was seine eigene Freude anging. Sie hielt sich ihn so weit entfernt, als sie vermochte, weil ihre Gedanken ganz mit ihrem eigenen Triumph beschäftigt waren. Hurstwoods Leidenschaft schien ihr ein reizender Hintergrund für ihre eigene Entwicklung, und sie fragte sich, was er ihr zu sagen haben werde. Sie empfand auch Mitleid mit ihm – jenes eigentümliche Mitleid, das in dem Elend des anderen etwas für sich selbst Schmeichelhaftes findet. Fühlte jetzt zum erstenmal die feine Veränderung, die einen aus den Reihen der Bittenden heraus in jene der Spender emporhebt. Alles in allem war sie außerordentlich glücklich.

Aber am Morgen stand nichts von den Ereignissen in der Zeitung und angesichts der Flut von gewöhnlichen alltäglichen Dingen verloren sie nun einen Teil des Glanzes vom Abend vorher. Drouet selbst sprach nicht so sehr von ihr als für sie. Er fühlte instinktiv, aus irgendeinem Grunde, daß er in ihren Augen sein Ansehen wiederherstellen müsse.

«Ich glaube», sagte er, als er sich am nächsten Morgen zum Fortgehen herausputzte, «daß ich das kleine Geschäft in diesem Monat ordnen kann, und dann werden wir heiraten. Habe gestern mit Mosher davon gesprochen.»

«O nein, das wirst du wohl kaum tun», sagte Carrie, die nun allmählich fast die Kraft gewann, mit Drouet darüber zu scherzen.

«Ja, ich werde es tun», rief er, gefühlvoller als sonst, und fügte mit dem Ton eines Bittenden hinzu: «Glaubst du mir nicht?»

Carrie lachte.

«Natürlich», erwiderte sie.

Drouet verlor seine Selbstsicherheit. Seine Beobachtungsgabe war nur oberflächlich, und etwas hatte sich ereignet, was selbst diese zwecklos machte. Carrie weilte noch bei ihm, aber nicht mehr hilflos flehend. In ihrer Stimme klang ein neuer Aufschwung. Sie sah ihn nicht mehr mit abhängigen Augen an. Drouet fühlte den Schatten von etwas Kommendem. Das verlieh seinen Gefühlen neue Farbe. Er erwies Carrie kleine Aufmerksamkeiten, sagte ihr Worte, die der Gefahr vorbeugen sollten.

Bald darauf ging er, und Carrie machte sich zum Stelldichein bereit. Sie kleidete sich rasch an und eilte die Treppe hinunter. An der Ecke ging sie an Drouet vorüber, aber sie sahen einander nicht.

Drouet hatte einige Rechnungen vergessen, die er ins Geschäft mitnehmen wollte. Lief die Treppe hinauf und in das Zimmer, fand aber nur das Hausmädchen, das eben aufräumte.

«Hallo», rief er halblaut, «ist Carrie fort?»

«Ihre Frau? Ja, die ist vor einigen Minuten ausgegangen.»

«Seltsam», dachte Drouet, «hat mir gar nichts davon gesagt. Wohin mag sie gegangen sein?»

Er kramte eilig in seinem Musterkoffer nach dem, was er brauchte, steckte es schließlich ein. Dann wendete er seine Aufmerksamkeit der Kleinen zu, die hübsch und ihm freundlich gesinnt war.

«Was machen Sie da?» fragte er lächelnd.

«Nur aufräumen», erwiderte sie, hielt einen Augenblick still und zerknüllte das staubige Wischtuch in der Hand.

«Sie haben genug davon?»

«Noch nicht.»

«Kommen Sie, ich will Ihnen etwas zeigen», sagte er freundlich, trat zu ihr und nahm aus seiner Tasche eine kleine lithographierte Karte, die von einer großen Tabakfirma herausgegeben worden. Darauf sah man ein hübsches Mädchen, das einen gestreiften Regenschirm in der Hand hielt. Eine drehbare Scheibe ließ den Schirm rot, gelb, grün und blau aufleuchten.

«Ist das nicht geschickt gemacht?» fragte er, reichte ihr die Karte und zeigte ihr, wie sie drehen müsse. «Sie haben gewiß noch nie so was gesehen.»

«Reizend, nicht?» erwiderte sie.

«Können es behalten, wenn Sie wollen», bemerkte er. «Einen netten Ring haben Sie da», sagte er und tippte mit dem Finger auf einen gewöhnlichen Reifen an der Hand, in der das Bildchen lag.

«Meinen Sie?»

Er benutzte den Vorwand näherer Prüfung, um ihren Finger festzuhalten. «Fein!»

Da das Eis nun gebrochen, stürzte er sich in weitere Komplimente, schien zu vergessen, daß ihre Finger noch in den seinigen ruhten. Sie entzog sie ihm rasch und rückte einige Schritte ab, bis an das Fenster.

«Lange hab ich Sie nicht gesehen», sagte sie kokett, indem sie eine allzu ungestüme Annäherung zurückwies. «Sie müssen lange fort gewesen sein.»

«Jawohl», sagte Drouet.

«Machen Sie weite Reisen?»

«Ziemlich.»

«Gern?»

«Oh, nicht sehr. Nach einer Weile wird man dessen müde.»

«Ich wollte, ich könnte reisen», sagte das Mädchen und blickte lässig aus dem Fenster.

«Was ist aus Ihrem Freund, Herrn Hurstwood, geworden?» fragte sie plötzlich. Der Geschäftsführer, der nach ihren Beobachtungen interessanten Gesprächsstoff versprach, fiel ihr plötzlich ein.

«Er ist in der Stadt. Warum fragen Sie nach ihm?»

«Oh, nichts – nur seit Sie wieder zurück sind, war er noch nicht hier.»

«Wie haben Sie ihn kennengelernt?»

«Hab ich ihn im letzten Monat nicht ein dutzendmal melden müssen?»

«Unsinn», sagte Drouet leichthin. «Er ist nicht mehr als ein halb dutzendmal gekommen, seit wir hier eingezogen sind.»

«So?» sagte das Mädchen lächelnd. «Das glauben Sie nur.»

Drouet nahm unmerklich einen ernsteren Ton an. Er wußte nicht recht, ob sie scherzte oder nicht.

«Spötterin», sagte er, «washalb lächeln Sie so?»

«Oh, nichts.»

«Haben Sie ihn kürzlich gesehen?»

«Nicht seit Ihrer Heimkehr», sagte sie lachend.

«Vorher?»

«Gewiß!»

«Wie oft?»

«Fast jeden Tag.»

Sie war eine böse Tratschbase und höchst neugierig, was für einen Erfolg ihre Worte haben würden.

«Wen kann er denn besuchen?» fragte der Reisende ungläubig.

«Frau Drouet.»

Er blickte etwas verblüfft drein, versuchte dann, sich zusammenzureißen, um nicht als der Getäuschte dazustehen.

«Na», sagte er, «was ist denn weiter dabei?»

«Nichts», erwiderte das Mädchen, den Kopf kokett zur Seite geneigt.

«Er ist ein alter Freund», fuhr er fort und verstrickte sich nur tiefer.

Er hätte den kleinen Flirt fortgesetzt, aber für den Augenblick war ihm die Lust dazu vergangen. Als man von unten nach dem Mädchen rief, atmete er erleichtert auf.

«Ich muß gehen», sagte sie und eilte leichtfüßig davon.

«Also, auf später», rief er ihr nach, als wäre ihm die Unterbrechung unangenehm.

Dann überließ er sich freier seinen Gefühlen. Sein Gesicht, das er niemals ganz in der Gewalt hatte, drückte die Verwirrung aus, die er empfand. War es möglich, daß Carrie Hurstwood so oft empfangen und nichts davon erzählt hatte? Log Hurstwood? Und was meinte das Hausmädchen überhaupt damit? Er hatte schon bemerkt, daß Carrie sich jetzt sonderbar benahm. Warum sah sie so verstört aus, als er fragte, wie oft Hurstwood sie besucht habe? Herrgott! Jetzt erinnerte er sich. Die ganze Sache war merkwürdig.

Er setzte sich in einen Schaukelstuhl, um besser nachdenken zu können, legte ein Bein über sein Knie und runzelte gewichtig die Stirn. Seine Gedanken liefen Galopp.

Und doch hatte Carrie nichts Außergewöhnliches getan. Es war nicht möglich, daß sie ihn täuschte. Das hat sie nicht getan. Erst vorigen Abend ist sie so freundlich mit ihm gewesen – Hurstwood auch. Schau mal – *so* waren sie? Er konnte kaum glauben, daß sie versuchen würden, ihn zu betrügen. Seine Besorgnisse verströmten sich in Worten.

«Manchmal benimmt sie sich schon komisch. Da geht sie heute morgen aus und sagt mir kein Wort.»

Er kratzte sich am Kopf und stand dann auf, in die Stadt zu fahren. Noch war seine Stirn gerunzelt. In der Halle begegnete er dem Mädchen, das jetzt ein anderes Zimmer aufräumte. Sie trug ein weißes Häubchen, das sie vor dem Staub schützte; darunter glänzte ihr gesundrotes Gesicht gutmütig. Drouet vergaß über ihrem Lächeln fast seine Sorgen. Vertraulich legte er ihr die Hand auf die Schulter, als wollte er sie im Vorbeigehen grüßen.

«Nicht mehr wütend?» fragte sie, noch immer geneigt, Unheil zu stiften.

«Ich bin nicht wütend.»

«Ich dachte», sagte sie lachend.

«Machen Sie keinen Unsinn», sagte er leichthin. «Sprachen Sie im Ernst?»

«Freilich», erwiderte sie. Dann, mit der Miene eines Menschen, der nicht absichtlich Unfrieden erregen wollte: «Er ist immerzu hier gewesen. Ich dachte, Sie wüßten es.»

Nun hatte Drouet genug von der Heuchelei. Versuchte nicht mehr, den Gleichgültigen zu spielen.

«Hat er die Abende hier verbracht?» fragte er.

«Manchmal. Manchmal sind sie ausgegangen.»

«Abends?»

«Ja. Sie brauchen mich deshalb nicht so böse anzuschauen.»

«Tu ich nicht», sagte er. «Hat ihn sonst jemand bemerkt?»

«Natürlich», meinte das Mädchen, als wäre dies schließlich nichts Besonderes.

«Wann?»

«Kurz vor Ihrer Heimkehr.»

Drouet biß sich nervös auf die Lippen.

«Schwatzen Sie nicht weiter darüber, was?» sagte er und drückte dem Mädchen leicht den Arm.

«Gewiß nicht», erwiderte sie. «Aber ich würde mir darüber keine Sorgen machen.»

«Schön», sagte er, ging weiter, jetzt in ernstem Brüten und doch irgendwie bewußt, daß er auf das Hausmädchen einen ausgezeichneten Eindruck machte.

«Ich will sie fragen», sagte er sich leidenschaftlich, im Gefühl, daß ihm Unrecht geschehen. «Bei Gott, ich will schon herausbringen, ob sie so handeln kann oder nicht.»

## Die Verlockung des Geistes: das Fleisch auf der Jagd

Als Carrie kam, hatte Hurstwood schon längere Zeit gewartet. Sein Blut floß warm; seine Nerven waren gespannt. Er sehnte sich nach der Frau, die ihn am Abend vorher so im Innersten aufgewühlt.

«Da bist du ja», sagte er mit unterdrückter Leidenschaft und fühlte sich so beschwingt, daß das schon an sich tragisch war.

«Ja», sagte Carrie.

Sie gingen, als wäre ihnen das Ziel gleichgültig, und Hurstwood nahm ihre strahlende Gegenwart in sich auf. Das Rauschen ihres Kleides klang ihm wie Musik.

«Bist du zufrieden?» fragte er und dachte daran, wie gut sie gespielt hatte.

«Und Sie?»

Als er sie lächeln sah, drückte er ihre Hand fester.

«Es war wundervoll.»

Carrie lachte beglückt.

«Mit das Beste, was ich seit langem gesehen», fügte er hinzu.

Er berauschte sich an ihrem Reiz, wie er ihn am Abend vorher empfunden, und mischte das Gefühl darein, das ihre Gegenwart nun in ihm auslöste.

Carrie bewegte sich in der Atmosphäre, die der Mann für sie schuf. Schon war sie lebhafter, von Wärme überflutet. In jedem Ton seiner Stimme fühlte sie, daß er zu ihr getrieben wurde.

«Was für schöne Blumen Sie mir geschickt haben», sagte sie nach einer Weile. «Herrlich.»

«Freut mich, daß sie dir gefielen», erwiderte er einfach.

Die ganze Zeit über dachte er, daß er noch nichts sagen konnte von seiner Sehnsucht, von dem, was ihm am Herzen lag. Wünschte dringend, das Gespräch auf seine Gefühle zu lenken. Alles war dafür reif. Carrie an seiner Seite. Er wollte ihr Vorstellungen machen, sie mit beredten Worten überfluten, und doch mußte er nach ihnen, nach einem Weg erst suchen.

«Gut heimgekommen?» fragte er, plötzlich düster werdend. Sein

Ton veränderte sich vor Selbstbemitleiden.

«Ja», sagte Carrie leicht.

Einen Augenblick lang sah er sie fest an, ging langsamer, die Augen noch immer auf sie gerichtet.

Sie fühlte den Strom seiner Empfindung.

«Was soll aus mir werden?» fragte er.

Carrie geriet in tiefe Veriwrrung – nun wußte sie, daß der Damm gebrochen. Was sollte sie erwidern?

«Ich weiß nicht», sagte sie.

Er klemmte die Unterlippe einen Augenblick lang zwischen die Zähne. Blieb auf dem Gehweg stehen und stieß die Grashälmchen mit der Fußspitze fort. Mit flehendem Blick forschte er in ihrem Gesicht.

«Willst du ihn nicht verlassen?» fragte er heftig.

«Ich weiß nicht», erwiderte Carrie, die noch immer, aller Logik bar, hin und her schwankte, nichts fand, woran sie sich zu klammern vermochte.

In Wirklichkeit empfand sie ihre Lage als hoffnungslos. Hier war ein Mann, den sie von Herzen gern hatte, der einen so starken Einfluß auf sie ausübte, daß sie fast glauben konnte, eine große Leidenschaft für ihn zu empfinden. Noch war sie das Opfer seiner durchdringenden Augen, seiner sanft einschmeichelnden Manieren, seiner schönen Kleider. Sie sah ihn an: er war sympathisch, neigte sich ihr mit einem Gefühl zu, das ihr Entzücken erregte. Der Glut seines Temperamentes, dem Licht seines Auges vermochte sie nicht zu widerstehen. Mußte fühlen, was auch er fühlte.

Und doch kamen ihr verwirrende Gedanken. Was wußte er? Was hatte Drouet ihm erzählt? Hielt er sie für eine verheiratete Frau oder wofür sonst? Wird er sie heiraten? Selbst als er sprach, als sie weicher wurde, ihre Augen zärtlich aufglühten, fragte sie sich, ob Drouet ihm gestanden habe, daß sie nicht verheiratet seien.

Und doch kränkte sie sich nicht über Hurstwoods Liebe. Was immer er auch wissen mochte – für sie hatte es nichts Bitteres. Er war augenscheinlich aufrichtig. Seine Leidenschaft wahrhaft und heiß. In seinen Worten sprach sich Kraft aus. Was sollte sie tun? Sie dachte und dachte, antwortete ausweichend, sehnte sich, schwankte ziellos, bis sie auf einem uferlosen Meer der Erwägungen trieb.

«Warum verläßt du ihn nicht?» fragte er liebevoll. «Ich will alles für dich ordnen, so daß . . .»

«O bitte, nicht», sagte Carrie.

«Was nicht?» fragte er. «Was meinst du?»

In ihrem Gesicht drückten sich Verwirrung und Schmerz aus. Sie fragte sich, warum dieser niedrige Gedanke hereingebracht werden mußte. Die abscheuliche Versorgung außerhalb der schützenden Pfähle der Ehe traf sie wie ein Schwerthieb.

Er selbst sah ein, daß die Bemerkung ungeschickt gewesen. Wollte sich über ihre Wirkung Rechenschaft geben und konnte doch nicht klar sehen. So stammelte er, durch ihre Gegenwart erregt, zur Besinnung erwacht, im Innersten von seinem Plan besessen.

«Willst du nicht kommen?» begann er wieder, achtungsvoller. «Du weißt, ich kann ohne dich nicht leben. Du weißt es – so geht es nicht weiter – nicht wahr?»

«Ich weiß», sagte Carrie.

«Ich würde nicht fragen, wenn – ich würde nicht streiten, wenn ich es vermeiden könnte. Sieh mich an, Carrie. Versetze dich in meine Lage. Willst du fern von mir leben?»

Sie schüttelte den Kopf wie in tiefen Gedanken.

«Warum die Sache also nicht ein für allemal ordnen?»

«Ich weiß nicht», sagte Carrie.

«Weißt nicht! Oh, Carrie, wie kannst du das sagen? Quäl mich nicht. Sei ernst.»

«Ich bin's», sagte Carrie sanft.

«Nicht Liebste, wenn du das sagst. Nicht, wenn du weißt, wie sehr ich dich liebe. Denk an gestern abend.»

Er hielt sich so ruhig als möglich. Gesicht und Körper bewahrten vollkommene Fassung. Nur seine Augen bewegten sich, und sie strahlten ein scharfes, verzehrendes Feuer aus. Die ganze heftige Natur des Mannes wirkte sich in ihnen aus.

Carrie antwortete nicht.

«Wie kannst du so handeln?» fragte er nach einer Weile. «Du liebst mich, nicht wahr?»

Der Sturm seiner Gefühle überwältigte sie. Im Augenblick schwanden alle Zweifel.

«Ja», erwiderte sie offen und zärtlich.

«Dann kommst du – kommst heut abend?»

Trotz ihres Kummers schüttelte Carrie verneinend den Kopf.

«Ich kann nicht länger warten», drängte Hurstwood. «Wenn dir das zu früh ist, komm Sonnabend.»

«Wann werden wir heiraten?» fragte sie mißtrauisch und vergaß in ihrer Angst, daß sie gehofft, Hurstwood werde sie für Drouets Frau halten.

Hurstwood fuhr zusammen; ihn bedrückte ein Problem, das schwieriger war als das ihrige. Doch verriet er die Gedanken, die ihm durch den Kopf flogen, mit keinem Zeichen.

«Wann du es wünschest», sagte er ungezwungen. Er wollte das Entzücken des Augenblicks nicht durch diese elende Schwierigkeit verdunkeln.

«Sonnabend?» fragte Carrie.

Er nickte.

«Gut, wenn Sie mich dann heiraten werden», sagte sie, «werde ich kommen.»

Hurstwood blickte auf die begehrenswerte Frau, die so schwer zu gewinnen war, und faßte seltsame Entschlüsse. Seine Leidenschaft hatte das Stadium erreicht, wo sie nicht mehr vom Verstand gehemmt wurde. Angesichts solchen Liebreizes kümmerte er sich nicht mehr um Schranken. Er wird die Situation mit all ihren Hindernissen annehmen; nicht versuchen, auf die Bedenken, die die kalte Wahrheit ihm entgegenhalten sollte, eine Antwort zu finden. Wird alles versprechen und die Lösung des Knotens dem Schicksal anvertrauen. Versuchen, das Paradies zu gewinnen – was immer auch das Ergebnis sei. Er will glücklich sein, bei Gott, auch um den Preis ehrloser Versprechungen, und müßte er auch die Wahrheit ganz verleugnen.

Carrie blickte ihn hingebend an. Alles schien ihr so entzückend, daß sie gern ihren Kopf an seine Schulter gelehnt hätte.

«Ja», sagte sie, «ich will mich bemühen, zur bestimmten Zeit fertig zu sein.»

Hurstwood blickte in ihr Gesicht, über das leichte Schatten von Staunen und Sorge zogen, und dachte, er habe nie etwas Lieblicheres gesehen.

«Morgen sehen wir uns wieder», sagte er fröhlich, «und besprechen nochmals unsere Pläne.»

Im Innersten beglückt, schritt er an ihrer Seite. Er sprach nur wenige Worte, doch kam es ihr wie eine lange Geschichte voll Freude und Zärtlichkeit vor. Nach einer halben Stunde begriff er, daß er sich von ihr trennen müsse. Die Welt verlangte ihn.

«Morgen», sagte er beim Abschied – seine Siegesfreude verstärkte seine tapfere Haltung.

«Ja», sagte Carrie und eilte beschwingt davon.

Sie hatten in einander so viel Begeisterung geweckt, daß sie selbst an eine tiefe Liebe glaubte. Als sie an ihren Freund dachte, seufzte sie. Ja, sie wird Sonnabend bereit sein. Wird ihm folgen, und sie werden glücklich sein.

## Der Zunder loht auf:
## Fleisch kämpft gegen Fleisch

Das Unglück in Hurstwoods Haushalt stammte daher, daß die aus Liebe geborene Eifersucht nicht mit ihr starb. Julia bewahrte sie in der Art, daß spätere Einflüsse sie in Haß verwandeln konnten. Der Mann Hurstwood war der Liebe noch würdig, die seine Frau ihm einst geschenkt, aber in gesellschaftlicher Beziehung ließ er es an manchem fehlen. Mit seiner Achtung für sie schwand auch seine Fähigkeit, ihr Aufmerksamkeit zu erweisen, und dies empfindet manche Frau furchtbarer als eine andere überwiesenes Verbrechen. Unsere Selbstliebe schreibt uns die Einschätzung von Gut oder Böse an einem anderen vor. Julia sah unter dieser Einwirkung die gleichgültige Natur ihres Gatten in einem falschen Licht, glaubte eine Absicht in Taten und Worten zu erkennen, die ihren Grund nur in der schwindenden Wertung ihrer Gegenwart hatte.

Daher war sie rachsüchtig und mißtrauisch. Die Eifersucht schärfte ihren Blick für seine Vernachlässigung der üblichen Ehezärtlichkeiten, diente aber auch dazu, ihr die Anmut zu offenbaren, mit der er noch immer die Welt gefangennahm. An der Sorgfalt, die er seinem Äußeren widmete, konnte sie erkennen, daß seine Anteilnahme am Leben auch nicht um ein Quentchen nachgelassen. Jede Bewegung, jeder Blick verriet etwas von der Freude, die ihm Carrie bereitete, der Schwungkraft, die diese neue Jagd nach Glück seinem Leben verlieh. Julia fühlte etwas, schnupperte einen Wechsel, wie Tiere die ferne Gefahr.

In diesem Gefühle bestärkten sie offene und bedeutsame Handlungen Hurstwoods. Wir haben gesehen, wie unwillig er sich um jene kleinen Pflichten drückte, die ihm nicht mehr Unterhaltung oder Befriedigung gewährten; mit welch deutlichem Hohn er kürzlich den aufreizenden Forderungen seiner Frau begegnete. Diese geringfügigen Streitigkeiten wurden durch eine mit Hader geladene Stimmung zu plötzlichem Ausbruch getrieben. Es war nicht verwunderlich, daß einem Himmel voll schwarzer Gewitterwolken der Regenschauer entströmen mußte. Als Frau Hurstwood an jenem Morgen, innerlich rasend über seine deutlich ausgesprochene Gleichgültigkeit, vom Frühstückstische aufstand, traf sie Jessika in ihrem Toilettezimmer, wie sie sich in aller Ruhe das Haar ordnete. Hurstwood hatte schon das Haus verlassen.

«Ich wollte, du kämest nicht so spät zum Frühstück», sagte Frau Hurstwood und suchte ihr Häkelkörbchen. «Nun ist alles kalt, und du hast noch nicht gegessen.»

Ihre natürliche Gelassenheit war betrüblich gestört, und Jessika mußte das Schlimmste des vergangenen Sturmes über sich ergehen lassen.

«Ich bin nicht hungrig», erwiderte sie.

«Warum sagst du es dann nicht, damit das Mädchen abräumt, anstatt daß du sie den ganzen Morgen warten läßt?»

«Es macht ihr nichts aus», meinte Jessika kühl.

«Na, mir schon», erwiderte die Mutter, «und überhaupt mag ich nicht, daß du so zu mir sprichst. Du bist zu jung, um deiner Mutter gegenüber so eine Miene aufzusetzen.

«Oh, Mama, zank nicht», sagte Jessika. «Was hast du denn heute morgen?»

«Nichts, und ich zanke nicht. Du sollst nicht glauben, daß du alle warten lassen darfst, weil ich dir in manchen Dingen nachgebe. Ich will's nicht haben.»

«Ich lasse niemanden warten», sagte Jessika scharf, aus zynischem Gleichmut in scharfe Verteidigungsstellung gedrängt. «Ich sagte dir schon, daß ich nicht hungrig bin. Will gar kein Frühstück.»

«Paß auf, wie du zu mir sprichst. Ich dulde das nicht. Hörst du? Ich dulde das nicht.»

Jessika hörte die letzten Worte, während sie aus dem Zimmer schritt. Sie warf den Kopf zurück und schmiß ihre Röcke mit einem Schwung, der ihre Unabhängigkeit und Gleichgültigkeit ausdrücken sollte. Sie hatte nicht die Absicht, sich auszanken zu lassen.

Solch kleine Zwiste waren nur zu häufig; Folge der Entwicklung äußerst selbstsüchtiger und unabhängiger Naturen. George junior verteidigte seine persönlichen Rechte mit übertriebener Empfindlichkeit und bemühte sich, alle fühlen zu lassen, daß er ein Mann mit Mannesvorrechten war – was besonders bei einem Jüngling von neunzehn Jahren grund- und sinnlos ist.

Hurstwood war nicht ohne Empfindlichkeit, wollte geachtet werden, und es schmerzte ihn tief, sich von einer Welt umgeben zu sehen, über die er keine Macht mehr hatte und die er immer weniger verstand.

Kleine Geschehnisse, wie der Vorschlag zu einer früheren Abreise nach Waukesha, machten ihm seine Lage deutlich. Er wurde gezwungen, zu folgen, führte nicht mehr. Wenn sich dazu noch schlechte Laune gesellte, er nicht nur aus seiner Machtstellung hinausgedrängt wurde, sondern sich sozusagen geistige Fußtritte wie Höhnen oder zynisches Lachen gefallen lassen mußte, dann war ihm Selbstbeherrschung nicht mehr möglich. Er vermochte kaum seine Wut zu zähmen und wünschte, das ganze Haus loszuwerden. Eine lästige Kette, die all seine Wünsche und Glücksmöglichkeiten hemmte.

Obgleich Julia auf Revolte aus war, hielt er noch den Anschein von Führerschaft und Aufsicht aufrecht. Ihre Zornausbrüche, ihr offener Widerspruch gründeten sich nur auf das Gefühl, daß sie es wagen durfte. Sie hätte sich durch nichts rechtfertigen können – wußte von nichts, das ihr Verhalten autorisiert und entschuldigt hätte. Das war übrigens das einzige, was fehlte, um einer sonst grundlosen Unzufriedenheit einige Berechtigung zu verleihen. Der sichere Beweis einer offen begangenen Tat war der kalte Wind, der not tat, um die schwerlastenden Wolken des Verdachtes in einen Wutschauer zu verwandeln.

Ein Hinweis freilich auf eine unrechte Handlung Hurstwoods wurde ihr zuteil. Doktor Beale, der in der Nähe wohnende stattliche Arzt, traf Julia, einige Tage nachdem Hurstwood und Carrie auf dem Washingtonboulevard westwärts spazierengefahren waren, vor ihrem Hause. Doktor Beale, der gleichen Weges von Osten herkam, hatte Hurstwood erst erkannt, als er schon vorüber war. Wußte nicht, ob die Dame Hurstwoods Frau oder Tochter gewesen.

«Sie sprechen Ihre Freunde nicht an, wenn Sie ihnen auf einer Ausfahrt begegnen», sagte er scherzhaft zu Julia.

«Doch, wenn ich sie sehe. Wo war ich denn?»

«Auf dem Washingtonboulevard», erwiderte er und hoffte, in ihren Augen augenblickliche Erinnerung zu lesen.

Sie schüttelte den Kopf.

«Ja, nahe der Hoyneavenue. Sie begleiteten Ihren Gatten.»

«Ich glaube, Sie irren sich», erwiderte sie. Dann, der Rolle gedenkend, die ihr Gatte in der Sache spielte, wurde sie sofort eine Beute des neuen Verdachtes, ohne ihn aber auch nur durch ein Zeichen anzudeuten.

«Ich weiß, daß ich Ihren Gatten gesehen habe», fuhr er fort. «Ihrer war ich nicht so sicher. Vielleicht war's Ihre Tochter.»

«Vielleicht», sagte Frau Hurstwood, wohl wissend, daß dies nicht der Fall war, da Jessika ihr seit Wochen immer Gesellschaft leistete. Sie hatte sich nun genügend gefaßt, um Einzelheiten erfahren zu wollen.

«Am Nachmittag?» fragte sie schlau und tat, als wüßte sie alles.

«Ja, gegen zwei oder drei Uhr.»

«Es muß doch Jessika gewesen sein.» Sie wünschte nicht, den Anschein zu erwecken, als lege sie dem Zwischenfall irgendeine Bedeutung bei.

Der Doktor dachte sich sein Teil, aber ließ den Gesprächsgegenstand fallen, als lohne er nicht weitere Erörterung.

Während der nächsten Stunden und Tage dachte Julia ziemlich viel über diese Mitteilung nach. Sie hielt es für ausgemacht, daß der Arzt ihren Gatten wirklich gesehen und daß dieser wahrscheinlich mit einer anderen Frau ausgefahren war, nachdem er ihr gesagt, er sei beschäftigt. Mit steigender Empörung erinnerte sie sich, wie oft er sich geweigert, mit ihr irgendwohin zu gehen, Besuche zu machen oder überhaupt an irgendeiner der gesellschaftlichen Veranstaltungen teilzunehmen, die Abwechslung in ihrem Leben bedeuteten. Im Theater hatte man ihn in Gesellschaft von Leuten gesehen, die er Moys Freunde nannte; jetzt auf einer Ausfahrt, und wahrscheinlich wird er auch dafür eine Entschuldigung finden. Vielleicht gab es noch andere, von denen sie nicht hörte – warum wäre er denn sonst seit einiger Zeit so beschäftigt, so gleichgültig? In den letzten sechs Wochen war er merkwürdig gereizt – merkwürdig rasch bereit, seine Sachen zu packen und auszugehen, ob die Dinge daheim gut oder schlecht standen. Warum?

Tiefer bewegt erinnerte sie sich, daß er sie nicht mehr wie früher mit Augen ansah, die vor Zufriedenheit glänzten. Nebst allem andern fand er gewiß, daß sie alt und reizlos werde. Vielleicht bemerkte er ihre Runzeln. Sie verblühte, während er noch jung und elegant herumstolzierte. Er fand noch großes Interesse an dem fröhlichen Leben einer Welt, für die er in Betracht kam – während sie – sie wollte den Gedanken nicht zu Ende denken. Empfand bloß die ganze Lage bitter und haßte ihn inbrünstig.

Die Sache führte damals zu keinen Folgen; in Wahrheit schien sie nicht genug beweiskräftig, um besprochen zu werden. Die mißtrauische und gehässige Stimmung verschärfte sich nur, sprühte hie und da, belebt von Zornausbrüchen, in gereizter Rede auf. Die Badereise-Angelegenheit war nur die Fortsetzung von anderen ähnlichen Themen.

Einen Tag nach Carries Auftreten auf der Avery-Bühne besuchte Frau Hurstwood die Rennen mit Jessika und einem bekannten jungen Burschen, Bart Taylor, dem Sohn des Besitzers eines Möbelwarenhauses. Sie waren früh hinausgefahren und trafen zufällig mehrere Freunde, alle Mitglieder der Elkvereinigung. Zwei von ihnen hatten der Vorstellung am Abend vorher beigewohnt. Es gab tausend Möglichkeiten, daß man davon überhaupt nicht gesprochen hätte, wenn Jessika von den Aufmerksamkeiten ihres jungen Gefährten nicht so sehr in Anspruch genommen worden wäre. Deshalb war Frau Hurstwood gelaunt, die üblichen Begrüßungsformeln einigen Bekannten gegenüber zu kurzen Gesprächen auszudehnen, die kurzen Gespräche mit Freunden in lange zu verwandeln. Einer, der sie nur flüchtig hatte begrüßen wollen, machte ihr die interessante Mitteilung:

«Sie haben also unsere kleine Veranstaltung gestern nicht besucht», sagte der Mann. Er trug einen sehr hübsch gemusterten Sportanzug, von der Schulter baumelte ihm ein Feldstecher.

«Nein?» fragte Julia und wunderte sich über den Ton, in dem er ihr von etwas sprach, wovon sie nichts wußte. Schon wollte sie fragen: «Was gab es denn?», als er hinzufügte: «Ich habe Ihren Gatten gesehen.»

Ihr Staunen wurde gleich durch die feinere Schattierung eines Verdachtes ersetzt.

«Ja», sagte sie vorsichtig, «war es nett? Er hat mir nicht viel davon erzählt.»

«Sehr. Wirklich eine der besten Dilettantenvorstellungen, die ich je gesehen. Eine Schauspielerin besonders hat uns alle in Erstaunen versetzt.»

«Wirklich?»

«Zu schade, daß Sie nicht kommen konnten. Es hat mir leid getan, zu hören, daß Sie sich nicht wohlfühlten.»

Nicht wohlfühlten! Fast hätte Julia, starr vor Staunen, die Worte wiederholt. So befreite sie sich von dem Wunsch zu leugnen und zugleich auszufragen, indem sie schneidend bemerkte: «Zu schade.»

«Sieht aus, als ob heute eine Menge Leute hier sein werden, nicht?» sagte der Bekannte, auf einen anderen Gesprächsgegenstand übergehend.

Gerne hätte Julia noch weiter geforscht, aber sie sah keine Möglichkeit. Im Augenblick war sie ganz ratlos, hätte darüber nachdenken wollen, fragte sich, was dies nun für ein neuer Verrat sei, der ihn bestimmte zu verbreiten, sie sei krank, wenn sie es nicht war. Wieder ein Fall, wo er ihre Gesellschaft nicht gewünscht und sie entschuldigt hatte. Sie beschloß, mehr darüber zu erfahren.

«Waren Sie gestern abend bei der Vorstellung?» fragte sie den nächsten Freund Hurstwoods, der sie in ihrer Loge begrüßte.

«Ja. Sie haben gefehlt.»

«Ich fühlte mich nicht wohl.»

«Das sagte mir Ihr Gatte», erwiderte er. «Es war wirklich sehr erfreulich. Viel besser, als ich erwartete.»

«Viele Leute?»

«Das Haus war voll. Ein richtiger Elk-Abend. Ich sah einige Ihrer Freundinnen – Frau Harrison, Frau Barnes, Frau Collins.»

«Ein gesellschaftliches Ereignis!»

«Wahrhaftig! Meiner Frau hat es sehr gefallen.»

Julia biß sich auf die Lippen.

So, dachte sie, so handelt er. Sagt meinen Freunden, daß ich krank bin und nicht kommen kann.

Sie wunderte sich, was ihn bewogen hatte, allein zu gehen. Zerbrach sich den Kopf, um einen Grund aufzuspüren.

Die Zeit bis zum Abend, da Hurstwood heimkehrte, verbrachte sie in trüben Gedanken und war nun voll finsterer Begierde nach Aufklärung und Rache. Sie wollte wissen, was diese eigentümliche Handlungsweise ihres Gatten bedeutete. War sicher, daß dahinter mehr steckte, als sie gehört, und üble Neugierde mischte sich mit Mißtrauen und den Überresten ihrer Wut vom Morgen. So ging sie, eine Verkörperung drohenden Unheils, herum. Um ihre Augen dunkelten Schatten, und die Wut ließ die harten Linien ihres Mundes noch starrer erscheinen.

Hurstwood kam natürlich in sonnigster Laune heim. Sein Gespräch, seine Abmachung mit Carrie hatten seine Lebensgeister so gehoben, daß er jetzt vor Freude hätte laut hinaussingen mögen. Er war stolz auf sich selbst, stolz auf seinen Erfolg, stolz auf Carrie. Wäre gern mit jedermann freundlich gewesen und trug seiner Frau nichts nach. Wollte nett sein, ihre Gegenwart vergessen, in der ihm neugeschenkten Atmosphäre von Jugend und Vergnügen leben.

Sein Haus dünkte ihn sehr hübsch und behaglich. In der Halle fand er eine Abendzeitung. Das Hausmädchen hatte sie hingelegt, Frau Hurstwood vergessen, sie an sich zu nehmen. Im Speisezimmer war der Tisch mit feinem Leinenzeug gedeckt, Gläser und gemaltes Porzellan glitzerten. Durch eine offene Tür blickte er in die Küche, wo das Feuer im Ofen prasselte und an der Bereitung des Abendessens tüchtig geschafft wurde. Im kleinen Hofe rückwärts alberte George junior mit einem jungen kürzlich gekauften Hund; im Salon spielte Jessika Klavier. Die Töne eines fröhlichen Walzers erfüllten das gemütliche Heim bis in die entferntesten Winkel. Jeder schien, gleich ihm, seine gute Laune wiedergewonnen zu haben, mit Jugend und Schönheit im Einvernehmen zu sein, zu Freude und Lust geneigt. Ihm war, als könnte er allen in seiner Umgebung etwas Liebes sagen. Er warf einen höchst befriedigten Blick auf den gedeckten Tisch und das polierte Büfett und ging dann hinauf, um in dem bequemen Lehnstuhl im Wohnzimmer, dessen Fenster zur Straße offen standen, seine Zeitung zu lesen. Als er eintrat, fand er seine Frau, die sich das Haar bürstete und dabei nachdachte.

Frohgemut kam er herein und wollte jedes etwaige böse Gefühl durch ein freundliches Wort, ein rasches Versprechen besänftigen, aber Julia sagte nichts. Er setzte sich in den Lehnstuhl, rückte ein wenig, bis er es ganz behaglich hatte, und begann zu lesen. Einige Augenblicke später lächelte er über den komischen Bericht eines Fußballspieles, das von den Mannschaften Chicagos und Detroits ausgefochten worden.

Inzwischen beobachtete ihn Julia im Spiegel, vor dem sie stand. Sie bemerkte seine heitere Zufriedenheit, seine lässige Grazie, das amüsierte Lächeln, und das ärgerte sie nur noch mehr. Sie staunte, daß er sich in ihrer Gegenwart so zu benehmen wagte, nachdem er so viel Zynismus und Gleichgültigkeit gezeigt, sie so vernachlässigt hatte und das fortsetzen würde, solange sie es ertrug. Wie gerne hätte sie es ihm gesagt – mit welchem Nachdruck, welcher Schärfe würde sie ihre Behauptungen vorbringen, die ganze Sache durchpeitschen, bis sie Genugtuung fände. Wahrlich, das blitzende Schwert ihres Zornes hing nur schwach befestigt an einem Gedankenfaden.

Hurstwood las jetzt eine humoristische Geschichte von einem Fremden, der in der Stadt angekommen und mit einem Bauernfänger in Streit geraten war. Er unterhielt sich vorzüglich und kicherte vor sich hin. Wollte auch die Aufmerksamkeit seiner Frau darauf lenken, es ihr vorlesen.

«Ha, ha», lachte er still vor sich hin, «das ist lustig.»

Julia fuhr fort, sich das Haar zu ordnen, und würdigte ihn nicht eines Blickes.

Er rückte wieder in seinem Stuhl und begann etwas anderes zu lesen. Schließlich schien ihm, als müsse er seine gute Laune irgendwie äußern. Julia war wahrscheinlich noch wegen des Streites vom Morgen böse, aber das konnte man leicht gutmachen. Tatsächlich hatte sie ja unrecht, aber es lag ihm nichts daran. Wenn sie mochte, konnte sie gleich nach Waukesha fahren. Je eher, je besser. Das wollte er ihr sagen, sobald er Gelegenheit fände, und der ganze Sturm würde sich dann verziehen.

«Hast du bemerkt, Julia», platzte er schließlich mit einer anderen Nachricht heraus, die er im Blatt gefunden, «daß sie die Illinois-Central-Eisenbahngesellschaft gerichtlich zwingen wollen, mit ihren Remisen von dem Kai wegzuziehen?»

Sie konnte sich kaum zu einer Antwort zwingen, brachte es aber schließlich zu einem schneidenden «Nein.»

Hurstwood spitzte die Ohren. In ihrer Stimme lag ein bebender Ton.

«Es wäre gut, wenn sie es täten», fuhr er fort, halb zu sich, halb zu ihr sprechend, obgleich er fühlte, daß da etwas nicht in Ordnung war. Vorsichtshalber versenkte er sich ganz in seine Zeitung, lauschte im Geiste auf die kleinen Geräusche, die ihm das Kommende anzeigen würden.

Kein Mann, der so klug war wie Hurstwood, ein so guter Beobachter und für Stimmungen aller Art, besonders im Bereich seiner eigenen Gedanken, so empfänglich – kein solcher Mann würde den Fehler gemacht haben, den er seiner ohnedies erregten Frau gegenüber beging, wäre er nicht ganz von andersartigen Erwägungen in Anspruch genommen worden.

Ohne den Einfluß von Carries Neigung auf ihn, die Beglückung, die ihr Versprechen in ihm ausgelöst, wäre das Haus ihm nicht in so freundlichem Lichte erschienen. Es war an diesem Abend nicht besonders fröhlich und heiter. Er lebte bloß in einem großen Irrtum und hätte in die Stimmung viel besser hineingepaßt, wäre er in seiner gewöhnlichen Verfassung heimgekehrt.

Nachdem er noch eine Weile gelesen, fühlte er, daß er irgendwie eine Veränderung herbeiführen müsse. Augenscheinlich war Julia nicht geneigt, nur auf seinen Wunsch hin Frieden zu schließen. Also sagte er:

«Woher hat George denn den Hund, mit dem er im Hof spielt?»

«Ich weiß nicht», schnappte sie.

Er legte die Zeitung auf die Knie und sah träge aus dem Fenster. Wollte nicht zornig werden, wollte beharrlich freundlich bleiben und durch einige Fragen zu einer milden Verständigung gelangen.

«Warum bist du wegen dieser Sache von heute morgen so böse?» fragte er schließlich. «Wir brauchen doch darüber nicht zu streiten. Du weißt ja, daß du nach Waukesha fahren kannst, wenn du willst.»

«Aha, damit du dich hier mit einer anderen vergnügen kannst?» rief sie aus und wendete ihm ein entschlossenes, von Hohn und Wut verzerrtes Gesicht zu.

Er stutzte, als hätte man ihn ins Gesicht geschlagen. Sofort schwand sein Wunsch nach gütlicher Überredung, seine Versöhnlichkeit. Im Nu war er in Verteidigungsstellung und suchte nach der richtigen Antwort.

«Was meinst du?» fragte er, richtete sich hoch und schaute die kalt-entschlossene Frau vor sich an, die ihn nicht beachtete und ihre Toilette vor dem Spiegel beendete.

«Du weißt, was ich meine», sagte sie endlich, als verfügte sie noch über eine Menge von Beweisen, die sie nicht mitzuteilen brauche.

«Nein, ich weiß nicht», sagte er verstockt, aber doch nervös geworden, und wartete gespannt auf das Folgende. Die endgültige Haltung Julias beraubte ihn der Kampfüberlegenheit.

Sie antwortete nicht.

«Hm», murmelte er, den Kopf seitwärts geneigt. Das Schwächste, was er je getan. Es wirkte sehr unsicher.

Julia bemerkte den Mangel an Kraft. Wie ein Tier, das imstande ist, einen entscheidenden zweiten Hieb zu versetzen, wendete sie sich ihm zu.

«Ich will das Geld für Waukesha morgen früh haben», sagte sie.

Er blickte sie verblüfft an. Noch nie vorher hatte er eine so kalte, stählerne Entschlossenheit in ihren Augen wahrgenommen – einen so grausam-gleichgültigen Blick. Sie schien völlig Herrin ihrer Stimmung – völlig selbstvertrauend und gewillt, ihm alle Überlegenheit zu entreißen. Er fühlte, daß seine gesamten Hilfsmittel ihn nicht zu verteidigen vermochten. Er mußte angreifen.

«Was meinst du?» sagte er aufspringend. «Du willst! Ich möchte wissen, was heute in dich gefahren ist.»

«Nichts», flammte sie auf. «Ich will das Geld haben. Du kannst nachher großtun.»

«Großtun! Was! Nichts wirst du von mir kriegen. Was willst du überhaupt mit deinen Andeutungen?»

«Wo warst du gestern abend?» erwiderte sie. Heiß zischten ihr die Worte aus dem Munde. «Mit wem bist du auf dem Washingtonboulevard gefahren? Mit wem warst du im Theater, als dich George sah? Glaubst du, ich sei eine Närrin, die von dir getäuscht werden kann? Glaubst du, ich werde hier zu Hause sitzen und deine ‹zu beschäftigt› und ‹Kann nicht mitkommen› hinunterschlucken, während du dich herumtreibst und den Leuten sagst, ich sei unpäßlich? Daß du's nur weißt: diese Herrenallüren haben ein Ende, was mich betrifft. Du kannst weder mir noch meinen Kindern etwas vorschreiben. Mit dir bin ich ganz fertig.»

«Eine Lüge», rief er, an die Wand gedrückt, ohne eine andere Entschuldigung zu finden.

«Lüge! Ah!» sagte sie wütend, aber mit allmählich zurückkehrender Haltung. «Du kannst es eine Lüge nennen, wenn du willst, aber ich weiß es besser.»

«Eine Lüge, sag ich dir», erklärte er mit leiser, scharfer Stimme. «Seit Monaten schnüffelst du nach irgendeinem billigen Anschuldigungsgrund und jetzt glaubst du, ihn gefunden zu haben. Glaubst, du wirst eine Mine springen lassen und dann obenauf sein. Na, also ich sag dir – damit ist es nichts. Solange ich in diesem Hause lebe, bin ich Herr darüber, und weder du noch sonst jemand wird mir Vorschriften machen – hörst du?»

Er schob sich an sie heran, und in seinen Augen blitzte es gefährlich auf. Etwas in der kalten, zynischen, anmaßenden Art der Frau, die tat, als wäre sie schon der Herr, erweckte in ihm das Gefühl, daß er sie in diesem Augenblick erwürgen könnte.

Sie blickte ihn an – eine Riesenschlange mit humoristischen Anwandlungen.

«Ich schreibe dir nicht vor», erwiderte sie. «Sage dir nur, was ich haben will.»

Die Antwort war so kalt, so herausfordernd, daß sie ihm den Wind aus den Segeln nahm. Er konnte die Frau nicht angreifen, konnte sie nicht nach den Beweisen fragen. Irgendwie fühlte er die Tatsache, das Gesetz, den Gedanken an sein ganzes auf ihren Namen verschriebenes Besitztum, in ihrem Blick leuchten. Er war gleich einem Schiff, an sich stark und gefährlich, das in Wahrheit segellos hin und her rollte.

«Und ich sage dir», meinte er schließlich, nach Fassung ringend, «was du nicht kriegen wirst.»

«Das werden wir sehen», sagte sie. «Ich werde herausbringen, worin meine Rechte bestehen. Vielleicht wirst du lieber mit einem Advokaten sprechen, statt mit mir.»

Es war ausgezeichnet gespielt und hatte Erfolg. Hurstwood zog sich geschlagen zurück. Nun wußte er, daß er nicht gegen bloßen Bluff zu kämpfen hatte, sondern einem starren Entschluß gegenüberstand. Was sollte er sagen? Der Tag hatte seine Freude verloren. Er war zerstört, elend, voll Sorgen. Was tun?

«Tu, was du willst», schloß er. «Ich will nichts mehr mit dir zu schaffen haben», und damit verließ er das Zimmer.

## Seele in den Wehen: Eine Sprosse weiter

Als Carrie ihr Zimmer betrat, war sie schon jenen Zweifeln und Befürchtungen zum Opfer gefallen, die immer das Ergebnis mangelnder Entschlußfähigkeit sind. Sie konnte sich nicht davon überzeugen, daß sie gut daran getan, ein Versprechen zu geben, und daß sie es jetzt auch halten müsse. In Hurstwoods Abwesenheit überlegte sie nochmals das Ganze und entdeckte kleine Bedenken, die ihr nicht aufgefallen, während Hurstwood so warm für seine Sache eintrat. Sie sah ein, daß sie sich selbst in ein merkwürdiges Licht gebracht, als sie ihre Zustimmung zu einer Heirat gab, wo sie doch als verheiratet galt. Erinnerte sich dessen, was Drouet getan; daß sie ohne ein Wort von ihm fortgehen sollte, empfand sie als Unrecht. Jetzt war sie behaglich versorgt, und das ist für jemanden, der sich mehr oder weniger vor der Welt fürchtet, etwas sehr Bedeutsames, das seltsam starke Beweisgründe in sich birgt. «Du weißt nicht, was kommen wird. Draußen gibt's furchtbare Dinge: Leute gehen betteln, Frauen sind unglücklich. Du vermagst nie vorherzusagen, was geschehen kann. Denke an die Zeit, da du hungrig warst. Halt an dem fest, was du hast.»

Seltsam: sie fühlte sich zu Hurstwood hingezogen – ihres Verstandes hatte er sich aber nicht ganz zu bemächtigen vermocht. Sie lauschte ihrem Freunde, lächelte, stimmte zu, und war schließlich doch nicht derselben Meinung. Die Schuld daran trug sein Mangel an überzeugender Kraft; seine Leidenschaft entbehrte jener Allgewalt, die die Gedanken aus den Fugen reißt, alle Beweisgründe und Bedenken wirr durcheinandermischt und für den Augenblick die Urteilskraft vernichtet. Jeder Mensch besitzt einmal im Leben diese Leidenschaftsgewalt, aber sie ist gewöhnlich der Jugend eigen und führt zur ersten glücklichen Verbindung.

Hurstwood war älter. Seine Leidenschaft war stark, klügelte auch nicht, doch konnte man ihm wohl kaum jugendliches Feuer zusprechen. Sie war stark genug, die Neigung der jungen Frau zu entflammen. Vielleicht bildete sich Carrie nur ein, zu lieben. Dies geschieht Frauen oft genug. Es hat seine Ursache darin, daß in jeder Frau stets die Neigung zu Zärtlichkeit vorhanden ist, Sehnsucht nach dem Glück, geliebt zu werden. Diese Sehnsucht, beschützt, verwöhnt zu werden, Mitgefühl zu finden, ist eine der Eigenarten des weiblichen Geschlechtes. Mit natürlicher Empfindsamkeit verbunden, macht es ihnen das Versagen oft schwer. Erweckt in ihnen die Überzeugung, daß sie lieben.

Daheim kleidete Carrie sich um, räumte in den Zimmern auf. Ihre Möbel stellte sie, ohne die Meinung des Hausmädchens zu beachten. Die junge Person rückte unveränderlich einen der Schaukelstühle in die Ecke, und ebenso regelmäßig schob ihn Carrie fort. Heute bemerkte sie kaum, daß er auf dem unrechten Platze stand – so sehr erfüllten sie ihre Gedanken. In der Weise beschäftigte sie sich, bis Drouet um fünf Uhr erschien. Er war hochrot vor Aufregung, entschlossen, alles über ihre Beziehungen zu Hurstwood zu erfahren. Aber, nachdem er diesen Gedanken den lieben langen Tag in seinem Kopfe herumgewälzt, wurde er ihm lästig. Er wollte ihn loswerden. Er sah nicht ernste Folgen irgendeiner Art voraus, und doch zögerte er etwas, ehe er begann. Carrie saß am Fenster, als er eintraf. Sie wippte im Schaukelstuhl und blickte hinaus.

«Nun», sagte sie, nichts ahnend, ihres eigenen inneren Kampfes müde, erstaunt über seine Hast und schlecht verhehlte Erregung, «warum in solcher Eile?»

Jetzt, in ihrer Gegenwart, zögerte Drouet, wußte nicht, welchen Weg einschlagen. Er war kein Diplomat. Konnte weder Gedanken lesen, noch Tatsachen sehen.

«Wann bist du heimgekommen?» fragte er törichterweise.

«Oh, etwa vor einer Stunde. Weshalb fragst du?»

«Als ich heute morgen zurückkehrte, warst du nicht da, und ich dachte, du seist ausgegangen.»

«Das habe ich auch getan», erwiderte Carrie einfach. «Ich wollte einen Spaziergang machen.»

Drouet sah sie zweifelnd an. So wenig Würde er auch in solchen Dingen besaß – er wußte nicht, wie anzufangen. Blickte sie so durchbohrend an, daß sie zuletzt sagte:

«Weshalb starrst du mich so an? Was ist los?»

«Nichts», erwiderte er. «Ich dachte nur nach.»

«Worüber?» sagte sie lächelnd.

«Oh nichts – nichts Besonderes.»

«Warum schaust du dann so komisch drein?»

Drouet stand am Toilettentisch. Er hatte Hut und Handschuhe beiseite getan und spielte nervös mit den kleinen Toilettegegenständen, die ihm zunächst lagen. Wollte nicht die hübsche Frau in eine ihm so peinliche Sache verstrickt glauben. Neigte sehr zu der Empfindung, daß schließlich alles in Ordnung war. Doch wurmte ihn die Mitteilung des Hausmädchens. Gerne hätte er sich offen mitten in den Kampf gestürzt – fand aber nicht die richtigen Worte.

«Wohin bist du heute morgen gegangen?» fragte er endlich.

«Nur auf einen Spaziergang.»

«Bestimmt?»

«Ja, warum fragst du?»

Jetzt begann sie einzusehen, daß er etwas wußte. Sofort verschloß sie sich in größerer Zurückhaltung. Sie erblaßte leicht.

«Ich dachte, du warst vielleicht doch nicht fort», sagte er und versuchte so, ganz zwecklos, etwas herauszubringen.

Carrie blickte ihn an, und ihr sinkender Mut begann standzuhalten. Sie erkannte, daß er selbst zögerte, und mit weiblicher Intuition wurde ihr klar, daß es keinen Grund zu großer Besorgnis gab.

«Weshalb redest du so?» fragte sie stirnrunzelnd. «Seltsam bist du heute.»

«Fühle mich auch seltsam.»

Einen Augenblick lang sahen sie einander an, und dann machte Drouet verzweifelt einen Kopfsprung.

«Was ist das mit dir und Hurstwood?» fragte er.

«Mir und Hurstwood? Was meinst du?»

«Ist er nicht während meiner Abwesenheit ein dutzendmal hergekommen?»

«Ein dutzendmal», wiederholte Carrie schuldbewußt. «Nein – aber was willst du damit sagen?»

«Jemand hat mir erzählt, daß du mit ihm ausgefahren bist und daß er jeden Abend herkam.»

«Keineswegs», erwiderte Carrie. «Das ist nicht wahr. Wer hat dir das erzählt?»

Sie errötete bis zu den Haarwurzeln, aber Drouet bemerkte es wegen der schwachen Beleuchtung im Raume nicht. Da Carrie sich durch Leugnen verteidigte, gewann er sein Selbstvertrauen wieder.

«Na, irgendwer», sagte er. «Bist du sicher, daß du es nicht getan hast?»

«Gewiß», sagte Carrie. «Du weißt doch, wie oft er mich besucht hat.»

Drouet blieb einen Augenblick lang still und dachte nach.

«Ich weiß, was du mir erzählt hast», sagte er schließlich.

Er ging nervös auf und ab. Carrie blickte ihn verwirrt an.

«Ich weiß, daß ich dir nichts dergleichen erzählt habe», sagte sie und faßte sich.

«Wenn ich du wäre», fuhr Drouet fort, ihre letzte Bemerkung überhörend, «möchte ich nichts mit ihm zu tun haben. Er ist verheiratet, weißt du.»

«Wer – wer ist verheiratet?» stotterte Carrie.

«Na, Hurstwood», sagte Drouet. Er bemerkte den Eindruck und fühlte, daß er ihr einen empfindlichen Hieb versetzt hatte.

«Hurstwood!» rief Carrie und erhob sich. Nach der Mitteilung hatte ihr Gesicht mehrmals die Farbe gewechselt. Sie blickte halbbetäubt in ihr Inneres, auf ihre Umgebung.

«Wer hat dir das gesagt?» fragte sie und vergaß, daß ihre Anteilnahme ganz auffällig und außerordentlich belastend war.

«Aber ich weiß es doch. Es war mir immer bekannt», sagte Drouet.

Carrie tastete nach einem richtigen Gedanken. Sie machte klägliche Versuche, Haltung zu bewahren, aber in ihr entstanden Gefühle, die nichts anderes als gebrochene Feigheit waren.

«Ich dachte, ich hätte es dir erzählt», fügte er hinzu.

«Nein, das hast du nicht», widersprach sie ihm, plötzlich im vollen Besitz ihrer Stimme. «Nichts dergleichen.»

Drouet hörte ihr erstaunt zu. Das war neu.

«Ich dachte», sagte er.

Carrie blickte feierlich um sich und ging dann ans Fenster.

«Du hättest nichts mit ihm zu schaffen haben sollen», sagte Drouet in beleidigtem Ton, «nach allem, was ich für dich getan.»

«Du», sagte Carrie, «du! Was hast du für mich getan?»

In ihrem Innern brandeten zwiespältige Empfindungen – sie schämte sich der Bloßstellung, der Hinterlist Hurstwoods, der Täuschung Drouets, der lächerlichen Lage, in die er sie versetzt hatte. Jetzt erwachte ein klarer Gedanke in ihrem Kopfe. Er war schuld. Darüber bestand kein Zweifel. Warum hatte er Hurstwood – einen verheirateten Mann – hergebracht, ohne ihr etwas zu sagen? Die Hinterlist Hurstwoods war im Grunde gleichgültig – aber warum hatte Drouet so etwas getan? Warum sie nicht gewarnt? Da stand er nun, er, der sich dieses abscheulichen Vertrauensbruches schuldig gemacht, und sprach davon, was er für sie getan!

«Na, das kann mir gefallen!» rief Drouet, der noch immer nicht erkannt, welche Flamme seine Bemerkung aufgeschürt. «Ich denke, ich habe ziemlich viel für dich getan.»

«So?» erwiderte sie. «Du hast mich getäuscht – das hast du getan. Hast unter falschen Vorwänden deine alten Freunde hier eingeführt. Hast mich zu einer . . . Ah» – ihre Stimme brach, in verzweifeltem Schmerz preßte sie die Hände gegeneinander.

«Ich sehe nicht den Zusammenhang zwischen dem einen und dem andern», sagte Drouet verschmitzt.

«Nein», erwiderte sie, nach Fassung ringend und die Zähne zusammenbeißend, «nein, natürlich nicht. Du siehst gar nichts. Hast es mir nicht gleich sagen können, was? Mußtest mich schlecht handeln lassen, bis es zu spät war. Nun schleichst du dich mit deinen Mitteilungen heran und schwatzt von deinen Wohltaten.»

Das hatte Drouet nie in Carries Natur geahnt. Sie bebte vor Empfindung, ihre Augen blitzten, die Lippen zitterten, ihr ganzer Körper empfand das erlittene Unrecht, nahm an ihrer Wut teil.

«Wer schleicht?» fragte er, im stillen bewußt, einen Fehler begangen zu haben, aber auch überzeugt, daß ihm Unrecht zugefügt worden sei.

«Du schleichst!» Carrie stampfte mit dem Fuße auf. «Du bist ein abscheulicher eingebildeter Feigling – jawohl, das bist du. Hättest du nur einen Funken Männlichkeit in dir, würdest du nicht an so etwas gedacht haben.»

Drouet starrte sie an.

«Ich bin kein Feigling», sagte er. «Aber was denkst du dir eigentlich, so mit anderen Männern herumzulaufen?»

«Anderen Männern!» rief Carrie. «Anderen Männern – du weißt es besser. Ja, ich bin mit Hurstwood ausgegangen – aber wessen Schuld ist es? Hast du ihn nicht eingeladen? Ihm selbst gesagt, er möge mich ausführen? Nun, da alles vorüber, kommst du und sagst mir, daß ich mit ihm nicht ausgehen sollte, daß er verheiratet ist.»

Beim Klang des verhängnisvollen Wortes stockte sie und rang die

Hände. Das Wissen um Hurstwoods Niedertracht verwundete sie wie Messerstiche.

«Oh», schluchzte sie auf. Sie nahm sich ungeheuer zusammen, ihre Augen blieben trocken. «Oh, oh!»

«Ich ahnte doch nicht, daß du während meiner Abwesenheit mit ihm herumlaufen wirst», beharrte Drouet.

«Dachtest nicht!» sagte Carrie, durch Drouets sonderbare Haltung bis ins Innerste erregt. «Natürlich nicht. Dachtest nur an das, was dir paßte. Dachtest, du könntest aus mir ein Spielzeug machen. Na, ich will dir zeigen, daß es so nicht geht. Ich will überhaupt nichts mehr von dir. Du kannst deine alten Sachen zurückhaben und sie behalten», sie löste eine kleine Brosche, die er ihr geschenkt, warf sie energisch auf den Boden und begann im Zimmer herumzurennen, als wollte sie die ihr gehörenden Dinge zusammentragen.

Drouet wurde durch dies Betragen nicht nur erregt, sondern viel mehr noch bezaubert. Er blickte sie verblüfft an und sagte schließlich:

«Ich begreife nicht, warum du wo wütend bist. Ich bin im Recht. Du hättest nach allem, was ich für dich getan, nichts Unrechtes begehen dürfen.»

«Was hast du für mich getan?» rief Carrie flammend, mit zurückgeworfenem Kopf und halbgeöffneten Lippen.

«Allerhand», sagte Drouet um sich blickend. «Ich habe dir alle Kleider geschenkt, die du gewünscht hast, nicht? Hab dich überall hingeführt, wo du hingehen wolltest. Du hast ebensoviel und mehr gehabt als ich selber.»

Was immer man auch sonst von Carrie sagen mochte – sie war nicht undankbar. Soweit ihr Geist zu überlegen vermochte, anerkannte sie empfangene Wohltaten. Sie wußte kaum, wie darauf zu antworten, und doch besänftigte sich ihr Zorn nicht. Sie fühlte, daß Drouet sie unheilbar verwundet.

«Hab ich dich darum gebeten?» erwiderte sie.

«Na, ich habe es getan», sagte Drouet, «und du hast es angenommen.»

«Du sprichst, als hätte ich dich überredet», erwiderte Carrie. «Da stehst du und wirfst mir alles ins Gesicht. Ich mag deine alten Sachen nicht. Mag sie gar nicht haben. Nimm sie noch heute abend – mach damit, was du willst. Nicht eine Minute länger will ich hier bleiben.»

«Sehr schön!» erwiderte er, im Gedanken an seinen bevorstehenden Verlust ernstlich verärgert. «Zuerst alles ausnützen, dann mich beleidigen und schließlich die Flucht ergreifen. Das ist Frauenart. Ich nehme dich, da du nichts hast – und dann kommt ein anderer, und ich bin zu nichts mehr gut. Hab mir schon immer gedacht, daß es so enden wird.»

Er fühlte sich über die Behandlung, die ihm zuteil wurde, wirklich gekränkt und sah aus, als wüßte er nicht, wie er sich Gerechtigkeit verschaffen solle.

«Es ist nicht so», sagte Carrie, «und ich gehe mit keinem anderen. Du bist so abscheulich und rücksichtslos wie möglich gewesen. Ich sag dir, ich hasse dich und möchte nicht eine Minute länger mit dir leben. Du bist ein unverschämter –» sie suchte nach einem Worte und sagte schließlich nichts – «sonst würdest du nicht so sprechen.»

Sie setzte ihren Hut auf und zog die Jacke über ihr Abendkleid. Einige Haarsträhnen lockerten sich an den Seiten und hingen über ihre heißen roten Wangen. Sie war böse, verletzt, aufs schmerzlichste bewegt. Ihre großen Augen weiteten sich in einer bis zu Tränen gesteigerten Pein, aber die Lider blieben trocken. Sie war zerstört und unsicher, beschloß und handelte ohne Ziel und Zweck, ohne die leiseste Ahnung, wie die ganze schwierige Angelegenheit enden würde.

«Das ist ein schönes Ende», sagte Drouet. «Einpacken und auskneifen, was? Das ist die Höhe. Ich wette, du bist mit Hurstwood herumgestrolcht – sonst würdest du nicht so handeln. Ich mag die Wohnung nicht, brauchst meinetwegen nicht davonzulaufen. Kannst sie behalten, aber bei Gott – du tust mir unrecht.»

«Ich will nicht mit dir leben», sagte Carrie. «Mag nicht mit dir leben. Seitdem du hier bist, hast du nur immer geprahlt.»

Carrie ging zur Tür.

«Wo gehst du hin?» sagte er, zu ihr tretend, und hielt sie zurück.

«Laß mich hinaus.»

«Wo gehst du hin?» wiederholte er.

Er empfand vor allem Mitgefühl mit Carrie, und ihr Anblick, da sie, wohin wußte sie selbst nicht, fortwanderte, erschütterte ihn trotz seiner Kränkung.

Carrie zog an der Türklinke.

Doch die Spannung war zu stark für sie. Sie machte noch einen schwachen Versuch und brach dann in Tränen aus.

«Nun, Cad, sei vernünftig», sagte Drouet sanft. «Was willst du so hinausstürzen? Weißt ja nicht, wohin. Warum willst du nicht hierbleiben, dich beruhigen? Ich werde dich nicht belästigen. Mag nicht länger hierbleiben.»

Carrie war schluchzend von der Tür ans Fenster geschritten. Sie war so außer sich, daß sie nicht sprechen konnte.

«Nun sei vernünftig», sagte er. «Ich will dich ja nicht zurückhalten. Kannst gehen, wenn du willst, aber warum sollst du es dir nicht überlegen? Gott weiß, ich will dich nicht hindern.»

Er erhielt keine Antwort. Carrie beruhigte sich aber doch unter dem Einfluß seiner Bitte.

«Bleib hier, und ich werde gehen», fügte er schließlich hinzu.

Carrie hörte ihm mit gemischten Gefühlen zu. Ihr Geist war seiner schwachen logischen Grundlage beraubt. Ein Gedanke trieb sie auf, ein anderer Gedanke kränkte sie – das ihr zugefügte Unrecht, das Unrecht Hurstwoods und Drouets, ihrer beider Güte und Freundschaft, die Drohung der Außenwelt, in der sie schon einmal versagt, die Unmöglichkeit, hier zu bleiben, wo die Wohnung rechtmäßig nicht mehr ihr gehörte, der Eindruck auf ihre Nerven – alles zusammen eine Masse kreischender Fibern – sie selbst ein steuerloses, vom Sturm getriebenes kleines Schiff, das nicht anderes tun konnte, als auf dem Meere treiben.

«Höre», sagte Drouet und näherte sich ihr nach einigen Augenblikken mit einer neuen Idee, legte ihr die Hand auf die Schulter.

«Nicht!» sagte Carrie zurückweichend, ohne das Taschentuch von ihren Augen zu entfernen.

«Denk nicht mehr an unseren Streit. Vergiß. Du bleibst jedenfalls hier, bis der Monat vorüber ist, dann wirst du eher wissen, was du willst. Ja?»

Carrie erwiderte nicht.

«Es ist besser für dich», sagte er. «Das Fortrennen jetzt hat ja gar keinen Sinn. Du kannst nirgends hin.»

Noch immer erhielt er keine Antwort auf seine Worte.

«Wenn du einwilligst, wollen wir es für den Augenblick gut sein lassen, und ich werde fortziehen.»

Carrie schob das Taschentuch ein wenig zurück und blickte aus dem Fenster.

«Willst du?» fragte er.

Noch immer keine Antwort.

«Ja?»

Sie schaute verloren auf die Straße hinunter.

«Schau – sag mir's: Willst du?»

«Ich weiß nicht», sagte Carrie leise, zu einer Antwort gezwungen.

«Versprich es mir», sagte er, «und wir wollen nicht mehr davon reden. Es wird das beste für dich sein.»

Carrie hörte ihn, konnte sich aber nicht zu einer vernünftigen Erwiderung aufraffen. Sie fühlte, daß der Mann gütig war, noch immer an ihrem Schicksal teilnahm, und deshalb empfand sie etwas wie Reue. Sie war in einer äußerst hilflosen Lage.

Drouet hatte sich als eifersüchtiger Liebhaber benommen. Jetzt empfand er Ärger über die Täuschung, Kummer über Carries Verlust, Schmerz über seine Niederlage. Er wollte sein Recht auf irgendeine Weise wiedererlangen, und es lag schließlich im Bereich seines Rechtes, Carrie zurückzuhalten, sie den begangenen Fehler fühlen zu lassen.

«Willst du?» drängte er.

«Ich werde sehen», sagte Carrie.

Das ließ die Frage offen, aber es war doch immerhin etwas. Es schien, als würde der Streit abebben, wenn sie nur die rechte Art finden könnten, miteinander zu sprechen. Carrie schämte sich, Drouet war betrübt. Tat, als müsse er einiges in seinen Handkoffer packen.

Als Carrie ihn verstohlen betrachtete, kamen ihr einige vernünftige Gedanken. Er hatte gefehlt, gewiß, aber was hatte sie getan? Trotz aller Selbstsucht war er freundlich und gutmütig. Während des ganzen Streites hatte er nichts besonders Böses gesagt.

Hurstwood war ein größerer Betrüger als er. Hatte all diese Zärtlichkeit und Leidenschaft geheuchelt, die ganze Zeit über gelogen. Oh, die Niedertracht der Männer! Und sie hatte ihn geliebt. Das durfte nicht mehr sein. Sie wollte Hurstwood nicht mehr sehen. Sie wird ihm schreiben, ihm sagen, was sie von ihm denkt. Aber was soll sie dann tun? Da war die Wohnung. Drouet, der sie zu bleiben bat. Augenscheinlich konnte es hier, sobald alles geordnet, fast wie früher weitergehen. Besser wäre es als die Straße, ohne einen Platz, wo sie ihren Kopf hinlegen konnte.

Daran dachte sie, während Drouet in den Laden rumorte, um seine Kragen zu suchen, und sich lange mühselig quälte, einen Hemdknopf zu finden. Er hatte es nicht zu eilig. Fühlte sich noch immer zu Carrie hingezogen. Mochte nicht denken, daß mit seinem Fortgehen alles enden sollte. Es mußte einen Weg, irgendeinen Weg geben, um sie zum Geständnis zu zwingen, daß er recht und sie unrecht hatte – um Frieden zu schließen und Hurstwood für ewig zu verbannen. Herrgott! Wenn er an die schamlose Doppelzüngigkeit des Mannes dachte, kochte es in ihm.

Nach sekundenlangem Schweigen sagte er:

«Willst du versuchen, zur Bühne zu gehen?»

Er fragte sich, was sie vorhabe.

«Ich weiß noch nicht, was ich tun werde», sagte Carrie.

«Wenn du das willst, kann ich dir vielleicht helfen. Hab eine Menge Freunde in der Branche.»

Sie antwortete darauf nichts.

«Versuch es nicht, ohne Geld Arbeit zu suchen. Laß mich dir helfen», sagte er. «Es ist nicht leicht, in dem Beruf auf eigene Faust zu handeln.»

Carrie wippte nur in ihrem Schaukelstuhl auf und ab.

«Ich möchte nicht, daß du es so schwer hast.» Er verlor sich in Einzelheiten. Carrie schaukelte weiter.

«Warum sagst du mir nicht alles», fragte er, «und wir schließen Frieden? Du hast Hurstwood doch nicht wirklich gern, was?»

«Warum beginnst du wieder?» fragte Carrie. «Du allein bist zu tadeln.»

«Nein.»

«Doch», sagte Carrie. «Hättest mir nie so eine Geschichte erzählen sollen.»

«Aber du hattest nicht viel mit ihm zu tun – oder?» fuhr Drouet fort, der ihr, um seines eigenen Friedens willen, eine direkte Verneinung erpressen wollte.

«Ich mag darüber nicht sprechen», sagte Carrie, über die sonderbare Wendung gekränkt, die der Friedensschluß genommen.

«Was hat es für einen Sinn, jetzt so zu handeln, Cad», beharrte Drouet, hielt mit seiner Arbeit inne und hob seine Hand mit ausdrucksvoller Gebärde, «kannst mir doch wenigstens sagen, was ich zu hoffen habe.»

«Ich will nicht», sagte Carrie, die keine andere Zuflucht wußte als den Ärger. «Was immer auch geschehen, ist deine Schuld.»

«Hast ihn also doch gern?» sagte Drouet tiefbewegt und hörte ganz auf zu packen.

«Sei still!»

«Na, ich laß keinen Narren aus mir machen», rief Drouet. «Magst dich mit ihm vergnügen, wenn du willst, aber mich kannst du nicht an der Nase führen. Sag es mir oder nicht – wie du willst –, aber ich werde mich nicht länger foppen lassen!»

Er schmiß die letzten Sachen, die er vorbereitet, in den Handkoffer und ließ, voll Rachegedanken, das Schloß schnappend zufallen. Dann packte er seinen Rock, den er zur Arbeit abgelegt, seine Handschuhe und schob ab.

«Kannst meinetwegen zum Teufel gehen», sagte er an der Tür. «Ich bin kein Blutegel.» Und damit riß er die Tür knallend auf und schloß sie ebenso kräftig.

An ihrem Fenster hatte Carrie dem plötzlichen Leidenschaftsausbruch Drouets erstaunt, aber sonst ungerührt zugehört. Sie traute ihren Sinnen kaum – er war immer so unverändert gutmütig und zugänglich gewesen. Sie vermochte nicht die Quelle menschlicher Leidenschaften zu erkennen. Echte Liebesflamme ist etwas Zartes. Leuchtet wie ein Irrlicht, tanzt im Feenland des Entzückens. Zischt glühend auf wie eine Feueresse. Zu oft ist es Eifersucht, wovon sie sich nährt.

## Zunder zu Asche:
## ein Gesicht am Fenster

In dieser Nacht blieb Hurstwood ganz in der Stadt und ging nach beendeter Arbeit ins Hotel Palmer schlafen. Er war wegen des tödlichen Streiches, mit dem seine Frau seine ganze Laufbahn bedrohte, fieberhaft erregt. Wußte nicht sicher, wieviel Bedeutung ihrer Drohung beigelegt werden mußte, war aber überzeugt, daß ihre Haltung, wenn sie in ihr verharrte, ihm unendlichen Schaden zufügen konnte. Sie war entschlossen. In einem wichtigen Kampf hatte er den kürzeren gezogen. Wie würde es von nun ab werden? Er ging in seinem kleinen Büro, später in seinem Zimmer auf und ab und bemühte sich vergebens, die Dinge in einen logischen Zusammenhang zu bringen.

Julia aber hatte sich vorgenommen, ihren Vorteil nicht durch Untätigkeit zu gefährden. Jetzt, da sie ihren Mann tatsächlich eingeschüchtert hatte, wollte sie ihr Werk fortsetzen, immer mehr verlangen, und da er genötigt war, davon Kenntnis zu nehmen, würde ihr Wort in Zukunft Gesetz bedeuten. Gibt er ihr nicht das Geld, das sie jetzt regelmäßig fordern wird, so soll es ihn teuer zu stehen kommen, gleichgültig, was er tat. Es lag ihr wirklich nichts daran, ob er überhaupt noch heimkehrte oder nicht. Man konnte das Haus viel angenehmer ohne ihn führen, und dann durfte sie nach Belieben handeln, ohne jemanden nach seiner Meinung zu fragen. Sie beschloß, zu einem Rechtsanwalt zu gehen, einen Detektiv anzustellen. Wollte sofort erfahren, welche Vorteile sich gewinnen ließen.

Hurstwood schritt auf und ab, ordnete im Geiste die Hauptpunkte seiner Lage. Der Besitz ist auf ihren Namen verschrieben, sagte er sich immer wieder. Was für ein Blödsinn das war! Verdammt! Was für ein verteufelter Blödsinn!

Er dachte auch an seine Stellung. Wenn sie jetzt Krach macht, werde ich die Stellung verlieren. Sie werden mich nicht mehr haben wollen, sobald mein Name in den Zeitungen veröffentlicht wird. Und meine Freunde! Als ihm der Tratsch einfiel, den jede ihrer Handlungen hervorrufen würde, geriet er in noch größeren Zorn. Wie wird sich die Presse dazu verhalten? Jeder Bekannte wird erstaunt sein. Er wird genötigt sein, zu erklären, abzuleugnen, sich selbst zur Schau zu stellen. Dann wird Moy kommen und mit ihm verhandeln, und er wird höllisch blechen müssen.

Als er dies alles überlegte, bildeten sich zwischen seinen Augen viele Fältchen und die Stirn wurde ihm feucht. Er sah keine Lösung, kein Schlupfloch.

Durch all diese Gedanken flitzte Carrie und die nahende Verabredung am Sonnabend. So verwirrt auch seine Angelegenheiten waren, er war nicht besorgt um sie. Bei den vielen Aufregungen schien ihm seine Liebe das einzig Angenehme. Er konnte das befriedigend ordnen, denn Carrie würde gern warten, sollte es nötig sein. Morgen wird er sehen, wie sich alles gestaltet, und dann mit ihr sprechen. Sie werden einander treffen wie gewöhnlich. Er sah nur ihr hübsches Gesicht, die schlanke Gestalt, und fragte sich, warum das Leben nicht so eingerichtet war, daß die Freude, die er in ihr fand, dauernd währen konnte. Um wieviel schöner wäre es! Dann kam ihm wieder die Drohung seiner Frau in den Sinn – Falten und Angstschweiß kehrten zurück.

Am Morgen ging er in sein Büro und öffnete seine Briefe, aber außer dem gewöhnlichen Einlauf war nichts vorhanden. Aus irgendeinem Grunde fühlte er, daß etwas ihn auf diese Weise erreichen konnte, und empfand Erleichterung, als er alle Briefe durchgesehen und nichts Verdächtiges bemerkt hatte. Er begann, nun Appetit zu bekommen, der ihm vorher gefehlt hatte, und beschloß, vor der Begegnung mit Carrie im Grand Pacific eine Tasse Kaffee und ein paar Brötchen zu sich zu nehmen. War die Gefahr auch nicht geringer – sie hatte noch keine festen Umrisse. Keine Nachrichten schienen Hurstwood gute Nachrichten. Wenn er nur reichlich Zeit zum Nachdenken haben könnte – vielleicht würde ihm etwas einfallen. Gewiß – diese Sache sollte nicht einer Katastrophe zutreiben, ohne daß er einen Ausweg fand.

Als er aber im Park wartete und wartete, Carrie nicht eintraf, sank ihm der Mut. Eine Stunde oder länger blieb er auf seinem Lieblingsplatze, dann stand er auf und begann ruhelos auf und ab zu gehen. Konnte etwas geschehen sein, was sie abhielt? War sie von seiner Frau aufgejagt worden? Gewiß nicht. So wenig Beachtung schenkte er Drouet, daß es ihm gar nicht einfiel, sich darüber zu sorgen, ob er etwas entdeckt habe. Das Grübeln machte ihn nervös, dann sagte er sich, es sei vielleicht gar nichts. Sie war heute morgen einfach verhindert gewesen. Darum hatte sie ihm auch nicht abgesagt. Morgen würde er einen Brief erhalten. Vielleicht liegt schon einer auf seinem Schreibtisch, wenn er ins Büro zurückkehrt. Er will sofort nachsehen.

Nach einer Weile gab er das Warten auf und marschierte trübsinnig zur Madison-Straßenbahn. Um seine Stimmung noch mehr zu verdüstern, hatte sich der helle blaue Himmel mit Schafwölkchen bedeckt, die die Sonne verhüllten. Der Wind drehte sich ostwärts, und als Hurstwood in sein Büro trat, drohte es den ganzen Nachmittag über zu regnen.

Er sah seine Post durch – nichts von Carrie. Zum Glück auch nichts von seiner Frau. Er dankte seinen Sternen, daß er dieser Schwierigkeit nicht gerade jetzt begegnen mußte, wo es so viel zu denken gab. Wieder schritt er auf und ab, heuchelte sich selbst vor, in seiner normalen Stimmung zu sein, war aber innerlich tief verstört.

Um halb zwei ging er zu Rektor Mittag essen, und als er zurückkehrte, wartete ein Bote auf ihn. Er schaute den kleinen Jungen fragend an.

«Ich soll Antwort bringen», sagte der Junge. Hurstwood erkannte Julias Schrift. Riß den Brief auf und las, ohne seine Gefühle zu zeigen. Der Brief begann in der förmlichsten Art und war durchaus scharf und kalt abgefaßt.

Ich wünsche, daß Du mir sofort das Geld schickst, worum ich Dich gebeten. Ich brauche es zur Ausführung meiner Pläne. Wenn Du magst, kannst Du dem Hause auch fernbleiben. Es liegt nicht das geringste daran. Aber ich muß etwas Geld haben. Also zögere nicht, sondern schicke es mit dem Jungen.

Als er geendet, stand er da und hielt den Brief in der Hand. Die Frechheit raubte ihm den Atem. Erregte auch seinen Zorn – tiefste Empörung. Sein erster Antrieb: nur drei Worte als Erwiderung schreiben: Geh zum Teufel! – aber er machte ein Zugeständnis und sagte dem Jungen, daß keine Antwort sei. Dann setzte er sich in seinen Stuhl, blickte vor sich hin ohne wahrzunehmen und überlegte, was er sich eingebrockt hatte. Was wird sie unternehmen? Diese verfluchte Person! Versuchte sie, ihn bis zu völliger Unterwerfung einzuschüchtern? Er wird hingehen, es mit ihr ausfechten – ja, das wird er tun. Sie trieb die Dinge doch zu weit. Dies waren seine ersten Gedanken.

Aber später gewann er seine alte Zurückhaltung wieder. Etwas mußte geschehen. Ein Höhepunkt war nahe, und sie würde nicht müßig bleiben. Er kannte sie gut genug, um zu wissen, daß sie einen Plan zu Ende führte, sobald sie sich für ihn entschied. Wahrscheinlich würde sie die Sache sofort einem Rechtsanwalt übergeben.

«Hol sie der Teufel», sagte er leise mit zusammengebissenen Zähnen. «Ich will ihr die Hölle heiß machen, wenn sie mir Widerwärtigkeiten bereitet. Sie wird einen andern Ton annehmen müssen – und sollte ich sie mit Gewalt dazu zwingen.»

Er erhob sich, ging ans Fenster und blickte auf die Straße. Anhaltend rieselte der Regen. Die Fußgänger schlugen die Kragen hoch und legten die Hosenränder um. Leute ohne Regenschirm bargen die Hände in den Taschen, Regenschirme wurden aufgespannt. Die Straße sah aus wie ein Meer von runden schwarzen, hüpfenden, sich drehenden Stoffdächern. In lärmenden Reihen knarrten Lastwagen und Karren vorüber, und überall suchten sich die Menschen so gut es ging zu schützen. Hurstwood bemerkte das Schauspiel kaum. Immer wieder stand er seiner Frau gegenüber, forderte sie auf, ihre Haltung ihm gegenüber zu ändern, ehe er ihr körperlichen Schaden zufügte.

Um vier Uhr kam ein zweiter Brief, des Inhaltes, daß die Angelegenheit morgen Fitzgerald und Moy übergeben werden würde, sollte das Geld nicht heute abend eintreffen. Im übrigen würde sie auch zu anderen Maßregeln greifen.

Hurstwood stieß fast einen lauten Schrei aus – so sehr traf ihn die Zudringlichkeit. Ja, er wird ihr das Geld schicken. Wird es ihr bringen – wird zu ihr gehen, mit ihr sprechen – sofort.

Er setzte den Hut auf, sah sich nach seinem Schirm um. Die Sache mußte irgendwie geordnet werden.

Er nahm einen Wagen, fuhr durch den strömenden Regen zur Nordseite. Auf dem Wege kühlte sich seine Leidenschaft ab, als er die Einzelheiten bedachte. Was wußte sie? Was hatte sie getan? Vielleicht hatte sie sich Carrie vorgenommen, wer weiß – oder – oder Drouet! Vielleicht verfügte sie wirklich über Beweise und war bereit, ihn zu vernichten, wie ein Mensch den andern aus dem Hinterhalt überfällt. Sie war schlau. Weshalb sollte sie ihn auf diese Weise verhöhnen, wenn sie nicht etwas hatte, worauf sie sich berufen konnte?

Er begann zu wünschen, daß er ihr irgendwie entgegengekommen wäre – das Geld geschickt hätte. Na, jedenfalls wollte er zu ihr gehen und sehen, was weiter zu tun war. Einem Streit wollte er ausweichen.

Als er die Straße erreichte, in der er wohnte, war er sich seiner bösen Lage voll bewußt und sehnte irgendeine Lösung, einen Ausweg herbei.

Er stieg aus, eilte die Treppe zur Vordertür hinauf – sein Herz klopfte nervös. Zog den Schlüssel aus der Tasche und versuchte, ihn einzustekken. Die Tür war verschlossen. Dann läutete er. Keine Antwort. Läutete nochmals – diesmal lauter. Noch immer Stille. Er läutete mehrere Male nacheinander heftig – ohne Erfolg. Dann ging er ins Untergeschoß.

Eine zum Schutz gegen Diebe von einem eisernen Gitter umgebene Tür führte unterhalb der Treppe in die Küche. Er bemerkte, daß auch diese Tür verschlossen war und man die Küchenfenster hinuntergezogen hatte. Was sollte das bedeuten? Er läutete und wartete. Als er schließlich sah, daß niemand kam, wendete er sich um und ging zu seinem Wagen zurück.

«Ich glaube, sie sind ausgegangen», sagte er entschuldigend zu dem Kutscher, der sein rotes Gesicht in dem Kragen eines losen Regenmantels aus geteertem Segeltuch verbarg.

«Ich hab da oben am Fenster ein junges Mädchen gesehen», erwiderte der Kerl.

Hurstwood schaute hinauf, aber kein Gesicht ließ sich mehr blicken. Mürrisch stieg er ein, zugleich erleichtert und verzweifelt.

Also das war das Spiel? Ihn ausschließen und zahlen lassen? Bei Gott, das übertraf alles!

## Zunder zu Asche: Bande, die sich lösen

Hurstwood war in größerer Verwirrung denn je. Gott, Gott, dachte er, wohin bin ich da geraten? Wie konnten die Dinge so rasch eine so gewaltsame Wendung nehmen? Er vermochte es sich kaum zu erklären. Es schien, als hätte sich seiner ohne sein Zutun, ohne daß er fähig war, es zu verhindern, etwas Ungeheuerliches, Unnatürliches, Ungerechtfertigtes bemächtigt.

Inzwischen dachte er auch hie und da an Carrie. Was wohl bei ihr los war? Kein Brief, keinerlei Nachricht; es war spät am Abend, für heute früh hatte sie sich mit ihm verabredet. Morgen hätten sie miteinander fortreisen sollen – wohin? Er bemerkte, daß er in der Aufregung über das kürzlich Geschehene noch keinen Plan gefaßt hatte. Er war toll verliebt und hätte unter gewöhnlichen Verhältnissen alles aufs Spiel gesetzt, um sie zu gewinnen; aber nun – was nun? Gesetzt, sie hat etwas erfahren? Schreibt ihm, sie wisse alles – wolle nichts mehr mit ihm zu tun haben? Wie die Dinge standen, konnte sich auch das sehr gut ereignen. Inzwischen hatte er das Geld nicht geschickt.

Auf dem Parkett der Bar schritt er auf und ab. Hände in den Taschen, mit gerunzelter Stirn, verkniffenem Mund. Eine gute Zigarre gewährte ihm einigen schwachen Trost, doch war sie kein Allheilmittel gegen das Übel, an dem er litt. Von Zeit zu Zeit verschränkte er die Finger fest ineinander, stampfte mit dem Fuß auf – Anzeichen der erregten Stimmung, in der er sich befand. Seine ganze Natur war mächtig erschüttert, und er erkannte die Grenzen, die dem Ertragen seelischer Qual gezogen sind. An diesem Abend trank er mehr Brandy mit Sodawasser als sonst in Monaten. Im ganzen bot er das Bild einer großen geistigen Zerrüttung.

Trotz allen Grübelns brachte der Abend nur ein Ereignis – er schickte das Geld. Unter heftigem Widerstreben, nach mehreren Stunden heftiger Ablehnung und Einwilligung. Schließlich nahm er einen Briefumschlag, legte die geforderte Summe hinein und versiegelte ihn langsam.

Dann rief er Harry, das «Mädchen für alles» in dem Geschäft.

«Trage den Brief an diese Anschrift», sagte er und reichte ihm das Kuvert, «übergib ihn Frau Hurstwood.»

«Ja, Herr», sagte der Junge.

«Wenn sie nicht daheim ist, bring ihn zurück.»

«Ja, Herr.»

«Hast du meine Frau schon je gesehen?» fragte er vorsichtshalber, als der Junge sich zum Gehen anschickte.

«Oh, ja, Herr. Ich kenne sie.»

«Schön. Komm schnell zurück.»

«Antwort?»

«Ich glaube nicht.»

Der Junge eilte davon und Hurstwood versank von neuem in Nachdenken. Jetzt hatte er's getan. Zwecklos, darüber nachzugrübeln. Für heute abend war er geschlagen und damit mußte er sich, so gut es ging, abfinden. Wie entsetzlich, auf solche Art gezwungen worden zu sein! Er stellte sich vor, wie sie den Jungen mit ironischem Lächeln an der Tür empfangen würde. Sie wird den Brief an sich nehmen und wissen, daß sie gesiegt hat. Hätte er ihn nur wieder – er würde ihn nicht absenden. Er atmete schwer und trocknete sich den Schweiß vom Gesicht.

Um sich Erleichterung zu schaffen, erhob er sich und nahm an dem Gespräch einiger Bekannter teil, die tranken. Versuchte, sich für seine Umgebung zu interessieren, aber es war ihm nicht möglich. Die ganze Zeit über eilten seine Gedanken zu seinem Hause, zu dem, was sich dort ereignete. Die ganze Zeit fragte er sich, was sie sagen würde, wenn der Junge ihr den Brief übergab.

Nach etwa ein und dreiviertel Stunden kehrte der Laufbursche zurück. Er hatte offenbar seinen Auftrag ausgeführt, denn als er eintrat, machte er keine Anstalten, etwas aus der Tasche zu ziehen.

«Nun?» fragte Hurstwood.

«Ich hab ihr den Brief gegeben.»

«Meiner Frau?»

«Ja, Herr.»

«Antwort?»

«Sie sagte, es war die höchste Zeit.»

Hurstwood zog ein finsteres Gesicht.

Heute abend ließ sich nichts mehr machen. Bis Mitternacht brütete er über seine Lage, dann ging er wieder ins Hotel. Fragte sich, was ihm der Morgen bringen würde, und schlief darüber unruhig ein.

In der Frühe öffnete er mißtrauisch und hoffnungsvoll die Post in seinem Büro. Kein Wort von Carrie. Nichts von Julia. Das war erfreulich.

Es trug zur Verbesserung seiner Stimmung bei, daß er das Geld geschickt und daß sie es in Empfang genommen hatte. Dann, als der Gedanke, daß er es getan, verblaßte, ärgerte er sich weniger darüber, seine Hoffnung auf Frieden wurde stärker. An seinem Schreibtisch bildete er sich ein, daß ein bis zwei Wochen lang nichts geschehen würde. Mittlerweile hätte er Zeit zum Nachdenken.

Der Denkprozeß begann mit einer Wendung zu Carrie. Was sollte er tun, um sie von Drouet fortzulotsen? Je mehr er sich diesem Gegenstande widmete, desto mehr wuchs seine Qual, daß sie nicht gekommen war, ihm nicht Nachricht gegeben. Er beschloß, ihr lagernd Westpost zu schreiben, sie um eine Erklärung, ein Wiedersehen zu bitten. Es kränkte ihn, daß dieser Brief sie nicht vor Montag erreichen konnte. Er mußte es rascher besorgen – wie?

Eine halbe Stunde dachte er darüber nach. Ein Bote durfte nicht gesendet werden, ein Wagen konnte sie nicht holen, weil das sonst zu einer Entdeckung geführt hätte. Da die Zeit nutzlos verging, schrieb er den Brief und versank wieder in Sinnen.

Stunde um Stunde schwand und damit die Möglichkeit der ersehnten Verbindung. Er hatte gehofft, in diesem Augenblick Carrie fröhlich zu helfen, ihre Lebensinteressen mit den seinigen zu vereinen, und nun war es Nachmittag, nichts war geschehen. Drei Uhr, vier, fünf, sechs, kein Brief. Hilflos ging Hurstwood auf und ab. Grimmig ertrug er seine Niederlage. Der Sonnabend mit all seiner Arbeit war zu Ende, der Sonntag kam – und er hatte nichts getan. Den ganzen Tag – die Bar war geschlossen – brütete er allein, aus seinem Hause ausgesperrt, ohne die Anregung seines Geschäftes, ohne Carrie, unfähig, seine Lage auch nur um ein Quentchen zu ändern. Der schlimmste Sonntag, den er je verlebt.

Die Montagspost brachte ihm unter anderem einen sehr rechtsgültig aussehenden Brief, der ihn eine Weile in Anspruch nahm. Er trug die Kanzleianschrift der Rechtsanwälte McGregor, James und Hay, begann förmlich mit «Sehr geehrter Herr» und «wir wünschen, Sie in Kenntnis zu setzen» und benachrichtigte ihn kurz davon, daß Frau Julia Hurstwood sie ersucht habe, gewisse Fragen, die sich auf ihren Lebensunterhalt und ihre Besitzrechte bezogen, zu ordnen. Hurstwood möge bald in der Kanzlei erscheinen und mit ihnen die Sache besprechen.

Er las den Brief mehrere Male sorgfältig durch und schüttelte dann nur den Kopf. Die Familienschwierigkeiten schienen jetzt erst zu beginnen.

«Na», sagte er nach einer Weile mit lauter Stimme, «ich weiß nicht.»

Dann faltete er den Brief zusammen und steckte ihn in die Tasche.

Um sein Unglück vollzumachen – kein Wort von Carrie. Jetzt war er ganz sicher, daß sie von seiner Ehe wußte, ihm wegen seiner Falschheit zürnte. Nun, da er ihrer so dringend bedurfte, dünkte ihn ihr Verlust besonders bitter. Empfing er nicht bald Nachricht irgendeiner Art von ihr, dann wollte er ein Wiedersehen mit ihr erzwingen. Daß auch sie ihn verlassen, schmerzte ihn am tiefsten. Er hatte sie ehrlich genug geliebt. Da die Möglichkeit, sie zu verlieren, ihm ins Gesicht starrte, wurde sie für ihn noch anziehender. Er sehnte sich wirklich nach einem Wort und rief sich traurig ihr Bild vor Augen. Was immer sie auch dachte – er wollte sie nicht missen. Was immer auch kommen mochte, diese Sache wollte er ordnen, und zwar bald. Er wird zu ihr gehen, ihr all seine Familiensorgen mitteilen. Wird ihr genau seine Lage erklären, sagen, wie sehr er ihrer bedurfte. Jetzt würde sie ihm doch nicht ihre Einwilligung entziehen? Es war nicht möglich. Er würde in sie dringen, bis ihr Zorn schwand – bis sie ihm verzieh.

Plötzlich fiel ihm ein: Und wenn sie nicht zu Hause – abgereist ist?

Das trieb ihn auf. Daran zu denken und still sitzenzubleiben – war zu viel.

Trotzdem half ihm das gar nicht.

Am Dienstag war es das gleiche. Es gelang ihm, sich zu der Stimmung für einen Besuch bei Carrie aufzuschwingen, aber auf dem Ogdenplatz schien es ihm, als beobachte ihn ein Mann, und er ging wieder fort. Er näherte sich dem Hause nur etwa bis auf einen Block.

Ein ärgerlicher Zufall wollte, daß er mit der Randolph-Straßenbahn zurückkehrte und, ohne es zu merken, fast gegenüber dem Geschäftshaus ausstieg, wo sein Sohn arbeitete. Das gab ihm einen Stich ins Herz. Hier hatte er seinen Jungen mehrere Male besucht. Jetzt hatte der ihm auch nicht eine Zeile geschrieben. Keines seiner Kinder schien seine Abwesenheit zu bemerken. Ja, das Schicksal spielt einem Menschen sonderbare Streiche. Er ging in sein Büro zurück, plauderte mit Freunden. Als ob müßiges Geschwätz sein Elendsgefühl abstumpfen könnte!

Abends aß er bei Rektor und eilte sofort in die Bar zurück. Hier, in all dem glänzenden Lärm und Trubel, fand er seine einzige Erleichterung. Er kümmerte sich um viele Einzelheiten und plauderte geschäftshöflich mit jedermann. Lange, nachdem alle gegangen, blieb er an seinem Schreibtisch, verließ ihn erst, als der Nachtwächter auf seiner Runde an der Vordertür rüttelte, um zu sehen, ob sie gut verschlossen sei.

Mittwoch erhielt er wieder eine höfliche Verständigung von McGregor, James und Hay.

Sehr geehrter Herr,
wir gestatten uns, Sie davon in Kenntnis zu setzen, daß wir beauftragt sind, bis morgen (Donnerstag) ein Uhr zu warten, ehe wir das Verfahren in Sachen der Frau Julia Hurstwood (Scheidung und Lebensunterhalt) gegen Sie einleiten. Wenn wir nicht früher von Ihnen Nachricht erhalten, werden wir annehmen, daß Sie keinen Vergleich in der Angelegenheit wünschen, und demgemäß handeln.

Hochachtungsvoll

. . . . . . . . . .

«Vergleich!» rief Hurstwood bitter, «Vergleich!»

Und wieder schüttelte er den Kopf.

Da lag es also klar vor ihm. Jetzt wußte er, was er zu erwarten hatte. Wenn er nicht hinging, mit ihnen sprach, würden sie den Prozeß gegen ihn beginnen. Geht er hin, dann werden sie ihm aber Vorschläge machen, die sein Blut zum Kochen bringen. Er faltete den Brief zusammen und steckte ihn zu dem anderen. Dann setzte er den Hut auf und machte einen kurzen Spaziergang.

## Der Gesandte in Ungnade: die Suche nach der Pforte

Nachdem Drouet fortgegangen, lauschte Carrie seinen verhallenden Schritten. Das Geschehene kam ihr nur dunkel zum Bewußtsein. War er im Zorn hinausgestürzt? Nach einer Weile fragte sie sich, ob er – nicht gerade jetzt – aber überhaupt einmal, zurückkehren werde. Sie blickte im Zimmer um sich, aus dem das Abendlicht wich. Warum empfand sie für ihr Heim nicht dasselbe wie früher? Sie ging an den Toilettentisch, strich ein Zündholz an, machte Licht. Dann setzte sie sich wieder in den Schaukelstuhl.

Erst nach geraumer Zeit konnte sie ihre Gedanken sammeln. Als sie es aber tat, begann die Wahrheit Bedeutung anzunehmen. Sie war allein. Gesetzt, Drouet kam nicht wieder? Sie hörte nichts mehr von ihm? Diese schöne Übereinkunft mit der Wohnung wird nicht lange dauern. Sie wird ausziehen müssen.

Es darf Carrie zugute gehalten werden, daß sie auch nicht einen Augenblick lang auf Hurstwood zählte. Nur mit Schmerz und Reue vermochte sie an ihn zu denken. In Wahrheit erschreckte sie dieser Beweis menschlicher Verderbtheit, traf sie im tiefsten. Er würde sie, ohne mit der Wimper zu zucken, weiter betrogen haben. Sie wäre in eine neue, schlimmere Lage versetzt worden. Und doch konnte sie die Erinnerung an sein Aussehen, seine Haltung nicht von sich weisen. Nur diese eine Tat schien sonderbar, abscheulich. Stand im schärfsten Gegensatz zu allem, was sie für diesen Mann empfand.

Aber sie war allein. Das schien im Augenblick bedeutsamer. Was nun? Sollte sie wieder arbeiten? Im Geschäftsviertel eine Stellung suchen? Die Bühne. Oh, ja. Drouet hatte davon gesprochen. Hatte sie dort einige Aussicht? Sie ging rastlos auf und ab, tief in Gedanken verstrickt, und die Minuten schwanden, die Nacht sank herab. Sie hatte nichts zu essen und doch saß sie da, dachte nach.

Sie erinnerte sich, daß sie hungrig war, ging an den kleinen Speiseschrank im rückwärtigen Zimmer, wo die Reste eines Frühstücks standen. Sie blickte sie nicht ohne Besorgnis an. Nahrungsvorräte hatten jetzt eine gewisse Bedeutung.

Während des Essens fragte sie sich, wieviel Geld sie besaß. Das schien ihr äußerst wichtig und sofort suchte sie ihre Börse hervor. Sie lag auf dem Toilettentisch – mit sieben Dollar und etwas Kleingeld. Carrie zitterte vor Angst, als sie die Geringfügigkeit der Summe bedachte, und freute sich nur, daß die Miete bis Ende des Monats bezahlt war. Sie fing auch an zu überlegen, was sie getan hätte, wenn sie auf die Straße gelaufen wäre, wie sie es anfangs vorgehabt. Im Vergleich zu jener Lage, wie sie sie jetzt ansah, war die gegenwärtige noch günstig. Sie hatte wenigstens einige Zeit vor sich und dann würde vielleicht alles noch in Ordnung kommen.

Drouet war fort. Aber was lag daran? Er schien nicht im Ernst böse zu sein. Tat nur so. Würde natürlich zurückkommen – natürlich. Da stand noch sein Stock in der Ecke. Hier lag einer seiner Kragen. Im Wandschrank hatte er seinen leichten Überrock gelassen. Sie sah umher, bemüht, sich durch ein Dutzend solcher Einzelheiten zu beruhigen, aber, ach, andere Gedanken folgten nach. Und wenn er zurückkam? Was dann?

Es bedrückte sie fast ebenso. Sie wird mit ihm sprechen, ihm erklären müssen. Er wird von ihr das Zugeständnis ihres Unrechts fordern. Unmöglich, mit ihm weiterzuleben.

Am Freitag erinnerte sich Carrie ihrer Verabredung mit Hurstwood, und in der Stunde, die verging, während sie, ihrem Versprechen treu, in seiner Gesellschaft hätte sein sollen, erkannte sie deutlich das Unglück, das über sie hereingebrochen. In ihrer nervösen Spannung fand sie es notwendig, zu handeln. Sie legte ein braunes Straßenkleid an und machte sich um elf Uhr auf, in das Geschäftsviertel zu gehen. Sie mußte Arbeit suchen.

Der Regen, der um Mittag gedroht und um ein Uhr begonnen, bewog sie, zurückzukehren und daheim zu bleiben, ähnlich wie er Hurstwoods Stimmung herabgedrückt und ihm einen elenden Tag bereitet hatte.

Der folgende Tag war ein Sonnabend, in vielen Geschäften wurde nur am Morgen gearbeitet; außerdem war es strahlendes Wetter, die Luft so würzig, Bäume und Gras glänzten nach dem nächtlichen Regen in satterem Grün. Als Carrie aus dem Hause trat, zwitscherten die Sperlinge in fröhlichem Chor. Sie sah den schönen Park an, fühlte, daß das Leben ein herrliches Ding für Menschen war, die keine Sorgen hatten, und wünschte immer wieder, etwas möge sich ereignen, ihr die bisher genossene Behaglichkeit weiterhin zu erhalten. Bei näherer Überlegung ersehnte sie weder Drouet noch sein Geld, mochte auch nichts mit Hurstwood zu tun haben. Ersehnte nur die Zufriedenheit und Sorglosigkeit, die sie kennengelernt, denn schließlich war sie glücklich gewesen – glücklicher wenigstens als jetzt, da sie der Notwendigkeit gegenüberstand, ihren Weg allein zu gehen.

Als sie in das Geschäftsviertel gelangte, war es beinahe elf Uhr und die Arbeitszeit bald zu Ende. Zuerst wurde sie sich darüber nicht klar. Die alte Verzweiflung überwältigte sie. Sie erinnerte sich ihrer früheren Erfahrungen in diesem emsigen Stadtteil, der so ungeheure Anforderungen an die Menschen stellt. Schlenderte herum, beruhigte sich selbst durch die Annahme, sie fasse jetzt den Entschluß, irgendeine Arbeit zu suchen. Zugleich schien ihr, daß so große Eile nicht not tue. So leicht ließ sich eine Stellung nicht finden – sie hatte noch einige Tage Zeit. Im übrigen war sie noch nicht sicher, daß sie wirklich vor dem bitteren Problem stand, ihren Lebensunterhalt verdienen zu müssen. Wenigstens etwas hatte sich zum Besseren gewendet. Sie wußte, ihr Äußeres hatte gewonnen. Ihre Haltung war sehr verändert. Ihre Kleider standen ihr gut, und Männer – elegant gekleidete Männer von der Art, von denen sie früher hinter ihren polierten und achtunggebietenden Büroschranken hervor gleichgültig angesehen wurde, betrachteten sie jetzt mit warmglänzenden Augen. Sie fühlte irgendwie ihre Macht, Befriedigung darüber – doch das konnte sie nicht völlig beruhigen. Sie wollte nichts, was ihr unrechtmäßig, durch besondere Gunst gewährt wurde. Wollte eine Arbeit – aber kein Mann sollte sie mit falschen Freundschaftsbeteuerungen kaufen. Sie hatte die Absicht, sich ihr Leben ehrlich zu verdienen.

Dieses Geschäft schließt an Samstagen um ein Uhr, lautete die erfreuliche Anschrift an den Türen, vor denen sie fühlte, sie müßte hineingehen und nach Arbeit fragen. Es diente ihr zur Entschuldigung, und nachdem sie eine ganze Anzahl solcher Geschäfte gefunden und bemerkt hatte, daß es ein Viertel nach zwölf war, sagte sie sich, es hätte keinen Zweck, heute noch länger zu suchen, und fuhr in den Lincolnpark. Dort gab es immer etwas zu sehen – Blumen, Tiere, den See – sie befriedete ihr Gewissen mit dem Entschluß, Montag früh aufzustehen und die Arbeitsuche zu beginnen. Übrigens: bis Montag konnten sich viele Dinge ereignen.

Der Sonntag verging mit ähnlichen Zweifeln, Sorgen, Beruhigungsversuchen, Gott weiß welchen Grillen. Alle halbe Stunde peitschte sie der Gedanke auf, daß die Notwendigkeit zum Handeln – sofortigem Handeln – sich gebieterisch aufdränge. Dann wieder blickte sie um sich und versicherte sich selbst, daß die Dinge nicht gar so schlimm standen – daß sie mit heiler Haut davonkommen werde. In solchen Augenblikken dachte sie an Drouets Rat, zur Bühne zu gehen, und glaubte, dort eine Möglichkeit zu sehen. Sie beschloß, es am nächsten Tage zu wagen.

Montag morgen stand sie also früh auf und kleidete sich sorgfältig an. Sie wußte nicht genau, wie ein solches Ansuchen gestellt werden mußte, glaubte aber, es müßte im Theatergebäude selbst vorgebracht werden. Man fragte dort jemanden einfach nach dem Manager und bat um eine Stellung. Wenn etwas frei war, dann konnte man es kriegen, oder wenigstens würde der Manager einem sagen, auf welche Weise man dazu gelangen könne.

Sie hatte nicht die geringste Erfahrung im Verkehr mit Theaterleuten und kannte nicht ihre gepfefferten Witze. Kannte nur Herrn Hale, wünschte aber vor allem diesem Manne nicht zu begegnen – war sie doch mit seiner Frau befreundet.

Um jene Zeit gab es ein sehr bekanntes und beliebtes Theater, das Chicagoer Opernhaus, und sein Manager, David A. Henderson, war eine Lokalgröße. Carrie hatte hier ein oder zwei vortrefflich einstudierten und inszenierten Vorstellungen beigewohnt, von anderen gehört. Sie wußte nichts von Henderson, nichts von den Methoden der Stellungsuche, fühlte aber instinktiv, daß man hier etwas finden könne, und schlenderte deshalb zuerst in der Nähe des Theaters herum. Guten Mutes gelangte sie bis zu dem prachtvollen Toreingang, schritt durch die parkettierte vergoldete Halle, die zu den jetzt verödeten Kassen führte. An den Wänden hingen gerahmte Bilder der Tagesberühmtheiten. Carrie traute sich nicht weiter. Ein bekannter Sänger der komischen Oper beherrschte diese Woche das Programm, und all die Vornehmheit, die prunkvolle Ausstattung überwältigte sie. Sie konnte nicht glauben, daß in einer so erhabenen Sphäre Platz für sie wäre. Erschrak fast vor ihrer Kühnheit, die sie wohl einer beschämenden Absage ausgesetzt hätte. Sie brachte nur gerade so viel Kraft auf, die prächtigen Bilder zu betrachten. Dann eilte sie wieder hinaus. Ihr schien, als sei ihr eine glückliche Flucht gelungen. Töricht, es hier nochmals zu versuchen.

Diese kleine Erfahrung setzte ihren Bemühungen für einen Tag ein Ende. Sie sah sich noch anderswo um, aber nur von außen. Merkte sich die Lage einiger Theater – besonders des Großen Opernhauses und des McVickartheaters – die beide als erstklassig galten –, und dann ging sie fort. Ihre Stimmung war sehr gedrückt. Sie erkannte von neuem die Größe solcher Unternehmungen und die Bedeutungslosigkeit ihrer eigenen Ansprüche auf die Gesellschaft, wie sie sie damals begriff.

Am Abend besuchte sie Frau Hale, deren Geschwätz und längeres Dableiben Carrie hinderten, bei dem Gedanken an ihre Lage oder die Erlebnisse des Tages zu verweilen. Ehe sie sich aber zur Ruhe zurückzog, setzte sie sich hin, um nachzudenken, und überließ sich den trübsten Ahnungen. Drouet ließ sich nicht blicken. Von nirgends empfing sie eine Nachricht, hatte einen Dollar aus ihrer wertvollen Habe für Essen und Straßenbahn ausgegeben. Es war klar, daß sie nicht lange aushalten konnte. Übrigens hatte sie ja keine Hilfsquelle entdeckt.

In dieser Lage fiel ihr ihre Schwester in der van Burenstraße ein. Seit ihrer Flucht hatte sie sie nicht wieder gesehen. Carrie erinnerte sich auch ihres Heims in Columbia, Teil von etwas, das nicht mehr sein konnte. Dort winkte ihr keine Zufluchtsstätte. An Hurstwood dachte sie nur mit immer wiederkehrendem Kummer. Es schien ihr grausam, daß er sie so simpel zu narren versucht hatte.

Dienstag kam und mit ihm die übliche Unschlüssigkeit und das Nachdenken. Nach ihrem Mißlingen am Vortage war sie nicht in der Stimmung, sich wieder eilig auf Arbeitsuche zu begeben, und doch tadelte sie sich ob ihrer Schwäche. Deshalb ging sie noch einmal in das Große Opernhaus, fand kaum den Mut, sich dem Gebäude zu nähern. Doch brachte sie es fertig, an der Kasse Erkundigungen einzuziehen.

«Wünschen Sie den Manager der gastierenden Gesellschaft oder des Theaters zu sprechen?» fragte das schick gekleidete Individuum, das die Karten verkaufte. Carries Äußeres machte ihm einen günstigen Eindruck.

«Ich weiß nicht», sagte Carrie, durch die Frage eingeschüchtert.

«Sie könnten den Manager des Theaters heute sowieso nicht sehen», erklärte der junge Mann. «Er ist nicht in der Stadt.»

Er bemerkte ihren verwirrten Blick und fügte dann hinzu: «Weshalb wünschen sie es denn?»

«Ich möchte eine Stellung finden», erwiderte sie.

«Es wäre besser, Sie würden den Manager der Gesellschaft aufsuchen, aber er ist jetzt nicht hier.»

«Wann kommt er?» fragte Carrie, durch die Auskunft irgendwie getröstet.

«Sie können ihn vielleicht auch zwischen elf und zwölf treffen. Nach zwei Uhr kommt er gewöhnlich.»

Carrie dankte ihm und ging rasch davon, der junge Mann blickte ihr durch ein Seitenfenster seiner vergoldeten Loge nach.

«Sehr hübsch», sagte er halblaut und verlor sich in Träume von ihrem Gewähren, die äußerst schmeichelhaft für ihn waren.

Im Opernhaus spielte jetzt eine der bedeutendsten Truppen. Hier fragte Carrie nach dem Geschäftsführer. Sie kannte nicht das triviale Machtbewußtsein dieses Mannes, wußte nicht, daß man zur Besetzung einer freien Stelle einen Schauspieler aus New York geschickt hätte.

«Sein Büro ist im Oberstock», sagte ein Mann an der Kasse.

In dem Büro befanden sich mehrere Personen, zwei lehnten lässig in der Nähe eines Fensters, ein anderer sprach zu einem Mann, der an einem Rolladenschreibtisch saß – der Manager. Carrie blickte nervös um sich und fürchtete, daß sie ihre Bitte vor der versammelten Gesellschaft werde vortragen müssen. Zwei Personen – die am Fenster – beobachteten sie schon aufmerksam.

«Ich kann es nicht tun», sagte der Manager, «es ist ein Grundsatz Herrn Frohmanns, niemals Besuche hinter den Kulissen zu gestatten. Nein, nein.»

Carrie wartete stehend, voller Angst. Es gab wohl Stühle, aber niemand lud sie zum Sitzen ein. Der Mann, mit dem der Manager gesprochen, ging ganz beschämt davon. Diese Leuchte blickte ernsthaft auf einige Papiere vor sich nieder, als wären sie von größter Bedeutung.

«Haben Sie heute morgen die Notiz über Nat Goodwin im ‹Boten› gelesen, Harris?»

«Nein», sagte der Angeredete, «was war's?»

«Er hat gestern abend im Hooleytheater geradezu eine Ansprache gehalten vor dem Vorhang.»

Harris streckte die Hand nach dem nächsten Tisch aus und begann die Zeitung zu suchen.

«Was wünschen Sie?» fragte der Manager. Er erblickte Carrie augenscheinlich erst jetzt. Dachte, sie wolle ihn um Freikarten anbetteln.

Carrie nahm ihren ganzen, im besten Falle geringen Mut zusammen. Sie erkannte, daß sie ein Neuling war, und ahnte eine Absage voraus. War dessen so gewiß, daß ihr nur der Vorwand einfiel, sie wolle um einen Rat bitten.

«Können Sie mir sagen, wie man es anstellt, zur Bühne zu gehen?»

Es war schließlich die beste Art, die Sache zur Sprache zu bringen. Carrie erregte irgendwie die Teilnahme des Managers, ihre einfache Frage und Haltung gefielen ihm. Er lächelte wie die anderen Personen im Zimmer, die aber wenigstens einen leisen Versuch machten, ihre Heiterkeit zu verbergen.

«Ich weiß nicht», sagte er und starrte sie unverschämt an. «Haben Sie schon einige Bühnenerfahrung?»

«Etwas», sagte Carrie, «ich habe in Dilettantenvorstellungen mitgewirkt.» Sie dachte, sie müsse ein wenig aufschneiden, um sein Interesse wachzuhalten.

«Niemals für die Bühne studiert?» fragte er mit einer Zurückhaltung, die auf Carrie ebenso wie auf seine Bekannten Eindruck machen sollte.

«Nein.»

«Na, ich weiß nicht», sagte er, sich lässig in seinem Stuhl zurücklehnend, während sie vor ihm stand. «Weshalb wollen Sie zur Bühne?»

Sie fühlte sich durch die freche Art des Mannes beschämt, konnte aber sein einladendes Grinsen nur mit einem Lächeln beantworten und sagte:

«Ich muß mir mein Leben verdienen.»

«Oh», erwiderte er, von ihrer Schönheit gefesselt und in dem Gefühl, hier könnte man vielleicht eine nette Bekanntschaft anspinnen – «ein guter Grund, nicht? Chicago ist nicht der richtige Platz für das, was Sie wünschen. Sie müßten in New York sein. Dort gibt es mehr Chancen. Sie dürfen wohl kaum erwarten, hier zu beginnen.»

Carrie lächelte gutmütig, dankbar, daß er sich so weit herabließ, ihr wenigstens einen Rat zu geben. Er bemerkte das Lächeln und deutete es anders.

«Nehmen Sie Platz», sagte er, schob ihr einen Stuhl hin und senkte die Stimme, damit die zwei Männer im Zimmer ihn nicht hörten. Die beiden blinzelten einander unmerklich zu.

«Na, ich will gehen, Barney», sagte der eine zum Manager. «Auf Wiedersehen am Nachmittag.»

«Schon recht.»

Der Zurückbleibende ergriff eine Zeitung, als wollte er lesen.

«Wissen Sie schon, welches Rollenfach Sie übernehmen möchten?» fragte der Manager sanft.

«Oh, nein», sagte Carrie. «Ich würde anfangs alles nehmen.»

«So», sagte er. «Wohnen Sie hier in der Stadt?»

«Ja.»

Der Manager lächelte sehr freundlich.

«Haben Sie schon je versucht, in den Chor einzutreten?» fragte er vertraulicher.

Carrie begann das Aufgeregte und Unnatürliche seiner Haltung zu fühlen.

«Nein», sagte sie.

«So fangen die meisten Mädchen an, die zur Bühne wollen», fuhr er fort. «Ein guter Weg, um Erfahrung zu erlangen.»

Er blickte sie kameradschaftlich, überzeugend an.

«Das wußte ich nicht.»

«Eine schwere Sache, aber Möglichkeiten gibt's immer.» Dann zog er seine Uhr, als erinnere er sich plötzlich an etwas. «Ich habe eine Verabredung um zwei», sagte er, «und jetzt muß ich zu Mittag essen. Möchten Sie heute abend mit mir speisen? Dann können wir alles besprechen.»

«Oh, nein», sagte Carrie, der die Absicht des Mannes blitzgleich klar wurde. «Ich bin schon eingeladen.»

«Schade», sagte er. Er erkannte, daß seine Aufforderung vorschnell gewesen und Carrie im Begriffe war zu gehen. «Kommen Sie mal später. Vielleicht weiß ich da etwas.»

«Danke», erwiderte sie etwas ängstlich und ging.

«Hübsch, was?» sagte der Bekannte des Managers, dem einige Einzelheiten des Manövers entgangen waren.

«Ja, ganz nett», sagte der andere, der sich über das verlorene Spiel ärgerte. «Doch kann sie nie Schauspielerin werden. Wieder ein Chormädel mehr – das ist alles.»

Diese Erfahrung machte fast ihren Ehrgeiz zunichte, bei dem Manager des Großen Opernhauses vorzusprechen, aber nach einer Weile entschloß sie sich doch dazu. Er war gesetzter. Sagte ihr gleich, daß keinerlei Stellung frei war, und schien ihre Suche töricht zu finden.

«Chicago ist nicht der richtige Ort zum Anfangen», sagte er. «Sie sollten in New York sein.»

Doch sie blieb bei ihrem Vorhaben und ging in das McVickartheater, wo sie niemanden finden konnte. Gespielt wurde – «Die alte Heimat» en suite –, aber der Mann, an den man sie gewiesen, war nicht anwesend.

Diese Unternehmungen nahmen ihre Zeit bis gegen vier Uhr nachmittags in Anspruch; dann war sie so müde, daß sie nach Hause gehen mußte. Sie fühlte, daß sie noch anderwärts anfragen sollte, aber die Ergebnisse bisher waren doch zu niederdrückend. Sie stieg in die Straßenbahn, brauchte drei Viertelstunden bis auf den Ogdenplatz, entschloß sich aber dann, bis zur Westpost, wo sie gewöhnlich Hurstwoods Briefe empfing, weiterzufahren. Ein Brief erwartete sie. Er hatte ihn am Sonnabend geschrieben; sie riß ihn auf, las ihn mit gemischten Gefühlen. So viel Wärme lag in ihm, so tiefempfundene Klage, daß sie nicht gekommen, nichts von sich hören lassen – sie hatte fast Mitleid mit dem Mann. Er liebte sie. Daß er es gewünscht, gewagt, obgleich er verheiratet war – darin lag seine Verfehlung. Sie fühlte, daß der Brief einer Antwort wert sei. Beschloß, Hurstwood mitzuteilen, sie wisse, er sei verheiratet, und habe ein Recht, ihm wegen seines Betruges zu zürnen. Sie wollte ihm sagen, daß zwischen ihnen alles aus sei.

Daheim machte sie sich sofort an die Arbeit, die Abfassung dauerte längere Zeit. Es war sehr schwierig.

«Sie brauchen gewiß keine Erklärung, warum ich nicht gekommen bin», schrieb sie unter anderem. «Wie konnten Sie mich so täuschen? Sie können nicht erwarten, daß ich noch etwas mit Ihnen zu tun haben will. Ich möchte es unter keinen Umständen. Oh, wie konnten Sie so handeln?» fügte sie in ausbrechendem Gefühl hinzu. «Sie haben mir mehr Kummer bereitet, als Sie glauben. Ich hoffe, Sie werden Ihre Verblendung überwinden. Wir dürfen einander nicht mehr sehen. Leben Sie wohl.»

Am nächsten Morgen warf sie den Brief widerstrebend in den Kasten an der Straßenecke – noch immer nicht sicher, ob sie es tun sollte oder nicht. Dann fuhr sie in die Stadt.

Es war die tote Saison für die Detailwarenhäuser, aber man schenkte ihr mehr Beachtung als sonst stellungsuchenden Mädchen – sie sah so sauber und anziehend aus. Die Fragen, die sie schon so gut kannte, wurden ihr von neuem gestellt.

«Was können Sie? Haben Sie schon je vorher in einem Detailgeschäft gearbeitet? Haben Sie Erfahrung?»

So ging es ihr im Basar, bei See und Co., in allen großen Geschäften. Es war die tote Saison, sie möge etwas später kommen, vielleicht könnten sie sie dann brauchen.

Als sie gegen Abend müde und entmutigt heimkehrte, entdeckte sie, daß Drouet dagewesen. Sein Regenschirm und sein leichter Überrock waren fort. Sie glaubte, daß auch noch andere Dinge fehlten, war aber nicht sicher. Alles hatte er nicht fortgenommen.

Er wollte also dauernd fortbleiben. Was sollte sie jetzt tun? In einigen Tagen würde sie der Welt wie früher gegenüberstehen. Ihre Kleider würden schäbig werden. Sie faltete die Hände in der ihr eigenen ausdrucksvollen Art, preßte die Finger zusammen. Schwere Tränentropfen füllten ihre Augen, fielen ihr heiß über die Wangen. Sie war allein, sehr allein.

Drouet war wirklich gekommen, doch in ganz anderer Stimmung, als Carrie sich einbildete. Er erwartete, sie daheim zu finden, seine Rückkehr mit dem Wunsch zu rechtfertigen, die übrigen Kleider zu holen, und dann, ehe er wieder ging, mit ihr Frieden zu schließen.

Als er Carrie nicht daheim antraf, war er enttäuscht. Er vertrödelte die Zeit, meinte, daß sie bald zurückkehren werde. Lauschte fortwährend, hoffte, ihre Schritte zu hören.

Er wollte sie glauben machen, er sei eben erst gekommen und es sei ihm unangenehm, dabei ertappt worden zu sein. Dann wollte er erklären, er brauche seine Kleider, und sehen, wie die Dinge standen.

Aber obgleich er lange wartete, kam Carrie nicht. Nachdem er in den Schubladen herumrumort, setzte er sich in den Schaukelstuhl. Noch immer keine Carrie. Er wurde unruhig, zündete sich eine Zigarre an. Dann ging er auf und ab. Blickte aus dem Fenster und merkte, daß sich der Himmel bewölkte. Erinnerte sich einer Verabredung um drei Uhr. Sah ein, daß weiteres Warten zwecklos. Ergriff seinen Regenschirm und den leichten Überrock, da er diese Dinge für jeden Fall mitnehmen wollte. Er hoffte, daß es sie kränken würde. Morgen wollte er sich dann die anderen Sachen holen. Wollte erfahren, woran er war.

Als er aufbrach, tat es ihm wirklich leid, sie nicht angetroffen zu haben. An der Wand hing ein kleines Bild von ihr, sie trug das Jäckchen, das er ihr zuerst gekauft – ihr Gesicht schien etwas trauriger, als er es kürzlich gesehen. Es rührte ihn. Und er blickte ihr mit einem für ihn seltenen Gefühl in die Augen.

«Du hast mir Unrecht getan, Cad», sagte er, als spräche er zu ihr in Fleisch und Blut.

Dann schaute er mit einem langen Blick um sich und ging.

## Wenn wir in den Fluten untersinken, greifen wir nach den Sternen

Als Hurstwood nach dem Empfang der entscheidenden Nachricht von McGregor, James und Hay von seiner ziellosen Wanderung durch die Straßen zurückkehrte, fand er Carries Brief. Er erkannte die Handschrift, zitterte vor Aufregung und riß den Umschlag rasch auf.

«Also», dachte er, «sie liebt mich – sonst würde sie überhaupt nicht geschrieben haben.»

Während der ersten Minuten verstimmte ihn der Ton ein wenig, aber dann erholte er sich bald. «Sie würde gar nicht schreiben, wenn sie sich nichts aus mir machte.»

Dies war sein einziges Mittel gegen den Trübsinn, der auf ihm lastete. Aus den Worten vermochte er nur wenig zu entnehmen, aber er glaubte den Geist zu kennen, der sie hervorgerufen.

Es lag wirklich etwas außerordentlich Menschlich-Erschütterndes darin, daß er sich durch eine klargefaßte Absage so erleichtert fühlen konnte. Er, der so lange in sich selbst Befriedigung gefunden, blickte nun nach Trost um sich – suchte ihn an solcher Quelle! Geheimnisvolle Bande der Liebe! Wie stark fesseln sie uns alle.

Die Farbe stieg wieder in seine Wangen. Im Augenblick vergaß er den Brief von McGregor, James und Hay. Wenn er nur Carrie haben konnte, würde er sich vielleicht aus der ganzen Verstrickung befreien – und diese verlöre alle Bedeutung. Er würde sich nicht darum kümmern, was Julia anfing, wenn er nur Carrie nicht verlieren mußte. Er erhob sich, ging auf und ab. Träumte von einem Leben mit der reizenden Frau, der sein Herz verfallen war. Doch nicht lange dauerte es, und die alten Sorgen quälten ihn wieder – furchtbare Müdigkeit überkam ihn. Er dachte an den Morgen, an den Prozeß. Er hatte nichts getan, und der Nachmittag verfloß. Es war jetzt ein Viertel nach vier. Um fünf Uhr würden die Rechtsanwälte nicht mehr in der Kanzlei sein. Doch noch hatte er den morgigen Vormittag bis zwölf. Während er noch so überlegte, verflossen die letzten fünfzehn Minuten, und es schlug fünf. Dann gab er den Gedanken, die Rechtsanwälte noch heute zu besuchen, ganz auf und wendete sich Carrie zu.

Es muß bemerkt werden, daß der Mann sich nicht vor sich selbst rechtfertigte. Darum kümmerte er sich gar nicht. Sein einziger Gedanke: die Möglichkeit, Carrie zu überreden. Darin lag nichts Unrechtes. Er liebte sie von Herzen. Ihr beider Glück hing davon ab. Wenn nur Drouet fort wäre!

Als er in gehobener Stimmung so überlegte, erinnerte er sich, daß er für morgen etwas frische Wäsche brauche.

Die besorgte er zugleich mit einem halben Dutzend Krawatten und kehrte in sein Hotel zurück. Als er eintrat, glaubte er Drouet, einen Schlüssel in der Hand, die Treppe hinaufgehen zu sehen. Doch nicht Drouet? Vielleicht haben sie für einige Zeit die Wohnung gewechselt? Er eilte in das Aufnahmebüro.

«Wohnt Herr Drouet hier?» fragte er den Angestellten.

«Ich glaube», sagte der und schaute in seine Liste. «Jawohl.»

«So?» rief Hurstwood, ohne sonst ein Zeichen seines Erstaunens zu geben.

«Allein?» fügte er hinzu.

«Ja.»

Hurstwood wendete sich ab, preßte die Lippen zusammen, um seine Gefühle zu verbergen.

«Was bedeutet das?» dachte er. «Sie haben miteinander gestritten.»

Mit wachsender Zuversicht eilte er in sein Zimmer, wechselte die Wäsche. Während er dies tat, redete er sich ein, es sei seine Pflicht, zu erfahren, ob Carrie allein irgendwohin verzogen. Er beschloß, sie sofort aufzusuchen.

«Ich weiß, was ich tun werde», dachte er. «Ich werde an der Türe nach Herrn Drouet fragen, und so erfahren, ob er da ist oder nicht und wo sich Carrie befindet.»

Wenn er daran dachte, wünschte er fast, seine Muskelkräfte zeigen zu können. Gleich nach dem Abendessen wollte er hin.

Als er um sechs Uhr aus seinem Zimmer in die Halle hinunter kam, blickte er sorgsam um sich, ob Drouet anwesend sei, und eilte dann zum Mittagsimbiß. Er konnte kaum essen, so sehr drängte es ihn, seinen Plan auszuführen. Ehe er fortging, schien es ihm vorsichtig, sich zu vergewissern, wo Drouet sei, und er kehrte ins Hotel zurück.

«Ist Herr Drouet ausgegangen?» fragte er den Angestellten.

«Nein», erwiderte er, «er ist in seinem Zimmer. Wünschen Sie, ihm Ihre Karte hinaufzusenden?»

«Nein, ich will ihn später besuchen», erwiderte Hurstwood und schritt gemächlich hinaus.

Er nahm die Madisonstraßenbahn direkt zum Ogdenplatz, und diesmal ging er mutig bis an die Tür. Auf sein Klopfen erschien das Hausmädchen.

«Ist Herr Drouet zu Hause?» fragte Hurstwood freundlich.

«Er ist nicht in der Stadt», sagte das Mädchen. Sie hatte gehört, daß Carrie Frau Hale diese Auskunft gegeben.

«Frau Drouet?»

«Ist ins Theater gegangen.»

«So?» sagte Hurstwood niedergeschlagen; dann, als müßte er der Dame eine wichtige Mitteilung machen: «Wissen Sie nicht, in welches Theater?»

Das Mädchen hatte wirklich keine Ahnung. Aber da sie Hurstwood nicht mochte, ihm Ungelegenheiten bereiten wollte, erwiderte sie: «Ja, in das Hooleytheater.»

«Danke», erwiderte Hurstwood und ging, indem er leicht den Hutrand berührte.

«Ich will zu Hooley hineinschauen», dachte er, aber dann tat er es doch nicht. Ehe er in die innere Stadt zurückkehrte, überlegte er das Ganze und entschied, daß es zwecklos wäre. So sehr er sich auch nach Carrie sehnte, wußte er doch, daß sie in Gesellschaft sein werde. Wünschte nicht, sich einzudrängen. Etwas später, vielleicht morgen – würde er es tun. Nur hatte er ja morgen früh die Sache mit den Rechtsanwälten vor sich.

Die kurze Pilgerfahrt kühlte seinen aufflammenden Mut erheblich ab – als hätte er eine kaltfeuchte Packung bekommen. Bald versank er wieder in seine alten Sorgen und ging in das Geschäft, begierig, Erleichterung zu finden. Eine Gruppe von Herren belebte die Bar mit ihren Gesprächen. Rings um einen runden Tisch aus poliertem Kirschbaumholz im rückwärtigen Zimmer besprachen sich einige Politiker aus Chicago und Umgebung miteinander. Am Bartisch schwatzten einige junge Lebemänner vor einem verspäteten Theaterbesuch. Ein Mann, der mit schäbiger Eleganz gekleidet war, eine rote Nase und einen alten Zylinder hatte, nippte ruhig an seinem Glas Ale. Hurstwood nickte den Politikern zu und ging in sein Büro.

Gegen zehn Uhr kam einer seiner Bekannten, Frank L. Taintor, ein in Chicago bekannter Sportsmann und Besucher der Rennen. Als er Hurstwood im Büro allein sah, trat er an die Türe.

«Hallo, George!»

«Wie geht's, Frank?» sagte Hurstwood; der Anblick des Mannes tat ihm irgendwie wohl. «Setzen Sie sich», und er lud ihn ein, auf einem der Stühle Platz zu nehmen.

«Was ist los, George?» fragte Taintor. «Sie schauen ein wenig düster drein. Haben doch nicht Wettverluste, was?»

«Ich fühle mich heute abend nicht wohl. War vor einigen Tagen etwas verkühlt.»

«Whisky, George», sagte Taintor. «Das Mittel sollten Sie doch kennen.»

Hurstwood lächelte.

Während sie noch miteinander plauderten, traten andere Bekannte Hurstwoods ein, und bald nach elf Uhr, nach Theaterschluß, erschienen auch ein paar Schauspieler – darunter einige Berühmtheiten.

Dann begann eines jener ziellosen gesellschaftlichen Gespräche, die in amerikanischen Unterhaltungslokalen so häufig sind. Diejenigen, die einige Vergoldung für sich wünschen, sind bemüht, sie von jenen abzukratzen, die sie im Überfluß besitzen. Hurstwood hatte ausgesprochene Neigung für berühmte Leute. Glaubte vor allem, zu ihnen zu gehören. Zum Speichellecker war er zu stolz und zu klug, um nicht genau seinen Platz zu wissen, sobald Leute anwesend waren, die ihn nicht schätzten. Aber in Lagen wie der gegenwärtigen, wo er als Gentleman glänzen und ohne Mißverständnis als Freund und Gleichberechtigter unter Männern von anerkannten Fähigkeiten gelten konnte, glänzte er. Bei solchen Gelegenheiten, wenn je, pflegte er «etwas zu nehmen». War der gesellschaftliche Anreiz stark genug, ging er sogar so weit, mit seinen Gefährten ein Glas zu trinken, und beachtete auf das sorgsamste, wann die Reihe zum Zahlen an ihn kam, als wäre er wie die übrigen ein Außenseiter. Der Berauschtheit – oder vielmehr jener rotglühenden Behaglichkeit, die dem trüberen Zustand vorangeht – näherte er sich allenfalls mal, wenn sich Leute dieser Art um ihn versammelten und er sich in einer Gruppe plaudernder berühmter Männer befand. Heute, in seiner inneren Verstörtheit, war er froh, Gesellschaft zu finden. Und da die großen Herrschaften nun mal da waren, schob er seine Sorgen für den Augenblick beiseite und nahm herzhaft am Vergnügen teil.

Nach einer Weile machte sich der Einfluß des Trinkens bemerkbar. Geschichten zirkulierten am Tisch, jene ewigen komischen Geschichten, die bei solchen Anlässen den größeren Teil der Gespräche von amerikanischen Männern bilden.

Mitternacht, die Stunde, wo geschlossen wurde, schlug, und die Gesellschaft verabschiedete sich. Hurstwood schüttelte allen sehr herzlich die Hand. Körperlich fühlte er sich sehr wohl. Er hatte den Zustand erreicht, in dem sein Geist, wenn auch klar, doch von angeregter Einbildungskraft war. Er wollte seine Sorgen nicht zu schwer nehmen. In seinem Büro begann er mehrere Rechnungen durchzusehen und wartete, daß Barmänner und Kassierer weggingen, was sie auch bald taten.

Pflicht und Gewohnheit des Geschäftsführers erforderten es, nach dem Fortgehen der Angestellten nachzusehen, ob alles für die Nacht ordentlich verschlossen sei. Gewöhnlich wurde nur das nach Bankschluß eingenommene Geld in der Bar behalten. Dieses Geld lag im Safe des Kassierers, der gemeinsam mit den Besitzern das Geheimnis des Schlosses hütete. Trotzdem prüfte Hurstwood zur Vorsicht immer die Schubladen und das Safe, ob sie fest versperrt waren. Dann pflegte er sein eigenes kleines Büro zu schließen, das vorbestimmte Licht neben dem Safe anzudrehen und heimzugehen.

Seitdem er hier arbeitete, hatte er nie etwas verabsäumt gefunden. Als er aber jetzt, nachdem er seinen Schreibtisch geschlossen, das Safe prüfte und nach seiner Gewohnheit scharf anzog, gab die Tür nach. Er war darüber etwas erstaunt, blickte hinein und fand die mit Banknoten gefüllten Laden offenbar ungeschützt wie tagsüber. Sein erster Gedanke war natürlich, die Laden zu untersuchen und die Tür zu schließen.

«Darüber will ich mit Mayhew morgen sprechen», dachte er.

Der Kassierer, der vor einer halben Stunde fortgegangen, hatte sich gewiß eingebildet, den Knauf an der Tür so gedreht zu haben, daß das Schloß einschnappen mußte. Noch nie vorher hatte er dies zu tun vergessen. Doch heute abend waren seine Gedanken anderwärts beschäftigt. Er gedachte, sich ein eigenes Geschäft einzurichten.

«Will mal hineinschauen», dachte Hurstwood und zog die Laden aus. Er wußte nicht, weshalb er dies wünschte. Es war ganz überflüssig – zu einer anderen Zeit würde er es gewiß nicht getan haben.

Ein Haufen Banknoten, in Paketen zu tausenden, wie sie die Banken ausfolgen, fiel ihm ins Auge. Er hätte nicht sagen können, wieviel sie betrugen, aber hielt inne, um sie genauer anzusehen. Dann zog er die zweite Lade heraus. Darin lagen die Tageseinnahmen.

«Ich wußte nicht, daß Fitzgerald und Moy je auf diese Art Geld liegen lassen», sagte er sich. «Sie müssen es vergessen haben.»

Er blickte auf die zweite Lade, hielt wieder inne.

«Zähle!» flüsterte ihm eine Stimme ins Ohr.

Er steckte die Hand in die erste Abteilung, hob das Häufchen heraus, ließ die einzelnen Pakete fallen. Es waren Noten von fünfzig und hundert Dollar in Paketen zu je tausend Dollar. Er glaubte solcher Pakete zehn zu zählen.

«Warum schließe ich nicht das Safe?» fragte er sich zögernd.

Als Antwort kamen die seltsamen Worte:

«Hattest du je zehntausend Dollar Bargeld?»

Und siehe, Hurstwood erinnerte sich, daß er noch nie so viel besessen. Sein ganzes Vermögen war allmählich angesammelt worden und nun gehörte es Julia. Mehr als vierzigtausend Dollar – aber seine Frau würde sie bekommen.

Verwirrt dachte er an diese Dinge, dann schob er die Laden zurück, schloß die Tür. Seine Hand zögerte am Knauf, der so leicht alles der Versuchung entziehen konnte. Aber noch immer hielt er inne. Schließlich ging er an die Fenster, ließ die Jalousien herunter. Dann sah er an der Tür nach, die er früher schon versperrt. Was machte ihn so mißtrauisch? Warum bewegte er sich so geräuschlos? Er kam an die Kasse zurück, als wollte er sich an sie anlehnen, nachdenken. Dann ging er an seine Bürotür, öffnete sie, drehte das Licht an. Öffnete auch seinen Schreibtisch, setzte sich davor – nur um sich seltsamen Gedanken hinzugeben.

«Das Safe ist offen», sagte eine Stimme. «Nur ein ganz kleiner Spalt klafft. Das Schloß hat nicht eingeschnappt.»

Hurstwood verlor sich in einem Wirrwarr von Gedanken. Jetzt überflutete ihn von neuem die ganze Verwirrung des Tages. Hier bot sich eine Lösung. Dies Geld würde die Sache ordnen. Wenn er das und Carrie hätte. Er erhob sich, stand steif und still, blickte auf den Boden.

«Was nun?» fragte sein Geist, und als Antwort erhob er langsam die Hand und kratzte sich am Kopf.

Hurstwood war kein Narr, der sich blindlings von einem so abenteuerlichen Unterfangen verleiten ließ. Aber er befand sich in einem eigentümlichen Zustand. In seinen Adern floß Wein. Er war ihm zu Kopf gestiegen, zeigte ihm alles in leidenschaftlicher Beleuchtung. Auch die Möglichkeiten, die sich aus dem Besitz der zehntausend Dollar ergaben, erschienen ihm im rosigsten Licht. Er konnte Carrie gewinnen. Ja, das konnte er, konnte seine Frau loswerden. Der Brief der Rechtsanwälte mußte morgen besprochen werden. Er würde ihn nicht zu beantworten brauchen. Hurstwood ging an die Kasse zurück, legte die Hand auf den Knauf. Dann stieß er die Tür auf, nahm die Lade samt dem Geld heraus.

Als er es nun so vor sich sah, schien es ihm töricht, es liegen zu lassen. Gewiß würde es ihm helfen. Jahrelang konnte er dann ruhig mit Carrie leben.

Herrgott, was war das? Zum erstenmal erbebte er in fieberhafter Spannung, als hätte eine strenge Hand seine Schulter berührt. Ängstlich blickte er um sich. Keine Menschenseele. Kein Laut. Jemand schlurfte auf dem Gehsteig. Er nahm Lade und Geld, schob sie zurück. Dann schloß er die Tür halb.

Diejenigen, die niemals in ihrem Gewissen wanken, können den Menschen kaum begreifen, dessen weniger starker Geist zwischen

Pflicht und Wunsch schwankt. Außer sie sehen es etwa als Bild vor sich. Die nie die feierliche Stimme der Geisteruhr gehört, die furchtbar deutlich tickt – Du sollst – sollst nicht – sollst – sollst nicht –, sind nicht in der Lage zu urteilen. Nicht nur in empfindsamen, hochorganisierten Naturen ist ein solcher Gewissenskampf möglich. Der abgestumpfteste Mensch wird, wenn ihn Begehren zum Unrechttun zieht, von einem Gefühl des Rechten zurückgerufen, das der Versuchung an Kraft gleichkommt. Wir müssen daran denken, daß es nicht gerade das Wissen um das Rechte sein mag – denn instinktiv, ohne Wissen von Recht und Unrecht, weicht das Tier vom Bösen zurück. Noch immer werden die Menschen vom Instinkt geleitet, ehe das Wissen ihre Handlungen bestimmt. Instinkt ist es, der den Verbrecher warnt – Instinkt (wo höher geartete Vernunft nicht vorhanden) gibt dem Verbrecher das Gefühl von Gefahr, seine Furcht vor dem Unrecht.

Bei jedem ersten Abenteuer, das uns in ungekanntes Übel stürzt, schwankt unser Geist. Die Gedankenuhr tickt den Wunsch und sein Versagen. Die nie vor eine solche geistige Wahl gestellt wurden, wird das nun Folgende einfach als Enthüllung von etwas Menschlichem rühren.

Als Hurstwood das Geld zurücklegte, fand seine Natur ihre ursprüngliche Ruhe und Waghalsigkeit wieder. Niemand hatte ihn beobachtet. Er war ganz allein. Niemand konnte sagen, was er zu tun gewünscht. Er konnte damit allein fertig werden.

Sein Rausch war noch nicht ganz verflogen. Wenn auch seine Stirn von Angstschweiß feucht war, seine Hände nach dem namenlosen Erschrekken zitterten, fühlte er sich doch noch von Alkoholdämpfen erhitzt. Er bemerkte kaum daß die Zeit verging. Wieder einmal prüfte er seine Lage. Immer sah sein Auge das Geld in einem Haufen vor sich; erkannte sein Kopf, was es zu vollbringen imstande wäre. Er ging in sein Büro, dann an die Tür, dann wieder zur Kasse. Legte die Hand auf den Knauf. Öffnete. Das Geld! Ansehen konnte doch nicht zur Sünde führen!

Wieder hob er die Lade aus, berührte die Banknoten. So weich, so kompakt, so leicht zu tragen. Wie wenig sie im Grunde wogen! Er beschloß, sie zu nehmen. Ja, er wird es tun. Wird sie in seine Tasche stecken. Dann sah er, daß sie nicht hineingingen. Sein Handkoffer! Natürlich, der Handkoffer. Da würden sie Platz haben. Alle würden sie da Platz haben. Und niemand wird sich darüber Gedanken machen. Er ging in sein Büro, hob das Köfferchen vom Eckregal. Stellte es auf den Schreibtisch und ging an die Kasse. Aus irgendeinem Grunde wollte er es nicht in dem großen Zimmer anfüllen.

Zuerst holte er die Banknoten und die Geldeinnahmen des Tages. Er wollte alles. Die leeren Laden schob er zurück und stieß die eiserne Kassentür fast ganz zu, dann stand er brütend eine Weile daneben.

Das Schwanken eines Geistes unter solchen Umständen ist fast unerklärlich, und doch ist es ganz wahr. Hurstwood konnte sich nicht entschließen, endgültig zu handeln. Wollte darüber nachdenken – es erwägen, entscheiden, ob es das beste sei. So glühendes Begehren nach Carrie, eine solche Verwirrung in seinen eigenen Angelegenheiten trieb ihn, daß er fortwährend dachte, es sei das beste – und doch schwankte er. Er wußte nicht, welches Übel ihm daraus erstehen – wie schnell es ihn ins Unglück stürzen könnte. Der wirkliche ethische Grund, der dagegen sprach, fiel ihm nicht ein einziges Mal ein. Würde ihm auch unter anderen Umständen nicht eingefallen sein.

Als er das ganze Geld in die Handtasche verstaut hatte, bemächtigte sich seiner ein widerstreitendes Gefühl. Er wird es nicht tun – nein! Was für ein Skandal daraus entstehen konnte. Die Polizei! Sie werden ihn verfolgen. Er wird fliehen müssen – wohin? Oh, Entsetzen, auf der Flucht vor der Gerechtigkeit zu sein! Er nahm die beiden Laden aus der Kasse, legte das ganze Geld zurück. In seiner Aufregung beachtete er nicht, was er tat, und legte das Geld in die falschen Laden. Als er die Kassentür zustieß, glaubte er sich seines Irrtums zu erinnern und öffnete die Tür von neuem. Da waren die beiden Laden, deren Inhalt er verwechselt.

Er hob sie heraus, brachte die Sache in Ordnung, aber jetzt verflog die Angst. Warum sich fürchten?

Während er das Geld in der Hand hielt, knackte das Schloß. Eingeschnappt. Hatte er es getan? Er fingerte an dem Knauf herum, zog kräftig. Geschlossen. Himmel! Jetzt saß er drin.

In dem Augenblick, als er sich klar wurde, daß das Schloß wirklich eingeschnappt war, brach ihm der Angstschweiß aus, er zitterte heftig. Er blickte um sich und faßte sofort einen Entschluß. Nun galt kein Zögern.

«Wie, wenn ich es oben auf die Kasse legte und wegginge? Sie würden wissen, wer es genommen. Ich bin der Letzte, der hier alles verschließt. Im übrigen – auch andere Dinge werden sich ereignen.»

Im Nu wurde er wieder der Mann der Tat.

«Vor allem fort!»

Er hastete in sein Büro, nahm seinen leichten Überrock, seinen Hut, versperrte seinen Schreibtisch, ergriff die Handtasche. Dann drehte er das ganze Licht bis auf eines aus und öffnete die Türe. Versuchte, seine alte selbstsichere Miene aufzusetzen, aber das gelang ihm kaum. Schon bereute er.

«Hätte ich's doch nicht getan!» sagte er. «Das war ein Fehler.»

Festen Schrittes ging er die Straße hinunter, grüßte einen bekannten Nachtwächter, der an den Türen probierte. Die Stadt verlassen, rasch!

«Wie gehen die Züge?» dachte er.

Sofort zog er seine Uhr, schaute. Es war fast halb zwei.

Beim ersten Drogengeschäft machte er halt. Von außen hatte er drinnen ein Ferntelefon bemerkt. Es war eine bekannte Drogerie und enthielt eines der ersten Privattelefone.

«Ich möchte Ihr Telefon einen Augenblick benutzen», sagte er zu dem Angestellten, der Nachtdienst hatte.

Der Mann nickte.

«Sechzehnhundertdreiundvierzig», verlangte Hurstwood von der Zentrale, nachdem er die Nummer der Michigan-Zentralbahn nachgesehen. Bald sprach er mit dem Kartenverkäufer.

«Wann gehen Züge nach Detroit?»

Der Mann erklärte ihm die Abfahrtszeiten.

«Keine mehr heute nacht?»

«Keiner mit Schlafwagen. Doch», fügte er hinzu. «Ein Postzug, der fährt von hier um drei Uhr ab.»

«Gut», sagte Hurstwood. «Wann kommt er in Detroit an?»

Könnte er nur hingelangen, den Fluß nach Kanada übersetzen, dann dürfte er sich ein wenig Zeit lassen, um nach Montreal zu fahren. Es war ihm eine Beruhigung, zu vernehmen, daß der Zug gegen Mittag in Detroit eintreffen werde.

«Mayhew wird die Kasse nicht vor neun Uhr öffnen», dachte er. «Sie können mir vor Mittag nicht auf der Spur sein.»

Dann fiel ihm Carrie ein. Wie schnell muß er sie holen, wenn sie ihn überhaupt begleiten soll! Er sprang in einen nächststehenden Wagen.

«Ogdenplatz», sagte er scharf. «Sie bekommen einen Dollar mehr, wenn Sie schnell fahren.»

Der Kutscher peitschte sein Pferd zu einer Art Galopp an. Es ging ziemlich rasch. Auf dem Wege überlegte Hurstwood, was er tun sollte. Als er an das Haus kam, eilte er die Treppe zur Eingangstür hinauf und läutete aus Leibeskräften, um die Hausgehilfin zu wecken.

«Ist Frau Drouet zu Hause?»

«Ja», sagte das erstaunte Mädchen.

«Sagen Sie ihr, sie möge sich anziehn und sofort herunterkommen. Ihr Gatte liegt verwundet im Spital und wünscht sie zu sehen.»

Die Hausgehilfin eilte hinauf, die Aufregung und Nachdrücklichkeit des Mannes überzeugten sie von dem Ernst des Augenblicks.

«Was!» sagte Carrie, die das Gas anzündete und ihre Kleider zusammensuchte.

«Herr Drouet ist verwundet und im Spital. Er will Sie sehen. Der Wagen steht vor der Tür.»

Carrie zog sich rasch an, war in Kürze unten. Sie hatte nur das Notwendigste angelegt.

«Drouet ist verwundet», sagte Hurstwood schnell. «Er will Sie sehen. Kommen Sie.»

Carrie war so verwirrt, daß sie ohne weiteres die ganze Geschichte schluckte.

«Steigen Sie ein», sagte Hurstwood, half ihr, und sprang dann selbst in den Wagen.

Der Kutscher wendete.

«Michigan-Zentralbahnhof», sagte Hurstwood, indem er im Wagen aufstand – so leise, daß Carrie es nicht hören konnte, «so schnell, als Sie fahren können.»

## Ein Wanderer, ein Geächteter: der Geist entführt

Der Wagen war noch nicht einen Block weit gefahren, als Carrie, gefaßt, und in der Nachtluft hellwach geworden, fragte:

«Was ist mit ihm los, ist er schwer verwundet?»

«Nichts Gefährliches», erklärte Hurstwood feierlich. Seine eigene Lage versetzte ihn in die größte Bestürzung, und jetzt, da er Carrie neben sich hatte, wünschte er nur mit heiler Haut aus dem Bereich des Gesetzes zu kommen. Deshalb war er nicht in der Stimmung, andere als solche Worte zu sagen, die geradezu seine Pläne förderten.

Carrie vergaß nicht, daß zwischen ihr und Hurstwood etwas geordnet werden mußte, aber sie beachtete es in ihrer Aufregung nicht. Das Wichtigste schien, diese seltsame Reise zu beenden.

«Wo ist er?»

«Weit draußen auf der Südseite», sagte Hurstwood. «Wir werden den Zug nehmen müssen. Dies ist der rascheste Weg.»

Carrie erwiderte nichts und das Pferd galoppierte weiter. Der düstere Anblick der nächtlichen Stadt hielt ihre Aufmerksamkeit gefangen. Sie blickte auf die langen, zurückweichenden Lampenreihen und die dunkeln, stillen Häuser.

«Wie hat er sich verletzt?» fragte sie – sie meinte damit, welcher Art seine Verletzungen seien. Hurstwod begriff. Es war ihm schrecklich, mehr als gerade notwendig zu lügen, und doch wünschte er keinen Widerstand, ehe er sich außer Gefahr befand.

«Ich weiß es nicht genau», sagte er. «Sie haben mir telefoniert, daß ich Sie holen und hinausbringen solle. Sagten, Grund zu Beunruhigung sei nicht vorhanden, aber ich müßte Sie auf jeden Fall mitbringen.»

Die ernsthafte Art des Mannes dünkte Carrie überzeugend und sie schwieg in bangem Staunen.

Hurstwood blickte auf seine Uhr und trieb den Kutscher zur Eile an. Für einen Mann in so heikler Lage war er außerordentlich kalt. Er konnte nur daran denken, wie notwendig es sei, den Zug zu erreichen und unauffällig wegzukommen. Carrie schien ganz zugänglich, und er freute sich innerlich darüber.

Zu rechter Zeit langten sie auf dem Bahnhof an und, nachdem Hurstwood seiner Begleiterin aus dem Wagen geholfen und dem Manne eine Fünfdollarnote gegeben, hastete er davon.

«Warten Sie hier», sagte er zu Carrie, als sie in den Wartesaal traten, «ich will die Karten lösen.»

«Habe ich noch Zeit, den Zug nach Detroit zu erreichen?» fragte er den Beamten.

«Vier Minuten.»

So vorsichtig als möglich zahlte er für zwei Karten.

«Ist es weit?» fragte Carrie, als er zurückkam.

«Nicht sehr», sagte er. «Wir müssen gleich einsteigen.»

Er drängte sie vor sich an das Gitter, stand zwischen ihr und dem Beamten, als dieser ihre Karten durchlochte, so daß sie nichts sehen konnte, und eilte ihr dann nach.

Da stand eine lange Reihe von Expreß- und Passagierwagen und ein oder zwei gewöhnliche Tagwagen. Da der Zug erst kürzlich eingeschoben worden, man nur auf wenige Reisende zählte, warteten bloß ein oder zwei Schaffner. Sie bestiegen den rückwärtigen Tagwagen und nahmen Platz. Fast unmittelbar nahher ertönte von draußen der Ruf «Fertig» und der Zug setzte sich in Bewegung.

Carrie fand es ein wenig sonderbar, bei so geringer Entfernung eine Bahnstation aufzusuchen, sagte aber nichts. Die ganze Sache war ja so außergewöhnlich, daß sie keiner ihrer Ideen zu viel Bedeutung beilegte.

«Wie ist es Ihnen ergangen?» fragte Hurstwood freundlich. Jetzt konnte er freier atmen.

«Sehr gut», sagte Carrie, so verwirrt, daß sie nicht wußte, wie sie sich benehmen sollte. Sie war nervös, konnte es kaum erwarten, zu Drouet zu kommen, zu sehen, was ihm fehlte. Hurstwood betrachtete sie und fühlte es. Fühlte sich deshalb nicht bedrückt. Sorgte sich nicht darum, daß sie Teilnahme empfand. Es war eine ihrer Eigenschaften, die ihm außerordentlich gefiel. Er dachte nur daran, wie er es ihr erklären sollte. Doch selbst dies dünkte ihn nicht das wichtigste. Die schweren Schatten, die auf ihm lasteten: seine eigene Tat und die gegenwärtige Flucht.

«Was für ein Verrückter ich war, das zu tun», sagte er sich immer wieder. «Was für ein Fehler!»

In seiner Ernüchterung vermochte er kaum zu glauben, daß es wirklich geschehen. Konnte sich nicht an die Empfindung gewöhnen, daß er vor der Justiz fliehe. Oft hatte er von solchen Dingen gelesen und gedacht, daß sie furchtbar sein müssen, aber jetzt, da ihn das Schreckliche bedrohte, saß er nur da und blickte in die Vergangenheit zurück. Die Zukunft hing mit Kanada zusammen. Dahin wollte er gelangen. Im übrigen überdachte er seine Handlungen vom Abend und betrachtete sie als Teil eines schweren Irrtums.

«Und doch!» sagte er. «Was hätte ich sonst tun sollen.»

Dann beschloß er, so gut es ging, sich in die Lage zu fügen. Und begann damit, die ganze Sache von neuem zu überlegen. Zweckloser, erschöpfender Kreislauf. Er versetzte ihn in sonderbare Stimmung für den Plan, der sich ihm in Carrie verwirklichen sollte.

Der Zug rasselte das Seeufer entlang, fuhr etwas langsamer durch die Vierundzwanzigste Straße. Bremsvorrichtungen und Signale wurden sichtbar. Die Lokomotive ließ kurz ihr Pfeifen ertönen, und oft erklang das Glockenzeichen. Mehrere Bahnarbeiter schritten mit Laternen durch den Zug. Sie verschlossen die Korridortüten und brachten den Waggon für eine lange Fahrt in Ordnung.

Dann begann der Zug schneller zu fahren. Carrie sah die stillen Straßen in rascher Folge vorüberfliegen. Die Maschine gab ihr Pfeifensignal in vier Absätzen, mit dem sie an wichtigen Kreuzungen vor Gefahr warnt.

«Ist es sehr weit?» fragte Carrie.

«Nicht so sehr.»

Er konnte kaum ein Lächeln über ihre Einfältigkeit unterdrücken. Wollte ihr erklären, sie versöhnen, aber auch erst sicher aus Chicago heraus sein.

Im Laufe einer halben Stunde wurde es Carrie klar, daß es eine ziemlich weite Reise war – wohin es auch gehen mochte.

«Ist es in Chicago?» fragte sie nervös. Nun befanden sie sich weit außerhalb der Stadtgrenzen und der Zug fuhr mit größter Geschwindigkeit über die Indianalinie.

«Nein», sagte er; «nicht bis dahin, wohin wir fahren.»

In der Art, wie er es sagte, lag etwas, was sie erregte.

Sie runzelte die Stirn.

«Wir fahren doch zu Charlie, nicht?» fragte sie.

Er fühlte, daß es soweit war. Vielleicht besser, die Erklärung jetzt zu geben als später. Deshalb schüttelte er sanft verneinend den Kopf.

«Was?» sagte Carrie, außer sich über die Möglichkeit, daß die Fahrt ein anderes Ziel haben könne, als sie angenommen hatte.

Er blickte sie nur in der gütigsten, rührendsten Weise an.

«Wo bringen Sie mich denn hin?» fragte sie und aus ihrer Stimme klang Angst.

«Ich will es Ihnen sagen, Carrie, wenn Sie mir versprechen, ruhig zu sein. Ich wünsche, daß Sie mit mir in eine andere Stadt fahren.»

«Oh», sagte Carrie und ihre Stimme erhob sich zu einem schwachen Schrei. «Lassen Sie mich hinaus. Ich will nicht mit Ihnen fahren.»

Die Frechheit des Mannes entsetzte sie. So etwas war ihr auch nicht einen Augenblick lang eingefallen. Ihr einziger Gedanke jetzt: hinaus und fort! Wenn nur der dahinrasende Zug zum Halten gebracht werden könnte! Dann wäre der furchtbare Streich noch gutzumachen.

Sie stand auf und versuchte, sich auf den Gang – irgendwohin –

hinauszudrängen. Wußte, daß sie etwas tun müsse. Hurstwood hielt sie mit sanfter Hand zurück.

«Bleib ruhig sitzen, Carrie», sagte er. «Bleib sitzen. Es wird dir nichts nützen.»

Sie wollte sich an seinen Knien vorbeizwängen, aber er drückte sie auf ihren Sitz nieder. Niemand sah den kurzen Kampf, denn nur wenige Personen waren im Zuge und sie versuchten zu schlafen.

«Ich will nicht», sagte Carrie, obgleich sie gegen ihren Willen nachgeben mußte. «Lassen Sie mich gehen. Wir können Sie es wagen?» Schwere Tränentropfen funkelten in ihren Augen.

Hurstwood war sich jetzt völlig der augenblicklichen Schwierigkeiten bewußt und hörte auf, an seine eigene Lage zu denken. Er mußte etwas mit dem Mädchen anfangen oder sie würde ihm Unannehmlichkeiten bereiten. Mit seiner ganzen neuerwachten Kraft bemühte er sich, sie zu überreden.

«Schau, Carrie», sagte er, «du darfst nicht so handeln. Ich wollte nicht deine Gefühle verletzen. Wünsche nichts, was dich unglücklich macht.»

«Oh», schluchzte Carrie, «oh, oh – oo – o!»

«Nun, nun», sagte er, «weine nicht. Willst du nicht auf mich hören? Höre mir nur eine Minute zu und ich werde dir sagen, wie ich dazu kam. Ich konnte nicht anders. Ich versichere dir – ich konnte nicht anders. Willst du nicht zuhören?»

«Nein, ich will nicht», flammte Carrie auf. «Ich will, daß Sie mich aus diesem Zug fortbringen. Sonst werde ich es dem Schaffner sagen. Ich will nicht mit Ihnen fahren. Es ist eine Schande», und wieder machte ihr das verzweifelte Schluchzen jede Äußerung unmöglich.

Hurstwood lauschte erstaunt. Fühlte die Berechtigung ihrer Empfindungen und wünschte doch, die Sache rasch zu ordnen. Bald würde der Schaffner kommen, um die Karten anzusehen. Hurstwood wollte keinen Lärm, keine Unannehmlichkeiten irgendeiner Art. Vor allem mußte er sie beruhigen.

«Du könntest nicht hinaus, ehe der Zug wieder hält», sagte Hurstwood. «Es wird nicht lange dauern, bis wir eine Haltestelle erreichen. Wenn du willst, kannst du dann aussteigen. Ich werde dich nicht hindern. Ich wünsche nur eines: daß du mir einen Augenblick zuhörst. Erlaubst du mir, daß ich dir alles erzähle?»

Carrie schien ihm nicht zuzuhören. Sie wendete nur ihren Kopf nach dem Fenster. Draußen war alles schwarz. Der Zug eilte mit steter Anmut über Felder und Waldstrecken. Die langen Pfeifensignale tönten traurig und melodisch, als man über einsames Waldland fuhr.

Jetzt trat der Schaffner ein, nahm ein oder zwei in Chicago dazugekommene Karten ab. Er trat auf Hurstwood zu, der ihm die Karten ausfolgte. Obgleich Carrie auf dem Sprung war, zu handeln, rührte sie sich nicht. Blickte nicht um sich.

Als der Schaffner gegangen, atmete Hurstwood erleichtert auf.

«Du bist mir böse, weil ich dich getäuscht habe», sagte er. «Ich hatte nicht die Absicht, Carrie. Bei meinem Leben. Ich konnte nicht anders. Nachdem ich dich zum erstenmal gesehen, konnte ich dir nicht mehr fernbleiben.»

Von der letzten Täuschung sprach er nicht, als dürfte sie übersehen werden. Er wollte Carrie überzeugen, daß seine Frau für ihrer beider Gemeinschaft nicht mehr maßgebend sei. Das gestohlene Geld versuchte er sich aus dem Sinn zu schlagen.

«Sprechen Sie nicht zu mir», sagte Carrie. «Ich hasse Sie. Verlassen Sie mich! Ich werde an der nächsten Haltestelle aussteigen.»

Sie sprach zitternd vor Aufregung und Widerstreben.

«Gut», sagte er, «aber wirst mich doch bis zu Ende hören? Nach all deinen Liebesbeteuerungen kannst du mich doch wenigstens anhören! Ich will dir nichts Böses antun. Wenn du von mir gehst, werde ich dir das Geld zur Rückfahrt geben. Ich will dir nur alles sagen, Carrie. Was du auch denken magst – du kannst mich nicht hindern, dich zu lieben.»

Er blickte sie zärtlich an. Sie antwortete nicht.

«Du glaubst, ich hätte dich abscheulich betrogen, aber das ist nicht richtig. Nicht absichtlich. Mit meiner Frau bin ich fertig. Sie hat keine Ansprüche mehr an mich. Ich will sie nie wiedersehen. Darum bin ich heute nacht hier. Darum bin ich gekommen und habe dich geholt.»

«Sie haben mir vorgeredet, Charlie ist verwundet», rief Carrie in wilder Erregung. «Sie haben mich betrogen. Die ganze Zeit über haben Sie mich betrogen und jetzt wollen Sie mich zwingen, mit Ihnen davonzulaufen.»

Sie war so erregt, daß sie wieder aufstand und sich an ihm vorbeizudrängen versuchte. Er ließ es zu – sie setzte sich auf einen anderen Platz. Dann folge er ihr.

«Lauf nicht von mir fort, Carrie», sagte er zärtlich. «Laß mich dir erklären. Hör mich nur bis zu Ende, dann wirst du meine Lage erkennen. Ich sage dir, meine Frau ist mir nichts mehr. Seit Jahren ist sie mir nichts mehr gewesen – sonst hätte ich mich dir nie genähert. So rasch ich kann, werde ich die Scheidung erlangen. Werde die Frau nie wiedersehen. Mit dem allem bin ich fertig. Du bist die einzige, die ich brauche. Wenn ich dich haben kann, werde ich nie mehr an eine andere Frau denken.»

Carrie hörte dies alles – aber ihr Innerstes bäumte sich dagegen auf. Trotz allem, was er getan, klang es sehr aufrichtig. Die Bewegtheit in Hurstwoods Stimme und Gesten mußte Eindruck machen. Sie wollte nichts mit ihm zu tun haben. Er war verheiratet, hatte sie einmal und jetzt wieder betrogen, er schien ihr entsetzlich. Doch liegt in solch wagender Kraft etwas, was eine Frau bezaubert, besonders wenn man ihr die Überzeugung beizubringen vermag, daß alles aus Liebe für sie geschehen.

Die rasche Fahrt trug viel zur Lösung dieser schwierigen Situation bei. Die rasenden Räder, die vorbeiflitzende Landschaft ließen Chicago immer weiter zurück. Carrie konnte fühlen, daß sie sehr weit entführt wurde – daß der Zug fast ohne zu halten in eine ferne Stadt fuhr. Manchmal war ihr, als müßte sie laut herausweinen und solchen Lärm schlagen, daß jemand ihr zu Hilfe kommen würde; dann wieder schien ihr es fast zwecklos – so weit war alle Hilfe, was immer sie auch tun mochte. Die ganze Zeit über bemühte sich Hurstwood, seine Rechtfertigung in einer Weise vorzubringen, daß sie Carrie rühren, zur Teilnahme an seinem Schicksal bewegen mußte.

«Ich wurde einfach in eine Lage gedrängt, wo ich nicht wußte, was ich sonst tun sollte.»

Carrie würdigte ihn keines Wortes.

«Als ich einsah, du würdest nicht kommen, wenn ich dich nicht heiraten könnte, beschloß ich, alles andere von mir zu werfen und dich zu bewegen, mit mir zu gehen. Ich fahre jetzt in eine andere Stadt. Für eine Zeitlang will ich nach Montreal und dann irgendwohin – wohin du magst. Wenn du willst, können wir in New York leben.»

«Ich will nichts von Ihnen wissen», sagte Carrie. «Ich möchte aussteigen. Wohin fahren wir?»

«Nach Detroit», sagte Hurstwood.

«Oh», sagte Carrie in einem Ausbruch großer Angst. Ein so entfernter und bestimmter Punkt schien die Schwierigkeit zu vergrößern.

«Willst du nicht mit mir kommen?» fragte er, als bestünde die Gefahr, daß sie sich weigerte. «Du wirst nichts anderes zu tun brauchen, als mit mir zu reisen. Ich werde dich in keiner Weise belästigen. Du kannst dir Montreal und New York ansehen, und wenn du dann nicht bleiben willst, magst du zurückfahren. Es wird besser sein, als wenn du heute nacht heimzureisen versuchst.»

In diesem Vorschlag leuchtete Carrie der erste Funke von Ehrlichkeit. Es schien ausführbar, obgleich sie Hurstwoods Widerstand fürchtete, sobald sie den Plan werde verwirklichen wollen. Montreal! und New York! Jetzt eilte sie diesen großen fremden Städten entgegen, konnte sie sehen, wenn sie wollte. Sie dachte nach, sagte aber nichts.

Hurstwood glaubte darin eine Spur von Nachgiebigkeit zu entdekken. Er verdoppelte seinen Eifer.

«Denke daran», sagte er, «was ich aufgegeben habe. Ich kann nicht mehr nach Chicago zurück. Muß jetzt woanders und allein leben, wenn du nicht mit mir kommst. Du wirst mich doch nicht ganz verlassen, Carrie?»

«Ich will nicht, daß Sie zu mir sprechen», sagte sie gequält.

Hurstwood schwieg eine Zeitlang.

Carrie fühlte, daß der Zug langsamer fuhr. Jetzt war der Augenblick, zu handeln, wenn sie überhaupt handeln wollte. Unruhig rückte sie auf ihrem Sitz.

«Denk nicht ans Fortgehen, Carrie», sagte er. «Wenn du mich je ein wenig gern gehabt – komm mit mir, laß uns einen rechten Anfang machen. Ich werde tun, was du von mir verlangst. Werde dich heiraten oder zurückfahren lassen. Nimm dir Zeit zum Nachdenken. Wenn ich dich nicht liebte, würde ich deine Begleitung nicht gewünscht haben. Ich schwöre dir, Carrie, bei Gott, daß ich ohne dich nicht leben kann. Ich werde es nicht!»

Und jetzt erschütterte sie der leidenschaftliche Ernst des Mannes. Zerstörendes Feuer entflammte ihn. Er liebte sie zu sehr, um in dieser Leidensstunde an Vorsicht zu denken. Nervös griff er nach ihrer Hand, preßte sie mit der ganzen Kraft einer flehentlichen Bitte.

Der Zug fuhr jetzt ganz langsam an einigen Wagen auf einem Seitengeleise vorüber. Draußen lag alles dunkel und öde. Einige Spritzer an der Fensterscheibe deuteten auf Regen. Carrie schwankte verzweifelt zwischen Entschluß und Hilflosigkeit. Jetzt hielt der Zug, Hurstwoods Bitten drangen an ihr Ohr. Die Maschine fuhr einige Schritte zurück, und dann war alles still.

Carrie fühlte sich zu keiner Handlung fähig. Die Minuten rollten vorüber, und noch immer zögerte sie. Er bat und flehte.

«Werden Sie mich zurückfahren lassen, wenn ich es will?» fragte sie, als hätte sie jetzt die Oberhand, als sei ihr Gefährte ganz unterworfen.

«Natürlich», sagte er. «Du weißt es ja.»

Carrie hörte ihm zu wie jemand, der nur zeitweiligen Straferlaß gewährt. Fast hatte sie die Empfindung, als läge die Sache ganz in ihren Händen.

Der Zug war wieder in rascher Bewegung. Hurstwood ging auf einen anderen Gesprächsgegenstand über.

«Bist du nicht sehr müde?» fragte er.

«Nein.»

«Soll ich dir nicht einen Platz im Schlafwagen besorgen?»

Sie schüttelte den Kopf, obgleich sie trotz ihrer Verzweiflung und seiner Betrügereien die rücksichtsvolle Art merkte, die sie an ihm schon früher empfunden hatte.

«O doch», meinte er. «Du wirst dich um so viel besser fühlen.»

Sie schüttelte den Kopf.

«Dann gestatte mir wenigstens, daß ich dir meinen Mantel unterlege.» Er stand auf und breitete seinen leichten Überrock so aus, daß sie den Kopf anlehnen konnte.

«So», sagte er zärtlich, «versuche jetzt, ein wenig zu ruhen.» Er hätte sie um ihrer Nachgiebigkeit willen küssen mögen. Setzte sich neben sie und dachte einen Augenblick nach.

«Ich glaube, wir werden einen tüchtigen Regenguß kriegen.»

«Es sieht so aus.»

Ihre Nerven beruhigten sich beim gleichförmigen Aufklatschen der Regentropfen, die vom Sturmwind an die Fenster gepeitscht wurden, während der Zug durch das Dunkel einer neuen Welt zuraste.

Hurstwood war befriedigt, daß er Carrie einigermaßen besänftigt hatte. Es tröstete ihn aber nur für den Augenblick. Jetzt, wo ihr Widerstand besiegt war, konnte er seine Zeit dazu benutzen, über sein Vergehen nachzudenken.

Seine Lage war äußerst bitter, denn er brauchte die elende Summe nicht, die er gestohlen. Brauchte nicht ein Dieb zu sein. Diese oder jede andere Summe konnte ihn nicht für die Stellung schadlos halten, die er aufgegeben. Konnte ihm nicht die Schar der Freunde, seinen guten Namen, sein Haus, seine Familie wiedergeben. Sie konnte ihm nicht einmal Carrie in der Art schenken, wie er sie sein eigen nennen wollte. Er war aus Chicago – aus seinem behaglichen, sorglosen Leben vertrieben. Hatte sich selbst seiner Würde, seiner fröhlichen Gesellschaften, der angenehmen Abende beraubt. Und wofür? Je mehr er daran dachte, desto unerträglicher wurde es. Sollte er nicht versuchen, sich zu seiner früheren Stellung heraufzuarbeiten? Die elende Diebsbeute der vergangenen Nacht wollte er zurückgeben, die Sache erklären. Vielleicht würde Moy verstehen. Vielleicht würden sie ihm verzeihen, ihn zurückkehren lassen.

Gegen Mittag fuhr der Zug in Detroit ein, und er wurde sehr nervös. Jetzt mußte ihm die Polizei schon auf der Spur sein. Sie hatten wahrscheinlich die Polizeistationen aller großen Städte verständigt, Detektive würden ihm auflauern. Er erinnerte sich an Fälle, wo Verbrecher gefangen wurden. Atmete schwer und war ziemlich blaß. Seine Hände bewegten sich, als müßten sie etwas tun. Für dies und das heuchelte er eine Anteilnahme, die er nicht empfand. Wiederholt stampfte er mit dem Fuß auf den Boden.

Carrie bemerkte seine Erregung, sagte aber nichts. Sie ahnte nicht, was sie bedeutete oder daß es etwas Wichtiges sei.

Warum hatte er nicht gefragt, ob dieser Zug direkt nach Montreal oder einer anderen kanadischen Stadt fahre? Vielleicht hätte er Zeit sparen können. Er sprang auf, suchte den Schaffner.

«Geht irgendein Teil dieses Zuges bis nach Montreal?» fragte er.

«Jawohl, der nächste rückwärtige Schlafwagen.»

Gern hätte er noch mehr erfragt, doch schien es nicht klug. Er beschloß, sich in der Station selbst zu erkundigen.

Der Zug rollte rasselnd und schnaubend in die Bahnhofshalle.

«Ich glaube, wir tun besser, direkt nach Montreal zu fahren», sagte er zu Carrie. «Wenn wir aussteigen, will ich mich nach den Verbindungen erkundigen.»

Er war furchtbar nervös, aber tat sein Möglichstes, ruhige Haltung zu bewahren. Carrie blickte ihn mit großen verwirrten Augen an. Sie schwankte innerlich, konnte sich selbst nicht sagen, was sie tun sollte.

Der Zug hielt, und Hurstwood stieg als erster aus. Vorsichtig blickte er um sich, als wollte er nach Carrie sehen. Da er nichts bemerkte, was absichtliche Beobachtung verriet, ging er an den Schalter.

«Wann fährt der nächste Zug nach Montreal?»

«In zwanzig Minuten.»

Er nahm zwei Schlafwagenkarten. Dann eilte er zu Carrie zurück.

«Wir fahren wieder direkt weiter», sagte er und bemerkte kaum, daß sie müde und bedrückt aussah.

«Ich wollte, ich wäre aus all dem glücklich draußen», sagte sie niedergeschlagen.

«Wirst dich besser fühlen, sobald wir in Montreal eintreffen», meinte er.

«Ich habe nicht das geringste mitgenommen», sagte Carrie, «nicht einmal ein Taschentuch.»

«Du kannst dir alles, was du brauchst, kaufen, sobald wir dort sind, Liebste», erklärte er. «Kannst eine Schneiderin holen lassen.»

Jetzt ertönte der bekannte Ruf «Abfahrt!» Sie stiegen ein. Als sich der Zug in Bewegung setzte, stieß Hurstwood einen Seufzer der Erleichterung aus. Eine kurze Fahrt bis zum Fluß, dann wurden sie übergesetzt. Kaum hatte der Zug die Fähre verlassen, als sich Hurstwood aufatmend zurücklehnte.

«Jetzt wird es nicht mehr lange dauern», sagte er und gedachte auch ihrer in seiner Herzenserleichterung. «Wir langen am frühen Morgen an.»

Carrie würdigte ihn keiner Antwort.

«Will mal sehen, ob ein Speisewagen mitfährt», fügte er hinzu. «Ich bin hungrig.»

## Trost der Reisen: Die Schiffe auf dem Meere

Jedem, der nicht an Reisen gewöhnt, erscheint eine von der heimatlichen verschiedene Gegend bezaubernd. Tröstung und Freude verschafft außer der Liebe nichts so wie das Reisen. Das Neue ist zu bedeutsam, als daß es übersehen werden dürfte, und die Seele, die nur die Widerspiegelung der Sinneseindrücke ist, unterliegt der anstürmenden Flut des Sichtbaren. So werden Liebhaber vergessen; man schiebt die Sorgen beiseite, denkt nicht an den Tod. Hinter dem abgebrauchten dramatischen Ausdruck «Ich fahre weg» birgt sich eine Welt von Gefühlen.

Als Carrie auf die vorüberfliegende Landschaft hinausblickte, vergaß sie fast, daß sie gegen ihren Willen auf diese lange Reise verlockt worden war, ohne die nötigste Ausstattung. Manchmal vergaß sie Hurstwoods Gegenwart ganz. Mit staunenden Augen sah sie auf freundlich anmutende Farmhäuser, behagliche Dorfhäuschen. Eine anziehende Welt. Carries Leben hatte eben begonnen. Keineswegs war sie von der Empfindung beherrscht, überwunden worden zu sein. Auch ihre Hoffnungen waren nicht vernichtet. Die große Stadt versprach vieles. Wahrscheinlich würde sie sich der Fesseln entledigen, ihre Freiheit erlangen – wer weiß? Vielleicht würde sie glücklich sein. Diese Gedanken hoben sie über ihren Fehltritt hinaus. Sie war gerettet, denn sie war voll Hoffnung.

Am nächsten Morgen langte der Zug ohne Unfall in Montreal an. Sie stiegen aus. Hurstwood fühlte sich glücklich, der Gefahr entronnen zu sein, Carrie staunte über das Neuartige der nördlichen Stadt. Vor langer Zeit war Hurstwood einmal hier gewesen und erinnerte sich jetzt des Hotels, wo er abgestiegen. Als sie aus dem Haupteingang auf die Straße traten, hörte er den Namen auch von einem Omnibuskutscher ausrufen.

«Wir wollen direkt hingehen und Zimmer nehmen», sagte er.

Im Büro fingerte Hurstwood am Fremdenbuch herum, während der Angestellte nähertrat. Er dachte nach, was für einen Namen er einschreiben sollte. Da der Mann vor ihm stand, hatte er keine Zeit mehr, zu zögern. Ein Name, den er aus dem Zugfenster erblickt, fiel ihm rasch ein. Er war ganz hübsch. Mit leichter Hand schrieb er G. W. Murdock und Frau. Das weitgehendste Entgegenkommen, das er der Notwendigkeit zu zeigen gedachte. Auf die Anfangsbuchstaben seiner Vornamen mochte er nicht verzichten.

Als man ihnen die Zimmer anwies, sah Carrie sofort, daß er ihr einen reizenden Raum bestimmt hatte.

«Du hast auch ein Badezimmer», sagte er. «Kannst dich frisch und sauber machen, sobald du willst.»

Carrie trat ans Fenster, blickte hinaus. Hurstwood sah sich im Spiegel an. Er fühlte sich staubig, schmutzig. Hatte keinen Koffer, keine Wäsche zum Wechseln, nicht einmal eine Haarbürste.

«Ich werde läuten, damit sie Handtücher und Seife bringen», sagte er, «und dir eine Haarbürste hinaufschicken. Du kannst baden und dich zum Frühstück bereithalten. Ich gehe zum Friseur und hole dich dann ab. Nachher werden wir ausgehen, Kleider für dich besorgen.»

Er lächelte gutmütig.

«Schön», machte Carrie.

Sie setzte sich in einen der Schaukelstühle. Hurstwood wartete auf den Laufburschen, der bald anklopfte.

«Seife, Handtücher und einen Krug Eiswasser.»

«Ja, Herr.»

«Jetzt gehe ich», sagte Hurstwood zu Carrie. Er näherte sich ihr, streckte ihr die Hände entgegen, aber sie rührte sich nicht, sie zu ergreifen.

«Du bist mir doch nicht böse?» fragte er sanft.

«O nein», erwiderte sie eher gleichgültig.

«Magst du mich denn gar nicht?»

Sie erwiderte nichts, schaute festen Blickes durch das Fenster.

«Glaubst du nicht, daß du mich wirst ein bißchen lieb haben können», bat er, ergriff eine ihrer Hände, die sie ihm zu entziehen versuchte. «Hast es mir einmal versichert.»

«Warum haben Sie mich so betrogen?» fragte Carrie.

«Ich konnte nicht anders», sagte er. «Ich sehnte mich zu sehr nach dir.»

«Sie hatten kein Recht dazu», erwiderte sie scharf.

«Na also, Carrie», erwiderte er. «Da bin ich nun. Jetzt ist es zu spät. Willst du nicht versuchen, mich ein wenig lieb zu haben?»

Als er so neben ihr stand, wirkte er recht zerknirscht.

Sie schüttelte verneinend den Kopf.

«Laß mich alles von neuem beginnen. Sei von heute an meine Frau.»

Carrie erhob sich, als wollte sie von ihm wegtreten. Noch immer hielt er ihre Hand. Jetzt legte er den Arm um sie. Sie wehrte sich vergebens. Er hielt sie eng an sich gedrückt. Sofort loderte ihn ihm zwingendes Begehren auf. Seine Zärtlichkeit erhitzte sich.

«Lassen Sie mich», sagte Carrie in seinen Armen.

«Willst du mich nicht lieben?» fragte er. «Willst du nicht von jetzt an mein sein?»

Carrie war ihm nie böse gesinnt gewesen. Noch vor kurzem hatte sie ihm in Erinnerung an ihre frühere Neigung gern zugehört. Er war so hübsch, so waghalsig!

Das Gefühl wandelte sich jetzt in leise bemerkbaren Widerstand. Einen Augenblick lang wurde sie von ihm gezügelt, dann begann er in der Umarmung zu schwinden. Etwas anderes sprach in ihr. Der Mann, der sie an seine Brust drückte, war stark, leidenschaftlich, liebte sie. Und sie war allein. Wenn sie sich ihm nicht zuwendete – seine Liebe annahm –, wohin sollte sie dann? Ihre Abwehr wurde von der starken Flut seiner Empfindungen fortgespült.

Er hob ihren Kopf in die Höhe, blickte ihr in die Augen. Seine magnetische Kraft vermochte sie nicht zu erkennen. Aber sie dachte jetzt nicht mehr an seine Verfehlungen.

Er drückte sie fester an sich, küßte sie, und sie fühlte, daß Widerstand zwecklos sei.

«Werden Sie mich heiraten?» fragte sie und vergaß die Umstände.

«Noch heute», sagte er beglückt.

Der Laufbursche klopfte laut an die Tür, Hurstwood entließ sie ungern aus seinen Armen.

«Du machst dich jetzt gleich fertig, nicht wahr?»

«Ja.»

«In drei Viertelstunden bin ich zurück.»

Carrie zog sich errötend und aufgeregt von ihm zurück, als er den Jungen einließ.

Unten blieb er in der Halle stehen, um sich nach einem Friseurladen zu erkundigen. Er war vortrefflicher Laune. Sein Sieg über Carrie schien vieles gutzumachen, was er in den letzten Tagen erlitten. Das Leben schien ihm des Kampfes wert. Vielleicht würde ihm die Flucht nach dem Osten, von allem fort, was ihm vertraut und lieb gewesen, doch noch Glück bringen. Nach dem Sturme zeigte sich ein Regenbogen, der sich noch in einen Haufen Goldes verwandeln konnte.

Er wollte gerade zu einer kleinen rot und weiß gestreiften Schranke hinübergehen, die neben einer Tür befestigt war, als ihn eine Stimme freundschaftlich begrüßte. Sofort verlor er allen Mut.

«Hallo, George, alter Kerl», sagte die Stimme. «Was machst du hier unten?»

Und schon stand Hurstwood ein Mann gegenüber, in dem er seinen Freund, den Börsenmakler Kenny, erkannte.

«Eine kleine Privatangelegenheit», erwiderte er. Sein Geist arbeitete wie die Tastatur einer Telefonstation. Der Mann wußte augenscheinlich nichts – hatte keine Zeitungen gelesen.

«Na, das ist komisch, dich zu treffen», sagte Herr Kenny fröhlich. «Bleibst hier?»

«Ja», sagte Hurstwood. Ihm wurde unbehaglich zu Mute, als er an seine Handschrift im Fremdenbuch dachte.

«Lange?»

«Nein, nur etwa einen Tag.»

«So? Schon gefrühstückt?»

«Ja», sagte Hurstwood, höflich lügend. «Gehe eben, mich rasieren.»

«Magst nicht etwas mit mir trinken?»

«Später», sagte Hurstwood. «Werde dich noch später sehen. Hast du hier Aufenthalt genommen?»

«Ja», sagte Kenny und dann: «Wie stehen die Dinge in Chicago?»

«Beiläufig wie gewöhnlich», sagte Hurstwood mit gutmütigem Lächeln.

«Hast deine Frau mit dir?»

«Nein.»

«Na, ich muß dich heute noch etwas länger sprechen. Gehe da zum Frühstück hinein. Komm her, sobald du fertig bist.»

«Gerne», sagte Hurstwood. Das ganze Gespräch war eine Folter für ihn. Jedes Wort schien eine Verwicklung hinzuzufügen. Kenny rief tausend Erinnerungen wach. Er vergegenwärtigte Hurstwood alles, was ihm entrissen war, Chicago, seine Frau, das elegante Haus – das alles steckte in seiner Begrüßung, seinen Fragen. Der Mann wohnte im gleichen Hotel, hoffte, ihn zu sprechen, erwartete zweifellos, mit ihm ein paar angenehme Stunden zu verbringen. Plötzlich würden dann die Zeitungen aus Chicago eintreffen. Am gleichen Tage auch die Lokalblätter Berichte veröffentlichen. Angesichts der Möglichkeit, als das bekannt zu werden, was er in den Augen seines Freundes sein mußte – ein Kasseneinbrecher –, vergaß er seinen Sieg über Carrie. Als er den Friseurladen betrat, hätte er aufstöhnen mögen. Er beschloß zu entfliehen, ein weniger bekanntes Hotel aufzusuchen.

Deshalb war er beim Herauskommen froh, die Halle leer zu finden, und hastete auf die Treppe zu. Er wollte Carrie holen, das Hotel durch den Eingang für Damen verlassen. Dann konnten sie an einem unauffälligeren Orte ihr Frühstück nehmen.

Aus einem Winkel der Halle aber überwachte ihn ein Mann. Der gewöhnliche irische Typus, kleingewachsen, schäbig gekleidet, mit einem Kopf, der die verkleinerte Ausgabe von dem Riesenkopf irgendeines hohen Polizeibeamten schien. Der Kerl hatte augenscheinlich mit dem Hotelangestellten gesprochen, beobachtete jetzt Hurstwood mit schärfster Aufmerksamkeit.

Hurstwood fühlte den prüfenden Blick auf die Entfernung hin und erkannte den Typus. Instinktiv fühlte er, daß der Mann ein Detektiv war – daß er bewacht wurde. Er eilte durch die Halle, tat, als bemerkte er nichts, doch eine Welt von Gedanken wirbelte ihm durch den Kopf. Was wird jetzt geschehen? Was konnten diese Leute unternehmen? Er begann sich wegen der Auslieferungsgesetze zu ängstigen. Verstand sie nicht völlig. Vielleicht konnte er verhaftet werden. Oh, wenn Carrie es erführe! Montreals Boden war zu heiß für ihn. Er sehnte sich fort.

Carrie hatte gebadet und wartete auf ihn. Sie sah erfrischt aus – hübscher als je, aber sehr zurückhaltend. Seit er gegangen, hatte sie etwas von ihrer kalten Haltung ihm gegenüber wiedergefunden. Die Liebe brannte in ihrem Herzen nicht lichterloh. Er empfand es, und seine Sorgen lasteten schwerer. Er konnte sie nicht in seine Arme schließen, versuchte es nicht einmal. Irgend etwas an ihr verwehrte es ihm. Zum Teil beruhte seine Empfindung auf dem Erlebnis in der Halle.

«Fertig, ja?» fragte er freundlich.

«Ja», antwortete sie.

«Wir wollen auswärts frühstücken. Der Platz da gefällt mir nicht sehr.»

«Gut», sagte Carrie.

Sie gingen aus dem Hotel. An der Ecke stand der Bursche, der Ire, und sah Hurstwood scharf an. Der konnte sich kaum enthalten, zu zeigen, daß er die Anwesenheit des Mannes bemerkt habe. Die Unverschämtheit in dem Blick des Detektivs brachte ihm die Galle hoch. Doch gingen sie vorüber, und er erzählte Carrie einiges über die Stadt. Bald kamen sie an ein anderes Restaurant und traten ein.

«Was für eine seltsame Stadt», sagte Carrie, die nur deshalb über sie staunte, weil sie nicht Chicago glich.

«Nicht so lebhaft wie Chicago», sagte Hurstwood. «Gefällt sie dir nicht?»

«Nein», sagte Carrie, deren Herz bereits an der großen Stadt des Westens hing.

«Na, sie ist wirklich nicht so anziehend.»

«Was ist denn hier?» fragte Carrie. Sie wunderte sich, daß er Montreal überhaupt eines Besuches wert gehalten.

«Nicht viel», erwiderte Hurstwood. «Fast ein Kurort. Sehr hübsche landschaftliche Umgebung.»

Carrie hörte ihm mit einem Gefühl der Unruhe zu. Vieles bedrückte sie, hinderte offene Zustimmung.

«Wir werden nicht lange hier bleiben», sagte Hurstwood, ganz froh, ihre Unzufriedenheit zu bemerken. «Gleich nach dem Frühstück wählst du deine Kleider aus und dann fahren wir nach New York. Die Stadt wird dir gefallen. Sie gleicht viel mehr einer Metropole als sonst ein Ort außerhalb Chicagos.»

Er plante tatsächlich, sich still aus dem Staub zu machen. Zuerst wollte er sehen, was die Detektive – was seine Chefs in Chicago unternehmen würden – dann geräuschlos davon nach New York, wo Verbergen leicht schien. Er kannte diese Stadt genügend, um zu wissen, daß sie unendliche Möglichkeiten bot, Verfolger zu täuschen.

Je mehr er aber nachdachte, desto fürchterlicher erschien ihm seine Lage. Er sah ein, daß seine Reise nach Montreal ihm keine freiere Bahn gegeben hatte. Die Firma würde wahrscheinlich Detektive – Leute von Pinkerton oder Bevollmächtigte von Mooney und Boland – zu seiner Überwachung anstellen. Sie konnten ihn im Augenblick, wo er Kanada verlassen wollte, gefangennehmen. Vielleicht würde er auf diese Weise gezwungen sein, monatelang hier zu bleiben – und in welcher Situation!

Als Hurstwood ins Hotel zurückkehrte, war er begierig, die Zeitungen zu lesen, und voller Angst. Er wollte wissen, wie weit die Kunde von seinem Verbrechen gedrungen. Sagte also Carrie, er käme in einigen Minuten zurück, und ging die Tagespresse kaufen, um sie genau zu prüfen. Weder bekannte noch verdächtigte Leute begegneten ihm, und doch mochte er nicht in der Halle lesen. Er wählte den Salon im oberen Stockwerk, setzte sich an ein Fenster und sah die Blätter durch. Es stand nicht viel über sein Verbrechen darin, aber doch einiges. Im ganzen mehrere Spalten. Mitten unter dem Rest von telegrafierten Morden, Unglücksfällen, Heiraten und anderen Neuigkeiten. Tief betrübt wünschte er, alles ungeschehen machen zu können. Jeder Augenblick hier an dieser entlegenen Zufluchtsstätte verstärkte seine Empfindung, daß er einen schweren Fehler begangen. Sicher wäre ein anderer Ausweg möglich gewesen – hätte er ihn nur erkannt.

Er ließ die Zeitungen in dem Salon, hoffte, sie auf diese Weise von Carrie fernzuhalten.

«Wie fühlst du dich?» fragte er eintretend. Sie blickte gerade aus dem Fenster.

Er wollte mit ihr zu plaudern beginnen, als es an die Tür klopfte.

«Vielleicht bringt man eines meiner Pakete», sagte Carrie.

Hurstwood öffnete die Türe. Draußen stand der Kerl, dem er so im Innersten mißtraut.

«Sie sind Herr Hurstwood, nicht wahr?» fragte er. Seine Stimme war voll erheuchelter Schlauheit und Selbstsicherheit.

«Ja», sagte Hurstwood ruhig. Er kannte den Typus so genau, daß er ihm gegenüber etwas von seiner alten Gleichgültigkeit wiedergewann. Solche Leute gehörten zu der niedersten Gesellschaftsschicht, die sich in seiner Bar hatte zeigen dürfen. Er trat hinaus, schloß die Tür hinter sich.

«Na, Sie wissen ja, warum ich hier bin, nicht wahr?» fragte der Mann vertraulich.

«Ich kann es mir denken», sagte Hurstwood leise.

«Wollen Sie versuchen, das Geld zu behalten?»

«Das ist meine Sache», meinte Hurstwood grimmig.

«Sie wissen, daß Sie es nicht dürfen», sagte der Detektiv und blickte ihn kalt an.

«Hören Sie mal, guter Mann», sagte Hurstwood selbstsicher. «Sie verstehen von dem Fall nichts und ich kann ihn Ihnen nicht erklären. Was immer ich zu tun beabsichtige – werde ich tun, ohne Rat von Außenseitern einzuholen. Sie müssen mich schon entschuldigen.»

«Es hat gar keinen Zweck, daß Sie so daherreden», sagte der Mann, «wenn Sie in den Händen der Polizei sind. Sobald wir wollen, können wir Ihnen sehr unangenehm werden. Sie sind unter falschem Namen hier im Hause angemeldet, haben Ihre Frau nicht bei sich und die Zeitungen wissen noch nicht, daß Sie hier sind. Es wäre also besser für Sie, vernünftig zu sein.»

«Was wünschen Sie zu erfahren?»

«Ob Sie das Geld zurückschicken werden oder nicht.»

Hurstwood blickte nachdenklich zu Boden.

«Es ist wirklich zwecklos, Ihnen das erklären zu wollen», sagte er schließlich. «Zwecklos auch von Ihnen, mich darüber zu befragen. Ich bin kein Idiot. Weiß genau, was Sie tun und was Sie nicht tun können.

Natürlich können Sie eine Menge Schmutz aufwirbeln, wenn Sie wollen. Das weiß ich ganz gut – aber es wird Ihnen nicht zum Geld verhelfen. Ich habe meinen Entschluß gefaßt. Habe schon Fitzgerald und Moy geschrieben – da kann ich also nichts weiter sagen. Warten Sie, bis Sie Näheres von ihnen hören.»

Im Sprechen hatte er sich von der Tür, aus Carries Hörweite, entfernt und schritt den Gang entlang. Sie befanden sich jetzt in der Nähe des Gebäudeflügels, wo der Korridor in das große allgemeine Sprechzimmer verlief.

«Sie wollen es also nicht aufgeben?» fragte der Mann.

Diese Worte erregten Hurstwood heftig. Heißes Blut strömte ihm ins Gehirn. Gedanken formten sich von selbst. Er war kein Dieb. Mochte das Geld nicht haben. Könnte er es nur Fitzgerald und Moy erklären, dann würde vielleicht noch alles gut werden.

«Hören Sie mal», sagte er, «es hat nicht den geringsten Sinn, daß ich darüber spreche. Ich achte Ihre Macht, will aber mit den Leuten verhandeln, die etwas davon verstehen.»

«Sie können Kanada mit dem Geld nicht verlassen», sagte der Mann.

«Das will ich auch nicht», sagte Hurstwood. «Sobald ich alles geordnet habe, wird mich nichts mehr hier zurückhalten.»

Er wendete sich um und der Detektiv überwachte ihn scharf. Es war unerträglich. Doch ging er weiter, betrat Carries Zimmer.

«Wer war das?» fragte Carrie.

«Ein Bekannter aus Chicago.»

Das ganze Gespräch erschütterte Hurstwood derart, daß es, nach all den andern Sorgen der vergangenen Woche, genügte, eine tiefe Verdüsterung, einen moralischen Umschwung in ihm hervorzurufen. Was ihn am meisten kränkte, war die Tatsache, als Dieb verfolgt zu werden. Er begann die Art jener sozialen Ungerechtigkeit einzusehen, die in einer langen Tragödie nur eine Seite – oft nur einen einzigen Punkt betrachtet. Alle Zeitungen stellten nur eines fest – daß er das Geld gestohlen. «Wozu» und «Wieso» wurde nur nebenher behandelt. Alle Verwicklungen, die dazu geführt, waren unbekannt, er wurde angeklagt, ohne verstanden zu werden.

Als er am selben Tage mit Carrie in seinem Zimmer saß, beschloß er, das Geld zurückzusenden. Er wollte Fitzgerald und Moy schreiben, alles erklären und die Summe mit beschleunigter Post zurückschicken. Vielleicht würden sie ihm verzeihen. Vielleicht ihn wieder anstellen. Er wollte die falsche Angabe – daß er ihnen schon geschrieben – verwirklichen. Dann diese sonderbare Stadt verlassen.

Eine Stunde lang dachte er darüber nach, wie er ihnen die ganze Verwicklung verständlich machen sollte. Gern hätte er ihnen von seiner Frau erzählt – vermochte es aber nicht. Schließlich beschränkte er sich auf die Versicherung, daß er nach einer Zeche mit Freunden berauscht gewesen. Hatte die Kasse offen gefunden und als er schon so weit gegangen, das Geld an sich zu nehmen, sie, infolge eines unglücklichen Zufalles, geschlossen. Diese Handlung bedauerte er sehr. Bedauerte, ihnen so viel Ungelegenheiten bereitet zu haben. Er wollte es, soweit er es vermochte, ungeschehen machen, indem er das Geld, den größeren Teil davon, zurückschickte. Den Rest würde er zahlen, so rasch er konnte. Gab es eine Möglichkeit, seine Arbeit wiederaufzunehmen? Das deutete er nur an.

Der verwirrte Geisteszustand des Mannes kann schon aus dem Inhalt des Briefes beurteilt werden. Im Augenblick vergaß er ganz, wie peinlich es ihm wäre, seine frühere Stellung wieder anzutreten – selbst wenn man sie ihm gab. Vergaß, daß er sich wie durch Schwerthieb von der Vergangenheit getrennt und daß, selbst wenn ihm irgendwie ein Anschluß gelänge, die schartige Linie von Trennung und Wiedervereinigung immer sichtbar bleiben würde. Immer vergaß er etwas – seine Frau, Carrie, seine Geldnot, die gegenwärtige Lage oder sonst etwas – und deshalb vermochte er nicht klar zu urteilen. Trotzdem schickte er den Brief ab, wartete auf Antwort, ehe er das Geld sendete.

Inzwischen versuchte er dem Dasein mit Carrie so viel Freude als möglich zu entlocken.

Zu Mittag schien die Sonne warm, eine goldene Flut strömte durch die offenen Fenster. Die Sperlinge zwitscherten. In der Luft war Lachen und Gesang. Hurstwood konnte die Augen nicht von Carrie wenden. In all seinen Wirrnissen der einzige Sonnenstrahl. Oh, wenn sie ihn nur ganz lieben – ihre Arme um ihn schlingen wollte – von gleichem Entzücken erfüllt wie damals im kleinen Park in Chicago – wie glücklich wäre er! Es würde ihn belohnen; ihm zeigen, daß er nicht alles verloren.

«Carrie», sagte er einmal, stand von seinem Sitz auf und trat zu ihr, «wirst du nun bei mir bleiben?»

Sie blickte ihn spöttisch an, aber der leidenschaftliche Ausdruck seiner Augen zwang ihr Teilnahme ab. Das war jetzt tiefe starke Liebe – Liebe durch Sorgen und Kummer vertieft. Sie mußte ihm zulächeln.

«Laß mich dir von jetzt an alles bedeuten», sagte er. «Befreie mich von all dem Leid. Ich will dir treu sein. Wir werden nach New York fahren, dort eine hübsche Wohnung mieten. Ich werde wieder eine Stellung finden und wir werden glücklich sein. Willst du nicht ganz mir gehören?»

Carrie hörte ihm feierlich zu. Nicht heftige Leidenschaft bewegte sie; aber das Geschehene, die Nähe des Mannes schufen etwas, was der Zärtlichkeit glich. Er tat ihr leid. Mitleid erwuchs aus dem, was noch vor kurzem Bewunderung gewesen. Wahrhafte Liebe hatte sie nie für ihn empfunden. Sie würde es selbst erkannt haben, hätte sie ihre Gefühle analysieren können. Aber was sein starkes Gefühl für sie jetzt in ihr auslöste, legte die Schranken zwischen ihnen nieder.

«Du wirst also bei mir bleiben, nicht wahr?» fragte er.

«Ja», sagte sie und nickte.

Er riß sie an sich, küßte sie auf Lippen und Wangen.

«Aber du mußt mich heiraten.»

«Noch heute will ich die Eheerlaubnis besorgen», erwiderte er.

«Wie?» fragte sie.

«Unter einem neuen Namen», erwiderte er. «Ein neuer Name und ein neues Leben. Von heute an bin ich Murdock.»

«Oh, nicht diesen Namen», sagte Carrie.

«Warum nicht?»

«Ich mag ihn nicht.»

«Welchen soll ich also wählen?»

«Irgendeinen, nur nicht diesen.»

Er dachte eine Weile nach, hielt sie noch immer in den Armen und sagte dann:

«Würde dir Wheeler passen?»

«Der ist recht.»

«Nun denn, Wheeler», sagte er. «Heute nachmittag besorge ich das Dokument.»

Sie wurden von einem Baptistenprediger getraut, dem ersten besten Priester, der ihnen zusagte.

Endlich kam die Antwort der Firma aus Chicago. Diktat von Henry Moy. Er war über die Tat Hurstwoods erstaunt; bedauerte sehr, daß es dazu gekommen. Wenn er das Geld zurückschickte, würden sie sich nicht die Mühe nehmen, ihn gerichtlich zu verfolgen, da sie ihm in Wahrheit nicht schlecht gesinnt seien. Was seine Rückkehr – die Wiederaufnahme seiner Arbeit – anlange, darüber hatten sie noch keinen entscheidenden Entschluß gefaßt. Sie werden darüber nachdenken und ihm wahrscheinlich später – nach einiger Zeit schreiben, und so weiter.

Der wesentliche Inhalt: keine Hoffnung. Sie wollten ihr Geld ohne die geringste Unannehmlichkeit zurückerlangen. Hurstwood las sein Urteil. Er beschloß, dem Bevollmächtigten, den sie schicken wollten, neuntausendfünfhundert Dollar auszuzahlen, eintausenddreihundert zu eigenem Gebrauch zu behalten. Telegrafierte seine Zustimmung, gab dem Vertreter, der ihn am selben Tage im Hotel aufsuchte, seine Erklärungen und sagte Carrie, sie solle ihren Koffer packen. Im Augenblick der Tat selbst war er ein wenig bedrückt, faßte sich aber dann bald. Er fürchtete noch jetzt, daß man ihn gefangennehmen und zurückschicken könne. Deshalb versuchte er seine Absichten zu verbergen, doch war dies kaum möglich. Er ließ Carries Koffer auf den Bahnhof bringen, von wo er ihn mit Eilzug nach New York befördern ließ. Niemand schien ihn zu überwachen, aber er fuhr nachts fort. War sehr aufgeregt, hatte Angst, daß ihn auf der ersten Haltestelle nach der

Grenze oder auf dem Bahnhof in New York ein Polizeibeamter erwarten könnte.

Carrie, die von seinem Diebstahl, seiner Furcht nichts wußte, freute sich, als sie am nächsten Morgen in der Stadt eintraf. Während der Zug den Strom entlang fuhr, erregten die grünen Hügel, die am breiten Hudson Wache halten, ihre Aufmerksamkeit. Sie hatte schon vom Hudsonfluß, der großen Stadt New York gehört, und jetzt blickte sie aus dem Fenster, erfüllte ihren Geist mit all den Wunderdingen.

Als der Zug sich bei Spuyten Duyvil ostwärts wandte und das östliche Ufer des Harlem River entlang fuhr, machte Hurstwood sie nervös darauf aufmerksam, daß sie am Stadtsaum angelangt waren. Nach ihren Erfahrungen in Chicago erwartete sie lange Wagenreihen – Straßen voll Lastfuhren zu sehen – und bemerkte den Unterschied. Der Anblick einiger Schifie auf dem Harlem River und mehrerer auf dem East River erfreute ihr junges Herz. Das erste Zeichen des offenen Meeres. Dann kam eine häßliche Straße mit fünfstöckigen Ziegelhäusern, und hierauf stürzte sich der Zug in den Tunnel.

«Große Zentralstation!» rief der Zugführer, als sich nach einigen Minuten voll Dunkelheit und Rauch das Tageslicht wieder zeigte. Hurstwood stand auf, packte seine kleine Handtasche. Er war zu höchster Spannung hinaufgeschraubt. Wartete mit Carrie an der Tür seines Abteils und stieg dann aus. Niemand näherte sich ihm, aber er blickte verstohlen nach allen Seiten und schritt auf den Straßenausgang zu. So erregt, daß er die zurückbleibende Carrie ganz vergaß. Sie wunderte sich, daß er so sehr mit sich selbst beschäftigt war. Als er durch die eigentliche Bahnstation schritt, erreichte seine Spannung den Höhepunkt, und begann dann zu schwinden. Plötzlich befand er sich auf dem Gehsteig. Nur Kutscher riefen ihn an. Er schöpfte tief Atem und wendete sich nach Carrie um.

«Ich hab gedacht, du willst davonrennen und mich zurücklassen.»

«Ich versuchte, mich zu erinnern, welche Straßenbahn zum Gilseyhotel führt», erwiderte er.

Carrie hörte ihn kaum, so sehr zog sie ihre geschäftige Umgebung an.

«Wie groß ist New York?»

«Oh, eine Million oder mehr.»

Er blickte um sich und rief einen Wagen. Tat es aber in etwas veränderter Art.

Zum erstenmal seit Jahren kam ihm blitzartig der Gedanke, daß er diese kleinen Ausgaben werde berechnen müssen. Eine peinliche Sache.

Er beschloß, im Hotel keine Zeit zu verlieren, sondern gleich eine Wohnung zu mieten. Das sagte er auch Carrie, die zustimmte.

«Wir wollen heute suchen, wenn du willst», sagte sie.

Plötzlich dachte er an seine Erfahrung in Montreal. In den größeren Hotels würde er sicher Bekannte aus Chicago treffen. Er stand auf und sprach mit dem Kutscher.

«Fahren Sie mich in das Hotel Belfort», sagte er. Es wurde von seinen Freunden weniger besucht. Dann setzte er sich wieder.

«Wo ist der Stadtteil der Privatwohnungen?» fragte Carrie. Sie hielt die hohen fünfstöckigen Gebäude nicht für Familienhäuser.

«Überall», sagte Hurstwood, der in der Stadt ziemlich gut Bescheid wußte. «Es gibt keine herrschaftlichen Sitze in New York. Das alles sind Privathäuser.»

«Na, dann mag ich sie nicht», sagte Carrie, die schon begann, eigene Meinungen zu haben.

## Das Königreich der Größe: Der Wanderer träumt

Was immer ein Mann wie Hurstwood in Chicago hatte sein können – es ist klar, daß er in einem Ozean wie New York nur ein unauffälliger Tropfen sein konnte. In Chicago, mit einer Bevölkerungszahl von etwa fünfhunderttausend, gab es nur wenige Millionäre. Die Reichen waren nicht so auffallend reich geworden, daß sie die mittelmäßigen Vermögen zu verdunkeln imstande waren. Die Aufmerksamkeit der Bewohner wurde durch Lokalberühmtheiten auf dramatischem, künstlerischem, sozialem und religiösem Gebiete nicht so in Anspruch genommen, daß der lediglich gutgestellte Mann der Beachtung entzogen wurde. In Chicago standen dem, der sich hervortun wollte, zwei Wege offen: Politik und Handel. In New York etwa fünfzig, und jeden davon schlugen Hunderte eifrig ein, so daß es von Berühmtheiten wimmelte. Das Meer war schon voller Walfische. Ein gewöhnlicher Fisch mußte einfach verschwinden – unbemerkt bleiben. Mit einem Wort: ein Hurstwood war hier ein Niemand.

Ein derartiger Zustand zeitigt noch ein anderes, minder auffälliges Ergebnis; ohne immer in Betracht gezogen zu werden, löst es doch die Tragödien der Welt aus. Die Großen schaffen eine Atmosphäre um sich, die auf die Kleinen schlecht zurückwirkt. Man fühlt sie leicht und rasch. Geh an den prachtvollen Wohnsitzen, den herrlichen Equipagen, den goldstrotzenden Geschäften, Restaurants, Vergnügungsstätten aller Art vorüber; atme den Duft der Blumen, der Seidenstoffe, der Weine ein; trinke das Lachen, das aus dem Innersten üppiger Befriedigung, aus den Blicken quillt – sie funkeln wie das Blitzen trotziger Speere –; empfinde die Art des schwertgleich schneidenden Lächelns, des Schreitens, das höhere Stellung verleiht – und du wirst wissen, was der Dunstkreis der Hohen und Mächtigen bedeutet. Wenig nutzt der Einwand, daß das Königreich der Größe nicht aus solchen Dingen besteht. Solange die Welt davon angezogen wird, das menschliche Herz sie als einzig-ersehnenswert empfindet, solange werden sie als das Reich der Größe erscheinen. Solange also wird diese Atmosphäre die menschliche Seele zu verzweifelten Taten treiben. Sie gleicht einem chemischen Reagens. Ein Tag davon, wie ein Tropfen des chemischen Mittels, beeinflußt und verfärbt die Ansichten, Wünsche, Begierden des Geistes derart, daß er nachher für immer diese Tönung behält. Ein Tag davon ist für den unerfahrenen Geist, was Opium für den nicht daran gewöhnten Körper. Heftiges Sehnen entbrennt, das immer in Träumen und Tod enden muß, wenn man ihm nachgibt. Ja – ungestillte Träume – sie zehren, locken; müßige Wahnbilder, die uns winken, ihnen zu folgen – winken, uns führen, bis Tod und Zerstörung ihre Macht vernichten und uns blind wieder der Natur anheimgeben.

Ein Mann von Hurstwoods Alter und Temperament ist nicht den brennenden Wünschen der Jugend unterworfen, besitzt aber auch nicht die in der Jugend lebende Kraft der Hoffnung. Eine derartige Atmosphäre konnte in ihm nicht das Sehnen eines achtzehnjährigen Jünglings hervorrufen; wurden aber Wünsche geweckt, dann waren sie um der Hoffnungslosigkeit willen besonders bitter. Überall mußte er die Zeichen von Wohlhabenheit und Luxus bemerken. Er war schon früher in New York gewesen, wußte, was die Stadt an toller Lust zu bieten vermochte. Teilweise flößte sie ihm Achtung ein – denn hier war all das vereinigt, was er auf Erden am höchsten schätzte: Reichtum, Stellung und Ruhm. Die meisten berühmten Leute, mit denen er als Geschäftsführer in der Bar oft ein Glas geleert, stammten aus diesem egozentrischen und menschenwimmelnden Ort. Die lockendsten Geschichten von Vergnügen und Luxus wurden über Plätze und Personen New Yorks erzählt. Jetzt erkannte er die Wahrheit: ohne sich dessen bewußt zu sein, kam er den ganzen lieben Tag mit Reichtum in unmittelbare Berührung; hundert- oder fünfhunderttausend Dollar verschafften einem noch nicht das Vorrecht, an einem so wohlhabenden Ort mehr als behaglich zu leben. Mode und Aufwand erforderten größere Summen, so daß der arme Mann nirgends hingehörte. All dies wurde ihm jetzt ganz klar, als er der Stadt gegenüberstand – fern seinen Freunden, seines bescheidenen Vermögens, sogar seines Namens beraubt, gezwungen, den Kampf um Stellung und Wohlhabenheit von neuem zu beginnen. Er war nicht alt; aber nicht mehr so töricht, um nicht zu fühlen, daß er es bald sein werde. Plötzlich gewann diese Schaustellung von schönen Kleidern, Ruhm und Macht besondere Bedeutung. Der Eindruck verschärfte sich durch den Kontrast zu seiner eigenen traurigen Lage.

Die aber war bedrückend. Er sah bald ein, daß es noch nicht alles für sein Dasein bedeutete, von der Furcht vor einer Gefangennahme befreit zu sein. Nach Beseitigung dieser Gefahr bereitete ihm die nächste Notwendigkeit größte Sorge. Die geringe Summe von dreizehnhundert und einigen Dollar zur Beschaffung von Miete, Kleidung, Nahrung und Vergnügen auf Jahre hinaus, konnte einem Mann, der gewohnt war, im Laufe eines Jahres fünfmal so viel auszugeben, keine Gemütsruhe geben. Während der ersten Tage in New York dachte er darüber unternehmend nach und beschloß, rasch zu handeln. Deshalb las er eingehend die Geschäftsanzeigen in den Morgenzeitungen und begann auch auf eigene Faust, Erkundigungen einzuziehen.

Doch geschah dies erst, nachdem er eine Wohnung gemietet. Carrie und er fanden eine in der Achtundsiebzigsten Straße nahe der Amsterdam-Avenue. Ein fünf Stock hohes Gebäude. Ihre Wohnung lag im dritten Stock. Da die Straße noch nicht ausgebaut war, genoß man gegen Osten die Aussicht bis zu den grünen Baumkronen des Zentralparkes und gegen Westen konnte man aus den Fenstern einen Schimmer des Hudsonflusses erspähen. Für sechs in einer Reihe liegende Zimmer mit Baderaum mußten sie fünfunddreißig Dollar monatlich zahlen, zu jener Zeit die gewöhnliche und doch ungeheuer hohe Miete für eine solche Wohnung. Carrie bemerkte den Unterschied in der Größe der Zimmer hier und in Chicago.

«Du wirst nichts Besseres finden, Liebste», sagte Hurstwood, «höchstens in einem altmodischen Gebäude, und dann müßtest du eben die anderen Bequemlichkeiten entbehren.»

Carrie wählte die Wohnung, weil das Haus erst vor kurzem erbaut worden, die Holzverkleidung darin hell war. Es gehörte zu den ganz modern eingerichteten Häusern mit Zentralheizung – ein großer Vorteil. Die Herdnische, die Heiß- und Kaltwasseranlage, der Aufzug, das Haustelefon und die Klingel zum Pförtner gefielen ihr sehr. Sie besaß genügend Hausfraueninstinkte, um an solchen Dingen Freude zu finden.

Hurstwood traf mit einer Möbelfirma, die auf Raten lieferte, ein Abkommen. Sie richtete ihnen die Wohnung gegen sofortige Zahlung von fünfzig Dollar und Monatsraten zu je zehn Dollar vollständig ein. Dann ließ er ein Schildchen mit dem Namen G. W. Wheeler anfertigen, das er auf dem Briefkasten in der Halle befestigte. Es klang Carrie sehr sonderbar, wenn der Hausbesorger sie als Frau Wheeler ansprach. Aber mit der Zeit gewöhnte sie sich daran und betrachtete den Namen als ihren eigenen.

Nachdem die häuslichen Angelegenheiten geordnet waren, suchte Hurstwood einige inserierende Geschäfte auf, um sich an irgendeiner gutgehenden Bar in der Stadt zu beteiligen. Nach der palastartigen Vergnügungsstätte in der Adamsstraße konnten ihm die gewöhnlichen Trinkstuben nicht gefallen. Er verlor mehrere Tage mit ihrer Besichtigung und fand sie unerträglich. Doch erfuhr er vieles aus Gesprächen, denn er entdeckte den Einfluß der Tammany Hall und wie gut es war, sich mit der Polizei zu verhalten. Als die einträglichsten Geschäfte erkannte er jene, in denen es keineswegs so rechtlich-kaufmännisch zuging wie in der Bar von Fitzgerald und Moy. An solchen Orten fand man gewöhnlich elegant eingerichtete rückwärtige oder abgesonderte Zimmer im zweiten Stock. Den stattlichen Besitzern – große Diamantenknöpfe blitzten auf ihren Hemdbrüsten und ihre Anzüge zeigten modernsten Schnitt – sah er an, daß das Alkoholgeschäft hier wie anderswo den gleichen Goldgewinn brachte.

Schließlich fand er einen Mann, der eine anscheinend sehr gut gehende Bar in der Warrenstraße besaß. Sie machte einen netten Eindruck, man konnte sie auch noch schöner ausgestalten. Der Besitzer behauptete, die Einnahmen seien glänzend.

«Wir haben es mit einer sehr guten Gesellschaftsklasse zu tun», versicherte er Hurstwood. «Kaufleute, Geschäftsangestellte, Künstler – fein angezogene Leute, keine Lumpen. Denen gestatten wir nicht den Eintritt.»

Hurstwood lauschte dem Klingeln, das die Kasseeinnahmen anzeigte, beobachtete eine Zeitlang den Geschäftsgang.

«Wirft es auch für zwei genug ab?» fragte er.

«Das können Sie selbst sehen, wenn Sie in der Alkoholbranche überhaupt ein Urteil haben», sagte der Besitzer. «Das ist eines der Lokale, die mir gehören. Das andere liegt in der Nassaustraße. Ich kann sie nicht beide allein leiten. Wenn ich jemanden hätte, der sich gut auskennt, würde ich ihn gerne als Mitinhaber in diese Bar aufnehmen und ihm die Geschäftsführung überlassen.»

«Ich habe reichlich Erfahrung gehabt», sagte Hurstwood mit gewinnender Stimme, aber er fühlte sich nicht sicher genug, um Fitzgerald und Moy zu nennen.

«Also, wenn es Ihnen paßt, Herr Wheeler –» sagte der Besitzer.

Er bot Hurstwood nur ein Drittel Anteil an dem Warenlager, der Einrichtung und der Kundschaft gegen eine Summe von tausend Dollar, die der neue Partner erlegen sollte, und die Gewähr, daß er wirklich fähig sei, das Geschäft zu leiten. Die Besitzfrage kam nicht in Betracht, da die Bar nur gemietet war.

Das Angebot war ganz ehrlich gemeint, aber für Hurstwood ergab sich die Frage, ob ein Drittel Anteil ihm hundertfünfzig Dollar monatliches Einkommen sicherte. Diese Summe hatte er für die laufenden Ausgaben des Haushaltes und ein behagliches Dasein festgesetzt. Nachdem es ihm aber schon einige Male vorher mißlungen, das Gewünschte zu entdecken, war es jetzt nicht mehr an der Zeit, zu zögern. Ein Drittel würde ihm wohl hundert Dollar monatlich sicherstellen. Wenn man die Bar richtig führte, Verbesserungen traf, konnte sie vielleicht mehr einbringen. Deshalb entschloß er sich, als Teilhaber einzutreten, erlegte tausend Dollar und war bereit, am nächsten Tag seine Stellung zu übernehmen.

Zuerst war er geneigt, sich sehr darüber zu freuen, und sagte Carrie, er glaube, es ausgezeichnet getroffen zu haben. Die Zeit aber brachte andere Einsicht. Er fand seinen Partner sehr unangenehm. Oft hatte er einen Rausch, was ihn in schlechte Stimmung versetzte. Daran war Hurstwood im Beruf am allerwenigsten gewöhnt. Im übrigen ging das Geschäft nicht immer gleich. Hier gab es keinen Kundenstamm, wie er sich seiner in Chicago erfreut hatte. Er sah ein, daß er lange brauchen würde, um Freunde zu gewinnen. Diese Leute hasteten ein und aus, ohne das Vergnügen zu suchen, das man in Freundschaft finden kann. Es war kein Ort, an dem man zu traulichem Gespräch verweilte. Tage und Wochen vergingen, ohne daß ihm eine herzliche Begrüßung zuteil wurde, wie er sie in Chicago täglich gewohnt gewesen war.

Außerdem vermißte Hurstwood die Erfolgreichen – die gutangezogene erlesene Elite, die den gewöhnlichen Bars etwas von ihrem Ansehen verleiht und Neuigkeiten aus den zugänglich vornehmen Kreisen bringt. Monatelang bekam er nicht eine Persönlichkeit dieser Art zu sehen. An manchen Abenden, wenn er noch auf seinem Posten war, las er in den Zeitungen Nachrichten von berühmten Leuten, die er kannte – mit denen er oft zusammen beim Wein gesessen. Sie mochten wohl eine Bar wie die von Fitzgerald und Moy in Chicago oder das Hoffmannhaus hier in der Stadt besuchen, aber er wußte, daß er sie nie bei sich würde empfangen können.

Das Geschäft trug auch nicht so viel ein, wie er gedacht. Jetzt nahm es ein wenig zu, doch begriff er, daß er seine Ausgaben für den Haushalt werde einschränken müssen. Das schien ihm erniedrigend.

Zu allererst schien es ihm beglückend, spät nachts heimzukehren und Carrie vorzufinden. Er brachte es fertig, zwischen sechs und sieben heimzueilen, mit ihr zu essen; bis neun Uhr morgens zu Hause zu bleiben. Aber der Reiz der Neuheit schwand nach einiger Zeit, und er begann das öde Einerlei seiner Pflichten zu fühlen.

Der erste Monat war kaum vorüber, als Carrie ganz natürlich sagte: «Ich möchte diese Woche in die Stadt gehen und ein Kleid kaufen.»

«Was für eines?» fragte Hurstwood.

«Oh, etwas für die Straße.»

«Schön», erwiderte er lächelnd, obgleich er im Geiste feststellte, es wäre für seine Kasse besser, wenn sie es nicht täte. Am nächsten Tage sprachen sie nicht darüber, aber am folgenden Morgen fragte er:

«Hast du schon etwas in deinem Kleiderkauf unternommen?»

«Noch nicht.»

Er machte eine Pause von einigen Augenblicken, als dächte er nach, und sagte dann:

«Wäre es dir unangenehm, die Sache einige Tage zu verschieben?»

«Nein», erwiderte Carrie, die nicht wußte, wo er hinauswollte. Sie hatte vorher nie gedacht, daß er in Geldverlegenheit sein könne. «Warum?»

«Na, ich will es dir sagen», meinte Hurstwood. «Das Geschäft verschlingt gerade jetzt einen Haufen Geld. Ich hoffe ja, es in Kürze zurückzuerhalten, aber augenblicklich bin ich etwas in der Klemme.»

«Oh», erwiderte Carrie, «aber natürlich, Lieber. Warum hast du es mir nicht schon früher gesagt?»

«Es war nicht nötig.» Trotz ihres Nachgebens lag etwas in der Art Hurstwoods, was Carrie an Drouet und sein kleines Geschäft erinnerte, das abzuschließen er immer im Begriff stand. Der Gedanke blitzte nur sekundenlang auf, aber es war ein Anfang. Etwas Neues in ihrer Beurteilung des Mannes.

Andere Dinge folgten von Zeit zu Zeit, ähnliche Kleinigkeiten, die, gehäuft, einer völligen Offenbarung gleichkamen. Carrie war keineswegs dumm. Zwei Menschen können nicht lange miteinander leben, ohne zu gegenseitigem Verstehen zu gelangen. Die inneren Schwierigkeiten verraten sich, ob man sie freiwillig beichtet oder nicht. Sorgen vergiften die Luft, verbreiten Bedrücktheit, die für sich selbst spricht. Hurstwood war ebensogut wie früher gekleidet, aber es waren dieselben Sachen, die er in Kanada getragen. Carrie bemerkte, daß er sich keine große Ausstattung besorgte, obgleich er nicht viel hatte. Bemerkte auch, daß er sie nicht oft aufforderte, irgendwohin zu gehen, nichts über das Essen sagte, seines Geschäftes wegen sorgenvoll schien. Dies war nicht der leichtlebige Hurstwood von Chicago – nicht der wohlhabende, freigebige Hurstwood, den sie gekannt. Die Veränderung war zu auffällig, als daß sie hätte unbeachtet bleiben können.

Mit der Zeit nahm sie wahr, daß ein Wechsel eingetreten und sie von ihrem Gatten nicht ins Vertrauen gezogen wurde. Augenscheinlich war er verschwiegen, wollte nur mit sich allein Rates pflegen. Sie mußte ihn selbst nach Kleinigkeiten fragen. Das ist einer Frau nicht angenehm. Große Liebe kann es verständlich, begreiflich machen. Wo keine große Liebe vorhanden ist, gelangt man zu entscheidenderen, weniger erfreulichen Schlußfolgerungen.

Hurstwood aber kämpfte einen bitteren Kampf gegen die Schwierigkeiten einer veränderten Lebensstellung. Er war zu klug, um nicht den ungeheuren Fehler einzusehen, den er begangen hatte, und nicht zu würdigen, daß er noch gut getan, seine jetzige Arbeit anzunehmen. Und doch konnte er nicht umhin, seine gegenwärtige Lage mit seiner früheren zu vergleichen – Stunde um Stunde, Tag um Tag.

Seitdem er kurz nach seiner Ankunft einer Begegnung nicht hatte entrinnen können, wurde er von der Angst gequält, Bekannte aus alten Zeiten anzutreffen. Auf dem Broadway erblickte er einmal einen seiner Freunde. Keine Zeit mehr, Nichterkennen zu heucheln! Sie hatten zu scharfe Blicke ausgetauscht; es war zu deutlich, daß sie um einander wußten. Deshalb fand der Mann, der für ein Warenhaus in Chicago einkaufte, es schicklich, stehenzubleiben.

«Wie geht's?» fragte er und streckte Hurstwood die Hand entgegen. Offensichtlich mit gemischten Gefühlen und ohne Teilnahme.

«Sehr gut», sagte Hurstwood, ebenso verlegen. «Und Ihnen?»

«Ganz ordentlich; ich bin in New York, um ein wenig einzukaufen. Wohnen Sie jetzt hier?»

«Ja», sagte Hurstwood. «Habe eine Stellung in der Warrenstraße.»

«So? Freut mich. Will Sie mal besuchen.»

«Bitte.»

«Auf bald», sagte der andere freundlich lächelnd und ging.

«Er hat mich nicht nach der Hausnummer gefragt», dachte Hurstwood, «denkt nicht daran, zu mir zu kommen.» Er wischte sich die feuchtgewordene Stirn und hoffte von Herzen, er würde niemanden sonst treffen.

Solche Erlebnisse veränderten schlechterdings seine gute Laune. Er hoffte nur auf eine Besserung in finanzieller Beziehung. Nun, er hatte Carrie. Die Möbel zahlte er langsam ab. Seine Stellung war befriedigend. Carrie mußte sich jetzt mit den Vergnügungen behelfen, die er ihr gewähren konnte. Er vermochte wahrscheinlich noch genügend lange an seinen Vorspiegelungen festzuhalten, ohne Nötigung, für sie einstehen zu müssen – und dann würde alles gut werden. Dabei unterließ er es nur, die schwache menschliche Natur, die Schwierigkeiten des Ehelebens in Rücksicht zu ziehen. Carrie war jung. Er und sie waren wechselnden Stimmungen unterworfen. Jeden Augenblick konnten die gespannten Empfindungen am Eßtisch aufeinanderprallen. Dies ereignet sich auch in innig verbundenen Familien. Kleinigkeiten, die bei solchen Gelegenheiten zum Ausdruck gelangen, bedürfen tiefer Zuneigung, um in Vergessenheit zu geraten. Sonst machen beide Teile ihre eigene Rechnung auf und bilden bald ein Problem.

## Ein Schoßkind des Glücks: Broadway prunkt mit seinen Freuden

Der Einfluß, den die Stadt und seine eigene Lage auf Hurstwood ausübten, fand sein Gegenstück in Carrie. Alles vom Schicksal Gebotene nahm sie freudig auf. Trotz anfänglichen Mißfallens erregte New York sehr bald ihr größtes Interesse. Die klare Luft, die belebteren Straßen, die eigentümliche Gleichgültigkeit der Stadt machten auf sie starken Eindruck. Noch nie hatte sie eine so kleine Wohnung wie die ihrige gesehen, und doch gefiel sie ihr bald sehr gut. Die neuen Möbel nahmen sich stattlich aus, das Büfett, das Hurstwood selbst mit Glaszeug eingerichtet, blinkte und glitzerte. Jedes Zimmer war passend ausgestattet, und in den sogenannten Salon oder das Vorderzimmer wurde ein Klavier gestellt, weil Carrie sagte, sie möchte gerne spielen lernen. Sie hielt eine Wirtschaftsgehilfin und entwickelte sich in Methode und Erfahrung, einen Haushalt zu leiten. Zum erstenmal in ihrem Leben fühlte sie sich sicher, in den Augen der Gesellschaft gerechtfertigt, wie sie es eben verstand. Ihre Gedanken waren fröhlich und unschuldig genug. Lange dachte sie über die New Yorker Mietverhältnisse nach. Wunderte sich, daß zehn Familien in einem Gebäude lebten, einander fremd und gleichgültig blieben. Staunte auch über die Pfeifensignale der Hunderte von Schiffen im Hafen – die lang und dumpf hinhallenden Schreie der Dampfer und Fähren im Nebel. Diese Dinge sprachen vom Meer – das allein schon machte sie wunderbar. Oft blickte sie auf den Hudsonfluß, soweit sie ihn aus den Westfenstern zu erspähen vermochte, auf die große Stadt, die rasch auf beiden Seiten emporwuchs. Es gab vieles, worüber man sich Gedanken machen konnte, und es genügte mehr als ein Jahr lang, sie zu zerstreuen, ohne ihr langweilig zu werden.

Hurstwoods Zärtlichkeit nahm sie immer noch ganz gefangen. Obgleich er viele Sorgen hatte, sprach er ihr niemals davon. Benahm sich in der gleichen selbstsicheren Art, ertrug seinen neuen Stand mit heiterer Gelassenheit und freute sich an Carries Neigungen und Erfolgen. Jeden Abend erschien er pünktlich zur Mahlzeit und fand das Eßzimmer höchst einladend. Die Kleinheit des Raumes erhöhte nur seine Behaglichkeit. Auf dem weißgedeckten Tisch standen hübsch angerichtete Platten, die von einem vierarmigen Kandelaber beleuchtet wurden. Jede Lampe hatte einen roten Schirm. Carrie und das Mädchen bereiteten die Braten mit vereinten Kräften auf das vorzüglichste, und eine Zeitlang taten Konserven das übrige. Carrie lernte die Kunst, Kuchen zu backen, und bald gelangte sie so weit, eine Platte mit delikaten leichten Bissen auf den Tisch zu bringen.

So vergingen die ersten vier Monate. Der Winter kam und mit ihm das Gefühl, daß er innerhalb der vier Wände am gemütlichsten sei. Von Theaterbesuchen war also nicht viel die Rede. Hurstwood machte die größten Anstrengungen, um allen Ausgaben gerecht zu werden, ohne sich in dem oder jenem Sinne etwas anmerken zu lassen. Er behauptete, daß er sein Geld von neuem anlege, um das Geschäft für größere zukünftige Erfolge zu stärken. Begnügte sich selbst mit einer geringen Summe für Kleidung und schlug Carrie selten etwas Neues vor. Und dann war der erste Winter vorüber.

Im zweiten Jahr hob sich das Geschäft ein wenig. Jetzt warf es ihm regelmäßig die hundertfünfzig Dollar monatlich ab, die er erwartet hatte. Unglücklicherweise gelangte Carrie damals zu gewissen Einsichten, und er trieb einige Bekanntschaften auf.

Da Carries Natur eher passiv aufnehmend als selbständig und angreiferisch war, fügte sie sich in ihre Lage. Ihre Lebensstellung schien ja ganz erfreulich. Manchmal gingen sie zusammen in ein Theater, während der schönen Jahreszeit fuhren sie gelegentlich ans Meer und sonst in Ausflugsorte der Umgebung, aber sie erwarben sich keine Freunde. Hurstwood hörte natürlich auf, mit seinen feinen Manieren vor Carrie großzutun, und behandelt sie mit freundlicher Vertraulichkeit. Es gab keine Mißverständnisse, keine offenen Meinungsverschiedenheiten zwischen ihnen. Da er kein Geld, keine Freunde besaß, die er hätte besuchen können, führte er tatsächlich ein Leben, das weder Eifersucht noch Mißdeutung hervorrufen konnte. Carrie nahm an seiner Arbeit einigen Anteil und machte sich keine Gedanken darüber, daß sie weniger Vergnügen genoß als in Chicago. New York als Lebensganzes und ihre Wohnung schienen ihr für den Augenblick zu genügen.

Aber als Hurstwoods Geschäft anfing, besser zu gehen, fand er doch einigen Verkehr. Vergönnte sich auch eine reichhaltigere Kleiderausstattung. Er brachte sich selbst die Überzeugung bei, daß sein häusliches Leben ihm sehr teuer war, aber zuließ, daß er gelegentlich der Abendmahlzeit fernbleiben durfte. Als er dies das erste Mal tat, sendete er Botschaft. Carrie aß allein und wünschte, daß es sich nicht wieder ereignen möge. Auch das zweite Mal benachrichtigte er sie, aber erst im letzten Augenblick. Das dritte Mal vergaß er es völlig und entschuldigte sich nachher. Zwischen jedem dieser Geschehnisse lagen Monate.

«Wo bist du gewesen, George?» fragte Carrie nach dem ersten Fernbleiben.

«Wurde im Geschäft zurückgehalten», sagte er munter. «Mußte einige Rechnungen in Ordnung bringen.»

«Schade, daß du nicht heimkommen konntest. Ich wollte gerade ein besonders gutes Abendessen bereiten.»

Das zweite Mal entschuldigte er sich auf ähnliche Weise, aber das dritte Mal empfand es Carrie etwas anders als gewöhnlich.

«Ich konnte nicht nach Hause kommen», sagte er, als er später am Abend heimkehrte. «Hatte zu tun.»

«Konntest du es mir nicht mitteilen lassen?»

«Ich wollte», sagte er, «aber, weißt du, ich vergaß es und dann war es zu spät, hatte keinen Zweck mehr.»

«Und ich habe ein so gutes Abendessen gekocht.»

Nun geschah es, daß Hurstwood aus seinen Beobachtungen von Carries Verhalten schloß, sie gehöre zu der häuslichen Frauenart. Nach einem Jahr dachte er wirklich, daß ihr Wesen sich hauptsächlich in der Erfüllung von Hausfrauenpflichten auswirke. Obgleich er sie ja in

Chicago hatte Theater spielen sehen und während des letzten Jahres sie nur beschränkt auf ihre Wohnung und auf ihn beobachten konnte, unter Bedingungen, die er geschaffen – gelangte er doch zu diesem eigentümlichen Schluß.

Damit bemächtigte sich Hurstwoods ein Gefühl der Befriedigung, daß ihm eine so genügsame Gattin beschieden. Dies führte zu natürlichen Folgen. Da er sich einbildete, sie sei zufrieden, hielt er es für seine Pflicht, nur das zu geben, was zu dieser Befriedigung beitrug. Er versorgte sie mit Möbeln, Hausausstattung, Nahrung und den nötigen Kleidern. Immer weniger dachte er daran, sie zu zerstreuen, sie in den Glanz des Lebens hinauszuführen. Er fühlte sich von der Außenwelt angezogen, dachte aber nicht, ihr könnte daran liegen, ihn dahin zu begleiten. Einmal besuchte er allein das Theater. Ein andermal schloß er sich zwei neugefundenen Freunden zu einem Abendpoker an. Er verfügte über mehr Geld, und es schien ihm, als müßte er sich ein wenig umtun. Doch all dies weniger üppig, als seine Gewohnheit in Chicago gewesen. Er mied die lustigen Orte, wo er Bekannte hätte treffen können.

Nun, Carrie begann dies auf verschiedene Art sinnfällig zu spüren. Sie gehörte nicht zu jenen Frauen, die durch die Handlungen des Mannes ernstlich hätten gekränkt werden können. Da sie ihn nicht tief liebte, konnte sie nicht unter Eifersucht leiden. Tatsächlich war sie überhaupt nicht eifersüchtig. Hurstwood gefiel ihre friedliche Art, die er aber pflichtgemäß hätte berücksichtigen sollen. Wenn er nicht nach Hause kam, schien es ihr nicht gar so fürchterlich. Sie glaubte, daß es für ihn, gleich den anderen Männern, verschiedene Lockungen gebe. Leute, mit denen er plauderte, Orte, an denen er sich gerne aufhielt, Freunde, die er zu Rate ziehen wollte. Sie hatte nichts dagegen, daß er sich in dieser Art vergnügte, mochte aber deshalb nicht selbst vernachlässigt werden. Ihre Lage war trotzdem noch immer ganz erträglich. Sie bemerkte nur, daß Hurstwood etwas anders war.

Als sie das zweite Jahr in der Achtundsiebzigsten Straße wohnten, wurde im Gang gegenüber die Wohnung frei. Eine sehr hübsche junge Frau zog mit ihrem Gatten ein, und Carrie lernte sie beide später kennen. Die Bekanntschaft wurde durch die Anordnung der Wohnungen vermittelt, die sich an einem Platz, dem Aufzug, sozusagen vereinten. Diesen nützlichen Aufzug, in dem Heizmaterial, Kolonialwaren und ähnliches aus dem Erdgeschoß hinauf, Küchenabfälle hinuntergeschickt wurden, benützten die beiden Mietparteien eines Stockwerks; das heißt, aus jeder Wohnung führte eine kleine Türe zu ihm.

Wenn beide Parteien zu gleicher Zeit dem Pfiff des Hausbesorgers Folge leisteten, standen sie einander gegenüber, sobald sie die Aufzugstürchen öffneten. Als Carrie eines Morgens ihre Zeitung holte, war die neue Mieterin, eine hübsche, etwa dreiundzwanzigjährige Brünette, zu ähnlichem Zweck erschienen. Sie trug nur Nachthemd und Schlafrock, ihr Haar war ganz zerzaust, aber sie sah so hübsch und gutmütig aus, daß Carrie gleich Gefallen an ihr fand. Die junge Frau lächelte etwas verschämt, aber das genügte. Carrie fühlte, daß sie ihr gerne nähertreten möchte, und ähnlich empfand auch die Fremde, die Carries unschuldiges Gesicht bewunderte.

«Eine wirklich hübsche Frau ist da in die Nachbarwohnung eingezogen», sagte Carrie zu Hurstwood am Frühstückstisch.

«Wer sind sie?»

«Ich weiß nicht. Der Name unterhalb der Klingel ist Vance. Jemand spielt dort wunderschön Klavier. Ich glaube, das ist sie.»

«Na, man kann in dieser Stadt niemals sagen, mit was für Leuten man Tür an Tür wohnt», sagte Hurstwood und drückte damit die gewöhnliche New Yorker Meinung über Nachbarn aus.

«Denk mal», sagte Carrie, «seit mehr als einem Jahr wohne ich in diesem Hause mit neun anderen Familien und kenne keine Menschenseele. Unsere Nachbarn wohnen hier schon über einen Monat, und bis heute morgen hatte ich noch nie jemanden von ihnen gesehen.»

«Vielleicht ist's besser so», sagte Hurstwood. «Man kann nie wissen, auf was man da hereinfällt. Manche von diesen Leuten gehören wohl einer ziemlich schlechten Gesellschaft an.»

«Wahrscheinlich», sagte Carrie, um ihm angenehm zu sein.

Das Gespräch wendete sich anderen Dingen zu und Carrie dachte nicht mehr an die Sache, als sie etwa zwei Tage später auf ihrem Marktausgang Frau Vance begegnete, die gerade heimkam. Sie erkannte Carrie und nickte ihr zu; Carrie dankte lächelnd. Dies ergab die Möglichkeit zu näherem Verkehr. Sonst hätte in Zukunft eine Verbindung nicht stattgefunden.

Einige Wochen lang sah Carrie Frau Vance nicht mehr, aber durch die dünnen Wände hindurch hörte sie sie spielen und freute sich über die fröhlichen Musikstücke und die vorzügliche Wiedergabe. Sie selbst spielte nur mäßig gut, und die Vielseitigkeit, die Frau Vance bewies, schien Carrie hoher Kunst nahezukommen. Alles, was sie bisher gesehen und gehört – nur Bruchstücke und schattenhafte Eindrücke –, bezeugte, daß diese Leute, einigermaßen kultiviert, in behaglichen Verhältnissen lebten. Deshalb war Carrie bereit, die Bekanntschaft fortzusetzen und zu vertiefen, wenn es sich ergäbe.

Eines Tages erklang Carries Türglocke und das Mädchen drückte in der Küche auf den Knopf, wodurch die Vordertür des allgemeinen Einganges im Erdgeschoß elektrisch geöffnet wurde. Als Carrie an ihrer eigenen Tür im dritten Stock wartete, um zu sehen, wer wohl auf Besuch zu ihr käme, erschien Frau Vance.

«Hoffentlich werden Sie mich entschuldigen», sagte sie. «Ich ging vor einer Weile aus und vergaß meinen Schlüssel zur Haustür. Da hab ich mir gedacht, ich könnte bei Ihnen läuten.»

Ein bei den anderen Hausbewohnern sehr beliebtes Hilfsmittel, sooft sie ihre Schlüssel vergaßen. Aber sie brachten deswegen keine Entschuldigungen vor.

«Freilich», sagte Carrie. «Ich freue mich, daß es Ihnen eingefallen ist. Manchmal mache ich es auch so.»

«Ist das Wetter nicht herrlich?» fragte Frau Vance und blieb einen Augenblick stehen.

Nach einem Vorgeplänkel war die Bekanntschaft also eingeleitet, und Carrie fand in der jungen Frau eine angenehme Gefährtin.

Öfters ging Carrie zu ihr, sie empfing ihren Gegenbesuch. Die Wohnungen beider waren hübsch, wenn auch das Heim der Vance etwas mehr zum Luxus neigte.

«Ich möchte, daß Sie heute abend herüberkommen und meinen Mann kennenlernen», sagte Frau Vance kurze Zeit nachdem sie einander nähergetreten. «Er wünscht es so sehr. Sie spielen doch Karten, nicht?»

«Ein wenig.»

«Schön, wir wollen also ein Spielchen machen. Wenn Ihr Mann heimkehrt, bringen Sie ihn doch mit.»

«Er kommt heute abend nicht zum Essen.»

«Na, sollte er doch noch eintreffen, werden wir ihn rufen lassen.»

Carrie war's zufrieden. An diesem Abend wurde ihr der stattliche Vance vorgestellt. Er war einige Jahre jünger als Hurstwood und verdankte seine anscheinend glückliche Ehe mehr seinem Gelde als seinem Äußeren. Auf den ersten Blick hatte er von Carrie eine gute Meinung, bemühte sich, freundlich zu sein, lehrte sie ein neues Kartenspiel, erzählte ihr von New York und seinen Vergnügungen. Frau Vance spielte ein wenig Klavier, und schließlich kam auch Hurstwood.

«Sehr erfreut», sagte er zu Frau Vance, als Carrie ihn vorstellte, und zeigte viel von der alten Anmut, die Carrie bezaubert hatte.

«Haben Sie geglaubt, Ihre Frau sei Ihnen davongerannt?» fragte Herr Vance, als er ihm nach der Vorstellung die Hand reichte.

«Ich wußte nicht, ob sie nicht vielleicht einen besseren Mann gefunden habe», sagte Hurstwood.

Nun wendete er seine Aufmerksamkeit Frau Vance zu, und blitzartig erkannte Carrie wieder, was sie unbewußt schon seit einiger Zeit an Hurstwood vermißte – die Gewandtheit und Schmeichelkunst, deren er fähig. Sah auch, daß sie nicht gut gekleidet – nicht annähernd so gut gekleidet war wie Frau Vance. Sie machte sich nichts mehr vor. Ihre Lage zeigte sich ihr in klarem Licht. Sie fühlte, daß ihr Leben schal wurde, und sah darin einen Grund zu Verdüsterung. Die alte drängende Melancholie half wieder mal aus. Der begehrlichen Carrie flüsterten Stimmen allerhand Wunschträume zu.

Dieses Erwachen führte nicht zu unmittelbaren Ergebnissen, denn Carrie besaß nur geringe unternehmende Kraft; doch schien sie immer fähig, sich leicht der Welle des Wechsels zu überlassen, von der sie mitgerissen werden konnte. Hurstwood bemerkte nichts. Er war sich des auffallenden Gegensatzes nicht bewußt, den Carrie wahrgenommen. Entdeckte nicht einmal die Spur von Trübsal in ihren Augen. Das Schlimmste: Carrie begann sich jetzt in ihrer Wohnung einsam zu fühlen und suchte die Gesellschaft der Frau Vance, die sie sehr gern hatte.

«Wir wollen heute nachmittag ins Theater gehen», sagte Frau Vance, als sie eines Morgens in Carries Wohnung trat, noch in einem zartrosa Schlafrock, den sie beim Aufstehen angelegt. Fast eine Stunde vorher waren Hurstwood und Vance ihre verschiedenen Wege gegangen.

«Gern», meinte Carrie und sagte sich, man merke es dem Äußern ihrer Nachbarin wohl an, daß sie eine verwöhnte und gepflegte Frau sei. Sie sah aus, als werde sie zärtlich geliebt, als erfülle man jeden ihrer Wünsche. «Was werden wir uns anschauen?»

«Oh, ich möchte Nat Goodwin sehen», sagte Frau Vance. «Ich finde, er ist der beste Schauspieler. In den Zeitungen steht, es sei ein so gutes Stück.»

«Wann werden wir aufbrechen müssen?» fragte Carrie.

«Wir wollen um ein Uhr gehen und von der Vierunddreißigsten Straße an den Broadway hinunterbummeln», sagte Frau Vance. «Ein so interessanter Spaziergang! Er spielt im Theater auf dem Madisonsquare.»

«Ich freue mich», sagte Carrie. «Was werden die Sitze kosten?»

«Nicht mehr als einen Dollar.»

Frau Vance ging, erschien um ein Uhr wieder, fabelhaft aufgemacht, in einem dunkelblauen Straßenkleid mit einem feschen, dazu passenden Hut. Carrie hatte sich auch sehr hübsch hergerichtet, aber es kränkte sie zu sehen, wie sehr sie von ihrer Nachbarin abstach. Frau Vance schien so viele reizende kleine Dinge zu besitzen, die Carrie fehlten. Goldene Schmucksachen, eine elegante grüne Lederbörse mit den Anfangsbuchstaben ihres Namens, ein reichgesticktes Phantasietaschentuch und ähnliches. Carrie fühlte, daß sie mehr und bessere Kleider brauchte, um den Vergleich mit dieser Frau bestehen zu können, und daß jeder, der sie beide ansah, Frau Vance nur um ihrer Toilette willen vorziehen würde. Es war ein peinlicher, wenn auch ungerechter Gedanke, denn Carries Gestalt war jetzt ebenso schön – sie hatte sich zu einem äußerst anziehenden Schönheitstypus ihrer Art entwickelt. In der Kleidung zeigte sich ein Unterschied – Carrie besaß nicht so gute Sachen und trug sie länger –, es fiel nicht besonders auf. Doch genügte es, um Carries Unzufriedenheit zu unterstreichen.

Der Spaziergang den Broadway hinunter zählte damals wie jetzt zu den Eigenarten der Stadt. Hier versammelten sich vor und nach der Matinee nicht nur alle hübschen Frauen, die glänzende Schaustellung lieben, auch die Männer, die sie gerne ansehen und bewundern. Ein stattlicher Zug von reizenden Gesichtern und eleganten Kleidern. Die Frauen trugen ihre besten Hüte, Schuhe und Handschuhe und gingen Arm in Arm in die prächtigen Geschäfte oder Theater, die sich von der Vierzehnten bis zur Vierunddreißigsten Straße erstreckten. Ebenso stolzierten auch die Männer in den letzten Modeneuheiten, die sie sich leisten konnten. Ein Schneider hätte sich da Anregungen für den Schnitt von Anzügen, ein Schuhmacher für die richtigen Leisten und Farben, ein Hutmacher für Hutformen holen können. Wenn jemand, der schöne Kleider gern hatte, sich etwas Neues anschaffte, wurde es sicher zum erstenmal auf dem Broadway an die Luft geführt. Diese Tatsache war so richtig und einleuchtend, daß einige Jahre später ein Chanson, das diese und andere Einzelheiten der Parade zur Zeit der Nachmittagsvorstellungen behandelte, unter dem Titel «Was für ein Recht hat er auf den Broadway?» veröffentlicht wurde und in den Varietés der Stadt den allergrößten Erfolg fand.

Seit ihrem Aufenthalt in New York hatte Carrie von dieser Parade noch nie gehört; war niemals auf dem Broadway gewesen, wenn sie stattfand. Für Frau Vance war sie nichts Neues. Sie kannte sie nicht nur als Einrichtung, sondern hatte auch oft an ihr teilgenommen, war absichtlich hergekommen, um zu sehen und gesehen zu werden, mit ihrer Schönheit aufzufallen. Und etwaigem Nachlassen in ihrer Eleganz vorzubeugen, indem sie sich mit der Schönheit und Mode der ganzen Stadt verglich.

Nachdem sie an der Vierunddreißigsten Straße aus dem Wagen gestiegen waren, ging Carrie leichten Schrittes vorwärts. Bald aber hafteten ihre Augen an der fröhlichen Gesellschaft, die an ihnen vorbei und mit ihnen weiterzog. Sie bemerkte plötzlich, daß Frau Vance sich steifer hielt, als flotte junge Leute und elegant gekleidete Frauen sie ansahen, deren Blicke durch keinerlei Anstandsregeln gehemmt wurden. Anstarren schien hier das richtige und natürliche. Carrie fühlte, wie man sie anglotzte und beäugte. Männer in tadellosen Überröcken, Zylindern, mit silberbeknauftem Spazierstock, stießen sich mit den Ellbogen näher und blickten etwas oft in schuldbewußte Augen. Damen rauschten in steifen Tuchkleidern vorüber, verbreiteten geziertes Lächeln und Wohlgerüche. Carrie bemerkte unter ihnen hie und da einen Funken von Anständigkeit und den großen Prozentsatz des Lasters. Geschminkte und gepuderte Wangen, gefärbte Lippen, parfümiertes Haar, große, feuchte und schmachtende Augen waren häufig. Sie schreckte auf, erwachte und fand sich mitten in der modischen Menge, auf der Parade – zur Schaustellung – und was für einer Schaustellung! Bemerkenswert häufig glitzerten längs der Straße Auslagen der Juweliere auf. Blumen- und Schnittwarenhändler, Kürschner, Kleidergeschäfte folgten rasch aufeinander. Die Straße war voll von Wagen. Prunkvolle Türhüter in ungeheuren Röcken mit glänzenden Kupfergürteln und Knöpfen warteten vor kostspieligen Verkaufsläden. Kutscher in lohfarbenen Stiefeln, weißen engen Beinkleidern und blauen Jacken warteten unterwürfig auf ihre Herrinnen, die drinnen ihre Einkäufe besorgten. Die ganze Straße roch nach Reichtum und Prunk, und Carrie fühlte, daß sie nicht dazugehörte. Für ihr Leben gern hätte sie die schicke Haltung der Frau Vance angenommen, die in ihrer Schönheit die verkörperte Selbstsicherheit darstellte. Sie vermochte es nicht. Bildete sich nur ein, daß viele bemerken mußten, sie sei weniger gut angezogen als ihre Freundin. Es schmerzte sie und sie beschloß, nicht eher wieder herzukommen, als bis sie besser aussah. Zugleich sehnte sie sich nach dem Entzücken, hier als Gleichberechtigte zu paradieren. Ach, würde sie dann glücklich sein!

## Belsazars Fest: ein Seher muß es deuten

Die durch diesen Spaziergang in Carrie geweckten Empfindungen versetzten sie in eine Stimmung, die sie für das Erschütternde des Stückes besonders empfänglich machte. Der Schauspieler, den sie sehen wollten, hatte sich seine Beliebtheit durch die Darstellung eines süßlichen Komödientyps errungen, dessen Charakterzeichnung genügend Schmerzliches beigemischt war, um den Humor nur stärker hervortreten zu lassen. Auf Carrie übte die Bühne, wie wir wohl wissen, eine große Anziehung aus. Sie hatte ihre einzige Erfahrung in Chicago nicht vergessen. Sie lebte in ihrem Geist, beschäftigte sie während manchen langen Nachmittags, wenn Schaukelstuhl und der neueste Roman ihr einziges Vergnügen bildeten. Manche Szenen erregten in ihr die Sehnsucht, an ihnen teilzunehmen – den Gefühlen Ausdruck zu leihen, die sie an Stelle des auftretenden Charakters empfinden würde. Fast immer begleiteten sie die lebendigen Phantasiebilder, und am folgenden Tage sann sie ihnen in ihrer Einsamkeit nach. In diesen Dingen lebte sie ebenso wie in den wirklichen, die ihr tägliches Dasein bedeuteten.

Nicht oft kam sie ins Theater, durch wirklich Erlebtes so im Innersten aufgewühlt. Heute hatten Eleganz, Frohsinn und Schönheit, die sie gesehen, ein leises Sehnsuchtslied in ihrem Herzen erklingen lassen. Oh, diese Frauen, die an ihr vorbeizogen, Hunderte und Hunderte – wer waren sie? Woher kamen die kostbaren eleganten Kleider, all der Tand aus Gold und Silber? Wo hatten diese anmutigen Geschöpfe ihr Heim? In welchem Rahmen von geschnitzten Möbeln, geschmückten

Wänden, kunstvollen Teppichen bewegten sie sich? Wo lagen ihre reichausgestatteten Wohnungen, von allem erfüllt, was Geld beschaffen konnte? In welchen Ställen hausten diese geschmeidigen nervösen Pferde, wurden die schimmernden Wagen aufbewahrt? Wo lungerten die stattlichen Lakaien herum? Oh, die Paläste, die Lichter, das Parfum, die in Überfluß prunkenden Boudoirs! Es mußte unzählige solcher Wohnsitze in New York geben, sonst könnten die wunderschönen, unverschämt-hochmütigen Geschöpfe nicht sein. Sie blühten in Gewächshäusern. Die Gewißheit, nicht zu ihnen zu gehören, tat Carrie weh; ach, sie hatte einen Traum geträumt, der sich nicht verwirklichte. Sie staunte selbst über ihre Einsamkeit in den vergangenen zwei Jahren – ihre Gleichgültigkeit der Tatsache gegenüber, daß sie nicht erreicht hatte, was sie erstrebt.

Das Stück war ein Salongebräu von der Art, wo entzückend gekleidete Damen und Herren in goldgerahmter Umgebung Liebeskummer und Eifersucht erleiden. Solche Empfindungen berauschen die Leute immer, die sich ihr Lebtag nach solcher Umgebung gesehnt, ohne daß ihr Wunsch je in Erfüllung ging. Welch ein Reiz, Kummer unter idealen Bedingungen zu zeigen! Wer kränkte sich nicht gerne auf einem vergoldeten Stuhl? Wer wollte nicht inmitten parfümierter Tapeten, weichgepolsterter Möbel und betreßter Lakaien Schmerz empfinden? Qual unter solchen Umständen wird verlockend. Carrie sehnte sich danach. Wünschte, ihre Trübsal, wie immer sie auch sein mochte, in einer solchen Welt zu tragen. Oder wenn dies nicht anging, sie wenigstens in solch bezauberndem Rahmen auf der Bühne vorzutäuschen. Sie war vom Gesehenen so durchwühlt, daß ihr das Stück außerordentlich schön vorkam. Bald verlor sie sich in der Welt, die es darstellte, und wünschte, nie zurückzukehren. Während der Pausen betrachtete sie gierig die Zuschauer auf den Vorderplätzen, in den Logen, und ahnte von neuem die Möglichkeiten New Yorks. Sie glaubte bestimmt, noch nicht alles gesehen zu haben – daß die Stadt ein einziger Wirbeltanz war von Lust und Freude.

Als sie aus dem Theater trat, gab ihr der Broadway noch eindringlichere Lehren. Die Szene, der sie früher beigewohnt, war nun belebter und auf ihrem Höhepunkt. Nie hatte sie eine solch erdrückende Fülle von Eleganz und toller Lust gesehen. Ihre Überzeugung festigte sich: sie hatte nicht gelebt, konnte nicht behaupten, gelebt zu haben, ehe etwas von diesen Herrlichkeiten ihr Leben verschönte. Frauen verschwendeten Geld wie Wasser; sie konnte das in jedem feinen Geschäft bemerken, an dem sie vorüberging. Blumen, Zuckerwerk, Juwelen schienen vor allem die Dinge, für die elegante Damen Interesse zeigen. Und sie – sie besaß kaum genug Taschengeld, um sich ein paarmal im Monat solche Ausgänge wie diesen zu vergönnen.

An diesem Abend erschien ihr die hübsche kleine Wohnung sehr gewöhnlich. Nicht das, wessen sich die übrige Welt erfreute. Gleichgültig sah Carrie zu, wie die Hausgehilfin an dem Abendessen arbeitete. Durch ihren Geist zogen Szenen aus dem Stück. Sie erinnerte sich besonders an eine wunderschöne Schauspielerin – die Geliebte, um die man freite und die gewonnen wurde. Die Grazie dieser Frau begeisterte Carrie. Ihre Kleider waren vollkommene Kunstschöpfungen, ihr Leiden wirkte so echt. Carrie konnte die Qualen fühlen, denen sie Ausdruck verlieh. Sie hatte gespielt, wie Carrie spielen zu können vermeinte. Es gab Stellen, die sie vielleicht besser wiedergegeben hätte. Sie wiederholte innerlich die Worte. Oh, könnte sie nur eine solche Rolle erlangen – wie reich wäre ihr Leben! Auch sie vermochte als Schauspielerin erschütternd zu wirken.

Hurstwood traf Carrie in schlechter Laune. Sie saß im Schaukelstuhl, wippte und dachte nach. Wie peinlich, daß ihre verführerischen Phantasien unterbrochen wurden! Sie sprach wenig oder gar nicht.

«Was ist los, Carrie?» fragte Hurstwood nach einer Weile, als er bemerkte, wie still, fast mürrisch sie war.

«Nichts», sagte Carrie. «Ich fühle mich heute abend nicht sehr wohl.»

«Doch nicht krank?» fragte er und trat ihr ganz nahe.

«O nein», sagte sie beinahe ärgerlich. «Bloß nicht ganz wohl.»

«Schade», sagte er und rückte sich die Weste zurecht, die sich infolge seines Vorbeugens verschoben. «Ich dachte, wir könnten heute ins Theater gehen.»

«Ich mag nicht», sagte Carrie. Sie war ärgerlich, daß ihre schönen Traumbilder vertrieben wurden. «Hab heute eine Nachmittagsvorstellung besucht.»

«So? Was war es denn?»

«‹Eine Goldmine›.»

«Hübsch?»

«Ganz gut», sagte Carrie.

«Und du willst jetzt nicht nochmal ausgehen?»

«Ich glaube nicht.»

Doch als sie ihrer Melancholie entrissen und zu Tisch gerufen wurde, änderte sie ihren Entschluß. Ein bißchen Futter im Magen tut Wunder. Sie ging mit Hurstwood aus und gewann für den Augenblick ihren Gleichmut wieder. Aber das große Erwachen war gekommen. Sooft sie sich jetzt auch von unzufriedenen Gedanken erholen würde – sie mußten wiederkehren. Zeit und Wiederholung – welches Wunder! Das tropfende Wasser und der harte Stein – wie ganz muß er sich schließlich ergeben!

Nicht lange nach diesem Erlebnis – vielleicht einen Monat später – lud Frau Vance ihre Nachbarin an einem Abend ins Theater ein. Sie hatte von Carrie gehört, daß Hurstwood zum Abendessen nicht nach

Hause komme.

«Warum sollten Sie uns nicht begleiten? Kochen Sie doch nicht für sich allein. Wir werden bei Sherry essen und dann ins Lyceumtheater gehen. Kommen Sie doch.»

«Gerne», sagte Carrie.

Um drei Uhr nachmittags begann sie sich anzukleiden. Um halb sechs sollten sie das bekannte Restaurant aufsuchen, das mit dem Restaurant Delmonico um gesellschaftlichen Vorrang kämpfte. Beim Ankleiden offenbarte Carrie schon den Einfluß der flotten Frau Vance. Fortwährend hatte sie Carrie auf Neuheiten in der Frauenmode aufmerksam gemacht. «Werden Sie sich nicht auch so einen Hut besorgen?» oder: «Haben Sie die neuen Handschuhe mit den ovalen Perlknöpfen gesehen?»

«Wenn Sie sich nächstens Schuhe kaufen, Liebste, nehmen Sie Knopfschuhe mit dicken Sohlen und Lackspitzen. Sie sind die große Herbstmode.»

«Gut», sagte Carrie.

«Haben Sie schon die neuen Blusen bei Altman bemerkt? Dort finden Sie einige der schönsten Modelle. Ich habe dort eine entdeckt – die würde Ihnen glänzend passen. Hab es sofort gesagt.»

Carrie hörte mit großem Interesse zu. Die Vorschläge der Frau Vance zeugten von einer unter hübschen Frauen sonst nicht üblichen Freundlichkeit. Frau Vance hatte Carrie um ihrer gleichmäßigen Gutmütigkeit willen so gern, daß ihr diese Ratschläge wirklich Vergnügen bereiteten.

«Warum besorgen Sie sich nicht so einen hübschen Sergerock, wie sie sie jetzt bei Lord und Taylor verkaufen?» sagte sie eines Tages. «Rundgeschnitten – Mode von morgen. Ein dunkelblauer wäre das richtige für Sie.»

Carrie lauschte begierig. Niemals sprach sie davon mit ihrem Mann. Doch begann sie das eine oder andere anzudeuten. Hurstwood stimmte zu, ohne eine Meinung zu äußern. Er bemerkte Carries neue Neigungen, und da er viel von Frau Vance und ihrem Liebreiz zu hören kriegte, ahnte er die Quelle der Veränderung. Er wollte vorläufig nicht den geringsten Einspruch erheben, fühlte aber, daß Carries Bedürfnisse zunahmen. Das war ihm nicht gerade angenehm. Aber in seiner Art hatte er sie ja lieb und so blieb es dabei. Nur aus Einzelheiten ersah Carrie, daß ihre Forderungen ihm nicht willkommen waren. Er begeisterte sich nicht für ihre Einkäufe. Sie glaubte darin beginnende Vernachlässigung zu erkennen. Wieder wurde zwischen sie ein kleiner Keil eingeschoben.

Eines der Ergebnisse von Frau Vances Ratschlägen war nun, daß Carrie bei dieser Gelegenheit beinahe zu ihrer eigenen Befriedigung gekleidet war. Sie hatte ihr Bestes angelegt; der Gedanke tröstete sie, daß wenn sie sich schon auf ein «Bestes» beschränken mußte, dieses wenigstens hübsch und kleidsam war. Sie sah wie die gepflegte Frau von einundzwanzig aus: Frau Vance überhäufte sie mit Lobpreisungen, die ihr das Blut in die Wangen trieben. Ihre großen Augen strahlten. Da Regen drohte, hatte Herr Vance auf Wunsch seiner Frau einen Wagen holen lassen.

«Ihr Gatte begleitet uns nicht?» fragte Herr Vance, als er Carrie in seinem kleinen Salon antraf.

«Nein; er sagte, er würde nicht zum Abendessen heimkehren.»

«Lassen Sie ihm doch Nachricht zurück, wo wir sind. Vielleicht kommt er uns nach.»

«Das will ich tun», sagte Carrie, die nicht daran gedacht.

«Schreiben Sie, daß wir bis acht Uhr bei Sherry sein werden. Er kennt das Restaurant gewiß.»

Carrie rauschte durch die Halle und kritzelte, in Handschuhen, einige Zeilen. Als sie zurückkehrte, war noch jemand erschienen.

«Frau Wheeler, gestatten Sie, daß ich Ihnen meinen Vetter, Herrn Ames, vorstelle. Er begleitet uns. Nicht, Bob?»

«Sehr erfreut», sagte Ames und verbeugte sich höflich vor Carrie.

Mit einem Blick umfaßte sie eine elegante Gestalt. Bemerkte auch, daß er glattrasiert, hübsch und jung war, aber nichts mehr.

«Herr Ames ist soeben für einige Tage nach New York gekommen», schob Herr Vance ein, «und wir bemühen uns, ihm ein wenig die Stadt zu zeigen.»

«So?» fragte Carrie und blickte den Fremden nochmals an.

«Ja; ich bin für etwa eine Woche aus Indianapolis hierhergereist», sagte der junge Ames und setzte sich auf den Rand eines Stuhles, um auf Frau Vance zu warten, die letzte Hand an ihre Toilette legte.

«Sie finden New York gewiß sehr sehenswert», sagte Carrie, nur um ein wahrscheinlich tödlich langweiliges Schweigen zu vermeiden.

«Die Stadt ist wohl zu groß, als daß ich sie in einer Woche kennenlernen könnte», erwiderte Ames freundlich.

Der junge Mann war ein überaus freundlicher Bursche, völlig frei von Getue. Es schien Carrie, als befreite er sich eben erst von den letzten Spuren jugendlicher Verlegenheit. Nicht sehr gewandt im Gespräch; doch hatte er das Verdienst, gut gekleidet und unternehmend zu sein. Carrie meinte, es werde nicht schwer halten, mit ihm zu plaudern.

«Na, jetzt glaube ich, sind wir fertig. Der Wagen steht vor der Tür.»

«Kommt, Leutchen», sagte Frau Vance, lächelnd ins Zimmer tretend. «Bob, du mußt dich um Frau Wheeler kümmern.»

«Will's versuchen», sagte Bob lächelnd und näherte sich Carrie. «Es ist wohl nicht nötig, daß ich sehr auf Sie aufpasse?» sagte er liebenswürdig, als wollte er sie um Nachsicht bitten.

«Nicht sehr, hoffe ich.»

Sie gingen die Treppe hinunter, Frau Vance machte einige Bemerkungen. Dann bestiegen sie den offenen Wagen.

«Alles in Ordnung», sagte Vance, schlug die Wagentür zu. Sie fuhren davon.

«Was werden wir sehen?» fragte Ames.

«Sothern», sagte Vance, «in ‹Lord Chumley›.»

«Oh, er spielt so gut!» sagte Frau Vance. «Der komischste Kerl, den ich kenne.»

«Die Zeitungen haben das Stück sehr gelobt», meinte Ames.

«Ich zweifle nicht», meinte Vance, «daß es uns allen sehr gefallen wird.»

Ames setzte sich neben Carrie und hielt es für seine Pflicht, ihr einige Aufmerksamkeit zu schenken. Es erregte seine Teilnahme, daß sie, so jung und schön, schon verheiratet war – aber er blieb durchaus achtungsvoll. Hatte nichts von dem flotten Herzensbrecher an sich. Achtete die Ehe und dachte nur an einige hübsche, heiratsfähige Mädchen in Indianapolis.

«Sind Sie in New York geboren?» fragte er Carrie.

«O nein, ich bin erst seit zwei Jahren hier.»

«Na, Sie haben schon Zeit gehabt, viel davon zu sehen.»

«Anscheinend nicht», sagte Carrie. «Die Stadt ist mir ebenso fremd wie bei der Ankunft.»

«Sie stammen aus dem Westen?»

«Ja. Aus Wisconsin.»

«Die meisten New Yorker sind wohl nicht seit langem hier. Ich höre, daß eine Menge Leute meines Berufes aus Indianapolis stammen.»

«Was ist Ihr Beruf?» fragte Carrie.

«Ich bin bei einer Elektrizitätsgesellschaft angestellt», sagte der Jüngling.

Carrie setzte dies oberflächliche, nur gelegentlich von den Vances unterbrochene Gespräch fort. Einigemal nahmen alle daran teil, man lachte auch, und so langten sie schließlich an.

Carrie hatte bemerkt, wie fröhlich es in den Straßen zuging, durch die sie fuhren. Viele Wagen, viele Fußgänger – in der Neunundfünfzigsten Straße waren die Trams überfüllt. An der Ecke der Neunundfünfzigsten Straße und der Fünften Avenue ergossen einige neue Hotels ihren Lichterglanz über den Plaza Square, den sie einrahmten, und gaben eine Ahnung von dem prunkvollen Hotelleben. In der Fünften Avenue, Heimstätte der Reichen, befanden sich besonders viele Wagen und Frackherren. Bei Sherry öffnete ein stattlicher Portier den Wagenschlag und half ihnen beim Aussteigen. Der junge Ames hielt Carrie am Ellbogen, als er sie die Treppe hinaufführte. Sie betraten das Foyer, das schon von Gästen wimmelte, und gingen, nachdem sie sich ihrer Überkleider entledigt hatten, in den prächtigen Speisesaal.

Noch niemals war Carrie ein ähnlicher Anblick geworden. Während ihres ganzen Aufenthaltes in New York hatte Hurstwoods veränderte Lage ihm nicht gestattet, sie an einen solchen Ort zu führen. Es herrschte hier eine fast unbeschreibliche Stimmung, die dem Neuling die Überzeugung beibrachte, dies sei das einzig Richtige. Hier war die kostspielige Stätte, die nur wohlhabende oder vergnügungssüchtige Leute besuchen konnten. Oft hatte Carrie davon im «Morgen» und in der «Abendwelt» gelesen. Anzeigen von Tanz- und Gesellschaftsabenden, Bällen, Soupers bei Sherry. «Die Fräulein So und So gaben Mittwoch abend bei Sherry eine Gesellschaft.» «Der junge Herr So und So lud seine Freunde zum Lunch am Sechzehnten d. Mts. bei Sherry.» Die gewöhnlichen konventionell-förmlichen Notizen über gesellschaftliche Ereignisse, die sie täglich genau durchsehen mußte, gewährten ihr eine Vorstellung von der Pracht dieses großen Gastronomietempels. Nun war sie endlich da. Sie schritt die prunkvolle Treppe hinauf, während ihr der breitschultrige, stattliche Türhüter beschützend nachblickte. Sah das Foyer, das von einem anderen breitschultrigen stattlichen Gentleman bewacht wurde. Uniformierte Jünglinge, denen die Sorge um Stöcke, Überröcke und ähnliches oblag, bedienten sie. Der herrliche Speisesaal, reichgeschmückt und strahlend von Licht, wo die Reichen dinierten! Oh, wie glücklich war Frau Vance; jung, schön und reich – genügend wenigstens, um in einem Wagen hierherzukommen. Wie herrlich war es, reich zu sein!

Vance schritt zwischen den Reihen schimmernder Tische voran, an denen Gesellschaften von zwei, drei, vier, fünf oder sechs Personen saßen. Dem Neuling fiel sofort die Selbstsicherheit und Würde auf, die über allem lag. Die in schön geschliffenen Spiegeln widerstrahlenden Glühlampen, der Glanz der Vergoldung an den Wänden verschwammen zu einer Lichtflut. Man brauchte Minuten liebevoller Betrachtung, um die einzelnen Teile des Eindruckes unterscheidend wahrzunehmen. Die weißen Hemdbrüste der Herren, die bunten Kleider der Damen. Diamanten, Juwelen aller Art, schimmernde Federn – alles stach in die Augen.

Carrie schritt in einer Haltung einher, die der von Frau Vance ähnlich war, und nahm den Stuhl ein, den der Kellner ihr hinschob. Sie war sich im Innersten all der Dinge bewußt, die geschahen – der Verbeugungen und Aufmerksamkeiten der Kellner und des Oberkellners, die die Amerikaner dafür bezahlen. Die Miene, mit der der Oberkellner jeden Stuhl vorrückte, die Handbewegung, mit der er sie zum Sitzen einlud, waren schon allein mehrere Dollar wert.

Als sie glücklich saßen, begann jene Schaustellung prunkender, verschwenderischer und ungesunder Gastronomie, wie sie wohlhabende

Amerikaner üben. Sie erregt das lächelnde Erstaunen wirklich kultivierter, ihrer Würde bewußter Menschen auf der ganzen Welt. Die lange Speisekarte enthielt eine Liste von Platten, die genügt hätte, eine Armee zu füttern – daneben standen Preise, die vernünftiges Geldausgeben zu einer lächerlichen Unmöglichkeit machten – Suppe zu fünfzig Cents oder einem Dollar; ein Dutzend Arten zur Auswahl; Austern auf vierzig verschiedene Arten zubereitet – das halbe Dutzend zu sechzig Cents; Vorspeisen, Fische und Braten zu Preisen, um die man in einem gewöhnlichen Hotel eine Nacht wohnen konnte. Ein Dollar fünfzig und zwei Dollar schienen die niedersten Zahlen auf dieser äußerst geschmackvoll gedruckten Speisekarte.

Carrie bemerkte es, und als sie die Karte genauer ansah, mußte sie beim Preis eines Frühlingshuhns an jene Speisekarte denken, da sie mit Drouet zum erstenmal in einem guten Restaurant in Chicago saß. Es dauerte nur einen Augenblick – ein trauriger Ton wie aus einem alten Lied –, und dann war's vorüber. Aber in diesem Aufblitzen erschien die andere Carrie – arm, hungrig, die nicht mehr aus und ein wußte, und vor ihr Chicago eine einzige kalte, verschlossene Welt, aus der sie nur auswanderte, weil sie keine Arbeit finden konnte.

An den Wänden hingen farbige Zeichnungen, viereckige hellblaue Flecken in reichgeschmückten vergoldeten Rahmen. Die Ecken umwanden kunstvolle Schnitzereien von Früchten und Blumen mit wohlgenährten Amoretten, die in engelhafter Behaglichkeit darüberschwebten. An den Zimmerdecken zog sich farbiges, noch stärker vergoldetes Maßwerk bis zur Mitte hin, wo sich ein Lichtbüschel ausbreitete – weißglühende Kugeln, dazwischen glitzernde Prismen und Stuckranken. Der Parkettboden zeigte rötliche Färbung, und überall Spiegel – hohe, glänzende, abgeschrägte Spiegel –, die Gestalten, Gesichter und Kandelaber ein dutzend-, hundertmal widerstrahlten.

Die Tische an sich waren nicht so bemerkenswert, und doch wurden sie es anscheinend durch die Marke «Sherry» auf der Tischwäsche, den Namen Tiffany auf dem Silberzeug, den Namen Haviland auf dem Porzellan. Und über allem das Leuchten des kleinen rotbeschirmten Kandelabers und die auf Kleidern und Gesichtern widergespiegelten Färbungen der Wände. Jeder Kellner trug, durch die Art, wie er sich verbeugte, dienerte, die Dinge berührte, mit ihnen zu spielen schien, zu dem Eindruck von Erlesenheit und Eleganz bei. Die ausschließlich-persönliche Aufmerksamkeit, die er jedem einzelnen zuwendete, indem er, halb über ihn gelehnt, dastand, das Ohr seitwärtsneigend, Ellbogen in die Seiten gestemmt, «Suppe – grüne Schildkröten – sehr wohl. Eine Portion, bitte sehr. Austern – gewiß – halbes Dutzend, sehr wohl. Spargel. Oliven – bitte sehr.»

Bei jedem einzelnen hätte sich dasselbe ereignet, aber Vance versuchte, für alle zu bestellen, und bat um Rat und Vorschläge. Carrie betrachtete die Leute mit weitoffenen Augen. Das also war das große Leben in New York. So verbrachten die Reichen ihre Tage und Abende. In ihrem armen kleinen Verstand schwang sie sich nicht höher, als daß sie jede Szene auf die ganze Gesellschaft bezog. Jede feine Dame mußte nachmittags im Gewimmel auf dem Broadway, dann im Theater, abends in Wagen und Restaurants sein. Überall Glanz und Licht, Wagen warteten, Lakaien bedienten – und sie stand außerhalb. Während zweier langer Jahre war sie nie an einem solchen Ort wie diesem gewesen.

Hier fühlte sich Vance in seinem Element, wie etwa Hurstwood in früheren Tagen. Er bestellte freigebig Suppe, Austern, Braten, Zuspeisen, ließ einige Flaschen Wein bringen, die in einem Weidenkorb neben den Tisch gestellt wurden.

Ames blickte etwas zerstreut auf die Menge und zeigte Carrie eine anziehende Seitenansicht. Er hatte eine hohe Stirne, eine kräftige Nase, ein nur mäßig hübsches Kinn. Sein Mund war groß, aber schön geformt. Das dunkelbraune Haar trug er seitlich gescheitelt. Es schien Carrie, als habe er noch etwas Knabenhaftes an sich, und doch war er ein erwachsener Mann.

«Wissen Sie», sagte er zu Carrie gewendet, nach einiger Überlegung – «manchmal denke ich, es sei eine Schande, daß Leute auf diese Art so viel Geld ausgeben.»

Carrie blickte ihn einen Augenblick lang an, über seinen Ernst etwas überrascht. Er schien über etwas nachzugrübeln, worüber sie sich nie Gedanken gemacht.

«Wirklich?» erwiderte sie interessiert.

«Ja», sagte er. «Sie zahlen ja so viel mehr, als diese Dinge wert sind. Es ist so viel Schwindel dabei.»

«Warum sollten die Leute nicht Geld ausgeben, wenn sie's haben?» fragte Frau Vance.

«Es schadet niemandem», sagte Vance, der noch immer die Speisekarte studierte, obgleich er schon bestellt hatte.

Ames sah wieder weg, und Carrie blickte auf seine Stirn. Er dachte wohl über seltsame Dinge nach. Mit milden Augen beobachtete er die Menschen.

«Schauen Sie sich mal das Kleid der Frau dort drüben an», sagte er und wies ihr die Richtung mit einem Kopfnicken.

«Wo?» fragte Carrie, seinem Blick folgend.

«Dort drüben in der Ecke. Bemerken Sie die Brosche?»

«Wie groß sie ist!»

«Die größte Anhäufung von Juwelen, die ich je gesehen.»

«Nicht wahr?» fragte Carrie. Sie fühlte, daß sie dem jungen Mann gefallen wollte, und damit verband sich – oder ging diese dunkle Empfindung voran –, daß er besser erzogen, klüger war als sie. Er sah danach aus. Eines rettete Carrie; sie vermochte Klügere zu erkennen.

Hatte in ihrem Leben schon eine Reihe von Menschen kennengelernt, die sie an das erinnerten, was sie – etwas vage – den Gelehrtentypus nannte. Dieser kräftige junge Mann an ihrer Seite mit seinem klaren natürlichen Blick schien eine Lebensauffassung zu haben, die sie nicht ganz verstand, der sie aber zustimmte.

Man sprach jetzt von einem zu jener Zeit viel gelesenen Buch – «Erziehung eines Mädchens» von Albert Roß, Frau Vance kannte es, Vance hatte Zeitungsartikel darüber gelesen.

«Ein Mann kann mit einem Buch sein Glück machen», sagte Vance. «Ich merke, daß man über diesen Kerl Roß sehr viel spricht.» Er sah bei diesen Worten Carrie an.

«Ich habe noch nicht von ihm gehört», gestand Carrie ehrlich.

«Aber ich», meinte Frau Vance. «Hat eine Menge geschrieben. Diese letzte Geschichte ist ganz gut.»

«Nicht viel wert», sagte Ames.

Carrie wendete ihm wie einem Orakel ihre Augen zu.

«Seine Machwerke sind fast so arg wie ‹Dora Thorne›», schloß Ames.

Carrie empfand dies wie einen an sie gerichteten Tadel. Sie las «Dora Thorne», hatte wenigstens früher viel darin gelesen. Die Geschichte kam ihr nur ganz nett vor, aber sie nahm an, daß man sie für ausgezeichnet hielt. Und nun machte sich der kläräugige Junge mit dem feinen Kopf, der ihr so etwas wie ein Student schien, darüber lustig. Beurteilte sie als geringfügig, nicht des Lesens wert. Carrie senkte den Blick und fühlte zum erstenmal die Qual des Nichtbegreifens.

Aber in Ames' Art lag nichts Sarkastisches oder Hochmütiges. Davon hatte er sehr wenig. Carrie fühlte, daß er in Wahrheit gütig, aber von höherer Warte herab sprach. Die richtige Art zu denken. Sie fragte sich, was sonst er für recht hielt. Er bemerkte, daß sie ihm lauschte; fand sie anziehend, und von da an sprach er meistens zu ihr.

Als der Kellner sie umdienerte, die Teller befühlte, ob sie heiß genug seien, Löffel und Gabel brachte und all diese kleinen Aufmerksamkeiten erwies, berechnet, dem Speisenden den Eindruck von Luxus einzuprägen, lehnte sich Ames ein wenig zu ihr hinüber und erzählte ihr sehr verständig von Indianapolis. Er war wirklich sehr klug; allerdings fand sein Verstand seine höchste Entfaltung in der Elektrizitätswissenschaft. Doch nahm er rasch und freudig an anderen Wissensgebieten und Menschentypen Anteil. Der rote Schein über seinem Kopf verlieh diesem eine sandfarbige Tönung und entflammte ein Leuchten in seinen Augen. Carrie gewahrte dies alles, als er sich zu ihr neigte, und fühlte sich außerordentlich jung. Dieser Mann war ihr weit voraus. Er schien klüger als Hurstwood, gesünder und aufgeweckter als Drouet. Unschuldig, moralisch sauber – sie mochte ihn gut leiden. Sie bemerkte auch, daß er sich für sie in achtungsvoller Entfernung interessierte. Sie gehörte nicht zu seinem Leben, nicht zu den Dingen, die seinem Leben nahetraten, und doch empfand Carrie ihre eigene Anziehungskraft, als er von ihnen sprach.

«Ich möchte nicht reich sein», sagte er ihr im weiteren Verlaufe der Mahlzeit, durch das Essen wärmer geworden, «nicht so reich, um mein Geld auf diese Art auszugeben.»

«Nicht?» fragte Carrie. Zum erstenmal drängte sich ihr diese neue Auffassung einprägsam auf.

«Nein», sagte er. «Was für einen Nutzen brächte es? Ein Mensch braucht so etwas nicht, um glücklich zu sein.»

Carrie zweifelte daran; aber da es seine Meinung war, legte sie ihr einigen Wert bei.

Er könnte vielleicht ganz allein glücklich sein, dachte sie. Er ist so stark.

Herr und Frau Vance feuerten unausgesetzt mit Fragen dazwischen und Ames' eindrucksvolle Äußerungen kamen manchmal in wunderlichen Augenblicken. Sie genügten aber. Denn die Stimmung, die dieser junge Mensch um sich verbreitete, machte auf Carrie auch ohne Worte Eindruck. Etwas an ihm oder in der Welt, in der er sich bewegte, zog sie an. Er erinnerte sie an Szenen, die sie auf der Bühne gesehen – Kummer und Opfer, die immer, sie wußte selbst nicht was, begleiteten. Er milderte die Bitterkeit des Gegensatzes zwischen diesem und ihrem eigenen Leben ein wenig, und dies alles infolge einer gewissen ruhigen Gleichgültigkeit, die nur ihm eigen war.

Als sie hinaustraten, bot er ihr den Arm und half ihr in den Wagen. Und dann fuhren sie ins Theater.

Während der Pausen hörte ihm Carrie sehr aufmerksam zu. Er erwähnte Dinge in dem Stücke, die auch ihr sehr gefielen – sie tief bewegten.

«Glauben Sie nicht, daß es schön ist, Schauspieler zu sein?» fragte sie ihn einmal.

«Ja, das glaube ich – ein guter Schauspieler. Ich halte das Theater für etwas Großes.»

Die geringfügige Zustimmung schon ließ Carries Herz höher schlagen. Oh, wenn sie nur Schauspielerin – eine gute Schauspielerin werden könnte! Dieser Mann war klug – wußte alles – und er billigte es. Wäre sie eine gute Schauspielerin, dann würden sie Männer wie dieser bewundern. Wie gut von ihm, so zu sprechen! Im Grunde ging es sie ja gar nichts an. Sie wußte selbst nicht, warum sie so empfand.

Nach dem Theater kehrte er nicht mit ihnen zurück.

«Nicht?» fragte Carrie mit einem Gefühl, das sie kaum rechtfertigen konnte.

«Oh, nein», sagte er. «Ich wohne gerade um die Ecke in der Dreiunddreißigsten Straße.»

Carrie vermochte nichts mehr zu sagen, aber irgendwie betrübte es sie. Sie hatte schon bedauert, daß der angenehme Abend so rasch dahinschwand, eine halbe Stunde mehr erhofft. Oh, die halben Stunden, die Minuten der Welt; welch Elend, welch Leid drängt sich in ihnen zusammen!

Mit erheuchelter Gleichgültigkeit nahm sie von ihm Abschied. Was durfte es bedeuten? Doch schien ihr der Wagen auf der Heimfahrt öde und leer.

Als sie in ihre Wohnung trat, hatte sie etwas, worüber sie nachdenken konnte. Sie wußte nicht, ob sie diesen Mann je wiedersehen würde. Und welchen Wechsel konnte es herbeiführen – welchen Wechsel?

Hurstwood war schon daheim und zu Bett. Seine Kleider lagen zerstreut umher. Carrie kam an die Türe, sah ihn an und zog sich zurück. Sie wollte noch eine Weile allein bleiben, nachdenken. Es war ihr unangenehm, sich zu ihm zu gesellen.

Im Eßzimmer saß sie und wippte im Schaukelstuhl. Sinnend preßte sie die Hände fest aneinander. Durch einen Nebel von Sehnsucht und einander widersprechenden Wünschen hindurch begann sie zu sehen. Oh, ihr Legionen von Hoffnung und Mitleid – von Leid und Qual! Sie wippte im Schaukelstuhl und begann zu sehen.

## Außerhalb der hohen Stadtmauern: Der Abhang der Jahre

Das unmittelbare Ergebnis davon war nichts. Folgen aus derartigen Erlebnissen entwickeln sich langsam. Am Morgen sieht alles wieder anders aus. Die bestehende Lage spricht gewöhnlich für sich selbst. Nur hie und da erhaschen wir eine Ahnung von dem Elend alles Seins. Das Herz begreift wohl, sobald es vor Gegensätzen steht. Entferne sie aber – und der Schmerz läßt nach.

Mehr als sechs Monate darauf führte Carrie noch immer das gleiche Leben. Ames sah sie nicht wieder. Er besuchte die Vances einmal, aber sie hörte dann nur die junge Frau von seinem Besuch erzählen. Dann ging er in den Westen, und was immer auch von persönlicher Anziehung vorhanden sein mochte, entschwand. Doch der geistige Einfluß des Erlebnisses hatte sich nicht verloren – und sollte sich nie ganz verlieren. Carrie hatte nun ein Ideal, an dem sie andere Männer messen konnte, vor allem die Männer ihrer nächsten Umgebung.

Während der ganzen Zeit – einer Periode von fast drei Jahren – bewegte sich Hurstwood auf ebenem Pfade vorwärts. Kein Abgleiten war zu bemerken, auch kein Aufschwung – soweit der zufällige Beobachter urteilen konnte. Aber im Seelischen vollzog sich ein Wechsel, deutlich genug, um die Zukunft vorausahnen zu lassen. Einfach in dem

Stillstand, zu dem seine Laufbahn infolge seiner Abreise aus Chicago gelangt war. Mit dem Schicksal oder dem materiellen Fortschritt eines Mannes geht es ähnlich wie mit dem Körperwachstum. Entweder wird er kräftiger, gesünder, klüger, wie der Jüngling, der sich dem Mannesalter nähert, oder schwächer, älter, geistig stumpfer, wie der Mann, der sich zum Greis wandelt. Andere Zustände gibt es nicht. Häufig ist eine Periode zwischen dem Aufhören des jugendlichen Wachstums und der beginnenden Neigung zum Verfall beim Mann in mittleren Jahren, wenn die beiden Prozesse einander fast das Gleichgewicht halten und nach beiden Richtungen hin sich wenig ereignet. Mit der Zeit aber senkt sich das Dasein der Grabesseite zu. Zuerst langsam, dann mit mäßiger Triebkraft, und schließlich ist das Abgleiten in vollem Schwunge. So ist es auch mit dem Reichtum eines Mannes. Wird das Wachstum niemals unterbrochen, der Gleichgewichtsgrad nie erreicht, ist auch kein Absturz möglich. Reiche Männer unserer Zeit bewahren sich manchmal vor einer solchen Vernichtung ihres Glücks durch ihre Geschicklichkeit, jüngere Gehirne zu mieten. Diese jüngeren Gehirne betrachten die Interessen des fremden Reichtums als die ihrigen, festigen und lenken dessen Entwicklung. Wenn jedem Lebewesen die Sorge um seine Interessen ganz allein überlassen wäre, es Zeit genug hätte, außerordentlich alt zu werden, würde sein Reichtum gleich seiner Kraft, seinem Willen dahingehen. Er und die Seinigen würden sich, vollständigem Untergang preisgegeben, in alle vier Himmelsrichtungen zerstreuen.

Doch sehet nun, worin der Vergleich nicht stimmt. Reichtum ist wie der Mensch ein Organismus, der geistige und körperliche, von denen des Begründers verschiedene Kräfte an sich zieht. Außer den von Entgelt angelockten jüngeren Menschen verbindet er sich mit jungen Kräften, die selbst dann für ihre Lebenserhaltung arbeiten, wenn Macht und Klugheit des Begründers im Schwinden begriffen sind. Reichtum kann durch Wachstum einer Gemeinde oder eines Staates bewahrt werden. Kann zum Herbeischaffen von etwas dienen, wonach wachsende Nachfrage vorhanden ist. Diese Umstände entrücken ihn sofort der Sorge des Mannes, der ihn erworben hat. Jetzt benötigt das Vermögen nicht so sehr der Voraussicht wie der Leitung. Der Mensch vergeht, die Notwendigkeit dauert oder wächst und der Reichtum setzt seinen Weg fort, in welche Hände er auch gefallen sein mag. Daher merken manche Menschen gar nicht die Wendepunkte in den Gezeiten ihrer Fähigkeiten. Nur durch Zufälle, sobald ihnen ein Vermögen oder eine erfolgreiche Stellung entrissen wird, macht sich ihre mangelnde Kraft, wie vorher zu arbeiten, fühlbar. Hurstwood hätte in seinen neuen Lebensumständen wohl einsehen können, daß er nicht mehr jung war. Besaß er diese Erkenntnis nicht, so nur weil sein Zustand sich so im Gleichgewicht hielt, daß eine absolute Veränderung zum Schlimmeren nicht sichtbar wurde.

Da er in Erwägungen, in innerlicher Prüfung nicht geübt war, konnte er die in seinem Geiste und daher auch in seinem Körper vor sich gehende Veränderung nicht im einzelnen erfassen, aber er fühlte die erschlaffende Wirkung. Der fortwährende Vergleich seiner früheren Stellung mit seiner jetzigen zeigte die Neigung zur Katastrophe. Dies erregte in ihm eine andauernd verdüsterte oder wenigstens bedrückte Stimmung. Nun ist versuchsmäßig festgestellt worden, daß ein dauernd-gedrückter Geisteszustand gewisse, Katastaten genannte Gifte im Blut erzeugt, ebenso wie stärkere Gefühle des Vergnügens und Entzükkens wohltätige chemische Bestandteile hervorrufen, die man als Anastaten bezeichnet. Die aus der Reue fließenden Gifte kämpfen gegen den menschlichen Organismus und führen schließlich sichtbaren körperlichen Verfall herbei. Diesen Giften war Hurstwood unterworfen.

Mit der Zeit nahm dies auch auf seine Laune Einfluß. Der Ausdruck seiner Augen war nicht mehr so lebhaft, so durchdringend schlau wie damals, als er in der Bar der Adamsstraße arbeitete. Sein Schritt nicht mehr so fest und selbstbewußt. Er verlor sich in Nachdenken. Seine neuen Freunde waren keine Berühmtheiten, sondern von geringerer, etwas sinnlicherer, gröberer Art. Er konnte in dieser Gesellschaft natürlich nicht das Vergnügen finden, das er mit den feinen Besuchern der Bar in Chicago genossen. Er verfiel ins Brüten.

Langsam, sehr langsam verlor sich sein Wunsch, die Leute, die die Bar in der Warrenstraße besuchten, zu begrüßen, sie zu gewinnen, ihnen den Aufenthalt behaglich zu machen. Noch langsamer wurde ihm die Bedeutung des Bereiches klar, den er verlassen. Solange er sich darin bewegte, hatte er ihn gar nicht so besonders herrlich gefunden. Jedermann schien es ganz leicht, da hinauf zu gelangen, schöne Kleider, viel Geld zum Ausgeben zu haben. Jetzt, da er draußen stand – wie unerreichbar weit erschien er ihm! Er begann ihn wie eine von hohen Mauern umgebene Stadt zu sehen. Männer standen an den Toren Wache. Man konnte nicht eindringen. Die Leute im Innern hielten es nicht für der Mühe wert, hinauszugehen, um zu erfahren, wer man war. Sie unterhielten sich drinnen so gut, daß alle draußen vergessen wurden. Und er stand draußen.

Jeden Tag konnte er in den Abendzeitungen lesen, was innerhalb dieser ummauerten Stadt geschah. Aus den Verzeichnissen der Reisenden, die sich nach Europa einschifften, erfuhr er die Namen hervorragender Besucher seiner früheren Arbeitsstätte. In den Theaternachrichten erschienen von Zeit zu Zeit Ankündigungen der neuesten Erfolge von Männern, die er gekannt. Er wußte, daß sie ihr altes lustiges Leben führten. Pullmanwagen führten sie durch das ganze Land, dahin, dorthin, die Zeitungen begrüßten sie voll Interesse, die glänzenden Hotelhallen, die prächtigen, mit polierten Holzwänden geschmückten Speisesäle nahmen sie innerhalb der Stadtmauern auf. Männer, die er gekannt, Männer, mit denen er oft an einem Tische gesessen – reiche Männer – und er war vergessen! Wer war Herr Wheeler? Was war die Bar in der Warrenstraße? Pah!

Wenn man etwa denkt, daß solche Gedanken einem so gewöhnlichen Geistestypus gar nicht kommen, solche Empfindungen eine höhere geistige Entwicklung voraussetzen – so möchte ich zu erwägen bitten, daß gerade die geistig höher Entwickelten sich von Gedanken wie diesen zu befreien wissen. Die höhere geistige Entfaltung führt zu philosophischer Betrachtung und jener seelischen Stärke, die gar nicht bei derlei Erwägungen verweilt – nicht durch sie leiden will. Der gewöhnliche Geistestypus ist in allen Dingen äußerst empfindlich, die sich auf sein körperliches Wohlbefinden beziehen – äußerst empfindlich. Der ungeistige Geizkragen ist's, der über dem Verlust von hundert Dollar Blut schwitzt. Epiktet lächelt, sobald ihm der letzte Rest körperlicher Behaglichkeit entrissen wird.

Während des dritten Jahres wirkte sich diese Denkweise Hurstwoods im Geschäft der Warrenstraße aus. Die Kundenzahl sank ein wenig unter das Höchstmaß, das es unter seiner Leitung erlangt. Das ärgerte und bekümmerte ihn.

An einem Abend gestand er Carrie, daß das Geschäft in diesem Monat nicht so gut wie im vorigen gehe. Dies Geständnis war die Antwort auf einige Vorschläge. Kleinigkeiten, die sie zu kaufen beabsichtigte. Carrie bemerkte, daß er sie nie zu Rate zog, wenn er sich etwas zum Anziehen besorgen wollte. Zum erstenmal fiel es ihr als List auf. Sie meinte, er sage es nur, damit sie nicht mehr an Forderungen denke. Ihre Antwort war ganz sanft, aber in Gedanken empörte sie sich. Er kümmerte sich gar nicht um sie. Wollte sie sich vergnügen, hing sie von den Vances ab.

Und nun kündigten die ihre Abreise an. Der Frühling nahte, und sie fuhren nach Norden.

«O ja», sagte Frau Vance, «wir können die Wohnung ebensogut aufgeben und unsere Möbel einstellen. Den Sommer über werden wir fortbleiben – es wäre nur eine nutzlose Ausgabe. Wenn wir zurückkehren, werden wir uns wohl näher zur Stadt niederlassen.»

Carrie hörte es mit aufrichtigem Kummer. Die Gesellschaft der Frau Vance hatte ihr so viel Freude bereitet. Sonst kannte sie niemanden im Hause. Sie würde wieder allein sein.

Hurstwoods Mißstimmung über das Nachlassen in den Einnahmen fiel in die gleiche Zeit wie die Abreise der Vances. So mußte Carrie die Einsamkeit und die schlechte Laune ihres Gatten zugleich ertragen. Es war trist. Sie wurde unruhig. Unzufrieden – nicht, wie sie dachte, gerade mit Hurstwood, aber mit dem Leben. Was war es? Wahrhaftig ein öder Kreislauf. Was hatte sie? Nichts als diese enge kleine Wohnung. Die Vances konnten reisen, Dinge unternehmen, die der Mühe lohnten – und Carrie? Wofür war sie eigentlich geschaffen? Gedanken reihten sich an Gedanken, dann folgten Tränen. Tränen schienen gerechtfertigt. Der einzige Trost in der Welt.

Eine Weile dauerte dieser Zustand fort. Die beiden führten ein etwas gleichförmiges Dasein – und dann trat eine leichte Veränderung zum Schlimmeren ein. Nachdem Hurstwood über ein Mittel nachgedacht, Carries Kleiderwünsche und die Ansprüche auf seine Erwerbsfähigkeit im allgemeinen einzuschränken, sagte er eines Abends:

«Ich glaube nicht, daß ich jemals mit Shaughnessy viel werde anfangen können.»

«Was ist los?»

«Oh, er ist ein träger, habgieriger Ire! Stimmt keinem Vorschlag zur Verschönerung der Bar zu, und ohne das wird sie niemals viel einbringen.»

«Kannst du ihn nicht zwingen?»

«Nein. Hab es schon versucht. Das einzige, was ich sehe, ist: wenn ich meine Stellung verbessern will, muß ich ein eigenes Geschäft haben.»

«Warum nicht?»

«Na, mein ganzes Besitztum liegt jetzt da fest. Wenn ich die Möglichkeit hätte, eine Weile zu sparen, könnte ich mir dann wohl ein Geschäft eröffnen, das eine Menge Geld abwerfen würde.»

«Können wir nicht sparen?»

«Wir könnten versuchen», schlug er vor. «Wenn wir eine kleinere Wohnung in der Stadt nähmen, ein Jahr lang sparsam lebten, hätte ich mit dem Angelegten zusammen genug, ein gutes Geschäft anzufangen. Dann könnten wir es uns einrichten, wie du willst.»

«Ich habe nichts dagegen», sagte Carrie, ein wenig übelgelaunt, daß es so weit hatte kommen müssen. Von einer kleineren Wohnung sprechen, klang nach Armut.

«Es gibt eine Menge hübscher kleiner Wohnungen rings um die Sechste Avenue unterhalb der Vierzehnten Straße. Dort sollten wir eine mieten.»

«Ich will sie mir ansehen, wenn du meinst.»

«Den Kerl könnte ich im Laufe eines Jahres loswerden», sagte Hurstwood. «Wie die Sache jetzt steht, wird nichts dabei herausschauen.»

«Ich will mich umtun», sagte Carrie. Sie begriff, daß es ihm mit der vorgeschlagenen Veränderung sehr ernst wahr. Em Ende wurde der Wechsel tatsächlich vorgenommen – nicht ohne Kummer Carries. Es bewegte sie wirklich mehr, als was sich sonst ereignet. Sie begann in Hurstwood nur noch den Mann, nicht mehr den Liebhaber oder Gatten zu sehen. Als Frau fühlte sie sich vollständig an ihn gefesselt – fühlte ihr Schicksal an das seinige, was immer es auch sein möge, gebunden;

*Können wir nicht sparen?...*

... fragte Carrie ihren Mann. Ein bißchen spät, zum Sparen zu neigen, wenn das Geld zur Neige geht.

Sparen muß man können, ehe man's können muß. Sparen können wirft etwas ab, sparen müssen wirft einen um.

aber sie fing an zu bemerken, daß er mürrisch und schweigsam, kein junger, starker, lebensfreudiger Mann war. Jetzt fand sie, daß er um die Augen und den Mund herum ein wenig alt aussah; auch anderes wies ihm seinen richtigen Platz an – soweit sie es beurteilen konnte. Sie sah ein, daß sie falsch gehandelt hatte. Zugleich erinnerte sie sich, daß er sie tatsächlich gezwungen hatte, mit ihm zu fliehen.

Die neue Wohnung lag einen halben Block westlich von der Sechsten Avenue in der Dreizehnten Straße und bestand nur aus vier Räumen. Die neue Nachbarschaft gefiel Carrie nicht so gut. Es gab keine Bäume, keine Westaussicht auf den Fluß. Die Straße war ganz ausgebaut. Im Hause lebten zwölf sehr achtbare Familien, die aber nicht so nett waren wie die Vances. Reichere Leute brauchten mehr Platz.

In dieser kleinen Wohnung behalf sich Carrie ohne Mädchen. Sie richtete sie so hübsch als möglich ein – freute sich aber nicht mehr an ihr. Hurstwood war innerlich nicht zufrieden, daß sie ihre Lebenshaltung so verändern mußten – doch meinte er, daß nicht anderes zu tun sei. Er mußte gute Miene zum bösen Spiel machen. Das war alles.

Carrie versuchte er zu überzeugen, daß es noch keinen Grund zu Geldsorgen gebe. Sie durften froh sein, daß er am Ende des Jahres die Möglichkeit haben werde, besser zu speisen, sie häufiger ins Theater zu führen. Dieser Zustand würde ja nur einige Zeit dauern. Allmählich geriet er in eine Stimmung, wo er hauptsächlich wünschte, allein zu sein, um nachdenken zu können. Die Krankheit des Sinnierens begann ihn zu verzehren. Nur die Zeitungen und seine eigenen Gedanken schienen ihm der Mühe wert. Das Entzücken der Liebe war wieder von ihm gewichen. Jetzt hieß es: leben – aus einer sehr bescheidenen Stellung das Beste herauszuschlagen.

Die abgleitende Straße hat nur wenige Landungsplätze und ebene Stellen. Hurstwoods durch seine Lebensbedingungen hervorgerufene Stimmung allein bewirkte, daß die Kluft zwischen ihm und seinem Partner immer weiter wurde. Schließlich begann der Mensch Hurstwood fortzuwünschen. Nun ereignete es sich, daß der Besitzer des Grundstückes es verkaufte. Und so ordneten sich die Dinge noch zweckmäßiger, als böser Wille hätte planen können.

«Haben Sie das gesehen?» sagte Shaughnessy eines Morgens zu Hurstwood und deutete auf die Verkaufsanzeigen in einer Nummer des «Boten», die er in der Hand hielt.

«Nein, was ist es denn?» fragte Hurstwood und schaute in das Blatt.

«Der Mann, dem dieser Grund gehört, hat ihn verkauft.»

«Was Sie sagen!» meinte Hurstwood.

Er blickte nochmals hin. Da stand die Notiz. «Herr August Viele hat gestern die Übertragung des Grundes 25 × 75 Fuß, Ecke der Warren- und Hudsonstraße, an J. F. Slawson für die Summe von siebenundfünfzigtausend Dollar registrieren lassen.»

«Wann läuft unser Mietvertrag ab?» fragte Hurstwood und dachte nach. «Nächsten Februar – nicht?»

«Jawohl.»

«Es steht nicht da, was der neue Besitzer damit anfangen wird», bemerkte Hurstwood nach einem neuerlichen Blick auf die Zeitung.

«Wir werden es früh genug erfahren, denke ich», sagte Shaughnessy.

Die Entscheidung rückte langsam näher. Herrn Slawson gehörte der angrenzende Grund – er wollte ein modernes Geschäftshaus errichten. Dasjenige, das augenblicklich dort stand, sollte niedergerissen werden. Es würde wahrscheinlich ein und ein halbes Jahr dauern, bis das neue fertig war.

Diese Dinge entwickelten sich allmählich, und Hurstwood überlegte, was mit der Bar geschehen würde. Eines Tages sprach er darüber mit seinem Partner.

«Glauben Sie, es lohnte sich der Mühe, das Geschäft irgendwo anders in der Nachbarschaft zu eröffnen?»

«Was würde das nützen?» fragte Shaughnessy. «Wir könnten keine andere Ecke hier in der Nähe finden.»

«Würde es nicht auch anderswo lohnen, was meinen Sie?»

«Ich möchte es nicht versuchen.»

Die nahende Veränderung nahm für Hurstwood sehr ernste Formen an. Die Auflösung des Geschäftes bedeutete den Verlust seiner tausend Dollar, und inzwischen konnte er nicht andere tausend ersparen. Er begriff, daß Shaughnessy der Verbindung mit ihm einfach müde war und die neue Bar, sobald sie fertig wurde, wahrscheinlich auf eigene Rechnung mieten würde. Hurstwood begann, sich Sorgen zu machen wegen der Notwendigkeit, eine neue Verbindung zu suchen. Sah voraus, daß er arg in der Klemme sein werde, wenn sich nicht bald etwas fand. Deshalb war er nicht in der Stimmung, sich an seiner Wohnung oder an Carrie zu freuen, und seine Bedrücktheit verbreitete sich auch auf seine Umgebung.

Mittlerweile benutzte er seine spärliche Muße zum Suchen. Aber es gab nicht viel Möglichkeiten. Mehr: er hatte nicht mehr das eindrucksvolle Auftreten wie bei seiner Ankunft in New York. Die trüben Gedanken ließen in seinen Augen Schatten, die bei Fremden keinen günstigen Eindruck hervorriefen. Auch besaß er nicht dreizehnhundert Dollar, die ihm den Mut zum Verhandeln gegeben hätten. Als Shaughnessy einen Monat später merkte, daß er noch gar nichts gefunden hatte, teilte er ihm endgültig mit, daß Slawson den Mietvertrag nicht erneuern wolle.

«Ich glaube, unsere Verbindung muß ein Ende nehmen», sagte er und heuchelte Bedauern.

«Na, was sein muß, muß sein», erwiderte Hurstwood grimmig. Er wollte dem anderen nicht seine innerste Meinung enthüllen. Diese

Genugtuung sollte er nicht haben.

Ein oder zwei Tage später entschloß er sich, Carrie Mitteilung davon zu machen.

«Weißt du, ich glaube, ich werde mit meiner Einlage da den kürzeren ziehen.»

«Wieso denn?» fragte Carrie erstaunt.

«Der Besitzer hat den Grund verkauft, und der Käufer will uns den Mietvertrag nicht erneuern. Das Geschäft wird wohl aufgelöst werden.»

«Kannst du es nicht anderswo eröffnen?»

«Es scheint kein Platz mehr vorhanden zu sein. Shaughnessy will nicht.»

«Verlierst du deine Einlage?»

«Ja», sagte Hurstwood. Sein Gesichtsausdruck sprach Bände.

«Oh, ist das nicht schlimm?»

«Ein Kniff. Das ist alles. Sie werden da gewiß eine neue Bar eröffnen.»

Carrie blickte ihn an und erkannte an seiner Haltung, daß die Lage ernst, sehr ernst war.

«Glaubst du, du kannst etwas anderes finden?» fragte sie schüchtern.

Hurstwood dachte eine Weile nach. Jetzt war's aus mit dem Bluff von Geld und Einlage. Sie konnte merken, daß er zugrunde gerichtet war.

«Ich weiß nicht», sagte er feierlich. «Will's versuchen.»

## Die Mühlsteine mahlen: Ein wenig Spreu

Nachdem Carrie die Tatsachen im Geiste geordnet hatte, dachte sie über die Situation ebenso andauernd nach wie Hurstwood. Sie bedurfte mehrerer Tage, um sich klar darüber zu werden, daß die nahende Auflösung des Geschäftes ganz gewöhnlichen Lebenskampf und Entbehrung bedeutete. Erinnerte sich an ihre ersten Erfahrungen in Chicago, an die Hansons und ihre Wohnung, und ihr Herz empörte sich. Das war furchtbar. Alles, was mit Armut zusammenhing, war furchtbar. Sie wünschte, einen Ausweg zu finden. Ihr Verkehr mit den Vances hatte sie unfähig gemacht, sich in die eigene Lage zu fügen. Der Glanz des Stadtlebens, wie sie ihn durch ihre Freunde kennengelernt hatte, nahm sie ganz gefangen. Man hatte sie gelehrt, wie sich zu kleiden, wohin zu gehen, ohne daß man reichliche Mittel dazu besaß. Diese Dinge – immer gegenwärtige Wirklichkeiten – erfüllten ihr Geist und Sinne. Je bedrängter sich ihr äußeres Dasein gestaltete, desto verlockender erschienen sie. Und jetzt drohte die Armut, sie ganz zu umkrallen und ihr die andere, wie einen Himmel unerreichbarhohe Welt zu entziehen, nach der sie, Lazarus gleich, flehend die Hände emporstreckte.

Das Ideal, das Ames ihrem Leben geschenkt, verblieb ihr. Er war nicht mehr da, aber sie gedachte seines Wortes, daß Reichtum nicht alles sei; daß es viel mehr in der Welt gebe, wovon sie nichts wußte, daß das Theater gut und die Literatur, die sie las, nichts wert war. Ein starker, redlicher Mann – um wie viel besser und stärker als Hurstwood und Drouet; sie wagte kaum, es sich einzugestehen, aber der Gegensatz war betrübend. Freiwillig schloß sie ihre Augen davor.

Während der letzten drei Monate, die Hurstwood noch im Geschäft in der Warrenstraße verbrachte, nahm er sich stundenlangen Urlaub und ging auf die Arbeitsjagd, nachdem er die Anzeigen gelesen. Es war bedrückend. Vor allem infolge der Erwägung, daß er bald etwas finden müsse. Sonst wäre er genötigt, von den paar hundert Dollar zu leben, die er sparen wollte – besäße keine Einlage mehr – müßte sich als Angestellter verdingen.

Alles auf seinem Berufsgebiet Angezeigte war entweder zu kostspielig oder zu schlecht für ihn. Der Winter nahte, die Zeitungen berichteten von Ungemach aller Art, und in der Luft lag es wie Vorahnung harter Zeiten – so bildete er sich wenigstens ein. In seinem Leid wurde er auch des Leides anderer gewahr. Keine Notiz über den Bankrott einer Firma, eine hungernde Familie, einen Mann, der auf der Straße, anscheinend vor Hungererschöpfung, starb, entging ihm, wenn er die Morgenzeitungen studierte. Einmal veröffentlichte die «Welt» die erschreckende Meldung, daß in diesem Winter in New York achtzigtausend Menschen arbeitslos seien – es gab ihm einen Stich ins Herz.

«Achtzigtausend», dachte er. «Wie entsetzlich!»

Diese Erwägungen waren Hurstwood etwas Neues. In früheren Tagen dünkte ihm die Welt ganz hübsch vorwärts zu kommen. Er pflegte wohl ähnliche Ankündigungen in den «Tagesneuigkeiten» von Chicago zu sehen, aber sie fesselten seine Aufmerksamkeit nicht. Nun empfand er sie wie graue Wolken, die den hellen Tag lastend verdunkeln. Mit ihrer grauen Kälte drohten sie auch sein Leben zu verhüllen, zu verdüstern. Er bemühte sich, sie abzuschütteln, zu vergessen, sich zusammenzureißen. Manchmal sagte er sich:

«Was hilft das Sorgen? Noch bin ich nicht unten. Noch liegen sechs Wochen vor mir. Und kommt es zum Schlimmsten – ich habe genug, um sechs Monate davon leben zu können.»

Seltsam. Als er sich wegen seiner Zukunft ängstigte, kehrten seine Gedanken manchmal zu seiner Frau, seiner Familie zurück. In den ersten drei Jahren war er der Erinnerung soweit als möglich ausgewichen. Er haßte Julia, konnte ohne sie seinen Weg finden. Hol sie der Teufel. Es wird ihm schon gelingen. Jetzt aber, da es ihm nicht eben gut ging, begann er sich zu fragen, was sie machte, wie sich seine Kinder entwickelten. Im Geiste sah er sie, behaglich wie immer, in seinem schönen Hause, von seinem Vermögen leben.

«Eine Gemeinheit, bei Gott, daß sie alles besitzen sollen», dachte er öfters. «Habe doch nichts verbrochen.»

Wenn er jetzt zurückblickte, die Situation, die zu seinem Diebstahl geführt, in ihren Einzelheiten erwog, begann er, sich nachsichtig zu rechtfertigen. Was in aller Welt hatte er getan – das ihn auf solche Art ausschließen, solche Schwierigkeiten auf ihn häufen sollte? Erst gestern noch, schien es ihm, lebte er in Behagen und Wohlstand. Jetzt war ihm alles aus den Händen gerissen.

«Sie verdiente nicht, was sie mir erpreßt hat, das ist gewiß. So viel habe ich nicht angestellt – wenn es nur jeder erfahren könnte.»

Er dachte nicht daran, die Tatsachen zu veröffentlichen. Suchte bloß nach einer inneren Rechtfertigung vor sich selbst, die ihn befähigte, seine Lage als ehrbarer Mensch zu ertragen.

Eines Nachmittags, fünf Wochen ehe die Bar in der Warrenstraße geschlossen wurde, verließ er das Geschäft, um drei oder vier im «Boten» angekündigte Bars zu besichtigen. Die eine befand sich in der Goldstraße, er sah sie von außen an, trat aber nicht ein. Sie machte einen so schäbigen Eindruck, daß er fühlte, er werde es da nicht aushalten können. Eine andere lag auf der Bowery, die, wie er wußte, viele prächtige Vergnügungsstätten aufwies. Die Bar war in der Nähe der Großen Straße und wirklich sehr hübsch eingerichtet. Volle drei Viertelstunden sprach er mit dem Eigentümer über Einlage und so weiter. Der Mann behauptete, von schwacher Gesundheit zu sein und deshalb einen Mitinhaber zu suchen.

«Nun, wieviel würde das kosten, sich hier mit halbem Anteil einzukaufen?» fragte Hurstwood, der höchstens siebenhundert Dollar geben konnte.

«Dreitausend», sagte der Mann.

Hurstwood war ganz entsetzt.

«Bar?» fragte er.

«Bar.»

Er versuchte eine Miene aufzusetzen, als müßte er es sich noch überlegen, wie einer, der wohl kaufen könnte; aber seine Augen verrieten Kummer. Sagte, er wolle es überdenken, und ging. Der Mann, zu dem er gesprochen, merkte irgendwie seine wahre Lage.

«Ich glaube nicht, daß er die Absicht hat, zu kaufen», sagte er sich. «Es klingt nicht überzeugend.»

Der Nachmittag war bleigrau und kalt. Ein unangenehmer Winterwind blies durch die Straßen. Hurstwood wollte eine Bar weit draußen auf der Ostseite in der Nähe der Neunundsechzigsten Straße aufsuchen. Es war fünf Uhr, fast dunkel, als er hinkam. Der Besitzer war ein untersetzter Deutscher.

«Was ist's mit Ihrer Anzeige?» fragte Hurstwood, dem das Aussehen der Bar nicht besonders gefiel.

«Oh, das ist alles vorüber», sagte der Deutsche. «Ich will nicht mehr verkaufen.»

«Ach so!»

«Ja, da ist nichts zu wollen. Ich habe mich anders besonnen.»

«Na schön», sagte Hurstwood und wandte sich zum Gehen.

Der Deutsche beachtete ihn nicht weiter und das verdroß ihn.

«Verrückter Esel!» sagte er sich. «Wozu annonciert er dann?»

Schwer bedrückt kehrte er heim. Nur die Küche, wo Carrie arbeitete, war erleuchtet. Er strich ein Zündholz an, machte Licht, setzte sich in das Eßzimmer, ohne seine Frau zu begrüßen. Sie kam an die Tür, schaute ins Zimmer.

«Bist du's?» fragte sie und schritt in die Küche zurück.

«Ja», sagte er und blickte nicht einmal von der Abendzeitung auf, die er gekauft.

Carrie sah, daß es mit ihm schief ging. Wenn er Sorgen hatte, war er nicht mehr hübsch. Die Falten an den Augen vertieften sich. Da ihm von Natur eine dunkle Hautfarbe eignete, sah er geradezu finster aus, wenn er traurig war. Eine wenig angenehme Erscheinung.

Carrie deckte den Tisch und trug auf.

«Das Abendessen ist fertig», sagte sie und schritt an ihm vorüber, um etwas zu holen.

Er antwortete nicht, las weiter.

Sie kehrte zurück, setzte sich, furchtbar unglücklich, auf ihren Platz.

«Willst du jetzt nicht essen?» fragte sie.

Er faltete die Zeitung zusammen, setzte sich an den Tisch. Eine Weile herrschte Stille, die nur von den «Tu mir auf, bitte!» unterbrochen wurde.

«Ein trüber Tag, nicht?» wagte Carrie nach einiger Zeit zu bemerken.

«Ja.»

Er stocherte in den Speisen herum.

«Bist du denn ganz sicher, daß die Bar geschlossen wird?» fragte Carrie, den schon so oft besprochenen Gesprächsgegenstand wieder aufnehmend.

«Natürlich», sagte er, nicht ohne einen scharfen Unterton.

Die Erwiderung ärgerte Carrie. Sie hatte selbst einen öden Tag verlebt.

«Du brauchst nicht in dem Ton mit mir zu sprechen», meinte sie.

«Oh», rief er, schob seinen Stuhl zurück, als wollte er noch mehr sagen. Ließ es aber dabei bewenden. Dann nahm er wieder seine Zeitung zur Hand. Carrie stand auf. Nur mühsam hielt sie an sich. Er sah, daß sie verletzt war.

«Geh nicht», sagte er, als sie wieder in die Küche zurück wollte. «Iß dein Abendbrot.»

Ohne Antwort schritt sie an ihm vorüber.

Er las noch einige Augenblicke, dann stand er auf und zog den Überrock an.

«Ich gehe in die Stadt, Carrie», erklärte er im Hinausgehen. «Bin heute abend nicht recht beisammen.»

Sie erwiderte nichts.

«Sei nicht böse. Morgen wird alles wieder in Ordnung sein.»

Er blickte sie an, aber sie beachtete ihn nicht, wusch ihre Teller.

«Auf Wiedersehen!» sagte er schließlich und ging.

So wirkte sich die Sorge zum erstenmal sichtbar zwischen ihnen aus. Aber als der letzte Tag des Geschäftes herannahte, vertiefte sich die Verstimmung. Hurstwood konnte seine Empfindungen nicht verbergen. Carrie mußte sich fragen, welchem Ende sie zutreibe. Es wurde nun so, daß sie noch weniger als gewöhnlich miteinander sprachen. Und doch hatte Hurstwood nichts gegen Carrie. Sie scheute vor ihm zurück. Er bemerkte es. Es tat ihm weh, daß sie ihm gegenüber gleichgültig wurde. Infolge seiner Stimmung wurde jedes freundliche Bemühen zu einer Riesenaufgabe, und dann meinte er unzufrieden, daß Carrie es durch ihre Haltung nur verschlimmere, ganz unmöglich mache.

Schließlich war der letzte Tag gekommen. Hurstwood dünkte es fast tröstlich, daß es nur ein gewöhnlicher Tag war. Er hatte sich in eine Stimmung hineingearbeitet, zu der Donnergrollen und rasender Sturmwind ausgezeichnet gepaßt hätten. Die Sonne leuchtete, es herrschte eine angenehme Temperatur. Als er zum Frühstück kam, fühlte er, es sei schließlich nicht gar so furchtbar.

«Heute ist mein letzter Tag auf Erden», sagte er.

Carrie lächelte Antwort auf seine gute Laune.

Hurstwood las ganz vergnügt in seiner Zeitung. Es schien, als wäre eine Last von ihm gefallen.

«Ich will ein wenig ausgehen», sagte er nach dem Frühstück, «und mich dann umsehen. Morgen werde ich den ganzen Tag mit Besichtigungen verbringen. Jetzt, wo ich die Sache los bin, glaube ich etwas aufstöbern zu können.»

Lächelnd ging er ins Geschäft. Shaughnessy war anwesend. Sie hatten alle Anordnungen getroffen, ihren Einlagen gemäß zu teilen. Als Hurstwood aber mehrere Stunden da verweilte, auf drei Stunden ausging und dann zurückkehrte, war seine gute Stimmung verflogen. Soviel er gegen das Geschäft einzuwenden gehabt, jetzt, wo er es aufgeben mußte, tat es ihm leid darum. Er wünschte, die Dinge stünden anders.

Shaughnessy war kalt-geschäftsmäßig.

«Na», sagte er um fünf Uhr. «Jetzt können wir wohl die Einnahmen zählen und teilen.»

So taten sie. Die Einrichtung war schon verkauft, die Summe geteilt worden.

«Gute Nacht», sagte Hurstwood im letzten Augenblick, mit äußerstem Bemühen, freundlich zu sein.

«Auf Wiedersehen», sagte Shaughnessy, der sich kaum die Mühe nahm, ihn zu beachten.

Dies war das Ende des Geschäftes in der Warrenstraße.

Carrie hatte ein gutes Abendessen vorbereitet, aber nach seinem Herumjagen war Hurstwood in feierlicher und nachdenklicher Stimmung.

«Nun?» fragte Carrie forschend.

«Ich bin es los», erwiderte er und legte den Mantel ab.

Als sie ihn anblickte, fragte sie sich, wie es jetzt mit seinen Finanzen stehe. Sie aßen, sprachen ein wenig.

«Hast du genug Geld, um dich anderswo einzukaufen?» fragte Carrie.

«Nein», sagte er. «Ich muß mir etwas anderes suchen und sparen.»

«Es wäre schön, wenn du eine Stellung fändest», sagte Carrie, von Angst und Hoffnung getrieben.

«Ich glaube, es wird mir gelingen», meinte er nachdenklich.

Mehrere Tage nacheinander zog er jeden Morgen regelmäßig seinen Mantel an und ging los. Bei diesen Unternehmungen tröstete er sich anfangs mit dem Gedanken, daß er mit Hilfe der siebenhundert Dollar, die er besaß, noch eine ganz gute Abmachung werde treffen können. Dachte daran, in eine Brauerei zu gehen. Diese Leute hatten manchmal, wie er wußte, auch Trinkstuben, die sie vermieteten. Vielleicht konnten sie ihm helfen. Dann erinnerte er sich, daß er jedenfalls einige hundert Dollar für Einrichtung werde zahlen müssen und ihm dann nichts für seine monatlichen Ausgaben übrig bliebe. Das Leben kostete ihn fast achtzig Dollar monatlich.

«Nein», sagte er in vernünftigen Augenblicken. «Ich kann's nicht tun. Ich werde irgendeine Stellung annehmen und sparen.»

Dies «Irgend-eine-Stellung»-Problem wurde in dem Augenblick verwickelt, wenn er nachzudenken begann, was er eigentlich tun möchte. Geschäftsführer? Die Zeitungen enthielten keine derartige Anzeige. Er wußte, daß man zu solchen Stellungen entweder nach langen Dienstjahren gelangt oder sie mit einem halben oder drittel Anteil kauft. Er besaß nicht das Geld, sich in einen Betrieb einzukaufen, groß genug, eines Geschäftsführers zu bedürfen.

Trotzdem machte er sich auf den Weg, seine Kleider waren sehr gut, sein Auftreten noch immer vortrefflich – aber er mußte sich die Mühe nehmen, zu heucheln. Denn die Leute, die ihn sahen, bildeten sich sofort ein, daß ein Mann seines Alters, stattlich und gutgekleidet, auch wohlhabend sein müsse. Er rief den Eindruck hervor, als sei er Besitzer eines bedeutenden Geschäftes. Als könnten gewöhnliche Sterbliche ein Trinkgeld von ihm erwarten. Da er jetzt dreiundvierzig Jahre alt war und ein behagliches Embonpoint hatte, fiel ihm das Gehen, dessen er sich jahrelang entwöhnt, nicht leicht. Seine Beine ermüdeten, seine Schultern schmerzten, die Füße taten ihm am Abend weh, wenn er auch in jeder Richtung die Straßenbahn nahm. Sobald er eine Zeitlang ein- und ausgestiegen war, fühlte er es schon.

Er begriff, daß die Leute ihn für besser gestellt hielten, als es der Fall war. Es wurde ihm schmerzlich klar, daß dies sein Suchen verzögerte. Nicht, daß er sich ein weniger stattliches Auftreten gewünscht hätte – er schämte sich, sein Äußeres durch unpassende Bitte um Arbeit Lügen zu strafen. So zögerte er, wußte nicht, was tun.

Er dachte an die Hotels, erinnerte sich aber sofort, daß er als Angestellter keine Erfahrung und, noch wichtiger, keine Bekannten oder Freunde in der Branche besaß, an die er sich hätte wenden können. Er kannte Hotelbesitzer in mehreren Städten, New York eingeschlossen, aber sie wußten um seine Affäre mit Fitzgerald und Moy. An die mochte er sich nicht wenden. Er dachte an andere Branchen – große Geschäftshäuser, die er gesehen – Kolonialwaren en gros, Metallwaren, Versicherungsgesellschaften und ähnliches –, aber darin mangelte ihm die Erfahrung.

Wie sollte er es anstellen, etwas zu finden? Mußte er persönlich hingehen und fragen, vor der Bürotüre warten und dann, so vornehm und wohlhabend aussehend, erklären, daß er Arbeit suche? Ein bitterer Gedanke. Nein, das konnte er nicht tun.

So schlenderte er nachdenklich herum, und da es kalt war, trat er in ein Hotel ein. Er kannte Hotels gut genug, um zu wissen, daß jeder elegant gekleidete Mann sich auf einen Stuhl in der Halle setzen durfte. Es war das Broadway Zentralhotel, damals eines der bedeutendsten Hotels der Stadt. Hier einen Stuhl zum Ausruhen suchen, war ihm peinlich. Daß es so weit mit ihm kommen mußte! Er hatte gehört, daß man die in Hotelhallen herumlungernden Leute Stuhlwärmer nannte. In seiner Glanzzeit hatte er sie selbst manchmal so genannt. Und da war er nun und schützte sich, trotz der Möglichkeit, einen Bekannten zu treffen, gleich ihnen vor der Kälte und der traurigen Öde der Straßen.

«So geht es nicht», sagte er sich. «Es hat keinen Zweck, daß ich morgens aufbreche, ehe ich einen Ort in Aussicht genommen habe, wohin ich gehen will. Zuerst werde ich überlegen und dann die Plätze aufsuchen.»

Es fiel ihm ein, daß manchmal die Stellungen von Barmännern frei waren, aber das schlug er sich aus dem Kopf. Barmann – er – der frühere Geschäftsführer!

Das Sitzen in der Halle wurde ihm fürchterlich langweilig und so ging er um vier Uhr heim. Als er eintrat, versuchte er eine Geschäftsmiene aufzusetzen, aber es wurde nur eine schwache Nachahmung. Der Schaukelstuhl im Eßzimmer war bequem. Mit einem Seufzer der Erleichterung ließ er sich hineinfallen – er hatte sich einige Zeitungen zum Lesen gekauft.

Als Carrie durch das Zimmer schritt, um mit ihren Vorbereitungen für das Abendessen zu beginnen, sagte sie:

«Der Mann war heute wegen der Miete hier.»

«So?» fragte Hurstwood. Er runzelte die Stirn, als er daran dachte, daß es der zweite Februar, der Zeitpunkt war, zu dem der Mann immer erschien. Fischte in der Tasche nach seiner Börse. Bekam es zum erstenmal zu schmecken, was es hieß, zahlen, ohne verdient zu haben. Er schaute die dicke grüne Notenrolle an, wie ein Kranker das letzte Heilmittel anblicken mag. Dann zählte er achtundzwanzig Dollar ab.

«Da hast du», sagte er zu Carrie, als sie wieder durch den Raum ging.

Er vergrub sich in die Zeitungen und las. Oh, wie wohl die Ruhe tat – nach all dem Marschieren und Denken! Welcher Vergessensfrieden strömte aus diesen Fluten telegrafischer Nachrichten! Er dachte kaum mehr an seine Sorgen. Da war – wenn man der Zeichnung Glauben schenken durfte – eine junge hübsche Frau, die gegen ihren reichen, fetten Bonbonfabrikanten von Gatten in Brooklyn den Scheidungsprozeß eingeleitet hatte. Eine andere Notiz berichtete von einem Schiffbruch in Eis und Schnee an der Fürstenbucht auf Staten Island. Eine lange, heiter gehaltene Spalte erzählte von den Ereignissen in der Theaterwelt – den aufgeführten Stücken, den Schauspielern; die Manager kündigten Neues an. Fanni Davenport eröffnete gerade ihr Theater in der Fünften Avenue. Daly brachte «König Lear». Er las, daß eine aus den Vanderbilts und ihren Freunden bestehende Gesellschaft etwas früher als sonst nach Florida abgereist war. In den Bergen von Kentukky gab es ein interessantes Jagdtreffen. So las er, las und las, wippte im Schaukelstuhl, in dem warmen Zimmer nahe bei der Zentralheizung, und wartete auf das Abendessen.

## Matte Bemühungen:
## Das Antlitz der Sorge

Am nächsten Morgen sah er die Zeitungen durch, bahnte sich seinen Weg durch eine lange Reihe von Anzeigen, machte auch ein paar Notizen. Dann wandte er sich mit einem peinlichen Vorgefühl der Spalte zu, in der männliche Hilfsarbeiter gesucht wurden. Der Tag lag vor ihm – ein langer Tag, an dem etwas gefunden werden sollte. Und so mußte er seinen Entdeckungszug beginnen. Er ging die lange Spalte durch, die sich hauptsächlich auf Bäcker, Scheffler, Köche, Schriftsetzer, Kutscher und ähnliches bezog, und fand nur zwei Angebote, an denen sein Auge haften blieb. Ein Möbelgeschäft en gros suchte einen Kassierer, eine Whiskyfirma einen Geschäftsreisenden. An das letztere hatte er noch nie gedacht. Sofort beschloß er, hinzugehen.

Die Firma hieß Alsbery und Co., Whiskyhändler. Fast unmittelbar nach seinem Kommen geleitete man ihn zu dem Geschäftsführer.

«Guten Morgen», sagte der. Er meinte anfangs, einen seiner auswärtigen Kunden vor sich zu sehen.

«Guten Morgen», sagte Hurstwood. «Ich glaube, Sie haben durch eine Zeitungsanzeige einen Geschäftsreisenden gesucht.»

«Oh», sagte der Mann und zeigte deutlich, daß die Erleuchtung über ihn gekommen. «Ja. Jawohl.»

«Ich wollte mal nachsehen», sagte Hurstwood würdig. «Habe selbst in der Branche einige Erfahrung.»

«So?» fragte der Mann. «Erfahrungen welcher Art?»

«Na, ich habe früher selbst einige Alkoholgeschäfte geführt. Kürzlich war ich mit einem Drittel an einer Bar in der Warren- und Hudsonstraße beteiligt.»

«So?»

Hurstwood machte eine Pause, wartete auf einen Vorschlag.

«Wir brauchen einen Reisenden», sagte der Mann. «Aber ich weiß nicht, ob sich Ihnen die Stellung lohnen wird.»

«Augenblicklich bin ich nicht in der Lage zu wählen. Wenn sie frei wäre, würde ich sie gerne nehmen.»

Dem Mann mißfiel das «nicht in der Lage». Mochte nicht jemanden haben, der an Wahl oder etwas Besseres dachte. Vor allem keinen alten Mann. Brauchte jemand Jungen, Tätigen, der für mäßiges Entgelt gerne und viel arbeitete. Hurstwood gefiel ihm ganz und gar nicht. Er hatte mehr Haltung als seine Arbeitgeber.

«Also», erwiderte er, «wir werden uns freuen, Ihr Ansuchen in Erwägung zu ziehen. Wollen uns erst in einigen Tagen entscheiden. Vielleicht schicken Sie uns Referenzen.»

«Gerne», sagte Hurstwood.

Er nickte grüßend und ging. An der Ecke sah er die Anschrift der Möbelfirma nach und stellte fest, daß sie sich in der dreiundzwanzigsten Straße West befand. Fuhr hin. Doch das Geschäft war nicht groß genug. Machte einen mittelmäßigen Eindruck, die Angestellten schienen müßig und schlecht bezahlt. Er ging an dem Hause vorüber, warf einen Blick durch die Fenster und beschloß, nicht einzutreten.

«Sie wollen wahrscheinlich ein Mädchen für zehn Dollar die Woche», sagte er.

Um ein Uhr dachte er ans Essen und ging in ein Restaurant auf dem

Madisonsquare. Hier dachte er noch über einige Orte nach, die er aufsuchen könnte. Er war müde. Wieder zog es sich grau am Himmel zusammen. Gegenüber, an der anderen Seite des Madisonsquareparks, standen die großen Hotels und blickten auf das emsige Leben nieder. Er wollte hinüber, sich für eine Weile in die Halle setzen. Dort war es warm und hell. Im Broadway-Zentralhotel hatte er keinen Bekannten getroffen. Wahrscheinlich würde ihm auch hier niemand begegnen. Er fand einen Sitzplatz auf einem der roten Samtsofas an den großen Fenstern, die auf Broadways geschäftige Runde hinunterblicken, und versank in Brüten. Hier drinnen erschien ihm seine Lage nicht so schlimm. Da er still saß und hinausschaute, konnte er in den paar hundert Dollar, die er besaß, etwas Trost finden. Die verdrießliche Öde der Straße, seine ermüdende Suche vergessen. Doch war es nur Flucht aus einem schwierigen in einen weniger schwierigen Zustand. Noch immer war er verdüstert und entmutigt. Die Minuten schienen sehr langsam dahinzugleiten. Eine Stunde war eine lange, lange Zeit. Er füllte sie mit Beobachtungen und unausgesprochenen Bemerkungen über die Hotelgäste und jene wohlhabenderen Fußgänger aus, deren Reichtum sich in Kleidern und guter Laune kundtat, als sie draußen auf dem Broadway vorüberzogen. Fast das erste Mal seit seiner Ankunft in dieser Stadt gewährte ihm seine Muße reichlich Gelegenheit, das Schauspiel zu betrachten. Nun da er selbst zu Müßiggang gezwungen, wunderte er sich über die Geschäftigkeit der andern. Wie vergnügt waren die Jünglinge, die er sah, wie hübsch die Frauen. Was für schöne Kleider sie alle trugen. Sie hatten es so eilig, irgendwohin zu gelangen. Reizende Mädchen warfen kokette Blicke. Oh, wie viel Geld brauchte man, um es ihnen gleichzutun – wie gut wußte er das! Wie lange war es her, seit ihm das vergönnt war!

Die Uhr draußen schlug vier. Es war noch ein wenig früh, aber er dachte schon an Heimkehr.

Würde Carrie vielleicht meinen, er sitze zu viel herum, wenn er so früh nach Hause kam? Er hoffte, nicht dazu gezwungen zu sein. Aber der Tag lastete schwer auf ihm. Dort war er wenigstens auf eigenem Grund und Boden. Konnte in seinem Schaukelstuhl sitzen und lesen. Die geschäftige, verwirrende Straße mit all ihrer Verführung war versperrt. Er konnte seine Zeitungen lesen. So ging er heim. Carrie war ganz allein und las. Es war ziemlich dunkel in der von allen Seiten eingeschlossenen Wohnung.

«Du wirst dir die Augen verderben», sagte er im Eintreten.

Nachdem er seinen Mantel abgelegt, hielt er es für seine Pflicht, über die Tageserlebnisse Bericht zu erstatten.

«Ich habe in einer Alkoholvertriebsgesellschaft vorgesprochen», sagte er. «Werde vielleicht für sie auf Geschäftsreisen gehen.»

«Wie nett!» sagte Carrie.

«Es wäre nicht übel», erwiderte er.

Jetzt kaufte er immer bei dem Mann an der Ecke zwei Zeitungen – die «Abendwelt» und die «Abendsonne». Nahm die Blätter im Vorbeigehen mit, ohne sich aufzuhalten.

Er zog seinen Stuhl nahe an die Zentralheizung und zündete das Gas an. Dann ging es wie am Abend vorher. Als er die Notizen las, die er so gern mochte, schwanden seine Sorgen.

Der nächste Tag war noch schlimmer als der vorhergehende, denn jetzt wußte er nicht mehr, wohin er sich wenden sollte. Er las bis zehn Uhr, aber nichts interessierte ihn. Fühlte, daß er ausgehen müsse, und doch wurde ihm bei dem Gedanken ganz schwach. Wohin – wohin?

«Vergiß nicht, mir mein Wochengeld zu lassen», sagte Carrie ruhig.

Sie hatten vereinbart, daß er ihr zwölf Dollar zum Bestreiten der laufenden Ausgaben geben solle. Bei ihren Worten stieß er einen leichten Seufzer aus und zog seine Börse. Wieder überkam ihn die furchtbare Angst. Da nahm und nahm er – und fügte nichts hinzu.

«Herrgott», sagte er sich, «das muß anders werden.»

Aber zu Carrie äußerte er nichts. Sie ahnte, daß ihre Forderung ihn aufregte. Bald würde es für ihn Verzweiflung bedeuten.

«Doch, was kümmert's mich?» dachte sie. «Oh, warum soll ich mich sorgen müssen?»

Hurstwood ging aus und schlug die Richtung nach dem Broadway ein. Er wollte sich auf irgendeinen Ort besinnen, wo er nach Arbeit fragen konnte. Bald aber erreichte er das große Zentralhotel in der Einunddreißigsten Straße. Er kannte schon die behagliche Halle. Nachdem er zwanzig Blocks weit marschiert, litt er unter der Kälte.

«Ich will in den Friseurladen und mich rasieren lassen», dachte er.

So rechtfertigte er, daß er sich dann hier niederließ.

Wieder ging er früh heim, da ihm die Zeit lang wurde, und so hielt er es eine Weile. Jeden Tag jagte ihn die Notwendigkeit zur Arbeitsuche auf, jeden Tag trieben ihn Ekel, Verzweiflung, Scham zum müßigen Herumsitzen in Hotelhallen.

Schließlich kamen drei Tage, an denen es draußen stürmte, und er verließ das Haus überhaupt nicht. An einem Spätnachmittag begann es zu schneien. Ein regelrechter Wirbel von großen, weichen weißen Flocken. Am Morgen fiel noch immer Schnee, ein heftiger Wind blies und die Zeitungen kündigten Schneesturm an. Aus den Vorderfenstern konnte man eine tiefe weiche Schneemasse erblicken.

«Ich glaube, ich werde heute nicht auszugehen versuchen», sagte er beim Frühstück zu Carrie. «Man prophezeit böses Wetter.»

«Und der Mann hat noch nicht meine Kohlen gebracht», sagte Carrie, die das Heizmaterial scheffelweise kaufte.

«Will mal hinüber und es besorgen», meinte Hurstwood. Zum erstenmal erklärte er sich zu einem Botengang bereit. Aber sein Wunsch, dann herumsitzen zu dürfen, gab ihm dies ein, als eine Art Vergütung für das Vorrecht.

Es schneite den ganzen Tag und die ganze Nacht, und die Stadt begann darunter zu leiden, daß der Verkehr ganz stillgelegt war. Die Presse beschäftigte sich viel mit den Einzelheiten des Sturmes und brachte in großer Aufmachung Notizen über das Elend der Armen.

Hurstwood saß in der Ecke bei seiner Wärmequelle und las. Bemühte sich, zu vergessen, wie dringend er Arbeit brauchte. Da der furchtbare Sturm alles lahmlegte, beraubte er ihn auch dieser Notwendigkeit. Er richtete es sich ganz gemütlich ein und ließ sich die Sohlen rösten.

Carrie beobachtete seine Muße nicht ohne Sorge. Obgleich der Sturm draußen raste, zweifelte sie, daß ihm so behaglich zumute war. Er faßte seine Lage zu philosophisch auf.

Aber Hurstwood las und las. Kümmerte sich nicht viel um Carrie. Sie erfüllte ihre Hausfrauenpflichten, sagte wenig, was ihn hätte stören können.

Am nächsten Tage schneite es noch immer, am übernächsten war es bitter kalt. Hurstwood ließ sich von den Befürchtungen abschrecken und hielt sich still daheim. Nun besorgte er freiwillig auch andere Kleinigkeiten. Ging zum Fleischer, zum Krämer. Dachte sich nichts bei diesen kleinen Dienstleistungen, dachte nicht, was sie in Wahrheit bedeuteten. Er empfand sich dann als nicht ganz unnütz – bei so schlechtem Wetter lohnte es sich wirklich, ihn daheim zu haben.

Am vierten Tage aber klärte sich das Wetter auf und er las, daß der Sturm vorüber sei. Doch jetzt faulenzte er weiter herum, weil er glaubte, daß die Straßen schmutzig seien.

Als er sich endlich von seinen Zeitungen trennte und zum Ausgehen bereitmachte, war es Mittag. Da es etwas wärmer wurde, befanden sich die Straßen in schlechtem Zustande. Er kreuzte die Vierzehnte Straße, bestieg die Trambahn und nahm eine Umsteigkarte nach dem südlichen Teil vom Broadway. In der Tasche trug er die Anzeige einer Bar in der Perlstraße. Als er aber zum Broadway-Zentralhotel kam, änderte er seinen Plan.

«Wozu?» dachte er und blickte auf den Schneeschmutz. «Ich könnte mich da nicht einkaufen. Tausend zu eins, daß nichts daraus wird. Am besten, hier aussteigen.» In der Halle nahm er Platz, wartete wieder und fragte sich, was er tun könnte.

Während er noch so faul vor sich hinbrütete, zufrieden, drinnen zu sein, ging ein gutgekleideter Mann an ihm vorüber, blieb stehen, schaute ihn scharf an, als dürfe er seinem Gedächtnis nicht trauen, näherte sich dann. Hurstwood erkannte Cargill, den er zuletzt in der Averyhalle, am Abend von Carries Auftreten, gesehen. Hurstwood erinnerte sich noch, wie der Mann bei dieser Gelegenheit auch sofort seine Frau herbeigerufen, um ihn zu begrüßen.

Hurstwood schämte sich furchtbar. Seine Augen drückten aus, wie sehr er die peinliche Lage empfand.

«Was – Hurstwood!» sagte Cargill, der sich jetzt an alles erinnerte. Es tat ihm leid, daß er ihn nicht gleich rasch genug erkannt, um eine Begegnung zu vermeiden.

«Ja», sagte Hurstwood. «Wie geht es Ihnen?»

«Sehr gut», sagte Cargill, der nicht wußte, wovon er sprechen sollte. «Wohnen Sie hier?»

«Nein, habe mich nur mit jemandem hier besprochen.»

«Ich wußte, daß Sie Chicago verlassen haben. Fragte mich, was aus Ihnen geworden sei.»

«Oh, ich lebe jetzt hier», sagte Hurstwood, der es eilig hatte, fortzukommen.

«Es geht Ihnen hoffentlich gut?»

«Ausgezeichnet.»

«Freue mich, es zu hören.»

Sie blickten einander etwas verlegen an.

«Na, ich habe eine Verabredung mit einem Freund im oberen Stockwerk. Auf Wiedersehen.»

Hurstwood nickte.

«Verflucht», murmelte er, als er an die Tür schritt, «ich wußte, daß etwas passieren wird.»

Er schritt einige Blocks weit die Straße hinauf. Seine Uhr zeigte erst halb zwei. Er versuchte, sich an irgendeinen Ort zu erinnern, wohin er gehen, an etwas, was er tun könne. Das Wetter war so schlecht, daß er nur wünschte, zwischen seinen vier Wänden zu sein. Schließlich hatte er nasse und kalte Füße und stieg in eine Straßenbahn, die ihn in die Neunundfünfzigste Straße führte. Ebenso gut da – wie anderswohin. Als er hier gelandet war, wandte er sich, um die Siebente Avenue entlang zurückzugehen, aber der Schmutz war gar zu arg. Welch ein Elend, so herumzulungern, ohne einen Zufluchtsort zu haben. Unerträglich! Er fühlte, daß er sich eine Erkältung zuzog.

An einer Ecke blieb er stehen und wartete auf eine südwärts fahrende Straßenbahn. An so einem Tage konnte man sich nicht im Freien aufhalten. Er wollte nach Hause.

Carrie war überrascht, ihn um ein Viertel drei daheim zu sehen.

«Abscheuliches Wetter!» war alles, was er sagte. Dann legte er Mantel und Schuhe ab.

In der Nacht nahm er Chinin. Bis zum Morgen fieberte er, saß am nächsten Tag herum. Carrie pflegte ihn. Er war hilflos in seiner Krankheit. In einem dunklen Bademantel und mit ungekämmtem Haar, kein hübscher Anblick. Um die Augen herum sah er abgehärmt, ganz alt aus. Carrie bemerkte es und es rührte sie nicht. Sie wollte gutmütig und teilnehmend sein, aber etwas an dem Mann hielt sie von ihm fern.

Gegen Abend sah er in der schwachen Beleuchtung so schlecht aus, daß sie ihm vorschlug, das Bett aufzusuchen.

«Es ist besser, wenn du allein schläfst. Wirst dich wohler fühlen. Ich werde dir gleich das Bett machen.»

«Gut», sagte er.

Sie besorgte alles in der trübseligsten Stimmung.

«Was für ein Leben! Was für ein Leben!» war ihr einziger Gedanke.

Einmal, während des Tages – er saß zusammengekauert an der Heizung und las – ging sie durch das Zimmer, und als sie ihn in dieser Stellung erblickte, runzelte sie die Stirn. Im Vorderzimmer, wo es nicht so warm war, saß sie dann am Fenster und weinte. Ist das das ihr bestimmte Leben? In einer kleinen Wohnung mit jemandem zusammengepfercht wohnen, der arbeitslos, faul und ihr gleichgültig ist? Sie war ihm jetzt nur eine Dienerin, nichts mehr.

Ihre Augen röteten sich vom Weinen. Als sie das Gas anzündete, um ihm das Bett zu machen, und ihn dann hereinrief, bemerkte er es.

«Was hast du?» fragte er und schaute ihr ins Gesicht. Seine Stimme klang rauh, das ungekämmte Haar machte sein jetzt wenig anziehendes Äußere noch unangenehmer.

«Nichts», sagte Carrie mit schwacher Stimme.

«Du hast geweint.»

«Nein.»

Er wußte: nicht aus Liebe zu ihm.

«Du brauchst nicht zu weinen», sagte er, als er sich ins Bett legte. «Wird schon alles in Ordnung kommen.»

Nach zwei Tagen stand er wieder auf, aber da das kalte Wetter andauerte, blieb er daheim. Der italienische Zeitungsverkäufer brachte nun die Morgenblätter, die las er eifrig. Einigemale nachher wagte er sich hinaus, aber nachdem er einem anderen seiner alten Freunde begegnet war, hatte er schon Angst, in Hotelhallen herumzusitzen.

Jeden Tag kam er zeitig nach Hause und gab schließlich nicht einmal mehr vor, irgendwohin zu gehen. Der Winter war nicht die rechte Zeit, Arbeit zu suchen.

Da er so viel daheim saß, bemerkte er natürlich, wie Carrie den Haushalt führte. Sie war nicht gerade vollkommen in Wirtschaftsmethoden und Sparsamkeit, und die kleinen Fehler, die sie auf diesem Gebiet beging, erregten seine Aufmerksamkeit zuerst. Doch nicht eher, als bis ihre regelmäßigen Wochengeldforderungen ihm peinlich wurden. In seinem Nichtstun schienen ihm die Wochen sehr rasch zu vergehen. Jeden Dienstag wollte Carrie Geld haben.

«Glaubst du, daß wir so billig leben, wie wir können?» fragte er sie an einem Dienstagmorgen.

«Ich tue mein Bestes.»

Im Augenblick wurde nichts mehr hinzugefügt, aber am nächsten

Tage meinte er: «Gehst du je drüben auf den Gansevoortmarkt?»
«Ich wußte gar nicht, daß es sowas gibt.»
«Man sagt, daß die Lebensmittel dort viel billiger zu haben sind.»
Carrie verhielt sich dem Vorschlag gegenüber sehr gleichgültig. Solche Dinge mochte sie gar nicht.
«Wieviel zahlst du für ein Pfund Fleisch?» fragte er sie eines Tages.
«Oh, die Preise sind verschieden», sagte Carrie. «Beefsteak kostet zweiundzwanzig Cents.»
«Viel, nicht?» erwiderte er.
So fragte er auch nach anderen Dingen, bis es schließlich eine Manie zu werden schien. Er erfuhr die Preise und erinnerte sich an sie.
Jetzt machte er auch seine Besorgungen viel geschickter. Es begann natürlich in bescheidenem Ausmaß. Als Carrie eines Morgens ihren Hut aufsetzen wollte, hielt er sie zurück.
«Wo gehst du hin, Carrie?»
«Zum Bäcker hinüber.»
«Ich kann ja für dich gehen», meinte er.
Sie war's zufrieden. Jeden Nachmittag holte er sich seine Zeitungen an der Ecke.
«Brauchst du etwas?» pflegte er sie zu fragen. Allmählich begann sie sich seiner zu bedienen. Weil sie dies tat, verlor sie aber die zwölf Dollar wöchentlich.
«Du mußt mir heute Geld geben», sagte sie um diese Zeit eines Dienstags.
«Wie viel?»
Sie verstand sehr wohl, was dies bedeutete.
«Nun, etwa fünf Dollar», erwiderte sie. «Ich habe Schulden beim Kohlenmann.»
Am selben Tage sagte er:
«Ich glaube, der Italiener an der Ecke verkauft die Kohlen zu fünfundzwanzig Cents den Scheffel. Ich werde bei ihm kaufen.»
Carrie hörte dies gleichgültig an.
«Schön», sagte sie.
Dann wurde es so:
«George, ich muß heute Kohlen haben.» Oder: «Du mußt mir irgendeine Fleischsorte zum Abendessen bringen.»
Er fragte sie, was sie brauchte, und bestellte es.
Dabei wurde er immer knauseriger.
«Ich habe nur ein halbes Pfund Braten gekauft», sagte er, als er eines Nachmittags mit seinen Zeitungen heimkehrte. «Wir essen ja nie sehr viel.»
Diese Einzelheiten dünkten Carrie herzerreißend. Sie verdunkelten ihre Tage und betrübten ihre Seele. Oh, wie hatte sich der Mann verändert! Tag um Tag, den ganzen Tag saß er da und las seine Zeitun-

gen. Die Welt schien keine Anziehungskraft mehr auf ihn auszuüben. Manchmal, bei schönem Wetter, pflegte er zwischen elf Uhr vormittags und vier Uhr nachmittags auszugehen. Sie konnte nicht anders, als ihn mit nagender Verachtung ansehen.

Hurstwood war apathisch, weil er keinen Ausweg zu entdecken vermochte. Jeden Monat mußte er etwas von seinem kleinen Geldvorrat wegnehmen. Jetzt besaß er nur noch fünfhundert Dollar. Die bewahrte er sorgsam, in dem dunklen Gefühl, so die letzte Not für unbestimmte Zeit abzuwehren. Da er nur zu Hause saß, beschloß er, seine alten Kleider zu tragen. Auf den Gedanken verfiel er zuerst bei schlechtem Wetter. Nur einmal, gleich zu Anfang, entschuldigte er sich: «Es ist so schlechtes Wetter heute. Ich will die Sachen abtragen.»

Schließlich wurde es zur Gewohnheit.

Er pflegte fünfzehn Cents für Rasieren zu zahlen, zehn Cents Trinkgeld zu geben. In seiner ersten Verzweiflung setzte er das Trinkgeld auf fünf Cents herunter. Dann gab er gar nichts. Später versuchte er es bei einem Friseur, der nur zehn Cents verlangte, und da er ganz zufrieden war, blieb er sein Kunde. Noch später ließ er sich nur alle zwei, dann alle drei Tage rasieren, bis er es dann regelmäßig nur jede Woche tat. Am Sonnabend war er ein schöner Anblick.

Als seine Selbstachtung schwand, verlor natürlich auch Carrie alle Schätzung für ihn.

Sie begriff nicht, was in den Mann gefahren war. Er besaß etwas Geld, hatte noch einen anständigen Anzug, sah, gut gekleidet, nicht übel aus. Ihren eigenen schweren Kampf in Chicago hatte sie nicht vergessen, auch nicht vergessen, daß sie den Versuch niemals aufgegeben hatte. Er versuchte nie etwas. Jetzt las er nicht einmal mehr die Anzeigen.

Schließlich konnte sie sich nicht enthalten, deutlich zu werden.

«Warum gibst du so viel Butter zum Braten?» fragte er sie eines Abends, als er in der Küche herumstand.

«Damit er gut wird – natürlich.»

«Butter ist jetzt furchtbar teuer.»

«Du würdest dir nichts draus machen, wenn du arbeiten wolltest», erwiderte sie.

Da hielt er den Mund, ging ins Eßzimmer seine Zeitung lesen; aber die Antwort wurmte ihn. Die erste spitze Bemerkung, die er von ihr gehört.

Am selben Abend legte sich Carrie, nachdem sie gelesen, im Vorderzimmer zu Bett. Das war ungewöhnlich. Als sich Hurstwood zurückziehen wollte, tat er es, wie sonst auch, ohne Licht. Da erst bemerkte er Carries Abwesenheit.

«Komisch», sagte er, «vielleicht ist sie noch auf.»

Er dachte darüber nicht länger nach und schlief ein. Am Morgen fand er sie nicht neben sich. Sonderbarerweise machte er keine Bemerkung darüber.

Als die Nacht hereinbrach, die Stimmung zu freundlichem Gespräch geneigt schien, sagte Carrie: «Ich glaube, ich werde heute nacht allein schlafen, ich habe Kopfweh.»

«Wie du willst», sagte Hurstwood.

Am dritten Abend ging sie, ohne sich zu entschuldigen, zu ihrem Ruhelager im Vorderzimmer.

Es war ein harter Schlag für Hurstwood; aber er erwähnte es niemals.

«Schön», sagte er stirnrunzelnd, «mag sie allein schlafen.»

## Bitterer Abstieg: das Wahnbild des Glücks

Die Vances, die sich seit Weihnacht wieder in der Stadt befanden, hatten Carrie nicht vergessen, aber Frau Vance besuchte sie aus dem ganz einfachen Grunde nicht, weil Carrie ihr die neue Anschrift nicht mitgeteilt hatte. Ihrer Natur getreu tauschte Carrie mit Frau Vance Briefe, solange sie in der Achtundsiebzigsten Straße wohnte. Als sie aber gezwungen war, in die Dreizehnte zu übersiedeln, fürchtete sie, Frau Vance könnte die Übersiedlung als Anzeichen verschlechterter Vermögensumstände betrachten, und dachte nach, wie sie es überhaupt vermeiden könne, ihre Anschrift zu geben. Da sie kein passendes Mittel fand, verzichtete sie traurig auf das Vergnügen, ihrer Freundin zu schreiben. Frau Vance wunderte sich über das seltsame Schweigen, meinte, Carrie habe wohl die Stadt verlassen, und gab sie schließlich ganz verloren. Deshalb war sie sehr erstaunt, Carrie einmal in der Vierzehnten Straße zu begegnen, wo sie, gleich Carrie, Besorgungen machte.

«Frau Wheeler!» rief Frau Vance, die Carrie auf den ersten Blick wiedererkannte, «wo haben Sie denn gesteckt? Warum haben Sie mich nicht besucht? Die ganze Zeit über fragte ich mich, was aus Ihnen geworden ist. Wirklich, ich ...»

«Ich bin so froh, Sie zu sehen», sagte Carrie, erfreut und doch verwirrt. Dies war der unpassendste Zeitpunkt, Frau Vance zu begegnen. «Ich wohne in der Stadt. Hatte immer die Absicht, Sie zu besuchen. Wo wohnen Sie jetzt?»

«In der Achtundfünfzigsten Straße, hinter der Siebenten Avenue – Nummer dreihundertachtzehn. Wollen Sie nicht mal zu mir kommen?»

«Gern», sagte Carrie. «Wirklich – ich wollte es tun. Ich weiß, daß ich es längst hätte sollen. Es ist eine rechte Schande, aber Sie wissen –»

«Wie ist Ihre Nummer?»

«Dreizehnte Straße», sagte Carrie widerstrebend, «hundertzwölf, West.»

«Oh, das ist ja ganz in der Nähe, nicht?»

«Ja», sagte Carrie. «Sie müssen mich einmal besuchen.»

«Na, Sie sind mir die Rechte», meinte Frau Vance lachend und bemerkte inzwischen, daß Carries Äußeres sich ein wenig verändert hatte. Auch die Adresse, fügte sie im Geiste hinzu. Sie haben es wohl sehr knapp. Aber sie mochte Carrie doch gut genug leiden, um sie ins Schlepptau zu nehmen.

«Kommen Sie einen Augenblick mit mir herein», rief sie und trat in ein Geschäft.

Als Carrie heimkehrte, war Hurstwood da, der wie gewöhnlich las. Er schien seine Lage mit dem größten Gleichmut zu beurteilen. Hatte sich seit wenigstens vier Tagen nicht rasieren lassen.

«Oh», dachte Carrie, «wenn sie nun herkäme und ihn sähe?»

Sie schüttelte den Kopf, von ihrem Elend überwältigt. Ihre Lage wurde unerträglich.

In ihrer Verzweiflung fragte sie beim Abendessen:

«Hast du je wieder etwas von der Alkoholfirma gehört?»

«Nein», meinte er. «Sie wollen niemanden ohne Erfahrung haben.»

Carrie ließ den Gesprächsgegenstand fallen, unfähig, mehr zu sagen.

Nach einer Weile: «Ich bin heute nachmittag Frau Vance begegnet.»

«So?»

«Sie sind wieder in New York», fuhr Carrie fort. «Sie sah so hübsch aus.»

«Na, sie kann sich's ja leisten, solange er das Geld hergibt», erwiderte Hurstwood. «Er hatte eine gute und leichte Arbeit.»

Hurstwood schaute gerade in die Zeitung. Konnte nicht sehen, wie unendlich müde und unzufrieden Carrie ihn anblickte.

«Sie sagte, sie wolle mich einmal besuchen.»

«Hat sich die Sache ein bißchen lang überlegt, was?» fragte Hurstwood etwas sarkastisch.

Er mochte die Frau wegen ihrer Verschwendungssucht nicht leiden.

«Oh, ich weiß nicht», sagte Carrie verärgert. «Vielleicht wünschte ich's gar nicht.»

«Sie ist zu flott», sagte Hurstwood bedeutsam. «Niemand kann mit ihr Schritt halten – wenn er nicht einen Haufen Geld hat.»

«Herr Vance scheint es nicht sehr schwer zu finden.»

«Vielleicht nicht im Augenblick», erwiderte Hurstwood verbissen, «aber sein Leben ist noch nicht zu Ende. Man vermag nicht zu sagen, was geschehen wird. Kann auf den Hund kommen, wie jeder andere.»

In der Haltung des Mannes lag etwas Infames. Augenzwinkernd schien er den Glücklichen zu betrachten, seine Niederlage zu erwarten.

Seine eigene Situation schien ihm wohl eine Sache für sich – die er nicht in Betracht zog.

Soviel war ihm noch von seiner früheren Selbstsicherheit und Unabhängigkeit übriggeblieben. Wenn er so in seiner Wohnung saß, von dem Tun anderer Leute las, überkam ihn manchmal diese unabhängige, unbesiegliche Stimmung. Er vergaß die erschöpfende Straße, die erniedrigende Suche und spitzte die Ohren, als wollte er sagen:

«Ich kann was. Bin noch nicht fertig. Eine Menge Dinge können mir noch zuteil werden, wenn ich mich nur um sie bemühen will.»

In solcher Stimmung pflegte er sich sorgfältig anzukleiden, rasieren zu lassen, die Handschuhe über die Finger zu streifen und voll Tätigkeitsdrang auszugehen. Nicht mit bestimmtem Ziel vor Augen. Ein Zustand, der eher vom Barometer abhing. Er hatte gerade Lust, sich im Freien aufzuhalten, etwas zu unternehmen.

Bei solchen Gelegenheiten gab er auch Geld aus. Er kannte mehrere Pokerstuben in der Stadt. Hatte in Vergnügungsstätten rund um das Rathaus einige Gleichgesinnte gefunden. Eine angenehme Abwechslung, sie zu treffen, freundliche Gemeinplätze mit ihnen zu tauschen.

Früher hatte er ganz gut Poker spielen können. In manch günstiger Runde hundert Dollar oder mehr gewonnen – zu einer Zeit, wo eine solche Summe nur die Würze des Spieles, nicht in allem, für ihn bedeutete. Nun dachte er wieder daran.

«Ich kann vielleicht ein-, zweihundert Dollar machen. Bin noch nicht aus der Übung.»

Es muß gerechterweise gesagt werden, daß ihm dies mehrmals einfiel, ehe er danach handelte.

Die Pokerstube, die er zuerst betrat, befand sich in einer Bar in der Weststraße, in der Nähe eines Fährenplatzes. Er hatte sie schon früher besucht. Mehrere Partien waren im Gang. Eine Zeitlang sah er zu und bemerkte die verhältnismäßig hohen Einsätze.

«Geben Sie mir auch eine Hand», sagte er, als wieder ein neues Spiel gemischt wurde. Er schob sich einen Stuhl heran, studierte seine Karten. Die Spieler betrachteten ihn ruhig-prüfend, unmerklich und doch durchdringend.

Zuerst hatte er wenig Glück. Er bekam eine gemischte Sammlung, ohne jede Sequenz. Das Spiel wurde eröffnet.

«Ich passe», sagte er.

Kraft dessen gab er sich zufrieden, sein Visum zu verlieren. Bei der Teilung kam er gut weg und konnte dann mit einigen Dollar Gewinn heimgehen.

Am folgenden Nachmittag kehrte er auf der Suche nach Unterhaltung und Beute wieder. Diesmal bekam er zu seinem Unglück drei Karten der gleichen Farbe. Der Mann ihm gegenüber hatte bessere. Es war ein kampflustiger irischer Junge, ein politischer Mitläufer des

Tammanybezirkes, in dem sie sich befanden. Hurstwood staunte über die Hartnäckigkeit dieses Kerls, der mit einer Kaltblütigkeit setzte, die, wenn erheuchelt, doch glänzende Schauspielerei war. Hurstwood stiegen Zweifel auf, aber er behielt (oder glaubte es wenigstens) die äußere Kälte, mit Hilfe deren er in früheren Zeiten solche Seelenkenner des Spieltisches zu täuschen pflegte, die eher Gedanken und Stimmungen zu lesen scheinen als nur die feinen äußeren Anzeichen. Er konnte den feigen Gedanken nicht unterdrücken, daß dieser Mann günstigere Karten in der Hand hatte, bis zu Ende aushalten, seinen letzten Dollar als Einsatz geben würde, wenn es ihm beliebte, so weit zu gehen. Doch hoffte Hurstwood, viel zu gewinnen – seine Karten waren ausgezeichnet.

«Ich bessere um drei», sagte der Ire.

«Da müssen Sie um fünf bessern», sagte Hurstwood und schob seine Spielmarken vor.

«Und wieder», sagte der Ire, indem er ein kleines Häufchen roter Marken hinschob.

«Geben Sie mir mehr Spielmarken», sagte Hurstwood zu dem Mann, der sie aufbewahrte, und zog eine Banknote aus der Tasche.

Ein zynisches Grinsen überflog das Gesicht seines jugendlichen Gegners. Als die Marken ausgelegt wurden, hielt Hurstwood der Erhöhung stand.

«Wieder fünf», sagte der Junge.

Hurstwoods Stirn wurde feucht. Jetzt steckte er tief drinnen – sehr tief für seine Verhältnisse. Sechzig Dollar seines guten Geldes standen auf dem Spiel. Er war gewöhnlich kein Feigling, aber in der Befürchtung, zu verlieren, wurde ihm fast übel. Schließlich gab er nach. Er wollte sich nicht länger auf seine guten Karten verlassen.

«Ich rufe», sagte er.

«Full hand», sagte der Junge und breitete sein Spiel aus.

Hurstwood ließ seine Karten fallen.

«Dachte, ich hätte Sie schon», sagte er mit schwacher Stimme.

Der Junge schaufelte seine Marken zusammen und Hurstwood ging. Auf der Treppe zählte er das übriggebliebene Geld.

«Dreihundertvierzig Dollar», sagte er.

So viel hatte er schon ausgegeben, den Kartenverlust und die täglichen Ausgaben miteingerechnet.

Heimgekehrt, beschloß er, nicht mehr zu spielen.

Da Carrie sich an das Versprechen der Frau Vance erinnerte, sie einmal zu besuchen, gestattete sie sich, Hurstwood sanft auf sein Äußeres aufmerksam zu machen. Zu Hause vertauschte er seinen Anzug mit den Lumpen, in denen er herumsaß.

«Warum ziehst du immer diese alten Kleider an?» fragte Carrie.

«Wozu soll ich hier meine guten Sachen abtragen?»

«Na, ich dachte, du würdest dich besser fühlen.» Dann fügte sie hinzu: «Es kann auch jemand zu Besuch kommen.»

«Wer denn?»

«Frau Vance.»

«Sie braucht mich ja nicht zu sehen», sagte er mürrisch.

Carrie haßte ihn beinahe wegen dieses Mangels an Stolz, an Interesse für sie. «Oh», dachte sie. «Da sitzt er nun. ‹Braucht mich nicht zu sehen›. Er sollte sich vor sich selbst schämen.»

Die Bitterkeit wurde verstärkt, als Frau Vance, die etwas in der Nähe besorgte, wirklich einmal erschien. Nachdem sie durch die banal eingerichtete Halle geschritten, klopfte sie an Carries Tür. Carrie war nicht daheim – das kränkte sie nachher furchtbar. Im Glauben, daß Carrie klopfe, öffnete Hurstwood die Tür. Diesmal war er ehrlich bestürzt. Die längstvergessene Stimme von Jugend und Stolz sprach in ihm.

«Ach –» er stotterte geradezu – «wie geht es Ihnen?»

«Guten Tag», sagte Frau Vance, die kaum ihren Augen traute. Sofort bemerkte sie seine große Verwirrung. Er wußte nicht, ob er sie zum Eintreten einladen solle oder nicht.

«Ist Ihre Frau zu Hause?» fragte sie.

«Nein», sagte er, «Carrie ist ausgegangen; aber wollen Sie nicht näher treten? Sie wird bald zurück sein.»

«N–e–i–n», sagte Frau Vance, die in allem die Veränderung merkte. «Ich habe wirklich große Eile. Wollte nur einmal hinaufschauen. Bleiben kann ich nicht. Richten Sie, bitte, Ihrer Frau aus, daß sie mich doch besuchen soll.»

«Gerne», sagte Hurstwood, der im Hintergrund stand und über ihr Fortgehen ungeheure Erleichterung empfand. Er schämte sich so, daß er seine Hände zusammenpreßte, als er dann im Schaukelstuhl saß und darüber nachdachte.

Carrie kehrte aus einer anderen Richtung heim und es schien ihr, als sehe sie Frau Vance fortgehen. Sie strengte ihre Augen an, konnte es aber nicht mit Sicherheit erkennen.

«War soeben jemand hier?» fragte sie Hurstwood.

«Ja», sagte er schuldbewußt, «Frau Vance.»

«Hat sie dich gesehen?» fragte sie voll Verzweiflung.

Es traf Hurstwood wie ein Peitschenhieb, machte ihn störrisch.

«Wenn sie Augen hat – ja. Ich habe ihr geöffnet.»

«Oh», sagte Carrie und ballte die eine Hand vor lauter Nervosität. «Was wollte sie?»

«Nichts», erwiderte er. «Sie konnte nicht bleiben.»

«Und du – in diesem Aufzug!» sagte Carrie und warf die langbewahrte Zurückhaltung ab.

«Was weiter?» sagte er ärgerlich werdend. «Ich wußte doch nicht, daß sie kommen würde.»

«Du wußtest, daß es geschehen konnte», sagte Carrie. «Ich habe es dir gesagt. Ein dutzendmal hab ich dich gebeten, andere Anzüge zu tragen. Oh, ich finde das einfach furchtbar.»

«Laß gut sein», erwiderte er. «Was liegt daran? Kannst doch sowieso nicht mit ihr verkehren. Sie haben zu viel Geld.»

«Wer sagt, daß ich das gewünscht habe?» fragte Carrie böse.

«Na, du handelst so. Machst Radau wegen meines Aussehens. Man könnte meinen, ich hätte wer weiß was . . .»

Carrie unterbrach ihn.

«Das ist wahr», sagte sie. «Ich könnte nicht mit ihnen verkehren, selbst wenn ich's wollte. Aber wessen Schuld ist es? Du hast leicht dasitzen und darüber schwatzen, mit wem ich verkehren könnte. Warum gehst du nicht aus, Arbeit suchen?»

Dies war ein Blitz aus heiterem Himmel.

«Was geht das dich an?» sagte er aufstehend in größter Wut. «Ich zahle die Miete, nicht? Ich sorge für –»

«Ja, du zahlst die Miete», sagte Carrie. «Gibt es denn nichts anderes auf der Welt als eine Wohnung, damit man darin herumsitzen kann? Seit drei Monaten tust du nichts anderes als dasitzen und dich überall hineinmischen. Ich möchte wissen, warum du mich geheiratet hast.»

«Hab dich gar nicht geheiratet», sagte er höhnisch.

«Was sonst hast du denn in Montreal getan?»

«Na, ich hab dich nicht geheiratet», erwiderte er. «Schlag dir das aus dem Kopf. Du tust, als wüßtest du's nicht.»

Carrie sah ihn einen Augenblick mit weit aufgerissenen Augen an. Sie hatte geglaubt, es sei legal und bindend gewesen.

«Warum hast du mich also belogen?» schrie sie auf. «Warum hast du mich gezwungen, mit dir fortzurennen?»

Ihre Stimme schlug in Schluchzen über.

«Gezwungen», sagte er mit spöttisch gekräuselten Lippen. «Brauchte dich gar nicht so sehr zu zwingen.»

«Oh», sagte Carrie, unter der Last der Worte zusammenbrechend. «Oh, oh» – und eilte in das Vorderzimmer.

Hurstwood war jetzt erhitzt und hellwach. Im Innersten – geistig und moralisch – aufgerüttelt. Er trocknete sich die Stirn, blickte in die Runde und kleidete sich dann um. Kein Laut von Carrie; als sie hörte, daß er sich anzog, hörte sie mit Schluchzen auf. Dachte zuerst, mit einiger Besorgnis, sie könnte ohne Geld zurückgelassen werden. Nicht daran, ihn zu verlieren – obgleich er ja ganz gut gehen konnte, um nie wiederzukehren. Sie hörte, wie er die obere Lade des Wandschrankes herauszog, seinen Hut nahm. Dann schloß sich die Tür des Eßzimmers und sie wußte, daß er fort war.

Nach einigen Augenblicken der Stille stand sie, trockenen Auges, auf, schaute aus dem Fenster. Hurstwood ging gemächlichen Schrittes die Straße aufwärts gegen die Sechste Avenue zu.

Er schritt die Dreizehnte Straße entlang, kreuzte die Vierzehnte nach dem Union Square.

«Such Arbeit!» sagte er sich. «Such Arbeit! Sie befiehlt mir, auszugehen und Arbeit zu suchen!»

Er war bemüht, sich vor seiner eigenen innerlichen Anklage zu schützen, die ihm sagte, Carrie sei im Recht.

«Verflucht auch, dieser Besuch der Frau Vance», dachte er. «Da stand sie und schaute mich von Kopf zu Fuß an. Ich weiß, was sie sich dachte.»

Er erinnerte sich an die paarmal, wo er ihr in der Achtundsiebzigsten Straße begegnete. Sie sah immer wie eine elegante Frau aus – und in ihrer Gegenwart versuchte er, eine ihrer würdige Haltung anzunehmen. Und nun – nicht auszudenken, daß sie ihn so erwischt hatte! In seiner Verzweiflung runzelte er die Stirn.

«Teufel auch!» sagte er wohl ein dutzendmal in einer Stunde.

Es war ein Viertel fünf, als er das Haus verließ. Carrie weinte. Heute würde es kein Abendessen geben.

«Teufel auch», sagte er innerlich prahlend, um die Schande vor sich selbst zu verbergen. «Mit mir steht's nicht so arg. Noch bin ich nicht unten.»

Er blickte rund um den Square und beschloß, in eines der großen Hotels zum Essen zu gehen. Wollte sich seine Zeitungen holen, es sich ganz behaglich machen.

Er stieg die Treppe zu dem schönen Salon im Mortonhaus hinauf, ehemals eines der besten New Yorker Hotels. Und da er einen gutgepolsterten Sitz fand, nahm er Platz und las. Kümmerte sich nicht viel darum, daß seine abnehmende Habe ihm eigentlich eine solche Verschwendung nicht gestattete. Wie ein Morphinist von seiner Droge, war er jetzt von seiner Behaglichkeit abhängig. Alles – nur um seine innere Verzweiflung zu beschwichtigen, seine Gier nach Komfort zu befriedigen. Er mußte es tun. Kein Gedanke an morgen – er ertrug es ebensowenig, daran zu denken, wie an irgendein anderes Unglück. Wie die Gewißheit des Todes versuchte er sich auch die Gewißheit, bald ohne einen Dollar zu sein, ganz aus dem Kopf zu schlagen, und es gelang ihm auch beinahe.

Gutgekleidete Gäste, die auf den weichen Teppichen ab- und zugingen, erinnerten ihn an alte Tage. Eine junge Dame, Gast des Hauses, die in einer Nische Klavier spielte, gefiel ihm. So saß er da und las.

Sein Essen kostete ihn einen Dollar fünfzig. Um acht Uhr war er damit fertig, und als er die Gäste fortgehen sah, draußen die Menge der Vergnügungsuchenden dichter wurde, fragte er sich, wohin er sich wenden solle. Nicht heim. Carrie würde noch auf sein. Nein, heute abend wird er nicht heimgehen. Wird ausbleiben, gleich einem unabhängigen Manne herumschwärmen – beileibe nicht zugrunde gerichtet – da fehlte noch viel. Er kaufte eine Zigarre und stellte sich draußen an die Ecke, wo noch andere Leute herumlungerten – Makler, Rennleute, Schauspieler – sein Fleisch und Blut. Als er so dastand, erinnerte er sich, wie er die Abende in Chicago zu verbringen pflegte. An manch fröhlicher Kartenpartie hatte er teilgenommen. Dies brachte ihn auf das Pokerspiel.

«Hab die Sache letzthin nicht richtig angestellt», und er dachte an seine verlorenen sechzig Dollar. «Hätte nicht schwach werden dürfen. Dann wäre es mir gelungen, den Kerl mit seinen eigenen Tricks zu schlagen. Ich war nicht in Form – das war's, was mir fehlte.»

Dann überlegte er die Möglichkeiten der gespielten Partie und begann sich auszumalen, wie er, durch Anwendung schärferer Kunstgriffe bei mehreren Gelegenheiten, hätte gewinnen können.

«Bin alt genug, Poker zu spielen und etwas herauszukriegen. Will's doch heute abend wieder mal versuchen.»

Phantasiebilder eines hohen Einsatzes tauchten vor ihm auf. Wär's nicht fein, wenn er – sagen wir – zweihundert Dollar gewänne? Haufen von tüchtigen Leuten erwarben sich auf diese Weise ihren Lebensunterhalt – und das reichlich.

«Sie besaßen immer nur so viel wie ich», dachte er.

So zog er los, ging fast mit dem gleichen Gefühl wie in früheren Tagen in eine der nahe gelegenen Pokerstuben. Während dieser Periode des Selbstvergessens, durch den häuslichen Streit erregt, vollständig erweckt durch das Essen im Hotel mit Cocktail und Zigarren – ähnelte er dem alten Hurstwood so sehr, wie er es nur je wieder vermochte. Nicht der alte Hurstwood – nur ein Mann, der von einem Wahnbild verlockt, gegen ein zwiespältiges Gewissen kämpfte.

Diese Pokerstube glich der andern sehr, bloß lag sie in dem rückwärtigen Zimmer einer eleganten Bar. Hurstwood sah anfangs eine Weile zu und beteiligte sich dann an dem Spiel, das ihn interessierte. Wie das vorige Mal ging es eine Zeitlang ganz ordentlich, er gewann einige Male, seine Laune verbesserte sich; dann verlor er ein paar Einsätze, wurde dadurch angeregter und entschlossener. Schließlich hatte ihn das verführerische Spiel ganz in der Gewalt. Es machte ihm Spaß, mehr zu setzen, und mit mäßig-guten Karten in der Hand wagte er einen Kunstgriff, der die Gesellschaft in Staunen versetzte. Es gelang ihm – zu seiner ungeheueren Befriedigung.

Auf der Höhe dieses Gefühls begann er zu denken, daß ihm das Glück günstig sei. Keinem war es so gut ergangen. Wieder hatte er nur mäßig-gute Karten und wieder versuchte er die Bank zu sprengen. Die übrigen Spieler beobachteten ihn so genau, daß sie fast seine innersten Gedanken errieten.

«Ich habe drei Karten derselben Farbe», sagte sich einer. «Will mal mit dem Mann bis zu Ende aushalten.»

Das Ergebnis war, daß ein gegenseitiges «Taxerufen» einsetzte.

«Ich bessere um zehn.»

«Gut.»

«Wieder zehn.»

«Gut.»

«Nochmals zehn.»

«Recht haben Sie.»

Es kam so weit, daß Hurstwood mit fünfundsechzig Dollar drinsteckte. Der andere wurde ernst. Vielleicht hatte der Kerl (Hurstwood) wirklich so glänzende Karten in der Hand.

«Ich rufe», sagte er.

Hurstwood zeigte seine Karten. Es war aus mit ihm. Die bittere Tatsache, daß er fünfundsechzig Dollar verloren, flößte ihm den Mut der Verzweiflung ein.

«Noch ein Spiel», sagte er grimmig.

«Gut.»

Einige gingen, Kiebitze nahmen ihre Plätze ein. Die Zeit verflog, Mitternacht rückte heran. Hurstwood hielt aus, gewann und verlor nicht viel. Dann wurde er müde und verlor in einer letzten Runde noch zwanzig Dollar. Ihm war schrecklich zu Mute.

Um Viertel zwei verließ er die Kartenstube. Die kalten leeren Straßen schienen seine Lage zu verhöhnen. Langsam schritt er gegen Westen, dachte kaum mehr an seinen Streit mit Carrie. Stieg die Treppe hinauf, ging in sein Zimmer, als wäre nichts vorgefallen. Immer mußte er an seinen Verlust denken. Er setzte sich auf den Bettrand, zählte sein Geld. Hundertundneunzig Dollar und etwas Kleingeld. Er steckte es wieder ein, begann sich auszukleiden.

«Was kommt jetzt nur über mich?» fragte er sich. Am Morgen sprach Carrie kaum zu ihm und er fühlte, er müsse wieder das Haus verlassen. Er hatte sie schlecht behandelt, konnte es aber nicht über sich bringen, Frieden zu schließen. Verzweiflung bemächtigte sich seiner und ein oder zwei Tage lang lebte er auswärts wie ein Gentleman – oder was er für einen Gentleman hielt. Das kostete Geld. Seine Ausflüge machten ihn nur kränker an Körper und Geist, von seiner Börse nicht zu sprechen, die dabei dreißig Dollar verlor. Dann fand er zur kalten, bitteren Vernunft zurück.

«Der Mann kommt heute, die Miete einkassieren», sagte ihm Carrie drei Tage später zu gleichgültigem Morgengruß.

«So?»

«Ja. Heute ist der Zweite.»

Hurstwood runzelte die Stirn. Dann zog er verzweifelt die Börse.

«Es scheint mir furchtbar, so viel Miete zu zahlen.»

Er näherte sich seinen letzten hundert Dollar.

# Der Geist erwacht: Neue Suche nach dem Tore

Es wäre zwecklos zu erklären, wie in angemessener Zeit die letzten fünfzig Dollar in Sicht kamen. Die siebenhundert reichten infolge seines Wirtschaftens nur bis Juni. Ehe Hurstwood die letzten hundert angreifen mußte, begann er anzudeuten, daß das Unheil nahe.

«Ich weiß nicht», sagte er eines Tages, indem er eine geringfügige Ausgabe für Fleisch als Vorwand nahm, «ich weiß nicht, aber mir scheint, wir geben furchtbar viel aus.»

«Ich glaube nicht.»

«Mein Geld ist fast alle, und ich weiß kaum, worauf wir es verwendet.»

«Die ganzen siebenhundert Dollar?» fragte Carrie.

«Alle bis auf hundert.»

Er sah so trostlos drein, daß es ihr weh tat. Sie begriff, daß sie sich so, ohne nachzudenken, hatte treiben lassen. Gefühlt hatte sie es die ganze Zeit über.

«Aber George», rief sie, «warum gehst du nicht aus, Arbeit suchen? Du könntest gewiß etwas finden.»

«Ich habe gesucht», sagte er, «man kann die Leute nicht zwingen, einem eine Stellung zu geben.»

Sie blickte ihn hilflos an und sagte:

«Was gedenkst du also zu unternehmen? Hundert Dollar werden nicht lange dauern.»

«Ich weiß nicht», sagte er. «Kann nicht mehr tun, als mich umsehen.»

Diese Mitteilung erschreckte Carrie im tiefsten. Verzweifelt dachte sie darüber nach. Häufig hatte sie die Bühne als eine Pforte betrachtet, durch die sie an jenen vergoldeten Bereich gelangen könnte, den sie so sehr begehrte. Jetzt, wie damals in Chicago, fiel es ihr als letztes Hilfsmittel in der Not ein. Wenn er nicht bald Arbeit fand, mußte etwas geschehen. Vielleicht wird sie hinausgehen, wieder allein kämpfen müssen.

Sie fragte sich, wie man es wohl machen müßte, um eine Anstellung zu erhalten. Ihre Erfahrung in Chicago bewies ihr, daß sie nicht den richtigen Weg eingeschlagen. Es mußte Leute geben, die zuhörten, prüften, Gelegenheit gaben, zu zeigen, was man kann.

Sie plauderten ein oder zwei Morgen später am Frühstückstisch, als sie das Gespräch auf das Theater lenkte; sie habe gelesen, daß Sarah Bernhardt nach Amerika komme. Auch Hurstwood hatte es gehört.

«Wie kommt man zur Bühne, George?» fragte sie naiv.

«Ich weiß nicht», sagte er. «Vielleicht durch Theateragenten.»

Carrie nippte an ihrem Kaffee und blickte nicht auf.

«Ordentliche Leute, die einem eine Stellung verschaffen?»

«Ja, ich glaube schon», erwiderte er.

Plötzlich erregte die Miene, mit der sie fragte, seine Aufmerksamkeit.

«Du denkst doch nicht mehr daran, Schauspielerin zu werden, was?» fragte er.

«Nein», erwiderte sie. «Ich wollte nur wissen.»

Es war ihm nicht ganz klar – aber etwas lag in dem Gedanken, wogegen er sich wehrte. Nachdem er drei Jahre lang Carrie beobachtet hatte, glaubte er nicht mehr, daß sie auf diesem Gebiet je Großes zu leisten vermochte. Sie schien zu einfach, zu schlapp. Er glaubte, daß zur Kunst etwas Glänzenderes gehöre. Wenn sie's versuchte, würde sie irgendeinem geringen Manager in die Hände fallen und wie die übrigen werden. Er wußte schon, was er darunter verstand. Carrie war hübsch. Sie würde schon vorwärtskommen – aber was geschähe dann mit ihm?

«Ich würde mir die Sache aus dem Kopf schlagen, wenn ich du wäre. Es ist viel schwerer, als du denkst.»

Carrie hörte aus seinen Worten einen Zweifel an ihren Fähigkeiten heraus.

«Du sagtest, ich hätte damals in Chicago wirklich gut gespielt.»

«Das hast du», sagte er. Er sah ein, daß er Widerstand hervorrief. «Aber Chicago ist bei weitem nicht New York.»

Carrie antwortete überhaupt nicht. Sie war verletzt.

«Die Bühne», fuhr er fort, «ist schon ganz schön, wenn man eine von den großen Kanonen sein kann – sonst ist gar nichts dran. Man braucht da lange, um nach oben zu kommen.»

«Oh, ich weiß nicht», sagte Carrie etwas gereizt.

Blitzgleich war ihm, als könnte er das Ergebnis voraussehen. Jetzt, wo der schlimmste Augenblick seiner Existenz nahte, würde sie zur Bühne gehen, ihn schmählich im Stich lassen. Seltsam, er hielt nicht viel von ihren geistigen Anlagen. Weil er die Natur der großen Empfindungsfähigkeit nicht begriff. Er hatte noch nicht erfahren, daß ein Mensch, wenn nicht ein Genie des Geistes, so doch ein Genie des Herzens sein kann. Das Theaterspielen in der Averyhalle lag zu weit zurück, als daß er sich hätte an Einzelheiten erinnern können. Er lebte mit dieser Frau zu lange zusammen.

«Aber ich weiß», erwiderte er. «Denk nicht daran – sag ich dir. Es ist kein rechter Beruf für eine Frau.»

«Besser als hungern», sagte Carrie. «Wenn du nicht willst, daß ich das tue, warum findest du nicht Arbeit für dich?»

Darauf wußte Hurstwood im Augenblick keine Antwort. Er war an den Vorwurf nun schon gewöhnt.

«Laß gut sein», erwiderte er.

So beschloß Carrie heimlich, einen Versuch zu wagen. Um ihn durfte sie sich nicht kümmern. Sie wollte sich nicht zu Armut und Schlimmerem herabwürdigen lassen, nur weil es ihm so paßte. Konnte handeln.

Sich hinaufarbeiten. Was würde er dann sagen? Schon sah sie sich in irgendeinem schönen Theaterstück auf dem Broadway auftreten; jeden Abend in ihrer Garderobe schminken und anziehen. Um elf Uhr würde sie das Theater verlassen. Draußen stehen die wartenden Wagen. Es lag nichts daran, ob sie der Star war oder nicht. Gehörte sie erst einmal dazu, bekam ein anständiges Gehalt, trug die Kleider, die die sich wünschte, hatte genug Geld, um auszukommen, konnte da- und dorthin gehen, wohin es ihr gefiel – wie herrlich wäre das! Den ganzen Tag über schwelgte sie in diesen Träumen. Sie erstrahlten um so heller, lebendiger, je furchtbarer die Lage Hurstwoods wurde.

Merkwürdigerweise nahm der Gedanke bald auch ihn gefangen. Sein schwindender Besitz mahnte ihn, daß er in Zukunft Hilfe brauchen werde. Weshalb sollte Carrie ihm nicht ein wenig beistehen, bis er etwas finden würde?

Als er eines Tages heimkehrte, spukte ihm die Idee im Kopfe.

«Heute bin ich John B. Drake begegnet», sagte er. «Er will im Herbst hier ein Hotel eröffnen. Meint, er könnte mir dann eine Stellung verschaffen.»

«Wer ist das?» fragte Carrie.

«Der Mann, der das Grand Pacific-Hotel in Chicago leitet.»

«Oh», sagte Carrie.

«Könnte dort so was wie vierzehnhundert jährlich kriegen.»

«Das wäre gut, nicht?» sagte sie teilnehmend.

«Wenn ich nur den Sommer überstehen kann», fügte er hinzu, «dann glaub ich, müßte noch alles in Ordnung kommen. Ich habe wieder von einigen meiner Freunde gehört.»

Carrie schluckte die Geschichte in all ihrer ursprünglichen Schönheit. Sie wünschte ehrlich, daß er den Sommer über aushalte. Es sah so hoffnungslos aus.

«Wieviel Geld hast du noch?»

«Fünfzig Dollar.»

«Oh Himmel», rief sie. «Was werden wir tun? Nur noch zwanzig Tage, bis wir wieder Miete zahlen müssen.»

Hurstwood stützte den Kopf in die Hände und blickte trübe zu Boden.

«Vielleicht kannst du wirklich was auf dem Theater finden», schlug er mit einschmeichelnder Stimme vor.

«Vielleicht», sagte Carrie. Sie freute sich, daß er ihren Plan billigte.

«Ich will mich in allem versuchen, was ich überhaupt kriegen kann», sagte er, als er sah, daß sich ihre Laune besserte. «Irgend etwas wird sich schon bieten.»

Eines Morgens, nachdem er fortgegangen, räumte sie vom Tisch ab, kleidete sich so nett an, als ihre Garderobe gestattete, und machte sich nach dem Broadway auf. Sie kannte die Straße nicht sehr gut. Sie sah in ihr eine Mischung von allem, was groß war und mächtig. Hier standen die Theater – irgendwo in der Nähe mußten auch die Agenturen sein.

Sie wollte in das Theater auf dem Madisonsquare eintreten und nach Agenten fragen. Dies schien ihr der vernünftige Weg. Als sie an das Theater gelangte, wendete sie sich an den Angestellten im Kartenbüro.

«Eh?» fragte er, aus seinem Schalterfenster blickend, «Agenten? Ich weiß nicht. Sie werden sie in dem ‹Clipper› finden. Da haben sie alle ihre Anzeigen drin.»

«Ist das eine Zeitung?» fragte Carrie.

«Ja», sagte der Mann und wunderte sich, wie man eine so allgemein bekannte Tatsache nicht wissen konnte. «Sie kriegen sie beim Zeitungsverkäufer», fügte er höflich hinzu, da er bemerkte, wie hübsch die Fragende war.

Carrie besorgte sich also zunächst den «Clipper», dann versuchte sie, die Agenten zu finden; sie blickte die Zeitung durch, während sie neben dem Verkäufer stand. Das war nicht so einfach. Die Dreizehnte Straße lag einige Blocks weit. Sie kehrte heim, nahm das kostbare Ding mit und bedauerte, soviel Zeit verloren zu haben.

Hurstwood war schon zu Hause und saß auf seinem gewöhnlichen Plätzchen. «Wo warst du?»

«Ich habe versucht, einige Agenten zu finden.»

Er traute sich nicht recht, nach dem Erfolg ihrer Unternehmung zu fragen.

«Was hast du da?»

«Den ‹Clipper›. Man sagte mir, hier würde ich ihre Adressen finden.»

«Bist du den ganzen Weg nach dem Broadway gelaufen, um das herauszubringen? Das hätte ich dir sagen können.»

«Warum hast du es nicht getan?» fragte sie, ohne aufzublicken.

«Hast mich ja nicht gefragt», erwiderte er.

Verwirrt suchte sie in den Spalten, wo sich Name an Name drängte. Die Gleichgültigkeit ihres Gefährten kränkte sie im Innersten. Mit allem, was er tat, trug er nur dazu bei, ihre Lage zu erschweren. Selbstmitleid verbrannte ihr das Herz. An ihren Lidern zitterten Tränen, flossen aber nicht über ihre Wangen. Hurstwood bemerkte etwas.

«Gib, ich will für dich nachsehen.»

Sie ging in das Vorderzimmer, um sich zu fassen, während er suchte. Bald kehrte sie zurück. Er hatte einen Bleistift in der Hand und schrieb auf einen Briefumschlag.

«Da hast du drei», sagte er.

Carrie nahm den Zettel an sich. Der eine Agent war Frau Bermudez, der zweite Markus Jenks, der dritte Percy Weil. Carrie blieb nur einen Augenblick stehen, dann wendete sie sich der Tür zu.

«Es ist vielleicht besser, ich gehe gleich hin», sagte sie, ohne zurückzublicken.

Hurstwood sah, daß sie fortging, und etwas wie Scham regte sich in ihm; Ausdruck eines männlichen Gefühls, das sich ungemein schnell abgestumpft. Eine Weile saß er da, dann wurde es ihm zuviel. Er erhob sich, setzte den Hut auf.

«Ich will ausgehen», sagte er sich. Ziellos schlenderte er dahin – aber irgendwie hatte er die Empfindung, daß er es müsse.

Carrie sprach zuerst bei Frau Bermudez vor, die am nächsten wohnte. Ein altmodisches, zu Bürozwecken umgeändertes Gebäude. Die Büros der Frau Bermudez bestanden aus dem, was ursprünglich ein rückwärtiges Zimmer und ein Hallenschlafraum gewesen. Auf der Eingangstür stand «Privat».

Als Carrie eintrat, bemerkte sie mehrere Personen, die herumsaßen – Männer, die nichts sagten und nichts taten.

Während sie wartete, daß man auf sie aufmerksam werde, öffnete sich die Tür des früheren Schlafraums und heraus traten zwei männlich aussehende Damen. Sie trugen sehr enge Kleider, weiße Kragen und Manschetten. Nach ihnen kam eine stattliche Frau von etwa fünfundvierzig Jahren. Sie hatte lichtes Haar, scharfe Augen und schien gutmütig zu sein. Wenigstens lächelte sie.

«Also vergessen Sie es nicht», sagte eine der Männlichen.

«Gewiß nicht», sagte die stattliche. «Wo sind Sie in der ersten Februarwoche?»

«Pittsburgh.»

«Ich werde Ihnen hinschreiben.»

«Schön», sagte die eine, und beide gingen.

Im Nu wurde das Gesicht der stattlichen Frau außerordentlich ernst und nahm einen listigen Ausdruck an. Sie wendete sich und durchbohrte Carrie mit prüfenden Blicken.

«Na», meinte sie, «junge Frau, was kann ich für Sie tun?»

«Sind Sie Frau Bermudez?»

«Ja.»

«Also», sagte Carrie, die nicht wußte, wie zu beginnen, «können Sie Stellungen beim Theater verschaffen?»

«Ja.»

«Könnten Sie mir eine verschaffen?»

«Haben Sie schon gespielt?»

«Sehr wenig.»

«Mit wem haben Sie gespielt?»

«Oh, mit niemandem», sagte Carrie, «es war nur eine Vorstellung, die –»

«Oh, ich sehe schon», unterbrach sie die Frau. «Nein. Ich weiß jetzt nichts.»

Carrie war sehr niedergeschlagen.

«Sie müssen zuerst Spielerfahrung in New York erwerben», schloß die freundliche Frau Bermudez. «Aber wir werden Ihren Namen einschreiben.»

Carrie stand und blickte, die Dame zog sich in ihr Büro zurück.

«Wie ist Ihre Adresse?» fragte ein junges Mädchen hinter dem Schalter und nahm das abgeschnittene Gespräch wieder auf.

«Frau George Wheeler», sagte Carrie. Das Mädchen schrieb ihre Adresse genau nieder. Und dann durfte sie gehen.

Eine ähnliche Erfahrung machte sie in dem Büro des Herrn Jenks. Er brachte zum Schluß nur eine leichte Änderung vor, indem er sagte:

«Wenn Sie in irgendeinem Theater hier spielen oder auf einem Programm genannt werden könnten, wäre es nicht unmöglich, daß ich etwas für Sie täte.»

In dem dritten Büro fragte sie der Mensch:

«Was wollen Sie eigentlich spielen?»

«Was meinen Sie?»

«Wollen Sie zur Komödie oder zum Vaudeville oder in den Chor?»

«Oh, ich möchte gerne eine Rolle in einem Stück haben.»

«Na», sagte der Mann, «das wird Sie schon was kosten.»

«Wieviel?» fragte Carrie. So lächerlich dies auch scheinen mag – sie hatte nicht daran gedacht.

«Das müssen Sie bestimmen», sagte er schlau.

Carrie schaute ihn neugierig an. Wußte kaum, wie sie ihre Fragen fortsetzen sollte.

«Können Sie mir eine Rolle verschaffen, wenn ich zahle?»

«Täten wir's nicht, müßten Sie Ihr Geld zurückerhalten.»

«Oh», sagte sie.

Der Agent merkte, daß er es mit einer unerfahrenen Seele zu tun habe, und richtete sich danach.

«Auf jeden Fall müßten Sie fünfzig Dollar einzahlen. Kein Agent wird sich für weniger bemühen.»

Carrie ging ein Licht auf.

«Danke», sagte sie. «Ich will es mir überlegen.» Sie wollte schon fort, besann sich eines Besseren.

«Wie rasch könnte ich dann eine Stellung finden?» fragte sie.

«Das läßt sich schwer sagen», meinte der Mann. «Sie können sie in einer Woche, Sie können sie in einem Monat kriegen. Würden dann das erste bekommen, was wir für Sie einigermaßen passend halten.»

«So», sagte Carrie und lächelte ein wenig, um den Mann nicht zu verstimmen. Dann ging sie.

Der Agent sann einen Augenblick nach und sagte dann:

«Komisch, wie sich diese Frauen um die Bühne reißen.»

Der Fünfzig-Dollar-Vorschlag gab Carrie reichlich Nahrung zum

Nachdenken. Sie werden vielleicht mein Geld nehmen und sich nicht weiter um mich kümmern, dachte sie. Sie besaß einige Juwelen – einen Diamantring, eine Nadel und anderes. Dafür würde ihr ein Pfandleiher wohl fünfzig Dollar geben.

Hurstwood war vor ihr daheim. Er hatte nicht gedacht, daß sie so lange suchen würde.

«Nun?» sagte er und wagte nicht weiter zu fragen.

«Ich habe heute nichts gefunden», sagte Carrie und legte die Handtasche beiseite. «Sie fordern alle Geld, damit sie einem eine Stellung verschaffen.»

«Wieviel?»

«Fünfzig Dollar.»

«Nicht viel, was?»

«Oh, sie sind wie alle: man kann gar nicht wissen, ob sie auch wirklich etwas tun, sobald sie das Geld in Händen haben.»

«Na, auf solcher Grundlage würde ich nicht fünfzig Dollar riskieren», sagte Hurstwood, als könnte er, Geld in der Hand, entscheiden.

«Ich weiß nicht», meinte Carrie. «Ich werde es vielleicht bei ein paar von den Managern versuchen.»

Hurstwood hörte es. Das Entsetzliche, das in dem Gedanken lag, machte keinen Eindruck mehr auf ihn. Er schaukelte ein wenig auf und ab, kaute an seinen Fingern. In solcher Not schien alles ganz natürlich. Später würde er es geschickter anfangen.

## Spiel im Elfenland: Die grimme Außenwelt

Als Carrie ihre Suche am nächsten Tag von neuem aufnahm und in das Kasino ging, erkannte sie, daß es im Opernchor so schwer wie auf anderen Gebieten ist, Arbeit zu finden. Mädchen, die in einer Reihe stehen und hübsch aussehen können, sind so zahlreich wie die Arbeiter, die eine Hacke schwingen. Zwischen der einen und andern Bewerberin wurde kein Unterschied gemacht, abgesehen nach Schönheit und Figur im herkömmlichen Geschmack. Die Meinung, die sie selbst von ihren Fähigkeiten hatten, ihr Selbstbewußtsein galt nichts.

«Wo kann ich Herrn Gray finden?» fragte sie einen mürrischen Türhüter am Bühneneingang.

«Sie können ihn jetzt nicht sprechen; er ist beschäftigt.»

«Wissen Sie, wann ich ihn sprechen kann?»

«Sind Sie bestellt?»

«Nein.»

«Na, Sie müssen sich in seinem Büro melden.»

«Oh, Gott», rief Carrie. «Wo ist sein Büro?»

Er nannte ihr die Nummer.

Sie wußte, daß es keinen Zweck hatte, jetzt hinzugehen. Er würde nicht da sein. Es blieb nichts übrig, als die Zeit bis dahin für weiteres Suchen zu benützen.

Die trübselige Geschichte ihrer übrigen Erfahrungen ist rasch erzählt. Herr Daly empfing niemanden ohne vorherige Verabredung. Carrie wartete, trotz aller Hindernisse, die man ihr in den Weg legte, eine Stunde lang in einem schmutzigen Büro, um diese Tatsache schließlich von dem gelassenen, gleichgültigen Herrn Dorney zu erfahren.

«Sie müssen schriftlich bitten, empfangen zu werden.»

Da ging sie also fort.

Im Empiretheater traf sie einen Haufen von ganz besonders gleichgültigen Menschen, die ihr kaum zuhörten. Alles war prachtvoll gepolstert, alles in höchster Vollendung ausgeschmückt, alles bemerkenswert zurückhaltend.

Das Lyzeum stellte sich als eines jener abgeschlossenen, im Erdgeschoß gelegenen Theaterchen mit Teppichen und Wandbekleidungen dar, die in einem das Gefühl von der Größe aller Machtstellungen hervorrufen. Hier war vornehme Zurückhaltung in einem Kartenbüroangestellten, einem Türhüter und einem Hilfsbeamten verkörpert, die sich im Ansehen ihrer guten Stellungen sonnten.

«Ah, sei sehr bescheiden – sehr bescheiden. Sag uns, was du willst. Sag es schnell, nervös und ohne eine Spur von Selbstachtung. Wenn es uns nicht die geringste Mühe kostet, werden wir sehen, was sich tun läßt.»

Dies war die Stimmung im Lyceum – die Stimmung in jedem Managerbüro der Stadt. Diese kleinen Geschäftsbesitzer sind wahrlich Freiherren auf eigenem Grund und Boden.

Carrie ging ermattet fort, um der vergeblichen Mühe willen noch schüchterner.

Hurstwood hörte abends die Einzelheiten der ermüdenden und nutzlosen Suche.

«Ich konnte mit niemandem sprechen», sagte Carrie. «Bin nur gegangen und gegangen, habe gewartet und herumgesessen.»

Er blickte sie an.

«Ich glaube, man muß Freunde haben, um hineinzukommen», sagte sie trostlos.

Hurstwood begriff, wie schwierig die Sache sei, und doch schien sie ihm nicht so furchtbar. Carrie war erschöpft und mutlos, aber jetzt konnte sie ausruhen. Wenn er so vom Schaukelstuhl aus die Welt betrachtete, schien ihm, daß ihr Elend sich nicht so rasch an ihn herandrängen könne. Morgen war auch ein Tag.

Der Morgen kam, der nächste und der nächste.

Carrie traf einmal im Kasino den Manager.

«Kommen Sie doch», sagte er, «anfangs nächster Woche zu mir. Vielleicht nehme ich da irgendwelche Veränderungen vor.»

Er war ein breitschultriger und kräftig gebauter Kerl, von schönen Kleidern und gutem Essen überfüttert, der Frauen beurteilte wie ein anderer Pferdefleisch. Carrie war hübsch und graziös. Sie konnte hineingebracht werden, selbst wenn sie keine Erfahrung hatte. Einer der Besitzer meinte, daß es im Chor an feschen Mädels fehle.

Vom Anfang der nächsten Woche trennten sie noch einige Tage. Der erste des Monats näherte sich. Carrie begann sich zu sorgen, wie noch nie zuvor.

«Suchst du wirklich irgendeine Arbeit, wenn du ausgehst?» fragte sie Hurstwood eines Morgens. Es war der Höhepunkt ihrer eigenen qualvollen Gedanken.

«Natürlich», erwiderte er mürrisch und ärgerte sich nur über die unfreundliche Andeutung.

«Ich würde im Augenblick alles annehmen», sagte sie. «Bald ist der Monatserste wieder da.»

Sie sah aus wie die Verzweiflung selbst.

Hurstwood ließ die Zeitung und wechselte seine Kleider.

«Ich werde mich nach etwas umsehen», dachte er. «Vielleicht kann mich eine Brauerei irgendwo anstellen. Selbst eine Beschäftigung als Barmann würde mir genügen, wenn ich sie kriege.»

Es war die Art von Unternehmung, wie schon so viele. Eine oder zwei höfliche Zurückweisungen und sein Wagemut schwand.

«Zwecklos», dachte er. «Kann ebensogut heimgehen.»

Jetzt, wo es um seine Kasse so schlimm stand, begann er seine Kleider zu prüfen und bemerkte, daß sogar seine besten schon ganz gewöhnlich aussahen. Ein bitterer Gedanke.

Carrie kam nach ihm heim.

«Ich war bei einigen Varietémanagern», sagte sie ziellos. «Man muß eine Nummer haben. Sonst nehmen sie einen nicht.»

«Ich habe heute mit einigen von den Brauern gesprochen», erzählte Hurstwood. «Ein Mann sagte mir, er würde versuchen, mir in ein, zwei oder drei Wochen Arbeit zu verschaffen.»

Angesichts von Carries Verzweiflung mußte er heucheln. Das tat er. Die Entschuldigung der Müdigkeit vor der Energie.

Am Montag ging Carrie wieder in das Kasino.

«Habe ich Sie für heute bestellt?» fragte der Manager und sah sie von Kopf bis Fuß an, als sie vor ihm stand.

«Sie meinten, anfangs nächster Woche», sagte Carrie sehr beschämt.

«Haben Sie schon gespielt?» fragte er wieder, fast streng.

Carrie gestand ihre Unwissenheit.

Wieder schaute er sie an, indem er in seinen Papieren herumstöberte.

Das hübsche, verwirrt blickende junge Frauenzimmer gefiel ihm.
«Kommen Sie morgen früh ins Theater.»
Carrie klopfte das Herz bis zum Halse.
«Gut», sagte sie mühsam. Sie konnte sehen, daß er sie engagieren wollte, und wendete sich zum Gehen.
Wird er ihr wirklich Arbeit geben? Oh, gesegnetes Schicksal, konnte es sein?
Schon erschien ihr der rauhe Lärm der Stadt durch die offenen Fenster angenehm.
Auf ihre innerliche Frage antwortete eine scharfe Stimme, die ihr jede unmittelbare Angst benahm.
«Seien Sie pünktlich da», sagte der Manager grob. «Sonst läßt man Sie fallen.»
Carrie eilte davon. Jetzt wollte sie Hurstwoods Faulheit nicht mehr schelten. Sie hatte eine Stellung – sie hatte eine Stellung. Das klang ihr in den Ohren.
In ihrer Freude beeilte sie sich, es Hurstwood zu erzählen. Aber als sie auf dem Heimweg einen besseren Überblick über die Tatsachen gewann, schien es ihr sonderbar, daß sie in einigen Wochen Arbeit gefunden, während er schon monatelang müßig herumlungerte.
«Warum findet er nichts?» fragte sie sich. «Wenn ich es kann, müßte es ihm doch auch gelingen. Es ist mir nicht gar so schwer geworden.»
Sie vergaß ihre Schönheit und Jugend. Merkte in ihrer Begeisterung nicht, was für eine Hemmung das Alter ist.
So spricht die Stimme des Erfolges immer.
Doch konnte sie ihr Geheimnis nicht für sich bewahren. Sie suchte ruhig und gleichgültig zu sein, aber man sah ihr die Heuchelei an.
«Nun?» fragte er, als er ihr heiteres Gesicht erblickte.
«Ich hab eine Stellung.»
«So?» Er atmete erleichtert.
«Ja.»
«Was für eine?» fragte er und hatte, bis in sein Blut, das Gefühl, als könnte auch ihm noch etwas Gutes zuteil werden.
«Im Chor.»
«In der Kasinorevue, von der du mir erzählt hast?»
«Ja», erwiderte sie. «Morgen beginne ich zu proben.»
Carrie erging sich in näheren Erklärungen – sie war so glücklich. Schließlich sagte Hurstwood:
«Weißt du, wieviel du bekommen wirst?»
«Nein, ich mochte nicht fragen», sagte Carrie. «Ich glaube, sie zahlen zwölf bis vierzehn Dollar die Woche.»
«Beiläufig.»
An diesem Abend gab es ein fröhliches Mahl – nur weil die furchtbare Spannung von ihnen gewichen. Hurstwood ging, sich rasieren lassen,

und kehrte mit einem stattlichen Lendenbraten zurück.

«Nun», dachte er, «morgen! Morgen will ich es von neuem versuchen.» Und mit erwachender Hoffnung hob er die gesenkten Augen.

Am Morgen meldete sich Carrie pünktlich und wurde eingereiht. Sie erblickte ein großes, leeres, von Schatten erfülltes Haus, das noch nach den Wohlgerüchen und der Pracht der vergangenen Nacht duftete – es war für seine üppige orientalische Ausstattung bekannt. Die Herrlichkeit erregte ihre ehrfürchtige Achtung, ihr Entzücken. Gesegnet sei die von Wundern erfüllte Wirklichkeit des Theaters! Wie sehr wird sich Carrie bemühen, ihrer würdig zu sein. Dies stand über der gewöhnlichen Menge, über Faulheit, Sorge, Bedeutungslosigkeit. Die Leute kamen in ihren besten Kleidern, in Wagen her, um zu sehen. Immer war es der Mittelpunkt von Licht und Heiterkeit. Und sie gehörte dazu! Oh, wenn sie nur bleiben könnte – wie glücklich wäre ihr Leben!

«Wie heißen Sie?» fragte der Manager, der die Übungen leitete.

«Madenda», erwiderte sie im Gedenken an den Namen, den Drouet für sie in Chicago gewählt. «Carrie Madenda.»

«Nun, Fräulein Madenda», sagte er sehr freundlich, wie es Carrie vorkam, «gehen Sie dort hinüber.»

Dann rief er einem jungen Mädchen, das schon zur Gesellschaft gehörte, zu:

«Fräulein Clark, Sie bilden mit Fräulein Madenda ein Paar.»

Das Mädchen trat vor, so daß Carrie sah, wo ihr Platz war, und die Arbeit begann.

Carrie fand heraus, daß die Probe selbst wohl eine gewisse Ähnlichkeit mit den Proben in der Averyhalle besaß, der Manager aber eine größere Rolle spielte. Sie hatte die Beharrlichkeit und Überlegenheit des Herrn Millice bewundert, aber dem Probenleiter hier eignete die gleiche Beharrlichkeit, zu der eine fast brutale Grobheit kam. Je mehr die Probe fortschritt, desto wütender wurde er auch über die geringsten Fehler, und seine Lungenkraft nahm in gleichem Verhältnis zu. Offenbar mißachtete er jeden Anspruch auf Würde oder Unschuld bei den jungen Mädchen auf das tiefste.

«Clark», pflegte er zu rufen – und meinte natürlich Fräulein Clark – «warum fallen Sie nicht in gleichem Tempo ein?»

«Zu vieren, rechts! – rechts – ich habe rechts gesagt! Um Himmelswillen, nehmen Sie sich zusammen! Rechts!» Und die letzten Worte wurden heftig hinausgebrüllt.

«Maitland! Maitland!» rief er einmal.

Ein nervöses, einfach gekleidetes kleines Mädchen trat aus der Reihe. Carrie bangte um sie aus der Fülle ihrer Anteilnahme und eigenen Angst.

«Ja, Herr», sagte Fräulein Maitland.

«Ist etwas mit Ihren Ohren los?»

«Nein, Herr.»
«Wissen Sie, was ‹Reihe links› bedeutet?»
«Ja, Herr.»
«Warum stolpern Sie also rings um die rechte? Wollen Sie die Reihen in Unordnung bringen?»
«Ich habe gerade –»
«Habe gerade – Unsinn. – Halten Sie Ihre Ohren offen.»
Carrie fühlte Mitleid mit ihr und zitterte für sich selbst.
Noch ein Mädchen mußter unter der Qual eines Tadels leiden.
«Halt – eine Minute!» rief der Manager und warf seine Hände, wie in Verzweiflung, hoch. Er sah furchtbar böse aus.
«Elvers», brüllte er, «was haben Sie im Mund?»
«Nichts», sagte Fräulein Elvers, während manche der Danebenstehenden nervös lächelten.
«Schwatzen Sie?»
«Nein, Herr.»
«Na, dann halten Sie also den Mund. Jetzt – nochmals alle zusammen.»
Schließlich kam Carrie an die Reihe. Gerade weil sie so ängstlich bemüht war, alles zu tun, was verlangt wurde, gab es einen Krach.
Sie hörte, daß jemand gerufen wurde.
«Mason», rief die Stimme. «Fräulein Mason.»
Sie blickte um sich, wer das wohl sein könnte. Ein Mädchen hinter ihr scharrte ein wenig mit den Füßen, aber Carrie verstand dies Zeichen nicht.
«Sie. Sie», sagte der Manager. «Können Sie nicht hören?»
«Oh», sagte Carrie, in sich zusammensinkend und heftig errötend.
«Heißen Sie nicht Mason?»
«Nein, Herr», sagte Carrie. «Madenda.»
«Also, was ist mit Ihren Füßen los? Können Sie nicht tanzen?»
«Doch, Herr», sagte Carrie, die diese Kunst schon seit langem erlernt.
«Warum tanzen Sie also nicht? Schlurfen Sie doch nicht herum, als wären Sie tot. Ich brauche Leute, die Leben in sich haben.»
Carries Wangen brannten purpurrot. Ihre Lippen zitterten ein wenig.
«Ja, Herr», sagte sie.
So ging es – fortwährendes, durch Reizbarkeit und Energie verschärftes Mahnen – drei lange Stunden hindurch. Carrie eilte ganz erschöpft fort, war aber zu erregt, um es zu bemerken. Sie wollte heim, die vorgeschriebenen Bewegungen üben. Wenn irgend möglich, keine Fehler mehr machen.
Als sie die Wohnung betrat, war Hurstwood nicht da. Sie glaubte, das Wunder sei eingetroffen und er suche Arbeit. Nahm nur einige

Bissen und begann dann zu üben. Ihre Hoffnung, aller Geldsorgen ledig zu sein, stärkte sie. «Ruhmesglocken tönten ihr in den Ohren.»

Hurstwood war bei seiner Heimkehr nicht in so gehobener Stimmung wie beim Fortgehen, und nun mußte Carrie zu üben aufhören und das Abendessen bereiten. Das ärgerte sie schon ein wenig. Jetzt hatte sie doppelte Mühe. Würde sie spielen und haushalten müssen:

«Sobald ich einmal den Anfang hinter mir habe, werde ich es nicht mehr tun», dachte sie. «Er kann auswärts essen.»

Jeder Tag nachher brachte seine Sorgen.

Sie merkte, daß es gar nicht so wundervoll war, im Chor zu sein, und erfuhr, daß ihr Gehalt zwölf Dollar wöchentlich betragen werde. Nach einigen Tagen bekam sie auch die großen Herrschaften – die Damen und Herren der Hauptrollen – zu sehen. Merkte, daß sie eine bevorzugte Stellung einnahmen, man mit der Probe auf sie wartete. Sie war nichts – überhaupt gar nichts.

Zu Hause saß Hurstwood, der ihr täglich neuen Stoff zum Nachdenken lieferte. Trotz seines Faulenzens wagte er sie zu fragen, wie sie vorwärtskomme. Die Regelmäßigkeit, mit der er es tat, ließ sie ahnen, daß er von ihrem Honorar zu leben erwartete. Jetzt, da sie die greifbare Möglichkeit zum Lebensunterhalt besaß, ärgerte es sie. Es schien, als hinge er von ihren armseligen zwölf Dollar ab.

«Wie steht's bei dir?» pflegte er sich freundlich zu erkundigen.

«Oh, ganz gut.»

«Fällt es dir leicht?»

«Wird schon gehen, sobald ich mich gewöhnt haben werde.»

Dann nahm die Zeitung seine Gedanken in Anspruch.

«Ich habe ein wenig Speck mitgebracht», fügte er wohl hinzu, da es ihm nachher einfiel. «Du wirst vielleicht Kuchen backen wollen.»

Der ruhige Vorschlag setzte sie, besonders nach ihren kürzlichen Erwägungen, ein wenig in Erstaunen. Ihre erwachende Unabhängigkeit gab ihr mehr Mut zur Beobachtung und sie hatte das Gefühl, als müßte sie ihm einiges sagen. Doch konnte sie mit ihm nicht wie mit Drouet sprechen. Etwas an dem Mann flößte ihr noch immer Achtung ein. Er schien über irgendwelche unsichtbaren Kräfte zu verfügen.

Eines Tages, nach dem Proben der ersten Woche, geschah, was sie erwartet.

«Wir werden sparen müssen», sagte er und legte das gekaufte Fleisch auf den Tisch. «Du wirst erst in etwa einer Woche Gehalt bekommen.»

«Jawohl», sagte Carrie, die in einer Pfanne auf dem Herd rührte.

«Ich habe nur noch die Miete und dazu dreißig Dollar», fügte er hinzu.

«So ist's», sagte sie sich. «Jetzt muß ich also mein Geld hergeben.»

Sofort erinnerte sie sich, daß sie gehofft, sich einiges zu kaufen. Sie brauchte Kleider. Ihr Hut war nicht mehr hübsch.

«Was werden zwölf Dollar zur Erhaltung dieses Haushaltes nützen?» dachte sie. «Ich kann es nicht schaffen. Warum findet er keine Arbeit?»

Der bedeutsame Abend der ersten Aufführung nahte. Carrie schlug Hurstwood nicht vor, sie ins Theater zu begleiten. Er dachte nicht daran. Schade um das Geld. Sie hatte eine so kleine Rolle.

Die Zeitungen brachten schon die Anzeigen. Auf den Anschlagbrettern konnte man die Programme lesen. Die Dame, die die Hauptrolle spielte, zahlreiche Mitglieder wurden genannt. Carrie war nichts.

Als das Ballett zum erstenmal auftreten mußte, wurde sie wie in Chicago von Lampenfieber ergriffen, aber dann faßte sie sich. Die offensichtliche, kränkende Bedeutungslosigkeit ihrer Rolle benahm ihr alle Furcht. Sie fühlte sich so geringfügig, daß nichts etwas ausmachte. Zum Glück brauchte sie kein Trikot zu tragen. Eine Gruppe von zwölf Mädchen erhielt hübsche goldfarbene Röckchen, die nur ein wenig über das Knie reichten. Zufällig gehörte Carrie zu den zwölfen.

Während sie auf der Bühne stand, marschierte, gelegentlich ihre Stimme im Chor erklingen ließ, konnte sie das Publikum beobachten und sehen, wie ein großer Erfolg gemacht wird. Es gab reichlichen Beifall, aber sie bemerkte, wie schlecht manche von den als erstklassig geltenden Künstlerinnen spielten.

«Ich träfe es besser», sagte sich Carrie. Und sie hatte recht.

Nach der Vorstellung kleidete sie sich rasch um, und da der Manager einige andere gescholten, ihr aber nichts gesagt, nahm sie an, daß er mit ihr zufrieden sei. Sie wollte rasch fort, denn sie kannte kaum jemanden, und die Stars plauderten miteinander. Draußen warteten Wagen und einige korrekte, tadellos angezogene Jünglinge. Man sah Carrie prüfend an. Ein Wimperzucken hätte einen Gefährten herbeigelockt. Doch sie verzog keine Miene.

Nur ein erfahrener Jüngling wagte sich vor:

«Sie gehen doch nicht allein nach Hause, wie?»

Carrie beschleunigte bloß ihre Schritte und bestieg die Straßenbahn nach der Sechsten Avenue. Ihr Kopf war von all dem Wunderbaren so erfüllt, daß sie für gar nichts anderes Zeit hatte.

«Hast du etwas von der Brauerei gehört?» fragte sie am Ende der Woche. Sie hoffte, Hurstwood durch ihre Frage zum Handeln anzuregen.

«Nein», erwiderte er. «Sie sind noch nicht ganz fertig. Doch glaub ich, es wird was daraus.»

Im Augenblick sagte sie nichts mehr. Wie lästig, mit ihrem Geld herauszurücken! Und doch fühlte sie, es werde geschehen müssen. Hurstwood ahnte die Krise und beschloß listig, Carrie selbst darum zu bitten. Schon seit langem wußte er, wie gutmütig sie war, wieviel sie ertragen konnte. Er schämte sich ein wenig, so zu handeln. Rechtfertigte sich aber auch mit dem Entschluß, bald Arbeit zu finden. Der Tag, an dem die Miete gezahlt werden mußte, verschaffte ihm die Gelegenheit zu sprechen.

«Na», sagte er, als er das Geld auf den Tisch zählte, «das ist beiläufig mein letztes. Werde bald verdienen müssen.»

Carrie blickte ihn von der Seite an; sie argwöhnte dunkel eine Bitte.

«Wenn ich nur noch etwas länger aushalten könnte – dann glaub ich bestimmt, etwas entdecken zu können. Drake wird sicher im September hier ein Hotel eröffnen.»

«Wirklich?» fragte Carrie und dachte daran, daß bis zu diesem Zeitpunkt nur noch ein kurzer Monat sei.

«Wäre es dir unangenehm, mir bis dahin auszuhelfen?» fragte er bittend. «Dann wird sich wohl alles einrenken.»

«Nein», sagte Carrie und fühlte sich vom Schicksal betrüblich schlecht behandelt.

«Wir können schon auslangen, wenn wir sparen. Ich werde es dir gewiß zurückerstatten.»

«Oh, ich werde dir helfen», sagte Carrie. Sie empfand sich als ganz hartherzig, daß sie ihn zu so demütigender Bitte zwang. Und doch wagte sie eine schwache Abwehr, weil sie so sehr wünschte, ihr Gehalt für sich zu verwenden.

«Warum nimmst du nichts an, wenigstens für eine Weile, George?» fragte sie. «Was ist denn weiter dabei? Vielleicht ergibt sich dann etwas Besseres.»

«Ich werde alles annehmen», sagte er erleichtert. Doch gab ihm ihr Vorwurf einen Stich ins Herz. «Möchte sogar Straßenkehrer werden. Niemand kennt mich hier.»

«Oh, das brauchst du nicht», sagte Carrie, von so viel Elend erschüttert. «Aber es muß doch anderes geben.»

«Ich werde etwas finden», sagte er mit entschlossener Miene.

Dann kehrte er zu seiner Zeitung zurück.

## Von Licht und Schatten: Trennung der Welten

Die Folge dieses Entschlusses für Hurstwood war die immer stärkere Überzeugung, daß jeder einzelne Tag nicht der richtige sei. Zu gleicher Zeit verbrachte Carrie dreißig Tage innerer Verzweiflung.

Je deutlicher es wurde, daß sie, trotz aller Mühe, sich keine Kleider werde kaufen können, desto dringlicher wurde ihr Bedürfnis danach – von ihrer Sehnsucht nach allerhand hübschem Putz sonst nicht zu sprechen. Die Teilnahme, die sie für Hurstwood empfunden, als er sie bat, ihm über das Schwierigste hinwegzuhelfen, schwand vor dem Begehren, nett auszusehen. Er erneuerte seine Bitte nicht immer – immer von neuem aber erwachte ihre Sehnsucht ... Diese Empfindung bestand fort, und Carrie wünschte, ihr Genüge zu leisten, wünschte mehr und mehr, daß Hurstwood ihr nicht mehr im Wege sei.

Als sich Hurstwood seinen letzten zehn Dollar näherte, meinte er, es sei wohl besser, sich etwas Taschengeld für Tram, Rasieren und dergleichen zu behalten, um nicht in völlige Abhängigkeit zu geraten. Als er diese Summe also noch in Händen hatte, erklärte er, keinen Pfennig mehr zu besitzen.

«Ich bin blank», sagte er eines Nachmittags zu Carrie. «Habe heute morgen die Kohlen bezahlt und dafür alles bis auf zehn oder fünfzehn Cents ausgegeben.»

«In meiner Börse ist ein wenig Geld.»

Hurstwood nahm fünfzehn Cents und holte eine Konservenbüchse Tomaten. Carrie merkte kaum, daß dies den Anfang der neuen Ordnung bedeutete. Dann waren es Kleinigkeiten aller Art, bis Carrie sich eines Tages erinnerte, daß sie erst knapp vor der Zeit zum Abendessen zurück sein werde.

«Wir haben kein Mehl mehr», sagte sie. «Vielleicht kannst du heute nachmittag welches besorgen. Auch kein Fleisch. Wie wär's mit Leber und Speck?»

«Einverstanden.»

«Nimm lieber gleich ein halbes oder dreiviertel Pfund davon.»

«Ein halbes wird genügen», meinte Hurstwood.

Sie öffnete ihre Börse und legte einen halben Dollar auf den Tisch. Er tat, als bemerke er es nicht.

Hurstwood kaufte das Mehl – das alle Krämer in Paketen zu dreieinhalb Pfund liefern – um dreizehn Cents und zahlte fünfzehn Cents für ein halbes Pfund Leber und Speck. Ließ die Pakete mit dem Rest von zweiundzwanzig Cents auf dem Küchentisch, wo Carrie sie fand. Es entging ihr nicht, daß der Rest stimmte. In dem Gedanken lag etwas Trauriges, daß er schließlich nur eines – etwas zu essen – von ihr wollte. Sie empfand Härte ihm gegenüber als ungerecht. Vielleicht würde er noch Arbeit kriegen. Er war nicht verlumpt.

Am selben Abend aber, auf dem Weg ins Theater, ging eines der Chormädchen an ihr in einem neuen reizenden Tuchkostüm vorüber, das Carrie in die Augen stach. Das junge Mädchen hatte auch ein Veilchensträußchen vorgesteckt und schien glänzender Laune. Im Vorbeigehen lächelte sie Carrie mit hübschen ebenmäßigen Zähnen freundlich an, und Carrie erwiderte das Lächeln.

«Sie kann sich's leisten, hübsche Kleider zu tragen», dachte Carrie. «Auch ich könnte es, dürfte ich nur mein Geld behalten. Hab nicht einmal eine anständige Halsschleife zum Umbinden.»

Sie streckte den Fuß vor und betrachtete den Schuh nachdenklich.

«Samstag will ich mir auf jeden Fall ein Paar Schuhe kaufen – gleichgültig, was dann geschieht.»

Eines der anziehendsten kleinen Chormädchen schloß mit Carrie Freundschaft. Denn in Carrie war nichts, das sie hätte abschrecken können. Das Mädel war eine fröhliche kleine Manon-Natur, kannte nicht die strenge, in der bürgerlichen Gesellschaft übliche Auffassung von Moral. Handelte aber gut und mitleidig an ihrem Nächsten. Den Chormädchen wurde nur geringe Freiheit zum Plaudern gewährt, aber ein wenig durfte man es doch tun.

«Heiß heut abend, nicht?» sagte das Mädchen, das fleischfarbene Trikots und einen Helm aus Goldnachahmung trug. Sie hatte auch einen glänzenden Schild.

«Jawohl», sagte Carrie. Sie freute sich, daß jemand mit ihr sprach.

«Bin schon fast gebraten.»

Carrie schaute ihr in das hübsche Gesicht mit den großen blauen Augen und bemerkte kleine Schweißperlen auf Stirn und Wangen.

«In dieser Oper muß man mehr marschieren, als ich je zuvor getan», fügte sie hinzu.

«Haben Sie schon in anderen Stücken mitgewirkt?» fragte Carrie überrascht, daß sie schon Erfahrung besaß.

«Haufenweise!» sagte das Mädchen. «Und Sie?»

«Dies ist mein erstes Auftreten.»

«So? Haben Sie nicht im Stück ‹Der Gefährte der Königin› mitgewirkt, das hier gespielt wurde?»

«Nein», sagte Carrie und schüttelte verneinend den Kopf. «Das war nicht ich.»

Das Gespräch wurde durch das Aufrauschen des Orchesters und das Erglänzen der Seitenlichter unterbrochen. Man rief die Reihe für ein neues Auftreten zusammen. Zu einer Fortsetzung ergab sich keine Gelegenheit mehr. Aber als sie sich am nächsten Abend für die Szene bereitstellten, erschien das Mädchen wieder an ihrer Seite.

«Man sagt, daß die Revue nächsten Monat auf Reisen geht.»

«Wirklich?»

«Ja. Fahren Sie mit?»

«Ich weiß nicht; ich glaube – wenn sie mich mitnehmen wollen.»

«Oh, das werden sie schon. Ich möchte nicht. Sie werden Ihnen nicht mehr Gehalt geben, und alles, was Sie kriegen, müssen Sie fürs Leben ausgeben. Ich verlasse New York niemals. Dazu sind hier zu viele Aufführungen.»

«Können Sie immer eine neue Stellung finden?»

«Immer. Da spielt man auf dem Broadway eine neue Sache. Wenn unsere Gesellschaft wirklich auf Tournee geht, will ich versuchen, dort engagiert zu werden.»

Carrie hörte mit erwachendem Verständnis. Es war augenscheinlich nicht sehr schwer, vorwärtszukommen. Vielleicht konnte auch sie nach der Abreise der Gesellschaft wieder Beschäftigung finden.

«Zahlen sie alle beiläufig dasselbe?» fragte sie.

«Ja. Manchmal etwas mehr. Die Leute hier zahlen nicht viel.»

«Ich kriege zwölf», sagte Carrie.

«So?» fragte das Mädchen. «Mir geben sie fünfzehn, und Sie haben mehr Arbeit als ich. Ich würde mir das nicht gefallen lassen. Sie zahlen Ihnen nur weniger, weil sie glauben, daß Sie sich nicht auskennen. Sie müßten fünfzehn erhalten.»

«Na, tu ich aber nicht.»

«Das nächste Mal werden Sie mehr bekommen, wenn Sie wollen», sagte das Mädchen, das Carrie bewunderte. «Sie machen Ihre Sache sehr gut und der Manager weiß das.»

Wirklich bewegte sich Carrie mit einer Anmut, die sie aus den andern hervorhob. Sie verdankte sie einzig ihrer Natürlichkeit und dem vollständigen Mangel an Anmaßung.

«Glauben Sie, ich könnte auf dem Broadway mehr bekommen?»

«Freilich», sagte das Mädchen. «Begleiten Sie mich, wenn ich hingehe. Ich werde auch für Sie sprechen.»

Carrie errötete vor Dankbarkeit. Sie mochte diesen kleinen Gaslichtsoldaten gut leiden. In ihrem Flitterhelm und ihrer militärischen Aufmachung schien das kleine Mädchen so erfahren und selbstsicher.

«Wenn ich immer Arbeit finde, muß meine Zukunft gemacht sein», meinte Carrie.

Doch morgens, wenn sie ihre Hausfrauenpflichten in Anspruch nahmen, Hurstwood, ein Bild des Jammers, dasaß, erschien ihr dies Schicksal traurig, kaum erträglich. Hurstwood kaufte so sparsam ein, daß die Nahrung nicht viel kostete, es würde auch wahrscheinlich noch für Miete langen – aber dann blieb nichts übrig. Carrie kaufte sich Schuhe und einiges andere, was das Mieteproblem bedeutend erschwerte. Plötzlich, eine Woche vor dem verhängnisvollen Tag, wurde sich Carrie klar, daß sie nicht genug haben würden.

«Ich fürchte», rief sie beim Frühstück, als sie in ihre Börse schaute, «daß es nicht für Miete reichen wird.»

«Wieviel hast du?»

«Zweiundzwanzig Dollar, aber wir müssen ja noch diese Woche leben, und wenn ich mein ganzes Gehalt, das ich Sonnabend bekomme, dazu lege, bleibt mir eben nichts für nächste Woche. Glaubst du, daß dein Freund sein Hotel in diesem Monat eröffnen wird?»

«Ich denke schon», erwiderte Hurstwood. «Er sagte es wenigstens.»

Nach einer Weile:

«Sorg dich nicht darum. Vielleicht wird der Krämer noch warten. Er kann's wohl. Lange genug haben wir bei ihm eingekauft.»

«Meinst du, daß er's tut?»

«Ich denke schon.»

Als Hurstwood, noch am selben Tage, ein Pfund Kaffee kaufte, blickte er dem Krämer Oeslogge scharf ins Auge und sagte:

«Macht es Ihnen etwas, meine Abrechnung auf das Ende jeder Woche zu verschieben?»

«Nein, nein, Herr Wheeler», sagte Herr Oeslogge. «Geht in Ordnung.»

Hurstwood, trotz seines Elends noch taktvoll, verlangte nichts weiter. Es schien ganz einfach. Er blickte aus der Tür, nahm seinen Kaffee, als das Paket fertig war, und ging. Das Spiel eines Verzweifelten hatte begonnen.

Die Miete war gezahlt, jetzt kam der Krämer an die Reihe. Hurstwood befriedigte ihn, indem er das Geld von seinen zehn Dollar auslegte, am Ende der Woche Carries Beitrag einhob. Dann verzögerte er das nächste Mal die Abrechnung mit dem Krämer einen Tag und hatte so bald seine zehn Dollar zurück. Oeslogge bekam das Geld für die Rechnung vom letzten Sonnabend an dem folgenden Donnerstag oder Freitag.

Dieser fortwährenden Verwirrung wegen sehnte sich Carrie nach einer Veränderung. Machte Hurstwood es sich klar, daß sie auf irgend etwas Anrecht habe? Er spann seine Pläne, damit ihr Verdienst alle Ausgaben bestreite, bemühte sich aber nicht, selbst etwas beizutragen.

«Er spricht von Sorgen», dachte Carrie. «Wenn er sich etwas mehr sorgen wollte, könnte er nicht da herumsitzen und auf mich warten. Er würde Arbeit suchen. Kein Mann könnte sieben Monate vertrödeln, ohne etwas zu finden, wenn er sich nur Mühe gäbe.»

Weil sie es einfach nicht mehr zu ertragen vermochte, ihn in seinen unordentlichen Kleidern so trübsinnig dasitzen zu sehen, suchte Carrie an anderen Orten Trost und Entspannung. Zweimal wöchentlich wurden Nachmittagsvorstellungen veranstaltet. Dann aß Hurstwood irgendeinen kalten Happen, den er sich selbst zurechtmachte. An zwei anderen Tagen begannen die Proben um zehn Uhr morgens und dauerten gewöhnlich bis eins. Hinterher machte Carrie Besuche bei Chormädchen, vor allem bei dem blauäugigen Mädchen mit dem Goldhelm. Sie tat es, weil es vergnüglich war, sie über das öde Heim tröstete, in dem ihr Gatte brütete.

Das Mädchen mit den blauen Augen hieß Osborne, Lola Osborne. Sie wohnte in der Neunzehnten Straße in der Nähe der Vierten Avenue. Dieser Häuserblock wird jetzt nur noch zu Bürozwecken vermietet. Hier hatte sie ein behagliches Zimmer, mit der Aussicht auf eine Reihe von Höfen, in denen schöne, schattenspendende Bäume standen.

«Sind Sie nicht in New York zu Hause?» fragte Carrie das junge Mädchen.

«Ja; aber ich vertrage mich nicht mit meinen Leuten. Sie wollen immer, daß ich tue, was sie verlangen. Wohnen Sie hier?»

«Ja.»

«Bei Ihrer Familie?»

Carrie schämte sich einzugestehen, daß sie verheiratet war. Sie hatte so viel von Gehaltserhöhung gesprochen, so viel Angst um ihre Zukunft offenbart, daß sie jetzt, auf diese direkte Frage, es dem Mädchen nicht zu sagen vermochte.

«Bei Verwandten», erwiderte sie.

Lola Osborne hielt es für selbstverständlich, daß Carrie, wie sie selbst, frei über ihre Zeit verfügen durfte. Sie bat sie immer, noch zu bleiben, schlug ihr vor, dahin und dorthin zu gehen, bis Carrie begann, unpünktlich zum Abendessen zu erscheinen. Hurstwood bemerkte es. Aber seine Lage gestattete ihm nicht, mit ihr zu streiten. Mehrere Male kehrte sie so spät heim, daß sie kaum eine Stunde Zeit hatte, ein Mahl zusammenzubrauen und dann ins Theater zu laufen.

«Hast du auch nachmittags Proben?» fragte sie Hurstwood einmal, indem er fast völlig den zynischen Protest und das Bedauern verbarg, durch die die Frage hervorgerufen wurde.

«Nein; ich habe mich nach einer anderen Stellung umgesehen», sagte Carrie.

Tatsächlich war dies auch der Fall, aber doch nur soweit, um den letzten Strohhalm einer Entschuldigung zu gewähren. Lola Osborne und sie gingen in das Büro des Managers, der die neue Oper auf dem Broadway aufführen sollte, kehrten dann geradeaus in Lolas Zimmer zurück, wo sie seit drei Uhr saßen.

Carrie empfand diese Frage als einen Eingriff in ihre Freiheit. Sie zog dabei nicht in Rechnung, über wieviel Freiheit sie schon verfügte. Nur der letzte Schritt, die neueste Errungenschaft durfte nicht angefochten werden.

Hurstwood sah alles. Er war in seiner Art schlau und doch hatte er genug Anstandsgefühl, um keinen ernstgemeinten Einspruch zu erheben. In fast unerklärlicher Gleichgültigkeit gab er sich damit zufrieden, untätig dahinzudämmern, während Carrie aus seinem Leben glitt. Gerade wie er gewillt war, untätig jede günstige Gelegenheit davonschwimmen zu lassen. Doch konnte er nicht umhin, immer wieder sanft, aufreizend und unwirksam zu protestieren – wodurch er die Kluft zwischen ihnen allmählich erweiterte.

Sie gähnte immer mehr auf. Als der Manager einmal die Flügelreihen auf der hellerleuchteten Bühne überblickte, wo der Chor soeben seine glitzernden Tanzbewegungen vollführte, fragte er den Ballettmeister:

«Wie heißt das vierte Mädchen auf der rechten Seite, das jetzt die Reihe schließt?»

«Oh», sagte der Ballettmeister, «das ist Fräulein Madenda.»

«Sie ist hübsch. Warum lassen Sie sie nicht die Reihe anführen?»

«Gemacht.»

«Tun Sie's. Sie wird da besser aussehen als das Mädchen, das Sie jetzt dort haben.»

«Schön. Soll geschehen.»

Am nächsten Abend wurde Carrie aus der Reihe gerufen, nicht anders, als hätte sie einen Fehler begangen.

«Heute führen Sie Ihre Gruppe», sagte der Meister.

«Ja, Herr.»

«Machen Sie's flott», fügte er hinzu. «Flottheit muß sein.»

«Ja, Herr.»

Carrie war über diese Veränderung erstaunt und glaubte, die bisherige Führerin sei krank; aber als sie sie mit bösen Augen in der Reihe stehen sah, begriff sie, daß es vielleicht um ihrer eigenen Fähigkeiten willen, eine Belohnung für sie gewesen.

Sie hatte eine schicke Art, den Kopf seitwärts zu werfen und die Arme tatbereit – nicht gedankenlos – auszustrecken. Das machte am Anfang der Reihe noch mehr Eindruck.

«Das Mädel hat Haltung», sagte der Manager an einem anderen Abend. Wollte gerne ein wenig mit ihr plaudern. Wäre es nicht sein Grundsatz gewesen, die Chormitglieder in Ruhe zu lassen, hätte er sich ihr sehr entschlossen genähert.

«Stellen Sie das Mädchen an die Spitze der weißen Reihe», riet er dem Ballettmeister.

Die weiße Reihe bestand aus etwa zwanzig Mädchen, die alle in schneeweißen, mit Silber und Blau verzierten Flanell gekleidet waren. Ihre Führerin trug ein besonders prächtiges Kostüm: ein Gewand von der gleichen Farbe, aber mit Silberschulterstücken und Silbergürtel. Ein kurzes Schwert baumelte an ihrer Seite. Man nahm Carrie Maß, und einige Tage später erschien sie im neuen Staat, stolz auf ihre jungen Lorbeeren. Und was sie besonders freute: ihr Gehalt betrug jetzt achtzehn statt zwölf Dollar.

Hurstwood hörte davon nichts.

«Werde ihm nicht auch noch mein übriges Geld geben», sagte Carrie. «Ich tue genug. Will mir was zum Anziehen kaufen.»

Tatsächlich kaufte sie während dieses zweiten Monats so hemmungslos ein, als sie sich eben getraute – ohne die Folgen zu bedenken. Am Zahltag der Miete erwarteten sie neue Verwicklungen. Das Borgsystem in den benachbarten Geschäften mußte erweitert werden. Doch jezt wollte sie sich einmal gütlich tun.

Zuerst eine Bluse besorgen. Als sie die Bluse ansah, erkannte sie, wie wenig sie für ihr Geld kriegen konnte – wie viel, wenn sie nur das ganze hätte verwenden dürfen. Vergaß, daß sie, wenn sie allein wäre, für Zimmer und Nahrung zahlen müßte, und bildete sich ein, daß jeder

Cent ihrer achtzehn Dollar auf Kleider und andere Dinge, die sie mochte, ausgegeben werden durfte.

Schließlich wählte sie eine Bluse, wozu sie nicht nur den Überschuß der zwölf Dollar aufbrauchte – sie war gezwungen, auch etwas von der Summe selbst zu nehmen. Sie wußte, daß sie zu weit ging. Aber ihre weibliche Freude an Putz war stärker. Am nächsten Tag sagte Hurstwood:

«Wir schulden dem Krämer diese Woche fünf Dollar und vierzig Cents.»

«So?» sagte Carrie und runzelte ein wenig die Stirn.

Sie schaute in ihre Börse.

«Ich habe im ganzen acht Dollar und zwanzig Cents.»

«Wir schulden dem Milchmann sechzig Cents», fügte Hurstwood hinzu.

«Ja, und dazu kommt noch der Kohlenmann», sagte Carrie.

Hurstwood erwiderte nichts. Er hatte die neuen Einkäufe bemerkt; sah, wie sie ihre häuslichen Pflichten vernachlässigte; wie gerne und leicht sie bereit war, sich an Nachmittagen davonzuschleichen und auszubleiben. Er fühlte, daß etwas geschehen werde. Auf einmal sprach sie:

«Ich kann nicht alles allein bestreiten. Ich verdiene nicht genug.»

Eine direkte Herausforderung. Hurstwood mußte sie aufnehmen. Versuchte ruhig zu bleiben.

«Ich wünsche auch nicht, daß du alles bestreitest», sagte er. «Möchte nur ein wenig Hilfe, bis ich Arbeit finde.»

«O ja», erwiderte Carrie. «Immer dasselbe. Unsere Ausgaben erfordern mehr, als ich verdiene. Ich weiß nicht, was ich tun werde.»

«Na, hab ich nicht versucht, Arbeit zu kriegen?» rief er. «Was willst du eigentlich von mir?»

«Wirst wohl nicht sehr ernstlich versucht haben», sagte Carrie. «Ich hab etwas gefunden.»

«Ja, ja, du hast», sagte er, so verärgert, daß er fast grob wurde. «Brauchst mir deinen Erfolg nicht an den Kopf zu werfen. Verlangte von dir nichts anderes als ein wenig Hilfe, bis sich mir etwas bietet. Noch bin ich nicht unten durch. Komme auch schon wieder in die Höhe.»

Er versuchte mit fester Stimme zu sprechen, aber sie zitterte ein wenig.

Carries Ärger schmolz im Augenblick dahin. Sie war beschämt.

«Da», sagte sie, «da ist das Geld», und leerte ihre Börse auf den Tisch. «Ich habe nicht genug, um alles zu begleichen. Wenn sie aber bis Sonnabend warten können –»

«Behalt es», sagte Hurstwood traurig, «ich will nur so viel, daß es für den Krämer langt.»

Sie legte das Geld in die Börse zurück und begann das Nachtmahl zu bereiten, damit es rechtzeitig fertig sei. Ihr war, als müßte sie ihren kleinen Kraftausbruch wiedergutmachen.

Doch nach einer Weile bemächtigten sich beider die alten Gedanken.

«Sie verdient mehr, als sie zugibt», dachte Hurstwood. «Behauptet zwölf Dollar – davon könnte sie sich nicht all die Sachen kaufen. Liegt mir nichts dran. Mag sie ihr Geld behalten. Dieser Tage werde ich eine Stellung finden. Dann kann sie zum Teufel gehen.»

Er meinte dies nur im Ärger. Aber es war doch die Vorahnung dessen, was ihrer Haltung gemäß sich ereignen konnte.

«Mach mir nichts draus», dachte Carrie. «Jemand müßte ihn hinausschicken, damit er etwas tut. Es ist nicht recht, daß ich ihn erhalten soll.»

Zu dieser Zeit wurden Carrie einige junge Leute der «heiter-festlichen Art» Lolas vorgestellt. Eines Nachmittags besuchten sie Lola, um sie zu einer Spazierfahrt einzuladen. Carrie war bei ihr.

«Komm mit», sagte Lola.

«Nein, ich kann nicht.»

«Oh, doch, komm nur. Was hast du denn zu tun?»

«Ich muß um fünf Uhr daheim sein.»

«Wozu?»

«Oh – Abendessen.»

«Sie werden uns zum Essen einladen.»

«O nein», sagte Carrie. «Ich mag nicht mit. Kann nicht.»

«Komm doch. Sie sind so furchtbar nette Jungen. Wir werden dich schon rechtzeitig zurückbringen. Machen nur eine Spazierfahrt im Zentralpark.»

Carrie überlegte eine Weile und gab dann nach.

«Aber ich muß um halb fünf zurück sein.»

Diese Bemerkung ging Lola zu einem Ohr hinein, zum anderen hinaus.

Nach Carries Erfahrungen mit Drouet und Hurstwood zeigte sie jungen Männern gegenüber ein wenig Zynismus – besonders, wenn es sich um lustige, frivole Burschen handelte. Sie fühlte sich etwas älter als sie. Manche ihrer Komplimente kamen ihr töricht vor. Doch war sie jung an Seele und Leib, und Jugend zog sie an.

«Oh, wir werden rechtzeitig heimkehren, Fräulein Madenda», sagte einer der Burschen mit einer Verbeugung. «Sie denken doch nicht etwa, daß wir Sie über die bestimmte Zeit hinaus festhalten wollen?»

«Na, ich weiß nicht», meinte Carrie lächelnd.

So fuhren sie fort. Carrie blickte um sich und auf die hübschen Kleider. Die jungen Leute ergingen sich in jenen dummen Späßen und schwächlichen Sticheleien, die in der guten Gesellschaft als Humor gelten. Carrie sah die große Parkparade der Wagen, die am Anfang der

Neunundfünfzigsten Straße begann und am Kunstmuseum entlang bis zum Ende der Hundertzehnten Straße und der Siebenten Avenue reichte. Wieder wurden ihre Blicke von der Schaustellung des Reichtums gefesselt – von den kunstvoll gearbeiteten Kleidern, dem eleganten Wagengeschirr, den feurigen Rossen und vor allem der Schönheit. Wieder verbrannte sie die Pein der Armut. Doch jetzt vergaß sie ihre Sorgen so ganz, daß sie auch Hurstwood vergaß. Er wartete bis vier, fünf und sogar bis sechs. Es war dunkel, als er von seinem Stuhl aufstand.

«Ich glaube, sie kommt gar nicht mehr heim», sagte er grimmig.

«Also, so ist's», dachte er. «Jetzt hat sie den Anfang gemacht. Ich zähle nicht mehr.»

Carrie entdeckte ihre Verspätung – aber erst um ein Viertel sechs. Der Wagen befand sich jetzt weit oben in der Siebenten Avenue, in der Nähe des Harlemflusses.

«Wie spät ist es?» fragte sie. «Ich muß heim.»

«Viertel sechs», sagte ihr Gefährte mit einem Blick auf seine modische deckellose Uhr.

«O Gott», rief Carrie. Dann lehnte sie sich seufzend zurück. «Was nützt das Weinen, wenn die Milch verschüttet», sagte sie. «Es ist zu spät.»

«Natürlich», sagte der Jüngling. Schon gaukelte ihm das Traumbild eines vorzüglichen Abendessens vor. Dabei würde er so hinreißend plaudern, daß er wohl ein Zusammensein nach dem Theater erhoffen durfte. Carrie gefiel ihm außerordentlich. «Wir wollen jetzt zu Delmonico fahren und etwas nehmen, nicht, Orrin?»

«Freilich», sagte Orrin lustig.

Carrie dachte an Hurstwood. Nie vorher hatte sie verabsäumt, das Abendessen zu bereiten, ohne sich zu entschuldigen.

Sie fuhren zurück und saßen um ein Viertel sieben bei Tisch. Wie damals im Restaurant Sherry. Die Erinnerung tat Carrie weh. Nachdem Frau Vance von Hurstwood empfangen worden, hatte sie sie nicht mehr besucht. Sie dachte auch an Ames.

Dabei verweilte sie. Eine starke reine Gestalt. Er liebte bessere Bücher, als die sie las, bessere Menschen, als mit denen sie verkehrte. Seine Ideale hatten sich ihr tief eingeprägt.

«Es ist schön, eine gute Schauspielerin zu sein», hörte sie ihn sagen.

Was für eine Schauspielerin war sie?

«Woran denken Sie, Fräulein Madenda?» fragte ihr lustiger Kamerad. «Also – lassen Sie mich raten.»

«O nein», sagte Carrie. «Versuchen Sie's nicht.»

Sie schüttelte die Erinnerung ab und aß. Vergaß auch und war vergnügt. Als man aber eine Zusammenkunft nach dem Theater vorschlug, schüttelte sie den Kopf.

«Nein», sagte Carrie. «Ich kann nicht. Habe schon eine Verabredung.»

«Oh, Fräulein Madenda», bat der Junge.

«Nein», sagte Carrie. «Ich kann nicht. Sie sind sehr freundlich gewesen, aber Sie müssen mich entschuldigen.»

Der Bursche machte ein sehr niedergeschlagenes Gesicht.

«Mut, alter Junge», flüsterte sein Gefährte. «Wir werden sie trotzdem an der Bühnentür erwarten. Vielleicht ändert sie noch ihren Sinn.»

## Offener Zwist: letzter Mahnruf

Doch was Carrie betrifft, gab es keinen Bummel nach dem Theater. Im Gedanken an ihr Ausbleiben eilte sie heim. Hurstwood schlief schon, erwachte aber, als sie durchs Zimmer zu ihrer Schlafstätte schritt.

«Bist du's?» fragte er.

«Ja.»

Am nächsten Morgen beim Frühstück hatte sie das Gefühl, daß sie sich entschuldigen müsse.

«Ich konnte gestern abend nicht heimkommen», sagte sie.

«Oh, Carrie», erwiderte er, «was nützt es, das zu sagen? Liegt mir nichts dran. Aber so was brauchst du mir doch nicht vorzuschwatzen.»

«Ich konnte nicht», sagte Carrie und das Blut stieg ihr in die Wangen. Dann, sein Aussehen bemerkend, als wollte er sagen «Weiß schon», rief sie: «Oh, schön und gut. Ist mir gleich.»

Von da an wurde ihr das Heim noch gleichgültiger. Es schien keine gemeinsame Grundlage zu geben, auf der sie miteinander sprechen konnten. Sie wartete, bis er sie um Geld bat. Bald haßte er, es tun zu müssen. Zog es vor, Fleischer und Bäcker mit Versprechungen hinzuhalten. Seine Schuld beim Krämer betrug nun sechzehn Dollar. Er hatte einen Vorrat von Marktartikeln angeschafft, so daß sie einige Zeit nicht einzukaufen brauchten. Dann suchte er einen andern Krämer auf. Ebenso machte er es mit dem Fleischer und mehreren andern. Carrie hörte nie etwas darüber direkt von ihm. Er verlangte nur soviel, als er erwarten durfte, trieb weiter und weiter in einen Zustand hinein, der nur ein Ende haben konnte.

So verging der September.

«Wird Herr Drake nicht bald das Hotel eröffnen?» fragte Carrie mehrere Male.

«Ja. Doch wohl kaum vor Oktober.»

Carrie wurde dies ekelhaft. «Was für ein Mann!» sagte sie sich oft. Immer häufiger machte sie Besuche. Das meiste von ihrem erübrigten Geld – es war schließlich keine staunenerregende Summe – legte sie in

Kleidern an. Endlich kündigte die Operngesellschaft, bei der sie engagiert war, an, daß sie in einem Monat abreisen werde. «Die letzten zwei Wochen des großen Erfolges in der komischen Oper – Die –» usw. las man auf allen Anschlagtafeln und in den Zeitungen. Dann erst entschloß sich Carrie, zu handeln.

«Ich fahre nicht mit», sagte Lola.

Carrie begleitete sie zu einem Manager.

«Haben Sie früher schon mal gespielt?» war eine seiner Fragen.

«Ich bin jetzt bei der Gesellschaft im Kasino angestellt.»

«So?»

Ergebnis: eine Anstellung mit zwanzig Dollar Wochengehalt.

Carrie war begeistert. Fühlte, daß sie einen Platz in der Welt besaß. Die Leute anerkannten Fähigkeit.

Ihre Lage war nun so verändert, daß ihr die Heimatatmosphäre unerträglich wurde. Da war alles Armut und Sorge oder schien so, weil sie die Last zu tragen hatte. Das Heim wurde der Ort, von dem man sich am besten fernhielt. Doch schlief sie dort und leistete ganz tüchtige Arbeit, indem sie es in Ordnung hielt. Es war ein Sitzplatz für Hurstwood. Er saß und schaukelte, schaukelte und las, in den trüben Dunst seines Schicksals gehüllt. Oktober verging und November. Man steckte, fast ehe er's wußte – tief im Winter – und da saß er nun.

Carrie ging es besser, als er ahnte. Sie hatte jetzt schönere, sogar elegante Kleider. Er sah sie kommen und gehen. Manchmal malte er sich ihren Aufstieg aus. Da er wenig aß, war er etwas magerer geworden. Hatte keinen Appetit. Auch seine Kleider waren die eines armen Mannes. Das Geschwätz über Arbeitsuchen und -finden war ihm selbst zuwider und lächerlich geworden. So verschränkte er die Hände und wartete – worauf? Er hätte es nicht zu sagen vermocht.

Schließlich wurden aber die Sorgen zu arg. Die Meute der Gläubiger, Carries Gleichgültigkeit, die Stille in der Wohnung, der harte Winter – alles verband sich, um die Entscheidung herbeizuführen. Sie erschien in Gestalt des Krämers Oeslogge, als Carrie einmal zu Hause war.

«Ich komme wegen meiner Rechnung», sagte Herr Oeslogge.

Carrie zeigte nur geringe Überraschung.

«Wieviel ist es?» fragte sie.

«Sechzehn Dollar.»

«Oh, soviel?» sagte Carrie. «Stimmt das?» fragte sie zu Hurstwood gewendet.

«Ja.»

«Na, ich hab nie etwas davon gehört.»

Sie sah aus, als dächte sie, Hurstwood habe unnütz Geld ausgegeben.

«Wir haben alles richtig verbraucht», erwiderte er. Dann sagte er dem Krämer sanft: «Ich kann Ihnen darauf heute nichts geben.»

«Also wann?»

«Jedenfalls nicht vor Sonnabend.»

«Huh», machte Oeslogge. «Eine feine Geschichte. Ich muß das haben. Brauche das Geld.»

Carrie stand weiter im Zimmer zurück und hörte alles. Sie empfand größte Verzweiflung. Wie häßlich, wie gewöhnlich! Auch Hurstwood war es peinlich.

«Na», sagte er. «Zwecklos, jetzt darüber zu sprechen. Wenn Sie am Sonnabend kommen wollen, werde ich Ihnen einen Teil der Rechnung zahlen.»

Der Krämer ging.

«Wie werden wir das begleichen?» fragte Carrie, über die Höhe der Rechnung erstaunt. «Ich kann nicht.»

«Sollst auch nicht», sagte er. «Was er nicht kriegen kann, kann er einfach nicht kriegen. Wird warten müssen.»

«Ich begreife nicht, wie wir die Rechnung so ansteigen ließen», sagte Carrie.

«Wir haben es aufgegessen.»

«Komisch», sagte sie, noch immer zweifelnd.

«Was nützt es, daß du jetzt so dastehst und schwatzt?» fragte er. «Glaubst du, es war nur für mich? Du sprichst, als hätte ich dir etwas genommen.»

«Jedenfalls ist es zuviel», sagte Carrie. «Es ist nicht recht, daß ich es bezahlen soll. Es ist mehr, als ich kann.»

«Gut», sagte Hurstwood. Setzte sich und schwieg. Er war der öden, immer wiederkehrenden Erörterung im Innersten müde.

Carrie ging aus. Er saß da und beschloß, etwas zu tun.

Damals ging durch die Zeitungen das Gerücht, später gab es Notizen, daß ein Streik der Straßenbahnschaffner in Brooklyn bevorstehe. Bei den Angestellten herrschte allgemeine Unzufriedenheit, weil zu viele Arbeitsstunden für zu wenig Lohn gefordert wurden. Wie gewöhnlich – aus irgendeinem unerklärlichen Grunde – wählten die Leute den Winter, um ihre Arbeitgeber zu zwingen, die Schwierigkeiten beizulegen.

Hurstwood hatte davon gelesen und daran gedacht, in wie ungeheuerlichem Maße dann alles Leben stilliegen würde. Ein oder zwei Tage vor der Unterredung mit Carrie brach der Streik aus. An einem kalten Nachmittag, als alles grau war, ein Schneefall drohte, kündigten die Zeitungen an, daß die Angestellten auf allen Linien in den Streik getreten seien.

Da Hurstwood so müßig, sein Kopf von den zahlreichen Voraussagungen über die Arbeitslosigkeit in diesem Winter und die Panik auf dem Geldmarkt erfüllt war, las er diese Nachrichten mit Interesse. Las von den Forderungen der streikenden Wagenführer und Schaffner; sie sagten, sie hätten früher zwei Dollar täglich bekommen; aber seit einem

Jahr oder mehr seien Fremde eingeführt worden, die ihre eigenen Ansprüche auf ein zum Leben ausreichendes Gehalt um die Hälfte herunterdrückten und ihre Dienststunden von zehn auf zwölf, sogar vierzehn erhöhten. Diese Außenseiter waren Leute, die man während der Geschäftsstunden, wenn großer Andrang herrschte, anstellte, damit sie einen Wagen auf einer Fahrt lenken. Als Lohn erhielten sie für eine solche Fahrt nur fünfundzwanzig Cents. Nach Geschäftsschluß entließ man sie wieder. Das Schlimmste: keiner konnte wissen, wann er einen Wagen bekam. Mußte schon morgens in die Remise kommen und hier, bei gutem oder schlechtem Wetter, warten, bis er gebraucht wurde. Zwei Fahrten waren die gewöhnliche Belohnung für so viel Warten – etwas über drei Stunden Arbeit für fünfzig Cents. Die Arbeit des Wartens wurde nicht gezählt.

Die Angestellten klagten nun über Ausbreitung dieses Systems. Daß in absehbarer Zeit nur wenige von den siebentausend Angestellten überhaupt regelrechte Zwei-Dollar-Arbeit im Tag haben würden. Sie verlangten, daß das System aufgegeben werde, zehn Stunden täglich, außer unvermeidlichen Verzögerungen, als Tagesarbeit mit einem Lohn von zwei Dollar fünfundzwanzig gelten mögen. Forderten sofortige Annahme dieser Bedingungen, die die verschiedenen Straßenbahngesellschaften verweigerten.

Hurstwood billigte anfangs die Forderungen dieser Männer, mit denen er mitfühlte. Es ist wahrhaftig die Frage, ob er sie nicht bis zu Ende billigte, wenn ihn auch seine Handlungen Lügen straften. Da er alle Neuigkeiten las, wurde er zuerst durch die abschreckenden Titel angezogen, unter denen die «Welt» den Streik meldete. Er las alles genau – die Namen der sieben Straßenbahngesellschaften, die Anzahl der Streikenden.

«Sie sind töricht, bei diesem Wetter zu streiken», dachte er. «Ich wünsche ihnen aber schon, daß sie gewinnen.»

Am nächsten Tag wurde noch mehr darüber berichtet. «Die Leute von Brooklyn laufen zu Fuß», sagte die «Welt». «Die Ritter der Arbeit legen die Straßenbahnlinien über die Brücke still.» «Etwa siebentausend Angestellte streiken.»

Hurstwood las es, bildete sich selbst ein Urteil über das Ergebnis. Er glaubte an die Macht der Straßenbahngesellschaften.

«Sie können nicht gewinnen», sagte er mit Bezug auf die Arbeiter. «Haben kein Geld. Die Polizei wird die Arbeitgeber beschützen. Sie muß es tun. Das Publikum muß eine Straßenbahn haben.»

Er stand nicht auf seiten der Arbeitgeber. Aber sie hatten die Macht, das Eigentum und das Publikum.

«Die Leute können den Streik nicht gewinnen», dachte er.

Unter anderen Dingen bemerkte er eine Rundschrift, die von einer der Straßenbahngesellschaften veröffentlicht wurde:

Atlantic Avenue Straßenbahngesellschaft.

Da die Wagenführer, Schaffner und übrigen Angestellten dieser Gesellschaft plötzlich ihren Dienst verlassen haben, ist allen ehrlichen Männern, die gegen ihren Willen streiken mußten, Gelegenheit geboten, die Arbeit wieder aufzunehmen, sobald sie Mittwoch, sechzehnten Januar zu Mittag darum einreichen. Diese Männer werden (unter gewährleistetem Schutz) in der Reihenfolge, in der die Gesuche empfangen wurden, Arbeit erhalten. Fahrten und Anstellungen werden ihnen zugewiesen werden. Sonst betrachten wir sie als entlassen. Jede freie Stelle wird mit einem anderen Mann besetzt werden, so rasch man sich seiner Dienste versichern kann.

(Gezeichnet)
Benjamin Norton
Präsident.

Hurstwood las auch folgendes im Anzeigenteil:

*Gesucht:* 50 gelernte, an das Westinghousesystem gewöhnte Wagenführer, um U.S.-Straßenbahnwagen nur in Brooklyn zu lenken. Schutz zugesichert.

Hurstwood fiel besonders die Bemerkung «Schutz zugesichert» auf. Sie bezeugte ihm die unangreifbare Macht der Gesellschaften.

«Sie haben das Militär auf ihrer Seite», dachte er. «Die Streikenden können nichts machen.»

Während sich seine Gedanken noch damit beschäftigten, ereignete sich der Zwischenfall mit Oeslogge und Carrie. Vieles vorher versetzte ihn schon in Erregung – dies schien das Schlimmste. Nie vorher hatte sie ihn des Diebstahls – oder beinahe –angeklagt. Sie zweifelte daran, daß die Rechnung wirklich so groß sein mußte! Und er bemühte sich derart, die Ausgaben einzuschränken! War bei Fleischer und Bäcker gewesen, hatte sie gebeten, ihre Schuld nicht bei Carrie einzufordern. Aß sehr wenig – fast nichts.

«Hol alles der Teufel», sagte er. «Ich kann was. Bin noch nicht unten durch.»

Er dachte, daß er jetzt wirklich etwas tun müsse. Nach einer solchen Andeutung wäre es zu niedrig, noch herumzusitzen. Bald würde er dann wieder auf eigenen Füßen stehen.

Er erhob sich, blickte durch das Fenster auf die eisigkalte Straße. Allmählich faßte er den Entschluß, nach Brooklyn zu fahren.

«Warum nicht», sagte seine Vernunft. «Jedermann kann dort Arbeit finden. Ich werde zwei Dollar täglich verdienen.»

«Und Unfälle?» ließ sich eine Stimme vernehmen. «Du kannst verletzt werden.»

«Oh, das wird sich kaum ereignen», erwiderte er. «Sie haben die Polizei zu Hilfe gerufen. Jeder, der einen Wagen führen will, wird ordentlich beschützt werden.»

«Du kannst ja keinen Wagen lenken», begann die Stimme wieder.

«Ich werde mich nicht als Fahrer melden», erwiderte er. «Das Fahrgeld kann ich schon kassieren.»

«Sie brauchen vor allem Wagenführer.»

«Sie werden jeden nehmen; das weiß ich.»

Einige Stunden lang stritt er so mit seinem geistigen Ratgeber. Er fühlte, daß er in einer so sicheren Sache nicht sofort handeln müsse.

Am Morgen zog er seine besten Kleider an, die armselig genug waren, und begann herumzurumoren, wickelte auch etwas Brot und Fleisch in ein Zeitungsblatt. Carrie beobachtete ihn teilnehmend.

«Wo gehst du hin?»

«Hinüber nach Brooklyn», erwiderte er. Dann, als er sah, daß sie noch mehr wissen möchte: «Ich glaube, ich kann dort angestellt werden.»

«Auf den Straßenbahnlinien?» fragte Carrie erstaunt.

«Ja.»

«Hast du denn keine Angst?»

«Wovor? Die Polizei beschützt sie.»

«In der Zeitung stand, daß gestern vier Männer verwundet worden sind.»

«Ja», erwiderte er, «aber man kann sich nicht nach den Zeitungen richten. Sie werden die Wagen schon fahren.»

In seiner Verzweiflung sah er geradezu entschlossen aus, und Carrie fühlte großes Mitleid mit ihm. Etwas vom alten Hurstwood – letzte schattenhafte Spur von dem, was einst kluge und frische Kraft gewesen, offenbarte sich hier. Draußen war es bewölkt. Schneeflocken trieben im Winde.

«Was für ein Tag, um hinzugehen!» dachte Carrie.

Er verließ das Haus vor ihr, was sonst selten geschah, marschierte ostwärts zur Vierzehnten Straße und Sechsten Avenue, wo er die Straßenbahn nahm. Er hatte gelesen, daß im Büro der Brooklyner Straßenbahngesellschaft Dutzende von Bewerbern vorsprachen und angestellt wurden. Eine Pferdebahn und dann die Fähre brachte ihn dahin – einen stillen dunklen Mann. Ein langer Weg – denn die Trams verkehrten nicht und es war kalt; aber grimmig schob er vorwärts. In Brooklyn konnte er gleich sehen, daß Streik herrschte. Die Leute zeigten es in ihrer Art. Auf manchen Linien fuhr nicht ein einziger Wagen. An Ecken, in nahen Trinkstuben, lungerten kleine Gruppen. Einige Möbelwagen fuhren an ihm vorüber. Man hatte einfache Holzstühle für die Passagiere hineingestellt und auf den Wagen stand «Flatbush» oder «Prospekt-Park. Fahrpreis zehn Cents.» Er bemerkte kalte und düstere Gesichter. Die Arbeiterpartei focht ihren Kampf aus.

Als er sich dem Büro näherte, sah er ein paar Leute und einige Polizisten herumstehen. Weiterhin an den Ecken beobachteten Männer – er hielt sie für Streiker. Die Holzhäuser waren alle klein, die Straßen schlecht gepflastert. Im Vergleich zu New York sah Brooklyn arm und elend aus.

Hurstwood bahnte sich einen Weg mitten in die Gruppe. Die Polizisten und die anwesenden Männer blickten ihn forschend an. Einer der Polizisten fragte ihn:

«Was suchen Sie hier?»

«Ich möchte sehen, ob ich eine Stelle bekommen könnte.»

«Zu den Büros gehen Sie da die Treppe hinauf», sagte der Blaurock. Von seinem Gesicht konnte man nichts ablesen. Im innersten Herzen war er auf seiten der Streikenden und haßte diesen Streikbrecher. Begriff aber auch den Nutzen der Polizeimacht, die die Ordnung aufrechterhielt. Von deren wirklicher Bedeutung hatte er keine Ahnung. Dazu besaß er nicht genug Verstand. Die zwei Empfindungen rangen in ihm – neutralisierten einander und ihn. Er würde für diesen Mann da ebenso wie für sich selbst gekämpft haben – doch nur soweit es ihm befohlen wurde. Reiß ihm die Uniform herunter – er würde den Streikbrecher bald verhauen.

Hurstwood stieg die staubige Treppe in ein kleines staubfarbenes Büro hinauf, darin sich ein Schrank, ein langer Tisch und einige Angestellte befanden.

«Nun, Herr?» fragte ein Mann in mittleren Jahren, der am Tisch saß, und blickte zu ihm auf.

«Wollen Sie Leute anstellen?» fragte Hurstwood.

«Was sind Sie – Wagenführer?»

«Nein. Ich bin nichts.»

Er schämte sich seiner Lage gar nicht. Wußte, daß diese Leute Arbeitskräfte brauchten. Wenn ihn der eine nicht nahm, würde es der andere tun.

«Na, wir ziehen natürlich gelernte Fahrer vor», sagte der Mann. Er machte eine Pause, während Hurstwood gleichgültig lächelte. Dann fügte er hinzu: «Aber ich glaube, Sie können es erlernen. Wie heißen Sie?»

«Wheeler», sagte Hurstwood.

Der Mann schrieb eine Anweisung auf eine kleine Karte. «Tragen Sie das in die Remise», sagte er, «und übergeben Sie es dem Werkführer. Er wird Ihnen zeigen, was Sie zu tun haben.»

Hurstwood ging. Marschierte geradeaus in die ihm gewiesene Richtung. Die Polizisten schauten ihm nach.

«Wieder einer, der's versuchen will», sagte Polizist Kiely zu Polizist Macey.

«Ich glaube, er wird es schon besorgt bekommen», erwiderte der ruhig.

Sie hatten schon früher Streiks miterlebt.

## Der Streik

In der Remise, wo Hurstwood sich vorstellte, herrschte großer Mangel an Arbeitern. Sie wurde eigentlich nur von drei Männern geleitet. Unerfahrene gab es einen ganzen Haufen – sonderbare, verhungerte Gestalten, die aussahen, als hätte die Not sie zu verzweifelten Mitteln gezwungen. Sie versuchten, sich lebhaft und willig zu zeigen – aber über dem Ganzen lag eine mißtrauische Galgenvogelstimmung.

Hurstwood ging durch die Remisen zurück und gelangte auf einen großen eingefriedeten Platz, auf dem eine Menge von Geleisen und Schleifen lagen. Ein halbes Dutzend Wagen stand da, auf ihnen je ein Lehrer mit dem Schüler an der Lenkstange. Andere Schüler warteten an einer der rückwärtigen Remisentüren.

Hurstwood betrachtete schweigend die Szene und wartete. Seine Gefährten nahmen seine Aufmerksamkeit eine Weile gefangen, obgleich sie ihn nicht mehr interessierten als die Wagen. Sie sahen nicht sehr beruhigend aus. Einer oder zwei sehr dünn und hager. Einige dick. Andere wieder knochig, mit blassen, eingefallenen Wangen, als hätten Stürme aller Art sie durchgeschüttelt.

«Hast du's in der Zeitung gelesen? Sie rufen das Militär zu Hilfe», hörte Hurstwood einen sagen.

«Ja, das werden sie wohl tun», erwiderte der andere. «Das machen sie immer.»

«Glaubst du, wir werden große Unannehmlichkeiten bekommen?» fragte ein anderer, den Hurstwood nicht sah.

«Nicht sehr viel.»

«Der Schotte, der den letzten Wagen fuhr», fiel eine Stimme ein, «hat mir erzählt, daß sie ihn mit einem Kohlenstück am Ohr getroffen haben.»

Kurzes, nervöses Lachen begleitete diese Worte.

«Die Zeitungen melden, daß einer der Jungens auf der Fünften Avenue-Linie Höllisches durchgemacht. Sie haben ihm die Wagenfenster zerbrochen und ihn auf die Straße hinausgeworfen, ehe die Polizei sie daran hindern konnte», sagte ein anderer gedehnt.

«Ja, aber heute ist mehr Polizei da», fügte einer hinzu.

Hurstwood lauschte, ohne viel nachzudenken. Ihm schien, als hätten die Leute Angst. Ihr Schwatzen klang fiebrig – wie um sich selbst zu beruhigen. Er schaute auf den Hof hinaus und wartete.

Zwei Männer kamen ihm ganz nahe, aber hinter seinem Rücken. Sie waren geneigt zu plaudern, und er lauschte ihrem Gespräch.

«Bist du ein Straßenbahner?»

«Ich? Nein. Hab immer in einer Papierfabrik gearbeitet.»

«Ich hatte bis zum letzten Oktober Arbeit in Newark», erwiderte der andere, mit einer Anteilnahme, die erwidert wurde.

Jetzt sagten sie einiges so leise, daß Hurstwood es nicht hören konnte. Später wurden sie etwas lauter.

«Ich nehme es ihnen nicht übel, sie haben recht, zu streiken», sagte der eine – «aber ich mußte Arbeit finden.»

«Mir geht's ebenso», meinte der andere – «hätte ich Arbeit in Newark, würde ich nicht meine Haut so zu Markt tragen.»

«Geht jetzt höllisch zu, was?» fragte der Mann. «Der Arme ist nirgends daheim. Könntest vor Hunger verrecken, bei Gott, mitten auf der Straße, und niemand würde dir helfen.»

«Recht hast du», sagte der andere. «Meine Arbeit hab ich verloren, weil sie die Bude sperrten. Sie arbeiten den Sommer durch, legen einen großen Vorrat an und schließen dann.»

Hurstwood hörte aufmerksam zu. Irgendwie fühlte er sich den beiden überlegen – ein wenig besser gestellt. Sie dünkten ihn unwissend und gewöhnlich, arme Schafe in des Treibers Hand.

«Arme Teufel», sagte er sich mit einem Gefühl, das noch aus der Zeit seines Erfolges stammte.

«Der nächste», rief einer der Lehrer.

«Sie sind der nächste», sagte ein Nachbar zu Hurstwood und berührte ihn am Arm.

Er kletterte auf die Plattform. Der Lehrer hielt es für ausgemacht, daß einleitende Erklärungen nicht notwendig seien.

«Sie sehen diesen Hebel», sagte er und ergriff einen am Dach befestigten elektrischen Ausschalter. «Der schaltet den Strom ein und aus. Wollen Sie die Richtung des Wagens ändern, drehen Sie hier. Wollen Sie ihn geradeaus laufen lassen, stellen Sie den Hebel so. Zum Ausschalten des Stroms halten Sie den Hebel in der Mitte.»

Hurstwood lächelte über die einfache Unterweisung.

«Dieser Hebel da reguliert die Geschwindigkeit. Mit Hilfe von dem da», und der Lehrer zeigte mit dem Finger darauf, «machen Sie etwa vier Meilen die Stunde. Mit dem hier acht. Die höchste Geschwindigkeit ist etwa vierzehn Meilen die Stunde.»

Hurstwood beobachtete ihn ruhig. Er hatte schon früher gesehen, wie Wagenführer arbeiten. Wußte, wie sie's machten; war sicher, daß er es mit ein wenig Übung ebensogut konnte.

Der Lehrer erklärte noch ein paar Einzelheiten und sagte dann:

«Nun wollen wir den Wagen zurückschicken.»

Hurstwood stand ruhig daneben; der Wagen rollte in den Hof zurück.

«Auf eines müssen Sie sehr aufpassen: sachte anfangen. Geben Sie einem Geschwindigkeitsgrad Zeit, sich auszuwirken, ehe Sie mit einem zweiten einsetzen. Der Fehler der meisten Leute besteht darin, daß sie immer mit voller Geschwindigkeit fahren wollen. Das ist schlecht. Auch gefährlich. Braucht den Motor auf. Das sollen Sie nicht machen.»

«Ich verstehe», sagte Hurstwood.

Er wartete und wartete, während der Mann fortsprach.

«Versuchen Sie's jetzt», sagte er schließlich.

Der frühere Geschäftsführer legte die Hand auf den Hebel und drückte ihn sanft – wie er dachte. Aber der Hebel ging viel leichter los, als er sich eingebildet. Der Wagen sprang rasch vorwärts, warf Hurstwood an die Tür zurück. Er richtete sich mit einem etwas schafigen Gesichtsausdruck hoch und der Lehrer bremste.

«Damit müssen Sie vorsichtig sein», war alles, was er sagte.

Doch Hurstwood sah ein, daß die Arbeit, die Bremse zu handhaben und die Geschwindigkeit zu regulieren, nicht im Augenblick gemeistert werden konnte, wie er es geglaubt. Ein- oder zweimal wäre er über die rückwärtige Umzäunung gefahren, wenn ihn nicht Hand und Wort seines Instruktors zurückgehalten hätten. Der bewies Geduld mit ihm, lächelte aber niemals.

«Sie müssen den Kniff erlernen, mit beiden Armen zu arbeiten», sagte er. «Dazu ist etwas Übung nötig.»

Es wurde ein Uhr, und Hurstwood übte noch immer auf dem Wagen. Er wurde hungrig. Es begann zu schneien und ihm war kalt. Er war es müde, auf dem kurzen Geleise hin und her zu rutschen.

Sie führten den Wagen zum Endpunkt und stiegen beide ab. Hurstwood ging in die Remise, suchte sich einen Wagentritt, zog sein Frühstück aus der Tasche. Wasser gab es nicht und das Brot war trocken, aber das Essen schmeckte ihm. Das Mahl ging ohne viel Wesens vor sich. Er nahm große Bissen, blickte umher, dachte über die öde, rohe Art dieser Arbeit nach. Sie war unangenehm – elendiglich unangenehm in jeder Einzelheit. Nicht weil sie schwierig – weil sie hart war. Jedem würde sie hart scheinen, dachte er.

Nachdem er gegessen, stand er wie vorher, harrte, bis er an die Reihe kam.

Man hatte die Absicht, ihn einen Nachmittag lang üben zu lassen, aber der größte Teil der Zeit verging mit Warten.

Schließlich nahte der Abend, mit ihm Hunger und Überlegen, wie er die Nacht verbringen sollte. Es war halb sechs. Er mußte bald essen. Wenn er heimzukehren versuchte, würde er zwei und eine halbe Stunde brauchen, in der Kälte marschieren und fahren müssen. Im übrigen hatte er den Auftrag, sich morgen um sieben Uhr zu melden. Ginge er heim, müßte er dann zu einer unangenehm frühen Stunde aufstehen. Er besaß nur etwa einen Dollar und fünfzehn Cents, Carries Geld, mit dem er die Kohlenrechnung von zwei Wochen hatte bezahlen wollen, ehe ihm der Gedanke kam, nach Brooklyn zu fahren.

«Sie müssen doch irgendeine Unterkunft hier in der Nähe haben», dachte er. «Wo wohnt denn der Kerl aus Newark?»

Endlich entschloß er sich zu fragen. Ein junger Bursche stand in der Nähe einer der Türen und wartete in der Kälte darauf, endlich dran zu kommen. Ein Knabe noch – etwa einundzwanzig –, aber mit einem langen, von Entbehrungen abgezehrten Körper. Ein bißchen gutes Leben hätte ihn kräftig und vergnügt gemacht.

«Wie ordnen sie's, wenn jemand kein Geld hat?» fragte ihn Hurstwood vorsichtig.

Der Junge wendete ihm ein kluges, aufmerksames Gesicht zu.

«Sie meinen Essen?» erwiderte er.

«Ja und Schlafen. Ich kann heute abend nicht nach New York zurück.»

«Ich glaube, der Werkführer wird es Ihnen verschaffen, wenn Sie ihn darum ersuchen. Hat's für mich getan.»

«So?»

«Ja. Sagte ihm einfach, daß ich nichts habe. Konnte nicht heim. Wohne da drüben in Hoboken.»

Hurstwood räusperte sich, nur zum Zeichen, daß er es zur Kenntnis nahm.

«Ich glaube sie haben da oben im Stock einen Schlafraum. Weiß nicht, wie es ist. Wahrscheinlich mehr als einfach. Heute mittag hat er mir eine Karte fürs Essen geschenkt. 's war nicht viel – das weiß ich.»

Hurstwood lächelte grimmig, und der Junge lachte.

«Kein Spaß, was?» fragte er, vergeblich eine lustige Antwort erhoffend.

«Nicht sehr», erwiderte Hurstwood.

«Würde ihn jetzt abfassen, sonst geht er vielleicht fort.»

Hurstwood tat es.

«Gibt's nicht hier in der Nähe einen Ort, wo ich die Nacht verbringen könnte?» fragte er. «Wenn ich nach New York zurück soll, fürchte ich –»

«Im Stock sind einige Schlafstellen», unterbrach ihn der Mann, «wenn Sie eine wollen.»

«Genügt mir», sagte Hurstwood.

Er wollte auch um eine Eßkarte bitten, aber der richtige Augenblick zeigte sich nicht und er beschloß, heute abend selbst dafür zu zahlen.

«Ich werde ihn am Morgen darum ersuchen.»

Er aß in einem billigen Gasthaus in der Nähe, und da ihm kalt war, er sich einsam fühlte, ging er sogleich, die Schlafstelle aufzusuchen. Die Gesellschaft versuchte nicht, Wagen nach Einbruch der Nacht auszuschicken. Dieser Rat war ihr von der Polizei gegeben worden.

In dem Raum schien sich früher die Nachtschicht aufgehalten zu haben. Da gab es etwa neun Pritschen, zwei oder drei hölzerne Stühle, eine Seifenbüchse und einen kleinen rundbäuchigen Ofen, in dem hell ein Feuer brannte. Obgleich Hurstwood so früh kam, war schon ein Mann vor ihm da. Er saß neben dem Ofen und wärmte sich die Hände.

Hurstwood näherte sich und hielt seine Hände gegen das Feuer. Die Dürftigkeit und Entbehrung, die seine Unternehmung mit sich brachte, machten ihn ganz krank, aber er versuchte sich zu straffen. Bildete sich ein, daß er es eine Zeitlang werde aushalten können.

«Kalt, nicht?» sagte der frühere Gast.

«Ziemlich.»

Langes Schweigen.

«Kein behaglicher Platz zum Schlafen, was?»

«Besser als nichts.»

Wieder Schweigen.

«Ich glaub, ich gehe in die Klappe», sagte der Mann. Er streckte sich auf einem der Lager aus, nachdem er nur seine Schuhe abgelegt. Das alte Leintuch und die schmutzige alte Steppdecke häufte er in einer Art Bündel über sich. Der Anblick ekelte Hurstwood, aber er verweilte nicht dabei, schaute lieber in das Feuer und dachte an etwas anderes. Dann beschloß auch er, zur Ruhe zu gehen, wählte eine Schlafstelle, zog seine Schuhe ab.

Während er damit beschäftigt war, trat der Junge ein, der ihm geraten herzukommen, und als er Hurstwood erblickte, bemühte er sich, freundlich zu sein.

«Besser als nichts», sagte er und blickte um sich.

Hurstwood merkte nicht, daß diese Worte an ihn gerichtet waren. Dachte, es sei nur der Ausdruck persönlicher Befriedigung, und gab keine Antwort. Der Junge wieder bildete sich ein, er sei schlechter Laune, und begann leise vor sich hinzupfeifen. Da er aber sah, daß ein Mann schon schlief, hörte er auf und verfiel in Schweigen.

Hurstwood machte sich's so gemütlich, wie es eben ging. Behielt seine Kleider an und schob die schmutzige Decke von seinem Kopfe weg. Schließlich döste er ein vor lauter Müdigkeit. Unter der Decke wurde ihm immer behaglicher zu Mute, er vergaß, wie unsauber sie war, wickelte sie sich fest um den Hals und schlief ein.

Am Morgen wurde er durch mehrere Männer, die in dem kalten freudlosen Raum herumrumorten, aus einem reizenden Traum geweckt. Im Geiste war er wieder in Chicago, in seinem eigenen schönen Heim. Jessika plante, irgendwohin zu gehen, und er sprach mit ihr darüber. Das Bild stand noch so klar vor seinem geistigen Auge, daß er aufschreckte, als er das Zimmer erblickte. Er hob den Kopf, und die kalte bittere Wirklichkeit jagte ihn höhnend ins Erwachen. «Nun will ich lieber aufstehen», sagte er.

In diesem Stockwerk gab es kein Wasser. In der Kälte legte er die Schuhe an, erhob sich, schüttelte seine Steifheit ab. Seine Kleider rochen unangenehm, sein Haar war zerrauft.

«Teufel!» murmelte er, als er seinen Hut aufsetzte.

Unten hob das Geräusch des Tages an.

Er fand einen Wasserhahn mit einem Trog, der einmal für Pferde benützt worden war. Aber ein Handtuch fehlte und sein Taschentuch war noch von gestern beschmutzt. So befeuchtete er sich nur die Augen mit dem eiskalten Wasser. Dann suchte er den Werkführer, der bereits im Hof stand.

«Haben Sie schon Ihr Frühstück gehabt?» fragte der würdige Mann.

«Nein.»

«Dann nehmen Sie's jetzt; es wird noch eine Weile dauern, bis Ihr Wagen bereit ist.»

Hurstwood zögerte.

«Könnten Sie mir eine Eßkarte geben?» fragte er mühsam.

«Da», sagte der Mann.

Sein Frühstück war ebenso spärlich wie das Mahl gestern abend – schlechter Kaffee und eine Schnitte Braten. Dann kam er zurück.

Der Werkführer winkte ihn herbei, als er eintrat. «In einigen Minuten führen Sie den Wagen aus», sagte er.

Hurstwood erklomm die Plattform in der dunklen Remise und wartete auf ein Signal. Er fühlte sich nervös und doch erleichtert.

An diesem, dem vierten Streiktag wendete sich die Lage zum Schlimmeren. Die Streiker, dem Rat ihrer Führer und der Zeitungen folgend, hatten bisher mit friedlichen Mitteln gekämpft. Keine größere Gewalttat war begangen worden. Die Arbeiter hielten wohl Wagen an, stritten mit den Streikbrechern. Einige Mannschaften wurden besiegt weggeführt, einige Fenster zerbrochen, es gab Hohnworte und Geschrei; doch nur in etwa fünf oder sechs Fällen waren Leute ernstlich verwundet worden. Und zwar von Massen, deren Handlungen die Führer verwarfen.

Doch der Müßiggang und die Tatsache, daß die von der Polizei unterstützte Gesellschaft triumphierte, rief die Erregung der Arbeiter hervor. Sie merkten, daß täglich mehr Wagen ausfuhren, jeden Tag die Angestellten der Gesellschaft selbstsicherer erklärten, der wirksame Widerstand der Streiker sei gebrochen. Dies erfüllte die Köpfe mit verzweifelten Gedanken. Die Arbeiter sahen ein, daß, als Folge ihrer friedlichen Methode, die Gesellschaft bald alle ihre Wagen ausschicken und die Leute, die Klage geführt hatten, vergessen werde. Nichts nützte den Gesellschaften mehr als friedliche Methoden der Arbeiter.

Auf einmal kam der Ausbruch, und eine Woche lang wüteten Sturm und Gewalt. Wagen wurden überfallen, Streikbrecher angegriffen, man kämpfte mit den Polizisten, riß die Geleise auf, Schüsse knallten, bis schließlich Straßenkämpfe und Mobaufstände häufig wurden und in die Stadt Militär einzog.

Hurstwood wußte nichts von der veränderten Stimmung der Arbeiterschaft.

«Fahren Sie Ihren Wagen hinaus», rief der Werkführer und winkte ihm kräftig mit der Hand. Ein nicht gelernter Schaffner sprang hinten auf und gab ein zweimaliges Glockenzeichen zur Ausfahrt.

Hurstwood drehte den Hebel und fuhr den Wagen durch die Tür auf die vor der Remise liegende Straße hinaus. Hier stiegen zwei muskulöse Polizisten neben ihm auf die Plattform – einer an jeder Seite.

Ein Gong ertönte in der Nähe, der Schaffner ließ hierauf zweimal das Glockenzeichen ertönen und Hurstwood öffnete seinen Hebel.

«Richtig kalt, heute morgen», sagte der zur Linken mit starkem irischem Akzent.

«Hatte gestern genug davon», meinte der andere, «möchte nicht ständig solche Arbeit leisten.»

«Ich auch nicht.»

Keiner von beiden schenkte Hurstwood die geringste Aufmerksamkeit. Der stand, das Gesicht gegen den kalten Wind gerichtet, der ihn bis ins Innerste durchfror, und dachte an die empfangenen Weisungen.

«Halten Sie an einer Fahrgeschwindigkeit fest», sagte der Werkführer. «Bleiben Sie niemandem zuliebe stehen, der nicht wie ein wirklicher Passagier aussieht. Was immer Sie auch tun mögen – halten Sie auf Zuruf einer Menge nicht an.»

Die beiden Polizisten schwiegen einige Augenblicke lang.

«Der vorige muß ganz gut durchgekommen sein», sagte der Schutzmann zur Linken. «Ich sehe seinen Wagen nirgends.»

«Wer ist drauf?» fragte der zweite und meinte damit natürlich die Polizeibesatzung.

«Schaeffer und Ryan.»

Wieder Schweigen. Der Wagen fuhr ganz ruhig dahin. Auf diesem Teil des Weges gab es nicht sehr viele Häuser. Hurstwood erblickte auch nicht viele Leute. Die Situation war ihm nicht durchaus unangenehm. Wäre es ihm nicht so kalt gewesen – er glaubte, seine Aufgabe sonst ganz gut vollbringen zu können.

Diese Empfindung wurde durch das plötzliche Auftauchen einer unerwarteten Kurve vor ihm zunichte gemacht. Er schaltete den Strom aus, gab der Bremse einen energischen Ruck, doch nicht rechtzeitig genug, um eine unnatürlich-scharfe Wendung zu vermeiden. Es schütterte ihn durch und durch. Er hatte das Gefühl, als sollte er sich entschuldigen, hielt sich aber zurück.

«Sie müssen auf solche Dinge achtgeben», sagte der Schutzmann zur Linken herablassend.

«Sie haben recht», sagte Hurstwood beschämt.

«Menge davon auf dieser Linie», sagte der Schutzmann zur Rechten.

Um die Ecke gelangten sie in eine belebtere Straße. Vor dem Wagen erblickte Hurstwood ein oder zwei Fußgänger. Ein Junge, der mit einer zinnernen Milchkanne aus einem Tor trat, begrüßte ihn als erster mit verletzenden Worten:

«Streikbrecher!» kreischte er, «Streikbrecher!»

Hurstwood hörte es, unterdrückte eine Bemerkung. Er wußte, daß ihn solches und wahrscheinlich noch viel mehr von der gleichen Art erwartete.

Weiter stand ein Mann am Geleise und winkte, den Wagen anzuhalten.

«Kümmern Sie sich nicht um ihn», sagte einer der Schutzleute. «Er hat etwas vor.»

Hurstwood gehorchte. An der Ecke sah er ein, wie klug der Rat gewesen. Denn kaum hatte der Mann die Absicht bemerkt, ihn nicht zu beachten, als er die geballte Faust erhob.

«Oh, du blutiger Feigling», schrie er.

Ein halbes Dutzend Leute neben ihm schickten dem Wagen Spott und Schmähreden nach.

Hurstwood zuckte zusammen. Die Wirklichkeit war doch ärger, als er sich vorgestellt.

Nun zeigte sich, drei oder vier Blocks weiter, auf den Geleisen ein Haufen.

«Sind hier schon an der Arbeit gewesen», sagte einer der Schutzleute.

«Werden vielleicht Radau haben», meinte der andere.

Hurstwood ließ den Wagen anfahren und hielt. Noch hatte er es nicht vollendet, als sich eine Menschenmenge ansammelte. Sie bestand zum Teil aus früheren Wagenführern und Schaffnern, die einige Freunde und Gleichgesinnte mitgebracht.

«Komm vom Wagen runter, Kamerad», sagte einer der Männer mit einer Stimme, die versöhnlich sein wollte. «Willst doch nicht einem andern das Brot aus dem Munde nehmen, was?»

Hurstwood, blaß und zweifelhaft, was er tun sollte, hielt an Hebel und Bremse fest.

«Zurück», schrie einer der Schutzleute, indem er sich über das Plattformgeländer beugte. «Schaut, daß ihr fortkommt. Laßt den Mann seine Arbeit tun.»

«Hör mal, Kamerad», sagte der Führer, den Schutzmann nicht beachtend und sich an Hurstwood wendend. «Wir sind alle Arbeiter, wie du. Wärest du ein gelernter Wagenführer, hätte man dich behandelt, wie man uns behandelt hat, dann würdest du es doch nicht recht finden, daß ein anderer daherkommt, dir deinen Platz wegnimmt, was? Hättest nicht gern, wenn dir jemand die Gelegenheit nähme, zu deinem Recht zu gelangen, was?»

«Nun halt die Luft an! Genug!» drängte der andere Schutzmann grob. «Fort hier!» Er sprang über das Geländer, stand jetzt vor den Leuten und begann sie zurückzuschieben. Sofort war auch der zweite Schutzmann neben ihm.

«Zurück», brüllte er. «Fort mit euch! Was zum Teufel wollt ihr? Fort!»

Die Menge glich einem Bienenschwarm.

«Stoßen Sie mich nicht», sagte ein Streiker entschlossen. «Ich tue ja gar nichts.»

«Fort von hier!» rief der Schutzmann und schwang seinen Knüttel. «Werde dir gleich eine überziehen. Zurück!»

«Was zum Teufel!» schrie ein anderer Streiker, indem er ihn zurückdrängte, wobei er kräftige Flüche ausstieß.

Krach – der Gummiknüttel des Schutzmanns fiel ihm auf die Stirn nieder. Geblendet blinzelte er ein paarmal, stolperte auf die Beine, warf seine Hände in die Höhe und taumelte nach hinten. Als Gegenwehr hieb eine rasche Faust den Schutzmann in den Nacken.

Das versetzte ihn in Wut, und nun holte er rasend mit dem Knüttel nach rechts und links aus. Er wurde von seinem Kameraden, der über die erregten Menschenwogen auch noch seine gewichtigen Flüche schleuderte, auf das zielsicherste unterstützt. Die Streiker hielten sich so geschickt aus Reichweite, daß niemandem ernster Schaden zugefügt wurde. Jetzt standen sie auf dem Gehweg und schrien.

«Wo ist der Schaffner?» rief einer der Schutzleute und erblickte den Mann, der nervös auf den Wagen gesprungen war, um Hurstwood zu helfen. Bis jetzt war er ruhig dagestanden und hatte die Szene mit mehr Erstaunen als Angst betrachtet.

«Warum kommen Sie nicht herunter und heben die Steine vom Geleise?» fragte der Schutzmann. «Wozu stehen Sie da? Wollen Sie den ganzen Tag hierbleiben? Kommen Sie runter.»

Hurstwood atmete schwer vor Aufregung und sprang mit dem nervösen Schaffner ab, als wäre er gerufen worden.

«Nun rasch», sagte der andere Schutzmann.

So kalt es auch war – die Polizisten dampften vor Wut. Hurstwood hob mit dem Schaffner Stein um Stein. Bei der Arbeit wurde ihm wärmer.

«Ah, du Streikbrecher, du!» schrie die Menge. «Du Feigling! Einem Mann die Arbeit stehlen – das willst du? Den Armen berauben willst du, du Dieb! Wart nur, wir werden dich noch kriegen.»

Dies alles wurde nicht von einem Mann gesagt. Es kam von da und dort, durch Flüche verstärkt.

«Schafft nur, ihr Lumpenpack», brüllte eine Stimme. «Tut die schmutzige Arbeit. Ihr seid die Blutsauger, die das arme Volk unterdrücken.»

«Möge Gott dich verhungern lassen», kreischte eine alte irische Frau, die ein Fenster in der Nähe aufgerissen und ihren Kopf hinausgesteckt hatte.

«Ja und dich auch», fügte sie hinzu, als sie den Blick des einen Polizisten auffing. «Du blutiger mörderischer Dieb! Meinem Sohn den Kopf spalten, das willst du, du hartherziger, mörderischer Teufel? Ah, du –»

Aber der Polizist tat, als hörte er nicht.

«Geh zur Hölle, alte Hexe», murmelte er halblaut, als er rings auf die zerstreute Menge blickte.

Jetzt waren die Steine fort. Umtost von Schimpfworten nahm Hurstwood seinen Platz wieder ein. Beide Polizisten stiegen neben ihm auf die Plattform, der Schaffner ließ das Glockenzeichen ertönen, da – krach, krach – durch Fenster und Türen flogen Felsstücke und Steine. Ein Kiesel berührte fast Hurstwoods Kopf. Ein zweiter zersplitterte das rückwärtige Fenster.

«Den Hebel auf», schrie einer der Schutzleute, indem er selbst am Griff herumhantierte.

Hurstwood gehorchte, der Wagen schoß davon, von einem Steinregen, einer Sturzflut von Flüchen gefolgt.

«Der . . . traf mich in den Nacken», sagte einer der Schutzleute. «Na, jetzt hat er einen tüchtigen Knacks weg.»

«Ich glaub, ich hab auf einigen Burschen Spuren gelassen», sagte der andere.

«Ich kenne den großen Kerl, der uns einen – genannt hat», sagte der erste. «Das will ich ihm noch heimzahlen.»

«Dachte mir schon, wir würden es gehörig abkriegen», meinte der andere.

Hurstwood, erhitzt und aufgeregt, blickte steten Auges vor sich hin. Eine erstaunliche Erfahrung. Er hatte von diesen Dingen gelesen, aber die Wirklichkeit offenbarte sich ihm als etwas ganz Neues. Seiner Geistesanlage nach war er kein Feigling. Die Tatsache, daß er so viel gelitten, rief den festen Entschluß in ihm hervor, durchzuhalten. Seine Gedanken wanderten nicht nach New York in sein Heim. Diese eine Fahrt schien ihn ganz in Anspruch zu nehmen.

Jetzt fuhren sie, ohne daß man sie anhielt, in das Innere des Geschäftsviertels von Brooklyn. Die Leute blickten auf die zerbrochenen Wagenfenster, auf Hurstwood in seinen ärmlichen Kleidern. Hie und da schrien Stimmen «Streikbrecher» und andere Schimpfwörter, aber die Menge griff den Wagen nicht an. Auf dem Endpunkt der Linie, in der Stadt, ging einer der Schutzleute, seine Wachstube anzurufen und die Unruhen zu melden.

«Draußen steht noch ein Haufen», sagte er, «und wartet auf unsere Rückkehr. Es wäre gut, einige Leute hinauszuschicken, um Ordnung zu schaffen.»

Auf dem Rückweg fuhr der Wagen ruhiger – man pfiff, man beobachtete ihn, warf Steine nach – griff aber nicht offen an. Hurstwood atmete freier, als er die Remise erblickte.

«Na», sagte er sich, «bin noch glücklich davongekommen.»

Der Wagen wurde eingefahren. Hurstwood durfte ein wenig ausruhen, dann rief man ihn wieder. Jetzt war eine neue Polizeibesatzung an Bord. Etwas zuversichtlicher lenkte er rasch durch gewöhnlich aussehende Straßen und hatte weniger Angst. Nur in einer Beziehung litt er furchtbar. Es war ein rauher Tag, hie und da fiel Schnee, kam ein Windstoß – all das wurde durch die schnelle Bewegung des Wagens noch verschärft. Seine Kleidung war für diese Arbeit nicht berechnet. Er zitterte vor Kälte, stampfte mit den Füßen, schlug die Arme gegeneinander, wie er früher Wagenführer hatte tun sehen, sagte aber nichts. Die neue und gefährliche Lage dämpfte seinen Ekel, seine Verzweiflung darüber, daß er gezwungen war, hier zu sein. Doch nicht genug, um seine Empörung zu unterdrücken. «Ein Hundeleben», dachte er. «Grausam, daß es so weit mit mir gekommen ist.»

Der einzige befeuernde Gedanke: die Beleidigung, die Carrie ihm angetan. So tief war er nicht gesunken, um all das herunterzuschlucken, dachte er. Er konnte etwas tun, sogar dies – eine Zeitlang. Es wird besser gehen. Er wird ein wenig sparen können –

Während er so nachdachte, warf ein Junge einen Kotklumpen auf ihn, der ihn am Arm traf. Es schmerzte ihn heftig und erregte in ihm mehr Ärger, als er seit dem Morgen gefühlt.

«Hund!» murmelte er.

«Hat's weh getan?» fragte ein Schutzmann.

«Nein», erwiderte er.

An einer Ecke, wo der Wagen infolge einer Wendung die Geschwindigkeit verlangsamen mußte, rief ihm ein früherer, auf dem Gehweg stehender Fahrer zu:

«Willst du nicht herunterkommen und ein Mann sein? Denk daran: wir kämpfen um anständigen Tageslohn, das ist alles. Haben Familien zu erhalten.» Der Mann schien höchst friedlich gesinnt.

Hurstwood tat, als sähe er ihn nicht. Hielt die Augen gerade vor sich gerichtet und öffnete den Hebel weit. In der Stimme lag etwas, was ihn erschütterte.

So ging es den ganzen Morgen, bis spät in den Nachmittag. Er machte drei solcher Fahrten. Das Essen, das er erhielt stärkte ihn nicht zu so schwerer Arbeit und die Kälte griff ihn sehr an. An jedem Endpunkt der Linie machte er eine Pause, um aufzutauen. Aber er hätte vor Schmerz stöhnen mögen. Einer der Männer aus der Remise borgte ihm mitleidig einen schweren Kragen und ein Paar schaflederner Handschuhe, und zum erstenmal in seinem Leben empfand er Dankbarkeit.

Während der zweiten Fahrt am Nachmittag traf er auf der Mitte des Weges Leute, die eine alte Telegrafenstange über das Geleise geworfen hatten.

«Nehmt das Ding vom Geleise», brüllten die Polizisten.

«Ha, ha, ha», kreischte die Menge. «Nimm's selbst weg.»

Die beiden Polizisten stiegen ab und Hurstwood wollte ihnen folgen.

«Du bleib», rief einer. «Jemand wird sonst mit deinem Wagen davonfahren.»

Im Stimmenbabel hörte Hurstwood dicht neben sich die Worte:

«Komm herunter und sei ein Mann. Kämpfe nicht gegen die Armen. Überlaß das den Gesellschaften.»

Er erblickte denselben Mann, der ihn von der Ecke angerufen. Jetzt wie früher tat er, als hörte er ihn nicht.

«Komm herunter», wiederholte der Mann freundlich.

«Willst doch nicht gegen arme Leute kämpfen? Kämpfe überhaupt nicht.» Ein äußerst philosophischer Wagenführer.

Von irgendwoher gesellte sich ein dritter Polizist zu den zwei andern und einer rannte davon, um Kollegen herbeizutelefonieren. Hurstwood blickte entschlossen, aber voll Angst um sich.

Ein Mann erwischte ihn am Rock.

«Komm runter», rief er, zog an ihm und versuchte, ihn über das Geländer zu stoßen.

«Lassen Sie mich», sagte Hurstwood wild.

«Werd dir zeigen – du Streikbrecher!» rief ein junger Ire, sprang auf den Wagen und holte zu einem Hieb aus. Hurstwood duckte sich. Der Schlag traf ihn an der Schulter, statt auf der Kinnbacke.

«Fort von hier», brüllte ein Polizist, eilte ihm zu Hilfe und fügte natürlich die üblichen Flüche hinzu.

Hurstwood faßte sich, blaß und zitternd. Es wurde ernst für ihn. Leute blickten zu ihm auf, verhöhnten ihn. Ein Mädchen schnitt ihm Grimassen.

Er begann in seinem Entschluß wankend zu werden, als ein Patrouillenwagen heranrollte, dem mehrere Polizisten entstiegen. Jetzt wurde das Geleise rasch freigelegt, man konnte weiterfahren.

«Und nun rasch vorwärts», sagte der Polizist und wieder befand sich Hurstwood auf dem Wege.

Die Katastrophe wurde durch eine Schar herbeigeführt, die dem Wagen auf dem Rückweg ein oder zwei Meilen weit von der Remise begegnete. Es war eine äußerst ärmliche Gegend. Hurstwood wollte rasch durchfahren, aber das Geleise war von neuem verrammelt. Als er noch etwa ein halbes Dutzend Blocks entfernt war, sah er, daß Leute etwas hinaustrugen und aufs Geleise warfen.

«Da sind sie wieder», rief ein Polizist.

«Na, diesmal will ichs ihnen ordentlich zeigen», sagte der zweite Polizist, dessen Geduld zu Ende war. Hurstwood wurde fast ohnmächtig, als der Wagen dort anlangte. Wie vorher, begannen die Leute zu pfeifen. Doch jetzt warfen sie aus der Entfernung Steine, trauten sich nicht näher heran. Ein oder zwei Fenster wurden zerbrochen. Einem Wurf wich Hurstwood geschickt aus.

Beide Polizisten rannten gegen die Menge los, aber die lief dem Wagen zu. Ein ganz junges, mit einem schweren Stock bewehrtes Mädchen befand sich unter ihnen. Sie war in furchtbarer Wut und holte nach Hurstwood aus, der sich duckte. Darauf sprangen ihre Gefährten, ermutigt, hinauf und zogen Hurstwood herab. Er hatte kaum Zeit, um Hilfe zu rufen, ehe er zu Boden stürzte.

«Laßt mich gehen», sagte er nur und fiel auf eine Seite.

«Oh, du Jammerlappen», hörte er jemanden schreien. Stöße und Hiebe regneten auf ihn nieder. Es war ihm, als müßte er ersticken. Dann wollten ihn zwei Männer fortziehen und er kämpfte um seine Freiheit.

«Schont ihn», sagte eine Stimme. «Ihnen ist nichts geschehen. Stehen Sie auf.»

Er wurde freigegeben und faßte sich. Jetzt erkannte er zwei Polizisten. Er hatte das Gefühl, als müßte er vor Erschöpfung in Ohnmacht fallen. Etwas auf seinem Kinn war feucht. Er hob die Hand, fühlte, schaute. Es war rot.

«Sie haben mich gestochen», sagte er betäubt und suchte nach seinem Taschentuch.

«Nun, nun», meinte einer der Polizisten. «Nur ein Kratzer.»

Sein Kopf wurde klarer. Er blickte um sich. Er befand sich in einem kleinen Geschäft, wo sie ihn für den Augenblick ließen. Als er so dastand und sein Kinn wischte, konnte er draußen die Straßenbahn und die erregte Masse erblicken. Ein Patrouillenwagen kam, dann noch einer.

Er trat an das Fenster und schaute hinaus. Ein Krankenwagen bog um die Ecke.

Die Polizei ging energisch drauflos und nahm einige Verhaftungen vor.

«Kommen Sie jetzt, wenn Sie Ihren Wagen haben wollen», sagte ein Polizist, die Tür öffnend und ins Zimmer blickend.

Hurstwood ging hinaus, seiner selbst nicht ganz sicher. Es war ihm kalt. Er hatte Angst.

«Wo ist der Schaffner?» fragte er.

«Oh, er ist jetzt nicht hier», sagte der Polizist.

Hurstwood stieg nervös in die Tram. Während er dies tat, wurde ein Revolverschuß abgefeuert. Etwas schmerzte ihn an der Schulter.

«Wer hat geschossen?» hörte er einen Polizisten rufen. «Bei Gott! Wer hat dies getan?» Beide Schutzleute rannten auf ein bestimmtes Gebäude zu. Hurstwood blieb einen Augenblick stehen, sprang dann ab.

«Himmel!» rief er mit schwacher Stimme, «das ist zu viel für mich!»

Erregt eilte er an die Ecke und eine Seitenstraße hinunter.

«Ah!» sagte er aufatmend.

Einen halben Block weiter traf er ein kleines Mädchen, das ihn anstarrte.

«Schleich dich nur davon!» rief sie ihm zu.

In blendendem Schneesturm marschierte er heimwärts, erreichte die Fähre mit Einbruch der Dunkelheit. Die Kabinen waren von Leuten erfüllt, die ihn neugierig prüfend ansahen. Es wirbelte ihm noch im Kopf, er war ganz verwirrt. Achtete nicht auf den schönen Anblick der blinkenden Lichter über dem Fluß im weißen Sturm. Beharrlich stolperte er weiter, bis er seine Wohnung erreichte. Er trat ein, fand das Zimmer warm, Carrie war nicht da. Zwei Abendzeitungen lagen auf dem Tisch, wo sie sie gelassen. Er zündete das Gas an und setzte sich. Dann stand er auf, entblößte seine Schulter, um nachzusehen. Nur ein Kratzer. Er wusch Gesicht und Hände. Anscheinend noch immer tief in Sinnen versunken. Kämmte sich. Schaute nach, ob etwas zum Essen da sei. Schließlich – der Hunger war ihm vergangen – setzte er sich in seinen behaglichen Schaukelstuhl. Wunderbare Erholung.

Er fühlte mit der Hand nach seinem Kinn.

«Na», sagte er nach einer Weile, als seine Natur zu sich zurückfand, «gefährliches Spiel dort drüben.»

Dann wendete er sich, erblickte die Zeitungen. Mit einem halben Seufzer nahm er die «Welt» auf.

«Der Streik breitet sich in Brooklyn aus», las er. «In allen Teilen der Stadt Straßenkämpfe.»

Er faßte das Blatt bequemer und fuhr fort zu lesen. Es war das einzige, was sein Interesse völlig gefangen nahm.

## Hauch des Frühlings: Die leere Muschel

Diejenigen, die Hurstwoods Abenteuer in Brooklyn als ein Versagen seiner Urteilsfähigkeit ansehen, werden sich trotzdem klarmachen müssen, daß die Tatsache, etwas gewagt zu haben, was mißlang, einen niederschmetternden Einfluß auf ihn ausübte. Carrie erhielt eine falsche Idee davon. Er erzählte so wenig, daß sie dachte, er habe nichts

Schlimmeres als die gewöhnliche Grobheit erfahren – daß er nur deshalb den Dienst aufgab, schien kindisch. Er wollte nicht arbeiten.

Carrie war jetzt in einer Gruppe orientalischer Schönheiten, die, im zweiten Akt der komischen Oper, dem neuen Herrscher vom Wesir als die Schätze seines Harems vorgeführt wurden. Keine von ihnen hatte ein Wort zu sagen, aber an dem Abend, als Hurstwood seine Schlafstelle im Dachgeschoß der Remise bezog, fragte der führende Komiker und Star, sich zu einem Spaß aufschwingend, mit einer tiefen Stimme, die einen Lachsturm hervorrief:

«Na, wer bist denn du?»

Es war bloß ein Zufall, daß sich in diesem Augenblick Carrie vor ihm verbeugte. Von ihm aus hätte es ebensogut eine von den andern sein können. Er erwartete keine Antwort und eine dumme wäre getadelt worden. Aber Carrie, der Erfahrung und Selbstvertrauen Mut einflößten, knixte nochmals und erwiderte:

«Ganz die Ihrige.»

Es war unbedeutend, doch irgendwie gewann sie damit das Publikum. Man lachte herzlich über den erheuchelt strengen Herrscher, der turmhoch vor der jungen Frau thronte. Dem Komiker gefiel die Antwort auch, als er das Lachen hörte.

«Ach, ich dachte, du heißt Smith», erwiderte er, bemüht, die Lacher auf seine Seite zu bringen.

Nachdem Carrie es gesagt, bekam sie wegen ihrer Frechheit furchtbare Angst. Alle Mitglieder der Gesellschaft waren gewarnt worden; einige Worte oder einen «Effekt» einzuschieben, bedeutete eine Geldstrafe oder Schlimmeres. Sie wußte nicht, was ihr drohte.

Als sie, schon in der vorgeschriebenen Stellung, in den Kulissen ihr Auftreten erwartete, ging der große Komiker ab, an ihr vorbei und blieb, da er sie erkannte, stehen.

«Sie können die Worte auch später bringen», meinte er, da er bemerkte, wie intelligent sie aussah. «Aber fügen Sie nichts hinzu.»

«Danke», sagte Carrie demütig. Als er weiterschritt, zitterte sie heftig.

«Na, du hast Glück», rief ein Chormädel. «Keine von uns hat etwas zu sagen.»

Die Bedeutung dieses Vorfalls vermochte niemand zu leugnen. Jedermann erkannte, daß Carrie einen «Anfang» gemacht.

Carrie hätte sich selbst küssen mögen, als ihre Worte am nächsten Abend gleichen Beifall fanden.

Sie eilte fröhlich heim, mit der Gewißheit, daß sich mehr daraus ergeben werde. Hurstwoods Gegenwart trübte ihren Frohsinn. Sie empfand tiefe Sehnsucht, daß die häusliche Not ein Ende nehmen möge.

Am nächsten Tag befragte sie ihn über seine Unternehmung.

«Sie versuchen es nicht, Wagen hinauszuschicken außer unter polizeilicher Bewachung. Brauchen im Augenblick niemanden – nicht vor der nächsten Woche.»

Die nächste Woche kam. Carrie merkte keine Veränderung. Hurstwood schien willenloser denn je. Mit der größten Ruhe sah er sie am Morgen zu Proben oder zu ähnlichen Zwecken fortgehen. Er las und las. Mehrere Male ertappte er sich dabei, daß er auf eine Notiz starrte, aber an etwas anderes dachte. Er bemerkte es zum erstenmal, als ihm eine lustige Gesellschaft einfiel, an der er in einem Rennklub, wo er Mitglied gewesen, teilgenommen hatte. Er saß da, den Blick zu Boden gesenkt, und allmählich war ihm, als hörte er die alten Stimmen und das Gläserklirren.

«Bist ein feiner Kerl, Hurstwood», sagte sein Freund Walker. Hurstwood stand da, wieder fein gekleidet, lächelnd, guter Laune, bereit, lustige Geschichten immer wieder zu hören.

Plötzlich blickte er auf. Der Raum war still, gespensterhaft still. Deutlich hörte er die Uhr ticken – er argwöhnte fast, gedöst zu haben. Aber die Zeitung lag so gerade in seinen Händen, die Notizen, die er gelesen, vor seinen Augen, daß er nicht an Schlafen denken konnte. Es schien ihm seltsam. Als es sich aber ein zweites Mal ereignete, fand er es nicht mehr sonderbar.

Fleischer und Krämer, Bäcker und Kohlenmann kamen – nicht die Leute, bei denen er jetzt einkaufte, sondern jene, die ihm bis zum äußersten getraut. Er begegnete ihnen allen freundlich, erlangte Geschicklichkeit in Entschuldigungen. Schließlich wurde er frech, gab vor, nicht daheim zu sein, oder schickte sie einfach fort.

«Aus einer Rübe können sie kein Blut saugen», sagte er. «Wenn ich's hätte, würde ich ihnen zahlen.»

Als Lola Osborne merkte, wieviel Erfolg Carrie hatte, wurde sie ihr getreuer Trabant. Auf eigene Faust konnte sie nichts werden. Kätzchenartig schien sie das zu erkennen und beschloß instinktiv, sich mit ihren weichen kleinen Pfoten an Carrie festzuklammern.

«Oh, du wirst deinen Aufstieg nehmen», sagte sie Carrie immer wieder voll Bewunderung. «Du bist so gut.»

Trotz Carries Schüchternheit waren ihre Fähigkeiten erheblich. Hingen andere von ihr ab, so fühlte sie, daß sie mußte. Und wenn sie mußte, wagte sie auch. Es war günstig, daß sie nun Erfahrung in Welt und Not besaß. Ein Wörtchen von einem Mann verdrehte ihr nicht mehr den Kopf. Sie hatte erfahren, daß Männer sich verändern und irren können. Die zu offensichtliche Schmeichelei hatte ihre Kraft für sie verloren. Es bedurfte der Überlegenheit – gütiger Überlegenheit, um Eindruck auf sie zu machen. Überlegenheit eines begabten Mannes wie Ames.

«Ich mag die Schauspieler unserer Gesellschaft nicht», sagte sie Lola eines Tages. «Sie sind alle so von sich begeistert.»

«Findest du Herrn Barclay nicht ganz nett?» fragte Lola, die von dem Herrn ein- oder zweimal ein herablassendes Lächeln empfangen.

«Oh, ganz nett», erwiderte Carrie, «aber nicht aufrichtig. Tut so wichtig.»

Zum erstenmal versuchte Lola, Einfluß auf Carrie zu gewinnen, indem sie sie fragte:

«Zahlst du Miete, wo du wohnst?»

«Freilich», erwiderte Carrie. «Warum?»

«Ich habe ein reizendes Zimmer mit Bad gesehen. Für mich allein ist es zu groß, wäre gerade recht für zwei und kostet nur sechs Dollar wöchentlich für beide.»

«Wo?»

«In der siebzehnten Straße.»

«Na, ich weiß nicht, ob ich wechseln soll», sagte Carrie, der die Drei-Dollar-Miete schon im Kopf spukte. Sie dachte: Wenn ich nur mich selbst erhalten müßte, hätte ich dann siebzehn Dollar für andere Zwecke.

Doch dies führte zu keinen weiteren Erfolgen, bis Hurstwood sein Abenteuer in Brooklyn erlebte und Carrie mit ihrer Stegreifrede Erfolg hatte. Da begann sie zu fühlen, daß sie frei sein mußte. Sie wollte Hurstwood verlassen, damit er genötigt sei, etwas für sich selbst zu unternehmen. Doch hatten sich so eigentümliche Charakterzüge an ihm entwickelt, daß sie fürchtete, er werde sich nicht abschütteln lassen. Er konnte ihr im Theater aufpassen, sie auf diese Weise verfolgen. Sie glaubte nicht ganz daran, aber es war möglich. Es wäre eine große Verlegenheit für sie, wenn er so auftauchte. Bereitete ihr Sorgen.

Als ihr eine bessere Rolle angeboten wurde, überstürzte sich die Entwicklung der Dinge. Eine der Schauspielerinnen, die eine schüchterne Liebhaberin gab, kündigte, und Carrie wurde für die Rolle bestimmt.

«Wieviel wirst du bekommen?» fragte Lola, als sie die gute Nachricht hörte.

«Ich hab ihn nicht gefragt.»

«Na, bring's heraus. Herrgott, du wirst nie etwas Rechtes kriegen, wenn du nicht fragst. Sag ihnen auf jeden Fall, daß du vierzig Dollar haben mußt.»

«Oh, nein.»

«Gewiß», rief Lola. «Frag sie nur.»

Carrie wollte dem entschiedenen Rat folgen, aber wartete doch, bis der Manager ihr mitteilte, was für Kleider sie für die Rolle brauche.

«Wieviel bekomme ich?»

«Fünfunddreißig Dollar.»

Carrie war zu erstaunt und entzückt, als daß sie gewagt hätte von vierzig zu sprechen. Außer sich, umarmte sie Lola beinahe, die sich jetzt noch fester an sie schloß.

«Es ist nicht so viel, wie dir gebührt», sagte sie, «besonders, wenn du Kleider kaufen mußt.»

Carrie erinnerte sich daran und fuhr zusammen. Wo sollte sie das Geld dafür hernehmen? Für solche Zwecke hatte sie keines erspart. Der Tag der Mietezahlung näherte sich.

«Ich will es nicht mehr tun», sagte sie im Gedanken an das, was sie notwendig brauchte. «Ich benütze die Wohnung nicht. Diesmal werde ich mein Geld nicht hergeben. Werde ausziehen.»

Dazu kam nochmals und dringlicher Lolas Vorschlag.

«Willst du nicht lieber mit mir zusammen wohnen?» bat sie. «Wir können ein so hübsches Zimmer mieten. Und es wird dich fast nichts kosten.»

«Ich möchte schon», sagte Carrie aufrichtig.

«Tu's», sagte Lola. «Wir werden es so nett zusammen haben.»

Carrie dachte eine Weile nach.

«Ich glaub, ich werd es tun», sagte sie und fügte hinzu: «Aber ich muß es mir noch überlegen.»

Der Gedanke wurzelte sich in ihr fest. Der Zahltag der Miete nahte. Die Kleider mußten sofort gekauft werden. Bald fand sie in Hurstwoods Schlaffheit eine Entschuldigung für sich. Er sprach immer weniger, sank immer mehr in sich zusammen.

Knapp vor dem Termin verfiel er auf eine neue Idee. Sie wurde durch die Forderungen der Gläubiger und die Unmöglichkeit genährt, den Hausstand in dieser Weise länger aufrechtzuerhalten. «Achtundzwanzig Dollar ist eine zu hohe Miete. Es fällt ihr zu schwer», dachte er. «Wir könnten eine billigere Wohnung finden.»

Ganz erfüllt davon, erwähnte er es am Frühstückstisch.

«Meinst du nicht, daß wir hier zuviel Miete zahlen?» fragte er.

«Das meine ich wahrhaftig», sagte Carrie, die nicht wußte, wo er hinaus wollte.

«Wir sollten eine kleinere Wohnung nehmen», schlug er vor. «Brauchen nicht vier Zimmer.»

Ihre Haltung hätte ihm die Verwirrung verraten müssen, in der sie sich befand. Erkannte sie doch deutlich seinen Entschluß, bei ihr zu bleiben. Aber er beobachtete sie nicht. Sah nichts Bemerkenswertes darin, daß er von ihr ein weiteres Herabsteigen forderte.

«Oh, ich weiß nicht», sagte sie, vorsichtig geworden.

«In der Nähe sind wohl Häuser, wo wir zwei Zimmer finden könnten. Das würde genügen.»

Carrie war empört. «Niemals», dachte sie. «Wer wird den Umzug zahlen? Mit ihm in zwei Zimmern leben!» Sie beschloß, ihr Geld rasch für Kleider zu verwenden, ehe sich etwas Schreckliches ereignete.

Führte es am selben Tage aus. Da dies geschehen, blieb ihr nur noch eines zu tun übrig.

«Lola», sagte sie, als sie ihre Freundin besuchte, «ich glaube, ich werde kommen.»

«Oh, schön!»

«Können wir das Zimmer gleich haben?»

«Gewiß», rief Lola.

Sie gingen es ansehen. Carrie hatte sich bei ihren Einkäufen zehn Dollar erspart – genug für Miete und Nahrung. Das größere Honorar sollte sie erst in zehn Tagen erhalten.

«Nun hab ich gerade genug bis Ende der Woche», vertraute sie Lola an, nachdem sie ihren Teil der Miete gezahlt.

«Oh, ich habe etwas Geld», sagte Lola. «Fünfundzwanzig Dollar, wenn du sie brauchst.»

«Nein», sagte Carrie, «ich glaube, ich werde auskommen.»

Sie beschlossen, am Freitag einzuziehen. Bis dahin waren noch zwei Tage. Jetzt, wo die Sache beschlossen war, wurde Carrie von Zweifeln gequält. Sie fühlte sich beinahe als Verbrecherin. Jeden Tag empfand sie beim Anblick Hurstwoods, daß seine Haltung, obgleich abstoßend, etwas Erschütterndes hatte.

Er dünkte sie nicht unfähig und wertlos – nur durch Zufall heruntergekommen, vom Schicksal zerbrochen. Seine Augen waren nicht mehr durchdringend. Falten durchzogen sein Gesicht, die Hände waren schlaff geworden. Sie glaubte in seinem Haar eine Spur von Grau zu entdecken. Das drohende Verhängnis nicht ahnend, schaukelte er und las seine Zeitung, während sie ihn anblickte.

Da sie das Ende so nahe wußte, wurde sie fast besorgt um ihn.

«Willst du hinübergehen und Konservenpfirsiche bringen?» fragte sie Hurstwood und legte eine Zweidollarnote auf den Tisch.

«Gewiß», sagte er und blickte erstaunt auf das Geld.

«Schau, ob du auch schöne Spargel findest», fügte sie hinzu. «Ich möchte sie zum Abendessen kochen.»

Hurstwood erhob sich. Schlüpfte in seinen Mantel, setzte den Hut auf. Carrie bemerkte, wie alt und ärmlich die Sachen waren. Es war schon vorher sichtbar gewesen, jetzt fiel es ihr mit verdoppelter Eindringlichkeit auf. Vielleicht konnte er am Ende doch nichts dafür. In Chicago hatte er erfolgreich gearbeitet. Sie erinnerte sich, wie gut er in jenen Tagen ausgesehen, wo sie einander im Park trafen. Damals war er so lebhaft, so gut gekleidet. Durfte alles als seine Schuld angesehen werden?

Er kam zurück und legte den Rest mit dem Einkauf zugleich auf den Tisch.

«Behalt es lieber», bemerkte sie. «Wir werden noch andere Dinge benötigen.»

«Nein», sagte er mit einer Art Stolz. «Nimm es nur.»

«Oh, behalt es doch», erwiderte sie nervös. «Wirst es noch brauchen.»

Er wunderte sich darüber. Wußte nicht, eine wie bemitleidenswerte Gestalt er in ihren Augen geworden. Nur mit Mühe unterdrückte sie ein Zittern in ihrer Stimme.

Dies wäre tatsächlich in jedem Falle Carries Haltung gewesen. An ihre Trennung von Drouet dachte sie immer nur mit Reue zurück, kränkte sich, ihn so schlecht behandelt zu haben. Hoffte, sie würde ihm nie wieder begegnen; aber sie schämte sich dessen, was sie getan. Nicht, daß sie die endgültige Trennung gewollt. Als Hurstwood ihr mitteilte, Drouet sei krank, war sie willig fortgefahren, ihn zu besuchen. Doch lag irgendwie etwas Grausames darin. Da sie geistig nicht imstande war, die letzten logischen Ursachen aufzufinden, schloß sie aus ihrem Gefühl heraus, daß Drouet die Verfehlung Hurstwoods nie begreifen, in ihrer Tat nur hartherzigen Entschluß sehen würde; deshalb schämte sie sich, nicht weil sie ihn noch liebte. Aber sie wollte nicht, daß ihr jemand zürne, der einmal gut zu ihr gewesen.

Als sie zuließ, daß diese Empfindungen von ihr Besitz ergriffen, machte sie sich ihre Beweggründe nicht klar. Ihre Freundlichkeit aber rief in Hurstwood eine bessere Meinung von ihr hervor – «Carrie ist doch gutmütig», dachte er.

Als Carrie am Nachmittag Lola besuchte, fand sie sie singend mit Packen beschäftigt.

«Warum ziehst du nicht heute mit mir ein?» fragte sie.

«Oh, ich kann nicht», sagte Carrie. «Ich komme Freitag. Kannst du mir die fünfundzwanzig Dollar borgen, von denen du mir gesprochen?»

«Gewiß», sagte Lola und suchte ihre Börse hervor.

«Ich muß mir noch einiges besorgen.»

«Schon recht», sagte das kleine Mädchen, froh, Carrie einen Dienst erweisen zu können.

Seit Tagen ging Hurstwood nur noch zum Krämer und zum Zeitungsverkäufer. Er war es schon müde, immer daheim zu sitzen – zwei Tage verließ er das Haus überhaupt nicht –, das kalte graue Wetter hielt ihn zurück. Der Freitag brach schön und warm an. Einer jener holden Vorboten des Frühlings mitten im öden Winter, ein Zeichen, daß die Erde nicht aller Wärme und Schönheit bar. Dem blauen Himmel mit seinem goldenen Sonnenball entströmte eine kristallene Flut warmleuchtender Helle. Die Sperlinge zwitscherten draußen so fröhlich, daß man die halkyonische Zeit merken mußte. Carrie zog die Vorderfenster hoch und fühlte den Südwind.

«Ein herrlicher Tag», sagte sie.

«So?» fragte Hurstwood.

Nach dem Frühstück legte er sofort seine Ausgehkleider an.

«Kehrst du mittags zurück?» fragte Carrie nervös.

«Nein», sagte er.

Er marschierte nordwärts, die Siebente Avenue entlang. Hielt müßig am Harlemfluß wie an einem Endziel still. Damals, als er die Brauer besuchte, hatte er einige Schiffe auf dem Fluß bemerkt. Er staunte, wie sich das Gebiet ringsum ausbreitete.

Nachdem er die Neunundfünfzigste Straße durchschritten, ging er die Westseite des Zentralparks bis zur Achtundsiebzigsten Straße entlang. Dann erinnerte er sich, wo er sich befand und machte kehrt, um die vielen neuerrichteten Gebäude zu betrachten. Die Gegend war viel schöner geworden. Die großen offenen Gelände bevölkerten sich. Auf dem Rückweg folgte er dem Parksaum bis zur Hundertzehnten Straße, wendete sich dann wieder in die Siebente Avenue und erreichte den Fluß um ein Uhr.

Da floß er in anmutigen Windungen vor ihm, glitzerte zwischen den sanft gewellten Ufern zur Rechten und den baumbewachsenen Höhen zur Linken hell im klaren Licht. Die frühlingshafte Stimmung weckte in ihm den Sinn für ihre Lieblichkeit, und einige Augenblicke stand er da, schaute, die Hände auf dem Rücken. Dann wendete er sich, ging am Flußufer ostwärts, lässig nach den Schiffen suchend, die er einmal hier gesehen. Es wurde vier Uhr, ehe der schwindende Tag, den kälteren Abend ankündigend, ihn zur Heimkehr zwang. Er war hungrig. Das Essen im warmen Zimmer würde ihm schmecken.

Als er um halb sechs nach Hause kam, war die Wohnung noch dunkel. Er wußte, daß Carrie nicht daheim. Durch das Querholz der Fenster drang keine Lichtspur, die Abendzeitungen steckten noch zwischen Außenknauf und Tür. Er schloß auf und trat ein. Alles still und dunkel. Nachdem er das Gas angezündet, nahm er Platz, machte sich darauf gefaßt, eine Weile zu warten. Selbst wenn Carrie jetzt käme, wäre die Abendmahlzeit verspätet. Er las bis sechs Uhr, dann stand er auf, um sich selbst etwas zurechtzumachen.

Während er dies tat, schien ihm der Raum sonderbar verändert. Was war's? Er schaute um sich, als vermißte er etwas, und erblickte dann einen Briefumschlag auf dem Tisch. Er sprach für sich selbst.

Hurstwood streckte die Hand aus und es durchfuhr ihn kalt. Laut knisterte das Papier in seinen Händen. Eingeschlossen lagen grüne Banknoten.

«Lieber George», las er und zerknüllte das Geld in seiner Hand. «Ich gehe. Komme nicht mehr zurück. Jeder Versuch, die Wohnung zu behalten, ist zwecklos. Ich kann's nicht schaffen. Hätte nichts dagegen, dir zu helfen, wenn ich könnte, aber ich kann nicht für uns beide sorgen und die Miete zahlen. Das bißchen, was ich verdiene, brauche ich für Kleider. Ich lasse dir zwanzig Dollar. Es ist alles, was ich im Augenblick besitze. Mit den Möbeln kannst du machen, was du willst. Ich werde sie nicht brauchen. – Carrie.»

Er ließ den Brief fallen, blickte ruhig um sich. Jetzt wußte er, was er vermißte. Es war die kleine schönverzierte Standuhr, die ihr gehörte. Sie befand sich nicht mehr auf dem Kaminsims. Er ging in das Vorderzimmer, in seinen Schlafraum, in das Wohnzimmer und zündete überall das Gaslicht an. Aus dem Büfett waren die Kleinigkeiten aus Silber, ein wenig Tafelgeschirr verschwunden. Die Spitzendecke auf dem Tisch fehlte. Er öffnete den Schrank – keine Kleider, die ihr gehörten. Öffnete die Schubladen – nichts mehr von ihr. Ihr Koffer stand nicht mehr auf dem gewohnten Platz. In seinem Zimmer sah er seine alten Kleider hängen, wie er sie gelassen. Sonst war nichts fortgenommen worden.

Er trat ins Wohnzimmer und stand einige Augenblicke, gedankenlos zu Boden blickend. Die Stille um ihn wuchs, bis sie schwer auf ihm lastete. Die kleine Wohnung dünkte ihn seltsam verödet. Er vergaß seinen Hunger ganz, vergaß, daß es erst Zeit zum Abendessen war. Es schien ihm tiefe Nacht.

Plötzlich bemerkte er, daß er das Geld noch in der Hand hielt. Im ganzen zwanzig Dollar, wie sie schrieb. Er ging zurück, ließ überall das Licht brennen. Hatte die Empfindung, daß die Wohnung leer sei.

«Ich will fort von hier», sagte er sich.

Jetzt erst fühlte er die ganze furchtbare Einsamkeit.

«Mich verlassen!» murmelte er. «Mich verlassen!»

Der Ort, der so behaglich gewesen, wo er so manchen Tag in der Wärme verbracht, war nichts mehr als Erinnerung. Etwas Eisigkaltes drohte vor ihm. Er sank in einen Stuhl, stützte das Kinn auf die Hand – ganz dumpfe Empfindung, ohne Gedanken.

Die Gewißheit verlorener Zärtlichkeit durchschüttelte ihn. Er tat sich leid.

«Sie hätte nicht gehen müssen», sagte er. «Es wäre mir später besser gelungen.»

Lange saß er, ohne zu schaukeln. Dann sagte er mit lauter heller Stimme:

«Hab doch versucht, nicht?»

Um Mitternacht saß er noch im Schaukelstuhl, wippte und starrte auf den Boden.

## Die Welt wandelt sich zum Schmeichler: Ein Auge im Dunkeln

Nachdem Carrie von ihrem hübschen Zimmer Besitz ergriffen hatte, fragte sie sich, wie Hurstwood ihr Fortgehen ertragen würde. Hastig ordnete sie ihre Sachen, ging dann ins Theater; fast erwartete sie, ihn an der Tür zu treffen. Da sie ihn nicht vorfand, schwand ihre Angst und sie dachte in Güte an ihn. Vergaß ihn dann ganz bis zur Heimkehr. Sie fürchtete doch, daß er sie nach der Vorstellung am Bühneneingang erwarten könnte. Als Tag um Tag verging und sie gar nichts von ihm hörte, verlor sich der Gedanke an eine mögliche Belästigung. In Kürze war sie ganz von dem düsteren Kummer befreit, der mit Hurstwood ihr Leben beschwert. Nur hie und da flog kurze Erinnerung auf.

Seltsam, wie rasch einen ein Beruf gefangen nimmt. Carrie wurde sehr bewandert in Theatergeschichten, da sie dem Tratsch der kleinen Lola zuhörte. Erfuhr die Namen der Theaterzeitungen, welche von ihnen Notizen über Schauspielerinnen brachten und welche nicht. Sie begann die Notizen zu lesen, nicht nur über die Oper, in der sie eine so geringe Rolle spielte, auch über die anderen Aufführungen. Allmählich bemächtigte sich ihrer der Wunsch, in der Presse erwähnt zu werden. Sie sehnte sich, wie andere berühmt zu sein, und las begierig die lobenden oder kritischen Bemerkungen über jene, die in ihrem Beruf eine bedeutende Stellung einnahmen. Die Welt des Scheins, in der ihre Interessen verankert waren, nahm sie ganz in Anspruch.

Damals begannen die Zeitungen und Wochenschriften Bilder der Bühnenschönheiten zu veröffentlichen; die freundliche Aufmerksamkeit ist seither zum Modefieber geworden. Besonders die Sonntagsausgaben brachten in prächtiger Aufmachung ganze Seiten von Theaternachrichten. Auf ihnen erschienen die Bilder der Berühmtheiten, mit Angabe ihrer Rollen. Auch die Revuen – wenigstens einige der neueren – veröffentlichten gelegentlich Bilder hübscher Stars und hie und da Fotografien der Szenen aus verschiedenen Stücken. Carrie sah sie mit wachsendem Interesse an. Wann würde eine Szene aus ihrer Oper erscheinen? Wann eine Zeitung ihr Bild der Mühe wert finden?

Am Sonntag, ehe sie ihre neue Rolle übernahm, suchte sie in der Theaterrubrik irgendeine kleine Notiz darüber. Es würde nur ihren Erwartungen entsprochen haben, wenn nichts gesagt worden wäre, aber als Schwänzchen wichtigerer Nachrichten standen einige bescheidene Zeilen. Carrie las und es prickelte sie am ganzen Körper.

«Die Rolle des Landmädchens Katisha in ‹Abduls Frauen› im Broadwaytheater, die vorher von Inez Carew gespielt wurde, hat jetzt Carrie Madenda, eines der begabtesten Chormitglieder, übernommen.»

Carrie freute sich unbeschreiblich. War's nicht herrlich? Endlich! Die erste, langerhoffte, beglückende Notiz! Und sie nannten sie begabt! Fast lachte sie laut heraus. Hatte Lola die Notiz gesehen?

«Hier steht etwas über die Rolle, die ich morgen spielen werde», sagte Carrie ihrer Freundin.

«Oh, fein!» rief Lola und rannte auf sie zu. «Das ist recht», sagte sie, in die Zeitung blickend. «Wenn du's gut machst, wirst du jetzt mehr davon kriegen. Einmal wurde mein Bild in der ‹Welt› veröffentlicht.»

«Wirklich?»

«Jawohl», erwiderte das kleine Mädchen. «Eingerahmt hatten sie es auch.»

Carrie lachte.

«Mein Bild haben sie noch nie gebracht.»

«Sie werden schon», sagte Lola. «Sollst sehen. Du spielst besser als die meisten, die jetzt ihre Bilder drin haben.»

Carrie empfand tiefe Dankbarkeit. Sie liebte Lola beinahe um ihrer Teilnahme, ihrer Lobsprüche willen. Es half ihr so sehr. Sie hatte es nötig.

Als sie gefiel, anerkannte eine zweite Notiz ihre Leistung. Es freute sie ungeheuer. Sie glaubte nun, daß die Welt sie beachte.

Nach Ablauf der ersten Woche erhielt sie ihre fünfunddreißig Dollar und es dünkte sie eine gewaltige Summe. Fast lächerlich, nur drei Dollar Miete zu zahlen. Nachdem sie Lola ihre fünfundzwanzig zurückerstattet, blieben ihr noch sieben. Vier hatte sie von früher, das machten zusammen elf. Fünf gingen für Raten im Kleidergeschäft drauf. Die nächste Woche war es noch üppiger. Jetzt hatte sie nur drei Dollar Miete und fünf für Kleiderraten abzugeben. Der Rest verblieb für Nahrung und ihre eigenen Wünsche.

«Du solltest ein wenig für den Sommer sparen», riet ihr Lola. «Wir werden wahrscheinlich im Mai schließen.»

«Das habe ich mir vorgenommen.»

Regelmäßig jede Woche fünfunddreißig Dollar erhalten, wirkt auf jemanden, der Jahre hindurch geringes Taschengeld besessen, demoralisierend. Carrie sah, daß ihre Börse von guten grünen Noten behaglich-hoher Ziffern fast platzte. Da niemand von ihr abhing, begann sie sich hübsche Kleider und Schmucksachen zu kaufen, gut zu essen, ihr Zimmer auszuschmücken. Sie lernte einige junge Leute kennen, die zu Lolas Garde gehörten. Die Opernmitglieder machten ohne Vorstellungsförmlichkeiten ihre Bekanntschaft. Ein Sänger fand Gefallen an ihr. Öfters begleitete er sie nach Hause.

Eines Mitternachts schlug er vor: «Wir wollen auf einen Bissen da hineingehen.»

«Gut», sagte Carrie.

In dem rosenrot leuchtenden, von Freunden später Stunden erfüllten Restaurant übte sie innerlich an dem Mann Kritik. Er war zu gespreizt, hatte eine zu hohe Meinung von sich selbst. Sagte nichts, was sie über das gewöhnliche Einerlei von Kleidern und materiellem Erfolg hinausgehoben hätte. Als das Mahl vorüber, lächelte er gewinnend.

«Müssen Sie gleich heimgehen?» fragte er.

«Ja», erwiderte sie mit ruhiger Selbstverständlichkeit.

«Sie ist nicht so unerfahren, wie sie aussieht», dachte er und seine Achtung, sein Feuer wurden nur größer.

Carrie teilte Lolas Vorliebe, «sich einen guten Tag zu machen.» Manchmal fuhren sie spazieren, gönnten sich ein feines Abendessen nach dem Theater. Manchen Nachmittag schlenderten sie, geschmackvoll gekleidet, den Broadway entlang. Carrie wurde in den Vergnügungswirbel der Metropole hineingezogen.

Schließlich erschien ihr Bild in einer Wochenschrift. Sie hatte früher nichts davon gewußt; es benahm ihr den Atem. «Fräulein Carrie Madenda, eine der beliebten Darstellerinnen in ‹Abduls Frauen›.» Auf Lolas Rat hatte sie sich einige Bilder bei Sarony anfertigen lassen. Dort holten die Presseleute ihre Fotografie. Sie dachte daran, hinunter zu gehen und ein paar Exemplare der Zeitung zu kaufen. Erinnerte sich aber, daß sie niemanden genügend gut kannte, um sie ihm zu senden. Anscheinend war Lola die einzige in der Welt, die sich für sie interessierte.

Die große Stadt ist in menschlicher Beziehung kalt, und gar bald sah Carrie ein, daß ihr das bißchen Geld nichts gewährte. Die Welt der Vornehmheit und des Reichtums blieb ihr wie immer entrückt. Sie fühlte, daß sich hinter all der gedankenlosen Fröhlichkeit keine warme, teilnehmende Freundschaft verbarg. Die Menschen schienen ihr eigenes Vergnügen zu suchen, ohne die möglichen traurigen Folgen zu beachten, die es für andere haben konnte. So viel hatte sie aus Hurstwoods und Drouets Leben gelernt.

Im April erfuhr sie, daß die Oper, je nach dem Erfolg, wahrscheinlich bis Mitte oder Ende Mai spielen werde. In der nächsten Saison ging sie dann auf Reisen. Carrie fragte sich, ob man die Absicht habe, sie mitzunehmen. Wie gewöhnlich war Lola, ihres geringen Gehaltes wegen, dafür, in New York Engagement zu suchen.

«Im Kasino kündigen sie ein Sommerstück an», sagte sie, nachdem sie ein wenig herumgehorcht. «Wir wollen versuchen, da anzukommen.»

«Ich bin bereit», meinte Carrie.

Sie bemühten sich rechtzeitig und erfuhren den Zeitpunkt, zu dem sie sich wieder vorstellen mußten. Es war der sechzehnte Mai. Ihre Theateraufführungen endeten am fünften.

«Diejenigen, die nächste Saison auf die Reise mitgehen wollen», sagte der Manager, «werden diese Woche unterzeichnen müssen.»

«Unterzeichne nicht», riet Lola. «Ich würde an deiner Stelle nicht mitfahren.»

«Wenn ich dann aber nichts anderes finde?»

«Na, ich tät's nicht», sagte das kleine Mädchen, das in ihren Bewunderern eine Hilfsquelle hatte. «Einmal bin ich mit und besaß am Ende der Saison keinen Pfennig.»

Carrie überdachte es. Ihr war noch keine große Reise beschieden gewesen.

«Wir werden schon durchkommen», sagte Lola. «Ich hab es immer fertiggebracht.»

Carrie unterzeichnete nicht.

Der Manager, der die Sommerkomödie im Kasino vorbereitete, hatte noch nie von Carrie gehört, aber die verschiedenen Notizen, ihr veröffentlichtes Bild, ihr Name auf dem Programm machten einigen Eindruck auf ihn. Er gab ihr eine stumme Rolle mit dreißig Dollar Wochengehalt.

«Was hab ich gesagt?» meinte Lola. «Es hat nicht den geringsten Sinn, New York zu verlassen. Sie vergessen einen sonst völlig.»

Weil Carrie hübsch war, wählten die Herren, die die Bilder kommender Aufführungen in den Sonntagszeitungen veröffentlichen, unter anderen auch ihre Fotografie. Weil sie hübsch war, gaben sie dem Bild einen ausgezeichneten Platz und rahmten es ein. Carrie war entzückt. Der Manager hatte wohl nichts davon gesehen. Denn man schenkte ihr nicht mehr Aufmerksamkeit als vorher. Mit ihrer Rolle schien auch nicht viel los zu sein. Carrie mußte als schweigende kleine Quäkerin in allen möglichen Szenen herumstehen. Der Verfasser der Posse dachte, daß man aus dieser Rolle viel machen könnte, wenn man sie der richtigen Schauspielerin anvertraute, aber da sie Carrie zugewiesen worden, hatte er nichts dagegen, sie zu streichen.

«Nicht gleich treten, alter Junge», bemerkte der Manager. «Wenn es in der ersten Woche nicht geht, werden wir sie streichen.»

Von dieser freundlichen Absicht ahnte Carrie nichts. Etwas betrübt übte sie die Rolle, mit dem Gefühl, daß sie erfolgreich kaltgestellt wurde. Bei der Generalprobe war sie untröstlich.

«Das ist nicht schlecht», sagte der Autor, als der Manager bemerkte, welch sonderbaren Einfluß Carries schlechte Laune auf die Rolle übte. «Sag ihr, daß sie die Stirn noch mehr runzeln soll, wenn Sparks tanzt.»

Carrie wußte es nicht, aber zwischen ihren Augen zeigten sich einige Fältchen und sie machte ein drolliges Mäulchen.

«Runzeln Sie die Stirn noch ein bißchen mehr, Fräulein Madenda», sagte der Manager.

Carrie zog sofort eine heitere Miene. Sie glaubte, er habe es als Tadel gemeint.

«Nein; machen Sie nur Ihr unzufriedenes Gesicht, wenn Herr Sparks tanzt. Ich möchte sehen, wie das wirkt.»

Es war sehr leicht. Carrie blickte finster drein. Das sah so eigenartigdrollig aus, daß es sogar den Manager packte.

«Gut», sagte er. «Wenn sie das die ganze Zeit über tun wird, glaub ich, wird's gefallen.»

Er ging zu Carrie hinüber und sagte:

«Versuchen Sie's mal während des ganzen Stückes. Recht finster. Wütend. Es wird die Figur wirklich komisch machen.»

Bei der ersten Aufführung war es Carrie, als ob ihre Rolle doch nichts bedeute. Im ersten Akt schien das vergnügte, erhitzte Publikum sie gar nicht zu bemerken. Sie blickte immer finsterer drein – ohne Erfolg. Die Augen aller hingen an den kunstvolleren Bemühungen der Stars.

Im zweiten Akt aber ließen die durch langweilige Gespräche ermüdeten Zuschauer ihre Augen über die Bühne schweifen und blieben an Carrie haften. Da war sie, in einem grauen Kleidchen, mit einem süßen Gesicht, bescheiden, aber – finster. Anfangs glaubten alle, sie sei nur im Augenblick über irgend etwas böse; glaubten, daß der Blick echt und daher kein Spaß sei. Als sie aber so verblieb, bald den einen, bald den andern der Hauptdarsteller anblickte, begannen die Leute zu lächeln. Die stattlichen Herren in den Vorderreihen fanden, daß sie ein entzükkender kleiner Käfer sei. Derartiges Schmollen hätten sie gern hinweggeküßt. Alle Männer sehnten sich nach ihr. Sie war famos.

Schließlich hörte der erste Komiker, als er eben in der Mitte der Bühne sang, ein Kichern, wo er es nicht erwartete. Dann wieder und wieder. Der erwartete laute Beifall klang nur schwach. Wo steckte die Störung? Da mußte etwas los sein.

Plötzlich, nach einem Abgang, erblickte er Carrie. Sie stand allein, noch immer höchst unzufrieden, auf der Szene, und die Leute schüttelten sich vor Lachen.

«Beim Himmel, das werde ich nicht dulden», dachte der Mime. «Ich werde es nicht zulassen, daß mir mein Effekt von jemand anderem weggeschnappt wird. Entweder gibt sie das auf, während ich spiele, oder ich gehe.»

«Na, 's ist ja ganz gut», sagte der Manager, als der Schauspieler tobte. «Das wird von ihr erwartet. Sie brauchen sich gar nicht darum zu kümmern.»

«Aber sie schlägt mir meinen Effekt tot!»

«Keineswegs», erwiderte der Manager besänftigend. «Nur ein kleiner Nebenspaß.»

«So? Was?» rief der große Komiker. «Sie hat ihn mir totgeschlagen, den Effekt! Das werde ich mir nicht gefallen lassen.»

«Warten Sie mal bis nach der Aufführung. Warten Sie bis morgen. Wir wollen sehen, was sich da machen läßt.»

Der nächste Akt aber war bestimmend. Carrie wurde der Hauptcharakter des Stückes. Je mehr die Zuschauer sie betrachteten, desto lauter bezeugten sie ihr Entzücken. Jede andere Figur verblaßte vor der neckisch-anmutigen Stimmung, die Carrie verbreitete, solange sie auf der Bühne stand. Manager und Mitglieder erkannten in Carrie einen Treffer.

Die Kritiker der Tageszeitungen vervollständigten ihren Triumph. In langen Artikeln pries man die feine Komik mit häufigen Anspielungen auf Carrie. Immer wieder wurde die ansteckende Heiterkeit erwähnt, die ihre Darstellung auslöste.

«Fräulein Madenda gibt eine der entzückendsten Charakterdarstellungen, die man je auf der Kasinobühne gesehen», bemerkte der weise Kritiker der «Sonne». «Ruhige, anspruchslose Drolligkeit, die einen wie guter Wein erwärmt. Augenscheinlich war die Rolle nicht für Vorrang bestimmt, da Fräulein Madenda nicht oft auf der Bühne ist, aber das Publikum hat, mit üblichem Eigenwillen, selbst gewählt. Im Augenblick, da die kleine Quäkerin erschien, war sie zum Liebling auserkoren, und wußte sich auch nachher Aufmerksamkeit und Beifall zu wahren. Die Grillen des Glücks sind in der Tat seltsam.»

Der Kritiker der «Abendwelt», wie gewöhnlich bemüht, einen packenden Satz zu finden, den die Stadt zum Leitmotiv nahm, schloß mit dem Rat: «Wollen Sie lachen, sehn Sie Carrie grollen.»

Der Erfolg war für Carrie eine wunderbare Wendung. Noch im Laufe des Morgens erhielt sie einige Glückwunschzeilen des Managers:

«Sie scheinen die Stadt im Sturm erobert zu haben», schrieb er. «Das ist prächtig. Ich bin um Ihretwillen ebenso froh wie meinetwegen.»

Auch der Autor, Herr Stevens, meldete sich.

Als sie an diesem Abend das Theater betrat, begrüßte sie der Manager mit einer sehr erfreulichen Nachricht.

«Herr Stevens», sagte er, «bereitet ein Liedchen vor und möchte gerne, daß Sie es nächste Woche singen.»

«Oh, ich kann nicht singen.»

«Nichts Schwieriges. Sehr einfach, hat er gesagt, und es würde sehr gut zu Ihnen passen.»

«Ich habe natürlich nichts gegen einen Versuch», meinte Carrie schlau.

«Könnten Sie vor dem Ankleiden für einige Augenblicke in das Büro kommen?» fügte der Manager hinzu. «Ich möchte mit Ihnen gerne noch eine Kleinigkeit besprechen.»

«Gewiß», erwiderte Carrie.

Im Büro legte ihr der Manager ein Papier vor.

«Wir wünschen Sie natürlich in bezug auf Ihr Gehalt anständig zu behandeln. Ihr Kontrakt hier bestimmt dreißig Dollar die Woche für die nächsten drei Monate. Wie wär's, wenn wir es, sagen wir, auf hundertfünfzig Dollar wöchentlich erhöhen und das Engagement auf ein Jahr ausdehnen?»

«Oh, sehr schön», sagte Carrie, die kaum ihren Ohren traute.

«Dann bitte, unterzeichnen Sie.»

Carrie erblickte einen neuen Kontrakt, nach dem Muster des früheren, nur daß Gehalt und Zeit andere Zahlen aufwiesen. Ihre Hand zitterte vor Aufregung, als sie ihren Namen darunter schrieb.

«Hundertfünfzig die Woche», murmelte sie, als sie wieder allein war. Sie fand – wie jeder Millionär – daß man sich die Bedeutung großer Summen bewußt gar nicht klarmachen könne. Es war nur ein schimmerndes, glitzerndes Wort, das eine Welt der Möglichkeiten barg.

In einem drittrangigen Hotel in der Bleeckerstraße las Hurstwood, der über sein Schicksal nachsann, von Carries Erfolg. Anfangs wußte er nicht, wen man meinte. Dann plötzlich fiel es ihm ein und er las das Ganze nochmals.

«Das ist sie schon, glaub ich», sagte er.

Dann blickte er um sich – eine schmutzige Hotelhalle, von Motten zerfressene Möbel.

«Sie hat's erreicht», dachte er und das Traumbild der alten glänzenden Welt stieg vor ihm auf, mit Plüschmöbeln, Lichtern, Prunk, Wagen und Blumen. Ah, Carrie war jetzt in der von Mauern umschlossenen Stadt! Sie hatte ihr die herrlichen Tore geöffnet, gewährte ihr aus der öden Kälte draußen Einlaß; Carrie schien ihm ein weitentferntes Wesen – wie jede andere Berühmtheit, die er gekannt.

«Na, mag sie's haben», sagte er. «Ich werde sie nicht belästigen.»

Es war die grimmige Entschlossenheit des gebeugten, beschmutzten, aber ungebrochenen Stolzes.

## Und dies ist nicht Elfenland: Was Gold nicht zu kaufen vermag

Als Carrie die Bühne betrat, sah sie, daß ihre Garderobe über Nacht verlegt worden war.

«Jetzt benützen Sie dieses Zimmer, Fräulein Madenda», sagte einer der Diener.

Sie brauchte nicht mehr einige Stufen zu einem kleinen Käfig emporzuklimmen, den sie mit einer Kollegin teilte. Statt dessen hatte sie einen verhältnismäßig großen und behaglichen Raum mit Bequemlichkeiten, wie sie der übrige Chorhaufen nicht genoß. Sie atmete tief, entzückt. Empfand die Freude mehr körperlich als geistig. Tatsächlich dachte sie kaum. Herz und Körper hatten das Wort.

Die Ehrerbietung, mit der man sie behandelte, die Glückwünsche, die man ihr darbrachte, ließen sie allmählich den Wert ihrer Stellung erkennen. Man kommandierte nicht mehr mit ihr herum, sondern ersuchte sie höflich. Wenn sie in ihrem einfachen Kleid, das sie während des ganzen Stückes trug, heraustrat, betrachteten sie die anderen Mitglieder voll Neid. Alle, die scheinbar ihresgleichen und höherstehend gewesen, spendeten ihr jetzt das freundlichste Lächeln, als wollten sie sagen: ‹Wie nett wir immer mit dir waren›. Nur der Starkomiker, dessen Rolle sie so benachteiligt, stolzierte für sich herum. Figürlich gesprochen: er konnte die Hand nicht küssen, die ihn schlug.

Während Carrie ihre einfache Rolle spielte, merkte sie den ihr geltenden Beifall, und das war süß. Sie fühlte sich ein wenig schuldig – vielleicht, ihn nicht zu verdienen. Wenn ihre Kolleginnen in den Kulissen mit ihr sprachen, lächelte sie nur. Sie war nicht stolz, nicht keck – wie es sonst beim Theater üblich ist. Nie kam es ihr in den Sinn, zurückhaltend oder hochmütig – anders zu sein, als sie früher gewesen. Nach der Vorstellung fuhr sie mit Lola in einem Wagen heim, den man ihr zur Verfügung gestellt.

Dann kam eine Woche, in der ihr die ersten Früchte des Erfolges dargereicht wurden – Schale um Schale. Es machte nichts, daß sie ihr glänzendes Gehalt noch nicht bezog. Die Welt schien sich mit dem Versprechen zu begnügen. Sie begann Karten und Briefe zu empfangen. Ein Herr Withers – von dem sie nie ein Sterbenswörtchen gehört – hatte durch irgendwelche Kniffe ihre Adresse erfahren und dienerte in ihr Zimmer.

«Entschuldigen Sie mein Eindringen», sagte er, «aber haben Sie daran gedacht, Ihre Wohnung zu wechseln?»

«Keine Spur», erwiderte Carrie.

«Nun, ich bin im ‹Wellington›, dem neuen Hotel auf dem Broadway, angestellt. Sie haben vielleicht die Ankündigung in den Zeitungen gelesen.»

Carrie erinnerte sich an den Namen – das Hotel galt als eines der neuesten und stattlichsten. Sie hatte auch gehört, daß es ein vorzügliches Restaurant besaß.

«Ganz richtig», fuhr Herr Withers fort, indem er zur Kenntnis nahm, daß sie es kannte. «Wir haben augenblicklich ein paar sehr elegante Zimmer und möchten gerne, daß Sie sie besichtigen, wenn Sie noch keine Wahl für Ihren Sommeraufenthalt getroffen haben. Unsere Appartements sind in jeder Einzelheit vollkommen – heißes und kaltes Wasser, eigenes Bad, besondere Hallenbedienung in jedem Stockwerk, Aufzüge und all das. Sie wissen, was unser Restaurant leistet.»

Carrie blickte ihn ruhig an. Fragte sich, ob er sie für eine Millionärin halte.

«Wie sind Ihre Preise?» fragte sie.

«Nun, deshalb eben wollte ich persönlich mit Ihnen sprechen. Regulär: von drei bis fünfzig Dollar täglich.»

«Himmel!» unterbrach ihn Carrie. «Das könnte ich nicht zahlen.»

«Ich begreife Ihre Gefühle», rief Herr Withers. «Gestatten Sie mir aber zu erklären. Ich sagte: reguläre Preise. Doch machen wir, wie jedes Hotel, auch besondere. Sie haben vielleicht noch nicht daran gedacht – aber Ihr Name ist uns etwas wert.»

«Oh!» rief Carrie, die im Nu begriff.

«Natürlich. Jedes Hotel hängt von dem Ruf seiner Gäste ab. Eine bekannte Schauspielerin wie Sie –» und er verbeugte sich höflich. Carrie errötete – «verschafft dem Hotel Beachtung und – wenn Sie es vielleicht auch nicht glauben – Gäste.»

«O ja», erwiderte Carrie gedankenlos. Sie versuchte, sich über den sonderbaren Vorschlag klar zu werden.

«Nun», fuhr Herr Withers fort, schwenkte seinen Filzhut sachte und schlug mit einem seiner glänzend geputzten Schuhe auf dem Boden den Takt dazu, «ich möchte es arrangieren, daß Sie, wenn möglich, im ‹Wellington› wohnen. Wegen der Bedingungen dürfen Sie sich keine Sorgen machen. Wir brauchen sie tatsächlich kaum zu besprechen. Für den Sommer wird alles genügen – irgendeine Zahl – nur das, was Sie glauben ausgeben zu können.»

Carrie wollte ihn schon unterbrechen, aber er ließ ihr keine Möglichkeit.

«Sie können morgen einziehen – je früher, desto besser –, und wir wollen Ihnen die Wahl von hübschen, hellen Frontzimmern anheimstellen – den besten, die wir haben.»

«Sie sind sehr gütig», sagte Carrie, von der außerordentlichen Liebenswürdigkeit des Mannes gerührt. «Ich käme sehr gerne. Doch möchte ich zahlen, was recht und billig ist. Möchte nicht –»

«Bitte – nur ohne Sorgen», unterbrach sie Herr Withers. «Wir können das jederzeit zu Ihrer völligen Genugtuung ordnen. Passen Ihnen drei Dollar täglich – wir sind es zufrieden. Alles, was Sie zu tun haben, ist, dem Angestellten am Ende der Woche oder des Monates – ganz wie es Ihnen beliebt – die Summe zu begleichen. Er gibt Ihnen dann eine Bestätigung, auf der der gewöhnliche Preis vermerkt ist.»

Der Sprecher machte eine Pause.

«Wie wär's, Sie kämen und sähen sich die Zimmer an?» fügte er hinzu.

«Ich möchte gerne», sagte Carrie, «aber jetzt muß ich auf die Probe.»

«Ich meinte nicht sofort», erwiderte er. «Wann Sie wollen. Wäre es Ihnen heute nachmittag ungelegen?»

«Keineswegs», sagte Carrie.

Plötzlich erinnerte sie sich an Lola, die ausgegangen war.

«Ich habe eine Stubengefährtin», fügte sie hinzu. «Die müßte mich begleiten. Ich vergaß es.»

«Oh, sehr gut», sagte Herr Withers freundlich. «An Ihnen ist, zu wählen, wen Sie bei sich haben wollen. Wie gesagt: alles kann zu Ihrer Befriedigung geordnet werden.»

Er verbeugte sich, ging rücklings an die Tür.
«Wir dürfen Sie also um vier Uhr erwarten?»
«Ja», sagte Carrie.
«Ich werde dort sein, um Ihnen die Zimmer zu zeigen», und so zog sich Herr Withers zurück.
Nach der Probe teilte es Carrie ihrer Freundin mit.
«Haben sie das wirklich getan?» rief Lola – und sie dachte sich das Wellingtonhotel als eine Gruppe von Managern. «Ist das nicht fein? Oh, herrlich! Das Hotel ist prachtvoll. Dort haben wir an jenem Abend mit den zwei Cushings gegessen, erinnerst du dich?»
«Freilich.»
«Oh, es ist so fein wie nur möglich.»
«Wir werden gut tun, jetzt hinauf zu gehen», sagte Carrie später am Nachmittag.
Die Wohnung in dem Stockwerk, wo sich der Salon befand, bestand aus drei Räumen mit Badezimmer. Sie waren in Schokoladebraun und Dunkelrot gehalten, mit dazu passenden Teppichen und Vorhängen. Drei Fenster gingen ostwärts auf den belebten Broadway, drei auf eine Seitenstraße, die ihn kreuzte. Zwei reizende Schlafzimmer, in denen weiß-emaillierte, mit Messing beschlagene Betten, weiß-bebänderte Sessel und dazu passende Schränke standen. In dem dritten, dem Wohnzimmer, das Klavier, eine schwere Klavierlampe mit einem prächtig gemusterten Schirm, ein großer Tisch, mehrere riesige Schaukelstühle, einige Bücherregale und ein vergoldeter Raritätenkasten mit seltenen Nippsachen. An den Wänden hingen Bilder; auf dem Sofa lagen weiche türkische Kissen, Fußschemel aus braunem Plüsch auf dem Boden. Solche Bequemlichkeiten würden gewöhnlich hundert Dollar die Woche kosten.
«Oh, herrlich!» rief Lola, als sie von Zimmer zu Zimmer wanderte.
«Behaglich», sagte Carrie, hob einen Spitzenvorhang und blickte auf den Broadway hinunter.
Das Badezimmer, in weißem Email mit einer großen blaugeränderten, nickelgefaßten Marmorbadewanne, war auch sehr hübsch. Hell und bequem. An der Wand hing an einem Ende ein abgeschrägter Spiegel. An drei Orten gab es Glühlampen.
«Gefällt es Ihnen?» fragte Herr Withers.
«Oh, sehr», erwiderte Carrie.
«Nun – wenn Sie einziehen wollen – die Zimmer sind bereit. Der Junge wird Ihnen beim Eintreten die Schlüssel übergeben.»
Carrie bemerkte die reichverzierte Halle, in der elegante Teppiche lagen, das marmorgetäfelte Foyer, den prächtigen Warteraum. Sie hatte oft davon geträumt, in einem solchen Hause zu wohnen.
«Ich glaube, wir ziehen gleich ein, nicht?» sagte sie zu Lola und dachte an ihr gewöhnliches Zimmer in der Siebzehnten Straße.

«Oh, unter allen Umständen.»

Am nächsten Tage schickten sie ihre Koffer in die neue Behausung.

Als Carrie sich am folgenden Mittwoch nach der Matinee umkleidete, klopfte es an ihre Garderobentür.

Carrie blickte, starr vor Überraschung, auf die Karte, die ihr der Junge überreichte.

«Sagen Sie der Dame – Frau Vance –, daß ich gleich hinauskommen werde», sagte sie leise.

«Was, Sie kleine Sünderin», rief Frau Vance, als Carrie ihr über die jetzt leere Bühne entgegenschritt. «Wie in aller Welt ist das geschehen?»

Carrie lachte fröhlich. Ihre Freundin zeigte nicht die geringste Verlegenheit. Man hätte glauben können, die lange Abwesenheit habe sich ganz zufällig ereignet.

«Ich weiß nicht», sagte Carrie, und trotz ihrer anfangs gemischten Gefühle wurde ihre Haltung der hübschen jungen Frau gegenüber etwas wärmer.

«Na also, Sie müssen wissen, am Sonntag hab ich Ihr Bild in der Zeitung gesehen, aber der Name brachte mich wieder davon ab. Ich dachte, Sie müßten es sein oder jemand, der Ihnen sehr ähnlich sieht, und sagte mir: will gleich mal hingehen und mich überzeugen. Nie in meinem Leben war ich so überrascht. Wie geht es Ihnen denn?»

«Oh, sehr gut», erwiderte Carrie. «Und Ihnen?»

«Fein. Aber was für einen Erfolg Sie haben! Gott, nein! Alle Zeitungen sind voll davon. Ich glaubte, jetzt müßten Sie zu stolz zum Atmen sein. Hab mich beinahe geängstigt, Sie heute nachmittag aufzusuchen.»

«Unsinn», sagte Carrie errötend. «Sie wußten, daß ich mich freuen würde.»

«Können Sie nicht jetzt mit mir zum Essen kommen? Wo wohnen Sie?»

«Im ‹Wellington›», sagte Carrie, die sich bei der Ankündigung einen Anflug von Stolz vergönnte.

«So?» rief Frau Vance. Der Name machte ihr gehörigen Eindruck.

Taktvoll vermied sie von Hurstwood zu sprechen, konnte aber nicht umhin, an ihn zu denken. Zweifellos hatte Carrie ihn verlassen. Das vermutete sie schon.

«Oh, ich glaube nicht, daß ich es heute kann», sagte Carrie. «Ich habe so wenig Zeit. Muß um halb acht im Theater zurück sein. Wollen Sie nicht mit mir das Abendessen nehmen?»

«Heute geht's leider nicht», sagte Frau Vance und betrachtete prüfend Carries elegantes Äußere. Ihr Glück ließ sie noch wertvoller und reizender erscheinen. «Ich versprach, um sechs zu Hause zu sein.» Und mit einem Blick auf die kleine goldene Uhr, die sie an der Brust angesteckt trug, fügte sie hinzu: «Ich muß fort. Sagen Sie mir nur, wann Sie mich besuchen – wenn überhaupt.»

«Wann Sie wollen.»

«Also morgen. Ich wohne jetzt im ‹Chelsea›.»

«Schon wieder umgezogen?» rief Carrie lachend.

«Ja. Sie wissen, ich kann nicht länger als sechs Monate an einem Ort bleiben. Muß umziehen. Denken Sie daran – halb sechs.»

«Ich werde nicht vergessen», sagte Carrie. Dann fiel ihr ein, daß sie dieser Frau jetzt gleichberechtigt – vielleicht mehr war. Etwas in der Freundlichkeit und Anteilnahme der Frau Vance weckte in ihr das Gefühl, daß sie sich herabließ.

Wie an den vorhergehenden Tagen übergab ihr der Türhüter des Kasinos Briefe. Seit Montag hatte das sehr zugenommen. Liebesepisteln in zartester Form waren ihr nicht neu. Ihren ersten Brief hatte sie vor langer Zeit in Columbia erhalten. Seither, als Mitglied des Chors, andere – Herren ersuchten um eine Zusammenkunft. Die Briefe machten ihr und Lola, die auch welche erhielt, viel Spaß.

Jetzt aber langten sie in rascher Folge und großen Mengen an. Begüterte Herren verfehlten nicht, als Ergänzung ihrer sonstigen Vorzüge mitzuteilen, daß sie Wagen und Pferde ihr eigen nannten. So einer:

«Ich besitze eine Million im Vermögen. Könnte Ihnen jeden Luxus gewähren. Es gibt nichts, was Sie fordern würden, ohne es zu erhalten. Ich sage dies nicht, weil ich von meinem Geld sprechen will, sondern weil ich Sie liebe und Ihnen jeden Wunsch erfüllen möchte. Liebe zwingt mich zum Schreiben. Wollen Sie mir nicht eine halbe Stunde schenken, damit ich meine Bitte persönlich vorbringen darf?»

Die Briefe, die Carrie noch in der Siebzehnten Straße erhielt, las sie mit größerem Interesse – nie mit Freude – als jene, die eintrafen, nachdem sie ihre elegante Wohnung im «Wellington» bezogen. Doch selbst hier war ihre Eitelkeit – oder die Selbstanerkennung, die in ausgeprägter Form Eitelkeit genannt wird – nicht so übersättigt, daß ihr diese Dinge langweilig wurden. Verehrung, ihr in jeder Art noch ungewohnt, gefiel ihr. Nur war sie klug genug, zwischen ihren früheren und den jetzigen Lebensumständen zu unterscheiden. Früher hatte sie weder Ruhm noch Geld. Jetzt strömten sie ihr zu. Nie vorher waren ihr Anbetung und zärtliche Anerbieten zuteil geworden. Nun waren sie da. Warum? Sie lächelte im Gedanken, daß die Männer sie plötzlich um so viel anziehender fanden. Es reizte sie irgendwie zu Kälte und Gleichgültigkeit.

«Sieh mal», sagte sie zu Lola, «was der Mann da sagt: Wenn Sie mir nur eine halbe Stunde gewähren wollen», wiederholte sie mit geheucheltem Schmachten. «Die Idee! Sind die Männer nicht dumm?»

«Muß 'nen Haufen Geld haben, nach seinen Worten zu urteilen», bemerkte Lola.

«Das sagen sie alle», meinte Carrie unschuldig.

«Warum sollst du ihn nicht kommen lassen? Und hören, was er zu sagen hat?» schlug Lola vor.

«Auf keinen Fall», sagte Carrie. «Ich weiß, was er sagen würde. Will niemanden auf diese Weise kennenlernen.»

Lola schaute sie mit großen lustigen Augen an:

«Wird dich nicht beißen», erwiderte sie, «und du könntest deinen Spaß haben.»

Carrie schüttelte den Kopf.

«Komisch bist du», sagte das kleine blauäugige Mädchen.

So häufte sich das Glück. Obgleich das große Gehalt noch nicht angelangt, schien es die ganze Woche über, als schenke ihr die Welt volles Vertrauen. Ohne Geld – oder wenigstens die notwendige Summe – genoß sie alle Freuden, die Geld zu erkaufen vermag. Die Tore der schönsten Stätten flogen vor ihr auf, ohne daß sie es zu fordern brauchte. Diese palastartige Wohnung – wie wunderbar war sie ihr zuteil geworden. Die elegante Behausung der Frau Vance im «Chelsea» – sie gehörte ihr. Die Männer schickten Blumen, Liebesbriefe, boten ihr Vermögen an. Und noch immer rasten Carries Träume zügellos dahin. Die Hundertundfünfzig! Sie dünkten sie der Schlüssel zu Aladdins Höhle. Jeden Tag ersann sie neue Entwicklungen, bis es ihr ganz wirr im Kopfe wurde. Ihre Phantasien von einem Glück mit viel Geld, wie sie es haben mußte, wuchsen und wuchsen. Sie malte sich Entzückungen aus, die es nicht gibt – sah Freuden leuchten, wie sie nirgend auf Erden zu finden sind. Dann, endlich, nachdem sie sich vorahnend eine Welt aufgerichtet, kam das erste Gehalt von hundertfünfzig Dollar.

Er wurde ihr in grünen Noten ausgezahlt – drei Zwanzig-, sechs Zehn- und sechs Fünfdollarnoten. Machte eine ganz stattliche Rolle aus. Der Kassierer begrüßte sie lächelnd.

«O ja», sagte er, als sie sich vorstellte, «Fräulein Madenda – hundertfünfzig Dollar. Das Stück hat ja wohl großen Erfolg.»

«Hat es wirklich», sagte Carrie.

Knapp nach ihr trat irgendein unbedeutendes Mitglied der Gesellschaft an den Schalter und Carrie hörte den veränderten Ton der Anrede.

«Wieviel?» fragte derselbe Kassierer scharf. Ein Mädchen, wie sie es kurz vorher gewesen, wartete auf ihren bescheidenen Lohn. Sie gedachte der paar Wochen, als sie, fast mit der Miene einer Dienenden, von einem hochmütigen Werkführer in einer Schuhfabrik vier Dollar fünfzig wöchentlich empfangen – er benahm sich bei der Verteilung wie ein Fürst, der einer demütigen Gruppe von Bittstellern Gnadengeschenke spendet. Sie wußte, daß an diesem Tage in Chicago der gleiche Fabrikraum von armen schlechtgekleideten Mädchen erfüllt war, die in langen Reihen an rasselnden Maschinen arbeiteten; daß sie um zwölf ein elendes Essen in einer halben Stunde hinunterwürgen; sich am Sonnabend versammeln, wie sie es getan, als sie noch zu ihnen gehörte, und den Hundelohn für eine Arbeit entgegennehmen, tausendmal schwerer als jetzt die ihrige. Oh, wie leicht war es jetzt! Die Welt so rosenfarben, so licht! Sie fühlte sich so tiefbeglückt, daß sie gleich ins Hotel zurückgehen mußte, um nachzudenken, was sie tun sollte.

Das Geld braucht nicht lange, um uns seine Bedeutungslosigkeit klarzumachen, sobald unser eigentliches Sehnen auf Zärtlichkeit gerichtet ist. Mit ihren Hundertfünfzig in der Hand vermochte Carrie sich auf nichts zu besinnen, was sie besonders gern tun wollte. An sich, als etwas Greifbares, Sichtbares, das sie berühren, anschauen konnte, machte ihr das Geld eine Weile Spaß; aber das schwand bald. Für ihre Hotelrechnung brauchte sie es nicht. Ihre Kleider waren schon seit einiger Zeit vollkommen zufriedenstellend. In ein paar Tagen würde sie wieder hundertfünfzig erhalten. Nun schien es ihr, als sei dies zu ihrem jetzigen Leben nicht so unbedingt notwendig. Wenn sie Besseres, Höheres wollte, brauchte sie mehr – viel mehr.

Ein Kritiker besuchte sie, der eines jener klugen, von Beobachtung sprühenden Interviews veröffentlichen wollte, die den Witz der Kritiker, die Torheit der Berühmtheiten zeigen und das Publikum belustigen. Carrie gefiel ihm, er sagte es öffentlich – fügte aber hinzu, daß sie nur hübsch und gutmütig sei, Glück gehabt habe. Das gab ihr einen Stich ins Herz. Der «Herald», der zugunsten seines «Eis für Kranke umsonst»-Fonds eine Vorstellung geben wollte, beehrte sie mit der Einladung, ohne Entgelt in Gesellschaft anderer Berühmtheiten aufzutreten. Ein junger Autor brachte ihr ein Stück, in dem, wie er glaubte, eine gute Rolle für sie sei. Ach, sie konnte es nicht beurteilen. Der Gedanke schmerzte. Dann fand sie, daß sie ihr Geld, der Sicherheit halber, auf die Bank tragen müsse, und so kam sie schließlich zu dem Punkt, gewahren zu müssen, daß ihr das Tor zu vollkommenem Lebensgenuß noch nicht offenstand.

Allmählich begann sie zu denken, der Sommer trage die Schuld daran. Außer Veranstaltungen gleich jener, in der sie als Star erschien, war nicht viel los. Die Fünfte Avenue lag vereinsamt, die Reichen hatten ihre Häuser verlassen. In der Madison war's nicht besser. Broadway wimmelte von Schauspielern, die eine Anstellung für die nächste Saison suchten. Die ganze Stadt war ruhig, und Carries Abende wurden von ihrer Arbeit ausgefüllt. Daher das Gefühl, daß sich wenig unternehmen ließe.

«Ich weiß nicht», sagte sie eines Tages zu Lola, als sie an einem der Fenster saß, die auf den Broadway hinunterblickten, «ich fühle mich so einsam. Und du?»

«Nein», sagte Lola, «nicht sehr oft. Du willst ja nirgends hingehen. Das ist der Grund deiner schlechten Laune.»

«Wo soll ich hin?»

«Gibt 'ne Menge Orte», erwiderte Lola, die an ihre eigenen leichtfertigen Ausflüge mit den lustigen Jungens dachte. «Du willst dich niemandem anschließen.»

«Ich mag die Leute nicht, die mir schreiben. Kenne ihre Art.»

«Du brauchst gewiß nicht einsam zu sein», sagte Lola im Gedanken an Carries Erfolg. «Viele würden wer weiß was drum geben, in deiner Haut zu stecken.»

Carrie blickte wieder auf die vorbeieilende Menge hinaus.

«Ich weiß nicht», sagte sie.

Ihr unbewußt, fingen ihre müßigen Hände an, müde zu werden.

## Seltsam-wechselnde Schicksale des Armen

Der düstere Hurstwood in seinem armseligen Hotel, wo er mit siebzig Dollar – dem Erlös aus den Möbeln – zwischen sich und dem Nichts Zuflucht gesucht, sah, wie der heiße Sommer ging, der kühle Herbst kam, und – las. Es war ihm nicht gleichgültig, daß sein Geld zusammenschmolz. Als er fünfzig Cents um fünfzig Cents täglich für das Zimmer zahlte, wurde ihm unbehaglich zumute. Schließlich mietete er ein billigeres Zimmer – fünfunddreißig Cents täglich –, damit sein Geld länger reiche. Oft las er Notizen über Carrie. Ein- oder zweimal erschien ihr Bild in der «Welt», und eine alte Nummer des «Boten», die er auf einem Stuhl fand, brachte ihm die Mitteilung, daß sie kürzlich mit andern in einer Vorstellung zugunsten irgendeiner Sache aufgetreten. Er las es mit gemischten Gefühlen. Jede Nachricht schien ihm Carrie weiter und weiter in einen Bereich zu entrücken, der ihm um so mehr Ehrfurcht einflößte, je ferner er ihm entschwand. Auf einer Anschlagsäule sah er auch ihr Bild als scheues, zierliches Quäkermädchen. Mehr als einmal blieb er davor stehen und schaute. Schaute das hübsche Gesicht verdrossen an. Seine Kleider waren schäbig und er stellte einen deutlichen Gegensatz zu allem dar, was sie jetzt bedeutete.

Solange er wußte, daß sie im Kasino spielte, gereichte es ihm irgendwie zu unbewußtem Trost – obgleich er nie die Absicht hatte, sich ihr zu nähern –, er fühlte sich nicht ganz allein. Die Schaustellung schien nach ein oder zwei Monaten Inventarstück, so daß er es für selbstverständlich hielt, es werde noch fortgespielt. Im September ging das Theater auf Reisen und er bemerkte es nicht. Als er nur noch zwanzig Dollar besaß, übersiedelte er in ein Hotel garni auf der Bowery, wo das Zimmer bloß fünfzehn Cents täglich kostete. Da gab es einen spärlich eingerichteten Gesellschaftsraum mit Tischen, Bänken und einigen Stühlen. Hier saß er gern, schloß die Augen und träumte von alten Zeiten. Diese Gewohnheit wurde immer stärker. Zuerst war es nicht

Schlaf – ein geistiges Hinhorchen auf Szenen und Ereignisse aus seinem Leben in Chicago. Je dunkler die Gegenwart, desto heller erstrahlte die Vergangenheit, und alles, was sich darauf bezog, trat deutlich hervor.

Er wußte selbst nicht, wie sehr diese Gewohnheit sich seiner bemächtigt, bis er eines Tages bemerkte, daß seine Lippen eine Antwort wiederholten, die er einst einem seiner Freunde gegeben. Sie befanden sich bei Fitzgerald und Moy. Ihm war, als stünde er hübsch gekleidet an der Tür seines eleganten kleinen Büros und spräche zu Sagar Morrison über den Wert von Grundstücken in Süd-Chicago, in denen Morrison Geld anlegen wollte.

«Möchtest du dich nicht daran beteiligen?» hörte er Morrison fragen.

«Nein», erwiderte er, wie er es Jahre vorher getan, «hab jetzt meine Hände voll.»

Die Bewegung seiner Lippen weckte ihn. Er fragte sich, ob er wirklich gesprochen. Als er das nächstemal etwas Derartiges bemerkte, hörte er seine Worte.

«Warum springst du nicht, blutiger Dummkopf?» fragte er. «Spring doch!»

Er erzählte gerade einer Gesellschaft von Schauspielern eine komische Geschichte aus England. Als eine Stimme ihn in die Gegenwart zurückrief, lächelte er noch. Ein grämlicher alter Kauz, der in der Nähe saß, empfand es wohl als Störung; wenigstens starrte er Hurstwood herausfordernd an. Der richtete sich hoch. Sogleich verflog die lustige Erinnerung und er schämte sich. Um Trost zu suchen, stand er auf, schlenderte auf die Straße hinaus.

Eines Tages sah er die Anzeigenseite der «Abendwelt» durch und bemerkte im Kasino ein neues Stück auf dem Programm. Im Augenblick stand sein Verstand still. Carrie war fort! Erst gestern noch hatte er ihr Bild auf einer Anschlagsäule gesehen, wahrscheinlich eines, das noch nicht überklebt war. Seltsam. Die Tatsache erschütterte ihn. Er mußte sich fast gestehen, daß er von ihrem Verweilen in der Stadt irgendwie abhing. Jetzt war sie fort. Wie konnte ihm dieses wichtige Geschehnis entgehen. Gott weiß, wann sie wiederkehrt. Von nervöser Angst getrieben, erhob er sich, trat in die schmutzige Halle hinaus, wo er, ungesehen, den Rest seines Geldes zählte. Zehn Dollar im ganzen.

Wie schlugen sich all die andern Leute in dem Hause durch? Sie taten offenbar nichts. Vielleicht bettelten sie. Gewiß. Oft hatte er seinerzeit Menschen wie diesen Almosen gespendet. Hatte schon Männer auf der Straße um Geld bitten sehen. Vielleicht könnte er auf diese Weise auch welches kriegen. In dem Gedanken lag Entsetzen.

Während er so in seinem Mietzimmer saß, langte er bei seinen letzten fünfzig Cents an. Er sparte, rechnete, bis es seine Gesundheit angriff. Seine stattliche Gestalt war dahin. Mit ihr auch der Anschein, als paßten ihm seine Kleider. Jetzt entschloß er sich. Er mußte etwas unternehmen. Marschierte im Zimmer auf und ab. Der Tag verging. Er hielt bei den letzten zwanzig Cents – nicht genug, um morgen zu essen.

Er nahm seinen ganzen Mut zusammen, überquerte den Broadway in der Richtung des Zentralhotels. Nach einem Block machte er unentschlossen halt. Ein dicker Portier mit einem schwerfälligen Gesicht stand an einem der Seiteneingänge und blickte auf die Straße. Hurstwood ging gerade auf ihn los und befand sich vor ihm, ehe er sich abwenden konnte.

«Lieber Freund», sagte er, sogar in seiner Bitte die Minderwertigkeit des Mannes andeutend, «gibt es etwas im Hotel, was ich tun könnte?»

Der Portier starrte ihn an, während er weitersprach.

«Ich bin arbeitslos, habe kein Geld und muß etwas finden, gleichgültig was –. Möchte nicht davon sprechen, was ich gewesen bin. Aber wenn Sie mir sagen wollten, wie ich Arbeit finden könnte, wäre ich Ihnen sehr verbunden. Wenn es auch nur einige Tage dauert – es würde nichts daran liegen. Ich muß etwas haben.»

Der Portier bemühte sich, gleichgültig auszusehen. Schließlich sagte er: «Ich habe nichts damit zu schaffen, Sie müssen drinnen nachfragen.»

Seltsam. Dies trieb Hurstwood zu neuem Bemühen an.

«Ich glaubte, Sie könnten mir Auskunft geben.»

Der Mann schüttelte gereizt den Kopf.

Hurstwood ging hinein und geradewegs auf das Büro zu, wo ein Angestellter an seinem Tisch saß. Zufällig war einer der Hotelmanager anwesend. Hurstwood blickte ihm in die Augen:

«Können Sie mir für einige Tage etwas zu tun geben?» fragte er. «Ich bin in einer Lage, wo ich sofort etwas finden muß.»

Der behagliche Manager blickte ihn an, als wollte er sagen: «Na, das will ich gern glauben.»

«Ich bin hergekommen», erklärte Hurstwood nervös, «weil ich früher selbst Geschäftsführer war. Habe Unglück gehabt – aber ich bin nicht hier, um Ihnen das zu erzählen. Ich möchte Arbeit, und wäre es auch nur für eine Woche.»

Der Mann glaubte Fieberglänzen in den Augen des Bittstellers zu sehen.

«In welchem Hotel waren Sie angestellt?» fragte er.

«Es war kein Hotel. Ich war fünfzehn Jahre lang Geschäftsführer in der Bar von Fitzgerald und Moy in Chicago.»

«So?» sagte der Hotelmann. «Und wieso haben Sie Ihre Stellung verloren?»

Das Äußere Hurstwoods stand zu der Tatsache in überraschendem Gegensatz.

«Aus eigener Dummheit. Es hat keinen Zweck, jetzt davon zu sprechen. Könnten es erfahren, wenn Sie wollten. Ich bin unten durch, und Sie dürfen mir glauben, daß ich heute noch nichts gegessen habe.»

Den Hotelmann interessierte die Geschichte ein wenig. Er konnte kaum sagen, was er mit einer solchen Erscheinung anfangen sollte, und doch war es Hurstwood so ernst, daß er ihm zu helfen wünschte.

«Rufen Sie Olsen», sagte er und wendete sich zum Angestellten.

Als Erwiderung auf ein Klingeln und den verschwindenden Laufburschen erschien Olsen, der erste Portier.

«Olsen», sagte der Geschäftsführer, «können Sie unten etwas für diesen Mann zu tun finden? Ich möchte ihm gerne Arbeit verschaffen.»

«Ich weiß nicht, Herr», sagte Olsen. «Wir haben ungefähr alle Hilfskräfte, die wir brauchen. Aber wenn Sie es wünschen, werde ich mich bemühen.»

«Bitte. Führen Sie ihn in die Küche und sagen Sie Wilson, daß er ihm zu essen gibt.»

«Jawohl, Herr.»

Hurstwood folgte dem Portier, der, dem Geschäftsführer fern, sein Benehmen änderte.

«Teufel auch, ich weiß nicht, was es da zu tun gibt», bemerkte er.

Hurstwood sagte nichts. Ihm war der große Kofferträger ein Gegenstand stiller Verachtung.

«Sie sollen dem Mann da zu essen geben», sagte der Portier zum Koch.

Der blickte Hurstwood von Kopf zu Fuß an. Und da er etwas Kluges, Intelligentes in seinen Augen bemerkte, sagte er ihm:

«Na, setzen Sie sich mal hin.»

So wurde Hurstwood im Broadway Zentral aufgenommen, aber nicht für lange. Er war weder körperlich noch geistig fähig, die Scheuerarbeit zu leisten, die in jedem Hotel die wichtigste ist. Da sich nichts Besseres bot, mußte er dem Heizer helfen, im Untergeschoß arbeiten, alles und jedes tun, was man verlangte. Portiers, Köche, Heizer, Büroangestellte – alle standen über ihm. Überdies gefiel diesen Leuten sein Wesen nicht – er hielt sich zu abseits. Sie machten ihm die Sache noch peinlicher.

Aber mit der Hartnäckigkeit und Gleichgültigkeit der Verzweiflung ertrug er alles, schlief in einer Dachkammer des Hauses, aß, was der Koch ihm vorsetzte, nahm einige Dollar wöchentlich an, die er zu sparen versuchte. Er war nicht in der körperlichen Verfassung, das zu ertragen.

An einem Februartag wurde er auf einen Botengang in das Büro einer großen Kohlengesellschaft geschickt. Es hatte geschneit und getaut, die Straßen waren schmutzig. Seine Schuhe wurden durch und durch naß, und als er todmüde zurückkam, hatte er ein dumpfes Gefühl im Kopfe. Den ganzen nächsten Tag war er ungewöhnlich niedergedrückt, saß zum Ärger jener, die Energie an anderen bewundern, so viel wie möglich herum.

Am Nachmittag mußten einige Kisten weggeschafft werden, um Platz für neue Speisevorräte zu schaffen. Er erhielt den Auftrag, den Handkarren zu schieben. Aber eine besonders große Kiste vermochte er nicht zu heben.

«Was gibt's da?» fragte der Hauptportier. «Bringen Sie es nicht zusammen?»

Er straffte sich, so gut er konnte – gab es aber dann auf.

«Nein», sagte er schwach.

Der Mann schaute ihn an – er war totenblaß.

«Sie sind doch nicht krank?» fragte er.

«Ich glaube schon.»

«Dann setzen Sie sich lieber hin.»

Er tat es, aber bald fühlte er sich noch kränker.

Er konnte nur noch in sein Zimmer kriechen, wo er einen Tag verblieb.

«Der Mann Wheeler ist krank», meldete einer der Lohndiener dem Angestellten, der den Nachtdienst versah.

«Was fehlt ihm?»

«Ich weiß nicht. Er hat hohes Fieber.»

Der Hotelarzt untersuchte ihn.

«Schicken Sie ihn ins Spital», empfahl er. «Es ist Lungenentzündung.»

So wurde er weggeführt.

Nach drei Wochen war das Schlimmste vorüber, aber erst gegen den ersten Mai erlaubte es sein Kräftezustand, ihn aus dem Spital zu entlassen. Dann wurde ihm im Hotel gekündigt.

Wohl noch nie wanderte ein schwächer aussehendes Geschöpf in die Frühlingssonne hinaus, als der einst kräftige fröhliche Hurstwood. Er war ganz mager. Sein Gesicht durchsichtigblaß, seine Hände weiß, sein Körper schlaff. Mit den Kleidern wog er nur hundertfünfunddreißig Pfund. Man hatte ihm ein paar alte Sachen geschenkt – einen billigen braunen Rock und schlechtsitzende Hosen. Auch etwas Kleingeld und gute Ratschläge. Er möge sich doch an Wohltätigkeitsvereine wenden.

Wieder flüchtete er in das Hotel garni auf der Bowery, sann nach, wo er Arbeit suchen sollte. Vom Betteln trennte ihn nur ein Schritt.

«Was ist da zu machen?» sagte er. «Hungern kann ich nicht.»

Zuerst versuchte er es auf der sonnigen Zweiten Avenue. Ein gutgekleideter Mann schlenderte ihm aus dem Stuyvesantpark entgegen. Hurstwood nahm seinen Mut zusammen und schob näher.

«Würden Sie mir zehn Cents geben?» fragte er geradezu. «Ich bin gezwungen, darum zu bitten.»

Der Mann blickte ihn kaum an, fischte aus seiner Westentasche ein Zehncentstück heraus.

«Da haben Sie.»

«Sehr verbunden», sagte Hurstwood leise, aber der andere beachtete ihn nicht mehr.

Mit dem Erreichten zufrieden und doch tief beschämt, beschloß er, nur noch fünfundzwanzig Cents zu erbetteln – das würde genügen. Er strolchte herum, prüfte die Leute auf ihr Aussehen hin. Aber es dauerte lange, bis sich das richtige Gesicht, die richtige Situation zeigten. Wenn er bat, wurde ihm verweigert. Eine Stunde lang mußte er sich von der Erschütterung erholen, dann bat er wieder. Diesmal wurde ihm ein Nickel geschenkt. Nach wachsamsten Bemühungen kratzte er noch zwanzig Cents zusammen, aber es war qualvoll.

Am nächsten Tag nahm er von neuem dazu Zuflucht, erhielt einige Absagen und ein oder zwei großmütige Gaben. Schließlich erinnerte er sich, daß es so etwas wie Kenntnis der Gesichter gebe und man den Freigebigen herausfinden konnte, wenn man es versuchte.

Dieses Anhalten der Vorübergehenden – kein Vergnügen für ihn. Er sah, wie man einen Mann deshalb arretierte, und befürchtete ein gleiches. Trotzdem ging er weiter, dunkel das unbestimmte Etwas erwartend, das immer etwas Besseres ist.

Mit einem Gefühl der Befriedigung erblickte er eines Morgens die Ankündigung, daß die Kasinogesellschaft «mit Fräulein Madenda» zurückgekehrt. Oft genug hatte er an sie gedacht. Wie erfolgreich sie war – wie viel Geld sie haben mußte! Doch selbst jetzt bedurfte es hartnäckigen Mißgeschickes, um in ihm den Entschluß zu wecken, sich an sie zu wenden. Er litt wirklich Hunger, ehe er sagte:

«Ich werde zu ihr gehen. Ein paar Dollar wird sie mir nicht vorenthalten.»

So machte er sich eines Nachmittags zum Kasino auf, schritt einige Male um das Haus, den Bühneneingang zu finden. Dann saß er, einen Block weiter, im Bryantpark und wartete. «Sie kann mich nicht fortschicken, ohne mir ein wenig zu helfen», sagte er sich immer wieder.

Von halb sieben an umkreiste er, wie ein Schatten, den Eingang in der Neununddreißigsten Straße, im entscheidenden Augenblicke fühlte er sich sehr nervös; aber, schwach und hungrig wie er war, besaß er auch nicht mehr so viel Kraft, zu leiden. Als er sah, daß die Schauspieler anzukommen begannen, wuchs seine Spannung, bis ihm schien, er hielte es nicht mehr aus.

Einmal dachte er, er sehe Carrie, näherte sich – es war aber ein Irrtum.

«Jetzt wird es nicht mehr lange dauern», sagte er sich; er fürchtete, ihr zu begegnen, und ängstigte sich ebenso beim Gedanken, sie sei auf einem anderen Wege hineingegangen. Sein Magen war so leer, daß er schmerzte.

Ein Mensch nach dem andern eilte an ihm vorüber. Fast alle waren gutgekleidet, die meisten gleichgültig. Wagen rollten vorüber, darinnen

Herren und Damen – in diesem Viertel der Theater und Hotels hob das Abendvergnügen an.

Plötzlich fuhr ein Wagen vor und der Kutscher sprang ab, die Tür zu öffnen. Ehe Hurstwood zu handeln vermochte, schritten zwei Damen über den breiten Gehsteig und verschwanden im Bühneneingang. Er glaubte Carrie zu erkennen. Aber die Erscheinung war so unerwartet, so elegant und entfernt, daß er es kaum mit Sicherheit behaupten konnte. Er wartete noch eine Weile, vor Hungerfieber zitternd; als er dann sah, daß sich die Bühnentür nicht mehr öffnete, eine fröhliche Zuschauermenge anlangte, schloß er, daß es doch wohl Carrie gewesen sein mußte, und wandte sich zum Gehen.

«Herrgott!» sagte er und hastete aus der Straße fort, in die die Glücklicheren einströmten. «Ich muß doch was bekommen!»

Um diese Zeit, wenn der Broadway gewöhnlich am interessantesten aussieht, nahm an der Ecke der Sechsundzwanzigsten Straße und des Broadway – einer Stelle, die auch von der Fünften Avenue geschnitten wird – unveränderlich ein Mann seinen Standplatz ein. Dies war die Stunde, zu der die Theater ihre Gäste empfingen. Lichtreklamen, die die Vergnügungen der Nacht anzeigten, flammten von allen Seiten auf. Droschken und Equipagen – ihre Lampen glühten wie gelbe Augen – rollten vorüber. Paare und Gesellschaften von drei und vier mischten sich ungezwungen in die Menge, die lachend und scherzend in dichtem Strome vorüberflutete. In der Fünften Avenue lungerten ein paar Leute herum – wohlhabende Flanierer, ein Herr im Abendanzug, der eine Dame am Arm führte, ein paar Klubleute, die aus einem Rauchlokal ins andere schwärmten. Die großen Hotels gegenüber zeigten Hunderte von innen heraus leuchtende Fensterscheiben. In ihren Kaffeehäusern und Billardräumen drängte sich der behaglich-genießende, vergnügungssüchtige Haufen. Und ringsum Nacht, von Freude pulsierend – seltsame Begeisterung einer großen Stadt, gierig, Genuß aus tausend verschiedenen Quellen zu schöpfen.

Dieser eigentümliche Mann an der Ecke war ein früherer Soldat, der Pietist geworden war. Nachdem er selbst unter den Peitschenhieben und Entbehrungen gelitten, die unsere Gesellschaftsordnung verhängt, war er zum Schluß gelangt, es sei seine Pflicht gegen Gott, wie er ihn auffaßte, seinen Brüdern zu helfen. Er wählte eine ganz seltsame Art der Hilfe. Allen heimatlosen Wanderern, die sich hier an ihn wandten, besorgte er ein Lager für die Nacht. Obgleich er kaum das Nötige besaß, sich selbst ein ordentliches Heim zu schaffen.

Nachdem er seinen Platz bezogen hatte, umbrandet von Lust, pflegte er dazustehen, seine hagere Gestalt in einen großen Mantelkragen gehüllt, den Kopf von einem breitkrempigen Schlapphut geschützt. So erwartete er die Bittsteller, die irgendwie von seiner Wohltätigkeit vernommen hatten. Eine Weile blieb er allein, blickte wie irgendein

Müßiggänger auf das immer anziehende Bild. An dem Abend ging ein Polizist an ihm vorüber und begrüßte ihn freundlich als «Kapitän». Ein kleiner Straßenjunge, der ihn schon früher öfters gesehen, pflanzte sich vor ihm auf, um ihn anzugucken. Alle andern hielten ihn, von seiner Kleidung abgesehen, für nichts Besonderes und dachten, er sei ein Fremder, der hier, beschaulich pfeifend, zu seinem Vergnügen dastehe.

Nach der ersten halben Stunde erschienen die ersten Gestalten. Hier und da trat ein Herumlungerer aus der vorüberflutenden Menge interessiert näher. Ein schlapper Kerl blickte heimlich von der gegenüberliegenden Ecke zu ihm hinüber. Ein anderer kam die Fünfte Avenue entlang bis an die Ecke der Sechsundzwanzigsten Straße, warf einen prüfenden Blick um sich und hinkte davon. Zwei oder drei bekannte Typen von der Bowery schoben die Fünfte Avenue am Madisonsquare entlang, wagten sich aber nicht weiter vor. Der Soldat in seinem Mantelkragen marschierte, gleichgültig pfeifend, an seiner Ecke zehn Schritte auf und ab.

Gegen neun Uhr verebbte der Tumult der früheren Stunden. Die Stimmung der Hotels schien nicht mehr so jugendlich-heiter. Auch die Luft war nun kälter. Von beiden Seiten näherten sich seltsame Menschen – im ganzen ein Dutzend –, Späher und Beobachter, und blieben außerhalb eines imaginären Kreises, den sie nicht zu betreten wagten. Als die Kälte durchdringender wurde, trat einer vor. Aus dem Schatten der Sechsundzwanzigsten Straße tauchte er auf, überquerte den Broadway und, zögernd, kreisend, schob er sich nahe an den Wartenden heran. In der Bewegung lag etwas Schamvolles, Mißtrauisches, als wollte der Mann bis zum letzten Augenblick seine Absicht verbergen. Dann plötzlich, dem Soldaten ganz nahe, hielt er mit einem Ruck.

Der Kapitän warf ihm einen Blick des Wiedererkennens zu, aber sonst erfolgte keine Begrüßung. Der Neuangekommene nickte leicht und murmelte etwas, wie einer, der auf eine Gabe harrt. Der andere winkte ihn einfach an den Rand des Gehsteiges.

«Stellen Sie sich dorthin», sagte er.

Damit war der Zauber gebrochen. Während der Soldat seinen kurzen feierlichen Marsch wiederaufnahm, schlurften andere Gestalten herbei. Sie begrüßten den Führer nicht einmal, gesellten sich dem Manne zu; sie schnaubten, hüpften, scharrten mit den Füßen.

«Kalt, nicht?»

«Bin froh, der Winter ist vorüber.»

«Schaut nach Regen aus.»

Die bunte Gesellschaft war auf zehn Personen angewachsen. Einige kannten einander und plauderten. Andere standen etwas weiter, wollten nicht in der Menge sein und doch nicht vergessen werden. Sie waren mürrisch, grämlich, schweigsam, blickten auf keinen bestimmten Punkt und bewegten ihre Füße.

Es wäre bald zu lautem Schwatzen gekommen, aber der Soldat gab ihnen keine Gelegenheit dazu. Nachdem er sie abgezählt, fand er die Zahl genügend, um zu beginnen. Er trat vor:

«He, Schlafstätten – ihr alle?»

Allgemeines Scharren und zustimmendes Gemurmel.

«Nun, bildet eine Reihe. Will sehen, was sich tun läßt. Hab selbst keinen Cent.»

Eine gebrochen-zackige Linie. Jetzt nahm man ihre Hauptmerkmale wahr. Da gab es einen Holzfuß. Die Hüte hingen alle tief in die Stirn – eine Sammlung, die einem Trödlergeschäft der Hesterstraße nicht zur Ehre gereicht hätte. Die Hosen alle am Rande zerknittert und ausgefranst, die Röcke verschossen und abgetragen. Im blendenden Licht der Geschäftslampen sahen die Gesichter vertrocknet und kalkweiß aus; andere wieder hatten rote Flecken, waren an den Wangen und unter den Augen aufgetrieben; ein oder zwei ganz hagere Burschen erinnerten an Wegweiser. Zuschauer, von der anscheinend beratenden Gruppe angezogen, näherten sich mehr und mehr und bald stand eine stoßende, gaffende Menge da. Jemand begann zu sprechen.

«Ruhe!» rief der Kapitän. «Nun, meine Herren, diese Männer haben keine Schlafstätte. Sie müssen heute nacht irgendwo schlafen. Können nicht auf der Straße liegenbleiben. Ich brauche zwölf Cents, um einen von ihnen ins Bett zu stecken. Wer will sie mir geben?»

Keine Antwort.

«Na, Jungens, wir werden hier warten müssen, bis sich jemand findet. Zwölf Cents sind nicht so viel für einen Mann.»

«Hier sind fünfzehn», rief ein junger Mensch, der gespannten Blickes vorwärts sah. «Mehr hab ich nicht.»

«Gut. Jetzt hab ich fünfzehn. Raus aus der Reihe» – der Kapitän packte einen Mann an der Schulter, ließ ihn etwas weiter treten und dann allein stehen.

Er kam zurück und begann von neuem.

«Ich habe drei Cents übrig. Diese Leute müssen doch irgendwie zu einem Bett kommen. Da sind» – er zählte – «eins, zwei, drei, vier, fünf, sechs, sieben, acht, neun, zehn, zwölf Männer. Noch neun Cents und der nächste hat eine Schlafstätte; ein gutes bequemes Bett für die Nacht. Ich gehe selbst mit ihm und sehe nach dem Rechten. Wer wird mir neun Cents schenken?»

Ein Mann in mittleren Jahren reichte ihm ein Fünfcentstück.

«Jetzt habe ich acht Cents. Noch vier! Und dieser Mann hat ein Bett. Rascher, meine Herren – heut abend geht's sehr langsam. Sie alle haben gute Betten. Was soll mit diesen Leuten geschehen?»

«Da haben Sie», bemerkte einer neben ihm und legte ihm eine Münze in die Hand.

«Das», sagte der Kapitän und schaute auf die Münze, «bezahlt zwei

Betten für zwei Männer und läßt mir noch fünf Cents für den nächsten. Wer gibt mir noch sieben Cents?»

«Ich», sagte eine Stimme.

Als Hurstwood an diesem Abend die Sechste Avenue hinunterschritt, überquerte er zufällig ostwärts die Sechsundzwanzigste Straße gegen die Dritte Avenue zu. Er war trostlos, zum Sterben hungrig, ermattet, ganz besiegt. Wie sollte er jetzt zu Carrie gelangen? Es würde elf Uhr werden, bis die Vorstellung vorüber. Sie wird wohl auch heimfahren. Unter sehr schwierigen Umständen würde er versuchen müssen, sie abzufangen. Das Schlimmste: er war erschöpft und hungrig, und im besten Falle mußte er noch einen ganzen Tag warten – denn heute abend fand er nicht den Mut mehr. Hatte kein Essen und kein Bett.

Als er sich dem Broadway näherte, erregte die Wanderversammlung des Kapitäns seine Aufmerksamkeit, aber da er dachte, es seien die Zuhörer eines Straßenpredigers oder eines Patentmedizinfakirs, wollte er vorübergehen. Doch als er die Straße gegen den Madisonsquarepark zu überschritt, bemerkte er die aus dem Hauptteil der Menge abgetrennte Reihe der Männer, denen schon ihre Schlafstätte gesichert war. Im Schein einer nahen elektrischen Lampe erkannte er einen Typus seiner eigenen Art. Wie er, an Körper und Seele gebrochene Gestalten, die er auf den Straßen und in den Hotels garni sah. Er fragte sich, was das wohl bedeuten möge, und kehrte zurück.

Da stand der Kapitän und brachte, wie zuvor, kurz sein Anliegen vor. Hurstwood hörte erstaunt und mit einem Gefühl der Erleichterung die oft wiederholten Worte: «Diese Männer müssen ein Bett haben.»

Vor ihm die Unglücklichen, deren Schlafstätten erst erbettelt werden mußten. Und als ein Neuangekommener still heranschob und sich ans Ende der Reihe stellte, beschloß er, das gleiche zu tun. Wozu kämpfen? Heut abend war er müde. Ein einfaches Mittel, um sich wenigstens von einer Schwierigkeit zu befreien. Vielleicht würde er es morgen besser treffen.

Hinter ihm, unter den glücklichen Schlafstättenbesitzern, zeigte sich eine Entspannung. Da nun die Qual der Unsicherheit von ihnen genommen, hörte er sie ziemlich offen miteinander plaudern – man merkte die Neigung zu Geselligkeit. Politik, Religion, die Regierungslage, einige Zeitungssensationen und die bekannteren Ereignisse aus aller Welt fanden hier Wortführer und Zuhörer. Gebrochene und heisere Stimmen sprachen sich in kräftigen Ausdrücken über kuriose Dinge aus. Als Antwort vage und weitschweifige Beobachtungen.

Höhnende Witze und scheele Blicke. Manche, zu stumpf oder zu müde, als daß sie hätten sprechen mögen, starrten träge wie Ochsen.

Langes Stehen erschöpft. Hurstwood wurde durch das Warten noch müder. Zum Umsinken müde. Rastlos trat er von einem Fuß auf den andern. Endlich kam er an die Reihe. Für den Mann vor ihm war gezahlt worden und er schloß sich der gesegneten Reihe des Erfolges an. Jetzt war er der erste und schon sprach der Kapitän für ihn.

«Zwölf Cents, meine Herren – zwölf Cents und der Mann kann schlafen gehen. Er würde nicht hier in der Kälte stehen, wüßte er, wohin.»

Hurstwood schluckte etwas, was ihm im Halse hochstieg. Hunger und Schwäche hatten einen Feigling aus ihm gemacht.

«Da», sagte ein Fremder und gab dem Kapitän Geld.

Der Kapitän legte Hurstwood gütig die Hand auf die Schulter.

«Stellen Sie sich dorthin», sagte er. Hurstwood atmete freier. Er empfand die Welt nicht mehr so arg, da es einen guten Menschen in ihr gab. Andere schienen das gleiche zu fühlen.

«Der Kapitän ist ein ganzer Kerl, was?» sagte der Mann vor ihm – ein kleines, leidgequältes, hilfloses Wesen. Er sah aus, als wäre er das Sorgenkind des Glückes, das mit ihm nur seinen Spaß getrieben.

«Ja», sagte Hurstwood gleichgültig.

«Huh! Noch ein ganzer Haufen dort rückwärts», sagte ein Mann weiter vorne, indem er sich vorbeugte und auf die Bittsteller zurückblickte.

«Ja. Sind heut abend wohl mehr als hundert», meinte ein anderer.

«Guck mal auf den Kerl im Wagen», bemerkte ein dritter.

Ein Wagen hielt. Ein Herr im Abendanzug streckte dem Kapitän eine Note hin. Er nahm sie mit schlichtem Dank und wendete sich seinen Leuten zu. Als das Juwel an der weißen Hemdbrust aufblitzte und die Pferde anzogen, gab es ein allgemeines Hälserecken. Selbst die Zuschauer waren starr vor Ehrfurcht.

«Das sichert neun Schlafstätten», sagte der Kapitän und zählte ab. «Stellt euch dorthin. Nun sind nur noch sieben. Ich brauche zwölf Cents.»

Das Geld floß langsam ein. Mit der Zeit verlief sich die Menge und es blieb nur eine Handvoll übrig. Die Fünfte Avenue lag verödet – gelegentlich fuhr ein Wagen, ging ein Verspäteter. Auf dem Broadway sah man nur noch sehr wenige. Hie und da schritt ein Fremder vorüber. Bemerkte die kleine Schar, spendete eine Münze und wanderte unbekümmert weiter.

Der Kapitän blieb fest und entschlossen. Er sprach weiter, sehr langsam, nur ganz wenige Worte und mit einer gewissen Sicherheit, als könnte er nicht vergebens bitten.

«Hört! Ich kann doch nicht die ganze Nacht hier draußen stehen. Diese Männer werden müde, frieren. Jemand wird mir doch vier Cents geben?»

Dann sagte er gar nicht mehr. Man gab ihm Geld, und für je zwölf

Cents griff er einen Mann heraus und stellte ihn in die andere Reihe. Auf den Boden blickend, marschierte er wie vorher auf und ab.

Die Theater löschten ihre Lichter. Die leuchtenden Reklamen verschwanden. Von einer Turmuhr schlug es elf. Noch eine halbe Stunde – und er war bei den letzten Zwei angelangt.

«Also, meine Herren», rief er einigen Neugierigen zu, «achtzehn Cents! Und wir alle haben diese Nacht, wo zu schlafen. Achtzehn Cents! Ich habe sechs. Jemand wird mir schon den Rest spenden. Denkt daran: ich muß heut abend noch nach Brooklyn hinüber. Vorher all diese Männer zu Bett bringen. Achtzehn Cents!»

Niemand antwortete. Er schritt auf und ab, blickte einige Minuten zu Boden, sagte hie und da leise: Achtzehn Cents. Sollte diese armselige Summe das erhoffte Ende länger verzögern als alles Frühere? Hurstwood wurde durch die lange Reihe, der er angehörte, etwas aufrecht gehalten. Aber nur mit Mühe unterdrückte er ein Stöhnen – so erschöpft war er.

Schließlich ging eine Dame im Theatermantel, die ein Herr begleitete, die Fünfte Avenue hinunter. Hurstwood blickte sie müde an und gedachte Carries in ihrer neuen Welt, auch der Zeit, da er seine Frau so ausgeführt.

Während er schaute, machte sie eine Wendung, erblickte die sonderbare Gesellschaft und schickte ihren Gefährten hinüber. Er kam, eine Banknote zwischen den Fingern, ganz Eleganz und Anmut.

«Hier», sagte er.

«Danke», sagte der Kapitän und wendete sich zu den beiden Letzten. «Jetzt haben wir sogar noch etwas für morgen abend», fügte er hinzu.

Dann stellte er sie ans Ende, ging zählend zur Spitze vor.

«Hundertsiebenunddreißig», kündigte er an. «Nun, Jungens, stramm in der Reihe. Wir wollen uns nicht länger aufhalten. Im Schritt bleiben!»

Er führte an und rief «Vorwärts!» Hurstwood trottete mit den andern. Über die Fünfte Avenue, auf gewundenen Pfaden über Madisonsquare, ostwärts die Zweiunddreißigste Straße hinauf, die Dritte Avenue hinab – ein langer Zug in Schlangenwindungen. Mitternächtige Wanderer und Herumlungerer machten halt und starrten auf die vorbeimarschierende Gesellschaft. Schwatzende Polizisten an den Ecken blickten gleichgültig oder nickten dem Führer zu, den sie schon früher oft gesehen. So gingen sie über die Dritte Avenue einen ermüdenden Weg bis zu einem Hotel garni in der Achten Straße. Es war schon für die Nacht gesperrt. Doch hatte man sie erwartet.

Sie harrten draußen im Dunkel, während der Führer drinnen verhandelte. Dann öffnete man die Türen und sie wurden eingelassen. «Immer langsam voran!»

Jemand wies die Zimmer an, so daß es keine Verzögerung wegen der

Schlüssel gab. Als sich Hurstwood die knarrende Treppe emporarbeitete, sah er zurück und erblickte den Kapitän, der sie überwachte. Auch der letzte wurde in seine großherzige Sorge mit eingeschlossen. Dann zog er den Mantel fester um die Schultern und wanderte in die Nacht hinaus.

«Viel davon kann ich nicht mehr aushalten», sagte Hurstwood. Als er sich auf die elende Bettbank in dem angewiesenen kleinen lichtlosen Zimmer setzte, taten ihm seine Beine furchtbar weh.

«Ich muß essen oder sterben.»

## Trübe Wasser werden aufgerührt

Als Carrie nach ihrer Rückkehr wieder in New York spielte und eines Abends eben mit dem Ankleiden fertig war, um heimzufahren, hörte sie vor der Bühnentür erregte Stimmen, darunter eine, die ihr bekannt schien.

«Macht nichts, ich will Fräulein Madenda sprechen.»

«Sie müssen zuerst Ihre Karte hineinschicken.

«Unsinn! Da haben Sie was.»

Ein halber Dollar tat seine Wirkung; jetzt klopfte es an der Garderobentür.

Carrie öffnete.

«Na, na!» meinte Drouet. «Ich muß schon sagen! Wie geht es dir? In dem Augenblick, als ich dich sah, wußte ich, daß du es bist.»

Carrie trat, in der Erwartung einer peinlichen Auseinandersetzung, einen Schritt zurück.

«Willst du mir nicht dieHand geben? Na, du bist mir eine Feine. Also, gib die Hand.»

Carrie reichte sie ihm – lächelnd – schon um des Mannes überschwenglicher Gutmütigkeit willen. Er war älter geworden, hatte sich aber sonst nur wenig verändert. Schöne Kleider, stattliche Erscheinung, rosige Gesichtsfarbe und Stimmung.

«Der Kerl da an der Tür wollte mich nicht einlassen, ehe ich ihm etwas geopfert. Wußte schon, daß du es bist. Na höre mal, das ist ja eine ganz große Sache. Du spielst deine Rolle prachtvoll. Ich habe ja immer gewußt, daß du es kannst. Zufällig bin ich heute abend vorübergekommen und habe mir gedacht: Schaust für ein paar Minuten hinein. Deinen Namen hab ich auf dem Programm gesehen, habe mich aber erst an ihn erinnert, als ich dich auf der Bühne sah. Da fiel mir plötzlich alles ein. Ich war so baff – mit einer Feder hättest du mich zu Boden schlagen können. Es ist derselbe Name, den du in Chicago angenommen hast, nicht?»

«Ja», erwiderte Carrie sanft, von der Selbstsicherheit des Mannes überwältigt.

«Das war mir klar, sowie ich dich sah. Na, wie ist es dir immer ergangen?»

«Oh, ausgezeichnet», sagte Carrie und blieb noch ein wenig in ihrer Garderobe. Der Ansturm verwirrte sie. «Und dir?»

«Mir? Herrlich. Ich wohne jetzt hier.»

«So?»

«Ja. Seit sechs Monaten. Leite hier eine Filiale.»

«Wie nett!»

«Und wann bist du zur Bühne gegangen?»

«Vor etwa drei Jahren.»

«Was du nicht sagst! Und erst jetzt höre ich davon! Meine Herren! Aber ich wußte ja, daß du es tun würdest. Ich habe immer schon gesagt, daß du spielen kannst – stimmt's?»

Carrie lächelte.

«Es stimmt.»

«Großartig siehst du aus! Habe noch nie jemanden gesehen, der sich so zum Vorteil veränderte. Du bist auch gewachsen, was?»

«Ich? Ja, vielleicht etwas.»

Er blickte ihr Kleid an, dann ihr Haar, auf dem ein kleidsamer Hut thronte, dann in ihre Augen, die sie, so oft sie konnte, abwandte. Er gedachte augenscheinlich, die alte Freundschaft sofort und unverändert wieder aufzunehmen.

«Na», sagte er, als er sah, daß sie Börse, Taschentuch und so weiter zusammenraffte, um zu gehen. «Ich möchte, daß du mit mir zu Abend ißt. Habe einen Freund eingeladen.»

«Oh, das kann ich nicht», sagte Carrie. «Nicht heute. Ich habe morgen früh eine Verabredung.»

«Ah, laß sie schießen. Komm. Den Mann kann ich loswerden. Möchte mich ordentlich mit dir aussprechen.»

«Nein, nein», sagte Carrie. «Ich kann nicht. Dringe nicht in mich. Ich mag zu so später Stunde nicht essen.»

«Komm doch – dann werden wir eben nur plaudern.»

«Nicht heute», sagte sie und schüttelte den Kopf. «Ein andermal.»

Sie bemerkte jetzt einen über sein Gesicht gleitenden Schatten, als sähe er ein, daß sich die Dinge geändert. Carries Gutmütigkeit gab ihr Besseres ein für jemand, der sie immer gern gehabt hatte.

«Besuche mich morgen im Hotel», sagte sie, als bereue sie ihren Fehler. «Kannst zum Abendessen bleiben.»

«Schön», sagte Drouet, sich aufhellend. «Wo wohnst du?»

«Im ‹Waldorf›», erwiderte sie und nannte das neuerrichtete elegante Hotel.

«Um welche Zeit?»

«Um drei Uhr», sagte Carrie freundlich.

Am nächsten Tage erschien Drouet; Carrie war von ihrer Verabredung nicht gerade begeistert. Aber als sie ihn erblickte, in seiner Art hübsch wie immer und in bester Laune, schwanden ihre Zweifel, ob das Beisammensein sich nicht unangenehm gestalten könnte. Er schwatzte wie stets mit großer Zungenfertigkeit.

«Die strengen sich hier mächtig an, wie?» bemerkte er.

«Jawohl», sagte Carrie.

Der muntere Egoist stürzte sich sofort in eine bis ins einzelne gehende Schilderung seiner Laufbahn.

«Werde bald mein eigenes Geschäft eröffnen», bemerkte er einmal, «kann eine Garantie von zweihunderttausend Dollar kriegen.»

Carrie hörte ihm freundlich zu.

«Sag mal», sagte er plötzlich, «wo ist Hurstwood jetzt?»

Carrie errötete ein wenig.

«Ich glaube, er ist hier in New York», sagte sie. «Ich habe ihn schon seit einiger Zeit nicht mehr gesehen.»

Drouet dachte einen Augenblick nach. Bis jetzt war er nicht ganz sicher gewesen, ob Hurstwood nicht eine wichtige Gestalt im Hintergrunde sei. Er glaubte es zwar nicht; aber diese Versicherung tröstete ihn doch. Carrie war ihn gewiß losgeworden – was nur vernünftig schien.

«Ein Mann begeht immer einen schweren Fehler, wenn er so etwas tut», bemerkte er.

«Was?» fragte Carrie, ahnungslos, was nun folgen würde.

«Oh, du weißt ja», und Drouet machte eine Handbewegung, die ihr Wissen sozusagen beiseite tat.

«Nein», erwiderte sie. «Was meinst du?»

«Na, die Sache in Chicago – als er fortfuhr.»

«Ich weiß nicht, wovon du sprichst», sagte Carrie. Konnte er so ungezogen die Flucht Hurstwoods mit ihr andeuten wollen?

«Oho», sagte Drouet ungläubig. «Du hast doch gewußt, daß er zehntausend Dollar mitgehen ließ, als er abreiste, nicht?»

«Was?» sagte Carrie. «Du willst doch nicht etwa sagen, daß er das Geld gestohlen hat?»

«Na», sagte Drouet, über ihren Ton erstaunt, «das wirst du doch gewußt haben, nicht?»

«Nein. Natürlich hab ich's nicht gewußt.»

«Komisch. Er hat's getan. In allen Zeitungen stand es.»

«Wieviel, sagst du?»

«Zehntausend Dollar. Ich hörte aber, daß er den größten Teil davon später zurückgeschickt hat.»

Carrie blickte gedankenlos auf den von kostbaren Teppichen bedeckten Boden. Sie sah die Jahre seit der Flucht in neuem Licht.

Erinnerte sich jetzt an hundert bezeichnende Dinge. Es ging ihr auch auf, daß er sich das Geld um ihretwillen angeeignet hatte. Nicht Haß, Mitleid quoll in ihr empor. Armer Mensch! Wie furchtbar, daß es die ganze Zeit auf ihm gelastet hatte.

Beim Abendessen meinte der von Essen und Trinken erwärmte Drouet in weicherer Stimmung, daß er Carrie zurückgewinnen, ihr wieder die Achtung, die sie früher für ihn empfunden hatte, werde einflößen können. Es würde nicht schwer halten, von neuem in ihr Leben zu treten, so hoch gestellt sie jetzt auch war. Oh, welch ein Preis! Wie schön, wie elegant, wie berühmt! In dem Rahmen ihrer Theatertriumphe und des Waldorfhotels schien ihm Carrie die Einzig-Ersehnenswerte.

«Erinnerst du dich, wie nervös du an dem Abend in der Averyhalle warst?»

Carrie lächelte im Gedanken daran.

«Hab nie jemanden besser spielen sehen, als dich damals, Cad», sagte er gerührt und stützte sich mit dem Ellbogen auf den Tisch. «Damals dachte ich, wir würden uns immer gut vertragen.»

«So darfst du nicht mehr sprechen», meinte Carrie mit einer Spur von Kälte.

«Laß mich dir sagen –»

«Nein», erwiderte sie und erhob sich. «Im übrigen, es ist Zeit, daß ich mich für das Theater fertig mache. Ich muß dich verlassen.»

«Noch eine Minute», bat Drouet. «Hast noch 'ne Menge Zeit.»

«Nein», sagte Carrie sanft.

Nur ungern verließ Drouet den hellbeleuchteten behaglichen Tisch und folgte ihr. Begleitete sie an den Aufzug, und als er so dastand, fragte er:

«Wann sehe ich dich wieder?»

«Oh, irgendmal – wahrscheinlich», sagte Carrie. «Ich bleibe ja den ganzen Sommer hier. Gute Nacht.»

Die Aufzugstür stand offen.

«Gute Nacht», sagte Drouet, als sie einstieg.

Dann schritt er betrübt durch die Halle. Die alte Begierde erwachte zu neuem Leben, weil Carrie ihm so weit entrückt war. Das fröhliche Geschwirr rings um ihn, alles sprach von ihr. Er war überzeugt, ihm sei böse mitgespielt worden. Carrie aber dachte an anderes.

An diesem Abend ging sie, ohne ihn zu bemerken, an Hurstwood vorüber, der sie vor dem Kasino erwartete.

Am nächsten Abend sah sie sich ihm plötzlich vor dem Theater gegenüber. Er wartete. Hagerer als je, entschlossen, sie zu sprechen, wenn er ihr selbst einige Zeilen hineinschicken müßte. Zuerst erkannte sie die schäbige Gestalt nicht, von der die Kleider herunterhingen. Der offenbar hungrige Fremde, der sich so naheschob, jagte ihr Angst ein.

«Carrie», flüsterte er, «kann ich ein paar Worte mit dir sprechen?»

Jetzt erkannte sie ihn sofort. Hatte sie je Zorn gegen ihn empfunden – er schwand aus ihrem Herzen. Aber sie erinnerte sich, was Drouet von Hurstwoods Diebstahl erzählt.

«George», rief sie, «was ist mit dir?»

«Ich bin krank gewesen», erwiderte er. «Gerade aus dem Spital heraus. Um Gottes willen, gib mir ein wenig Geld.»

«Natürlich», sagte Carrie. Ihre Lippen zitterten. Sie bemühte sich, Haltung zu wahren. «Aber sag doch, was du hast?»

Sie öffnete ihre Börse, entnahm ihr alle Banknoten, die sie darin fand – eine Fünfdollar- und zwei Zweidollarnoten.

«Ich sage dir ja, ich bin krank gewesen», murrte er. Ihr großes Mitleid war ihm fast unangenehm. Es fiel ihm schwer, es aus dieser Quelle empfangen zu müssen.

«Da. Es ist alles, was ich bei mir habe.»

«Gut», sagte er still. «Werde es dir mal zurückerstatten.»

Carrie blickte ihn an. Fußgänger starrten. Sie fühlte, daß sie auffielen. Auch Hurstwood empfand es.

«Warum vertraust du mir nicht, was dir geschehen?» fragte sie. Sie wußte kaum, was tun. «Wo wohnst du?»

«Oh, ich habe ein Zimmer auf der Bowery», erwiderte er. «Es hat keinen Zweck, dir hier alles zu erzählen. Jetzt geht's mir ganz gut.»

Ihre freundliche Besorgnis empfand er drückend. Das Schicksal war ihr um so viel gütiger gewesen.

«Geh jetzt lieber hinein», sagte er. «Ich bin dir sehr verbunden, will dich aber nicht länger belästigen.»

Sie versuchte zu antworten, aber er wendete sich und ging schwerfälligen Schrittes ostwärts.

Tagelang lastete Carrie die Begegnung auf der Seele, ehe sie allmählich in Vergessenheit geriet. Drouet kam noch einmal, aber nun wurde er nicht einmal vorgelassen. Seine Aufmerksamkeit war wohl nicht mehr angebracht.

«Ich bin nicht zu Hause», sagte Carrie dem Hoteljungen.

Ihre einsame, verschlossene Natur wurde dem Publikum interessant – sie war so ruhig und zurückhaltend.

Nicht lange nachher beschlossen die Manager, die Aufführung nach London zu verlegen. Eine zweite Sommersaison in New York schien nicht vielversprechend.

«Würde Sie der Versuch freuen, London zu erobern?» fragte sie der Manager eines Nachmittags.

«Es könnte auch umgekehrt kommen», sagte Carrie.

«Ich glaube, wir werden im Juni abreisen», erwiderte er.

In der Hast des Aufbruchs wurde Hurstwood vergessen. Er und Drouet, beide mußten später entdecken, daß Carrie fortgefahren war.

Drouet sprach vor, konnte sich eines Ausrufes nicht enthalten, als man ihm die Nachricht überbrachte. Dann stand er in der Halle, kaute an seinem Schnurrbart. Schließlich erkannte er – die alte Zeit war vorüber.

«So viel ist Carrie gar nicht wert», sagte er, aber in seinem Innersten glaubte er es nicht.

Mit den seltsamsten Mitteln schlug sich Hurstwood einen langen Sommer und Herbst durch. Ein kleiner Posten als Türsteher in einem Dancing half ihm einen Monat lang weiter. Betteln, manchmal hungern, manchmal im Park schlafen – so vergingen wieder ein paar Tage. Er nahm auch seine Zuflucht zu Wohltätigkeitsvereinen, an die er in der größten Hungersnot zufällig geriet. Sie taten das übrige. Mitten im Winter kehrte Carrie zurück und trat auf dem Broadway in einem neuen Stück auf. Aber er wußte es nicht. Wochenlang wanderte er bettelnd durch die Stadt, während die Lichtreklame, die ihr Auftreten verkündete, über den dichtgedrängten Straßen des Vergnügens strahlte. Drouet sah das Licht, wagte sich aber nicht mehr zu Carrie vor.

Um diese Zeit etwa kehrte Ames nach New York zurück. Er hatte im Westen Erfolg gehabt und eröffnete jetzt ein Laboratorium in der Woosterstraße. Natürlich begegnete er Carrie durch Vermittlung der Frau Vance; aber sie fanden nicht zueinander. Er dachte, sie sei noch mit Hurstwood verbunden, bis man ihn eines Besseren belehrte. Da er die Zusammenhänge damals nicht kannte, gab er nicht vor, zu verstehen, und enthielt sich aller Bemerkungen.

In Gesellschaft der Frau Vance sah er das neue Stück und drückte seine Meinung darüber aus.

«Sie sollte nicht in der Komödie auftreten», meinte er. «Ich glaube, sie könnte Besseres.»

Eines Nachmittags trafen sie einander zufällig bei den Vances und begannen sehr freundlich miteinander zu plaudern. Sie hätte kaum zu sagen vermocht, warum sie sich nicht mehr wie früher für ihn interessiere. Fraglos weil er zu jener Zeit etwas vorstellte, was sie noch nicht besaß; aber das begriff sie nicht. Der Erfolg hatte ihr das Augenblicksgefühl gegeben, daß sie jetzt mit vielem gesegnet, was er billigen würde. Tatsächlich bedeutete ihm ihr kleiner Zeitungsruhm gar nichts. Er dachte, sie hätte bei weitem mehr erreichen müssen.

«So sind Sie schließlich doch nicht zum Drama gegangen?» fragte er, da er sich erinnerte, wie sehr diese Kunstform sie angezogen.

«Nein», sagte sie, «bis jetzt nicht.»

Er sah sie so seltsam an, daß ihr klar wurde, sie habe eigentlich versagt. Es veranlaßte sie hinzuzufügen: «Aber ich möchte es gerne.»

«Das glaube ich», sagte er. «Sie haben die Art von Begabung, die sich für das Dramatische eignet.»

Es überraschte sie, daß er von der Eignung sprach. Kannte er sie so genau?

«Warum?» fragte sie.

«Ich glaube, Sie haben eine mitfühlende Natur.»

Carrie lächelte und errötete leicht. Er war ihr gegenüber von so unschuldiger Aufrichtigkeit, daß sie ihm freundschaftlich nähertreten wollte. Der alte Ruf des Ideals ertönte.

«Ich weiß nicht», erwiderte sie erfreut, obgleich sie ihr Gefühl verbergen wollte.

«Ich hab Sie spielen sehen», bemerkte er. «Es war sehr gut.»

«Ich bin froh, daß es Ihnen gefallen hat.»

«Sehr gut, wirklich», sagte er, «für eine Komödie.»

Das war für den Augenblick alles. Man unterbrach sie. Aber später trafen sie einander wieder. Er saß nach dem Abendessen in einer Ecke, als Carrie mit einem anderen Gast hinzutrat. Schwere Arbeit hatte ihm das Aussehen eines müden Menschen gegeben. Doch es war Carrie nicht gegeben, zu erkennen, was sie daran rührte.

«Ganz allein?» fragte sie.

«Ich habe der Musik zugehört.»

«Ich komme gleich wieder», sagte ihr Gefährte, dem der Erfinder nicht anziehend erschien.

Ames sah in ihr Gesicht empor, denn sie stand einen Augenblick, während er saß.

«Ist das nicht eine erschütternde Melodie?» fragte er sie.

«Ja, sehr», erwiderte sie. Jetzt empfand sie es, da er sie darauf aufmerksam gemacht.

«Setzen Sie sich», fügte er hinzu und bot ihr den Stuhl an seiner Seite an.

Schweigend lauschten sie einige Minuten, von derselben Empfindung beseelt. Nur daß die ihrige sie durch das Herz erreichte. Musik entzückte sie noch immer wie in alten Tagen.

«Ich weiß nicht, was es mit der Musik ist», begann sie, von der unsagbaren Sehnsucht getrieben, die sie erfüllte, «sie weckt in mir immer das Gefühl, als ob ich etwas wollte – ich –»

«Ja», erwiderte er. «Ich weiß.»

Plötzlich fiel ihm ihre seltsame Stimmung auf, in der sie ihre Gefühle so offen äußerte.

«Sie sollten nicht melancholisch sein», sagte er.

Er dachte eine Weile nach und ließ sich dann in eine anscheinend fernliegende Betrachtung ein, die doch mit ihrer beider Empfindungen übereinstimmte.

«Die Welt ist von erstrebenswerten Stellungen erfüllt, aber unglücklicherweise können wir zu einer Zeit immer nur eine erlangen. Es tut nicht gut, über Weitentlegenes die Hände in Verzweiflung zu ringen.»

Die Musik hörte auf und er erhob sich. Stand vor ihr, als wollte er so ausruhen.

«Warum spielen Sie nicht in einem guten starken Drama?» fragte er. Jetzt sah er ihr gerade, prüfend ins Gesicht. Ihre großen empfindsamen Augen und die Leidenszüge um ihren Mund bezeugten ihm, daß er richtig geurteilt hatte.

«Vielleicht tu ich's noch», erwiderte sie.

«Das ist Ihr Feld.»

«Glauben Sie wirklich?»

«Ja», sagte er. «Jawohl. Ich denke nicht, daß Sie sich dessen bewußt sind, aber in Ihren Augen und in den Linien Ihres Mundes liegt etwas, das Sie dazu geeignet macht.»

Carrie war im Innersten glücklich, daß man sie so ernst nahm. Für den Augenblick fühlte sie sich nicht mehr einsam. Hier wurde ihr kluges und kritisches Lob zuteil.

«Ja – in Augen und Mund», fuhr er wie abwesend fort. «Ich erinnere mich, daß ich das erste Mal, als ich Sie sah, dachte, Ihr Mund habe etwas Besonderes an sich. Ich dachte, Sie wären im Begriff zu weinen.»

«Wie seltsam», sagte Carrie, warm vor Freude. Das war es, wonach ihr Herz begehrte.

«Dann bemerkte ich, daß es Ihr natürliches Aussehen sei. Und heute abend fiel es mir wieder auf. Auch liegt es wie ein Schatten über Ihren Augen – das gibt Ihrem Gesicht den gleichen Zug. Ich glaube, es kommt aus dem Tiefinnersten.»

Carrie sah ihn erregt an.

«Sie sind sich dessen wahrscheinlich nicht bewußt», fügte er hinzu.

Sie blickte von ihm weg, erfreut, daß er so sprach, sehnte sich, dem Gefühl, das auf ihrem Gesicht zu lesen war, gleichwertig zu sein. Es öffnete das Tor zu neuen Wünschen.

Sie hatte Grund darüber nachzudenken, bis sie einander – nach einigen Wochen – wieder begegneten. Es zeigte ihr, daß sie vom alten Ideal, das sie in der Garderobe der Averyhalle und später noch lange erfüllt, wegtrieb. Weshalb hatte sie es verloren?

«Ich weiß, weshalb Sie in einer dramatischen Rolle erfolgreich sein müßten», sagte er ein anderes Mal. «Ich habe es herausgebracht.»

«Was ist's?» fragte Carrie.

«Na», sagte er wie einer, dem es Freude macht, ein Rätselspiel zu lösen. «Ihr Gesichtsausdruck wirkt sich in verschiedenen Dingen aus. Sie zeigen ihn beim Hören eines erschütternden Liedes, beim Anblick eines Bildes, das Sie tief bewegt. Die Welt sieht so etwas gerne – es ist der natürliche Ausdruck ihrer eigenen Sehnsucht.»

Carrie schaute ihn an, ohne den innersten Sinn seiner Worte ganz zu erfassen.

«Die Welt kämpft immer darum, sich selbst auszudrücken», fuhr er fort. «Die meisten Leute sind nicht imstande, ihren Empfindungen Worte zu leihen. Hängen von andern ab. Dazu ist das Genie da. Der eine offenbart ihnen ihre Gefühle in Musik; ein anderer in der Dichtung; ein dritter in einem Theaterstück. Manchmal enthüllt sich die Natur in einem Gesicht – es stellt die Sehnsucht aller dar. Das hat sich bei Ihnen ereignet.»

Er blickte sie so bedeutsam an, daß es sich auf sie übertrug. Endlich war es ihr klar: ihr Aussehen hatte etwas an sich, was die Sehnsucht der Welt darstellte. Sie nahm es als etwas besonders Schönes in ihrem Herzen auf. Er fügte hinzu:

«Das erlegt Ihnen eine Pflicht auf. Zufällig ist es Ihnen gegeben. Es ist nicht Ihre Tat – ich meine, Sie hätten es ebensogut auch nicht besitzen können. Sie haben nichts dafür gezahlt. Aber jetzt, da es Ihnen zuteil geworden ist, müssen Sie damit etwas vollbringen.»

«Was?»

«Gehen Sie zum Drama. Sie haben Mitgefühl und eine melodische Stimme. Machen Sie sie anderen wert. Dann wird Ihre Macht andauern.»

Carrie begriff die letzten Worte nicht. Das übrige bewies ihr, daß ihr Komödienerfolg wenig oder nichts bedeutete.

«Was meinen Sie?»

«Das eben. Sie haben die Gabe in Ihren Augen, Ihrem Munde, in Ihrer Natur. Sie können sie auch verlieren. Wenn Sie sich von ihr abwenden, nur zur eigenen Befriedigung leben, wird sie schnell genug schwinden. Ihre Augen werden diesen Blick verlieren. Die Linien Ihres Mundes werden sich verändern. Ihre Schauspielkraft wird nachlassen. Sie denken vielleicht, daß dies nicht geschehen wird. Es wird. Dafür sorgt schon die Natur.»

Er nahm solchen Anteil an der guten Sache, daß er im Verlauf der Predigt in Begeisterung geriet. Etwas an Carrie rührte ihn. Er wollte sie erwecken.

«Ich weiß», sagte sie geistesabwesend und fühlte sich irgendwie einer Vernachlässigung schuldig.

«Wenn ich Sie wäre», sagte er, «würde ich mich ändern.»

Es war, als wenn man hilflose Fluten aufstört. Carrie machte sich tagelang darüber in ihrem Schaukelstuhl Sorgen.

«Ich glaube nicht, daß ich noch sehr lange bei der Komödie bleiben werde», bemerkte sie gelegentlich zu Lola.

«Warum nicht?»

«Ich könnte in einem ernsten Stück wohl besser spielen.»

«Wer hat dir diese Idee in den Kopf gesetzt?»

«Oh, nichts», erwiderte sie. «Ich habe schon immer so gedacht.»

Doch tat sie nichts, als sich grämen. Es war ein langer Weg zum Höheren – oder schien so –, und sie umgab Behaglichkeit; daher ihre Untätigkeit, ihre Sehnsucht.

## Der Weg des Geschlagenen: Harfe im Wind

In der Stadt befanden sich damals einige Wohltätigkeitsunternehmungen, ähnlich dem Wirken des Kapitäns. Der unglückliche Hurstwood gehörte jetzt auch zu ihren Schützlingen. Die eine ein Kloster und Missionshaus der Barmherzigen Schwestern in der Fünfzehnten Straße – eine Reihe von roten Ziegelhäuschen, vor deren Tür eine einfache hölzerne Sammelbüchse hing. Darauf stand, daß jeden Mittag allen jenen, die sich vorstellen und um Hilfe bitten, ein Mahl gespendet werde. Diese einfache Ankündigung war im Verhältnis zu der weitausgebreiteten Wohltätigkeit, die geübt wurde, äußerst bescheiden. Es gibt so große und zahlreiche derartige Anstalten in New York, daß solche Dinge von den Bessergestellten nicht oft bemerkt werden. Aber dem ernsten Beobachter scheinen sie bei näherer Prüfung bedeutsam. Wer nicht besonderes Interesse dafür hatte, konnte täglich um die Mittagsstunde an der Sechsten Avenue und Fünfzehnten Straße stehen, ohne zu bemerken, daß aus der gewaltigen, durch diese geschäftige Straße wogenden Menge alle paar Sekunden irgendein wettergebräuntes, hageres Menschheitsexemplar in zerfetzten Kleidern schwerfälligen Schrittes hervortrat. Doch verhielt es sich in Wahrheit so, und je kälter der Tag, desto auffallender wurde es. Der Mangel an einem größeren Speise- und Küchenraum im Missionshaus zwang zu einer Anordnung, die nur gestattete, daß fünfundzwanzig oder dreißig zu gleicher Zeit aßen. Deshalb mußten die Leute draußen eine Reihe bilden und geordnet eintreten. So ergab sich ein Schauspiel, das, alltäglich geworden, gar nicht mehr Beachtung fand, weil es sich jahrelang wiederholte. Die Leute warteten, geduldig wie Vieh, im kältesten Wetter – warteten mehrere Stunden, ehe sie eingelassen werden konnten. Fragen wurden nicht gestellt, Dienste nicht verlangt. Sie aßen und gingen wieder; einige von ihnen kamen regelmäßig täglich den ganzen Winter hindurch.

Eine stattliche, mütterlich aussehende Frau stand immer während des ganzen Vorganges an der Tür und zählte die Leute, die eingelassen werden durften. Die Männer bewegten sich in feierlicher Ordnung voran. Ohne Hast, ohne Gier. Eine fast stumme Prozession. Bei schärfstem Frost konnte man sie hier finden. Wenn ein eisiger Wind wehte, schlugen sie laut in die Hände, hüpften, um warm zu werden. Den Fingern und Gesichtszügen sah man an, wie sehr sie unter der Kälte litten. Betrachtete man diese Männer im hellen Tageslicht genauer, so erkannte man, daß sie fast alle dem gleichen Typus angehörten. Jener Klasse, die an Tagen, wo die Temperatur erträglich ist, auf den Bänken im Park herumsitzt und während der Sommernächte auf ihnen schläft. Diese Menschen sind auf der Bowery und in jenen Elendsgassen des Ostens zu finden, wo armselige Kleider und eingesunkene Gesichter nicht als etwas Besonderes auffallen. Sie sind es, die während des frostigen und bitterkalten Wetters in den Gesellschaftsräumen der Logierhäuser herumsitzen; sie schwärmen um die billigen Zufluchtsstätten, die in einer Anzahl der geringeren Ortsstraßen erst um sechs Uhr abends öffnen. Elendes, zu unrechter Zeit gierig hinuntergewürgtes Essen hatte Knochen und Muskeln zugrunde gerichtet. Sie waren alle blaß, schlapp, mit eingesunkenen Augen, eingefallener Brust. Oft glitzerten und leuchteten die Augen, die Lippen zeigten ein krankhaftes Rot. Ihr Haar war schlecht gepflegt, die Ohren blutleer. Sie trugen zerrissene Schuhe mit vertretenen Absätzen, aus denen die Zehen hervorlugten. Sie waren die Getriebenen. Jeder Menschenstrom warf einen von ihnen hoch, wie Sturzwellen das Treibholz an das sturmgepeitschte Ufer werfen.

Fast ein Vierteljahrhundert lang schenkte der Bäcker Fleischmann, in einem anderen Stadtteil, jedem einen Laib Brot, der es sich an dem Seiteneingang seines Restaurants an der Ecke von Broadway und der Zehnten Straße um Mitternacht holte. Jede Nacht, zwanzig Jahre hindurch, ordneten sich etwa dreihundert Männer hintereinander, marschierten zur bestimmten Zeit durch das Tor, nahmen ihren Laib Brot aus einer großen, draußen aufgestellten Kiste und verschwanden wieder in der Nacht. Von Beginn bis auf unsere Tage hat sich an der Art oder Zahl dieser Männer nur wenig verändert. Zwei oder drei Gestalten wurden denjenigen, die sie Jahr um Jahr beobachteten, ganz vertraut. Zwei von ihnen hatten fünfzehn Jahre lang kaum eine Nacht verpaßt. Es gab etwa vierzig regelmäßige Besucher. Der Rest bestand aus Fremden. Herrschte Panik und ungewöhnliche Not, waren es selten mehr als dreihundert. In Perioden des Wohlstandes, wenn man wenig von Arbeitslosen hört, kaum weniger. Die gleiche Anzahl, Winter und Sommer, bei Sturm und ruhigem Wetter, in guten und schlechten Zeiten, hatte dieses melancholische Stelldichein bei Fleischmanns Brotkiste.

Während dieses harten Winters besuchte Hurstwood beide Wohltätigkeitsanstalten häufig. Einmal war es ganz besonders kalt, und da ihm das Betteln auf den Straßen schrecklich wurde, wartete er bis Mittag, um dieser Spende an die Armen teilhaftig zu werden. An diesem Morgen schlurften schon um elf Uhr einige Schicksalsgenossen aus der Sechsten Avenue vorwärts. Ihre dünnen Kleider flatterten im Winde. Sie lehnten sich an das eiserne Geländer, das die Mauern der Neunten Regimentskaserne schützt. Das Gebäude blickt mit seiner Fassade auf jenen Teil der Fünfzehnten Straße und wurde als eines der ersten in dieser Gegend errichtet. Da die Leute eine Stunde harren mußten, zögerten sie vorerst in achtungsvoller Entfernung; als aber andere nachrückten, schoben sie weiter, um ihr Vorrecht zu behaupten. Dieser Ansammlung gesellte sich Hurstwood zu, der von Westen aus der Siebenten Avenue kam, und blieb nahe an der Tür stehen, näher als die anderen. Diejenigen, die schon vor ihm, aber etwas weiter gewartet hatten, drängten vor und zeigten, ohne Worte zu machen, nur durch eine gewisse entschlossene Haltung an, daß sie zuerst da waren.

Hurstwood merkte die Mißstimmung und blickte mürrisch die Reihe entlang, trat dann aus und nahm seinen Platz am Ende ein. Nach wiederhergestellter Ordnung ließ das tierhafte Gefühl des Widerstandes bei den andern nach.

«Muß schon bald Mittag sein», sagte einer.

«Ist schon», bemerkte ein anderer. «Hab fast eine Stunde gewartet.»

«Gott noch mal, kalt ist's!»

Alle spähten gierig nach der Tür. Ein Krämerjunge fuhr vor und lud mehrere Körbe Eßwaren ab. Das veranlaßte einige Worte über die Krämer und die Preise der Lebensmittel im allgemeinen.

«Ich sehe, das Fleisch ist gestiegen», sagte einer.

«Wenn es Krieg gäbe, würde es dem Land 'ne Menge helfen.»

Die Schar wuchs rasch an. Schon waren es fünfzig oder mehr, und die an der Spitze machten kein Hehl aus ihrer Freude, nicht so lange warten zu müssen wie die am Ende. Viele reckten die Hälse und blickten die Reihe hinunter.

«Es liegt nichts daran, wie nahe man am Eingang steht, wenn man nur unter den ersten fünfundzwanzig ist», erklärte einer dieser Begünstigten. «Dann geht ihr alle zusammen hinein.»

«Hum», murrte der zurückgedrängte Hurstwood.

«Die Bodensteuer – das ist das Richtige», sagte ein anderer. «Ehe die durchgeführt ist, wird's keine Ordnung geben.»

Zumeist herrschte Schweigen; hagere Männer scharrten mit den Füßen, blickten vor sich hin und schlugen ihre Arme aneinander.

Schließlich wurde geöffnet und die mütterlich aussehende Nonne erschien. Sie befahl nur mit einem Blick. Langsam bewegte sich die Menge vorwärts, einer nach dem andern ging hinein – bis fünfundzwanzig abgezählt waren. Dann streckte sie ihren kräftigen Arm aus und die Leute blieben stehen, sechs Männer schon auf den Stufen. Zu diesen gehörte Hurstwood. Schließlich wurde er eingelassen und ging, nachdem er gegessen, ein wenig ärgerlich, weil es ihn so viel Mühe gekostet.

An einem anderen Abend, vielleicht zwei Wochen später, um elf Uhr, harrte er geduldig bei der mitternächtigen Brotverteilung. Es war ein unglücklicher Tag für ihn gewesen, aber jetzt ergab er sich mit einer Spur von Philosophie in sein Schicksal. Wenn er sich kein Abendessen verschaffen konnte oder spät abends hungrig wurde – hier war seine letzte Zuflucht. Einige Minuten vor zwölf wurde eine große Kiste mit Brotlaiben hinausgeschoben, und genau um Mitternacht stellte sich ein kräftiger Deutscher mit einem runden Gesicht daneben auf und rief: «Fertig!» Alle schoben auf einmal vorwärts, jeder nahm sein Brot und ging seines Weges. Bei dieser Gelegenheit aß Hurstwood im Gehen, schleppte sich mühsam, schweigend durch die dunkeln Straßen zu seiner Schlafstätte.

Im Jänner war er beinahe zum Schluß gekommen, daß sein Spiel aus sei. Das Leben war ihm immer wertvoll erschienen, aber infolge dauernder Not und geschwächter Lebenskraft vermochte er dem Zauber der Erde nichts mehr abzugewinnen. Schon mehrere Male, wenn ihn das Schicksal zu schwer bedrückte, hatte er gedacht, dem Elend ein Ende zu machen; änderte sich aber das Wetter, erhielt er einen Vierteldollar oder ein Zehncentstück, dann pflegte sich seine Stimmung zu bessern. Er wartete. Jeden Tag suchte er in irgendeiner alten Zeitungsnummer nach einer Spur von Carrie, aber den ganzen Sommer und Herbst war es vergeblich gewesen. Dann bemerkte er, daß ihm seine Augen weh taten. Es wurde immer ärger, bis er in den dunkeln Zimmern der Logierhäuser, die er besuchte, gar nicht mehr zu lesen versuchte. Schlechtes und unregelmäßiges Essen schwächte jede seiner Körperfunktionen. Das einzige, was ihm noch übrigblieb, war, zu dösen, sobald sich ein Platz bot und er das Geld zusammenscharren konnte, um ihn einzunehmen.

Jetzt fand er heraus, daß ihn die Leute seiner elenden Kleider und seiner Magerkeit wegen für einen ständigen Bettlertypus hielten. Die Polizisten trieben ihn vorwärts, die Besitzer von Restaurants und Logierhäusern warfen ihn, nachdem er das Seinige empfangen, sofort hinaus; die Fußgänger wehrten ihn mit einer Handbewegung ab. Es wurde ihm immer schwerer und schwerer, von jemandem etwas zu erhalten.

Endlich mußte er sich eingestehen, daß er fertig war. Dies ereignete sich, nachdem er viele Fußgänger angesprochen, die ihn immer wieder abwiesen – jeder hastete fort, um nicht mit ihm in Berührung zu kommen.

«Bitte, geben Sie mir was», sagte er zu dem letzten. «Um Gottes willen – ich sterbe vor Hunger.»

«Ah, fort mit dir», sagte der Mann, ein ganz gewöhnlicher Kerl. «Du taugst nichts, ich werde dir nichts geben.»

Hurstwood steckte seine frostroten Hände in die Taschen. Tränen füllten seine Augen.

«Recht so», sagte er. «Ich tauge jetzt nichts. War ganz ordentlich. Hatte Geld. Ich will das alles loswerden», und den Tod im Herzen schlurfte er der Bowery zu. Schon früher haben Leute das Gas aufgedreht, sind gestorben. Warum nicht er? Er erinnerte sich an ein Logierhaus – kleine dunkle Zimmer mit Gashähnen – und fast vorbestimmt für das, was er tun wollte. Sie kosteten fünfzehn Cents. Dann fiel ihm ein, daß er keine fünfzehn Cents besaß.

Auf dem Wege begegnete er einem behaglich aussehenden Herrn, der, glattrasiert, eben aus einem eleganten Friseurladen trat.

«Möchten Sie mir nicht etwas schenken?» fragte er den Mann keck.

Der Herr blickte ihn von Kopf zu Fuß an und fischte nach einem Zehncentstück in seiner Tasche. Nichts als Vierteldollars fanden sich darin.

«Hier!» sagte er und gab ihm einen, um ihn loszuwerden. «Aber nun fort!»

Hurstwood ging staunend weiter. Die große glänzende Münze freute ihn ein wenig. Er wurde sich seines Hungers bewußt. Für zehn Cents konnte er ein Bett kriegen. Damit schwand ihm für den Augenblick der Todesgedanke aus dem Sinn. Nur wenn ihm nichts anderes als Schimpf zuteil wurde, schien ihm der Tod der Mühe wert.

Mitten im Winter setzte die schärfste Kälte ein. Der erste Tag brach kalt und grau an, am zweiten schneite es. Da ihn das Mißgeschick verfolgte, hatte er sich bis Einbruch der Nacht nur zehn Cents verschaffen können und diese gab er für Essen aus. Am Abend befand er sich auf dem Boulevard und der Siebenundsechzigsten Straße, wo er sich schließlich der Bowery zuwendete. Er war besonders müde, weil ihn der Wandertrieb schon am Morgen erfaßt hatte; jetzt schleppte er seine durchnäßten Füße, die Sohlen schlurften auf dem Gehsteig. Den Kragen seines alten dünnen Rockes hatte er sich bis an die roten Ohren hochgeschlagen – der verknüllte Filzhut war so tief in die Stirn gezogen, daß er die Ohren hervortrieb. Seine Hände steckten in den Taschen.

«Will mal den Broadway hinunter», sagte er sich. Als er die Zweiundvierzigste Straße erreichte, strahlten die Lichtreklamen schon hell. Die Leute eilten zum Abendessen heim. An jeder Ecke konnte man hinter erleuchteten Restaurantfenstern fröhliche Gesellschaften sehen.

So hungrig und müde – er hätte nicht hierher kommen dürfen. Der Gegensatz war zu bitter. Selbst ihm dämmerte die Erinnerung an Besseres.

«Wozu?» dachte er. «Ich bin fertig. Will Schluß machen.»

Einmal hielt er gedankenlos, zwecklos an und schaute durch die Fenster eines stattlichen Restaurants. Davor strahlte eine Lichtreklame, und durch die großen Spiegelscheiben erblickte man die rot-goldene Zimmerausschmückung, die Palmen, das weiße Tischzeug, die schimmernden Gläser und vor allem die schmausende Menge. So geschwächt auch sein Geist war – sein Hunger nagte bitter genug, um ihm die Bedeutung des Anblickes tief einzuprägen. Er blieb ganz still stehen, seine zerfransten Hosen sogen den feuchten Straßenschmutz ein. Seiner Sinne nicht mehr mächtig, spähte er hinein.

«Eßt», murmelte er. «Recht so – eßt! Niemand sonst braucht es.»

Dann sank seine Stimme noch mehr und sein Verstand verlor jede Vorstellungskraft.

«Kalt», sagte er, «furchtbar kalt.»

Auf dem Broadway und der Neununddreißigsten Straße erglänzte in Glühlichtern Carries Name: «Carrie Madenda und die Kasinotruppe.» Der ganze feuchte, schneebedeckte Gehsteig war in das ausstrahlende Licht getaucht. Schimmerte so hell, daß er Hurstwoods Blicke anzog. Er sah empor und erblickte auf einem großen goldgerahmten Anschlagbrett ein schönes Bild von Carrie in Lebensgröße.

Einen Augenblick lang schaute Hurstwood es an. Er schnaufte und zog eine Schulter hoch, als jucke ihn etwas. So völlig vernichtet war er, daß sein Verstand seine Klarheit verlor.

«Bist du's?» fragte er. «War nicht gut genug für dich, was? Ha!»

Er zögerte, versuchte logisch zu denken. Es war ihm nicht mehr möglich.

«Sie hat's», sagte er unzusammenhängend. Er dachte an das Geld. «Soll mir doch was geben.»

Er ging um das Gebäude herum an den Seiteneingang. Dann vergaß er, zu welchem Zweck. Machte halt, steckte seine Hände tiefer in die Taschen, um sich die Gelenke zu wärmen. Plötzlich fiel es ihm ein. Die Bühnentür! Das war's.

Er näherte sich dem Eingang und trat ein.

«Nanu!» sagte der Diener und starrte ihn an. Da er ihn stillstehen sah, ging er zu ihm hinüber und schob ihn fort. «Hinaus», sagte er.

«Ich möchte Fräulein Madenda sprechen», sagte Hurstwood.

«So?» fragte der andere. Fast machte ihm die Sache Spaß. «Fort!» Und wieder stieß er ihn. Hurstwood hatte keine Kraft, Widerstand zu leisten.

«Ich möchte Fräulein Madenda sprechen», versuchte er zu erklären, während ihn der andere fortdrängte. «Bin ganz in Ordnung. Ich –»

Der Mann gab ihm einen letzten Stoß und schloß die Tür. Hurstwood glitt aus und fiel in den Schnee. Es tat ihm weh. Dunkle Scham überströmte ihn. Er begann zu weinen, unsinnig zu fluchen.

«Verfluchter Hund!» sagte er. «Verfluchter alter Hund!» Und er wischte den Schmutz von seinem elenden Rock. «Ich – ich hatte einmal Diener, wie du einer bist.»

Haß gegen Carrie stieg jetzt würgend in ihm hoch – nur ein wütender Gedanke, ehe dann alles seinen Sinnen entglitt.

«Sie schuldet mir etwas zu essen», sagte er, «sie schuldet es mir.»

Hoffnungslos wandte er sich wieder dem Broadway zu, schleppte sich vor und weiter, bettelnd, weinend, verlor die Spur seiner Gedanken, einen nach dem anderen, wie es einem kranken, aus den Fugen geratenen Verstand zu gehen pflegt.

An einem richtigen Winterabend, einige Tage später, gelangte er zu seinem einzigen klaren geistigen Entschluß. Schon um vierUhr lastete die düstere Nachtfarbe in der Luft. Es schneite in dichten Flocken – ein fein-prickelnder, peitschender Schnee, den ein schneller Wind in langen dünnen Reihen vorwärtstrieb. Noch lag er auf den Straßen – sechs Fuß eines weichen kalten Teppichs, den die rollenden Wagen und die Füße der Menschen zu einem schmutzigen Braun zerstampften. Den Broadway entlang suchten Männer in Winterröcken mit Regenschirmen ihren Weg. Auf der Bowery schlurften Männer, den Rockkragen hochgeschlagen, den Hut tief auf die Ohren hinuntergedrückt. Geschäftsleute und Reisende suchten die behaglichen Broadway-Hotels auf. Vor Kälte zitternde Massen schoben auf der Bowery an schmutzigen Geschäften vorüber, aus deren Innerm schon Lichter schwach hervorblinzelten. In den Straßenbahnwagen, deren Gerassel durch die Schneehülle um die Räder abgeschwächt wurde, war früh Licht gemacht worden. Die ganze Stadt hüllte sich in den rasch dichter werdenden Mantel.

Um diese Zeit las Carrie in ihrem gemütlichen Heim im «Waldorf» den «Père Goriot», den ihr Ames empfohlen. Das Buch war so stark, und die bloße Empfehlung von Ames hatte ihr Interesse derart geweckt, daß sie, mitfühlend, fast dessen vollen Wert erkannte. Zum erstenmal wurde ihr völlig klar, wie törichte und unwesentliche Dinge sie früher gelesen. Bald aber ermüdete sie, gähnte, ging ans Fenster und blickte auf die bekannte Wagenprozession hinunter, die sich die Fünfte Avenue hinabwand.

«Ist es nicht arg?» fragte sie Lola.

«Furchtbar», sagte die Kleine und trat zu ihr. «Ich hoffe, es wird genug schneien, damit man Schlitten fahren kann.»

«Oh, Liebste», sagte Carrie, in deren Herzen noch die Leiden des Père Goriot lebendig waren, «das ist alles, woran du denkst. Tun dir die Menschen nicht leid, die heute abend nichts haben?»

«Natürlich tun sie mir leid», sagte Lola. «Aber wie kann ich ihnen helfen? Ich habe nichts.»

Carrie lächelte.

«Du würdest dir nichts draus machen, auch wenn du etwas besäßest», erwiderte sie.

«Doch», sagte Lola. «Aber als es mir schlecht ging, haben mir die Leute nie etwas gegeben.»

«Ist das nicht schrecklich?» sagte Carrie und betrachtete den Wintersturm.

«Schau dir doch den Mann da drüben an», lachte Lola, die jemanden erblickt hatte, der hingefallen. «Wie schafsdumm Leute aussehen, wenn sie fallen!»

«Wir werden heut abend einen Wagen nehmen müssen», erwiderte Carrie geistesabwesend.

Herr Charles Drouet war eben in die Halle des Hotels Imperial eingetreten und schüttelte den Schnee von seinem eleganten Ulster ab. Das schlechte Wetter hatte ihn zeitig heimgetrieben und in ihm die Sehnsucht nach jenen Vergnügungen wachgerufen, die den Schnee, die Trübseligkeit des Lebens verbannen. Ein gutes Abendessen, die Gesellschaft einer jungen Frau und ein Theaterabend waren ihm die Hauptsache.

«Hallo, Henry!» sagte er zu einem Mann, der sich in einem der behaglichen Lehnstühle rekelte. «Wie geht's?»

«So, so.»

«Verdammtes Wetter, was?»

«Das glaube ich. Sitze eben hier und denke nach, was ich heute anfangen soll.»

«Komm mit mir», sagte Drouet. «Kann dich reizenden Leuten vorstellen.»

«Wer ist's denn?»

«Oh, zwei Mädel in der Vierzehnten Straße. Könnten es lustig haben. Dich hab ich gerade gesucht.»

«Wollen wir sie zum Abendessen holen?»

«Freilich», sagte Drouet. «Wart nur, bis ich mich umziehe.»

«Ich werde beim Friseur sein», sagte der andere. «Muß mich rasieren lassen.»

«Recht so», sagte Drouet und ging mit seinen festen Schuhen knarrend zum Aufzug. Der alte Schmetterling schien so flügelleicht wie je.

In einem eleganten Pullmanwagen, der mit einer Geschwindigkeit von vierzig Meilen die Stunde durch den Abendschnee sauste, saßen drei miteinander verwandte Personen.

«Erstes Zeichen zum Abendessen im Speisewagen», rief der Bedienstete, als er in schneeweißer Jacke und Schürze durch den Korridor eilte.

«Ich will nicht mehr spielen», sagte die jüngste, eine schwarzhaarige, durch Glück übermütige Schönheit und schob die Karten von sich.

«Sollen wir zum Abendessen gehen?» fragte ihr Gatte, der alles war, was feine Kleider aus ihm machen konnten.

«Noch nicht», erwiderte sie. «Aber spielen mag ich auch nicht mehr.»

«Jessika», sagte ihre Mutter, ein Musterbeispiel dafür, was Eleganz für das Alter zu tun vermag, «stoß diese Nadel tiefer in deine Haarschleife – sie wird herausfallen.»

Jessika gehorchte, ordnete dann auch ihr Haar und schaute auf ihre kleine juwelenbesetzte Uhr. Ihr Gatte blickte sie hingebend an, denn selbst kalte Schönheit ist irgendwie anziehend.

«Na, wir werden nicht mehr viel von dem Wetter auszustehen haben», sagte er. «In zwei Wochen sind wir in Rom.»

Frau Hurstwood nestelte sich behaglich in ihrer Ecke ein und lächelte. Sehr angenehm, die Schwiegermutter eines reichen jungen Mannes zu sein – dessen finanzielle Lage ihrer persönlichen Prüfung standgehalten.

«Glaubst du, daß das Schiff zur rechten Zeit abgehen wird, wenn das Wetter anhält?» fragte Jessika.

«O ja», erwiderte ihr Gatte. «Das wird nichts daran ändern.»

Den Korridor hinunter schritt ein sehr blonder Bankierssohn aus Chicago, der schon seit langem nach der stolzen Schönheit äugte. Sogar jetzt zögerte er nicht, einen Blick auf sie zu werfen, und sie war sich dessen bewußt. Mit eigens heraufbeschworener sichtbarer Gleichgültigkeit wendete sie ihr reizendes Gesicht vollends ab. Gar nicht frauliche Bescheidenheit. Die Geste befriedigte ihren Stolz.

In diesem Augenblick stand Hurstwood vor einem schmutzigen vierstöckigen Gebäude in einer der Bowery benachbarten Seitenstraße, dessen All-Wetter-Gewand aus Lederfarbe durch Ruß und Regen verändert worden. Er mischte sich unter eine Schar von Männern, die sich allmählich angesammelt, noch immer Nachzügler aufnahm.

Es begann mit zwei oder dreien, die in der Nähe der verschlossenen Holztüren herumlungerten und mit den Füßen stampften, um sie warm zu halten. Die Leute trugen verschossene Filzhüte mit ausgefranstem Rand. Ihre schlecht passenden Röcke waren schwer von Schnee, die Kragen in die Höhe geschlagen. Die Hosen, am Rande zerfranste Säcke, pluderten über große durchweichte, an den Seiten aufgerissene, fast zu Fetzen abgetragene Schuhe. Die Unglücklichen versuchten nicht einmal hineinzugehen, steckten die Hände tief in die Taschen, blickten scheel auf die wachsende Menge und die aufblitzenden Straßenlaternen. Mit der Zeit vermehrten sie sich. Da gab es alte Männer mit graugesprenkeltem Bart und eingesunkenen Augen; Männer, die verhältnismäßig jung, vielleicht in mittleren Jahren, aber durch Krankheit zusammengeschrumpft waren. In der Sammlung befand sich ein Gesicht so weiß wie ausgelaugtes Kalbfleisch. Ein anderes ziegelrot. Manche hatten schwache, runde Schultern, andere ein Holzbein; so magere Körper, daß die Kleider an ihnen schlotterten. Da gab es große Ohren, geschwollene Nasen, dicke Lippen und vor allem rote blutunterlaufene Augen. Nicht ein einziges normales, gesundes Antlitz in der ganzen Masse; nicht eine aufrechte Gestalt; nicht ein ruhiger, gerader Blick.

Vom Wind und Schneesturm getrieben, drängten sie dichter aneinander. Die ungeschützten Handgelenke waren rot und geschwollen. Von allen möglichen Hutspielarten bedeckte Ohren sahen trotzdem steif und erfroren aus. Im Schnee traten die Leute von einem Fuß auf den andern, schaukelten fast im Takt.

Als der Haufen an der Tür größer wurde, fing er zu murmeln an. Kein Gespräch – fortlaufende, allgemeine, an irgend jemanden gerichtete Erklärungen, die Flüche und Dialektausdrücke enthielten.

«Verdammt, möchte, daß sie sich beeilen.»

«Schau mal den Schupo an, der uns bewacht.»

«Vielleicht ist's gar nicht Winter!»

«Lieber säß ich im Loch.»

Ein schärferer Windstoß durchfuhr sie, enger drängten sie zusammen. Hin und wieder schoben und stießen sie. Ohne Ärger, Bitte, drohende Worte. Alles dumpfes Dulden, durch keinen Spaß oder gute Kameradschaft erhellt.

Ein Wagen federte vorbei, darin eine Gestalt. Einer der Männer, der der Tür zunächst stand, erblickte sie.

«Guck mal auf den Kerl, der da fährt.»

«Ihm ist nicht kalt.»

«Eh, eh, eh», schrie ein anderer gellend, als der Wagen schon längst aus Hörweite war.

Allmählich sank die Nacht. Die Menschen zogen ihren Weg nach Hause. Arbeiter und Ladenmädchen eilten raschen Schrittes. Die Gaslampen strahlten hell, und jedes Fenster erblühte in stetem rötlichem Licht. Noch immer klebten die Menschen, standhaft, an der Tür.

«Werden sie denn niemals öffnen?» fragte eine heisere Stimme eindringlich.

Die Worte schienen das allgemeine Interesse an der geschlossenen Tür neu zu beleben und viele blickten in die Richtung. Sie schauten wie dumpfe Tiere, wie Hunde, die mit den Pfoten an der Tür scharren, winseln und die Klinke anblicken.

Sie rückten hin und her, blinzelten, murrten, fluchten. Doch harrten sie und der Schnee wirbelte und stach sie mit spitzigen Flocken. Sammelte sich auf alten Hüten und knochigen Schultern. Lag in gerundeten Häufchen und niemand bürstete ihn ab. In der Mitte der Menge taute er infolge des aufsteigenden warmen Dunstes, Wasser tropfte von Huträndern die Nasen hinunter. Die Leute standen so eng, daß sie sich nicht mal kratzen konnten. An den Außenrändern der Schar blieben die Schneehäufchen fest. Hurstwood, der sich nicht bis zur Mitte vordrängen konnte, suchte mit gesenktem Kopf und vorgebeugter Gestalt dem Wetter standzuhalten.

Über ihren Köpfen drang ein Licht durch die Türritzen. Die Wartenden durchfuhr ein Schauer möglicher Hoffnung. Grüßendes Murmeln ertönte. Schließlich knarrten die Angeln im Innern und die Leute spitzten die Ohren. Tritte schlurften und die Armen murmelten wieder. Jemand rief: «Nur keine Eile!» und dann wurde geöffnet. Eine Minute lang Stoßen und Klemmen in grimmigem tierhaftem Schweigen, dann tauchten sie hinein – wie Holzstücke auf dem Wasser schwimmen – und verschwanden. Nasse Hüte und Schultern, eine erfrorene, zusammengeschrumpfte, ächzende Masse, die zwischen traurigen Wänden hineinschob. Es war gerade sechs Uhr und «Abendessen» stand auf dem Gesicht jedes eilenden Fußgängers geschrieben. Und doch war hier für kein Essen – nur für eine Schlafstätte gesorgt.

Hurstwood legte seine fünfzehn Cents auf den Tisch und schleppte sich müden Schrittes in das ihm angewiesene Zimmer. Es war schmutzig – staubig, unfreundlich. Eine kleine Gaslampe spendete dem trüben Winkel genügend Licht.

«Hm», räusperte sich Hurstwood und verschloß die Tür.

Jetzt fing er an, sich lässig zu entkleiden, stopfte seinen Rock und seine Weste unter den Türspalt, seinen alten, nassen, zerrissenen Hut legte er vorsichtig auf den Tisch. Dann zog er die Schuhe ab und warf sich auf das Lager.

Es war, als dächte er eine Weile nach, denn jetzt erhob er sich, drehte das Gaslicht ab, stand ruhig, ungesehen, in der Dunkelheit. Nach einigen Augenblicken, in denen er nicht überlegte, nur zögerte, drehte er das Gas wieder an, hielt aber kein Zündholz daran. Selbst dann blieb er noch stehen, ganz von der Güte der Nacht verborgen, während der aufschwelende Dunst den Raum erfüllte. Als er den Geruch zu spüren begann, stolperte er auf das Lager.

«Wozu?» fragte er mit schwacher Stimme, als er sich zur Ruhe streckte.

Und jetzt besaß Carrie, was anfangs Lebenszweck oder wenigstens soviel schien, wie Menschen von der ihnen eingeborenen Sehnsucht zu erreichen vermögen. Sie konnte mit Stolz auf ihre Kleider und ihren Wagen, ihre Möbel und ihr Bankkonto blicken. Hatte Freunde, wie die Welt sie kennt – die sich lächelnd vor ihrem Erfolg verneigten. Einst sehnte sie sich nach ihnen. Beifall gab es und Reklame – früher weit entfernt und lebenswichtig, jetzt gleichgültig, gewohnt. Schönheit auch – ihr Typus der Anmut –, und doch fühlte sie sich einsam. Wenn sie nichts anderes zu tun hatte – saß sie in ihrem Schaukelstuhl, sang und träumte.

So wirkt sich im Leben immer die verstandes- und die gefühlsmäßige Natur aus – der Verstand, der urteilt, und der Sinn, der empfindet. Der eine bringt die Männer der Tat – Generale und Staatsmänner hervor; der andere die Dichter und Träumer.

Wie Harfen im Winde lassen die Träume jeden Hauch der Phantasie widerhallen – drücken in ihren Stimmungen Ebbe und Flut des Ideals aus.

Die Menschen verstehen den Träumer noch ebensowenig wie das Ideal. Für ihn sind die Gesetze und moralischen Forderungen der Welt ungebührlich streng. Immer dem Lockton der Schönheit lauschend, verfolgt er mit sehnendem Blick das Aufleuchten ihrer fernschwebenden Schwingen, blickt empor, um ihnen zu folgen, und ermattet im

Wandern. So wachte Carrie, folgte so, im Schaukelstuhl wippend und singend.

Und es darf nicht vergessen werden, daß der Verstand nur geringen Anteil daran hatte. Als Chicago aufdämmerte, sah sie, daß die Stadt ihr mehr an Schönheit bot, als sie je gekannt, und instinktiv, nur durch die Kraft ihrer Stimmung, klammerte sie sich daran. In hübschen Kleidern und eleganter Umgebung schienen die Menschen zufrieden zu sein. Deshalb zogen diese Dinge sie an. Chicago, New York; Drouet, Hurstwood. Die Welt der Mode und die Welt der Bühne – nur Zwischenfälle. Sie sehnte sich nicht nach ihnen – sondern nach dem, was sie darstellten. Die Zeit bezeugte, daß die Darstellung falsch war.

Oh, über die Wirrnis des menschlichen Lebens! Wie dunkel erkennen wir sie erst. Da war Carrie, am Anfang arm, unerfahren, empfindsam; von Sehnsucht zum Schönsten des Lebens getrieben. Und mußte doch sehen, daß sie davon wie durch eine Wand getrennt war. Gesetze sind da, die sagen: Laß dich von allem Herrlichen anlocken, wenn du willst, aber nähere dich nur mit erlaubten Mitteln. Die Konvention sagt: Du sollst deine Lage nur durch ehrliche Arbeit verbessern. Wenn ehrliche Arbeit wenig einbringt und schwer zu ertragen ist; wenn sie der lange, lange Weg ist, auf dem man niemals die Schönheit zu erreichen vermag, aber Füße und Herz ermüdet; wenn der Trieb, der Schönheit zu folgen, so stark ist, daß man den anerkannten Weg verläßt und lieber den verachteten Pfad einschlägt, der rasch zum Ziel der Träume führt – wer dürfte den ersten Stein werfen? Nicht sündhafte Neigung, nur Sehnsucht nach Besserem leitet oft die Schritte des Irrenden. Nicht Sünde, viel öfter Tugend verlockt den Geist, der nicht gewohnt ist, zu urteilen.

Mitten in Flitter und Glanz war Carrie unglücklich. Als Drouet sie nahm, hatte sie gedacht: Nun bin ich dazu erhoben, was das Beste ist; als Hurstwood ihr anscheinend den edleren Weg bot: Nun bin ich glücklich. Doch da die Welt an allen vorbeigeht, die an ihrer Tollheit nicht teilnehmen wollen, befand sie sich jetzt allein. Ihre Börse stand den Bedürftigen offen. Auf ihren Spaziergängen, den Broadway entlang, achtete sie nicht mehr auf die Eleganz der Leute. Eignete ihnen mehr von dem Frieden und der Schönheit, die ferne leuchteten – dann waren sie zu beneiden.

Drouet gab jede Hoffnung auf und zeigte sich nicht mehr. Hurstwoods Tod erfuhr sie nicht einmal. Ein schwarzes Boot trug langsam auf seiner wöchentlichen Fahrt den namenlosen Körper mit vielen anderen vom Landungsplatz in der Siebenundzwanzigsten Straße auf den Kirchhof.

So schwand alles, was von diesen beiden in bezug auf sie wichtig gewesen. Der Einfluß, den diese Männer auf Carries Leben genommen, läßt sich nur durch die Art ihrer Sehnsucht erklären. Es gab eine Zeit, da beide ihr alles bedeuteten, was ihr an weltlichem Erfolg am mächtigsten schien. Sie verwirklichten in ihrer Person eine Stellung, die zu erreichen höchste Seligkeit war – als Gesandte von Behaglichkeit und Frieden strahlten sie in ihrer Machtvollkommenheit. Es ist nur natürlich, daß die Gesandten an Ansehen verloren, da die Welt, die sie darstellten, Carrie nicht mehr anlockte. Selbst wenn Hurstwood in seinem früheren Glanz zu Carrie zurückgekehrt wäre, hätte er sie jetzt nicht mehr verführen können. Sie hatte erfahren, daß es in seiner, wie jetzt in ihrer Welt kein Glück gab.

Wenn sie so allein saß, war sie der bildhafte Beweis für die Abwege, auf die der Mensch, der mehr empfindet als urteilt, in seinem Trieb nach Schönheit geraten kann. Obwohl so oft getäuscht, wartete sie noch immer auf den halkyonischen Tag, an dem sich Träume zu Wirklichkeit wandeln.

Ames hatte sie einen Schritt darüber hinaus gewiesen. War er vollführt, so lagen andere vor ihr – immer weiter und weiter. Auf ewig Streben nach dem entzückenden Glanz, der die fernen Hügelspitzen der Welt beleuchtet.

O Carrie, Carrie! O blindes Drängen des menschlichen Herzens! Weiter, weiter, sagte es, und wohin die Schönheit lockt, dahin folgt es. Sei es das Läuten eines einsamen Herdenglöckchens über einer stillen Landschaft, schimmerndes Leuchten im Waldesdunkel oder Aufstrahlen der Seele in einem Menschenauge – das Herz erkennt die Schönheit und gehorcht ihrem Ruf. Und wenn die Füße ermatten, die Hoffnung sich trügerisch erweist, dann erwachen Qual und Sehnsucht. Dann wisse, daß dir weder Übersättigung noch Zufriedenheit beschieden . . .

In deinem Schaukelstuhl am Fenster mußt du ein Glück erträumen, das du vielleicht niemals empfinden wirst.

917/1

# Paul Gallico

**Meine Freundin Jennie**
Roman · rororo Band 499

**Ein Kleid von Dior**
Roman · rororo Band 640

**Der geschmuggelte Henry**
Roman · rororo Band 703

**Thomasina oder Die rote Lori**
Roman · rororo Band 750

**Ferien mit Patricia**
Roman · rororo Band 796

**Die Affen von Gibraltar**
Roman · rororo Band 883

**Immer diese Gespenster!**
Fast ein Kriminalroman · rororo Band 897

**Die spanische Tournee**
Roman · rororo Band 963

**Waren Sie auch bei der Krönung?**
Zwei heitere Geschichten zu einem festlichen Ereignis
rororo Band 1097

**Die Hand von drüben**
Fast ein Kriminalroman · rororo Band 1236

**Jahrmarkt der Unsterblichkeit**
Roman · rororo Band 1364

**Freund mit Rolls-Royce**
Roman · rororo Band 1387

**Schiffbruch**
Roman · rororo Band 1563

**Adam der Zauberer**
Ein Märchen von der Einfalt des Herzens
rororo Band 1643

**k. o. Matilda**
Roman · rororo Band 1683

**Die silbernen Schwäne**
Fünf Geschichten von der Liebe · rororo Band 1803

# Moderne amerikanische Autoren bei Rowohlt

ausgabe]; 480 Seiten, geb. • 49 Depeschen; 400 Seiten, geb. • Inseln im Strom; rororo 4080 • Fiesta; rororo 5 • In einem andern Land; rororo 216 • In unserer Zeit; rororo 278 • Männer ohne Frauen. 14 stories; rororo 279 • Der Sieger geht leer aus. 14 stories; rororo 280 • Der alte Mann und das Meer; rororo 328 • Schnee auf dem Kilimandscharo; rororo 413 • Über den Fluß und in die Wälder; rororo 458 • Haben und Nichthaben; rororo 605 • Die grünen Hügel Afrikas; rororo 647 • Tod am Nachmittag; rororo 920 • Paris – ein Fest fürs Leben; rororo 1438 • 49 Depeschen; rororo 1533 • Gesammelte Werke; Vorwort von Rolf Hochhuth, Chronik und Bibliographie von Martin Christadler, 3616 Seiten und 65 Bildtafeln, bibliophile Leinenausgabe auf Dünndruckpapier in 6 Bänden, Taschenbuchausgabe in 10 Bänden.

**ALAN LELCHUK** · Amerikanische Streiche; Roman, 496 Seiten, geb.

**SINCLAIR LEWIS** · Gesammelte Erzählungen; 256 Seiten, geb. • Babbitt; rororo 4024

**ARTHUR MILLER** · Brennpunkt; Roman, 312 Seiten, geb., rororo 147 • Nicht gesellschaftsfähig; 168 Seiten, geb. rororo 446 • Ich brauche dich nicht mehr; Erzählungen, rororo 1620

**HENRY MILLER** · Wendekreis des Krebses [Sonderausgabe]; Roman, 368 Seiten, geb. • Wendekreis des Steinbocks [Sonderausgabe]; Roman, 336 Seiten, geb. • Sexus [Sonderausgabe]; Roman, 608 Seiten, geb. • Plexus; Roman, rororo Band 1285 • Nexus; Roman, rororo Band 1242 • Stille Tage in Clichy; Roman, Vorwort von Toni Miller, mit 28 Fotos von Brassaï, Sonderausgabe zum Film, 200 Seiten, br. • Jugendfreunde. Eine Huldigung an Freunde aus lang vergangenen Zeiten; 160 Seiten mit 7 Fotos, geb. • Mein Leben und meine Welt, rororo Band 1745 • Land der Erinnerung; rororo Band 934 • Der Koloß von Maroussi / Eine Reise nach Griechenland; rororo Band 758 • Big Sur und die Orangen des Hieronymus Bosch; rororo Band 849 • Lachen, Liebe, Nächte; sechs Erzählungen, rororo Band 227 • Schwarzer Frühling; Erzählungen, rororo Band 1610 • Sämtliche Erzählungen [Sonderausgabe]; 352 Seiten, geb. • Vom großen Aufstand; Henry Miller über Rimbaud, rororo Band 1974 • Henry Miller Lesebuch; herausgegeben von Lawrence Durrell, rororo Band 1461 • Lawrence Durrell/Henry Miller: Briefe 1935–1959. Herausgegeben von Georges Wickes; 352 Seiten, geb. • Walter Schmiele, Henry Miller. In Selbstzeugnissen und Bilddokumenten; rm Band 61 • Die Welt des Sexus; mit einem Vorwort von Lawrence Durrell; 160 Seiten, Pp. • Insomnia oder die schönen Torheiten des Alters; mit 12 Aquarellen von Henry Miller, rororo Band 4087

**VLADIMIR NABOKOV** · Maschenka; Roman, 160 Seiten, geb. • Ada oder Das Verlangen; Roman, 576 Seiten, geb., Taschenbuchausgabe: rororo Band 4032 • Fahles Feuer; Roman, 342 Seiten und 116 Seiten Marginalien, geb. • Lolita; Roman [Sonderausgabe], 448 Seiten, geb., Taschenbuchausgabe: rororo Band 635 • Gesammelte Erzählungen [Sonderausgabe]; hg. von Dieter E. Zimmer, 352 Seiten, geb. • Pnin; Roman, 208 Seiten, geb. • Das Bastardzeichen; Roman, 288 Seiten, geb. • Andere Ufer; ein Buch der Erinnerung, 244 Seiten, geb. • Das